酒神与世界城邦

上卷
《酒神的伴侣》义疏

罗 峰 著

商务印书馆
The Commercial Press

本书受教育部哲学社会科学研究
后期资助项目（18JHQ040）资助

目　录

导　论

第一节　欧里庇得斯的政治意图

《酒神的伴侣》(*Bacchae*)是欧里庇得斯最后一部完整的经典之作。伯罗奔半岛战争(Peloponnesian War)结束在即的前几年，雅典经历了一次深刻的思想危机和社会危机。欧里庇得斯就在此时离开母邦雅典，前往马其顿王阿刻劳斯(Archelaos)的宫廷。《酒神的伴侣》就是他客居马其顿期间所作。欧里庇得斯对此剧颇为用心，初稿完成后，还进行了精心修改。[①]从形式上看，《酒神的伴侣》堪称悲剧(又译肃剧[②])的典范：语言优美、结构严整，整个故事一气呵成，情节紧凑、扣人心弦，全无诗人早年创作时

[①]　参 William Nickerson Bates,《欧里庇得斯：人性的研究者》(*Euripides: A Student of Human Nature*), New York：A. S. Barnes & Company, Inc., 1930/1961, 页 71。

[②]　刘小枫建议将"悲剧"改译为"肃剧"，喜剧改译为"谐剧"。从 tragedy 的希腊原文来看，它最初的意思是献祭山羊时所唱的祭歌，祭歌庄严肃穆，并无"悲伤"之意。在汉语中，"肃"不仅表示"庄重、揖拜"，也含有"清除"之意，更贴合希腊文原义所蕴含的政治意味。comedy 的希腊原文指的是"狂欢游行时纵情而又谐谑的祭歌"，后来据此发展起来的剧种，关键在其"隐语式欢谑"。参刘小枫，"'古希腊悲剧注疏集'出版说明"，收于戴维斯，《古代悲剧与现代科学的起源》，郭振华、曹聪译，北京：华夏出版社，2008。

频遭诟病的缺点。在主题的选取上，欧里庇得斯也别具匠心。他不仅重拾了传统神话，还选取了一位与悲剧艺术紧密相关的神作为题材。最引人注目的是，欧里庇得斯在剧中一改往日质疑、控诉诸神的态度，以极端方式呈现了凡人对抗神的可怕后果——试图抵制酒神祭拜（Thebes）国王彭透斯（Pentheus）不仅死无全尸，整个王族和城邦也因他的"过错"惨遭灭顶之灾。然而，事实是否确如"翻案诗"派（Palinodes）学者所言，饱经风霜的欧里庇得斯晚年改变了早年的激进看法，决意创作一部回归传统的剧作？①抑或欧里庇得斯只是想借这部"天鹅绝唱"，向"戏剧之神"酒神致敬呢？

仔细考察剧中的酒神及其教仪后，我们不得不惊叹欧里庇得斯的"匠心"。诗人通过将狄俄倪索斯（Dionysus）来到希腊这一"历史事件"置于尽人皆知的神话框架中，悄然发动了一场"革命"。②在希腊人根深蒂固的观念里，酒神不仅是外邦神，而且是新神。在《酒神的伴侣》中，欧里庇得斯却赋予酒神无穷的魅力，将之刻画成一位生于祭拜，历经游荡后返归故里的神。③然而，细读文本后不难发现，酒神此行带着十分明确的政治目的：他要通过推翻祭拜新王彭透斯的统治，迫使整个希腊世界接受他

---

① 关于"翻案诗"派观点及相关争论，参欧里庇得斯，《戴神的女信徒》，胡耀恒、胡宗文译注，台北：联经出版事业公司，2003，xi—xiii。以及 E. R. Dodds，《欧里庇得斯：〈酒神的伴侣〉》（*Euripides: Bacchae*），Oxford：Clarendon Press，1944/1953/1960/1963/1966/1970/1974，xl—xliii。

② 参 R. P. Winnington-Ingram，《欧里庇得斯与狄俄倪索斯：〈酒神的伴侣〉义疏》（*Euripides and Dionysus: An Interpretation of the Bacchae*），London：Gerald Duckworth & Co. Ltd.，1948/1997/2003，页 1。

③ 赫丽生指出，狄俄倪索斯是希腊晚期才出现的神，亦非希腊神，而是来自遥远北方的色雷斯神祇。更重要的是，尽管在不同传统诗人笔下，反抗酒神的吕库古（Lycurgus）遭受的命运各异，但他们均提到吕库古反对新神狄俄倪索斯"占据主导地位"。参氏著，《希腊宗教研究导论》，桂林：广西师范大学出版社，2006，页 333、334—338。

的狂欢教仪。欧里庇得斯的笔法却让人觉得，撕裂国王彭透斯是
酒神对人类的正当报复，以致忽略了一个基本事实：剧中的酒神
教仪具有反人类的特点，可谓与希腊文明世界扞格不入，极大
扰乱了忒拜城邦的正常秩序。在《酒神的伴侣》中，狄俄倪索斯
首先摧毁了忒拜政治共同体的小单位"家庭"，将城邦的全体女
子带上基泰隆山（Kithairon）狂欢，建立一个别样的共同体，与
传统的忒拜城邦构成张力。这个共同体崇尚自由、快乐（狂欢）、
无拘无束的生活。在描写酒神教仪时，欧里庇得斯富有选择性，
他抹去了酒神崇拜的秘仪色彩。① 这就相当于把一些本应限定在
小团体的价值普世化。酒神接下来对以彭透斯为首的忒拜男子的
启蒙，就证实了这点。剧中的酒神引领由狂女组成的共同体对抗
忒拜城邦，企图建立一个消除一切差异和界线的世界城邦。

　　欧里庇得斯一生鲜问政治，但他的诸多作品都表达了对现实
政治的强烈不满。作为欧里庇得斯最成熟的代表作，《酒神的伴
侣》可能寄托了诗人期许的城邦样式；剧中呈现的酒神狂欢式的
城邦，兴许是他为走向穷途的雅典民主制开出的一剂良方药。②
欧里庇得斯在剧中描绘的世界城邦图景，隐秘地传达了他的政
治意图。剧本开篇，酒神就讲述了他一路游历诸邦，建立狂欢教
仪。当他来到忒拜传教时，却遭到彭透斯的坚决抵抗——酒神教
仪追求快乐、自由、欲望与和平（行414—419）。在剧末，酒神
不仅成功在忒拜建立教仪，还以预言的方式将建立世界城邦的意
图展露无遗：已遭启蒙的卡德摩斯（Cadmus）将统治外邦人，也
就等于把酒神教仪所推崇的观念推行到这些地方；卡德摩斯还会
在战神阿瑞斯（Ares）的协助下完成构建世界城邦的"使命"，其

---

① 　参 Valdis Leinieks，《狄俄倪索斯的城邦：欧里庇得斯的〈酒神的伴侣〉研究》（*The City of Dionysos: A Study of Euripides' Bakchai*），Stuttgart: Teubner，1996，页123—130。
② 　参 Valdis Leinieks，《狄俄倪索斯的城邦：欧里庇得斯的〈酒神的伴侣〉研究》，前揭，页341—342。

最终归宿是极乐岛。这是否表明，世界城邦的最终建立，端赖于一场终极之战，以期给全世界带来普遍和平？那么，世界城邦的终极价值就是快乐、自由、随心所欲？

柏拉图（Plato）也描绘过一个美好的世界城邦：克洛诺斯（Kronos）指派精灵统治人的城邦。但这种城邦只是为了揭示政治的不完善的本质界限，而非真要付诸实现。较之柏拉图的描写，欧里庇得斯笔下追求快乐和自由的世界城邦，发生了什么根本性变化？此外，酒神式的世界城邦（world-city），与现代所追求的世界国家（world-state）有何关联？在剧中，欧里庇得斯充满诗情画意的笔触所及，一派祥和（遍地流着酒浆、甘露、乳汁的场景多次出现）、充满温情（狂女喂食兽仔）的景象，背后又有惨绝人寰的暗流（狂女撕裂野兽、劫掠村庄）涌动……

第二节　《酒神的伴侣》的位置

欧里庇得斯一生创作了 92 部戏剧，传世 19 部。[①]这在古希腊三大悲剧诗人中已算最幸运。[②]不过，欧里庇得斯虽丰产，一生却仅获奖 6 次（包括 3 次头奖）。这对一个以悲剧创作

---

① 包括 18 部悲剧及现存的唯一一部萨图尔剧《独目巨人》（*Cyclops*）。参 Don Cameron & Henry T. Rowell eds.,《诗歌传统：希腊、拉丁与英语诗歌论文集》（*The Poetic Tradition: Essays on Greek, Latin and English Poetry*），Baltimore: The Johns Hopkins Press, 1968, 页 28；罗念生，《罗念生全集》（卷三），上海：上海人民出版社，2004, 页 3。贝茨对此有极为详尽的综述。参 William Nickerson Bates,《欧里庇得斯：人性的研究者》，前揭，页 15—16。

② 埃斯库罗斯（Aeschylus）和索福克勒斯（Sophocles）均只有 7 部悲剧存世。贝茨认为，欧里庇得斯能有 19 部作品传世，与他死后的声名鹊起不无关系。我们发现，不仅后世作家引用欧里庇得斯最多，近年在埃及发现的莎草纸手稿中，欧里庇得斯的出土作品也占绝对优势：埃斯库罗斯只有小段残篇出土；索福克勒斯则有萨图尔剧《伊捷克斯》（*Ichneutae*）的片段，以及 5 部旧有剧本和 4 部新发现剧本的残篇；但同期出土欧里庇得斯有 10 个佚失剧本和 11 部现有剧本的残篇。参 William Nickerson Bates,《欧里庇得斯：人性的研究者》，前揭，页 19。

为志业的剧作家来讲，实在算不得成功。《酒神的伴侣》还是在
欧里庇得斯死后，由小欧里庇得斯（Euripides the Younger）搬上
雅典舞台才夺得头奖。与《酒神的伴侣》一道上演的，还有欧
里庇得斯在马其顿期间创作的另外两部悲剧：《阿尔刻蒙在柯
林斯》（*Alcmaeon at Corinth*，散佚）和《伊菲革涅亚在奥利斯》
（*Iphigenia at Aulis*，未竟）。① 身处异乡的欧里庇得斯仍依雅典悲
剧竞技的惯例写作。小欧里庇得斯后来就携这 3 部悲剧参加雅典
酒神节。② 有学者发现，诗人在《酒神的伴侣》上倾注了非凡的心
力。③ 关于《酒神的伴侣》的确切创作时间，已无可稽考，只能大
致推断它约成于公元前 407－前 406 年间，亦即诗人逗留于阿刻
劳斯宫廷的最后两年。不过，《酒神的伴侣》虽为欧里庇得斯旅居
马其顿期间所作，剧中对雅典时政和社会矛盾的种种影射，却显
然意在"说与雅典人听"。④

---

① 参 E. R. Dodds，《欧里庇得斯：〈酒神的伴侣〉》，前揭，xxxix。
② 桑蒂斯表示，尽管这三部剧一同搬上舞台，诗人也因此获奖，但从内容和形式
　来看，这几部剧根本不像三联剧。参 John Edwin Sandys，《欧里庇得斯的〈酒
　神 的 伴 侣〉》（*The Bacchae of Euripides: With Critical and Explanatory Note, and
　with Numerous Illustrations from Works of Ancient Art*），Cambridge：Cambridge
　University Press；London：C. J. Clay and Sons，1880/1885/1892/2007，xliii。萨
　瑟兰似乎是在回应桑蒂斯的说法。他认为，所谓的三部曲或四部曲，在希腊悲
　剧中其实有两种形式：一种是在剧情上相互关联，譬如埃斯库罗斯的《俄瑞斯
　特斯》（*Orestes*）三部曲；另一种则属混合型，譬如埃斯库罗斯的《波斯人》，作
　为与《菲纽斯》（*Phineus*）、《珀特尼埃的格劳科斯》（*Glaukos Potnieus*）和《擎火
　把的普罗米修斯》（*Prometheus Lights the Fire*）一起构成四部曲的《波斯人》，在
　剧情上与其他三剧风马牛不相及。参 Donald Sutherland，《欧里庇得斯的〈酒神
　的 伴 侣〉》（*The Bacchae of Euripides: A New Translation with a Critical Essay*），
　Lincoln，London：University of Nebraska Press，1968，页 94。
③ 贝茨发现，欧里庇得斯对此剧进行了精心修改。参 William Nickerson Bates，《欧
　里庇得斯：人性的研究者》，前揭，页 71。
④ 有学者认为，鉴于阿刻劳斯王在马其顿举办奥林匹亚节，十有八九，《酒神
　的伴侣》预设的观众是马其顿人。参 Euripides, *Euripides: Tragdies*（vi.2）*Les
　Bacchantes*，traduits par Henri Grégoire & Jules Meunier，Paris：Les Belles
　Lettres，2002，页 13。福德也认为，欧里庇得斯创作时就意在把这部悲剧搬上

　　《酒神的伴侣》是欧里庇得斯最著名的悲剧之一。古代作家，尤其是古罗马作家似乎对此剧情有独钟，纷纷模仿。阿提乌斯（Attius）将《酒神的伴侣》译成拉丁文，为该剧在拉丁世界的广泛传播打开了大门。帕库维乌斯（Pacuvius）很可能在他的剧作《彭透斯》（*Pentheus*）中借鉴了《酒神的伴侣》。从那努斯（Nannus）《狄俄倪索斯》（*Dionysiaca*）的一些章节还可看出，这位剧作家几乎照搬了欧里庇得斯的叙述。更令人惊奇的是，在中世纪一个名为《受难的基督》（Χριστὸς Πσάχων，拉丁名为 *Christus Patiens*）的剧本中，剧作家竟大量借用了欧里庇得斯在《酒神的伴侣》中的叙写。学者们对此剧评价极高。有研究者认为，《酒神的伴侣》是欧里庇得斯"最完美"的一部悲剧，堪与埃斯库罗斯的《阿伽门农》和索福克勒斯的《俄狄浦斯王》媲美。①

　　《酒神的伴侣》剧名的希腊原文是 Βάκχαι，意为"酒神的女信徒"或"疯狂的女人"。② 对于这个剧名的中译，汉语界主要有两种译法，大陆一般译为《酒神的伴侣》，台湾译为《戴神的女信徒》。结合该剧的主题来看，"酒神的伴侣"更切合欧里庇得斯的

　　马其顿舞台，这从他为此剧所选的标题也可看出。在当时，《酒神的伴侣》还有另一个为人熟知的名字《彭透斯》。《彭透斯》这个剧名听上去就具希腊味道，不如以一个发源于外邦的神之名能吸引马其顿民众。参 James H. Ford，《欧里庇得斯的十九部戏剧》（*Euripides: Nineteen Plays*），trans. by the Athenian Society, Texas: El Paso Norte Press，2006，页 532。多兹对此的看法对我们颇有启发。他明确驳斥了这种观点。多兹觉得，当时由狂欢宗教（orgiastic religion）引发的一系列社会问题，不仅成为马其顿街头巷尾的话题，也引起雅典社会的高度关注，欧里庇得斯创作这部悲剧就以此为出发点。参 E. R. Dodds，《欧里庇得斯：〈酒神的伴侣〉》，前揭，xl。对于这场争论，贝茨持折中态度。他表示，现在去细究欧里庇得斯创作该剧时预设的观众，已无可能。但贝茨仍倾向认为，诗人或许像往常一样，意在让此剧在雅典上演。参 William Nickerson Bates，《欧里庇得斯：人性的研究者》，前揭，页 76—77。

① 参《欧里庇得斯的〈酒神的伴侣〉》（*The Bacchae of Euripides*），trans. & with an Introduction and Commentary by G. S. Kirk，Cambridge，London，New York，Melbourne：Cambridge University Press，1979，页 1。

② Βάκχαι 即 βάκχη（Βάκχος [酒神]的变形）的复数形式。英语界一般译为 Bacchae，法语界则译为 Bacchantes。

创作意图。在古希腊人眼里，狄俄倪索斯形象多变，呈现多种面相，但他最核心的形象还是与酒（尤其是葡萄酒）相关。[①]但既然 *Βάκχαι* 的原意就是"酒神的女信徒"，又为何把"女信徒"转变为"伴侣"呢？原因有三。首先，在《酒神的伴侣》中，欧里庇得斯对酒神的女信徒做了明确区分：一类是从遥远的小亚细亚随酒神一路同行，最终抵达忒拜的吕底亚（Lydia）狂女（自愿）；另一类则是狄俄倪索斯抵达忒拜后，被迫离家的忒拜女子（被迫）。从剧中看，与其说忒拜狂女是酒神的信徒，不如说是他惩罚忒拜的工具。笃诚的酒神女信徒其实只有他从外邦带来的吕底亚狂女。吕底亚狂女一路随扈，算得上酒神"志同道合"的"旅伴"和"伴侣"。其次，在《酒神的伴侣》中，欧里庇得斯有意隐藏其真实意图。他一方面剔除了酒神崇拜中的轻佻因素，如剧中未出现放荡不羁的萨图尔（Satyr，半人半兽），也没有描写狂女寻欢作乐的场面；另一方面让实际上"最可怕"的酒神戴上"最和善"的面具。欧里庇得斯对酒神的描写含混不清，令人捉摸不定：他既是神也是人，还是兽；他是男儿身，却又面带女相；他还介乎成年与未成年之间；他甚至"最可怕，又最和善"（行861）。欧里庇得斯借传统的描写方式隐藏更具肆心的思想。最后也至关重要的是，欧里庇得斯悄然去除了酒神崇拜的秘仪因素，使之普世化。剧中的酒神精神激励人们追求此世的自由，释放各种欲望，从而也就抹去了"信徒"的色彩，使得蕴含在"信徒"中的意味荡然无存。自此，"信徒"变成了平等的"伴侣"，共同追逐欲望的满足。

---

① 古希腊人认为，狄俄倪索斯是酒和会饮这种集会形式的发明者，他与艺术（音乐和戏剧）、疯狂的关系，与由酒引发的迷狂不无关系。参 Thomas H. Carpenter & Christopher A. Faraone eds.，《狄俄倪索斯的面具》(*Masks of Dionysus*)，Ithaca N.Y.: Cornell University Press，1993，页1。赫丽生也指出，尽管在古希腊，狄俄倪索斯还是谷物神、树神、公牛神、睡眠神等，但酒神崇拜的本质是"对酒的崇拜"。正是酒使狄俄倪索斯区别于其他神祇，也使酒神崇拜广泛流传，参氏著，《希腊宗教研究导论》，前揭，页391。

　　从题材上看,《酒神的伴侣》不仅是欧里庇得斯唯一一部以神命名的剧作,而且是古希腊传世悲剧中唯一一部以酒神为题材的悲剧。尽管埃斯库罗斯至少早欧里庇得斯半个世纪就已写出两个有关酒神题材的四部曲,但这些剧本均已佚失。① 迄今为止,我们仅从其他作家的引用中发现埃斯库罗斯《彭透斯》(*Pentheus*)的一句台词。单凭这残存的只言片语,我们已无法知晓埃斯库罗斯当初对这个主题做了何种处理。《酒神的伴侣》主题极为简单,讲述的是神对人的报复。这部悲剧也给人强烈的感觉,似乎暮年的欧里庇得斯决意重回传统。②《酒神的伴侣》展示了神的绝对优越性,与他早期诗作中对诸神的普遍怀疑大相径庭。欧里庇得斯运用的创作笔法,使《酒神的伴侣》独树一帜。欧里庇得斯采用了旧的神话传说,但他显得推崇新神,甚至是前期思想的极端化表现。③

　　《酒神的伴侣》堪称悲剧典范,连素不受欧里庇得斯重视的歌队也重新焕发活力。剧中歌队与戏剧行动的关联空前紧密,这在欧里庇得斯的其他剧本中极为少见。此外,诗人在这部剧中展现出的诗性力量,他的任何其他悲剧都不能望其项背。④ 在

---

① 这两个神话分别关于吕库古的色雷斯城邦和彭透斯的忒拜城邦,参 Henri Grégoire & Jules Meunier trans.,《欧里庇得斯的悲剧》,前揭,页 10。另参 William Nickerson Bates,《欧里庇得斯:人性的研究者》,前揭,页 75。

② 对于这点,学界一直争论不休。多兹对所谓的"翻案诗"观点及其他解释有详尽评述,参 E. R. Dodds,《欧里庇得斯:〈酒神的伴侣〉》,前揭,xl—xliii。

③ 参 R. P. Winnington-Ingram,《欧里庇得斯与狄俄倪索斯:〈酒神的伴侣〉义疏》,前揭,页 1。亦参 Donald Sutherland,《欧里庇得斯的〈酒神的伴侣〉》,前揭,1968,页 85。多兹也明确表示,与大多数希腊悲剧不同,《酒神的伴侣》与新教入侵希腊的"历史事件"有关。参 E. R. Dodds,《欧里庇得斯:〈酒神的伴侣〉》,前揭,xi。萨瑟兰表示,《酒神的伴侣》一剧不仅迥异于欧里庇得斯的其他戏剧,也打破了悲剧在欧里庇得斯这里走向衰退的一般观点。

④ 参 I. T. Beckwith ed.,《欧里庇得斯:〈酒神的伴侣〉》(*Euripides: Bacchantes*),Boston:Ginn & Company,1888,页 1。

剧中多处，欧里庇得斯遣词古奥典雅，直追埃斯库罗斯之风。
他的笔法时而如行云流水，不事雕琢，时而又欲言又止，充满
弦外之音。他对自然景致的描写，弥漫着异域风情，笔触所及，
如歌如画。然而，在这种充满诗情画意的描述背后，仿佛又透
着某种令人不安的东西。总之，整剧笼罩于某种模棱两可的迷
雾，时而显得极为新潮，时而又相当保守；时而轻快灵动，时
而又令人毛骨悚然，肯定与疑虑如影随形。① 这部看似规整的悲
剧，蕴含着诸种令人捉摸不透的悖谬。纳斯鲍姆就直言，《酒神
的伴侣》张力惊人。②

　　据信，悲剧自欧里庇得斯走向衰落。《酒神的伴侣》却毫无衰
败之相，还迸发出别样的生机。

第三节　如何阅读《酒神的伴侣》

　　《酒神的伴侣》广涉文学、宗教、哲学、政治等诸多领域，
极适合从跨学科的交叉视角深入探讨，是值得比较文学关注的经
典文本。研习这样的经典，不仅有益于为本学科提供一个研究范
例，而且与我们的生活方式息息相关。对于理解我们的现代处境
及各种现代政治思想，《酒神的伴侣》提供了一面反观明镜。从本
质上讲，古希腊悲剧关乎人事，悲剧中涉及的问题关乎人自身最
根本的东西。研读古希腊剧作，就是研读人本身。当然，面对任
何一部过去的作品，要做到"完全的理解"无异于天方夜谭。③ 但

---

① 　参 Donald Sutherland，《欧里庇得斯的〈酒神的伴侣〉》，前揭，页 86。
② 　参 Martha Nussbaum，《〈酒神的伴侣〉导读》，收于《欧里庇得斯的〈酒神的伴
　　侣〉》(The Bacchae of Euripides: A New Version)，trans. by C. K. Williams，New
　　York：Noonday Press，1990，xxii。
③ 　在希腊悲剧的现代研究中，学者们纷纷转向形而上的研究方法，对于这种情况，
　　维克斯十分不解。在他看来，这种做法舍本逐末。维克斯指出，希腊悲剧中呈现
　　的都是人类的经验方式，现代研究者却对此置若罔闻，汲汲于提取其中的"抽

这并不意味着我们可以就此取消接近作品意图的努力。真正的人文学者愿意倾全力去认识人类的过去，并坚定一个信念——认识过去是为了理解现在，塑造我们的未来。[①] 在这个意义上，我们试图理解《酒神的伴侣》的过程，也就是认识自我的过程。

研究《酒神的伴侣》前，必须先进行翻译和注疏。这些基本工作有助于尽快进入文本语境。通过直接触摸希腊原文，弄清各个语词的含义，对于深入把握剧作的意旨大有裨益。在翻译过程中参照各种译本和笺注本，对做出可靠的汉译大有帮助。同时，我们还必须广泛阅读前人的义疏和研究成果。西方学界已对《酒神的伴侣》做了广泛研究，我们必须在深入阅读这些文献的过程中归纳出有启发的见解，并在此基础上进行更深层次的阐发。在具体的文本解读过程中，还必须运用古典学的方法，对勘欧里庇得斯的其他剧作和其他作家的作品，以帮助我们深入文本肌理，更好地把握剧本。

《酒神的伴侣》广涉文学、宗教、政治和哲学等方面，涵盖的内容也极为丰富。要深入理解此剧，仅从单方面进行考察显然失之偏颇。因此，除了立足文本，弄清文本理路，还必须打破学科界线，从跨学科、跨文化的比较视野对该剧进行解读。

《酒神的伴侣》是悲剧，在解读中，必须首先着眼于其文学性，弄清悲剧的构成要素和欧里庇得斯的独特技巧。在这方面，现代研究颇具成效。[②] 亚里士多德（Aristotle）的《诗术》（*Poetics*）

象概念"（abstractions）；这些研究者转而认定，对于蕴含在这些悲剧中的"形而上"与"神秘主义"因素，我们根本无法理解。维克斯一针见血地指出，这种研究路向的最大危险在于，在我们开始阅读经典前就扼杀了通向任何理解的希望。参 Brian Vickers,《希腊悲剧研究：戏剧、神话与社会》（*Towards Greek Tragedy: Drama, Myth, Society*）, London & New York: Longman, 1973, 页 3—6。

① 参 Charles Segal,《人文主义与古典文学：现代问题与视角》（"Humanism and Classical Literature: Modern Problems and Perspectives"）, *The Classical Journal*, Vol. 67, No. 1, 1971, 页 29。

② 参 H. D. F. Kitto,《希腊悲剧：文学性研究》（*Greek Tragedy: A Literary Study*）,

和《修辞学》(*Rhetoric*)，以及柏拉图论及诗歌的章节，对理解《酒神的伴侣》的诗学特征提供了理论支撑。此外，《酒神的伴侣》与宗教的关系不言自明。在考察狄俄倪索斯及其教仪上，西方的研究已经相当成熟，研究文献十分可观。[①] 不过，欧里庇得斯毕

London, New York：Taylor & Francis e-Library, 1939/1950/1961/1966/2003。D. D. Raphael，《悲剧的悖论》(*The Paradox of Tragedy: The Mahlon Powell Lectures*)，London：George Allen & Unwin Ltd., 1959；Donald J. Mastronarde，《欧里庇得斯的艺术：戏剧技巧与社会背景》(*The Art of Euripides: Dramatic Technique and Social Context*)，Cambridge：Cambridge University Press, 2010；Jacqueline Assaël，《灵感的诗学：从荷马到欧里庇得斯》(*Pour une poétique de l'inspiration, d'Homère à Euripide*)，Louvain, Namue, Paris, Dudley, MA：Société des Études, 2006；Shirley A. Barlow，《欧里庇得斯的意象》(*The Imagery of Euripides*)，Bristol：Bristol Classical Press, 1971；Gary S. Meitzer，《欧里庇得斯与怀旧诗学》(*Euripides and the Poetics of Nostalgia*)，Cambridge：Cambridge University Press, 2006；G. M. A. Grube，《欧里庇得斯的戏剧》(*The Drama of Euripides*)，London: Methuen & Co. Ltd., 1941；Michael. R. Halleran，《欧里庇得斯的舞台技艺》(*Stagecraft in Euripides*)，Totowa, New Jersey：Barnes & Noble Press, 1984/1985；Christopher Collard，《悲剧、欧里庇得斯及其悲剧艺术文集》(*Tragedy, Euripides and Euripideans: Selected Papers*)，Bristol：Bristol Phoenix Press, 2007。

① 参 E. R. Dodds，《希腊人与非理性》(*The Greeks and the Irrational*)，Berkeley, Los Angeles, London：University of California Press, 1951/1997；Richard Seaford，《狄俄倪索斯》(*Dionysos*)，London and New York：Routledge, 2006；Thomas H. Carpenter & Christopher A. Faraone eds.，《狄俄倪索斯的面具》，前揭；《狄俄倪索斯：神话与崇拜》(*Dionysus: Myth and Cult*)，trans. and with an introduction by Robert B. Palmer, Bloomington & London：Indiana University Press, 1965；Arthur Evans，《迷狂之神：酒神的性别角色与疯狂》(*The God of Ecstasy: Sex-Roles and the Madness of Dionysos*)，New York：St. Martin's Press, 1988；Barbara E. Goff，《狂女邦民：古希腊妇女的宗教仪式》(*Citizen Bacchae: Women's Ritual Practice in Ancient Greece*)，Berkeley, California：University of California Press, 2004；Fritz Graf & Sarah Iles Johnston，《来世的仪轨：俄耳甫斯与酒神的金拓本》(*Ritual Texts for the Afterlife: Orpheus and the Bacchic Gold Tablets*)，London & New York：Routledge, 2007；Ross Shepard Kraemer，《希腊罗马世界中女人的宗教：史料集》(*Women's Religion in the Greco-Roman World: a Source Book*)，Oxford：Oxford University Press, 2004；Timothy Gantz，《早期希腊神话》(*Early Greek Myth: A Guide to Literary and Artistic Sources*)，Baltimore & London：The Johns Hopkins University Press, 1993；Cornelia Isler-Kerényi，《古希腊时期的狄俄倪索斯》(*Dionysos in Archaic Greece: An Understanding Through Images*)，trans. by Wilfred G. E. Watson, Leiden, Boston：

竟是诗人，更重要的是弄清他在创作时对酒神这个主题所进行的处理。《酒神的伴侣》是古希腊现存剧作中唯一一部以酒神为主题的悲剧，但借助其他诗人，如荷马（Homer）、品达（Pindar）和索福克勒斯等人对狄俄倪索斯的描述，仍可勾勒出酒神在古希腊诗文中的传统形象。欧里庇得斯并不避讳狄俄倪索斯的新神身份，在开场就表明其外邦神的身份，但他又把这位新神描写得充满含混和魅力。[①] 由索福克勒斯的《俄狄浦斯王》（Oedipus Rex）可知，战神阿瑞斯与狄俄倪索斯关系紧密，均与忒拜有关，前者掌管"杀戮和死亡"，后者司掌"欢乐和生命"。在欧里庇得斯笔下，狄俄倪索斯虽显温和，却也是"好战"之神，带给忒拜的并非和平，而是残酷的战争。[②]

Brill，2007；Thomas H. Carpenter，《公元前 5 世纪雅典时期的酒神形象》（*Dionysian Imagery in Fifth-Century Athens*），Oxford：Clarendon Press，1997；Jennifer Wise，《狄俄倪索斯书写：古希腊戏剧的创生》（*Dionysus Writes: The Invention of Theatre in Ancient Greece*），Ithaca & London：Cornell University Press，1998；Edith Hall et al eds.，《1969 年以来的狄俄倪索斯》（*Dionysus Since 69: Greek Tragedy at the Dawn of the Third Millennium*），Oxford：Oxford University Press，2004；Rosemarie Taylor-Perry，《到来之神：重审酒神秘仪》（*The God Who Comes: Dionysian Mysteries Revisited*），New York：Algora Publishing，2003；Jann Bremmer，《希腊宗教》（*Greek Religion*），Oxford：Oxford University Press，1994；Alain Daniélou，《爱与迷狂之神：湿婆与酒神的传统》（*Gods of Love and Ecstasy: The Traditions of Shiva and Dionysus*），Vermont：Inner Traditions International，Ltd.，1984/1992；Harvey Yunis，《新的信仰：希腊城邦与欧里庇得斯戏剧的基本宗教信仰》（*A New Creed: Fundamental Religious Beliefs in the Athens Polis and Euripidean Drama*），Göttingen：Vandenhoeck & Ruprecht，1988；E. Prosper Biardot，《希腊的土-火葬与酒神秘仪的关系研究》（*Les Terres-Cuites Grecques Funèbres: Dans Leaur Rapport avec les Mystères de Bacchus*），Paris：F. Didot，1872；赫丽生，《希腊宗教研究导论》，前揭；彭兆荣，《文学与仪式：酒神及其祭祀仪式的发生学原理》，北京：北京大学出版社，2004。

① 赫丽生直言，"让狄俄倪索斯出生在忒拜，历经游荡后回到故乡，这才是他这部戏剧中能感染人的不可或缺的因素"。参氏著，《希腊宗教研究导论》，前揭，页342。

② 参赫丽生，《希腊宗教研究导论》，前揭，页345—346。

悲剧的发展伴随雅典民主制的兴衰，繁荣于雅典民主制的鼎盛时期，也随着民主制的衰落式微。一场旷日持久的伯罗奔半岛战争，给雅典带来了深刻的危机。《酒神的伴侣》与欧里庇得斯的其他晚期作品，都关注传统政治领导者的权威问题，流露出诗人对传统社会结构和传统政治领导权的失望。[①]在《酒神的伴侣》一剧中，欧里庇得斯的失望集中体现在对彭透斯的刻画上：手握政治"权威"的彭透斯不自量力地率举邦男子与神对抗。与此相对，完美"王者"狄俄倪索斯将忒拜的全体女子变成狂女，迫使她们丢下"机杼"，上山狂欢，与忒拜城邦对峙。她们过着令人神往的美好生活：不事劳作，享受自由、平等和快乐。欧里庇得斯把对抗酒神的彭透斯刻画成刚愎自用的武夫，令人联想到雅典的对外政策。通过设想出一种新型共同体，欧里庇得斯意欲构建自己理想的城邦样式。最后，欧里庇得斯剧作中蕴含的哲学思想也引人注目。从他的现存剧作和残篇来看，欧里庇得斯明显受自然哲人和智术师影响。在柏拉图的《伊翁》(*Ion*)中，苏格拉底(Socrates)提到，欧里庇得斯将作诗的灵感来源缪斯女神(Muses)说成"磁石"(533d)。[②]在《法厄同》(*Phaethon*)等作品中，他还用自然元素解释诸神。此外，欧里庇得斯不时触及哲学话题，他的剧本充斥着长篇论述和辩论，其中不乏智术师的诡辩成分，还时常触及哲学话题。《酒神的伴侣》中就有大量关于"智慧""心智""幸福"的讨论。这些问题都是哲人（尤其是柏拉图笔下苏格拉底）关注的重大主题。柏拉图也在作品中多番提及欧里

[①] 参以此为论题的博士论文，Robert Holschuh Simmons，《欧里庇得斯晚期作品中的雅典政治领导权危机研究》(Reflections of a Crisis of Athenian Leadership in Euripides' Last Plays)，Diss. The University of Iowa，2006。另参 Valdis Leinieks，《狄俄倪索斯的城邦：欧里庇得斯的〈酒神的伴侣〉研究》，前揭，页 123—126。

[②] 参柏拉图，《伊翁》，王双洪义疏，上海：华东师范大学出版社，2008。

庇得斯和诗学问题。^①对勘柏拉图的著作，不仅有助于弄清欧里
庇得斯的思想位置，还有助于弄清他对世界城邦构想的预见与古
典哲人的本质区别。

---

① 在《斐德若》(*Phaedrus*)这部以"美"为主题的著作中，苏格拉底将欧里庇得斯
与索福克勒斯并举(268c)；在《王制》(*Republic*)讨论僭主的语境中，苏格拉
底称呼欧里庇得斯为"最聪明的悲剧诗人"(568a)。苏格拉底还时常引用欧里
庇得斯的诗句，《王制》568b 引《俄瑞斯特斯》行 1169 "以有智慧的人为友的僭
主是智慧的"；《高尔吉亚》(*Gorgias*)484e 引佚失剧作《安提丰》(*Antiphon*)诗
句、残篇 20，另引佚失剧作 *Phrixus* 或 *Polyidos* "生即是死，死即是生"(阿里
斯托芬在《蛙》[*Frog*]中多处戏仿这句诗[行 1082，1477—1478])；《泰阿泰德》
(*Theaitetos*)154d 引《希珀吕托斯》(*Hippolytus*)行 612；《会饮》(*Symposium*)
199a、《书简一》(*Letter 1*)309d 中也有引用。

第一章　狄俄倪索斯的计划

在《酒神的伴侣》中，诗人欧里庇得斯以狄俄倪索斯母亲之死引入了他关于在希腊世界建立酒神崇拜的故事。与欧里庇得斯的大多数剧本一样，《酒神的伴侣》开篇即是大段独白。[①]不过，这段独白的讲述者不是凡人，而是神。在欧里庇得斯笔下，开场由一位神以独白形式呈现的情形并不鲜见。[②]但从现有的古希腊悲剧来看，这却是一大创举。[③]不少评论家注意到，在若干方面，此剧与

[①] 在欧里庇得斯的所有现存剧作中，唯独《伊菲革涅亚在奥利斯》以对话形式开场，其余剧作开场均是独白。参 Jeanne Roux，《欧里庇得斯的〈酒神的伴侣〉》（*Euripide Les Bacchantes*）（卷二），Paris：Les Belles Lettres，1972，页 273。另参 Richard Seaford，《欧里庇得斯的〈酒神的伴侣〉》（*Euripides: Bacchae*），Oxford：Aris & Philips Ltd.，1996/2011，页 147。

[②] 如《阿尔刻提斯》（*Alcestis*）中的阿波罗（Apollo），《希珀吕托斯》中的阿弗洛狄特（Aphrodite）、《伊翁》（*Ion*）中的赫尔墨斯（Hermes）、《特洛亚妇女》（*Trojan Women*）中的波塞冬（Poseidon），以及佚失剧作《墨勒阿格》（*Meleager*）中的阿耳忒弥斯（Artemis）和《厄瑞克透斯》（*Erechtheus*）中的波塞冬或雅典娜（Athena）。参 Jeanne Roux，《欧里庇得斯的〈酒神的伴侣〉》（卷二），前揭，页 238。

[③] 在古希腊三大悲剧诗人中，只有欧里庇得斯使用了这种手法。索福克勒斯的《埃阿斯》（*Ajax*）开场貌似是雅典娜的独白，实则不然，因为雅典娜开篇所言有直接的询问和言说对象。中译本参张竹明译，《索福克勒斯悲剧》，收于《古希腊悲剧喜剧全集》（卷二），张竹明、王焕生译，南京：译林出版社，2007，页 333。

《希珀吕托斯》可谓如出一辙：两剧均以某位神的独白开场；两位神都在独白中宣称要报复人类的不敬。[①] 不过，较之神在其他剧作（包括《希珀吕托斯》）中发挥的背景性作用，《酒神的伴侣》的独特之处在于，酒神狄俄倪索斯没有在独白后隐匿不现。相反，他直接参与甚至主导了整个戏剧行动。[②] 欧里庇得斯采用这种笔法，究竟出于何种考虑？他为何在回归传统的同时又着意偏离传统？通过文本细读，我们试图解答这些疑惑。

第一节　狄俄倪索斯与民主政治

一、狄俄倪索斯的肆心

狄俄倪索斯征服外邦后首次回到故土忒拜。然而，虽然这位神与忒拜有着千丝万缕的关联，由于他是一位"教人狂欢"的新神，忒拜城邦没有对他敞开大门。为此，狄俄倪索斯必须先确立他在忒拜的神圣性。不过，在表明自己的身份时，狄俄倪索斯就已显露出肆心倾向。在开场的大段独白中，狄俄倪索斯首先自述了身世：

> 我来到，身为宙斯之子，忒拜人的这片土地，
> 我，狄俄倪索斯，乃卡德摩斯的女儿所生，
> 塞墨勒借着霹雳火诞下了我。（行 1—3）

开篇第一个语词是 ἥκω[我来到]。该词所处的位置和隐含的意思都显得意味深长。首先，将该动词置于句首，具有明显的强

---

① 参 E. R. Dodds，《欧里庇得斯的〈酒神的伴侣〉》，前揭，页 62。
② 鲁指出，狄俄倪索斯在《酒神的伴侣》中扮演"至关重要的角色"（rôle essentiel）。参 Jeanne Roux，《欧里庇得斯的〈酒神的伴侣〉》（卷二），前揭，页 238。

调意味。其次，有别于其他表示"来到"的动词，该词通常用在
超自然的来访者身上。① 欧里庇得斯还有另外两部剧作以该词开
篇：在《特洛亚妇女》中，海神波塞冬自称"来到"特洛亚（Troy）
这座饱经战火的城邦，他对特洛亚妇女充满怜悯之情——这部
剧作旨在展现特洛亚妇女的不幸；而《赫卡柏》（Hecuba）一开
始就告诉我们，珀吕多洛斯（Polydoros）的鬼魂"来到"死人的洞
穴，他对母亲赫卡柏（Hecuba）的不幸同样充满同情。这不免让
人联想，狄俄倪索斯此番来到忒拜，很可能也与女人有关。果不
其然，狄俄倪索斯随后提到了塞墨勒（Semele）。不过，紧跟着，
狄俄倪索斯先表明了他的超自然属性，自称"宙斯之子"。狄俄
倪索斯在提到自己的名字之前，先显明了他的神子身份。显然，
狄俄倪索斯是在强调其神性。然而，狄俄倪索斯所用的语词透
露，他想要强调的并不仅止于此。狄俄倪索斯如此傲慢地断言其
神子身份，显得盛气凌人。有学者发现，狄俄倪索斯的语气充
满"威胁和挑衅"，文中甚至多处表明，狄俄倪索斯欲将自己的
名字（Διόνυσος）与"宙斯之子"（Διὸς παῖς）两相等同。② 这样一来，
"宙斯之子"这个原本宽泛的称谓，就成了狄俄倪索斯的专属指
称。在断言其神性时，狄俄倪索斯就显得充满肆心。更令人心惊
的是，狄俄倪索斯在宣称自己是宙斯之子时，不动声色地将目的
地"忒拜"夹在了他的两个称呼之间。结合开篇首词 ἥκω，这个

---

① 譬如《赫卡柏》中的珀吕多洛斯的鬼魂、《特洛亚妇女》中的海神波塞冬、《伊翁》
中的赫尔墨斯，以及《被缚的普罗米修斯》（Prometheus Bound）中的海洋女儿。
参 E. R. Dodds，《欧里庇得斯的〈酒神的伴侣〉》，前揭，页 62；亦参 John Edwin
Sandys，《欧里庇得斯的〈酒神的伴侣〉》（The Bacchae of Euripides: With Critical
and Explanatory Note, and with Numerous Illustrations from Works of Ancient
Art），Cambridge：Cambridge University Press；London：C. J. Clay and Sons，
1880/1885/1892/2007，页 87。

② 参行 27，Διόνυσον Διός；行 466，Διόνυσος... ὁ τοῦ Διός；行 550 以下，ὦ Διὸς παῖ
Διόνυσε；行 859 以下，τὸν Διὸς Διόνυσον。欧里庇得斯利用了两者在词源学上的
关联，参 E. R. Dodds，《欧里庇得斯的〈酒神的伴侣〉》，前揭，页 62。

结构似乎预示着，来者不善。某种不幸正笼罩在忒拜这座古老的城邦上，而这种不幸的推动者，可能正是狄俄倪索斯这位"来到"之神。这位不远千里"来到"忒拜的神或许会是这座古老城邦的终结者。①这里尤为奇怪的是，在古希腊诗文中，几乎未曾有哪位神如此急切地想要显明其神祇身份。莫非狄俄倪索斯的身份可疑？

狄俄倪索斯开场所用的这个语词，也让人想到柏拉图《王制》开篇第一个词 κατέβην[我下到]。在那里，苏格拉底自称"下到"象征雅典民主政治的佩莱坞港（Piraeus），本打算向一位新神献祭——这位新神已在雅典取得合法地位。而在这里，狄俄倪索斯作为一位"来到"之神，是否也想取得在忒拜的合法地位呢？有一点毋庸置疑，较之其他奥林波斯诸神，狄俄倪索斯的确是一位"后到"之神。《荷马史诗》对狄俄倪索斯着墨不多。但据荷马叙述，狄俄倪索斯不是正统神，在奥林波斯地位不稳。《伊利亚特》（6.129）就呈现了狄俄倪索斯被吕库古赶下神山，仓惶落逃的狼狈情形。②与荷马笔下的狄俄倪索斯大相径庭，在《酒神的伴侣》中，狄俄倪索斯打算以神子的身份，进入忒拜这座与他血脉相连的城邦。

狄俄倪索斯随后便提到他与忒拜的渊源。忒拜前国王卡德摩斯的女儿塞墨勒是他的母亲。剧中第二个重要人物卡德摩斯就此出现。在古希腊神话传说中，忒拜城邦由卡德摩斯一手创立。③显然，一方面，卡德摩斯不仅是狄俄倪索斯的外祖父（行2），还是忒拜的缔造者。卡德摩斯虽已退位，但他仍代表着这个古老城邦身后的政治传统。另一方面，尽管狄俄倪索斯借母亲与忒拜建立

---

① 参 Richard Seaford，《欧里庇得斯的〈酒神的伴侣〉》，前揭，页149，注释1。
② 中译本参《伊利亚特》，罗念生、王焕生译，上海：上海人民出版社，2004。
③ 关于卡德摩斯创立忒拜城邦的详情，可参 Timothy Gantz，《早期希腊神话》，前揭，页467—473。

起紧密的关系，有一点却确定无疑：狄俄倪索斯不是忒拜的本地神，而是一位来自北方的外邦新神。①因此，狄俄倪索斯的到来遭到城邦的强烈抵制。也可能正是出于对这种暧昧身份的考虑，狄俄倪索斯才在强调其神性之后，马上突出他与忒拜紧密的血缘关系。狄俄倪索斯的身份也随之起了微妙的变化：他虽是外来的新神，却并非一位"陌生的"神。通过把狄俄倪索斯刻画成一位生于忒拜，历经游荡后重返故里的神，欧里庇得斯赋予此剧极强的感染力。②

　　狄俄倪索斯随后提到两条河流，狄耳刻泉（Dirke）和伊斯墨诺斯河（Ismenus），再次把我们的目光拉回忒拜。古希腊诗人在指称忒拜时，经常提及这两条河流。在他的其他剧作里，欧里庇得斯就直呼忒拜为"两河之间的城邦"。③狄俄倪索斯看似不经意提到这两条河，却令人忆起这座古老城邦初创时的艰辛：夺取泉水与建立城邦这一政治事件直接关联在一起。④就最初孕育生命这点而言，狄耳刻和伊斯墨诺斯之于忒拜，恰如塞墨勒之于狄俄倪索斯。不同的是，忒拜城邦在两支水流的滋育下蓬勃崛起，塞墨勒却为此付出了生命。而今，狄俄倪索斯回到忒拜，旨在让忒拜接受对他的崇拜，不料遭到忒拜的强烈抵制。理由很简单，忒拜城邦早已有了自己的礼法，他们祖辈都敬奉传统诸神。狄俄倪索斯欲迫使忒拜接受他的狂欢仪式，岂不意味着要取代传统诸神，甚至父神宙斯在忒拜的位置？为了实现这一充满肆心的目的，狄俄倪索斯必然要为此寻找恰当的理由。

　　在上文短短的几行开场白中，狄俄倪索斯已然显露出对忒拜

---

① 对此，赫丽生有十分详尽的考证。参氏著，《希腊宗教研究导论》，前揭，页333—348，尤其是页333—335。

② 参赫丽生，《希腊宗教研究导论》，前揭，页342。

③ 参欧里庇得斯，《乞援女》（Suppliants），行621；《腓尼基少女》（Phoenissae），行825；《疯狂的赫拉克勒斯》，行572。

④ 参布克哈特，《希腊人和希腊文明》，王大庆译，上海：上海人民出版社，2008，页99。

的觊觎之心。但他的肆心更为隐秘地暗藏在对赫拉的指控中。接
下来的四句诗由动词"我看见"统领：

> 我看见遭雷击的母亲的坟墓，
> 就在这王宫旁，她的房间的断壁残垣
> 正冒着烟，还闪着宙斯的火焰，
> 那是赫拉对我母亲永不泯灭的肆心。（行6—9）

　　狄俄倪索斯首先提到（看见）了"母亲的坟墓"。有别于前文
充满诗意的委婉说法，这一次，狄俄倪索斯直接提到了塞墨勒的
死亡。然而，由于"坟墓"一词兼含"丰碑、纪念碑"之意，狄俄
倪索斯的确切意旨又变得飘忽不定，充满含混。不过，狄俄倪索
斯在开场不久就两次提到塞墨勒身遭霹雳，至少可以说明，他
并不避讳母亲遭雷击这一事实。从语气来看，狄俄倪索斯甚至着
意强调这点。其实，古希腊人深信，遭雷击是一件神圣的事。狄
俄倪索斯一再提及塞墨勒身遭雷击的事实，或许就想说明，母亲
的死充满尊贵。如此一来，在狄俄倪索斯眼中，塞墨勒之墓也就
成了她的纪念碑，意味着不朽。然而，坟墓又的确作为一个实体
存在，不能不让人直接联想到死亡。这个象征死亡的墓地与王室
并置的场景，不禁令人不寒而栗。尤其考虑到，诗人如是安排场
景，很可能别有用心。按照古希腊习俗，被雷击中者的家人通常
就地掩埋死者，并将雷击之地围起，与外界隔绝（就像卡德摩斯
和狄俄倪索斯的做法，行10—12）。根据泡萨尼阿斯（Pausanias）
的记载，也正如欧里庇得斯在剧中所呈现的，塞墨勒遭雷击时是
卡德摩斯家族的一员。按理，塞墨勒的墓地应安置在卡德摩斯的
旧王宫所在的下城区，而非剧中所示的新王宫所在地（泡萨尼阿
斯，《希腊札记》[Description of Greece]，9.5.2、9.12.3）。狄俄倪
索斯首次提到忒拜时，就将这座城邦夹在了他的两个称呼之间，

而今又把忒拜王室悬于生死之间。这是否暗示，忒拜城邦正由生入死？或者说，这座城邦其实已经开始走向死亡？这一方面因为，狄俄倪索斯所谓的生，也蕴含着死；另一方面，狄俄倪索斯其实早已在忒拜起作用（行 23—25、32—38）。由此可见，狄俄倪索斯将母亲的坟墓与王室并置已在很大程度上表明，他的下一个目标将直指象征忒拜权力核心的王族。

　　狄俄倪索斯随后出人意表地话锋一转，将母亲的死归咎于赫拉。他还认定，塞墨勒之死源于赫拉（神）对塞墨勒（凡人）的 ὕβριν[肆心]。ὕβριν 一词用在此处极不合宜，它通常用在凡人而非神身上。[①]ὕβριν 的原形是 ὕβρις，含义丰富，最为核心的意思是对他人荣誉的严重攻击。它通常指一种蓄意行为，行为者的典型动机是为了显示某种优越感。[②]亚里士多德在《修辞学》中也谈到了"肆心"问题（1378b—1379a）。在那里，他着重分析了侮慢者通过恣肆行为以示"优越"的心理。从赫西俄德（Hesiod）的一段残篇来看（fr.30 MW 2.12—19），ὕβρις 直接划定了人与神的界线，用于指凡人对神犯下的最严重罪行。在《劳作与时日》（*Works and Days*）中，赫西俄德则直接将肆心与正义对举，规劝佩耳塞斯（Perses）要倾听正义，勿抱"肆心"（行 213）。据说，赫西俄德萌发创作《劳作与时日》的初衷，就是想劝谕这位多少有些不义的兄弟。[③]对 ὕβρις 的传统看法，在古希腊悲剧中得到最为直观的反映。埃斯库罗斯更多在宗教意义上使用该词，强调人与诸神之间

---

① 甘茨和鲁均指出，ὕβρις 一词用在此处不妥。参 Timothy Gantz，《早期希腊神话》，前揭，页 475；另参 Jeanne Roux，《欧里庇得斯的〈酒神的伴侣〉》（卷二），前揭，1972，页 243，注释 9。

② 参 N. R. E. Fisher，《肆心：古希腊荣誉与羞耻的价值研究》（*Hybris: A Study in the Values of Honour and Shame in Ancient Greece*），Warminster：Aris & Phillips，1992，页 1。

③ 参赫西俄德，《工作与时日·神谱》，张竹明、蒋平译，北京：商务印书馆，1997，页 2。

的秩序，更恰切地说，强调的是诸神之于人的优越性。在这个意义上，埃斯库罗斯笔下的 *ὕβρις* 通常指人对诸神的冒犯。在《波斯人》(*Persians*)中，大流士(Darius)的鬼魂提醒道：

> 他们会在这里遇上最大的苦难，
> 为他们的肆心和无神思想付出代价：
> 因为他们到希腊后全然不敬神……(行 807—809)

稍后的索福克勒斯更常用该词指人类的相互谴责，其中也暗含着某种优越性，亦即在正义与不义、合法与不合法或者正当与不正当之间，自己其实属于前者——至少在控诉者看来如此。在《安提戈涅》(*Antigone*)中，克瑞翁(Creon)如是指责安提戈涅(Antigone)：

> 这女孩子刚才违背既定法令时，
> 已经完全学会了放肆；
> 事后还是如此放肆，这就是第二重肆心。(行 480—482)

可见，"肆心"本身蕴含着某种秩序。因此，它可用于人与神甚至人类之间，皆强调处低位者对居高位者的冒犯。在古希腊诗文中，将该词用于指控神对人行为的不当，欧里庇得斯可谓独一无二。令人费解的是，狄俄倪索斯为何用 *ὕβριν* 指责赫拉(神)对塞墨勒(凡人)的行为？毕竟，他从一开始就煞费苦心地想要确立自己的神性，足见他对神之于人的优越性心知肚明。狄俄倪索斯此处使用的这个语词，却无异于推翻了自己苦心孤诣想要建立起来的秩序。其实，从前文的铺垫不难看出，狄俄倪索斯费尽心力想做的，就是把母亲塞墨勒打造成一位不朽的神。通过谴责赫拉对塞墨勒的肆心，至少可以表明，狄俄倪索斯将母亲视为与赫拉一样的神。如此一来，至少在属性上，塞墨勒可与赫拉平起平坐。不过，就算把塞墨勒抬高到神的地位，也还不是狄俄倪索斯的最终目的。因为即便诸神之间也存在差序：身为天后的赫拉，显然要高于绝大多数其他神。[①]看来，即便赋予母亲神性，也并不能证明塞墨勒之于赫拉的优越性。要证明塞墨勒（凡人）之于赫拉（传统神）的优越性，必须跳出传统的神人秩序。而这也就表明，狄俄倪索斯心中其实早已酝酿着另一套优越性的评判标准。这套标准就暗藏在赫拉对塞墨勒的肆心这个本身就恣肆的"看法"中。不难看出，为达到自己的目的，狄俄倪索斯诉诸正义——他把正义置于神性之上。这就透露，诸神未必正义，诸神有时甚至还不如人类正义。[②]就这样，狄俄倪索斯表面是要赋予母亲神性，实际又悄悄抹去了这种必要，由此也隐秘地抹煞了人与神的差异。但他就此达到了欲求的效果：通过控诉原本应秉持更高德性的女神赫拉对凡人塞墨勒的"肆心"，观众的同情心立刻转向后者。与此同时，狄俄倪索斯也成功将自己塑造成为母亲讨回公道的复仇者，摇身成了正义的化身。[③]

　　有趣的是，亚里士多德《修辞学》中探讨肆心问题的那卷，主题是修辞术。他指出，修辞术的目的是影响他人的"判断"。为此，演说者不仅要能证明自己的论点，还应掌握一项特别的能力：揣摩听众的情感并利用之。[④]如此看来，狄俄倪索斯俨然是一名出色的演说家。不过，有关塞墨勒与赫拉关系的整个叙述，

[①]　"我这样一个神明中最尊贵的女神"（荷马，《伊利亚特》，18.364）。

[②]　欧里庇得斯早期剧作中的人物时常表示对诸神的不满。在他笔下，连诸神都相互指责，最为极端的例子是在《希珀吕托斯》中，阿耳忒弥斯谴责阿弗洛狄特"无恶不作"（行 1400）。

[③]　参 Jeanne Roux，《欧里庇得斯的〈酒神的伴侣〉》（卷二），前揭，页 243，注释 9。

[④]　参《修辞学》1377b 以下—1378a 以下。中译本参罗念生译，收于《罗念生全集》（卷一），上海：上海人出版社，2007。但亚里士多德同时还提醒我们注意演说者的意图。

全由动词"我看见"统领。这毋宁是说，狄俄倪索斯所"见"，凭借的全是他的"视角"。因此，事实是否如此，大可怀疑。那么，塞墨勒之死的真相到底如何呢？

　　有关塞墨勒的记载，最早可能见诸荷马。但荷马只在《伊利亚特》（14.325）中信笔提到，她生了狄俄倪索斯。塞墨勒与卡德摩斯的关系，到赫西俄德才有明确说明（《神谱》[*Theogony*]，行940）。关于塞墨勒身亡的叙述，最早也可能出自赫西俄德。不过在《神谱》（行942）中，赫西俄德只是说她"得永生"。至于塞墨勒在宙斯霹雳火的打击下身亡的故事，品达的《奥林波斯竞技凯歌》（*Olympian Odes*）有所提及："那葬身霹雳咆哮声中的长发的塞墨勒，如今住在奥林波斯众神中"（2.26—27）。奇怪的是，在早期诗人笔下，赫拉并未出现在相关描述里。埃斯库罗斯创作过一部与塞墨勒同名的悲剧，可惜现已散佚。但柏拉图的《王制》为我们提供了埃斯库罗斯另一部相关剧作的线索。在卷二中，苏格拉底曾指控诗人就诸神之事说谎，他还特别提到"弄出个变成祭司的赫拉"（381d）。① 埃斯库罗斯的这一说法很可能直接影响了后世作家对塞墨勒故事的讲述。后世的狄奥多洛斯（Diodoros）、阿波罗多洛斯（Apollodorus）和奥维德（Ovid）等人在描述关于塞墨勒的遭遇时，不谋而合地提到赫拉。其中，狄奥多洛斯分别提到塞墨勒不幸遭遇的两个版本，突出的都是塞墨勒本人的不明智：塞墨勒向宙斯提出非分之请，非要见宙斯的真容，最终被霹雳火击死，这才是她不幸命运的根本原因。② 如此看来，赫拉究竟有没有在其中扮演角色已无足轻重。而这也无疑表明，

---

① 有注家发现，这句诗行出自埃斯库罗斯的另一部佚失剧作《起毛女工》（*Xantriai*）。参 Allan Bloom，《柏拉图的〈王制〉》（*The Republic of Plato*），New York：Basic Books，1968/1991，页450，注释54。此剧的主题与《酒神的伴侣》可能甚为相关（参埃斯库罗斯残篇197）。

② 狄奥多洛斯，《历史丛书》（*Bibliotheca Historica*），3.64.3—4，4.2.2—3。

真正怀有肆心之人恰恰是塞墨勒本人。这可能也是狄奥多洛斯叙述的要害所在。在相关叙述中加入赫拉妒忌的要素，是比较晚期（譬如奥维德）的做法。[①]奥维德的叙述实际上模糊了塞墨勒毁灭的根本原因。因为这样一来，人们似乎更容易想当然将责任推到赫拉（女性的妒忌）身上。

　　在《酒神的伴侣》中，欧里庇得斯同样引入了赫拉。不过，他在剧中含糊其辞，既没有提到赫拉的诡计，也未提及她的妒忌，而是一上来就给赫拉扣上了莫大的"肆心"罪名。这种做法十分唐突，效果却可能出奇地好：观众可能还来不及细究就毅然接受了狄俄倪索斯的说法。不过，显而易见，欧里庇得斯对塞墨勒身亡故事的叙述极富选择性。而这可能恰恰暴露了他的真正意图：欧里庇得斯试图用新神狄俄倪索斯取代传统的奥林波斯神。既然真正怀有肆心的是狄俄倪索斯的母亲塞墨勒——身为凡人的她想取得像传统神赫拉一样高的位置，这显然是凡人对神的肆心。狄俄倪索斯却倒打一耙，把它说成传统神对凡人的肆心。这表明他要把母亲的肆心，亦即把凡人对传统神的肆心正当化。同时也暗示，作为神子和新神的狄俄倪索斯也可能想取代传统神的位置，并将自己的这种肆心正当化。较之传统的奥林波斯诸神，狄俄倪索斯的神性悄然起了变化。

二、肆心与民主

　　剧中表明，新神狄俄倪索斯与传统诸神判然有别。狄俄倪索斯不仅暗中取消了神与人的差别，还在酒神崇拜中取消了人与人的差异。剧中的酒神崇拜者，既有忒拜的创始者卡德摩斯，又有忒拜公民身份最低的女子。这种不分高低的混合，将酒神崇拜的

---

① 参奥维德，《变形记》（*Metamorphoses*），行 253—350。中译本参杨周翰译，北京：人民文学出版社，1984。

民主特征表现得淋漓尽致。狄俄倪索斯虽是人们的敬拜对象，却又混迹于狂女队伍，与之打成一片（行 145—149）。狄俄倪索斯的装束也与崇拜者们别无二致。[①] 在《酒神的伴侣》中，狄俄倪索斯的身份模棱两可：他既是神，也是人，还是兽；他既是外邦人，又是忒拜人；他既像男人，又带女相。这种含混的身份无不是为了抹去神、人、兽之间的差异，以缔造人人平等的世界城邦。

　　由于酒神崇拜的品质与忒拜城邦格格不入，狄俄倪索斯要将这种崇尚狂欢的仪式引入忒拜，必然遇到重重障碍。为此，狄俄倪索斯还必须寻找一位得力助手。在忒拜的王室成员中，唯有卡德摩斯受到他的称赞：

> 我赞美卡德摩斯，他使此地——他女儿的坟陵
>
> 神圣不可侵犯；而我，用了无数葡萄藤
>
> 新枝将此地四周围起。（行 10—12，楷体强调为笔者所加）

　　狄俄倪索斯对卡德摩斯的态度与上文对赫拉的谴责形成鲜明对照。在此，狄俄倪索斯像是在划分敌友。卡德摩斯之所以受狄俄倪索斯垂青，是因为他用实际行动表达了对塞墨勒的赞许（至少是默认）。这与他对赫拉及其他王室成员的态度截然相反（行 26—31、233—245）。从一定意义上讲，卡德摩斯将塞墨勒遭雷击之地围起，既是在遵从古希腊的传统习俗，也是出于对家族成员行为的认可。此外，由于"神圣不可侵犯"一词含有浓重的宗教意味，这似乎也在提示我们，卡德摩斯还相当虔敬。就这样，打一开始，卡德摩斯就显得虔敬、遵从传统的宗教习俗，富有家族感，俨然成了传统礼法的典范。[②] 但从另一方面来看，卡德摩

---

① 参赫丽生，《希腊宗教研究导论》，前揭，页 365—366。

② 参 Jeanne Roux，《欧里庇得斯的〈酒神的伴侣〉》（卷二），前揭，页 243。另参 G. S. Kirk，《欧里庇得斯的〈酒神的伴侣〉》，前揭，页 26；以及 E. R. Dodds，《欧里庇得斯的〈酒神的伴侣〉》，前揭，页 64。

斯的做法可谓离经叛道。他对塞墨勒的态度迥异于其他神话传说中的老王——他们大多将自己女儿与神的私情视为羞耻，对她们为神所生的子嗣同样"充满敌意"。[①] 相形之下，卡德摩斯对待女儿的态度要宽容得多。塞墨勒因自身的恣肆之举自取其祸，卡德摩斯维护的不再是家族的荣誉，而是女儿的肆心。从这个意义上讲，他使塞墨勒的坟地神圣不可侵犯，相当于将凡人对神的肆心神圣化。狄俄倪索斯赞美卡德摩斯的这种做法，也就是在赞美凡人的僭越，默许人与神平起平坐。

更为奇怪的是，欧里庇得斯笔下的卡德摩斯甚至没有排斥狄俄倪索斯这位新神——他显得十分开放和包容。在这点上，塞墨勒的姐妹们与父亲的态度形成天壤之别（行26—31）。这甚至表明，塞墨勒的姐妹们比父亲更清楚意识到，新神狄俄倪索斯的到来势必给忒拜城邦带来冲击。兴许正因为狄俄倪索斯认识到，她们比卡德摩斯更明智，他才强调让她们"心智狂乱"（行33）。事实上，对于狄俄倪索斯的可疑身份，卡德摩斯并非全无察觉，他对此还了然于胸。在劝说忒拜现任国王彭透斯接受狄俄倪索斯时，卡德摩斯明确表示：

> 即便他不是神，如你所言，
> 你也且称他为神吧；漂亮地扯个谎，
> 说他就是神，这样一来，塞墨勒就像生下了一位神，

---

① 这样的例子在古希腊神话传说中比比皆是。风神的女儿墨拉尼佩（Melanippe）与海神波塞冬相恋，并为他生下两个儿子。为了惩罚她与海神的奸情，墨拉尼佩的父亲用手指抠出女儿的双眼，并将两个外孙抛到荒郊野外。另据泡萨尼阿斯记载，赫卡塔厄乌斯（Hecataeus）讲了奥格（Auge）与赫拉克勒斯（Heracles）的故事。奥格是阿卡迪亚地区一个王国的公主，受赫拉克勒斯引诱，并为他生下一子。国王阿勒乌斯（Aleus）一怒之下将母子二人锁入柜中，沉入大海（《希腊札记》，8.4.8—9）。参Richard Seaford，《欧里庇得斯的〈酒神的伴侣〉》，前揭，页152，注释30。

能为我们光耀门楣。(行 333—336)

　　由此可见，卡德摩斯之所以接受新神，纯属天性使然——他天生就对家族成员富有同情心。剧中对卡德摩斯一以贯之的刻画还表明，他自始至终都将家族利益置于城邦利益之上。兴许正是抓住了卡德摩斯天性上的这个弱点，狄俄倪索斯将他视为自己征服忒拜城邦的有力盟友。但如此一来，我们不得不重新审视卡德摩斯的虔敬。说到底，卡德摩斯这种基于家族感情的虔敬，并非真正的虔敬。[①] 在某种程度上，卡德摩斯的确可谓狄俄倪索斯的盟友，因为他们的着眼点都不是城邦：卡德摩斯看重的是比城邦共同体更狭隘的家族感情，狄俄倪索斯所要追求的则远远超越于城邦之上(行 20—25、48—50)。

　　赞美卡德摩斯之后，狄俄倪索斯随后提到“而我，用了无数葡萄藤新枝将它四周围起”(行 11—12)。在此，狄俄倪索斯又有意彰显他与卡德摩斯的区别。[②] 这种鲜明的对照，通过人称的对比直观体现出来。卡德摩斯依忒拜传统习俗将塞墨勒的葬身之地围起，不仅使她在礼法上获得承认，更赋予她神样的不朽地位。对此，狄俄倪索斯予以充分肯定。但他似乎还想表明，真正赋予母亲不朽地位之人，乃是他本人。不难看出，卡德摩斯的举动虽使塞墨勒获得习俗的承认，却未得到城邦的实质认可——卡德摩斯的其他女儿们为维护城邦礼法(甚至正义)，不惜出口“中伤”塞墨勒(行 26—31)。

　　赫西俄德和品达均在诗中暗示，塞墨勒获得不朽地位确实是“母凭子贵”。[③] 另据狄奥多洛斯和泡萨尼阿斯，狄俄倪索斯曾下

① 参 Jeanne Roux，《欧里庇得斯的〈酒神的伴侣〉》(卷二)，前揭，页 243。
② 绝大多数现代译者在翻译时都采用了不同程度的强调句。参柯克(G. S. Kirk)、西福德(Richard Seaford)、萨瑟兰、韦(Arthur S. Way)、鲁以及拉克鲁瓦(Maurice Lacroix)等人的译本。
③ 参赫西俄德，《神谱》，行 942；品达，《奥林波斯竞技凯歌》，2.26—27。

到冥府把母亲带回，塞墨勒也因此获得永生。[①] 狄俄倪索斯深知，卡德摩斯的举措远未获得其他王族成员的认可。为了粉饰塞墨勒的肆心，他还需用"新枝"——新的观念来维护、装饰本该消逝的东西，使其焕发新意。

剧中透露，酒神崇拜是一种充满女人气的崇拜，狄俄倪索斯本人就面带几分女相。此外，狄俄倪索斯把一路随他来到忒拜的酒神狂女（Bacchae）称为"侍者和旅伴"。在讲述使忒拜女子发狂时，狄俄倪索斯有意提到，忒拜女子和卡德摩斯的女儿们"混"在一起（行37）。评论家们指出，该词最能体现酒神崇拜的民主特征。[②] 这种混合勾销了不同类型的人的区别。在谈到雅典建立的那种极端民主制时，亚里士多德就用到了这个语词。他指出，这种高低的混合，必将导致差序的消失和秩序的混乱。[③] 严格来讲，这种混合涉及的是一种非常态的生活方式。这种全民参与，不加区分的敬拜活动，实际上只能限定于节庆期间。狄俄倪索斯却力图使酒神崇拜遍布希腊乃至整个世界，就是要将这种非常态的生活方式变成政治生活的常态，这必定给城邦带来灭顶之灾。明智的统治者要考虑的恰恰是如何采取有效措施，控制这种随时可能陷入失控的全民参与。但在《酒神的伴侣》中，欧里庇得斯似乎想通过酒神崇拜蕴含的民主特征呈现一个别样的酒神式城邦。

从开场短短几行诗句可以看出，欧里庇得斯虽显得是在向传统回归，实际上却暗中颠覆了传统，让一位新神以另一套标准公然质疑传统神的神性。这种前所未有的做法同样令诗人的肆心昭然若揭。欧里庇得斯早年公然质疑和控诉诸神，相形之下，《酒

---

① 参狄奥多洛斯，《历史丛书》，4.25.4；泡萨尼阿斯，《希腊札记》，2.31.2。

② 参 Richard Seaford，《欧里庇得斯的〈酒神的伴侣〉》前揭，页152，注释37；E. R. Dodds，《欧里庇得斯的〈酒神的伴侣〉》，前揭，页68，注释37。

③ 参《政治学》1319b25—30以下。中译本参吴寿彭译，北京：商务印书馆，2004。

神的伴侣》有过之而无不及。甚至有学者断言，在现存的所有希腊悲剧中，《酒神的伴侣》是最具肆心的剧作之一。[①] 因为欧里庇得斯在此剧中"最自觉"地诋毁了传统，拥抱了民主政治。与前期作品不同的是，欧里庇得斯一改往日公然质疑诸神的做法，采用更为隐秘的手法。

三、酒神精神的普世化

狄俄倪索斯接下来细数了自己一路来到忒拜的所经之地：

> 我离开了盛产黄金的吕底亚土地
> 和弗里吉亚，途经骄阳炙烤的波斯高原、
> 巴克特里亚城关、严酷的
> 墨迪亚、富庶的阿拉伯，
> 以及亚细亚的所有滨海城邦，
> 城中矗立着美丽的望塔，
> 希腊人与外邦人杂居其间。(行 13—19)

剧本借此呈现出一种"宏大的空间感"。[②]这种不断延伸的开阔空间和视野，迥异于相对封闭的忒拜城邦，也给人带来一种步步进逼的局促感。狄俄倪索斯首先提到"离开"吕底亚和弗里吉亚(Phrygia)；该词常用于引出行程的出发点——可以是长期居住之所，也可为短暂停留之地。从文脉可知，欧里庇得斯意在将这两个小亚细亚地名呈现为狄俄倪索斯的长期居所，更确切地说是他的第二故乡(行 86、234、464)。但据赫丽生考证，酒神崇

---

① 参 N. R. E. Fisher,《肆心：古希腊荣誉与羞耻的价值研究》，前揭，页 443。
② 参施米特,《陆地与海洋》，林国基、周敏译，上海：华东师范大学出版社，2006，页 35。

拜的真正发源地是毗邻马其顿的北部蛮族色雷斯（Thrace）。对于这点，旅居马其顿创作此剧的欧里庇得斯应熟稔于心。[1] 由此看来，将酒神崇拜的发源地由色雷斯挪到吕底亚和弗里吉亚，更像是诗人刻意为之。我们稍后就会发现欧里庇得斯过人的学识。在细数狄俄倪索斯的途经之地时，诗人的描述均恰如其分，不输谙熟地理志的自然科学家。[2] 这种强烈的反差不免引人细究欧里庇得斯把酒神崇拜的发源地移到吕底亚和弗里吉亚的意图。

从地理位置上看，色雷斯紧邻希腊北疆马其顿。吕底亚和弗里吉亚却远在爱琴海东岸，与希腊隔海相望，相距遥远。在酒神崇拜发源地的选址上，欧里庇得斯明显舍近求远。如此一来，他就能为列举那些引人遐想的途经之地留下充足空间。欧里庇得斯列数这些地名时，信手拈来，相当随意，其实另有深意。由吕底亚和弗里吉亚到希腊，途经好些别的地方，欧里庇得斯为何偏提这些地名呢？从这些地方的地貌特征来看，狄俄倪索斯此番旅程覆盖范围之广，令人咋舌：从平原到高原，再到山地，从酷暑难耐的波斯（Persia）到常年冰雪不消的墨迪亚（Medes），从富有之乡到蛮荒之地。欧里庇得斯会不会借这种地理的广阔视野，传达酒神崇拜的普世性呢？毕竟，狄俄倪索斯早已宣称，他的所到之处均已接受狂欢教仪。

据狄俄倪索斯宣称，不仅酒神崇拜的发源地接受了酒神的教仪，连亚细亚诸邦也都加入其中。有别于前文提到的诸地，在这些城邦中，"希腊人与外邦人杂居其间"。希腊人和外邦人杂居的

---

[1]　参赫丽生，《希腊宗教研究导论》，前揭，页341。

[2]　关于这些地方的考证，参希罗多德，《原史》（*The Histories*），5.101、3.8（中译本参希罗多德，《历史》，王以铸译，北京：商务印书馆，2007）；西塞罗，《论共和国》，2.4.9（中译本参王焕生译，上海：上海人民出版社，2006；尤其是斯特拉博（Strabo），《地理志》（*Geography*）（3卷本），trans. by Horace Leonard Jones, Cambridge, MA.: Harvard University Press, 1928/1944/1954/1961/1988/2000/2006, 11.8.2。

情形，相当于将人们带回了希腊的早期殖民时代。古希腊的早期
殖民扩张为希腊民众打开了一个全新的世界。随着殖民扩张的发
展，希腊人除了从中获得切实的经济利益，也从外邦输入了不少
新奇事物。发生在公元前 5 世纪初的希波战争（Persian War），一
定程度上激发了雅典观众对充满异域情调的外邦的强烈好奇。[①]
欧里庇得斯在剧中不厌其烦地描述这些浓郁神秘色彩的城邦，既
能满足观众的好奇心，也能满足他们的民族自豪感，这似乎切合
一名参加悲剧竞技的剧作家的心理：剧作家为吸引观众耍些“小
伎俩”，无可厚非。但欧里庇得斯笔下出现了明显的年代错位。
他竟让卡德摩斯时代的人，提及雅典数百年后才建立起来的殖民
地。[②]虽说这种错误在悲剧创作中无伤大雅，但我们有理由相信，
学识渊博的欧里庇得斯犯下这种常识性错误另有原因。诗人会不
会通过把数百年后将归于希腊名下的殖民地归至狄俄倪索斯，让
他的观众相信，希腊在征服这些地方之前，其实早已是酒神信
徒？事实也确乎如此。很可能早在青铜时代末，酒神崇拜就已进
入希腊。[③]但与剧中所示情形不同，希腊征服外邦靠的是赤裸裸
的武力，狄俄倪索斯征服这些地方，采用的是和平方式，“组建
歌舞队，订立我的秘仪”（行 20—21）。因此，与其说狄俄倪索斯
一路途经波斯、巴克特里亚（Bactria）、墨迪亚、阿拉伯和亚细亚
诸邦，不如说他一路和平征服了这些地方。

　　亚细亚诸邦与希腊文明联系更为紧密。在描述这个区域时，
欧里庇得斯更费心思。文中出现的 καλλιπυργώτους[有美丽望塔

①　参 G. S. Kirk，《欧里庇得斯的〈酒神的伴侣〉》，前揭，页 26—27。
②　参 John Edwin Sandys，《欧里庇得斯的〈酒神的伴侣〉》，前揭，页 92；另参 E. R.
　　Dodds，《欧里庇得斯的〈酒神的伴侣〉》，前揭，页 65。
③　柯克指出，狄俄倪索斯的名字出现在一块克里特的线性文字 B（Linear B）上。
　　参 G. S. Kirk，《欧里庇得斯的〈酒神的伴侣〉》，前揭，页 28。

的], 是欧里庇得斯杜撰的新词。[①] 这个新造词没有出现在与希腊文明几无联系的遥远外邦, 却出现在这里; 欧里庇得斯并未提及城中的其他建筑, 却唯独提到这种独特的"美丽的望塔"。一切都显得不同寻常。καλλιπυργώτους 由 κάλος[美丽的] 和 πύργος[望塔] 构成。πύργος 除含望塔之意, 还可泛指防御工事。实际上, 望塔给人的第一印象是战争和严峻的形势。[②] 将这样一个残酷而充满强烈政治意味的语词与一个与之品质完全不同的修饰语放在一起, 显得极不协调。欧里庇得斯会不会想借此弱化, 甚至取消政治世界残酷的敌友对立, 另绘一个美丽新世界? 这个美丽新世界与狄俄倪索斯初步呈现的世界城邦有无关联呢?

狄俄倪索斯表示, 他轻而易举就征服了这些地方。一种外来的狂欢教仪在外邦诸地如此受欢迎, 多少有些出人意料。因为对于这些地方而言, 狄俄倪索斯同样是外邦神。通常而言, 一个共同体会审慎接受一种新的宗教信仰, 至少会考虑新神是否会与他们的神对抗; 这必然关系到新神的品质。作为城邦礼法的基石, 宗教信仰的品质直接攸关政治共同体的品质。就目前来看, 狂欢教仪的确切品质晦暗不明, 但剧中已暗示, 这是一种具普世性的宗教。但在希腊人的传统认识里, 酒神崇拜并非一种普世宗教。古代作家的记载和现代的大量研究均证实, 酒神崇拜首先是秘

---

① 参 E. R. Dodds,《欧里庇得斯的〈酒神的伴侣〉》, 前揭, 页 65。
② Πυργος 一词多见于战事描写中。例如在荷马的《伊利亚特》、埃斯库罗斯的《七将攻忒拜》、欧里庇得斯的《腓尼基少女》, 以及史家修昔底德《伯罗奔半岛战争志》和希罗多德的《原史》中, 该词出现的频率极高。另比较欧里庇得斯对该词的运用:《海伦》(Helen), 行 402、559、1511;《伊菲革涅亚在奥利斯》, 行 774、1261;《腓尼基少女》, 行 181、219、489、622、711、824、1002、1091、1167、1170、1196、1224、1356;《美狄亚》(Medea), 行 390;《安德洛马刻》(Andromache), 行 10、516;《赫卡柏》, 行 17、911、1112、1209;《特洛亚妇女》, 行 5、12、725、784、956、1010、1121;《乞援女》, 行 652、910;《瑞索斯》(Rhesus), 行 391、448、504 等。

仪。①然而，在《酒神的伴侣》中，欧里庇得斯显然未将酒神崇拜
表现为秘仪。秘仪的几大特点，譬如入教资格，秘教成员独享的
来世特权等，在剧中均无体现。②诗人出于其他考虑，摈弃了酒
神崇拜的秘仪色彩，而将之表现为一种针对"全人类"，向所有
人敞开的普世宗教。③剧中的歌队还将明示，她们的酒神教仪并
不追求来世的福祉，而是追求此时此地的快乐。

　　耐人寻味的是，从吕底亚到忒拜的行程，不单纯是一个地
理上由远及近的过程，也是一种全新生活方式向古老的城邦生
活步步进逼的过程。希腊人和外邦人杂居的亚细亚城邦，显然
更邻近希腊，受希腊文明的影响也更大。我们不妨换种方式表
述狄俄倪索斯的整个旅程：几乎不受（或鲜受）希腊影响的城
邦—深受希腊文明影响的亚细亚诸邦—希腊城邦的典范忒拜。
显而易见，经长篇铺垫，狄俄倪索斯最终把目的地指向了忒
拜。④奇怪的是，狄俄倪索斯似乎用了同义反复的句式："我第

①　参斯特拉博，《地理志》，10.3.10；Richard Seford，《欧里庇得斯的〈酒神的伴
　　侣〉》，前揭，页39—44。
②　莱尼克斯专辟一章对此进行了精彩且极富洞见的阐发。参 Valdis Leinieks，
　　《狄俄倪索斯的城邦：欧里庇得斯的〈酒神的伴侣〉研究》，前揭，第六章，页
　　123—152。从赫拉克利特（Heraclitus）对酒神崇拜的攻击中也可知，酒神崇拜
　　在古希腊为秘仪，"那些……祭司、酒神女侍、秘仪信众。[他威吓这些人死后
　　要受罚，他预言这些人要受火刑。]因为他们以一种不虔诚的方式来传授那些
　　人间流行的秘法。"（赫拉克利特辑语14，伊蒂尔斯的辑补）。参赫拉克利特，
　　《赫拉克利特著作残篇》（中英希对照本），楚荷译，桂林：广西师范大学出版
　　社，2007年。
③　多兹一针见血地指出，狄俄倪索斯的传教针对的是"全人类"，参 E. R. Dodds，
　　《欧里庇得斯的〈酒神的伴侣〉》，前揭，页65。
④　整个句子贯穿行13—22。这个句子看似复杂，但只要抓住几个关键动词，还
　　是相当清楚的。狄俄倪索斯先用两个不定过去时的分词形式（λιπών[离开]、
　　ἐπελϑών[经过]）引出抵达忒拜之前的行程；之后出现的关键性动词 ἦλϑον
　　（ἔρχομαι[来到]的不定过去时）才是整个句子的主词，用以引出整个旅程的
　　终点忒拜。从笔者所掌握的译本来看，仅有西德福译本较准确地传达出整个
　　句式结构。

一次来到希腊人的这座城邦，在希腊这片土地上，我第一个让忒拜……"（行22、23）校勘者和评注者也对此感到困惑。有人认为，这两行诗是同义反复，旨在强调狄俄倪索斯最终抵达目的地忒拜。[①] 但从语境来看，两句诗行强调的重点并不相同，尤其是行22所处的位置，透露了与行23的区别。行22前数行均在讲述狄俄倪索斯在亚细亚滨海诸邦的情况，这些城邦的基本情况是"希腊人与外邦人杂居"。紧接其后，狄俄倪索斯又提到忒拜。那么，行22更像是在区分希腊与其他亚细亚之外的城邦；而行23则意在把忒拜与别的希腊城邦区别开来。[②]

四、狄俄倪索斯的血气

狄俄倪索斯表示，他最初踏足忒拜就遭到了强烈抵制，盖因其神性遭到质疑。为此，他让忒拜狂欢作乐、腰缠幼鹿皮、手执酒神杖（行24—25）。狄俄倪索斯的做法带有明显的报复色彩，也显示出他极强的血气。悖谬的是，此话同样让人觉得，狄俄倪索斯让忒拜变得信奉酒神，就是对这个城邦进行惩罚。狄俄倪索斯在外邦传教，采用的方式要温和得多（行20—21）。在外邦，这种温和的方式也屡试不爽。但狄俄倪索斯在外邦得心应手的策略，在他最初进军忒拜时就失去了效用。较之外邦人的自愿，忒拜女子被迫成了狂女。狄俄倪索斯所用的句式，已然包含了这种意味。[③]

传统上，狄俄倪索斯的崇拜者有两类人：一是男性崇拜者萨图尔，俗称羊人，以放浪形骸、纵情声色著称；还有一类是迈那

---

① 参 E. R. Dodds,《欧里庇得斯的〈酒神的伴侣〉》，前揭，页65；John Edwin Sandys,《欧里庇得斯的〈酒神的伴侣〉》，前揭，页92—93；Richard Seaford,《欧里庇得斯的〈酒神的伴侣〉》，前揭，页151；以及 I. T. Beckwith ed.,《欧里庇得斯：〈酒神的伴侣〉》，前揭，页19。

② 参 I. T. Beckwith ed.,《欧里庇得斯：〈酒神的伴侣〉》，前揭，页19。

③ 主词是不定过去时，另有两个不定过去时的分词形式分别统领。

得斯（Maenads），或称酒神狂女。^①有别于身为某个特定原始民族的萨图尔人，狂女们并不局限于某个民族，任何民族都可以出现狄俄倪索斯的女性崇拜者——这不仅契合酒神教仪的普世色彩，也与欧里庇得斯的题旨若合符节。本剧剧名《酒神的伴侣》，直译为"酒神狂女"。通观全剧，欧里庇得斯也只着眼于酒神的女信徒，只字未提他的男性崇拜者。尽管在最核心的要素上，欧里庇得斯没有把酒神崇拜表现为秘仪，但这并不妨碍他保留某些秘仪要素。对于酒神秘仪要素在本剧中的呈现和运用，欧里庇得斯极富选择性。可以肯定，任何重视秩序、理性和节制的共同体，都不可能将"狂欢"作为生活的常态推行。作为一种非常态的生活方式，狂欢本身意味着欲望的无节制和释放，势必打乱社会的正常秩序。因此，对于一个政治共同体而言，纳入狂欢的可行办法，是将之限定在某种特定的宗教团体内，允许它在特定时期和特定地点——通常是在远离共同体的山上——举行。即便在民主制鼎盛的伯利克勒斯（Pericles）治下，狂欢仪式也并没有得到人们的普遍推崇：有身份的男子，不会允许家里的女子上山狂欢；普通人家的女子也要遵循宗教传统，并非随时都能享有狂女的自由。^②在剧中，欧里庇得斯把这种标榜快乐、自由的崇拜方式与狂女的狂欢挂钩，明显不符合人们对酒神崇拜的看法，却恰如其分地界定了剧中所要呈现的酒神崇拜的品质。

　　酒神的女信徒相信，与酒神崇拜相关的装束能帮助她们进入迷狂。作为剧中重要意象的幼鹿皮和酒神杖，皆为狂女的典型装束。^③她们认为，幼鹿皮和酒神杖能赋予她们某种魔力。剧中由

---

① 关于这两类崇拜者，详参赫丽生，《希腊宗教研究导论》，前揭，页348—367。
② 参赫丽生，《希腊宗教研究导论》，前揭，页364—365。
③ 幼鹿皮，参行24、111、137、176、249、696、698、835；酒神杖（茴香棒、常春藤杖），参行25、80、113、146、176、250、308、495、556、704、706、724、762、798、941、1055、1099、1141、1157、1158、1386。

吕底亚狂女组成的歌队，就把幼鹿皮说成她们的"神圣外套"（行137）。在欧里庇得斯的另一部剧作中，歌队还提到幼鹿皮的"强大力量"（《海伦》，行1358）。后文还通过彭透斯态度的突转暗示，整套狂女装扮的确有完全改变人的精神状态的魔力（行918—922）。有意思的是，此处的"酒神杖"也是欧里庇得斯杜撰的新词。在希腊文献中，该词还是头一回出现。[1] 酒神杖其实就是大茴香棒，做法很简单：在棍子顶端挖出一个空顶，嵌入常春藤或葡萄藤即成。因此，酒神杖又名"茴香棒"或"常春藤杖"。狄俄倪索斯在此称酒神杖为"缠着常春藤的标枪"（行25），令人颇感意外。他为何在外邦传教时强调和平，在此却凸显武力？酒神杖的确可以作为武器使用，只消把棍子顶端的偏葡萄藤或常春藤换成锐器。酒神杖的威力，在报信人所述的奇观中得到最直接、最充分的体现（行704—711）。在那里，酒神杖又被称作"标枪"。这种说法在《酒神的伴侣》中也得到证实，狂女们的确将酒神杖用作攻击敌人的武器（行761、1099）。在欧里庇得斯的《伊翁》（行217）中，歌队也明确表示，狄俄倪索斯曾用"和平的酒神杖杀死地母神的另一个儿子"。[2] 但这种表述十分悖谬——既然酒神杖是杀人的武器，又怎会是"和平的"？

幼鹿皮和酒神杖还透露出，酒神崇拜与大自然有着千丝万缕的关系。毛皮和茴香棒均取于自然，既是狂女出没山间捕食猎物的战利品，也是工具。[3] 可能是城邦出于对自身的考虑，也兴许是秘教成员对秘仪保密性的顾及，传统的酒神秘仪一般在山间举行。在这点上，欧里庇得斯显得与传统一致。进山就成了酒神崇

---

① 参 Jeanne Roux，《欧里庇得斯的〈酒神的伴侣〉》（卷二），前揭，页251。
② 中译本参欧里庇得斯，《欧里庇得斯悲剧集》（三卷本），周作人译，北京：中国对外翻译出版社，2003。略有改动。
③ 参 John Edwin Sandys，《欧里庇得斯的〈酒神的伴侣〉》，前揭，页94。

拜的一大特色。但在剧中，山上的狂女结成一种与城邦生活截然
对立的小共同体。

　　有趣的是，狄俄倪索斯所到之处，都把突破口放在了城邦的
女子身上。难不成女人天生与民主政治所追求的品质亲近？狄俄
倪索斯所用的表述方式有些反常。[①] 较之希腊语的惯常表达，这
里的表述更像语无伦次的呓语。这是否暗示，欧里庇得斯正是想
通过这种酒神式的癫狂之语表明，至少忒拜的女子已尽在他的掌
控之下？[②] 狄俄倪索斯征服忒拜女子，不是通过武力，而是让她
们"发狂"，使之"心智狂乱"（行 32—33）。狄俄倪索斯说出此言
时，似乎也遁入了某种迷狂。

　　柏拉图笔下有一段关于酒神与赫拉的记载，说明了狄俄倪索
斯与疯狂的关系。柏拉图提到一种流行说法：狄俄倪索斯的灵魂
被赫拉剥夺了心智，为了报复，他就对所有歌队施以酒神的疯
狂，让他们陷入迷狂（《法义》[Laws] 672b）。由此看来，狄俄倪
索斯先失去心智，后又以此作为手段报复他人。这除了可以说明
狄俄倪索斯与崇拜者一样具有"疯狂"品质，也再次聚集到他的
血气上。报复是一种极具血气的行为。尽管狄俄倪索斯不时透
露，他的报复对象是卡德摩斯的女儿们，但实际上，他的目标至
少包括了忒拜。报复之说只是狄俄倪索斯的托辞，为了掩盖他更
具血气的"抱负"——用他的教仪征服整个忒拜，甚至整个希腊
世界。为此，狄俄倪索斯必须像指控赫拉的肆心一样，为此捏造
"事实"。

　　狄俄倪索斯的确为进入忒拜找到了一个绝好的借口。他坚

---

① νιν [他 / 她 / 它] 是第三人称宾格代名词，一般用作单数，很少用作复数，且常
作前倾词使用。譬如，《奥德赛》就有 αἰτον μιν [他把自己……]（4.244）的用法。
参罗念生、水建馥编，《古希腊语汉语词典》，北京：商务印书馆，2005，νιν 词
条下。

② 参 Richard Seaford，《欧里庇得斯的〈酒神的伴侣〉》，前揭，页 152，注释 32。

称，卡德摩斯的女儿们不念手足之情，造谣诽谤了塞墨勒的清誉；她们说她与凡人私通，自己却谎称与宙斯结合，这才招来杀身之祸（行26—31）。塞墨勒姐妹们的话虽是谣传，却构成了剧中关于狄俄倪索斯出生的第二个版本。表面上，狄俄倪索斯惩罚忒拜，是为了维护母亲的名誉。说到底，他更关心自己的身份。母亲的声誉一旦受损，直接受影响的是狄俄倪索斯的神子身份。狄俄倪索斯声称忒拜质疑他的神性，因此他要惩罚忒拜。但狄俄倪索斯表示，他强迫忒拜，就是对忒拜的惩罚，又将惩罚与接受对他的崇拜等而视之。莫非狄俄倪索斯心知肚明，倘若忒拜接受他的教仪，真就可能为此付出沉重代价？不管怎样，狄俄倪索斯最初声称要报复卡德摩斯的女儿们，却又表示：

> 卡德墨俄家族的全体女后裔，所有
> 女子，我都使她们疯狂，离家出走；（行35—36）

"卡德墨俄家族"再次让人想起卡德摩斯，又将我们带回忒拜城邦的开端。卡德摩斯最初就是在忒拜这片土地上播下龙牙，长出忒拜的先祖。鉴于卡德摩斯对忒拜的功劳，后世统称忒拜人为卡德墨俄族。[1]此处的"全体女后裔"强调的是整体概念。这个短语的核心词"后裔、子孙"是中性单数，性别尚不明确，多用于指称较为抽象的概念。ϑῆλυ指与男性相对的女性，这个语词的插入，使整个短语的含义立刻变得具体。[2]下一行的"所有女人"就说明了这点。并且，"女子"不仅包含成年女子，还包括少女，"老的少的，还有未出阁的姑娘"（行694）。

---

[1] 参《欧里庇得斯悲剧六种》，罗念生译，收于《罗念生全集》（卷三），前揭，页394，注释17。
[2] 参 Richard Seaford，《欧里庇得斯的〈酒神的伴侣〉》，前揭，页152。

欧里庇得斯这里使用了同义反复，旨在强调狄俄倪索斯已掌控了忒拜城邦的全体（而非部分）女子（而非男子）。由此也暗示，他接下来要集中对付由清一色男子组成的忒拜政治共同体。欧里庇得斯用这种普遍性的指称，实际上也一笔勾销了这些女子之间的差异。女子这一普遍称谓，将她们的年龄和社会地位的差异一笔勾销。

狄俄倪索斯声称要报复的对象，从最初的塞墨勒的姐妹们，扩展到忒拜的全体女子，最终实际指向整个忒拜城邦。然而，关于卡德摩斯女儿们的诽谤之说，很可能是狄俄倪索斯为自己进入希腊造势。因为在剧中，这种说法仅出自他之口。值得注意的是，狄俄倪索斯在谴责母亲的姐妹们时诉诸了家族感情，"她们最不该中伤我"（行26）。在这点上，他显得有些像卡德摩斯。开场不久，狄俄倪索斯就对卡德摩斯维护塞墨勒大加赞赏。在这里，狄俄倪索斯再次提到卡德摩斯，进一步拉近了与他的距离。卡德摩斯对塞墨勒的态度与女儿们判然有别。他设法维护家族的荣誉（行30）。狄俄倪索斯在家族内部的敌友划分，显得是以亲情为依据：卡德摩斯念及亲情，因此被视为盟友，而塞墨勒的姐妹们冷漠无情，为此由亲人变为敌人。狄俄倪索斯的话暗示，塞墨勒的姐妹们可能出于妒忌造谣诽谤了塞墨勒。[1]但事实更可能是，她们有充足的理由不承认塞墨勒与宙斯的关系。

忒拜王族的女子天生没有父亲的怜悯心，因此坚决抵制狄俄倪索斯的到来。卡德摩斯的女儿们天生心肠硬，不会盲生怜悯之心。在这样的灵魂面前，巧言劝谕注定以失败告终。为此，狄俄倪索斯只能诉诸神力，以强制手段迫使她们变成狂女——唯有先剥夺其心智，她们才可能成为酒神的信徒（盟友）。因为成为酒

---

[1] "她们夸口说宙斯为此杀死了她，因为塞墨勒在姻缘上撒了谎。"（行30—31）其中"夸口"一词传达出她们幸灾乐祸的心境。参 E. R. Dodds，《欧里庇得斯的〈酒神的伴侣〉》，前揭，页67。

神信徒，意味着她们要与自己的城邦倒戈相向。被迫沦为狂女的
忒拜女子，最终就成了狄俄倪索斯对抗忒拜的得力助手。卡德摩
斯的三个女儿不仅成了歌舞队的队长（行 680—682），还主导了
撕裂国王彭透斯的行动。

　　在狄俄倪索斯的强迫下，不仅忒拜王室开始瓦解，整个城邦
也开始分崩离析。忒拜女子离家出走，上山狂欢。新神与城邦的
对峙以空间对比的方式展开。如果说开场前半部分在外邦与希腊
之间穿梭，另一根空间轴则借助城邦与荒野的对比徐徐铺开。①
基泰隆山是一个与忒拜城邦截然对立的空间，但在一定程度上，
欧里庇得斯似乎有意模糊二者的差别：一方面，山间更接近大自
然，也就意味着远离政治生活——忒拜女子就抛下机杼，进山猎
食动物，生啖其肉（行 138—139）；另一方面，狂女们在山间的
生活又十分"政治化"，她们统一号令、行动一致、秩序井然（行
689—693）。不过，尽管欧里庇得斯有意弥合山与城邦的界线，
在诸多方面，山间生活与城邦生活判然有别。狄俄倪索斯在独白
中就透露了这点：

> 女子，我都使她们疯狂，离家出走；
> 她们和卡德摩斯的女儿们混在一起，
> 坐在绿枞树下的裸岩上。（行 36—38）

　　岩石前出现的修饰语 ἀνορόφοις［无屋顶的；无遮风挡雨的］，
由 ὄροφος 加否定前缀 ἀν- 构成。ὄροφος 本指盖屋顶所用的苇子，

---

① 西格尔对此做出了十分细致而精彩的解读。参 Charles Segal，《酒神的诗学
　　与欧里庇得斯的〈酒神的伴侣〉》(*Dionysiac Poetics and Euripides' Bacchae*)，
　　Princeton，New Jersey：Princeton University Press，1982/1997，页 78—124。

可转义为屋顶或房屋。[①]关于这个语词在整个句子中所充当的
成分，学界历来存有争议。多兹提出，ἀνοϱόφοις 修饰"岩石"，
意在与悬岩和洞穴形成对照。西福德则主张，该定语的修饰
对象应是忒拜女子。这种解释突出了女子不住自己家中的反
常现象。[②]两种解释其实均指向一点，即这些忒拜女子已脱离
了充满庇佑的家庭生活。西福德的解释注意到语词的呼应（行
36）。但多兹的理解更彻底暴露了忒拜女子的悲惨处境：悬岩
和洞穴虽同样指向荒野，毕竟尚能给人提供遮蔽之所。毫无
遮掩的裸岩，则将这些忒拜狂女完全暴露于野外的重重危险。
一方面，山间的自然生活本质是毫无庇护，无所依怙，与城邦
生活截然对立。"家庭"不仅是社会的基本组织形式，还蕴含着
政治生活的雏形。人类在迈向城邦政治之前，家庭的组建起到
了关键作用。亚里士多德在《政治学》（*Politics*）开篇就指出了
家庭的重要性（1252b 以下）。在此意义上，狄俄倪索斯通过打
乱城邦中小单位的秩序，使之陷入混乱。

　　现居山间的忒拜女子不仅失去了庇护，她们之间的差别也随
之消弭，"她们和卡德摩斯的女儿们混在一起"（行 37）。卡德摩
斯的女儿，使人想起卡德墨俄族的女后裔（行 35）。欧里庇得斯
可能想借此让人注意二者的区别。[③]但这两种说法似乎还可替换。
因为卡德摩斯不仅生育了自己的女儿，他还是忒拜城邦的缔造
者，将忒拜女子称为"卡德摩斯的女儿"也未尝不可。随后出现
的"混"一词，暗中取消了这种区分。该词相当生僻，却最能体

①　参罗念生、水建馥编，《古希腊语汉语词典》，前揭，ἀνοϱόφοις 与 ὄϱοφος 词条。
②　参 Richard Seaford，《欧里庇得斯的〈酒神的伴侣〉》，前揭，页 152；E. R. Dodds，
　　《欧里庇得斯的〈酒神的伴侣〉》，前揭，页 68；柯克更偏向西德福的观点。他也
　　提到，这些忒拜女子现在的处境，实际上极为反常。参 G. S. Kirk，《欧里庇得斯
　　的〈酒神的伴侣〉》，前揭，页 29。
③　贝克威斯则认为，欧里庇得斯意在突出二者的区别。参 I. T. Beckwith ed.，《欧里
　　庇得斯：〈酒神的伴侣〉》，前揭，页 20。

现酒神崇拜的民主特征。[①]通过取消忒拜狂女年龄和地位的差别，这些混在一起的女子相互平等。狄俄倪索斯还暗示，他打算将这种品质推广到世界的其他地方（行 48—49、1334—1337）。狄俄倪索斯欲求将这种非常态的生活方式作为政治生活的常态推而广之，后果可想而知。明智的统治者要考虑的恰恰是如何采取有效措施，控制这种随时可能陷入失控的宗教仪式。[②]这也是摆在忒拜现任国王彭透斯面前的重大问题。

现今，狄俄倪索斯的盟友既有居高位的卡德摩斯，也有公民地位最低的女子。这种不分高低的混合强调的正是人人平等。在某种程度上，卡德摩斯也与忒拜女子无异：忒拜女子被迫失去了理智，卡德摩斯却因天性丧失理智。卡德摩斯极不明智的做法与他的身份极不相称。在这点上，卡德摩斯倒与普里阿摩斯（Priams）有几分相像。[③]不同的是，普里阿摩斯贸然把不属自家之人（海伦）收入家门；卡德摩斯则满心欢迎貌似自家之人。

五、狄俄倪索斯的政治意图

接下来的四行诗，基本概括了狄俄倪索斯忒拜此行的目的：

> 因为这座城邦必须彻底认识到——虽然它不愿意
> ——不加入我狂欢仪式的后果；
> 我还要替母亲塞墨勒辩护，通过向凡人

---

① 参 Richard Seaford，《欧里庇得斯的〈酒神的伴侣〉》，前揭，页 152；E. R. Dodds，《欧里庇得斯的〈酒神的伴侣〉》，前揭，页 68。
② 在恰切处理酒神崇拜与城邦的关系上，梭伦（Solon）堪称典范。参赫丽生，《希腊宗教研究导论》，前揭，页 366—367。
③ 特洛亚战争的很大部分原因在于特洛亚老王普里阿摩斯不明智，他不能区分自己之物与他人之物。参弗劳门哈弗特，《首领普里阿摩斯及其城与子》（温洁译），收于刘小枫选编，《古典诗文绎读》（西学卷·古代编），北京：华夏出版社，2008，页 23。

显示，她为宙斯所生的是一位精灵。(行 39—42)

这番话表明了狄俄倪索斯接下来的两大任务：一是强迫忒拜接受他的狂欢教仪，二是通过为母亲辩护证明他的神性。有趣的是，狄俄倪索斯不再把惩罚忒拜的原因归咎于塞墨勒姐妹们的诽谤，而是直接归因于忒拜没有接受他的教仪。不仅如此，狄俄倪索斯还咄咄逼人地暗示，他接下来要用强制手段迫使忒拜接受他的教仪。较之第一种任务，狄俄倪索斯关于第二个任务的说法要含混得多。在这第二项任务中仍隐含着双重目的：一是为母亲辩护，二是证明自己是神。而达到这两个目的方式又隐含在第二个目的中。在此意义上，第二个目的既是目的，又是手段。因为，只要证明自己是神，母亲的声誉自然得以恢复。然而，透过"凡人""精灵""宙斯"这些字眼，狄俄倪索斯确立了人神甚至诸神之间的等级差异。这又与他处心积虑消除差异的做法有出入。特别是，狄俄倪索斯居然自称在等级上低于神的"精灵"。早在讲述异邦传教的经历时，他就使用了该词(行 21)。在《劳作与时日》(行 110—120)中，赫西俄德在谈到黄金种族的人类时就提到，由于受到奥林波斯诸神的眷爱，这一时期的人类过着诸神一样的生活。他接下来还讲到，黄金种族的人死后变成守护人类的精灵。狄俄倪索斯可能心知肚明，他的地位比不上奥林波斯诸神。即便他自称"精灵"，依然遭到凡人的质疑。事实已经证明，狄俄倪索斯为母亲恢复名誉的说法只是托辞，那么他的第二个宣称，即他此行的目的是让忒拜接受狂欢教仪，可能同样不足信。狄俄倪索斯声称要证明其"精灵"身份，可能另有隐情。

从赫西俄德的语境来看，"精灵"的身份充满玄机：他们的地位可上可下，既是神界的一种，又可与凡人直接交通；他们是诸神指派到人间的"王"(《劳作与时日》，行 126)，以看护人间的"正义和邪恶"。换言之，精灵是奥林波斯诸神指派给人类的

最高政治代表——狄俄倪索斯汲汲以求的有没有可能就是忒拜的
"王权"？

果不其然，狄俄倪索斯随后便提到：

> 卡德摩斯把他的王权和绝对权力
> 交给他女儿所生的彭透斯。（行 43—44）

此处出现的 $\gamma\acute{\epsilon}\varrho\alpha\varsigma$［王权］，与赫西俄德所用的语词一模一
样。可是，将 $\gamma\acute{\epsilon}\varrho\alpha\varsigma$ 与 $\tau\upsilon\varrho\alpha\nu\nu\acute{\iota}\delta\alpha$［绝对权力、僭政］并列连用有
些矛盾。因为这两个词的含义截然对立。在《伯罗奔半岛战争
志》（1.1.13）中，修昔底德就提到，希腊各邦随着势力的增长，
几乎皆已推翻旧的世袭君王政体，建立了"僭政"。他还特别提
到，在旧政体中，君王拥有规定的"王权"。[①]卡德摩斯是忒拜
城邦的建立者，说他把"僭政"交给彭透斯，显然说不通。实际
上，$\tau\upsilon\varrho\alpha\nu\nu\acute{\iota}\delta\alpha$ 用于指称"僭政"时间上相对要晚。在希腊早期政
治中，该词更常用于指专制君王的统治和绝对权力。彼时君王
坐拥的权力比转向僭政前的希腊诸邦统治者的权力还要大。随
着希腊民主制进程的推进，君王的权力逐渐受到限制。欧里庇
得斯无疑对希腊政制的演变谙熟于心。但对于深受民主制浸濡
的观众而言，这个词依然相当刺耳，很容易让人联想到那些臭
名昭著的僭主。

接下来，狄俄倪索斯言及彭透斯时，没有简单提及他的名
字，而是附加了一个分词结构"他女儿所生"。这种表述同样意
味深长。首先，这种说法让人想起狄俄倪索斯的自我介绍，他
也自称卡德摩斯的女儿所生（行 2）。但狄俄倪索斯暗中进行了区

[①]　中译本参何元国译本，《伯罗奔尼撒战争史》，北京：中国社会科学出版社，
2017。译文依据希腊文，略有改动。

分。在那里，他用的是 τίκτει［生］。τίκτω 更侧重于人的生理，可用来指女性，也可用于指男性。[①] 而此处的 ἐκπεφυκότι 强调家族或族类的承续，亦即"出身"。因此在希腊语中，ἐκφύω 一般用于男性。耐人寻味的是，狄俄倪索斯再次触及出生／出身（兴许是有意混淆），是在忒拜"王权"交接的语境中。这暗示，他很可能想借此与彭透斯就王位的合法继承展开竞争。然而，现实中忒拜的王权交接已经完成，一切早已尘埃落定。狄俄倪索斯在此旧事重提，难不成想颠转乾坤？狄俄倪索斯的确流露出，就作王的条件而言，他未必比彭透斯要差。

狄俄倪索斯想证明的恰恰是，他比彭透斯更有资格作忒拜的王。继续探讨这个问题前，我们必须首先弄清，卡德摩斯为何把忒拜统治权交给外孙，既然他实际上并非膝下无子？在《神谱》中，赫西俄德明确提到（行 978），卡德摩斯与哈耳摩尼亚（Harmonia）生有一子，名为珀吕多洛斯。希罗多德（Herodotus）也表示，他在忒拜的阿波罗神庙亲眼见过表明卡德摩斯与珀吕多洛斯父子关系的题词（《原史》，5.59）。在欧里庇得斯的《腓尼基少女》中，诗人开篇就证实了二人的父子关系（行 6—7）。奇怪的是，临近剧终，卡德摩斯哀悼彭透斯时，却对这一事实矢口否认，说"我不曾生有子嗣"（行 1305）。难道卡德摩斯据某种理由认为，珀吕多洛斯还算不上是他的儿子？而他将王位传与外孙彭透斯，是否也就意味着，彭透斯才是他真正意义上的儿子？关于珀吕多洛斯的记载有限，我们无从了解更多信息。[②] 但我们可以通过考察彭透斯的身世，获得某些线索。后文透露，彭透斯的父亲是厄克西翁（Echion）。从剧中可知，厄克西翁虽一直是个背景

---

① 比较行 1305，卡德摩斯声称自己"不曾生有子嗣"时，所用的语词是 ἄτεκνος。

② 但据载，彭透斯的确是通过"继承"的方式登上了忒拜王位。参阿波罗多洛斯，《希腊神话》（The Library），3.5.5。中译本参周作人译，北京：中国对外翻译出版公司，1999。

性人物，却与忒拜有着深厚的渊源。不难发现，厄克西翁在剧中的出现总与"地生的"如影相随。但正是这个语词，揭示了他与卡德摩斯在另一层面上的"父子"关系：

> 真是大不敬啊！异方人，你不敬诸神，
> 也不敬播下地生族的卡德摩斯吗？[①]（行 263—264）

卡德摩斯的确称得上厄克西翁的父亲。这种父子关系的建立凭靠的不是血缘上的纽带。厄克西翁不仅是"地生族"成员，而且是最终余下的五武士之一。或许正是基于这种考虑，卡德摩斯将忒拜王权交给了在种族亲缘上更接近"地生族"的彭透斯。如果说卡德摩斯的嫡子珀吕多洛斯是"卡德墨俄族"人，彭透斯则可谓真正的"地生族"。

表面看来，通过指出他与彭透斯一样皆为卡德摩斯的女儿所生，狄俄倪索斯确立起与彭透斯在王位继承权上的同等地位。但与此同时，狄俄倪索斯又暗示，彭透斯更像是"母亲的儿子"。而他"不是凡人父亲的后裔……是宙斯之子"（行 1340—1341）[②]。这样，狄俄倪索斯多次声明要证明自己的神性，其实是想借此证明，他才是忒拜王位的最佳人选。随后的说法更突显了这点。交

[①] 剧中关于这点的说明还有多处，譬如：
　　这个家族曾几何时在希腊人看来多幸运，
　　——西顿老人的家族，他在地里种下龙（蛇）牙
　　长出地生人。（行 1024—1026）

[②] 根据古希腊人的认知，真正的宙斯之子应是德尔菲（Delphi）神庙的主神阿波罗。狄俄倪索斯对自己身份的断言实际并不符合传统的理解。古希腊诗人在提及狄俄倪索斯时，一般还会提到他的母亲塞墨勒。这似乎已表明，在人们的观念里，狄俄倪索斯是塞墨勒之子（"母亲的儿子"）。对于身为母亲之子的狄俄倪索斯及宙斯之子的阿波罗，赫丽生有详细说明。参氏著，《希腊宗教研究导论》，前揭，页 369—378。

代完忒拜王权的历史交接后，狄俄倪索斯随即控诉了彭透斯：

> 此人与本神作对，奠酒没我的份，
> 祈祷时也从不提我。（行 45—46）

狄俄倪索斯的说法十分精心。从行文看，行 43 的 *Κάδμος μὲν* 似乎意在为下文引出一个类似 *Πενθεὺς δέ* 的表述，只不过行 45 用关系代词 *ὅς*［此人］替换了这种表述。[1] 从意思上看，句子的前半部分均有忒拜王权交替的既成事实，后半句突然转向对现任国王的谴责。狄俄倪索斯对卡德摩斯的不满之情呼之欲出，同时也暗示他之于彭透斯的优越性。然而，狄俄倪索斯对彭透斯的谴责虽以神之名义，却显得相当"自我"。这极为巧妙地暗含在 *θεομαχεῖ*［与神作对］一词的使用上。有学者指出，在欧里庇得斯之前的希腊文学中，*θεομαχεῖ* 一词从未出现过。[2] 不过，该词虽不常见，却也不是什么冷僻词，它由 *θεός*［神］和 *μαχεῖ*［对抗、反对］合成。这种说法似乎与狄俄倪索斯的自我认识有出入。他先前自称"精灵"，而非"神"。在古希腊，敬奉诸神被视为虔敬。在大大小小的宗教节日里，古希腊人举行各种仪式敬奉诸神。狄俄倪索斯提到的两种敬神方式，奠酒偏重公共性，一般伴有隆重的仪式。相比之下，祈祷更加私密，也更随意。狄俄倪索斯对彭透斯的谴责给人一种印象，这位国王缺失虔敬品质。然而，古希腊人敬奉的是奥林波斯诸神。狄俄倪索斯的谴责要成立，必须将自己塑造成正统神。或许是出于这种考虑，狄俄倪索斯借不常见的 *θεομαχεῖ* 故意模糊了精灵与神的区别。

---

[1] 参 E. R. Dodds，《欧里庇得斯的〈酒神的伴侣〉》，前揭，页 68。

[2] 参 Jeanne Roux，《欧里庇得斯的〈酒神的伴侣〉》（卷二），前揭，页 255，对行 45—47 的注解。

借助该词之后所加的介词短语，狄俄倪索斯又暗中把宽泛的与"神"对抗，转换成与"本神"作对。这种做法却将他的真实意图彻底暴露：既然狄俄倪索斯自知不是正统神，那么他对彭透斯的谴责，也就失去了有效性。因为彭透斯并非不敬神，而是不敬新神狄俄倪索斯。

与神对抗是《酒神的伴侣》反复出现的核心主题之一。除了这里，该词还在剧中出现了两次。一次出自忒拜先知忒瑞西阿斯（Tiresias）之口（行325），另一次则由彭透斯的母亲阿高厄（Agave）道出（行1255）。这两个人也以此谴责彭透斯"与神作对"，但他们都接受了酒神的狂欢教仪。除了直接提到这个语词，剧中还有两处类似的表达，均由歌队提及，指控对象同样是彭透斯（"对抗诸神"，行543—544；"跟一位神作对"，行635—636）。由此可见，该词在剧中的出现皆指向忒拜的现任国王彭透斯。θεομαχεῖ的重要性还在于，它看起来是个分水岭。此前，狄俄倪索斯一直自称精灵（行21、42）。借助该词的含混转换，狄俄倪索斯成功使自己跻身诸神。我们马上就会看到，狄俄倪索斯再次提到自己时，就不再自称"精灵"，而是自诩为"神"（行47）。这种模棱两可的说法，给观众的辨识带来困难。剧中的主要人物，也都基于狄俄倪索斯对彭透斯的谴责，纷纷站到了狄俄倪索斯一边。在希腊文本中，还没有哪位神像狄俄倪索斯这样充满自我意识。在整个开场白中，狄俄倪索斯的言说几乎都以"我"为主语。狄俄倪索斯将其极强的自我意识包裹在神圣的外衣之下，这件神圣的外衣不仅能充当他攻击对手的矛，必要时还能充当自我保护之盾。凭借这种便利，狄俄倪索斯能够随心所欲地转换角色。

狄俄倪索斯清楚，他不是正统神。接下来的话更能充分说明，狄俄倪索斯采用这种混淆视听的做法，带有强烈的政治意图：

> 因此，我要证明自己是神，
>
> 向他和所有忒拜人。这里的事处理
>
> 妥当后，我就会去别处
>
> 证明真身；……（行47—50，楷体强调为笔者所加）

　　在开场短短的50行诗中，狄俄倪索斯就四度提到他要显示/证明自己是精灵/神（行21、42、47、50）。不同的是，狄俄倪索斯前两次声称"显示"为精灵，后两次则宣称要"证明"自己是神。"显示"意为将某人或某物带到光亮处、使人看清，意味着原本就是，只因一直隐而不显，所以不为人晓。"证明"则暗示，命题结论正确与否，本身尚存疑问，结论的判定还需一个逐步推理的过程。从这个意义上讲，《酒神的伴侣》接下来的剧情就是围绕这个证明的过程铺展开。为了证明他的优越性，狄俄倪索斯一方面极力贬低忒拜现任国王，另一方面将自己拔高为最高神宙斯的代言人。值得一提的是，狄俄倪索斯声称不仅要向彭透斯证明，还要向所有忒拜民众证明——这场王位资格的竞争已不再局限于王族内部，而更像是一场全民公选。考虑到忒拜女子缺场的事实，这种意味就更加强烈了。看来，狄俄倪索斯貌似要诉诸正义，却又转而诉诸民意。这也可能暗示，他将以民众的名义推翻彭透斯的统治。剧末的确表明，彭透斯最终死于众人的撕裂。剧中也正是在此首次透露，忒拜只是狄俄倪索斯打开希腊的一个突破口。[①] 新神狄俄倪索斯欲下到凡间，争夺统治人类的王权。

　　迄今，狄俄倪索斯一直诉诸言辞。他接下来则暗示，他也准

---

① 阿波罗多洛斯提到，狄俄倪索斯成功征服忒拜后去往阿尔戈斯（Argos）。那里的人们同样不敬拜酒神。为此，狄俄倪索斯故伎重演，将此地的女子悉数变为狂女。狄俄倪索斯最终又使这些女子恢复神智，条件是阿尔戈斯的部分土地得划归他统治（《希腊神话》，1.9.12）。

备采用武力。狄俄倪索斯表示，倘若忒拜人用武力把酒神信徒赶出山，他将率狂女与之对抗（行 50—52）。眼见一场恶战一触即发（行 758—764、780—786、796—797、809、837）。[①] 在剧中，忒拜国王彭透斯显得是一位起起武夫。但悖谬的是，惯于诉诸武力的彭透斯，最终却在狄俄倪索斯（化作狂女领队）的诱惑下放下武装，走向灭亡。早在创作《乞援女》时，欧里庇得斯就借埃特拉（Aithra）之口提出这个问题：希腊人是会凭劝谕成功，还是靠强力取胜？[②] 在《酒神的伴侣》中，欧里庇得斯借一位征服希腊的新神，再次明确了这个命题。

随后，狄俄倪索斯再次提到他化作凡人：

> 为此，我化作凡人的样子，
> 将我的相貌变成凡人的形态。（行 53—54）

狄俄倪索斯一开场就宣明了自己"由神样化作凡形"（行 4）。这里的两行诗很像是在重复之前的意思。这两行本身也很像是同义反复。[③] 细究之下会发现，三行诗的表述另有深意。狄俄倪索斯在开场时强调的是变化之"源"——他本是神，为了某种目的才幻化成凡人。行 53—54 只字未提变化之"源"，重点放在幻化的结果上。从文脉来看，狄俄倪索斯有意采取这种微妙的表述。

① 埃斯库罗斯的《和善女神》（*Eumenides*）也暗示了这点，"因为他身为神，率领着他的狂女军，想要彭透斯落得野兔的命运"（25—26 行）。
② 参 E. R. Dodds，《欧里庇得斯的〈酒神的伴侣〉》，前揭，页 69。
③ 与行 20 和 23 的情形一样，关于这里的诗行是否为同义反复，曾引起持久争论。西福德认为，行 53—54 重复了行 4 的意思，而行 53—54 本身又是同义反复。他表示，这种表述形式之所以会连续出现，是为了强调狄俄倪索斯"乔装"的事实。参 Richard Seaford，《欧里庇得斯的〈酒神的伴侣〉》，前揭，页 154。桑蒂斯为这种表述方式所做的辩护最为成功，参 John Edwin Sandys，《欧里庇得斯的〈酒神的伴侣〉》，前揭，页 98—99。对此，多兹表示赞同，参 E. R. Dodds，《欧里庇得斯的〈酒神的伴侣〉》，前揭，页 69。

一方面，从舞台效果来看，狄俄倪索斯出场时就已化作凡人，为了让观众清楚他的真实身份，必须对此有所交代。行文至此，观众已牢记狄俄倪索斯的真实身份。另一方面，狄俄倪索斯初到忒拜，其神祇身份未能得到城邦认可，还被斥为母亲与"某个凡人"的私生子。为了反驳这种观点，狄俄倪索斯必须突出其神性。同样，这里的两行诗也不是简单的同义反复。如果说行 53 表明了狄俄倪索斯化作凡人的事实，行 54 就是对它的补充。对狄俄倪索斯而言，这个结果至关重要。因为他接下来要直接参与戏剧行动，神的身份反而有碍于其行动的展开。为此，狄俄倪索斯再次强调他化作"凡人"。

这三句话（行 4、53—54）看似简单，却相当哲学化。狄俄倪索斯用词考究。在三句诗行中，他各用了一个指称"凡人"的语词，其中含推进的意味。前两句话中出现的分别是形容词 $βροτησίαν$ 和 $θνητὸν$，意为"凡人的、有死的"，传达了与"不死的"神相对的概念。行 54 则用了名词 $ἀνδρὸς$［凡人］。三个语词都可指称"凡人"，但较之前两个语词的宽泛，$ἀνδρὸς$ 所指要具体得多，除了指与神相对的凡人，它还可具体指男人（与女人相对）和成人（与未成年人相对）。如此一来，行 54 的含义又变得不十分分明了，既可理解为对前一行的简单重复，强调化作凡人这一事实，也可理解为对它的推进，化作凡人中的成年男子。

此外，三句话还各含一个表示"样子"的语词：$μορφήν$（行 4），$εἶδος$（行 53）和 $φύσιν$（行 54）。其中，$μορφήν$ 还在行 54 中重复出现。三个词都能表示"相貌、样子"，却又极具哲学意味。除了表示人的相貌，$μορφήν$ 还有"种类、样式"等抽象含义。$εἶδος$ 更是哲学讨论中的常见词，最为人熟知的莫过于柏拉图的"样式"说。$φύσιν$ 本身就是一个哲学术语，毕达哥拉斯就用该词指称"二"这个数字。至关重要的是，该词还涉及宇宙诸元素（水、火、土、气）及其本质，在柏拉图笔下，$φύσιν$ 常用于指与礼法相对的"自然"。这一发现无疑在行54原本昏暗不明的意思上又罩上一层迷雾——狄俄倪索斯究竟化作了何人？乍看上去，狄俄倪索斯是在讲他现在看起来如何，隐藏在这些语词下的深层意义却又暗示，他意在强调自己实质上如何。这也就意味着狄俄倪索斯宣称由神变成了凡人——他一再声称自己"化作"凡人，其实已由神变成了凡人。他的身份发生了质变。

行54的极度含混还隐约显示，这个"凡人"的具体身份也值得怀疑。事实可能并非如狄俄倪索斯所言，他没有化作某个凡人，而是化作了某类哲人。φύσιν[自然]这个颇具自然哲学意味的语词的出现，不禁引人猜想：狄俄倪索斯会不会化作了自然哲人呢？如果这种猜测不假，狄俄倪索斯此番试拜之行的性质也发生了变化——迫使试拜接受狂欢教仪，不是新神发动的一场宗教革命，而是由一位披着宗教外衣的新式人发动的一场政治革命。更确切地说，这是由某位自然哲人下到城邦发起的一场政治性革命。[①]

狄俄倪索斯声称，他来到试拜，并非只身一人，一路追随他的还有：

> 你们这些离开特摩罗斯山——吕底亚屏障的女人噢，
> 我的狂欢歌舞队，我从蛮邦人中带出的女人们，
> 我的侍者和旅伴，（行55—57）

随着言说对象的改变，狄俄倪索斯接下来的独白也发生了变化。这种变化不仅反映在言说对象的不同，而且更直接体现在语气上。如果说狄俄倪索斯此前的言说对象是他的潜在敌人和盟友，在此他更像是在呼唤自己志同道合的战友。转折连词"但

---

① 参 R. P. Winnington-Ingram，《欧里庇得斯与狄俄倪索斯：〈酒神的伴侣〉义疏》，前揭，页1。

是"的出现稍显突兀，却恰如其分地标明了狄俄倪索斯内在的敌友划分。他在不久前就表示要诉诸暴力，对抗以彭透斯为首的忒拜城邦。这行诗却表现得是神圣与私密的某种奇妙混合。此处出现的分词的呼格形式"离开"，含几分神圣意味，并为下文定下基调。[①] 特摩罗斯山（Tmolus）和狂欢歌舞队，也与神圣的宗教仪式有关。[②] 特摩罗斯山之所以重要，首先因为它是吕底亚狂女举行狂欢，尤其是夜间游行的场所。在《酒神的伴侣》中，此山的重要性还体现在它的地理位置。特摩罗斯山的确有如吕底亚的天然屏障（行 55、462）。由于 ἔρυμα[屏障]一词还可泛指一切"防御工事"，又使之带上军事色彩。特摩罗斯山不是剧本的场景所在地，却作为一个背景性地点一再出现，似乎意在提醒我们，即便在吕底亚，狂欢仪式也仅限在此山中举行。只有在这个特定场所，狂女的活动才能受到庇护。如今，狄俄倪索斯把她们从吕底亚山间（特摩罗斯山）带出，也就意味着将吕底亚狂女带离她们理应留守的庇护之所。在这个意义上，狄俄倪索斯就使她们失去了庇护，虽然他在将这些狂女带出特摩罗斯山后，又把她们带入基泰隆山。然而，尽管从地理的角度看，基泰隆山也能为吕底亚狂女提供庇护，但由于忒拜尚未接受酒神崇拜，位于忒拜境内的基泰隆山实际上无力为其提供保护。随着酒神狂女的进入，基泰隆山与忒拜城邦构成紧张之势。

　　狂欢歌舞队的出现，更加重了这种不和谐感。该词的词源现已无从考据，可能源于亚细亚，时间上要早于希腊语。[③] 该

---

① 参 Richard Seaford，《欧里庇得斯的〈酒神的伴侣〉》，前揭，页 154。

② 关于特摩罗斯山，参行 65，以及埃斯库罗斯，《波斯人》，行 49；关于狂欢歌舞队，参行 116、557、720、1180。

③ 参 Jeanne Roux，《欧里庇得斯的〈酒神的伴侣〉》（卷二），前揭，页 257；另参 E. R. Dodds，《欧里庇得斯的〈酒神的伴侣〉》，前揭，页 70；G. S. Kirk，《欧里庇得斯的〈酒神的伴侣〉》，前揭，页 30。

词在剧中多次出现，是一种与酒神崇拜联系最紧密的组织形式，但它并不局限于酒神崇拜，可用于任何秘仪（如厄琉西斯秘仪 [Eleusinian mysteries] 和俄耳甫斯秘仪 [Orpheusian mysteries]）。秘仪的一个突出特点就是极其隐秘。用多兹的话来讲，这些秘密仪式均为"以私人目的存在的宗教团体"，与城邦公民宗教截然不同。[1] 在《酒神的伴侣》中，狂欢歌舞队组织严密，不是一个涣散的组织。第一信使就惊奇地发现，她们行动有序，秩序井然（行 693）。从后世的记载来看，酒神崇拜一般有三个狂欢队，每队设一名领队。[2] 剧中狂欢队的队长，就是卡德摩斯的三个女儿（行 680—682）。她们俨然统领大军的军事首领（行 605—607、689—691、731—732）。

在短短的三行诗中，狄俄倪索斯对吕底亚狂女的称呼就多达五种。"侍者和旅伴"的称呼充满神圣性，又分明透着几分亲昵。有评论者指出，*παρέδρους καὶ ξυνεμπόρους* [侍者和旅伴] 的表述方式精妙地呈现了希腊语近乎咬文嚼字的清晰性。[3] 但正是这种近乎学究式的表达，贴切地传达出吕底亚狂女（敬拜者）与狄俄倪索斯（敬拜对象）亲密无间的关系。*παρέδρους* 和 *ξυνεμπόρους* 均为复合型动词性形容词，字面意思分别为"坐在身旁的"和"一道旅行的"。这两个词一静一动，静时随侍，动则随行，形象表现了吕底亚狂女对狄俄倪索斯的忠诚不贰。这两个称呼也与"我从蛮邦人中带出的女人们"形成呼应，再次强调她们来自外邦，长途跋涉来到目的地。狄俄倪索斯随后表明了他在忒拜的对手：

举起弗里吉亚城邦当地的

---

① 参 E. R. Dodds,《欧里庇得斯的〈酒神的伴侣〉》，前揭，页 70。
② 参 E. R. Dodds,《欧里庇得斯的〈酒神的伴侣〉》，前揭，页 162。
③ 参 G. S. Kirk,《欧里庇得斯的〈酒神的伴侣〉》，前揭，页 30—31。

手鼓吧，这是母亲瑞亚和我的发明，

绕着彭透斯的家屋

敲吧，好让卡德摩斯的城邦看见。（行58—61）

狄俄倪索斯提到了弗里吉亚和忒拜，并进一步明确了敌我阵营：支持者除了狂欢歌舞队，还有地母神瑞亚（Rhea）——他通过手鼓（一种新乐器）建立起与瑞亚的关联。瑞亚的出现，让人想到秘教的起源。对地母神瑞亚（即得墨特耳［Demeter］及后文的库柏勒［Cybele］，行79）的敬拜，构成了希腊最早、影响最广的厄琉西斯秘教。厄琉西斯秘教的发源与自然的四季更替有关。酒神崇拜与自然也不无相关：狄俄倪索斯不仅是酒神，他还是草木神和动物神，代表大自然强大的繁殖力。[1] 雅典的乡间酒神节（The Rural Dionysia）最直接体现了这种关联。[2] 瑞亚在这个语境中出现，还牵出酒神崇拜与地母神崇拜另一重更深的联系。瑞亚是第一代天神克洛诺斯的妻子，也是宙斯之母。相传，瑞亚为保护新生的宙斯免遭克洛诺斯啖食，借鼓噪声掩盖了宙斯的啼哭，由此躲过一劫；为纪念母亲，宙斯后将手鼓定为瑞亚崇拜的宗教乐器。通过手鼓这种典型的狂欢乐器，欧里庇得斯加深了酒神与地母神的渊源。不仅如此，通过把手鼓与宙斯的出生相关联，欧里庇得斯还赋予这种乐器某种神圣色彩。然而，作

---

[1]　参 R. P. Winnington-Ingram，《欧里庇得斯与狄俄倪索斯：〈酒神的伴侣〉义疏》，前揭，页1；另参赫丽生，《希腊宗教研究导论》，前揭，页391—396。

[2]　雅典的乡间酒神节于每年12月份举行，此时正值冬去春来，大地回春。乡间酒神节的重头戏是游行队伍护送"高举的阳物像"。参 Sir Arthur Pickard-Cambridge，《雅典的戏剧节》（*The Dramatic Festivals of Athens*），Oxford：Clarendon Press，1953，页40。埃文斯指出，酒神崇拜和得墨特耳崇拜一样，最初皆与"农业和繁殖力"有关。参 Nancy Evans，《公民仪式：古代雅典的民主与宗教》（*Civic Rites: Democracy and Religion in Ancient Athens*），Berkeley，Los Angeles，London：University of California Press，2010，页171。

为狂欢崇拜中的常见乐器，手鼓与簧管旨在表达甚至激发"敬拜者的兴奋"。[1]这种激发或者迎合令人陷入狂乱的音乐，与制乐的初衷背道而驰；音乐在城邦教育中起着举足轻重的作用。[2]

狄俄倪索斯呼吁吕底亚狂女绕着忒拜王宫敲击，实际主要针对彭透斯——王族中的女子均已变成狂女，卡德摩斯也支持狄俄倪索斯。狄俄倪索斯所谓的要"让卡德摩斯的城邦看见"，实际上也意在让"卡德摩斯的男子"看见。因此，狄俄倪索斯是在呼吁吕底亚狂女拿起（充当武器的）手鼓攻击彭透斯，让忒拜的政治主体（男子）看见。[3]狂女们敲击的手鼓是一种新式乐器，可能暗示她们将在狄俄倪索斯的率领下，用新的习俗或新式信仰颠覆忒拜的传统政治形式。重要的是，男女的角色已发生颠倒：男子成了"旁观者"，女人则由原先的隐藏（"机杼和织梭"，行 118）走向公开，成了行动的主体。女人在剧中的重要性，已充分表现在开场白中。整个开场就是以"女人"为中心。[4]

第二节　酒神教仪

狄俄倪索斯在最后引入了由吕底亚狂女组成的歌队，并点明她们已经抵达忒拜，现居基泰隆山间。在《酒神的伴侣》中，欧

---

[1]　参 G. S. Kirk，《欧里庇得斯的〈酒神的伴侣〉》，前揭，页 31。

[2]　参《法义》669b5—669c 以下。在那里，雅典异方人指出，"在一切形象中，需要最细致处理的就是音乐"。参 Thomas L. Pangle，《柏拉图的〈法义〉》（*The Laws of Plato*），New York：Basic Books，Inc.，1980。多兹也指出，狄俄倪索斯的狂欢崇拜并非雅典的官方崇拜，雅典的官方崇拜中也未见这种手鼓。参 E. R. Dodds，《欧里庇得斯的〈酒神的伴侣〉》，前揭，页 71。

[3]　西福德认为这是此剧"政治意义的中心"。参 Richard Seaford，《欧里庇得斯的〈酒神的伴侣〉》，前揭，页 154。

[4]　无论是明确的"女人 / 女子"（行 36、55、56）、"女儿 / 女后裔"（行 2、35、37、44）、"狂女 / 信徒"（行 51、52、63），还是暗示的"塞墨勒"（行 3、28、31、41）、"母亲"（行 6、9、26、41、59）和"赫拉"（行 9）。

里庇得斯对歌队的处理方式不同以往。[①] 歌队在此剧中的作用和
地位远胜他的其他剧作。在此剧中，歌队这种古老的形式不再
流于形式，而是重新焕发活力，并且紧扣戏剧行动。狄俄倪索斯
在开场最后引介了歌队。由独白者引入歌队的做法也是欧里庇得
斯独有的技法。从形式和主题上看，进场歌就是一首酒神颂。多
兹认为，这种做法表明欧里庇得斯欲向"最古老的戏剧惯例"回
归。[②] 的确，整首颂歌弥漫着某种原始宗教的庄重和神圣，还可
能展现了宗教仪式的一般程式：序曲中要求肃静和虔敬，仪式性
重复[③]，以及每一唱段末均要呼唤狄俄倪索斯[④]等。剧中的歌队就
宣称，她们的颂歌"遵照惯有的习俗"（行 71—72）。整首进场歌
的结构精妙无比，可分为三部分：序曲、两首颂歌和末曲。序曲
和末曲形成首尾呼应之势，中间插入的两段颂歌主题类似，内容
相关。

一、序曲

在某种程度上，序曲重复了狄俄倪索斯的开场白。[⑤] 一开始，
歌队就扼要回顾了狄俄倪索斯开场中提到的行程：

---

① 关于希腊悲剧中歌队的功能，参 Albert Weiner，《希腊悲剧歌队的功能》（"The
　　Function of the Tragic Greek Chorus"），*Theatre Journal*，Vol. 32，No. 2，1980，
　　页 205—212；关于欧里庇得斯剧作中的歌队，参 Aristides Evangelus Phoutrides，
　　《欧里庇得斯的歌队》（"The Chorus of Euripides"），*Harvard Studies in Classical
　　Philology*，Vol. 27，1916，页 77—170。
② 多兹详细分析了进场歌的韵律，发现欧里庇得斯采用了十分古老的传统仪式性
　　韵律。参 E. R. Dodds，《欧里庇得斯的〈酒神的伴侣〉》，前揭，页 71—72，尤其
　　是页 72—74。
③ 参行 68、83、107、116、152—153。
④ 参行 84，*Βρόμιον*；行 119，*Διονύσῳ*；以及行 133，*Διόνυσος*。
⑤ 英格拉姆指出，剧中的吕底亚狂女（歌队）俨然狄俄倪索斯的代言人。参 R. P.
　　Winnington-Ingram，《欧里庇得斯与狄俄倪索斯：〈酒神的伴侣〉义疏》，前揭，
　　页 13。

> 我离开亚细亚的土地，
> 翻过神圣的特摩罗斯山，奔向
> 布洛弥俄斯，……（行 64—66）

　　不同的是，歌队仅用三个动词就概括了整个旅程。此处出现了三个目标，前两个是地名，后一个是人名。三者均带外邦色彩，充满新奇。特摩罗斯山的出现不仅与基泰隆山形成对照，也为下文的仪式性颂歌奠定了神圣的基调。布洛弥俄斯神是狄俄倪索斯的别称，却暗示了某种躁动不安的因素。[①] 歌队表明，她们的最终目的地是狄俄倪索斯。这种说法显得很奇怪，却不难解释：作为忠实的酒神信徒，狄俄倪索斯到哪儿，哪里就是她们的目的地。这既表明她们的忠诚，也再次提示，忒拜并非狄俄倪索斯的最终目的地（行 48—49）。歌队恰如其分地表明，这趟旅程并不指向某个固定不变的地点。歌队接下来的叙述同样悖谬：

> ……这甜蜜的劳顿，
> 说累也轻松，向
> 巴克科斯神欢呼！（行 66—68）

　　这里出现了两组矛盾修辞法：一是偏正结构，"甜蜜的劳

---

① 根据狄奥多洛斯，狄俄倪索斯之所以得此称呼，是因为他出身时伴随"霹雳声"（《历史丛书》，4.5.1）。这个称号的由来还可能与以下几点有关：狄俄倪索斯身为狮子神、公牛神和震地神本身就会咆哮；布洛弥俄斯还有"喧闹"的意思，酒神秘仪中有吵闹的音乐，甚至他途经的乡村也会变得喧闹。参 Richard Seaford，《欧里庇得斯的〈酒神的伴侣〉》，前揭，页157；E. R. Dodds，《欧里庇得斯的〈酒神的伴侣〉》，前揭，页74；Jeanne Roux，《欧里庇得斯的〈酒神的伴侣〉》（卷二），前揭，页263—264；行 84、86、141、329、375、412、446、536、545、584、592、629、725、790、976、1031。

顿"；二是并列结构，"累也轻松"。在第一组中，通过在中心语前加上反义的修饰语，辛劳的沉重品质消失不见，变得诗意轻飘起来。这种悖谬的修辞法形象地揭示了集中在狄俄倪索斯身上的诸种矛盾。第二组矛盾修辞法可能暗示了狄俄倪索斯独有的力量：使沉重之物变得轻松。[①] 剧中就多次触及这点（行614）。狄俄倪索斯发明的葡萄酒尤具这种功效（行421—426）。

歌队接下来的宣称很像是某种宗教仪式：

> 谁挡在路上，谁挡在路上？那是谁？
> 从屋子里出来，个个都要说
> 虔敬的话，（行68—70）

整段话以两个问句开头，一度引起学界的争议，分歧主要在歌队到底意在叫民众规避，还是要求他们在场？[②] 从上下文来看，后一种解释可能更合理。在开场白最后，狄俄倪索斯早就明示，要让邦民目睹他们在祇拜的行动。歌队要求让道（而非规避）和慎言，强调的是虔敬的品质。但是，狄俄倪索斯是祇拜的"不速之客"，还扬言要与城邦对抗，歌队在此强调习俗，可能是想借虔敬之名颠覆城邦。序曲中出现了狄俄倪索斯的三个不同称谓：布洛弥俄斯神、迷狂神和狄俄倪索斯。前两个称呼分别指向狄俄倪索斯的两个特征：咆哮（或喧闹）与迷狂，均含某种不安因素。尤其是，欧里庇得斯没有称狄俄倪索斯为巴克科斯

---

① 参 E. R. Dodds，《欧里庇得斯的〈酒神的伴侣〉》，前揭，页74。
② 这句话并不那么好理解，评论界对此似无定论。参 John Edwin Sandys，《欧里庇得斯的〈酒神的伴侣〉》，前揭，页102；Jeanne Roux，《欧里庇得斯的〈酒神的伴侣〉》（卷二），前揭，页264—266；Richard Seaford，《欧里庇得斯的〈酒神的伴侣〉》，前揭，页157；E. R. Dodds，《欧里庇得斯的〈酒神的伴侣〉》，前揭，页75；G. S. Kirk，《欧里庇得斯的〈酒神的伴侣〉》，前揭，页33。

神（Bacchus），而是用了该词的形容词形"迷狂的"，变成了迷狂神。[1] 下文的两首颂歌，充分展示了歌队的真实动机。

二、歌队的幸福颂

歌队以一首幸福颂，作为狄俄倪索斯两次诞生的引子：[2]

> 有幸知晓诸神教仪的人
> 是有福的！
> 这种人过着虔敬的生活，
> 全心加入酒神狂欢队，
> 他带着圣洁的祭品
> 进山敬奉巴克科斯，
> 并按习俗遵守
> 伟大母亲库柏勒的教仪，
> 手挥酒神杖，
> 头缠常春藤，
> 膜拜狄俄倪索斯。（行 72—82）

　　总体而言，整个唱段中规中矩，依照酒神颂的惯例（包括"虔敬的生活""圣洁的祭品""常春藤""酒神杖"以及此处明确提及的"习俗"等等）称颂狄俄倪索斯。但这首酒神颂其实是歌队的障眼法。歌队先表示，有福之人是知晓诸神教仪之人，随后又

① 关于这个称谓的不寻常，参 Jeanne Roux，《欧里庇得斯的〈酒神的伴侣〉》（卷二），前揭，页 264；另参 G. S. Kirk，《欧里庇得斯的〈酒神的伴侣〉》，前揭，页 33。

② 多兹和鲁都在不同程度上认为，这里的"幸福"与"福音"十分相近。参 E. R. Dodds，《欧里庇得斯的〈酒神的伴侣〉》，前揭，页 75—76；Jeanne Roux，《欧里庇得斯的〈酒神的伴侣〉》（卷二），前揭，页 268。柯克则对基督福音式解读提出了有力的反击。参 G. S. Kirk，《欧里庇得斯的〈酒神的伴侣〉》，前揭，页 34。

宣称，真正幸福的人是加入酒神狂欢歌舞队的人。酒神虽是诸神之一，诸神却不等于酒神。通过颠倒种与属的逻辑关系，歌队成功从敬奉诸神过渡到加入酒神教仪。其次，歌队不只是敬奉狄俄倪索斯，她们还声称要敬奉库柏勒——来自亚细亚的地母神。地母神也让人想起狄俄倪索斯在开场中提到的瑞亚。不同于外邦神库柏勒，瑞亚是希腊本邦神。歌队随后也提到了瑞亚（行 129）。欧里庇得斯可能想借此混淆外邦的地母神库柏勒与希腊的地母神瑞亚。[①] 柯克暗示，"灵魂"一词的出现，很可能透露了这种做法的动机。此处的"灵魂"虽出现在宗教语境中，但按照公元前 5 世纪对该词的普遍理解，它还蕴含着"扶敌损友"的政治伦理，不仅适用于人间，也适用于神界。[②] 由此看来，狄俄倪索斯的狂欢歌舞队，兴许还是一支名副其实的军队。狄俄倪索斯呼吁狂女们围攻忒拜王宫，很可能暗示了一场货真价实的政治斗争。歌队接下来的呼唤，相当程度上表明了这点：

> 前进吧，酒神的伴侣们！前进吧，酒神的伴侣们！
> 把布洛弥俄斯，这位神和神子
> 狄俄倪索斯迎下弗里吉亚山，
> 把这位喧闹神送入希腊，
> 的宽阔街道！（行 83—87）

歌队长对狄俄倪索斯的呼唤，很像是在召唤并肩作战的战友。而她呼吁同伴们把狄俄倪索斯"迎下"弗里吉亚山，"送入"希

---

① 柯克认为，欧里庇得斯不仅想混淆甚至整合这两种秘仪，还想把狄俄倪索斯与库柏勒，甚至库柏勒与瑞亚混为一谈。参 G. S. Kirk，《欧里庇得斯的〈酒神的伴侣〉》，前揭，页 35。

② G. S. Kirk，《欧里庇得斯的〈酒神的伴侣〉》，前揭，页 34。柏拉图《王制》中对城邦护卫者灵魂的训练，最经典地体现了"扶敌损友"的品质。

腊，貌似在迎接一位首领入主希腊。这里的"迎下"可与《王制》开篇首词"下到"对参。不同的是，在《王制》中，哲人苏格拉底被迫下到佩莱坞港；而在此，新神（新式哲人）主动由宗教圣山下到人间。歌队的这番话也像是在重复狄俄倪索斯开场所说的"我来到"，唯一的不同是人称的改变。另外，由于"迎下"希腊语前缀还含"回"之意，狄俄倪索斯的"来到"的确也是"回乡"。

三、狄俄倪索斯的两次出生

第二唱段的前半部分几乎重述了狄俄倪索斯的开场白。这些诗行极具画面感，宙斯的霹雳和闪电具有先声夺人之效。从篇幅上看，歌队的叙述较狄俄倪索斯的自述详细，颂歌的形式也增添了不少文学色彩，整个场景栩栩如生：

> 当初他
> 母亲在怀他时，
> 宙斯的闪电如飞而至，
> 阵痛中，她被迫
> 提前分娩，自己却在雷电的
> 打击下丧了命。（行 88—93）

在狄俄倪索斯自述的第一次出生中，塞墨勒"借着霹雳火"生产，全无被迫之态。按照狄俄倪索斯的说法，他的第一次非正常出生和塞墨勒之死，祸端是赫拉的"肆心"，宙斯只是一笔带过。而在这里，俨然狄俄倪索斯代言人的歌队又明确归因于宙斯霹雳的打击，重新凸显了宙斯被有意隐去的（惩罚者）形象。这种前后矛盾的说辞恰恰证明，狄俄倪索斯的说辞别有用心，真正怀有肆心的是他本人。不过，歌队接着讲述狄俄倪索斯的第二次出生时，却有意编造了一个弥天大谎：

克洛诺斯之子宙斯

将他放入一个孕育的腔体，

藏入大腿深处，

再用金针缝合，

这才瞒过了赫拉。

待到命运女神使他发育足月，……（行 94—99）

　　狄俄倪索斯虽一再强调自己是宙斯之子，却对他的第二次出生三缄其口。狄俄倪索斯的第二次出生最早见诸《荷马颂歌》（*Homeric Hymn*），其中提到，宙斯瞒着妻子赫拉"生下了"狄俄倪索斯（1）。希罗多德的《原史》进一步补充了这个传说，明确提到宙斯把狄俄倪索斯"缝入大腿"（2.146）。由此看来，歌队总体依循了传统的说法。不过，这并不表示她们如实呈现了这个神话传说。讲故事是古希腊人擅长的叙述方式，古希腊最优秀的诗作就是叙事诗。远古留下的神话传说为后世诗人的诗艺竞技提供了丰富的素材。诗人们为了显示自己的诗才，都要借题发挥，各传心声。因此，作诗本身就是一种编织的艺术。为了在群起角逐的诗坛中胜出，诗人往往托名缪斯女神，提高自己的权威性。但技艺的优劣，并不取决于技法，而在于诗人的心性品质的高下。

　　结合前半段看，开场中提到的主角（塞墨勒、宙斯、赫拉）在第二唱段中也悉数亮相。不同的是，狄俄倪索斯提到赫拉出现在塞墨勒待产之时。在这里，赫拉却迟至狄俄倪索斯的第二次出生才出现——狄俄倪索斯强调赫拉对塞墨勒的迫害，歌队却暗示，赫拉的迫害对象是狄俄倪索斯。谁的说法更接近事实？

　　在欧里庇得斯的《独目巨人》（行3）中，塞勒诺斯（Seilenos）一上场就宣称，狄俄倪索斯"被赫拉驱使得发了疯"。柏拉图的《法义》（672b）也提到一种"流行的说法和传说"：狄俄倪索斯被赫拉"剥夺了心智"。由此可见，歌队的说法更接近古老神话，亦即赫拉的确"迫害"了狄俄倪索斯。但赫拉为何要迫害狄俄倪索斯呢？欧里庇得斯和柏拉图都表示，赫拉剥夺了狄俄倪索斯的心智（亦即使之发疯）。在古希腊神话中，被赫拉逼得发狂的人物不止狄俄倪索斯。但在奥林波斯诸神中，唯有狄俄倪索斯受天后赫拉如此"迫害"。[①] 其实，酒神狄俄倪索斯在奥林波斯处境尴尬，他不仅是一位后来之神，而且在众神中唯独他由凡人母亲所生。[②] 赫拉对狄俄倪索斯的迫害，不无捍卫神族纯正血统的可能，也就是在维护人与神的秩序。但是，狄俄倪索斯又确实成功地成为奥林波斯诸神中的一员。由此必然关涉到另一个问题：宙斯为何如此煞费心机地收养狄俄倪索斯？[③]

　　狄俄倪索斯的重生有点类似雅典娜的出生，似乎也代表了"纯然父系遗传的希腊梦"[④]。但与雅典娜不同，狄俄倪索斯的出生同时经过了自然与非自然的孕育过程。失去母亲的自然庇护后，宙斯的"大腿"继而成为孕育狄俄倪索斯的第二子宫（腔体）。歌队在叙述这段故事时提到两个新角色：克洛诺斯和命运女神（Fates）。克洛诺斯并未直接出现，只是隐含在"克洛诺斯之子"这个称谓中。克洛诺斯在此处出现，显得颇不寻常。这首先因为，这个语词鲜见于悲剧。其次，这也很容易想起宙斯的两次出生。宙斯经历的第二次出生为第二段颂歌表现狄俄倪索斯的重生埋下了伏笔。歌队的叙述突出了宙斯的巧计——他凭其智谋瞒过赫拉。整个过程也蕴含着编织的技艺（行 97）。克洛诺斯啖食亲子，是出于对其政治统治的考虑：他得到一个神谕，说他的众

子女中有一位智谋非凡者将推翻他的统治。宙斯与克洛诺斯的做法虽相反，但他在此选择保存自己的子嗣，是否同样出于政治统治的考虑呢？宙斯统领着天界和凡间，他不仅是神族之父，还是人类之父。①宙斯苦心孤诣地收养狄俄倪索斯，会不会正是看中他与人类有着非同一般的亲和力？而这种亲和力，又是他统治人间必须仰仗或有所顾忌的呢？

命运女神出现在狄俄倪索斯的第二次出生中，同样显得很奇怪。在这里，歌队突出的是命运女神的另一重身份——生育女神。②这重身份使命运女神十分自然地出现在这里，却也掩盖了歌队"偷梁换柱"的做法。实际上，宙斯生下狄俄倪索斯后，将他交给了尼萨山（Nysa）中的山泽女仙（Nymphs）抚养。③歌队却把山泽女仙换成了命运女神。柏拉图提到，命运女神有三位，她们是"必然"的女儿（《王制》617c 以下）。在《王制》中，命运女神出现在厄尔（Er）"转世"神话中，分别颂唱着过去、现在与将来之歌，共同司掌生命的必然性。毋庸置疑，歌队在此把山泽女仙置换成命运女神，目的之一是抬高狄俄倪索斯的身份。但就在不久前，"必然"还出现在塞墨勒的生产中（行 91）——在那里，

---

① 参《荷马颂歌》，1；赫西俄德，《神谱》，行 47、457。另参索福克勒斯，《俄狄浦斯王》，在进场歌中，以五十名忒拜长老组成的歌队如是唱道："我们的父亲宙斯啊……"（行 201）。

② 关于作为生育女神的命运女神，参欧里庇得斯，《伊菲革涅亚在陶洛人里》（*Iphigenia at Tauris*），行 206—207："那些司生育的命运女神，打一开始就给了我一个苦难的童年"；另参品达，《奥林波斯竞技凯歌》（6.41）；《涅墨竞技凯歌》（*Nemean Odes*，7.1）。

③ 《荷马颂歌》（26）明确提到这点。阿波罗多洛斯的说法也证实了这点，参《希腊神话》，3.4.3。宙斯派赫尔墨斯将狄俄倪索斯送给尼萨山上的山泽女仙养育。酒神之所以得名 Dionysus，可能正与这段经历有关（Dio-Nysua）；另参欧里庇得斯，《独目巨人》，行 68。在《神谱》中，赫西俄德还提到，宙斯把抚育青年的任务分派给了山泽女仙、阿波罗和河神（行 346—347）。另参阿里斯托芬，《吕西斯忒拉忒》（*Lysistrata*），行 1282 的"还有在尼萨山长大的狄俄倪索斯"。

欧里庇得斯似乎取了该词的另一个义项"被迫"。不过，塞墨勒（在宙斯的霹雳火催发下）提前产下狄俄倪索斯，并葬身雷下，会不会也出于"必然"，而非"被迫"呢？此时，我们的耳边响起命运的女儿拉赫西斯（Lachesis）的话："不是神决定你们的命运，是你们自己选择命运。"（柏拉图，《王制》617e）如此一来，导致塞墨勒死亡的真正原因，不是任何外力（神力），而是她所怀的肆心。

"必然"在第一段颂歌中两次出现都十分隐晦。换言之，欧里庇得斯虽未直接呈现"必然"，必然性却隐约支配着整个叙述。"必然"分别出现于狄俄倪索斯的两次出生，中间意味深长地插入克洛诺斯和宙斯。克洛诺斯在这里只是一笔带过，宙斯的非凡智慧却跃然纸上。巧合的是，"强大的"克洛诺斯吞食亲子，起因于一个"命中注定的"可怕预言（赫西俄德，《神谱》，行 457—465）。此子正是智谋超凡的宙斯。克洛诺斯吞食宙斯，正是试图以此对抗一种命定的必然性，却终究难逃被推翻的命运——"连神也无法用强力对抗必然性"（柏拉图，《法义》741a）。宙斯苦心孤诣地养育狄俄倪索斯，会不会也是出于某种无法抗拒的必然性？欧里庇得斯这般费尽心思，要让狄俄倪索斯的出生与命运女神发生关联，可能表明了这种可能性。那么，让宙斯如此重视的，究竟是狄俄倪索斯身上的何种必然性呢？

狄俄倪索斯体现的必然性，可能正是人身上的非理性因素。作为一种狂欢秘仪的酒神崇拜，日后也的确被纳入城邦。酒神教仪中表现出的那种令人不安的激情以及对自由的渴望，进场歌中已有触及，并将以更为极端的方式呈现出来。狄俄倪索斯代表的这些不稳定因素有时相当危险，却无法消除，因为它们是人的自然本性的一部分。不过，对于这些非理性的因素，人类虽无法避免，却能寻找恰当的方式，对之进行驯化或提升。古希腊诗人作诗，通常从旧有的神话中取材。欧里庇得斯创作《酒神的伴侣》

时，酒神崇拜已在希腊取得合法地位。但这并不妨碍诗人选择如
何重述整个故事。晚年的欧里庇得斯显得是要回归传统，却在
《酒神的伴侣》中揭示了酒神品质走向败坏。在他笔下，宙斯所
生的狄俄倪索斯其实在不断下降，明显带有动物特质：

> ［宙斯］生下一个长着牛角的神，
> 还在他头上缠了很多蛇，
> 为此，狂女们也将
> 这猎食野物的蛇
> 缠在发上。（行100—104）

　　狄俄倪索斯的公牛形象在剧中具有重要地位（行618、691、
920—922、1017、1159），蕴含着某种强大的自然潜能和捉摸
不定的神秘力量。令人困惑的是，宙斯还将狄俄倪索斯与蛇关
联在一起。尽管希腊人也把（金）蛇视为婴儿的保护神，但在希
腊人的观念里，蛇还是一种危险的动物。[①]"猎食野物的"一词
不仅暗示了蛇的攻击性，也由此引入了剧中首个表示"猎杀"的
关键意象。[②]狂女们将蛇缠在发上的疯狂之举，更令人毛骨悚
然。发上缠满蛇的狂女，让人直接联想到可怕的蛇发女妖和复
仇女神。[③]的确，狂女充满野性的危险，在稍后的戏剧行动中
有充分体现。狄俄倪索斯与动物的关联，也彰显了他与其他奥
林波斯神的差别，后者早已摆脱了动物形象——欧里庇得斯似

---

① 人们常把金制的蛇放在婴幼儿身旁，以求庇护。参欧里庇得斯，《伊翁》，行
　　21—26。参 G. S. Kirk，《欧里庇得斯的〈酒神的伴侣〉》，前揭，页37。
② 参 R. P. Winnington-Ingram，《欧里庇得斯与狄俄倪索斯：〈酒神的伴侣〉义疏》，
　　前揭，页34。
③ 普鲁塔克还记载了酒神崇拜盛行于罗马时，给亚历山大大帝带来的困扰，参
　　《希腊罗马名人传》，17.2。

乎有意把狄俄倪索斯刻画成一位强大、危险、变幻莫测的原始
"自然之神"。但在狄俄倪索斯来到希腊前，希腊人已经有了自
己的自然神。[①]司掌谷物的得墨特耳随后就出现在第二段颂歌
中。借助塞墨勒与忒拜的关系，歌队随即转入第二段颂歌：

> 忒拜，养育塞墨勒的忒拜噢，
> 快把常春藤缠到头上！
> 快长出，快长出硕果累累的
> 嫩绿藤蔓。
> 狂欢吧，快拿上橡树
> 或枞树的嫩枝，
> 披上梅花鹿皮，
> 系上白毛的羊毛
> 穗带！用强悍的大茴香棒使你们
> 圣洁！……（行105—114）

　　较之第一段颂歌的张弛有度，吟诵第二段的歌队情绪变得
激动异常。[②]歌队在此连用了好几个命令式，敦促忒拜加入她们
的狂欢教仪。她们以呼唤"养育塞墨勒的忒拜"开始，整个唱段
富有感染力。在内容上，第二段颂歌可谓第一首的延续。第二合
唱歌进一步深化了狄俄倪索斯与自然的关系，突出他与各色植物
（常春藤、橡树、枞树、大茴香棒）的关联。橡树和枞树都是基
泰隆山上的常见树种，常春藤、大茴香棒和幼鹿皮则是狂女们的
典型装束。歌队催促常春藤长出藤蔓，一定程度上反映了这种植

---

① 参赫丽生，《希腊宗教研究导论》，前揭，页401、408、409。
② "快长出，快长出"尤其给人急促感。这种重复表达法是欧里庇得斯晚年的典型
　风格。阿里斯托芬对此进行了戏仿。参《蛙》，行1351—1354。

物的神奇魔力。①不同于常春藤和鹿皮，剧中的茴香棒也是武器。
"用强悍的大茴香棒使你们圣洁"，这句话并不好理解，尤其是其
中的 ὑβριστάς[强悍的、狂暴的、恣肆的]一词。②ὑβριστάς 与狄俄
倪索斯控诉赫拉的肆心时所用的 ὕβριν 词根一致。歌队在此呼吁
忒拜加入她们的狂欢仪式，显示出几分优越感。歌队在此极力凸
显大茴香棒的超自然威力，却同样难掩其恣肆的自然力。从某种
意义上讲，歌队同样带有这种危险的自然力。这种力量源自她们
的肆心——忒拜若不接受大茴香棒（酒神崇拜），她们就要用茴
香棒（武器）迫使它屈服。③

四、宙斯的两次出生

随后，歌队在颂歌中讲述了宙斯的两次出生。她们一开始就
呼唤克里特岛（Crete）上的**库瑞特斯**（Kouretes）洞府：

> 库瑞特斯的洞府噢，
> 克里特岛的极神圣住所，
> 宙斯的诞生地，
> 在那儿，在他们的岩洞里，头戴三鬃盔的
> 科律班特曾为我

---

① 米尼阿斯（Minyas）的三个女儿无视酒神狂欢节，在众人参加狂欢时仍在房内纺
　线。为惩罚她们，狄俄倪索斯将她们变成三只蝙蝠。在此之前，她们的织机上
　神奇地爬满疯长的常春藤蔓。参奥维德，《变形记》，4.389—415。
② 这句话是文本中有名的难句，学界至今难以确定其意。参 R. P. Winnington-
　Ingram，《欧里庇得斯与狄俄倪索斯：〈酒神的伴侣〉义疏》，前揭，页 34。这句
　话之所以如此费解，主要因为难以确定 ἀμφί 和 ὑβριστάς 这两个语词的含义。关
　于 ἀμφί 的争议，参 E. R. Dodds，《欧里庇得斯的〈酒神的伴侣〉》，前揭，页 82；
　以及 Richard Seaford，《欧里庇得斯的〈酒神的伴侣〉》，前揭，页 161—162。
　ὑβριστάς 本身含义复杂，更为整句话的理解增加了困难，关于该词的丰富含义，
　参 N. R. E. Fisher，《肆心：古希腊荣誉与羞耻的价值研究》，前揭，页 1。
③ 参 E. R. Dodds，《欧里庇得斯的〈酒神的伴侣〉》，前揭，页 82。

发明了这皮手鼓。(行 120—125)

忒拜和克里特同属希腊：忒拜是狄俄倪索斯的母亲塞墨勒（和他本人第一次）的出生地，克里特岛则是父神宙斯的诞生地（比较行 105 和行 120—122）。^① 不同的是，克里特已确立起对宙斯和地母神瑞亚的敬拜，忒拜却尚未确立对狄俄倪索斯的崇拜。这段颂歌虽言及克里特，却仍意在忒拜。^② 实际上，欧里庇得斯通过混淆甚至整合亚细亚的地母神库柏勒与希腊的地母神瑞亚，暗中改造了宙斯在克里特岛出生的故事。首先，歌队有意模糊了库瑞特斯与科律班特（Korybantes），将二者混为一谈：最初的库瑞特斯（行 120），变成了科律班特（行 124）。^③ 科律班特出现在亚细亚的地母神崇拜中，是库柏勒的信徒。在关于宙斯出生的神话中，实际出现的应是库瑞班特。正是他们借敲击武器的嘈杂声掩盖了婴儿宙斯的啼哭，才使之免遭克洛诺斯吞食（阿波罗多洛斯，《希腊神话》，1.1.6）。欧里庇得斯为何要让亚细亚地母神崇拜中的科律班特出现在宙斯出生的背景中呢？

在克里特的地母神崇拜中混入科律班特，很可能是为了使手鼓与希腊的古老崇拜发生关联。为此，欧里庇得斯用手鼓声替换了武器撞击声。为了掩饰这种混同，他还借用了一顶相当古奥

---

① 欧里庇得斯在《克里特人》(Cretans)中也提到了宙斯与克里特岛的关系。根据他的说法，宙斯出生在克里特的依达山(Ida)上。参 Christopher Collard & Martin Cropp eds.,《欧里庇得斯残篇》(Euripides: Fragments)，Cambridge, MA.：Harvard University Press, 2008, 472.10—15, 以及注释 5。

② 英格拉姆指出，歌队的弦外之音可能是，忒拜要像克里特人纪念父神宙斯那样，以狂欢的方式纪念神子狄俄倪索斯。参 R. P. Winnington-Ingram,《欧里庇得斯与狄俄倪索斯：〈酒神的伴侣〉义疏》，前揭，页 35。

③ 关于史上对库瑞特斯和科律班特的说法和争议，斯特拉博有极为详尽的阐述（《地理志》，10.3.7—8）。另参 R. P. Winnington-Ingram,《欧里庇得斯与狄俄倪索斯：〈酒神的伴侣〉义疏》，前揭，页 36。

的"三鬃盔"。然而，三鬃盔并不符合科律班特整体的狂欢形象，却与宙斯出生传说中的库瑞特斯相符：他们个个手执枪矛，俨然严阵以待的卫士。[①]

> 他们在狂欢中将鼓声
> 与弗里吉亚的悦耳簧管声
> 和谐地混杂在一起，又把这手鼓交到
> 瑞亚母亲手中，以使鼓声与信徒们的狂呼相应和。
> 疯狂的萨图尔们
> 又从神母手中得到这手鼓，
> 把它带入
> 狄俄倪索斯喜欢的
> 三年一度的节庆歌舞。（行 126—134 ）

　　希腊的地母崇拜是一种古老的狂欢仪式，手鼓则是一种典型的狂欢仪式乐器。在宙斯出生的故事中加入此要素，对狄俄倪索斯的重要性不言而喻。倘若狂欢崇拜早已存在，那么对忒拜而言，酒神崇拜虽是一种新宗教，却与古老的地母崇拜一样源远流长。[②]狄俄倪索斯的狂欢仪式也变得"古老"起来。欧里庇得斯还借语词的呼应，使宙斯的出生与狄俄倪索斯的出生关联在一起。第一段颂歌中为新生的宙斯提供庇护的"洞府"，与孕育狄俄倪索斯的"腔体"遥相呼应。在讲述宙斯出生的故事时，欧里庇得斯略去了克洛诺斯，但这并不表示克洛诺斯不重要。宙斯很可能

---

① 在荷马的《伊利亚特》中，三鬃盔是赫克托耳的头盔（11.352—353）。另参 E. R. Dodds，《欧里庇得斯的〈酒神的伴侣〉》，前揭，页 84；以及阿波罗多洛斯，《希腊神话》，1.1.7。

② 参 R. P. Winnington-Ingram，《欧里庇得斯与狄俄倪索斯：〈酒神的伴侣〉义疏》，前揭，页 36。

是在模仿母亲：瑞亚凭巧计将裹好的石块交给克洛诺斯，才瞒天过海，保宙斯无虞。①同样，宙斯凭超凡的智谋瞒过妻子赫拉，才使狄俄倪索斯安然。然而，在改编这些故事时，欧里庇得斯又何尝不是在凭其智识进行模仿呢？他用"裹好的"科律班特替换库瑞特斯，还重述了狄俄倪索斯和宙斯出生的故事。稍后，欧里庇得斯还将借先知忒瑞西阿斯，再度改编狄俄倪索斯出生的传说（行 286—297）。

进场歌的最后一个唱段令人耳目一新。这种与众不同的感觉很大程度上源于末节所蕴含的复杂情感。歌队一方面难掩狂喜之情，另一方面却又带着几分乡愁。酒神崇拜者显得既追求共同的感受，又是充分独立的个体，宗教情感与私人情感也奇妙地糅合一体。②

> 多教人欢喜，他在山里，每每脱离飞奔的狂欢队，
> 跌倒在地，
> 他穿着神圣的鹿皮外套，
> 汲取被猎杀的山羊血，
> 啖食生肉，满心欢愉，
> 奔入弗里吉亚山和吕底亚山。
> 领队人就是布洛弥俄斯，（行 135—141）

这段唱词一开始就出现了两个令人挠头的问题。首先，ἡδύς［受欢迎的、高兴的］的准确含义很难把捉，可能指"他"自得

---

① 参赫西俄德，《神谱》，行 468—491；阿波罗多洛斯，《希腊神话》，1.1.7。
② 参 R. P. Winnington-Ingram，《欧里庇得斯与狄俄倪索斯：〈酒神的伴侣〉义疏》，前揭，页 37。西福德也指出，歌队在进场歌中不断游走于不同的极端。参 Richard Seaford，《欧里庇得斯的〈酒神的伴侣〉》，前揭，页 156。

其乐，也可能指"他"的行为令狂女们高兴。其次，这里描写的
"他"是狂欢队首领还是狄俄倪索斯本人，同样难以断定。[①]学者
们基本认定，此处的 ήδύς 突出的是狂欢队对"他"的行为的赞赏。
"他"会不会就是狄俄倪索斯呢？果真如此，就意味着狄俄倪索
斯亲自参与并领导了敬奉自己的各项狂欢活动，包括摔倒在地，
猎杀山羊、汲取羊血、啖食生肉。[②]整首末曲显得有些奇怪，不
像一个连贯的整体。从韵律上看，前后两个用韵相近的部分——
长短短短格（paeons）和长短短格（dactyls），被一个插入部（行
144—156）骤然截断。[③]这种韵律的错乱，似乎意在模拟狂女心
智的错乱。末曲中的歌队有着某种莫名的兴奋，仿佛在回忆中慢
慢滑入一种嗜血的狂喜。伴随着回忆中出现的这种失序，歌队也
濒于癫狂，陷入种种幻想。从内容上看，中间插入部的基调也陡
然一转，画面随之变得祥和：之前洒满山羊血的地面，现在流
着乳汁、琼浆和蜂蜜（行143）。猎杀暗示着自然的匮乏，这里的
自动馈赠则彰示了自然的充盈。即便狂女与自然显得其乐融融，
"夺"与"予"的张力始终隐藏在后。歌队在回忆中陷入迷狂，可
能表明了她们的天性有如未经驯化的动物，容易在无节制的幻想
中陷入极端。

　　在古典诗人笔下，乳汁、琼浆和蜂蜜都是奠酒仪式常用的饮
品。袅袅"乳香烟雾"更令人如临仙境。乳汁、琼浆和蜂蜜的获
得毫无人工劳作的痕迹。狂女们在山间的生活，俨然黄金时代的
人类所过的生活。整个场景的设置，很像是在为某位重要角色的

---

① 这里的 ήδύς 只能译为"受欢迎的、受人喜欢的"，不能译为"高兴的"（晚期才
　　出现的义项）。参 G. S. Kirk，《欧里庇得斯的〈酒神的伴侣〉》，前揭，页40—
　　41；E. R. Dodds，《欧里庇得斯的〈酒神的伴侣〉》，前揭，页85—86；Richard
　　Seaford，《欧里庇得斯的〈酒神的伴侣〉》，前揭，页164。西福德译本将该词译
　　为"welcome"，柯克则译为"well-pleasing"。
② 参 G. S. Kirk，《欧里庇得斯的〈酒神的伴侣〉》，前揭，页41。
③ 参 Richard Seaford，《欧里庇得斯的〈酒神的伴侣〉》，前揭，页164。

出现营造氛围。不出所料，马上就有一位"擎着火把"的巴克科斯神登场（行145）。擎火的巴克科斯神形象，让人忆起为人类盗取天火的普罗米修斯（Prometheus）。欧里庇得斯为何要引出一位"带火把"的酒神呢？

据说，葡萄酒和蜂蜜本与凡人无缘，这些新鲜事物的出现，全拜酒神狄俄倪索斯所赐。[①]奠酒仪式中常用到乳汁、琼浆和蜂蜜，以敬奉诸神或告慰亡魂。三种饮品齐备，俨然是告慰亡魂的祭品。[②]但巴克科斯神切实出现在剧中，何来亡魂之说？那么，擎火把的酒神形象，会不会是欧里庇得斯借此唤起人们对普罗米修斯盗火的记忆呢？果真如此，欧里庇得斯不就是在借"擎火把"的酒神，为曾经"盗火"的普罗米修斯招魂？这种猜测并非毫无依据。至少，这两位神不仅都是"男相女人"，心性也颇为相似，都对人类怀着一副女人心肠。[③]狄俄倪索斯真的是普罗米修斯转世？问题并没有这么简单。只需考虑一个基本事实，即普罗米修斯和狄俄倪索斯对宙斯的态度截然相反：普罗米修斯公然与宙斯为敌，狄俄倪索斯却自称宙斯的代表。他们也因此命运相殊——普罗米修斯因盗火受罚，狄俄倪索斯却最终以宙斯之名"攻城伐地"，称主希腊。

欧里庇得斯暗示了狄俄倪索斯与普罗米修斯的联系，却又明确了二者的区别。要弄清二者的确切关系，恐怕还得从宙斯的态

---

① 据西福德考证，葡萄酒和蜂蜜均出自狄俄倪索斯的发明。参 Richard Seaford，《欧里庇得斯的〈酒神的伴侣〉》，前揭，页165。

② 参荷马，《奥德赛》，10.519、11.26；尤其是欧里庇得斯，《伊菲革涅亚在陶洛人里》，行163—165。

③ 歌队在提及擎火把的狄俄倪索斯之后，马上提到他的"柔美的发丝"（行150）。这种描述通常只用在女人身上，因为男人通常将头发束起。普罗米修斯的"女相"，则通过其打阳伞的形象暗示出来。他试图打着阳伞掩盖自己的本相，却恰恰暴露出其天性是"男相女人"。参刘小枫，《普罗米修斯之罪》，北京：生活·读书·新知三联书店，2012，页101。普罗米修斯之罪的根源是"女人式的怜爱之心"（页92）。

度上寻找线索。宙斯为何费尽心机地抚养狄俄倪索斯，却毫不留情地惩罚普罗米修斯？这个问题的回答关系到《酒神的伴侣》的核心要点，甚至涉及两代悲剧诗人的论争。欧里庇得斯晚年创作的《酒神的伴侣》宛如一个迷宫，其中充斥着各种悖论和谜题。欧里庇得斯在此讳莫如深地触及这点，可能正是借此抛出阿莉阿德涅（Ariadne）线团。

第二章　老王、盲先知与新王

　　在戏剧行动正式展开前，剧本花了大量篇幅呈现狄俄倪索斯和他的吕底亚女信徒。开场白和进场歌均暗示了一系列针对忒拜城邦的行动，狄俄倪索斯还通过呼吁他的女信徒们进入基泰隆山——一个与城邦判然有别的实体，与忒拜形成实际对峙。经前文铺陈，狄俄倪索斯针对忒拜的政治意图已昭然若揭，也显露出剑拔弩张的火药味。一场惊心动魄的正面冲突似乎迫在眉睫。然而出人意料的是，第一场戏剧行动竟如此波澜不惊，甚至可谓平淡无奇：两个老人商量着如何按先前的约定上山敬拜酒神——戏剧冲突延迟了。这种延宕的笔法似乎旨在吸引观众。的确，借助反高潮的笔法出其不意地推迟眼前的冲突，诗人让看戏的观众充满"惊奇和悬疑感"。[①]不过，除此之外，欧里庇得斯会不会另有用意呢？更令人奇怪的是，这场戏据信还借用了喜剧的写法，充满了搞笑的成分。[②]由此看来，这场戏显得相当反常。

---

① 　参 R. P. Winnington-Ingram，《欧里庇得斯与狄俄倪索斯：〈酒神的伴侣〉义疏》，前揭，页 40。

② 　学者们在为何是喜剧上却歧见纷呈。可参 E. R. Dodds，《欧里庇得斯的〈酒神的伴侣〉》，前揭，页 90—91。柯克提示我们跳出这些争论，关注一个更重要的问题：欧里庇得斯为何要把这些错误观点摆在如此惹眼的位置？

第一节　盲先知与老王：谁当向导？

第一场明显有别于前文抒情歌中的炽热情感，复归平静。几个忒拜男子出现，愈发与进场歌中的那群女人形成对照——两位老者看上去举止稳妥，反衬出吟唱进场歌的歌队是一群非常态的狂女。这也再次提醒我们，常态的现实世界究竟是怎样的。忒拜城邦有其组织有序的政制，与酒神引领的狂欢生活方式截然不同。[①]

如前所述，第一场并未呈现狄俄倪索斯与彭透斯的直接冲突，反将叙述的重点移至忒拜的三个男人——忒瑞西阿斯、卡德摩斯和彭透斯。这三人在忒拜有着举足轻重的作用，更确切地说，戏剧冲突的重点转移到了城邦内部——卡德摩斯和彭透斯分别代表忒拜新旧两代政治权威，忒瑞西阿斯则是城邦宗教权威的代表。在此意义上，第一场不仅重新拉开了自然与城邦（礼法）的张力，还进一步呈现了忒拜内部的紧张。[②]这三个男人之间会有一场怎样的好戏上演呢？

一、参加狂欢的表面动机

《酒神的伴侣》的戏剧场景设置在忒拜王宫，王族在剧中的地位却至今未见。截至目前，忒拜王族成员仅出现于言辞中，并未正式露面。待至这一场，最先登台的也不是王族成员，而是一位叫开王宫大门之人。

---

① 参 R. P. Winnington-Ingram，《欧里庇得斯与狄俄倪索斯：〈酒神的伴侣〉义疏》，前揭，页 41。

② 关于隐含在《酒神的伴侣》中的空间对比和空间张力，参 Charles Segal，《酒神的诗学与欧里庇得斯的〈酒神的伴侣〉》，第四章（"家庭、城邦与山"），前揭，页 78—124。

　　序幕拉开，舞台上赫然出现一位老人，他头戴常春藤，腰缠鹿皮，手持木杖，一身典型的酒神狂女行头。如此打扮（成女人）的老人出现在舞台上，就足以引人发笑，更何况他是大名鼎鼎的忒拜先知忒瑞西阿斯！更为蹊跷的是，他此次来到忒拜王宫，并无童子引路——他的出场一反常态。[①] 早已装扮停当的忒瑞西阿斯来到忒拜王宫门前，唤人传话：

> 谁在入口？去把卡德摩斯叫出屋。
> 他是阿革诺耳的儿子，早年离开
> 西顿城，建造了这座忒拜城。
> 哪位去通报一声，就说忒瑞西阿斯
> 寻他。他本人晓得我的来意，
> 老朽和这位更年长的老人有约在先：
> 我们要扎紧常春藤杖，披上幼鹿皮，
> 还要在头上缠上常春藤的嫩枝条。（行 170—177）

　　这里所谓的"入口"实指忒拜王宫大门。忒瑞西阿斯叫开王宫大门，带来的会是什么新消息吗？[②] 令人倍感意外，他竟是如约而至（行 174—175）。更出人意料的是，忒瑞西阿斯此番前来并无意入宫，因为他明确说道"去把卡德摩斯叫出屋"（行 170）。

---

① 忒瑞西阿斯是忒拜的盲先知，在其他剧本中通常有人引领。例如，在索福克勒斯的《安提戈涅》中，忒瑞西阿斯出场时就宣称：

> 啊，忒拜长老们，我们一路来了，
> 两个人靠一双眼睛看路；
> 因为要有人带领，瞎子才能行走。（行 988—990）

中译本参张竹明译，《索福克勒斯悲剧》，收于《古希腊悲剧喜剧全集》（卷二），前揭。

② 一般是噩耗或者坏消息。比较欧里庇得斯的另一部剧作《腓尼基少女》，行 1068—1076；以及莎士比亚，《亨利四世·下》开场，中译本参朱生豪译，北京：大众文艺出版社，2010。

那么，这里的要害似乎不是他要给忒拜王族带来什么，而是他要由此带走什么。

禀明来意之前，忒瑞西阿斯先依舞台惯例简要介绍了卡德摩斯的身份：阿革诺耳（Agenor）之子，忒拜城的创立者。这种身份堆砌虽有老生常谈之嫌，却再次提请人们注意卡德摩斯早年显赫的政治生涯：这位老者原先可是一位颇具胆略的政治人——他曾只身勇闯龙泉、播种龙牙，平息"地生人"的内乱，最终建立忒拜城。但在这里，忒瑞西阿斯仅仅提到卡德摩斯一手创立了忒拜城，并未言及他在这座城邦的现况。这表明，在忒瑞西阿斯眼里，卡德摩斯的政治重要性不减当年。这也不禁引人不揣冒昧地猜想，忒瑞西阿斯要从这个家族带走的，会不会就是卡德摩斯先前具备的政治品质呢？因为，既然忒瑞西阿斯如约前来，不也就意味着，这位身处王宫高墙内的同伴，也会同他一般变成女人（狂女）模样吗（行176—177）？何况乎，这场约定明显由忒瑞西阿斯发起。先知主动邀约，其中满含政治意味。①

卡德摩斯应声而出。显然，他在宫内早已等候多时，不待有人传话，便主动迎了出来：

> 最亲爱的朋友哦，我在屋内就听闻，
> 听出你这个睿智者发出的智慧之声，
> 我来了，已经准备停当，穿戴好神的这整套装束。（行178—180）

显然，按照与忒瑞西阿斯的约定，卡德摩斯早已穿戴齐整，久候多时了（行180）。这位老人的出场设计同样别具匠心。观众未见其人，先闻其声：他的大名不仅早在剧本开篇就出现在狄俄

---

① 参 Richard Seaford，《欧里庇得斯的〈酒神的伴侣〉》，前揭，页168。

倪索斯的开场白中，忒瑞西阿斯方才也提及他的身世。一听见忒
瑞西阿斯的召唤，卡德摩斯就忙不迭地直呼"最亲爱的朋友"（行
178），尔后才声称"我来了"，生怕对方等得着急。"最亲爱的朋
友"显得是在客套，以营造某种轻松友好的氛围。不过，按照常
理，卡德摩斯根本无须对忒瑞西阿斯如此拘礼：他不仅在政治权
威上明显高于忒瑞西阿斯，也较之年长（行175）。看来，两位老
人之间存在着一种非同寻常的亲密关系，足以超越年龄和政治权
威的差别。忒瑞西阿斯身上的什么东西让卡德摩斯敬重如是，让
他将之尊为其志同道合的挚友甚至向导呢？

　　卡德摩斯随后所言暗示，他之所以如此敬重忒瑞西阿斯，
因他有着过人的"智慧"。卡德摩斯声称，他在屋里就听闻并听
出了忒瑞西阿斯"这个睿智者发出的智慧之声"（行179）。卡德
摩斯连用了两个表示"听"的动词：*ἠσϑόμην* 一般涉及感官听闻，
κλύων 则带有一定的认知性，凭经验或靠学习。卡德摩斯听出忒
瑞西阿斯的声音，凭借的无疑是经验，但他对忒瑞西阿斯到来的
关注之态也显露无遗。对所闻之事倾注的这种超乎寻常的关注，
还常伴某件已发生或将发生的重大事件。[①] 忒瑞西阿斯的到来，
会不会也意味着某件重大事件发生在即呢？无论如何，卡德摩斯
此言不仅暗示了他认识世界的局限，也表明他笃信忒瑞西阿斯的
智慧。正是对智慧的敬重，使忒拜的前任国王卡德摩斯对忒瑞西
阿斯以礼相待。的确，在古希腊诗文中，作为传达阿波罗神庙的
先知，忒瑞西阿斯一向是传统智慧的代言人。[②]

　　卡德摩斯对忒瑞西阿斯智慧的敬重之情溢于言表，竟使他在
一句话中两次提到"智慧"。在他眼里，忒瑞西阿斯不仅是睿智

---

① 参欧里庇得斯的《赫卡柏》，行1114—1145；另参索福克勒斯，《俄狄浦斯在科洛
诺斯》（*Oedipus at Colonus*），行891以下。
② 关于忒瑞西阿斯在古典诗文中的传统先知形象，参黄瑞成，《盲目的洞见：忒瑞
西阿斯先知考》，上海：华东师范大学出版社，2011。

者，而且能发"智慧"之声。卡德摩斯完全服膺于这位先知的智慧。然而，观众听到这里不免发笑。一方面，因为卡德摩斯说出此话时貌似没有意识到，现在的忒瑞西阿斯看上去与狂女无异，他却在此盛赞这个睿智"男子"的智慧。另一方面，卡德摩斯所说的"睿智者"和"智慧的"，希腊原文是 σοφήν 和 σοφοῦ。这两个语词所含之义本身含混不清，还可指向智术师式的"聪明人"和"聪明"。这样一来，忒瑞西阿斯拥有的究竟是古典哲人式的"智慧"，还是智术师式的"聪明"，又显得倏忽不定了。更为重要的是，这句话还开启了剧中关于智慧与聪明的论争：围绕智慧和聪明展开的争论不仅贯穿着这场戏，而且是整剧的一个重大主题。剧中好些人都声称有智慧，但究竟谁拥有真正的智慧，有待厘清。

不过，卡德摩斯在此呈现的两种认识方式，凭借感官的"听闻"和依靠经验的"听出"，为这个难题的解答提供了重要线索。[①]我们不禁要问，要认清真正的智慧，是否只需凭感官和经验？如若不是，那么忒瑞西阿斯的智慧可能就成问题。需要进一步弄清的是，真正的智慧要如何认清？

此时已是一副狂女打扮的卡德摩斯走出宫门，加入了忒瑞西阿斯的行列。舞台上一齐出现了两名扮相滑稽的灰发老人。之所以滑稽，是因为角色当下的处境与其身份发生了严重错位。高的对低的模仿本是喜剧的题材，却出现在了悲剧中。原来，卡德摩斯对自己的可笑处境并非无察。相反，他完全自觉——这又让人笑不出来了。不仅笑不出，心中还增加了几分惶惑和严肃——卡德摩斯如此"自甘堕落"，为的是哪般？他随后的话，显得是在解释"自甘堕落"的理由：

---

① 关于感官的视听与认识的关系，欧里庇得斯多部剧中触及。参《俄瑞斯特斯》弗里吉亚人的哀歌三，行 1395 以下；《赫卡柏》，行 1114 以下等。

　　既然他是我女儿所生，

　　[狄俄倪索斯已向凡人显示他是神]

　　我们就当倾力加强他的力量。(行181—183)

　　卡德摩斯透露了他参加酒神狂欢的第一个动机，与狄俄倪索斯在开场白中的所述大致相符。卡德摩斯的这种解释顿时让人长舒了一口气，因为他显得并非那么"堕落"。他明确表示，之所以扮成狂女去敬拜狄俄倪索斯，是出于家族荣誉的考虑。但这又与忒瑞西阿斯呈现的卡德摩斯产生了明显分歧。显而易见，这个如此看重家族荣耀的老人，与早年创建忒拜的卡德摩斯表现出的品质互生龃龉。这种落差又当作何解释呢？

　　很可能，在塑造卡德摩斯这个形象时，欧里庇得斯原本就有意凸显其含混。诗人貌似呈现了两个卡德摩斯：他既是忒拜城邦的创立者，又是忒拜王族的族长。作为城邦创建者的卡德摩斯，突出的是他的非凡的政治性；而作为王族之首的卡德摩斯，却又将自己的眼光囿于家族的荣耀。不仅如此，这个角色的含混性还在剧末由他本人亲口道出：他是剧中唯一接受新神狄俄倪索斯的王室成员，却为何最终仍难逃悲惨的命运？

　　毋庸置疑，欧里庇得斯如是刻画卡德摩斯，服务于同一旨归：为狄俄倪索斯进入忒拜造势。有关卡德摩斯创立忒拜城邦的神话传说早已深入人心，欧里庇得斯即便有意不提，观众也不可能不联想到有关他的英雄事迹。何况，卡德摩斯的这重身份反而有利于狄俄倪索斯进入忒拜城邦——倘若连忒拜的创建者都向狄俄倪索斯打开城门，何况他人？传统赋予卡德摩斯在忒拜的政治权威，很可能是欧里庇得斯保留卡德摩斯一定政治性的重要原因之一。与此同时，通过加强卡德摩斯对家族荣耀的重视，也为狄俄倪索斯进入忒拜提供了更充足的理由支撑。

卡德摩斯的确透露，他十分乐意为加强狄俄倪索斯的力量尽其
所能（行183）。

表面看来，戏剧行动在两位老者的对话中展开。实际上，这
两位老者的选择可谓用心：卡德摩斯是忒拜城的创建者，忒瑞西
阿斯则是忒拜城的先知。他们分别代表了城邦最高的政治权威和
宗教权威。[1]不仅如此，除了卡德摩斯给出的第一个理由外，这
两位老人还将给出敬拜新神的其他理由。尽管这些理由并非无可
指摘，甚至荒谬可笑，却可能最具影响力。因为卡德摩斯和忒瑞
西阿斯代表了城邦中最高的部分。[2]

二、盲先知与向导

表明其第一个理由后，卡德摩斯接着连发两问，并主动提议
让忒瑞西阿斯充当向导：

> 我们该去何处跳舞？到何处落脚，
> 俯仰我们的白头？忒瑞西阿斯噢，
> 你来引导我吧——老人引导老人，因为你有智慧。
> 我会不知疲倦，日日夜夜用
> 常春藤杖敲击地面。我们欢快地
> 遣年忘岁！忒：你我感受一样哩！
> 因为我也想变成小伙子，想要跳舞。（行184—190）

从某种程度上说，卡德摩斯的问询和忒瑞西阿斯的解答十分

---

[1]　这两位老人经欧里庇得斯精心挑选。参Richard Seaford，《欧里庇得斯的〈酒神的
伴侣〉》，前揭，页167。

[2]　对比Thomas L. Pangle，《柏拉图的〈法义〉》，前揭，665d。在引入会饮的讨论前，
雅典人发问："我们城邦里的最好部分——这部分因其年龄和明智而在城邦里最
具说服力，该在哪里歌唱最美的东西，以造就最好的东西呢？"

和谐。两人一问一答，所涉无外乎神事。忒瑞西阿斯身为德尔菲神庙的先知，原本就在现实城邦生活中扮演解疑答惑的角色：不仅民众有疑问会去请示神示，关乎国本的大事有时也依托神的谕言。或许正因为这点，卡德摩斯才放下自己在政治上的权威和长者身份，主动要求忒瑞西阿斯充当向导——通常认为，先知拥有智慧，是神的传话人。卡德摩斯在此连连发问，很像是在请求先知给出神示。但由于其身份的暧昧，此时发问的卡德摩斯，究竟是以忒拜创建者的身份呢，还是以族长的身份？

结果大大出乎意料，卡德摩斯在此请示神谕，既非代表忒拜城邦，也非代表忒拜王族，而是代表他自己——参加狂欢，以"遣年忘岁"。卡德摩斯竟还藏着一分私心哩！要不是欧里庇得斯提醒，我们倒忘了，卡德摩斯原来还是有充分个人意志的独立个体！但这样一来，卡德摩斯迎接新神狄俄倪索斯入城的真实动机，就难免启人疑窦了。很可能，他给出的第一个理由只是个幌子；"遣年忘岁"，忘记自己的老年身份，才是埋藏在他内心最深处的动机。然而，老年到底负载着什么，竟让卡德摩斯如此急于摆脱这重身份？[①] 还是有什么比老年更具吸引力的东西，让他迫不及待地心向往之？[②]

据信，酒神秘仪确有令人变年轻的功效。[③] 这点甚至得到柏拉图的证实。在他的最后一部鸿篇巨制《法义》中，柏拉图以讨论会饮开始了对城邦立法的探讨。柏拉图明确提到，参加酒神

---

① 在《论老年》中，西塞罗分别提出了关于老年不幸福的四种最流行看法，并逐一进行了驳斥。《论老年》中译本参徐奕春译，北京：商务印书馆，2004。

② 老人变年轻的欲望一再出现在欧里庇得斯的剧作里。在《赫拉克勒斯的儿女》（Heraclidae）中，一场激战后，赫拉克勒斯的母亲阿尔克墨涅（Alcmene）询问报信人，"那老人伊俄拉俄斯"，"立了什么功勋吗？"，她得到这样的回答，"他从老人又变成年轻人了"行 793—757，以及行 851—858。阿里斯托芬在《蛙》中借伊俄克斯的舞蹈，戏仿了欧里庇得斯的描写，行 345—353。

③ 参 E. R. Dodds，《欧里庇得斯的〈酒神的伴侣〉》，前揭，页 90。

秘仪能令人"恢复青春"，这端赖于狄俄倪索斯赐予人类的神奇药剂——酒（666a5—b5）。但柏拉图指出，这剂药医治的是老年人的严肃刻板，借助适度的饮酒，老年人更易于敞开灵魂。这就是柏拉图所谓的"恢复青春"的真实含义——在酒神的秘仪中，老年人并非真的能在肉体上返老还童，而是他们的灵魂变得更为可塑，以重拾热情，投身于"歌唱并造就最美的东西"的事业（665d）。

卡德摩斯所谓的"遣年忘岁"显然没有达到柏拉图的高度。他直言要不分白昼黑夜地狂欢作乐——这就是卡德摩斯灵魂中最隐秘的欲望。这个欲望令他沉浸在自我想象的狂欢中忘乎所以，像极了酒神伴侣在进场歌中所唱的"甜蜜的劳顿"。只是，这位老人家唱的是"我自乐此，不为疲也"（行187—188，比较阿里斯托芬，《蛙》，行402）。

值得注意的是，第一场寥寥数行就呈现了卡德摩斯的两次下降。这种下降在戏剧行动一展开时就表露出来——忒拜的两位最德高望重的老人相约去参加敬拜新神的狂欢仪式。较之忒瑞西阿斯出场时对卡德摩斯显赫身世的回忆，卡德摩斯给出的第一个动机已然暗示，这个英雄人物已由古老传说中胆识过人的忒拜城邦奠基者，下降为以家族荣耀为重的王族族长。卡德摩斯所经历的第二次下降则完全由他亲口道出。通过两次下降的卡德摩斯，现已和常人庶几无异。在欧里庇得斯笔下，英雄卡德摩斯终沦为一个再寻常不过的老者，有着和常人一样的七情六欲。更出人意料的是，这种下降不仅发生在忒拜城的创立者身上，也发生在了忒拜先知忒瑞西阿斯身上——身为忒拜的先知，本该敬奉传统诸神的忒瑞西阿斯却急于参加新神的敬拜仪式。还不等卡德摩斯说完，这位盲先知就迫不及待地表示，"你我感受一样哩！因为我也想变成小伙子，想要跳舞"（行189—190）。

此处行文出现了明显反常：189行在卡德摩斯与忒瑞西阿斯

之间一分为二。反过来说，忒瑞西阿斯和卡德摩斯分享了这同一行台词：不仅两句话同属一行，内容也相当一致。这种情况在悲剧对话中极不寻常①，却活脱脱勾画出忒瑞西阿斯的急切之情。现在的问题是，这位先知如此急切地想表明他与卡德摩斯感同身受，究竟有何不可告人的动机？此话果真是他的心声？抑或他的灵魂深处还涌动着另一股不为人知的暗流，而卡德摩斯的话充其量只是激起他心中涟漪的一颗小石子呢？

忒瑞西阿斯的措辞让人觉得，他如此急于对卡德摩斯的感受表示赞同，很可能是一种修辞。他想借赞同之名，有意曲解（甚至误导）卡德摩斯。忒瑞西阿斯所谓的"你我感受一样"，直译是"你正经历着和我一模一样的事"。πάσχεις［遭遇、处境、心境］蕴含的多重含义使忒瑞西阿斯的意图愈发扑朔迷离。一般而言，该词倾向于指不那么令人满意的境况，虽然它也可用来表示一般的遭遇（无论好坏）。但从文脉来看，忒瑞西阿斯明显用它指称人生的某种不幸。这样一来，较之卡德摩斯的看法，忒瑞西阿斯把老年的问题看得更为严峻——如果说卡德摩斯仅仅流露出想忘记年迈的现状，忒瑞西阿斯则明确将老年看作人类必须面对的某种严峻处境。这种处境使他产生寻求改变（"变成小伙子"）的冲动——卡德摩斯就不曾有这种想法。不仅如此，忒瑞西阿斯还通过"你我感受一样"，将卡德摩斯的处境与自己的处境等同起来，也就不动声色地把他的想法强加在了卡德摩斯身上。忒瑞西阿斯急不可待地接过话茬，与他在第一场戏剧行动中整体的从容淡定形成鲜明对比。倘若卡德摩斯的说法只是让人觉得，他已和大多数人无异，忒瑞西阿斯的说法却让人觉得，他与大多数人判若云泥——他属于少数人中的某一类。因为，尽管大多数人都有（甚至放纵）各种欲望，却很少会有人沉思要如何摆脱这些欲望。忒

---

① 参 G. S. Kirk，《欧里庇得斯的〈酒神的伴侣〉》，前揭，页46。

瑞西阿斯表面赞同卡德摩斯的说法，却暗中偷换概念，用他的想法置换了卡德摩斯的想法。这样一来，忒瑞西阿斯邀约卡德摩斯上山狂欢，岂不表明这个计划在他心中酝酿已久？如今卡德摩斯稍显对自身处境的不满，这位先知就马上逮住话头，要把卡德摩斯拉入自己所属的少数人阵营，一起去改造有死之人必然经历的这种不幸的处境。

忒瑞西阿斯明显将年老视为人类不幸的处境。他还清楚，要摆脱这种处境，必须寻求一种解除这种不幸的解药。实际上，忒瑞西阿斯已经找到了这剂解药。据他说，这剂"回春药"就藏在狄俄倪索斯的狂欢歌舞中。

可笑的是，忒瑞西阿斯看似十分清楚自己的处境，却忘了自己最根本的处境——他是忒拜的先知，承载着整个城邦的习俗根本。不过，忒瑞西阿斯真的忘了他是忒拜先知吗？

忒瑞西阿斯与卡德摩斯参加酒神的狂欢仪式，似乎藏着同一份私心。实际上，忒瑞西阿斯透露，他怀着某项更隐秘的重大企图。卡德摩斯仅表现出"遭年忘岁"的欲望，忒瑞西阿斯却进而明示要"变成小伙子"。小伙子不仅意味着重回青春，而且意味着拥有更旺盛的血气。忒瑞西阿斯直言要舍弃老年人的稳重和经验，变成富有血气的年轻人，无非看重了蕴含在血气中的更多可能性。那么，忒瑞西阿斯在此表现出重拾年轻人血气的强烈愿望，最终会将他引向何处呢？兹事体大。因为卡德摩斯刚刚表示，要让忒瑞西阿斯充当他上山的向导。我们甚至一度期望，经历两次下降的卡德摩斯，真的能在忒瑞西阿斯的指引下，重新走上一条上升之路。但这种可能的前提是，忒瑞西阿斯是一名合格的向导。忒瑞西阿斯的向导资格，就成为接下来要探讨的核心。

πάσχεις 一词暗示，忒瑞西阿斯并非向导的合适人选。πάσχεις 除含"处境"和"遭遇"之义，还可指一个人易动感情的心性。以城邦的角度来看，一名合格的向导应教人学会判断何为好的生活，并引导人们尽量过上这种生活，适当节制自己的欲望也就成了题中应有之义。亚里士多德在《尼各马可伦理学》（*Nicomachean Ethics*）开篇不久（1095a 以下）就指出，年轻人不适合学政治学，原因就在于他们容易"受感情左右"。但他随后又接着说，这并不表示老年人就一定适合学政治学。因为，道德上稚嫩的老年人学起政治学来同样不得要领，原因是他们的生活和欲求受制于感情。[①] 忒瑞西阿斯很可能就是一位道德上稚嫩的老人，单从他如此轻率地接受新神来看，他的行动就不着眼城邦利益。身为忒拜的先知，忒瑞西阿斯似乎忘了，接受新神并非一己私事，而是关乎城邦的大事。古希腊是典型的宗法社会，传统的宗教信仰不仅是城邦礼法的基础，也为民众提供了安身立命的依据。将新神引入城邦，必然冲击传统礼法。传统的信仰一旦动摇，整个社会也将随之土崩瓦解。忒瑞西阿斯的行动与他的先知身份出现了严重脱节。不清楚的是，忒瑞西阿斯究竟受制于哪种感情，才令他在道德上显得如此稚嫩呢？

　　卡德摩斯没有对忒瑞西阿斯的话表示异议，随即产生了进山跳舞的意愿。剧中首个单行轮流对白（stichomythia）的适时出现，恰如其分地表现了卡德摩斯的情绪波动。[②] 此时的卡德摩斯显得兴奋异常，就像个好奇的小孩子追着老师问问题。在这段紧凑对白的前半部分，发问人都是卡德摩斯，忒瑞西阿斯则充当了解惑者的角色：

[①]　《尼各马可伦理学》中译本见廖申白译，北京：商务印书馆，2009。千百年后，伟大剧作家莎士比亚在他的《特洛伊罗斯与克瑞西达》中借赫克托之口，重申了亚里士多德的观点。他指出，帕里斯（Paris）和特洛伊罗斯（Troilus）为争夺海伦而战"诡辩"，恰恰表明他们是"亚里士多德所说的那种不适宜听讲道德哲学的年轻人"（2.2）。中译本参朱生豪译，上海：上海古籍出版社，2002。

[②]　单行轮流对白是对话者采用单行台词轮流对话的形式。这种手法在悲剧中很常见，一般用来表现角色情绪的激动。参 G. S. Kirk，《欧里庇得斯的〈酒神的伴侣〉》，前揭，页 45—46。

卡：那我们要不这就驱车进山？

忒：不，这样对神不够敬重。

卡：要我像领小孩一样领着你吗，老人领着老人？

忒：这位神会轻而易举引领我们到那儿。

卡：全城只有我们为巴克科斯歌舞致敬吗？

忒：只有我们，因为只有我们脑子好使，其他人都蠢。

（行 191—196）

卡德摩斯首先提议，他们应即刻起程，"驱车"前往；不料这个提议遭到忒瑞西阿斯否定。忒瑞西阿斯反对的不是他们马上进山，而是进山的方式。忒瑞西阿斯的回答让人觉得，卡德摩斯还是个不得要领的门外汉，连如何敬神都没搞清楚哩。但忒瑞西阿斯身为阿波罗神庙的先知，为何反倒对新神狄俄倪索斯如此敬重呢？

对于忒瑞西阿斯的回答，卡德摩斯没有反对，而是接着毛遂自荐要当忒瑞西阿斯的向导："要我像领小孩一样领着你吗？"[①]"领着"一词最基本的意思是保傅照料小孩子。在古希腊，保傅通常为奴，社会地位低下，虽也负责接送、照管主人家孩子等日常事务，却因其智识出众还身兼教育、训导孩子之责，可谓照料孩子灵魂的导师。实际上，指代保傅的语词还可泛指教师。卡德摩斯的建议出于好意——忒瑞西阿斯是盲眼人，考虑到他身体上的缺陷，卡德摩斯主动要求引领他。但他以保傅自喻，不仅显得对自己的处境浑然不知，也极不合时宜。然而，卡德摩斯这种自降身份的举措，直接源自忒瑞西阿斯的启发：在这位神面前，所

---

① 在希腊原文中，卡德摩斯的这句话用的是陈述语气，但学者们几乎都已认定，这里应是疑问语气。参 E. R. Dodds，《欧里庇得斯的〈酒神的伴侣〉》，前揭，页 93。

有人都必须表现出额外的恭敬。但卡德摩斯万万没有料到，他的
这一提议表面上降低了自己的身份，却又暗示他在智识上要比忒
瑞西阿斯高。看来，卡德摩斯的觉悟仍有待提高。忒瑞西阿斯对
卡德摩斯的提议不置可否，只说神会"轻而易举"领他们抵达目
的地，巧妙化解了处境的尴尬。忒瑞西阿斯的政治觉悟明显要比
卡德摩斯高——他没有使用"领着"，而是说神"引领"，一个带
有强烈军事色彩和政治色彩的语词。该词与"追随"相对，不仅
可指引导，更可指领导和统治，这不正与狄俄倪索斯早先透露的
政治计划不谋而合？在回答中，忒瑞西阿斯甚至情不自禁露出智
识人的傲慢之态，表示这位领袖将"轻而易举"地引领他们共赴
目的地。[①] 的确，《酒神的伴侣》中的先知忒瑞西阿斯，迥异于他
在其他剧作中的形象。我们注意到，就在这场开初，为了突出忒
瑞西阿斯的独特之处，欧里庇得斯甚至去除了这位盲眼先知的领
路童子。

　　在先知的启发下，与常人无异的卡德摩斯决意加入忒瑞西阿
斯所在的少数人的阵营，携手共赴一项伟大的政治事业——卡德
摩斯在经历了两次下降后，貌似经历了一次上升。不过，对于
自己即将加入少数人的阵营，卡德摩斯显露出一丝不安和惶恐：
"全城只有我们为巴克科斯歌舞致敬吗？"（行195）卡德摩斯所谓
的全城，实指全城男子，因为忒拜全体女子早已离家，上山狂欢
去了。此话表明，卡德摩斯其实惧怕成为城邦中的少数人。为了
打消卡德摩斯的疑虑，忒瑞西阿斯诉诸了更高的心智，"因为只
有我们脑子好使，其他人都蠢"（行196）。在这里，忒瑞西阿斯
明确将 εὖ φρονοῦμεν 与 κακῶς 对举。φρονοῦμεν 一词很容易让人想起
苏格拉底提到的四重德性之一 φρόνησις［睿智］。但如果是在这个

---

① 阿里斯托芬同样对酒神的这种"轻而易举"的能力进行了戏仿，见《蛙》，行
402。

意义上，忒瑞西阿斯在 φϱονοῦμεν 前加上副词 εὖ［好地］就显得有些画蛇添足了。除非他另有所指。的确，φϱονοῦμεν 还可指人"有头脑"，脑子灵光，这倒很符合这种表述的文法，也可能是忒瑞西阿斯加上 εὖ 一词的真实含义。这样一来，忒瑞西阿斯将自己和卡德摩斯划归"脑子好使"的少数人。

颇为反讽的是，面对卡德摩斯所发的第二个问，忒瑞西阿斯无法给出正面回答。因为就目前的情况而言，他和卡德摩斯上山参加酒神教仪必然涉及引导的问题。忒瑞西阿斯和卡德摩斯究竟该由谁来引领谁？

由于卡德摩斯无法理解，也无法完全体味忒瑞西阿斯沉浸于其中的智识人的飘然，为此，他再度基于先知的身体缺陷，提出由他来充当忒瑞西阿斯的向导，"还是牵着我的手吧"（行 197）。此时忒瑞西阿斯的处境可谓进退两难。好在这位先知的脑子转得快，他通过"结盟"的方式，再次巧妙化解了眼前的难堪，"来，联起手来，结成一双"（行 198）。质而言之，就步行上山而论，无论卡德摩斯和忒瑞西阿斯谁拉着谁的手，并无实质区别。因为，忒瑞西阿斯终得仰仗卡德摩斯的双眼才能上路——这位盲眼先知能够无须他人引领，凭经验独自摸到王宫，却未必能独自摸着上山。毕竟，山迢路远，崎岖难行呐！[①] 更何况，这是一条毫无经验可依的全新道路。通过提议联手，忒瑞西阿斯不仅再次回到主导的位置，也表明，这趟上山之途并不简单。卡德摩斯无力领会忒瑞西阿斯幽深的意图，在敏感的领导权问题面前，他明显迟钝。与之相反，忒瑞西阿斯一再坚持其主导地位，凸显了领导权的重要性。在政治世界里，由谁来引领谁，乃是至关重要的问题，即便在这个二人小集团中。

政治领导权的问题就此埋下伏笔。然而，到底该由谁来引导

———————

① 他们欲往的基泰隆山与忒拜城相去有约 13 公里之遥。

谁，实际上并不那么好确定，狄俄倪索斯不就在开场中暗示，他比彭透斯更有资格当王吗？而在这里，欧里庇得斯借卡德摩斯与忒瑞西阿斯就向导资格展开的争论，进一步呈现了领导权的复杂性和重要性。卡德摩斯最初主动提出要让忒瑞西阿斯充当引领者，因为这位先知有"智慧"。然而，一旦要展开实际行动，忒瑞西阿斯的"智慧"又不得不依仗他人。这表明，忒瑞西阿斯的智慧明显有欠缺。卡德摩斯主意的改变就像在发出警示：忒瑞西阿斯必须直面眼前的困难——由于眼盲，他虽有"智慧"却并无实际引领的能力。在上山狂欢这件事上，忒瑞西阿斯与卡德摩斯的关系休戚相关，离开了谁，这项行动都可能无果而终。随着忒瑞西阿斯握住卡德摩斯伸过来的手，[1] 忒拜建立者和忒拜先知的二人小集团已然形成。更恰切地说，通过将卡德摩斯的手握在自己手中，忒瑞西阿斯（忒拜的宗教权威）实际上掌控了卡德摩斯（忒拜的政治权威）。

　　卡德摩斯随后表示，"我不过凡人，不敢藐视诸神"（行199）。此话貌似不经意，却饱含着卡德摩斯受教于忒瑞西阿斯的良多感慨。至少，在忒瑞西阿斯的影响下，卡德摩斯学会了如何表现得虔敬，虽然说出此话时，他心底的确留存着对诸神的敬意。但最要紧的是，卡德摩斯不再不加掩饰地说，他之所以要敬拜狄俄倪索斯，乃是因为"他是我女儿所生"（行181）。经先知点拨，卡德摩斯学会了如何运用修辞。这种稳妥的说法不仅能令自己显得虔敬，还能把真实想法包裹其中，可谓两全之策——狄俄倪索斯虽是新神，毕竟也属诸神嘛。

---

[1]　忒瑞西阿斯在此用了两个表示联合的动词 ξύν-απτε 和 ξυν-ωρίζου，均带有联盟之意。

三、礼法与新神（一）

忒瑞西阿斯果真不同寻常，堪称心灵捕手。他很快捕捉到卡德摩斯心理的这种微妙变化，并借此展开了一番关于诸神与传统习俗的长篇大论，他首先说道：

> 关于诸神，我们决不能耍鬼聪明。
> 我们已经拥有父辈的习俗，跟时间一样
> 古老，任何道理都不能把它们推翻，
> 即便是绝顶聪明之人搞出的鬼聪明。（行 200—203）[1]

从形式上看，行 200 结束了剧中出现的第一次简短轮流对白，整个气氛也随之舒缓下来。在内容上，这行台词还具有承上启下的作用，既回应了卡德摩斯的感慨，也正式展开了忒瑞西阿斯的宏论。至关重要的是，这句话还标志着忒瑞西阿斯将从与卡德摩斯的私下交谈，转向对观众言说。[2]

忒瑞西阿斯首先表示，"我们"不能在有关诸神的事上"耍鬼聪明"。[3]这里的"我们"究竟指谁？忒瑞西阿斯和卡斯德摩斯，还是全体看戏的观众？由于这句话的特殊位置，"我们"的确切所

---

[1] 行 200 可能出现了脱漏，但无碍于文本理解。参 E. R. Dodds，《欧里庇得斯的〈酒神的伴侣〉》，前揭，页 94。

[2] 多兹指出，在说完行 200 这句台词后，忒瑞西阿斯从面对卡德摩斯转为面向"观众"发言，参 E. R. Dodds，《欧里庇得斯的〈酒神的伴侣〉》，前揭，页 94。

[3] 关于此处 "τοῖσι δαίμοσιν" 短语中所用的与格的理解，现代译本的译法不尽相同。譬如，柯克就译为 "in the eyes of deity"，西福德也采用了类似的译法 "in the eyes of the gods"。考虑到这里的 σοφιζόμεσθα 强调的显然是其动词意味（参 E. R. Dodds，《欧里庇得斯的〈酒神的伴侣〉》，前揭，页 94），在此取与格表"方面"的用法，将该短语理解为"在诸神方面"，似乎较为妥当，英格拉姆就将整句话灵活译为 "Nor do we play the sophist with the gods"。参 Winnington-Ingram，《欧里庇得斯与狄俄倪索斯：〈酒神的伴侣〉义疏》，前揭，页 43。

指并不那么清晰。透过忒瑞西阿斯的措辞，甚至可以猜想："我们"也许既不包括卡德摩斯，也不包括观剧的大多数人，而是另有其人。"耍鬼聪明"与公元前5世纪雅典兴起的"智术师运动"（Sophistic Movements）密切相关。[1]智术师的出现与雅典民主制的发展有着直接的关联，随着伯利克勒斯的改革，民主制达到顶点，大量以出卖"智慧"为营生的智术师在雅典蜂起。[2]这类新式聪明人擅长修辞和论辩，以收费教人修辞术和论辩术为业，一度在雅典社会引起重大的社会问题，其中之一就涉及"德性是否可教"。[3]然而，欧里庇得斯的描述显然出现了年代错误——《酒神的伴侣》一剧的背景设定在遥远的英雄时代，他却让笔下的人物道出了他所处的同时代人的纷争。很可能跟他早先故意犯下地理常识的错误一样，这个年代误置也是诗人有意为之。

很明显，剧中刻画的卡德摩斯不是那类就诸神之事诡辩的人。但忒瑞西阿斯的整个说法也显得十分虔敬，简直滴水不漏，貌似他也不属于这种就诸神之事耍弄聪明之人。不过，他的确提到"我们"，这至少说明，他完全有"耍鬼聪明"的能力或天资，只是出于某种考虑，他选择不对诸神的事要聪明，或者说不公然在诸神之事上耍聪明。忒瑞西阿斯对古老习俗的坚决维护，就使他貌似站在城邦习俗这边。但忒瑞西阿斯所说的这类与他相关，却又可以刻意与之保持距离的人究竟是什么人呢？

毋庸置疑，这类人有别于大多数人，他们脑子好使，可以凭

---

[1] 参见 Maurice Lacroix，《欧里庇得斯的〈酒神的伴侣〉》（*Les Bacchantes d'Euripide*），Paris：Les Belles Lettres，1976/1978/1999，页154。

[2] 参汪子嵩等，《希腊哲学史》（卷二），北京：人民出版社，1993/2004，页19—23。

[3] 柏拉图的《普罗塔戈拉》（*Protagoras*）就纠弹了智术师的代表普罗戈拉（Protagoras）。关于德性是否可教这一问题的讨论，可参特雷安塔费勒斯，"美德可教吗：政治哲学的悖论"，尚新建译；以及葛恭，"柏拉图《普罗塔戈拉》发微"，江澜译，顾丽玲校，收于刘小枫主编，《美德可教吗》，北京：华夏出版社，2006，页1—24，108—166。

借自己的聪明才智"耍鬼聪明"。此外，忒瑞西阿斯明确将这类人与他所在的习俗维护者对立起来：这类人用说理颠覆传统习俗，而他则明确用言辞表示了对古老习俗的拥护。在古希腊，这类用说理颠覆习俗的人的始祖被称为自然哲人。他们凭着理性之光探究自然，并以科学的态度解释自然现象，极大冲击了希腊以古老神话为基石的宗法社会。忒瑞西阿斯在此用到了一个摔跤竞技赛中的角力术语 καταβαλεῖ[打倒、放倒]，就是普罗塔戈拉的同名著作《论辩论》(Καταβάλλοντες，又名 Λόγοι)。^① 作为智术师运动的领军人物之一，普罗塔戈拉在雅典名噪一时。忒瑞西阿斯暗示的那类人，莫非就是极擅诡辩的普罗塔戈拉式智术师？^② 这位诡辩派的"开山鼻祖"不正是忒瑞西阿斯所谓的"绝顶聪明之人"(拉尔修 [Diogenes Laertius]，《名哲言行录》[*Lives of Eminent Philosophers*]，9.51—53)？忒瑞西阿斯有意将矛头直指就诸神之事搞诡辩的普罗塔戈拉，以示与之界限分明，足见他的确很"明智"。忒瑞西阿斯看到了这类智识人身上的致命弱点：他们自恃聪明，出言不逊，不懂审慎，竟与传统习俗公然对抗。他同样认识到这号人公然对抗习俗的下场——普罗塔戈拉就因公然质疑诸神遭到雅典人的驱逐。

　　然而细察之下，忒瑞西阿斯的这段说辞貌似天衣无缝，实则漏洞百出。首先，在谈及"诸神"时，忒瑞西阿斯用 δαίμοσιν[精灵] 偷换了卡德摩斯的 θεῶν[诸神]。δαίμοσιν 虽也含诸神之意，但特指品级上更低的"精灵"。忒瑞西阿斯精于语义辨析，他在这里的语词选择绝非偶然。尤其考虑到欧里庇得斯在开场就明确

---

① 参 Richard Seaford，《欧里庇得斯的〈酒神的伴侣〉》，前揭，页 170；E. R. Dodds，《欧里庇得斯的〈酒神的伴侣〉》，前揭，页 95。另参拉尔修，《名哲言行录》，9.53—55。

② 多兹就认为，行 203 的说法显然与普罗塔戈拉有关。参 E. R. Dodds，《欧里庇得斯的〈酒神的伴侣〉》，前揭，页 95。

彰示了二者的差别——狄俄倪索斯就曾利用 δαίμοσιν 概念的含混，暗示他要与忒拜现任国王彭透斯重新争夺当"王"的资格——由是观之，忒瑞西阿斯在此偷换概念，会不会与狄俄倪索斯在开场中的用意一致？毕竟，将 ϑεῶν 改换成 δαίμοσιν 可能导致这一结果，即面对狄俄倪索斯这类身份模糊的新神，人们也不能用说理的方式对他进行质疑。从一开始，忒瑞西阿斯的言辞就偏向了新神狄俄倪索斯。但忒瑞西阿斯所犯的另一个错误，使他的一切努力付之东流。忒瑞西阿斯在为狄俄倪索斯作辩护时，援引了古老的习俗作为支撑。但他似乎未曾料到，为了编织这重古老的外衣，忒瑞西阿斯却又将自己逼入了另一个难以自圆其说的困境——古老的习俗与新神狄俄倪索斯之间存在难以逾越的鸿沟。"跟时间一样古老"的习俗，显然与新神狄俄倪索斯水火不容。忒瑞西阿斯据之为理的古老习俗，更与他随后提及的狂欢教仪互相矛盾。

　　在这段话中，忒瑞西阿斯采用了一种聪明的策略：他首先展示了古老习俗与普罗塔戈拉式诡辩家的冲突，不仅借此撇清自己与智术师的关系，也转移了观众的视线，打消了他们的怀疑。这样一来，忒瑞西阿斯显得与诡辩派毫无瓜葛，甚至针锋相对。他的整段言辞也显得是在用说理的方式反驳诡辩派的说理。[①] 然而事实证明，忒瑞西阿斯实际上也站在了古老习俗的对立面。只不过，他比诡辩者更懂隐藏。忒瑞西阿斯随后不失时机地再次抛出参加狂欢教仪的话题，终将自己的意图暴露无遗：

　　　　有人会说我老不知羞吗，
　　　　因为我打算头戴常春藤去跳舞？

----

① 语出欧里庇得斯与《酒神的伴侣》同期创作的《伊菲革涅亚在奥利斯》，行 1013，阿喀琉斯（Achilles）回应阿伽门农（Agamemnon）之妻克吕泰涅斯特拉（Clytemnestra）的话时说道，"可是说理也能推翻说理"（ἀλλ' οἱ λόγοι γε καταπαλαίουσιν λόγους）。中译本参周作人译，《欧里庇得斯悲剧集》（上），前揭。

> 不会的，因为这位神并没有做出区分，
>
> 声明只有年轻人或老年人才能跳舞。
>
> 相反，他想得到所有人的共同崇敬，
>
> 不想让谁不颂扬自己。(行 204—209)

　　原来，忒瑞西阿斯是想通过更为隐秘的"诡辩"，为狄俄倪索斯进入忒拜提供名正言顺的理由。忒瑞西阿斯其实与普罗塔戈拉并无二致，因为他也意在与古老的习俗对抗。[1] 但忒瑞西阿斯的做法比诡辩者聪明得多，也更危险，因为他把真实的意图隐藏在貌似传统的外衣下。这重外衣并非所有人都能洞穿，卡德摩斯就受其巧言迷惑。

　　忒瑞西阿斯的言说方式充满修辞技巧，俨然训练有素的诡辩家。他首先反躬自问，点出老年人参加狂欢的最常见障碍：羞耻。忒瑞西阿斯所用的 $αἰσχύνομαι$ [辱没、使……蒙羞] 与 $αἰδώς$ [羞耻] 密切相关。人为何会产生羞耻感呢？柏拉图把羞耻归结为某种恐惧。人最常产生两种恐惧，其一是对意见的恐惧。有别于其他恐惧，对意见的恐惧涉及一个人觉得自己的言行可能冒犯了更高贵的事物，由此害怕被人视作坏人。在这个意义上，羞耻乃是出自对更高荣誉的尊崇，此时的恐惧亦即"敬畏"(《法义》646e5—647a10)。在《修辞学》(1383b 以下)中，亚里士多德就将羞耻归结为一种令人不安的情绪，这种情绪由某人"做了或正在做或要做"有损名誉的事引发。忒瑞西阿斯在此如此设问，毋宁说他其实心知肚明，老年人去狂欢歌舞会有损其名誉，至少古希腊人普遍持这种看法。那么，古希腊人认为何种名誉特别体现在老者身上呢？在谈到老年人参加纪念狄俄倪索斯的歌唱队时，

---

[1]　亚里士多德在《修辞学》开篇(1355b 以下)就区分了修辞与诡辩。他认为，修辞家有别于诡辩者，不在"能力"，而在"意图"。

柏拉图指出，老年人通常不愿唱歌，就算迫不得已而唱，他们也会觉得"羞愧难当"，因为"年事越高越明智，就会越羞愧"（《法义》665e）。

由此可见，羞耻感的生发与对德性的认识密不可分。由于人们想象自己将要冒犯某项更高贵的事物，羞耻感会对人的言行产生一定的约束力。然而，由于羞耻仅仅是对不名誉之事的想象，一个人是否会产生羞耻感，还取决于他对这种意见的重视程度（亚里士多德，《修辞学》1384a 以下）。忒瑞西阿斯的设问触及城邦的最普遍意见：老年人参加狂欢是一件羞耻的事。显而易见，这个意见引起了他的重视。但忒瑞西阿斯的动机表明，他之所以重视这种意见，不是因为害怕自己将为之事会令他感到羞耻，而是因为这种意见是他即将从事的那件事的最大绊脚石。

的确，忒瑞西阿斯设问中提出的那种意见只是他树的一个靶子。由于城邦公民普遍认为，老年人参加歌舞狂欢有失体统；要想推行他的计划，他就必须驳倒这种意见。忒瑞西阿斯马上展开了反驳。恰如他此前回应卡德摩斯时有意将诸神与精灵混为一谈——这种混淆正是为了给"这位"神做铺垫，他试图进一步以神之名将城邦的不同部分混为一谈。反驳中，忒瑞西阿斯一语中的："这位神并没有做出区分。"酒神原本就是一位消除差异的神，这种精神在日后的雅典酒神节上也得到淋漓尽致的体现：无论男女老幼，不分尊卑，节日消除了人与人的差别。[1]忒瑞西阿斯的话运用了德尔菲一则关于狄俄倪索斯的神谕。根据这个神谕，狄俄倪索斯将受到"混在一起"的邦民崇拜。[2]欧里庇得斯让忒拜先知据此为参加狂欢辩护，显得再恰当不过。但需注意，《酒神的伴侣》

---

[1]　"每个成人和孩子，自由民和奴隶，女人和男人——其实是整个城邦——绝不能停止歌唱"（柏拉图，《法义》665c）。

[2]　参 Richard Seaford，《欧里庇得斯的〈酒神的伴侣〉》，前揭，页 170。

中呈现的酒神狂欢并非如今人人熟知的雅典酒神节。其中的差别绝不仅仅在于，欧里庇得斯描写的是酒神节最初如何进入希腊世界这一历史事件，而雅典酒神节就是这一历史事件的结果。因为，诗人在选择如何呈现这个历史事件时有其隐秘的意图。

在欧里庇得斯笔下，酒神狂欢与其说是一种教仪，不如说是一种特定的生活方式。这种生活方式与城邦生活的不协调，早已由狄俄倪索斯和歌队道出。狄俄倪索斯试图迫使忒拜接受他的狂欢教仪，也就是强迫城邦接受他代表（推崇）的那种生活方式。忒瑞西阿斯早已点破，酒神崇拜的一大特征是不加区分的人人平等。实际上，狂欢教仪所谓的不区分"老年人和年轻人"，毋宁说迫使老年人（高的）向年轻人（低的）看齐——老年人在城邦中享有的较高地位其实已经下降。这也正是忒瑞西阿斯先前所言的"想变成小伙子"暗示的可怕后果：老年人很可能沦为追求快乐的小伙子，这种快乐与灵魂完全无涉（柏拉图，《法义》666b）。

追求快乐源于人的自然本性，是人天然带有之物——人人都趋向快乐而非痛苦。[1] 因此，要彻底剔除这些倾向不仅不可能，也相当危险。但让这些品质完全放任自流，后果同样不堪设想。如此看来，《酒神的伴侣》显得是在讲一桩历史事件，根子上触及的很可能是对人性和政治的理解：如何在实际的城邦生活中正确处理人性对快乐的趋向。而这显然端赖于城邦立法者对人性的洞察。尽管质而言之，雅典酒神节也是不加区分的全民参与，类似于全民狂欢，但它已被纳入雅典城邦，成为官方的法定节日。这不仅意味着酒神崇拜在城邦的地位合法，更意味着这种崇拜可控，不再是随心所欲的为所欲为，更意味着城邦立法者以立法的手段，使快乐变得神圣起来。[2]

---

① 荷马就将狄俄倪索斯称为"人间的欢乐"（《伊利亚特》，14.325）。

② 参阿尔法拉比，《柏拉图的哲学》，程志敏译，上海：华东师范大学出版社，2006，页63。

很明显，身为忒拜先知的忒瑞西阿斯完全倒向了民主制。他显得站在传统习俗一边，其实诡辩地以习俗之名颠覆了古老的习俗。忒瑞西阿斯显得很有智慧，也深谙修辞之术，懂得如何利用这种技艺。他似乎还颇晓人性，能一眼洞穿人的心思。他不仅清楚，老年人内心同样深埋着对快乐的欲求，还明白，羞耻会阻碍老年人追逐这种欲求的行动。为此，忒瑞西阿斯接着通过诉诸更高的荣誉，想把参加（更低的）酒神狂欢之人说成一种（更高的）虔敬德性。这一切都表明，忒拜先知忒瑞西阿斯已不复是往昔传统智慧的象征，虽然他异常聪明。经先知的智识训导，卡德摩斯貌似也变得惯于修辞。当他再次提议引导忒瑞西阿斯时，就给出了一个相当漂亮的说法：

> 既然你看不见这阳光，忒瑞西阿斯哦，
> 我就变作先知，引导引导你吧。（行 210—211）

卡德摩斯给出的理由触及了忒瑞西阿斯最实际的处境，这也是这个二人小集团的实际处境。卡德摩斯在此点出忒瑞西阿斯看不见阳光，指的固然是这位先知的盲眼，可他产生"变作 προφήτης［先知］"的奇怪想法却匪夷所思。其实，卡德摩斯可能并非真的要变成先知，而只是说要将双目所见转达给忒瑞西阿斯——προφήτης 除有先知之意，还可泛指解释者。但不可否认，在指出忒瑞西阿斯看不见阳光时，卡德摩斯的言下之意是自己瞧得见阳光。在忒瑞西阿斯的引导下，卡德摩斯原本蒙蔽的心智开了窍，自然看得见阳光。经过两次下降之后，卡德摩斯貌似又经历了一次上升，原本对自己身处少数人之列感到局促不安的他，如今主动提出要加入少数人的行列。然而，由于惯于凭借听闻和经验下判断，卡德摩斯在他认为有智慧的忒瑞西阿斯的引领下，很可能最终变成任其摆布的无知稚童。

　　反讽的是，卡德摩斯在提及"这阳光"时，除了彰显先知身体的缺陷，也凸显了他灵魂的缺陷。卡德摩斯不晓得，忒瑞西阿斯如今不仅肉眼瞧不见"这"阳光，他的心灵之眼同样瞧不见阳光。忒瑞西阿斯身为阿波罗神庙的先知，如今却要去参加敬奉新神的狂欢教仪！他身为传达古老诸神谕言的忒拜先知，而今口口声声宣讲着新神的意旨！忒瑞西阿斯的心灵之眼也瞎了。

　　正是由于忒瑞西阿斯的心灵之眼和他的肉眼一样染了盲疾，他才会不知"羞耻"地为狄俄倪索斯张目。亚里士多德在提及羞耻时讲到恶德（《修辞学》1383b 以下）。究竟是哪种恶德使得忒瑞西阿斯干下这桩"坏事"，还引以为傲呢？一切还得从忒瑞西阿斯的盲眼说起。

　　阿波罗多洛斯提到了关于忒瑞西阿斯成为盲眼先知故事的三个版本。他首先提到忒瑞西阿斯不懂隐藏，把诸神意欲隐藏之事说与凡众听；为此，诸神夺去了他的光明。据另一版本，忒瑞西阿斯看了不该看的东西——雅典娜的裸体，为此永远失去了光明。随后，阿波罗多洛斯还转述了赫西俄德的说法：宙斯和赫拉就男女交欢谁获得的快乐更多争执不下，来找忒瑞西阿斯讨个说法，因为据说他（像黄鳝一样）有过性逆转的经历，握有关于男女之事的整全知识。然而，忒瑞西阿斯回答时出言不逊，触怒天后赫拉，最终惹祸上身。显而易见，阿波罗多洛斯记载的这三种说法，均突出一点：诸神让忒瑞西阿斯变瞎，是以此作为一种惩罚，以惩戒他的不审慎。赫西俄德的说法甚至暗示，忒瑞西阿斯犯下的是那类专注于"静观"自然的人更容易犯下的错。[①] 智力超群的人一旦不审慎，知识带来的便是更大的恶。

---

① 在引述赫西俄德所描述的忒瑞西阿斯在山上看见两蛇交尾的情形时，阿波罗多洛斯用了颇具哲学意味的 θεασάμενος［静观］，而非一般的 ὁράω［观看］。参阿波罗多洛斯，《希腊神话》，3.6.7。

明眼的忒瑞西阿斯由于自己的不审慎遭到诸神惩罚，因此变成盲眼。失去光明后的忒瑞西阿斯是否学会了审慎呢？

《酒神的伴侣》中的忒瑞西阿斯的确长了一智。剧中这位盲眼先知不仅深谙隐藏的必要，也通晓修辞，极擅把真实意图包裹在貌似无懈可击的传统说辞下。在欧里庇得斯笔下，忒瑞西阿斯变得"审慎"起来了。在这点上，忒瑞西阿斯确实要比明着搞鬼聪明的普罗塔戈拉之辈还要聪明。然而，由于此处忒瑞西阿斯同样心术不正——这位为忒拜传统神传话的先知已俨然是新神狄俄倪索斯的代言人，这种"审慎"反而使他变得比自然哲人和诡辩家更危险。因为现在的忒瑞西阿斯暗度陈仓地在挖传统的墙角。至少，在他的影响下，象征忒拜根基的卡德摩斯明显倾向新神，并打算与他联手上山，敬奉狄俄倪索斯。

第二节 新王与老王

就在卡德摩斯和忒瑞西阿斯准备起程之际，忒拜国王彭透斯急匆匆赶回王宫。卡德摩斯在向忒瑞西阿斯解释时，插入了对彭透斯身份的介绍，很像是在向盲眼先知报告他所见的情形。这可能是当时的舞台惯例，由已在台上的角色向观众交代即将上场的人物。卡德摩斯提到，彭透斯是厄克西翁之子。在忒拜城邦创立的神话传说中，厄克西翁是最后余下的五个"地生人"之一，可谓忒拜人的始祖。卡德摩斯还亲口表示，是他把忒拜王权交给了彭透斯。言下之意，彭透斯当上忒拜的王，是通过正当的继承。

蹊跷的是，卡德摩斯看到彭透斯的慌乱后，直接将之归因于"奇闻"。更令人奇怪的是，彭透斯一上台也宣称，正是听闻城邦内发生了"新奇"事，他才从外赶回忒拜——整起事件聚焦一点：究竟是什么古怪事让彭透斯如此方寸大乱，匆忙赶回王宫？

一、新王的血气

彭透斯出场时并未看见卡德摩斯和忒瑞西阿斯。因此，他上场时所言其实是一段面向观众的解释性独白。[①] 这段独白一直延续到他看到两位装扮新奇的老人（行248）。由此看来，彭透斯的出场所言，很像第二开场白，与狄俄倪索斯的开场说辞构成紧张：在开场白中，狄俄倪索斯先表明他"来到"忒拜，尔后讲述了他的"所见"；彭透斯一上台也提到，他"出门在外"，"听说"了发生在忒拜的诸桩奇事：

> 我碰巧出门在外，不在这片土地上，
> 就听说新奇的祸事降临到这座城邦：
> 我们的女人们抛弃家庭，
> 去参加捏造的酒神狂欢，在草木繁茂的
> 山间狂奔，用舞蹈
> 膜拜新神狄俄倪索斯，也不管他是谁；
> 狂欢队中摆着盛满酒浆的
> 调酒缸，她们一个个溜到僻静处，
> 去满足男人的欲望；
> 她们冒称献祭的狂女，
> 其实把阿弗洛狄特看得重于巴克科斯神。（行215—225）

整个句子贯穿11行，由主词 κλύω［我听说］统摄，带出一系列由不定式短语构成的分句（ἐκλελοιπέναι［抛弃］...θοάζειν［狂

---

① 比较欧里庇得斯笔下的墨涅拉俄斯（Menelaus）在《海伦》（行386—434）和《俄瑞斯特斯》（行356—374）中的出场，中译本见周作人译，《欧里庇得斯悲剧集》，前揭。

奔]...ἑστάναι[摆着]...ἄγειν[看待]），引出耳闻的内容。正式讲述
听说之事前，彭透斯还用了一个分词 ὤν，点明这些奇闻发生时
他所处的境况：碰巧出门在外，不在这片土地上（行215）。这个
贯穿数行的复杂句子，与狄俄倪索斯开场白中所用的句式惊人相
似。只不过，狄俄倪索斯先拉拉杂杂地列举了一些地名，最后才
宣示他来到忒拜。更惊人的是，彭透斯以 ἔκδημος[外出，离家]
这个语词开始了自己的叙述；而在开场白中，狄俄倪索斯以 ἥκω
[我来到]拉开了他进入忒拜的序幕。这岂不意味着，彭透斯的
外出与狄俄倪索斯的到来同步发生？或者更确切地说，新神来到
忒拜"碰巧"赶上城邦领导者缺席的空档。

　　但事实果真如彭透斯所言，一切纯属"巧合"？

　　兴许，这种表面的偶然恰恰证明，发生在忒拜的种种"奇怪
的祸事"并不简单。至少从忒瑞西阿斯的反常举动来看，这很可
能是一场精心策划的阴谋。俨然新神代言人的忒瑞西阿斯趁国王
离开城邦之时，约卡德摩斯上山狂欢，其居心很难不令人生疑。
也正是凭借自己的"智慧"，忒瑞西阿斯不仅彻底击垮了卡德摩
斯内心保留的最后一道防线（羞耻），使之义无反顾地与他共同
敬奉新神，还以古老的习俗为幌子公然为新神进入城邦辩护。

　　彭透斯赶在此时回到忒拜，是欧里庇得斯的巧妙安排，不仅
出于剧情的需要，也为了在彭透斯与狄俄倪索斯正面冲突前充分
展开两端的张力。[①]同样巧合的是，面对非常态的情形时，卡德
摩斯和彭透斯的反应竟出奇地一致。他们不约而同地指向新奇
事：卡德摩斯瞧见情绪失常的彭透斯时马上想到"奇闻"；彭透
斯听闻城邦的异常后第一反应也是有"新奇的"祸事发生。为什
么在他们眼见和耳闻里，"新奇"总与异常如影相随？

---

① 这种手法是古希腊悲剧诗人乐用的技法，索福克勒斯的《俄狄浦斯王》《安提戈
涅》，以及欧里庇得斯的另一部剧作《希珀吕托斯》都运用了这种戏剧技巧。

　　狄俄倪索斯进入忒拜的故事，发生在前哲学时代。在那时的人们眼里，"祖传的"就是"好的"。"祖传的"由两大因素组成，一是"古老的"，二是"自己的"。因此，对于忒拜城邦这个共同体而言，至上的习惯或方式就是沿袭自祖辈的"他们"的生活方式。古老性确保了"他们"的生活方式的正确性，因此对他们来说，"新奇"之物就等同于不好的事物。① 正是在这种强大的习俗观念下，他们普遍对新奇事物持警惕的态度。这就不难理解，忒瑞西阿斯为何要在为他的新式想法辩护前，千方百计为自己披上"古老"的外衣。

　　从彭透斯的叙述来看，他显得是在全盘转述他人的看法——奇闻来自耳闻，而非亲眼看见。因此，整个叙述难脱失实的嫌疑。然而，即便讲述亲眼看见之事也难保不偏不倚。因为一个人所言和他怎么说，还取决于他对整起事件的判断。狄俄倪索斯不就在讲述自己"所见"之事时故意混淆视听吗？即便在忒拜女子离家狂欢这同一起事件上，狄俄倪索斯和彭透斯也是各执一词。狄俄倪索斯在开场白中将这起事件定性为惩罚——忒拜先对他"不仁"，他现在报以不义。事实却是，这只是他为入主忒拜寻找的托辞。相反，彭透斯首先将之视为一起非常事件，然后关切这起事件对城邦带来的后果：全体女子抛弃家庭，在狂欢中醉酒纵欲，必然导致道德败坏。实际上，彭透斯的担心不无道理。公元前5世纪的雅典，就曾为如何"制度化"和"驯化"酒神狂欢伤透脑筋。即便雅典后来成功将之纳入体制，以集体酗酒纵乐为特征的酒神教仪仍代表着一种外来宗教对既定秩序的挑战和威胁。②

---

① 参施特劳斯，《自然权利与历史》，彭刚译，北京：生活·读书·新知三联书店，2003，页83—84。

② 参Deborah MacInnes，《预言与劝谕：古希腊悲剧中的忒瑞西阿斯》(Prophecy and Persuasion: Tiresias in Greek Tragedy)，Diss. Duke University, 1995，页253。

　　可奇怪的是，彭透斯对酒神狂欢教仪的两项指控：酗酒和纵欲，反映的是欧里庇得斯时代的雅典对新式崇拜的一般看法。[①]在诗人早年创作的《伊翁》一剧中，他明确借剧中人物之口暴露了雅典社会存在的诸种社会问题。[②]欧里庇得斯为何让彭透斯说出他所处时代的意见呢？而且，在《酒神的伴侣》中，后文明确否定了这种意见：上山狂欢的女子既未酗酒，也没纵欲。这固然表明，较之早年对社会问题的露骨抨击，欧里庇得斯在此剧中的态度明显不同。在此剧中，他对酒神狂欢的描写要节制得多——相反，在彭透斯身上，这种不节制的想法简直登峰造极。彭透斯一出场就显得是个僭主，不仅思想不节制，行为也过激。

　　剧中并未透露，彭透斯的消息打哪里来，但剧本的确表明，彭透斯对整起事件的判断失之偏颇。究竟是什么致使彭透斯无法做出恰切的判断呢？卡德摩斯的话暗示，彭透斯失去判断力，可能源于受灵魂中某样东西的影响。彭透斯还未上场，卡德摩斯就瞧见他"已惊慌失措"，此处的中动态暗示了导致其灵魂失序的两种可能——源于外物，抑或出自内心。彭透斯匆忙赶回城邦，是因为忒拜女子上山狂欢。根据狄俄倪索斯的宣称，使他来到忒拜的也是女子。线索似乎系于女子身上。

　　忒拜女子上山狂欢，使彭透斯血气上涌，且表现得极为固执。他一口咬定，进入基泰隆山的女子纯粹为了肉欲的满足。为此，她们"冒称献祭的狂女"，去参加"捏造的酒神狂欢"。此话至少表明，彭透斯对酒神狂欢仪式还有另一番认识：真正的酒神

[①] 柏拉图也对酗酒提出了批评："喝到烂醉如泥可能都不适宜，这种行为也不安全，尤其是对严肃对待结婚的人。"（《法义》775b5）

[②] 伊翁是阿波罗与雅典女王克瑞乌萨（Creusa）的私生子。克瑞乌萨后嫁给克苏托斯（Xuthus），婚后多年无嗣，两人便前往德尔菲神庙请求神示。克苏托斯误将伊翁认作自己的私生子，由此勾起一段不堪回首的荒唐事：克苏托斯早年在酒神狂欢中与酒神的女信徒们醉酒厮混（行550以下）。《伊翁》中译本见周作人译，收于《欧里庇得斯悲剧集》（上）。

狂欢仪式的目的应高于肉欲。正是基于这一点，彭透斯才谴责忒拜女子把"阿弗洛狄特看得重于巴克科斯神"。有趣的是，彭透斯把狄俄倪索斯和巴克科斯神看作两个性质截然相反的神。在彭透斯眼里，狄俄倪索斯是新神，他的狂欢教仪不仅可疑，而且动机险恶，唯有巴克科斯神的狂欢教仪才是真的狂欢教仪。这也就意味着，真正的狂欢教仪不仅相当古老，也可能已经取得合法地位。但事实是，巴克科斯神是狄俄倪索斯在亚细亚的称号。也就是说，二者乃同一个神。实际上，狄俄倪索斯的狂欢仪式在彭透斯脑海中呈现出两种完全脱节的面相：一种是新的非法的教仪，另一种则相对古老，且已取得合法地位。彭透斯的初始判断并无偏差——就初次来到忒拜的狄俄倪索斯而言，他的教仪在忒拜的确不仅是新的，而且可能真的"邪恶"（行232）。

　　打乱彭透斯灵魂秩序的看来是忒拜女子离家狂欢这起非常事件。但彭透斯就此下的判断表明，真正的原因可能源自他的灵魂。彭透斯的确正确洞察到，发生在城邦女子身上的怪事是"祸事"，但过盛的血气使他偏离了正确的方向，将他引向毫无根据的凭空臆想。我们看到，彭透斯对忒拜女子在山间狂欢的描述栩栩如生，仿佛身临其境。更令人震惊的是，仅凭耳闻和臆测，彭透斯就下达了一系列夸张的军事命令。从他的话中还可知，针对狂女的军事行动早已展开，不少狂女已收押在监（行226—227）。接下来，他还要把其他"漏网之鱼……逐出山"（行228）。在这些漏网之鱼中，彭透斯特别提到了塞墨勒的三个姐妹，其中包括他的母亲阿高厄。她们的处境由此变得十分悖谬：狄俄倪索斯早在开场白中就声称，让塞墨勒的姐妹们发狂上山，是对她们"中伤"塞墨勒的惩罚。那么，彭透斯把她们"逐出山"，既是使她们脱离惩罚，却也是对她们进行惩罚——彭透斯紧接着就表示，他要把她们"捆在铁网中"。彭透斯冷酷对待自己的亲人，母亲也不例外，显得六亲不认——在强大血气的驱使下，彭透斯竟置人世最基本的伦常于不顾。

在彭透斯身上，轻信与多疑奇妙地混合在一起。他既对新鲜的外来事物充满敏感和警觉，又捕风捉影，对传闻深信不疑。这两个看似相悖的要素在他身上混杂在一起。彭透斯在转述了关于"异方人"的传闻时，再次将他基于想象的判断发挥得淋漓尽致：这个异方人是名"念咒巫师"，女相十足，来到忒拜名义上为了传教，实则旨在满足自己的情欲。值得注意的是，阿弗洛狄特在这个语境中又一次出现。只不过，与前文不同，彭透斯这次几乎把面带女相的异方人当成了阿弗洛狄特的化身："他那头栗色卷发喷喷香，面颊绯红，双眸含着阿弗洛狄特的妩媚样。"（行235—236）彭透斯当然不晓得，他所说的异方人就是狄俄倪索斯本人。

狄俄倪索斯在开场白中讲述了他已经并即将在忒拜展开的各项行动，其中暗示了军事行动。而在这里，彭透斯也表明了他已经展开并要进一步展开的军事行动。在狄俄倪索斯明示的各项行动中，就包括"混合"的策略，亦即取消不同的人的差异。从彭透斯发动的一系列针对狂女的军事行动来看，彭透斯其实与狄俄倪索斯没有两样。至少，他不分青红皂白、不加区分地镇压所有狂女表明，彭透斯天性有失审慎。忒瑞西阿斯那段关于"与时间一样古老的习俗"的演说，就在彭透斯出场之前。当然，忒瑞西阿斯只是做出尊重习俗的样子，实则别有用心。但这更突显了尊重习俗的重要性。彭透斯为王的合法性得到卡德摩斯的充分肯定，但他一出场就是僭主做派：武断专行，刚愎自用，遇事不先进行冷静的思考，而直接诉诸武力。彭透斯甚至不顾亲情和人伦，对礼法缺乏应有的尊敬，更可能使观众转而同情他的敌手。

但值得注意的是，彭透斯的形象同样含混不清：他既是僭主，却又与那种对城邦完全不负责，只顾满足私欲的真正僭主判然有别。[①] 他的所言有失公允，却又道出诸多实情，譬如他一眼就看出狄俄倪索斯的"肆心"（行246）。但彭透斯的眼力有其限度。彭透斯瞧见一身狂女装扮的卡德摩斯和忒瑞西阿斯时，他又能洞穿些什么呢？

二、新王怒斥老王

讲述完他的所闻后，彭透斯这才瞧见忒瑞西阿斯和卡德摩斯。两位老人反常的装扮令彭透斯惊诧不已：

> 看呐，这又是一大奇观！我瞧见先知
> 忒瑞西阿斯竟披着梅花鹿皮，
> 我母亲的父亲——出尽洋相啊，狂舞着那茴香棒！
> 老人家呦，我羞于
> 见你们这把年纪，却没有心智。
> 你还不快甩下那常春藤冠，
> 扔掉手中的常春藤杖，我母亲的父亲？（行248—254）

看见狂女装扮的忒瑞西阿斯和卡德摩斯后，彭透斯直呼"奇观"。据说，哲学就源于惊奇。彭透斯却明确表示对所见之事感到羞耻。彭透斯指出，这两位老人的行为十分可笑，并试图唤起他们的羞耻心。可他并不晓得，忒瑞西阿斯自觉地充当起新神狄俄倪索斯的辩护人，原本就不以此为耻，而卡德摩斯的羞耻心也在先知的劝说下消弭殆尽了。在这种情形下，彭透斯以羞耻加

---

① 英格拉姆认为，总体而言，彭透斯是一位对城邦"负责的"统治者。参 R. P. Winnington-Ingram，《欧里庇得斯与狄俄倪索斯：〈酒神的伴侣〉义疏》，前揭，页48。

以劝说的方式显得苍白无力。他以命令的口吻要卡德摩斯扔掉常春藤杖，也注定要以失败告终。不过，彭透斯一眼就看出了忒瑞西阿斯对卡德摩斯的实际控制："忒瑞西阿斯啊，这事就是你怂恿他干的。"（行 255）[①] 彭透斯洞悉，真正居心叵测的是先知忒瑞西阿斯。但彭透斯随后之言表明，他的见识有限："你还企图向人类引入一位新神，好让你观察飞鸟，从燔祭中拿取报偿。"（行 255—257）在古希腊悲剧中，好些僭主都曾谴责先知凭技艺（占卜术）牟利。[②] 在这点上，欧里庇得斯显得与传统的描述一致。但在剧中，忒瑞西阿斯的技艺与其说是占卜术，不如说是诡辩术。剧本马上就会揭晓，忒瑞西阿斯还将利用他的非凡技艺重述狄俄倪索斯出生的神话。

　　彭透斯无力洞悉事实的全部真相，他仅凭耳闻目见草率得出的结论，只能停留在原点。彭透斯仍认定："只要女人们的聚会中有晶莹的葡萄酒，我就敢说，那些仪式毫无健康可言。"（行 261—262）欧里庇得斯让彭透斯道出事实真相，却又让他把真相建立在并不稳靠的根据上。在这里，彭透斯所下的定论基于虚无缥缈的想象，信使的报告就证明了这种臆想是如何不堪一击。更糟的是，彭透斯不擅修辞，这使他在与新神狄俄倪索斯的对抗中明显处于下风。同样是描述"所见"之物，深谙修辞的狄俄倪索斯在描述其"所见"时不动声色地颠倒了黑白；相反，彭透斯一出场就怒不可遏，遇事一味诉诸武力，甚至罔顾伦常和传统习俗，出言不逊，反而使自己沦为众矢之的。彭透斯对忒瑞西阿斯和卡德摩斯的公然斥责，马上招来歌队长的指责：

------

① 参 R. P. Winnington-Ingram，《欧里庇得斯与狄俄倪索斯：〈酒神的伴侣〉义疏》，前揭，页 47。

② 如索福克勒斯，《俄狄浦斯王》，行 387—388，俄狄浦斯对忒瑞西阿斯的谴责；《安提戈涅》，行 1033—1047，克瑞翁对忒瑞西阿斯的指控，以及行 1055，"你们那一族预言者都爱钱财"。比较荷马，《奥德赛》，2.158—186。

真是大不敬啊！异方人，你不敬诸神，

也不敬播下地生族的卡德摩斯吗？

你身为厄克西翁之子，难道要辱没家门？（行263—265）

歌队长给彭透斯安上了两大罪名：不敬诸神和不敬祖辈（礼法）。柏拉图在《法义》卷十开篇就指出，年轻人很容易因肆心犯下的五大恶行中，不敬神和不敬祖先属最坏的肆心行为（884a5—885a以下）。难怪歌队长听完彭透斯的话马上指责他"大不敬"。不过，歌队在此重点指控彭透斯不敬祖辈。狄俄倪索斯早已将彭透斯不敬诸神的罪名坐实，虽然如前所述，这项罪名纯属莫须有，因为彭透斯只是不敬新神。歌队的说辞值得玩味。但不要忘了，这支由吕底亚狂女组成的歌队，表面仍代表传统礼法的意见，她们在剧中的更重要身份却是狄俄倪索斯的忠实追随者。

倘若狄俄倪索斯指控彭透斯不敬诸神是在玩文字游戏，彭透斯不敬祖辈却并非无中生有——彭透斯刚把卡德摩斯和忒瑞西阿斯训斥了一番。彭透斯再次道出了真相：两位老人前去敬拜新神，的确没有"心智"（行252）；先知忒瑞西阿斯的确是幕后推手；他要引入城邦的也无疑是一种"邪恶的仪式"（行260）。不过，歌队对彭透斯的指控，将他的弱点暴露无遗：他公然无视传统习俗。在为狄俄倪索斯辩护前，忒瑞西阿斯就迫于古老习俗的强大压力，以诉诸"跟时间一样古老的习俗"的方式隐藏起他的真实意图。彭透斯同样要面对这种强大的习俗压力，但他并未认识到自身处境的危险。当他毫不掩饰地斥责两位德高望重的老人之时，彭透斯也使自己陷入与传统习俗对立的境地。

第三节　盲先知的启蒙

　　至此，剧中敌对双方的局势已初见分晓：歌队和忒拜先知均站在新神狄俄倪索斯的阵营。老王卡德摩斯在忒瑞西阿斯的影响下也倒向新神。新王彭透斯以坚决反对新神崇拜的姿态出场，言行却有失审慎，显得与僭主无异。随着剧中主要角色悉数亮相，全剧的张力也基本展开。在双方较量之初，彭透斯的处境就令人担忧。他那一席不虔敬的话不仅招来歌队的指责，随即也成为忒瑞西阿斯攻击的靶子。彭透斯言说不事技巧，忒瑞西阿斯却是深谙诡辩与修辞的老手。在他对彭透斯的回击中，忒瑞西阿斯从容不迫，理据充足，反衬了新王基于意气和想象的指控。①

一、盲先知的启蒙：重塑酒神

　　忒瑞西阿斯首先就彭透斯对狄俄倪索斯及其教仪的谴责进行了反驳。他精妙的言说技巧首先体现在，他没有按指控的先后，而是择其轻重进行了回应。忒瑞西阿斯不仅深谙修辞，也极富政治头脑。他并没有一上来就为最先遭指控的狂女辩护，而是先稳固确立起新神狄俄倪索斯在希腊的地位。在正式反击彭透斯的指控前，忒瑞西阿斯加入了一个引子。与那段古老习俗的论说一样，忒瑞西阿斯故技重施，再次把"聪明人"设为靶子，划清与这类人的界线：

　　　　聪明人逮着了好的话头，

---

① 忒瑞西阿斯的这番长论，堪称一份绝佳的演说词。英格拉姆就称之为"微型讽刺文之杰作"。参 R. P. Winnington-Ingram，《欧里庇得斯与狄俄倪索斯：〈酒神的伴侣〉义疏》，前揭，页48。

　　要说得漂亮并不是件难事儿；

　　但你虽舌头跑得快，像是有思想，

　　你的话里却没有心智。

　　胆大妄为而又能言善辩的

　　那种人是坏公民，因为他没有心智。(行 266—271)

　　早在为狂欢仪式辩护前，忒瑞西阿斯就已驳斥了此类好耍聪明的人。在那里，他批评这类人把聪明用在诸神之事上，与古老的习俗相对抗。现在，他干脆把聪明人与坏公民两相等同。言下之意，他关注忒拜城邦政治共同体的好——何为好公民。以此为据，忒瑞西阿斯接着将矛头指向了国王彭透斯。他开门见山，聪明人只是说得漂亮，这并非什么难事。忒瑞西阿斯暗示，说得漂亮是门纯技术活，因此要说得漂亮并不难。的确，在公元前 5 世纪的雅典，以教人修辞术、辩论术甚至诉讼术为业的智术师大行其道。但说到底，他们只是教人如何说得漂亮。[①] 忒瑞西阿斯明确表示对智术师的不屑，以示他看重的是人的心智，而非纯粹的技术。[②] 在与智术师虚拟的交锋中，忒瑞西阿斯再次显得站在了传统的一边。他接着还表示，说得漂亮的人不仅没有心智，而且只是显得有思想。此话的弦外之音是，还有另一种言说方式，不仅真正有思想，而且有心智。忒瑞西阿斯这话说得漂亮！

　　令人颇感意外的是，忒瑞西阿斯一上来就把彭透斯归为聪明人。忒瑞西阿斯可能是在对彭透斯进行反讽。因为彭透斯的前番话说得很不漂亮，且立刻遭到歌队的斥责。那么，忒瑞西阿斯说

---

① 比较亚里士多德，《诗术》1461a4—9。亚里士多德指出，判断一个人的言行是否漂亮，不仅要看他所说之事“本身是好(严肃)抑或鄙俗”，还要看他的言说方式，尤其是目的。《诗术》中译参刘小枫未刊稿。

② 阿里斯托芬曾称普罗狄科(Prodikos)“很聪明，很有思想”，参《云》(Clouds)，行 361。

这话也是一种修辞。实际上在他看来，彭透斯根本就不懂如何说得漂亮。这样一来，忒瑞西阿斯把彭透斯归为聪明人，就是一种策略了。

事实的确如此。就在他将话题转向坏公民时，忒瑞西阿斯又暗自把彭透斯归入深谙言说之术的智术师。实际上，忒瑞西阿斯的最终目的是引出坏公民的话题，那段关于说得漂亮与心智的说辞只是他的一个铺垫。他所称的既胆大妄为又能言善辩的人，正是智术师之辈。然而，在君王面前抛出"坏公民"的话题，显然不是臣下对君上言说的恰切方式。[①]更何况，他拐弯抹角想证明的，无非就是彭透斯根本不是好公民，更别提是好君王了。忒瑞西阿斯好大的胆子！

忒瑞西阿斯善于在言辞上耍弄聪明已是不争的事实。这番言辞又充分暴露了他的大胆。忒瑞西阿斯千方百计要撇清与智术师的关系，结果却证实他才是真正的诡辩家。忒瑞西阿斯的这段言辞在多个方面让人想起狄俄倪索斯的开场白。从篇幅上看，这段演说词就与狄俄倪索斯的开场白不相上下。[②]他与狄俄倪索斯的更深层联系还表现在，狄俄倪索斯开场就质疑了彭透斯为王的资格，而在这里，忒瑞西阿斯公然指责彭透斯为坏公民。并且，如果说狄俄倪索斯暗示，他比彭透斯更有资格当王，那么忒瑞西阿斯接着就将进一步论证，狄俄倪索斯究竟在哪些方面能够给人类带来福祉——据传，酒神的确给人类带来诸般好处。

在前文，彭透斯断然否定了狄俄倪索斯的出身。他不仅不承认狄俄倪索斯的神祇身份，也否认了关于他出生的神话传说。忒

---

① 这也正表明，欧里庇得斯虽在他乡写作此剧，却意在说与他的"公民同胞"听。参Richard Seaford，《欧里庇得斯的〈酒神的伴侣〉》，前揭，页174。另参柏拉图，《法义》665a 以下。

② 从现在勘定的文本来看，忒瑞西阿斯的整段说辞横贯 62 行，直追狄俄倪索斯长达 64 行的开场白。

瑞西阿斯的反驳，直接针对彭透斯对狄俄倪索斯的双重否认：

> 你笑话这位新神，
> 我说不出他在全希腊会有
> 多伟大。因为，年轻人噢，两位神
> 在人间最重要：女神得墨特耳，
> 就是地母，随你怎么称呼她；
> 她用固体粮食养育凡人；
> 随之而来的是塞墨勒的儿子，
> 他发明了葡萄的液体饮品，引入
> 凡间，……（行 272—280）

忒瑞西阿斯以预言的形式警示彭透斯不要对狄俄倪索斯不敬。此时的忒瑞西阿斯竟毫不避讳狄俄倪索斯的新神身份，直呼"这位新神"（行 272）。这不仅与他的先知身份不符，也有违他一直对此讳莫如深的做法。此前的忒瑞西阿斯虽为新神辩护，但他仍需借助传统的外衣，这表明他对古老的习俗心存忌惮。而他在此公开宣称狄俄倪索斯的新神身份，相当于公然挑明了他的肆心。身为德尔菲神庙先知的忒瑞西阿斯实际上不敬传统诸神，也置习俗礼法于不顾——这正是歌队指控彭透斯的两项罪名。聪明的忒瑞西阿斯应该不至于犯这种低级错误。他在这里提及"新神"，还有一种可能。只是援引彭透斯的"错误"观点，作为反驳的对象，彭透斯早先的确指控忒拜女子膜拜的"新神"（行 220）。那么，忒瑞西阿斯接下来要证明，狄俄倪索斯不仅是神，而且是一位古老的神。

令人颇感意外，忒瑞西阿斯没有直接谈及狄俄倪索斯，而是先抬出另一位在古希腊享有极高地位的女神：得墨特耳。得墨特耳不仅是古老的奥林波斯众神之一，还尊享大母神（Great

Mother）之称。紧接其后，忒瑞西阿斯才轻描淡写地提到，"随之
而来"的是狄俄倪索斯。这种指称时间的表述相当含混，很容易
让人产生错觉，好像狄俄倪索斯和得墨特耳一样古老。另外，忒
瑞西阿斯在介绍得墨特耳时，却把女神（θεά）径直等同于大地
（γῆ）。忒瑞西阿斯可能根本没把得墨特耳当成女神，而是把她当
成了宇宙元素之一"土"。① 对于这种微妙的差异，看戏的观众仅
凭听觉根本无法分辨，忒瑞西阿斯所言的女神究竟是"土"，还
是"地母"（Γῆ）。看来，欧里庇得斯并未改变早年以科学眼光审
视神话的态度，虽然他貌似与传统达成了某种调和：人们既可把
得墨特耳叫作女神，也可以把她叫作"土"。忒瑞西阿斯接下来
对得墨特耳和狄俄倪索斯所做的科学解释，着实让人倒吸了一
口气。

　　忒瑞西阿斯用干湿理论解释得墨特耳和狄俄倪索斯之于人类
的重要性。在古希腊，曾有不少自然哲人用这种原理解释宇宙万
物的生成和秩序。② 尽管决定宇宙生成原动力的元素几度更易，
以科学眼光审视宇宙本原的态度却始终如一。忒瑞西阿斯用固体
粮食和液体饮品来解释得墨特耳和狄俄倪索斯对人类的贡献，说
法更与老派智术师普罗狄科惊人相似。普罗狄科在公元前5世纪
后半期活跃于雅典，是欧里庇得斯的同代人。根据拉尔修，欧里
庇得斯很可能受到普罗狄科的影响（《名哲言行录》，9.51—55）。
欧里庇得斯并未全盘接受普罗狄科的说法。至少，他没把得墨特

---

① 　自然哲人出现前，古希腊人把诸神视为宇宙的创造者，人们也通过古典
　　诗人的诗歌，如《荷马史诗》和赫西俄德的《神谱》认识世界。自然哲人用
　　"水""火""土""气"等元素解释宇宙万物，严重威胁了传统诗人构筑的世界观。
　　参汪子嵩等，《希腊哲学史》（卷一），前揭，页138—238。
② 　泰勒斯（Thales）、赫拉克利特、阿那克萨戈拉（Anaxagoras）等早期自然哲人，
　　都曾谈及干与湿在宇宙万物生成中的作用。参北京大学哲学系外国哲学史教研
　　室编译，《西方哲学原著选读》（上），北京：商务印书馆，2004，页2、25、38
　　等。

耳直接等同于固体粮食，也没有把狄俄倪索斯等同于液体饮品。这一区别的重要性在于，普罗狄科的神已是完全去人格化的神，这是在公然挑战传统礼法；欧里庇得斯的说法则模棱两可，既（极为隐晦地）把得墨特耳说成是"土"，同时又保留其人格化的女神形象。同样，他把狄俄倪索斯说成葡萄酒的发明者，却又暗示这位神还是葡萄酒（行 284）。[①] 这种含糊其辞的说法，极大弱化了与礼法可能产生的对立。

实际上，忒瑞西阿斯提到得墨特耳，只是为狄俄倪索斯的出场铺路，但碍于狄俄倪索斯是新神，他又不得不借助得墨特耳的古老性——他仅用只言片语就打发了得墨特耳在人间的重要性，却大费周章地渲染狄俄倪索斯带给人类的好处。忒瑞西阿斯把狄俄倪索斯定位为酒神，符合希腊人对狄俄倪索斯的一般认识。质而言之，酒神崇拜就是"对酒的崇拜"。[②] 不过，这也十分契合忒瑞西阿斯的意图：狄俄倪索斯是新神，却由于与古老的酒相关联，也就再度确保了他的古老性。[③] 然而，狄俄倪索斯发明的葡萄酒并不古老，是一种相对晚近的饮品。在此之前，人们更常喝蜂蜜酒和大麦酒，蜂蜜酒尤受诸神喜爱。诗人们笔

---

① 参 Richard Seaford,《欧里庇得斯的〈酒神的伴侣〉》，前揭，页 175。不同于其他智术师，普罗狄科深受雅典民众敬重。在《云》里，阿里斯托芬对苏格拉底冷嘲热讽，却对普罗狄科大唱颂歌（行 360，参《鸟》，行 392）。喜剧诗人阿里斯托芬在一部批评哲人（青年苏格拉底）疯狂之举的剧作中，抬出以修辞见长的普罗狄科作为对照本身意味深长。或许，阿里斯托芬正是想借此警示那些口无遮拦的聪明人要懂得隐藏自己的观点。由此也可见，欧里庇得斯的确从阿里斯托芬的剧作中看到了自己早期剧作存在的问题。他在这里修正普罗狄科的说法，显得比他还要审慎。另外，对比欧里庇得斯在早期剧作《独目巨人》（行 520—521）中对酒神的刻画，似乎也能隐约感到诗人的变化。阿波罗多洛斯的记载证实狄俄倪索斯发明了酒（《希腊神话》，3.5.1）。

② 参赫丽生,《希腊宗教研究导论》，前揭，页 391。

③ R. P. Winnington-Ingram,《欧里庇得斯与狄俄倪索斯：〈酒神的伴侣〉义疏》，前揭，页 49。

下诸神所饮的琼浆玉液，其实就是蜂蜜酒。不过，葡萄酒进入希腊后取得了压倒性的"支配权"。这一切起因于狄俄倪索斯给希腊人引进的一种新植：葡萄。这种生命力极强的植物很快遍布希腊诸邦。[①] 结果，葡萄酒取代蜂蜜酒，成为人向诸神奠酒的饮品。

借助得墨特耳和酒确立了狄俄倪索斯的古老地位后，忒瑞西阿斯成功将狄俄倪索斯的"新酒"装入了旧瓶。他接着开始细数酒神带给人类的好处：

> ……消除辛劳的凡人的
> 困苦，每当他们灌足了葡萄酒；
> 他还赐予睡梦，使他们忘却白天的不幸，
> 此外别无解除痛苦的解药。
> 他身为神祇，又被用来向诸神奠酒，
> 正因为他，人类才拥有各种好的东西。(行 280—285)

葡萄酒给人类带来的好处有三：消除困苦、忘记不幸、收买诸神。忒瑞西阿斯起先把辛劳视为人类的困苦[②]，接着又隐晦地把劳作说成是人类的"不幸"，是邪恶和坏的东西。然而，对以劳作为生的凡人来讲，白天的不幸可能就是劳作的辛苦。忒瑞西阿斯夸张地把劳作视为人类的不幸，似乎旨在凸显狄俄倪索斯的功劳。但这显然说不通。因为在葡萄酒出现之前，人类早就发明了其他酒类。为何唯有葡萄酒才能使人消除劳作的困苦和不幸呢？事实可能是，在忒瑞西阿斯之前，日出而作、日落而息的凡人根本没把劳作视为一种不幸。

---

① 参赫丽生，《希腊宗教研究导论》，前揭，页 388—390。
② 人类生来就摆脱不了劳作的艰辛。参柏拉图，《法义》653d。

忒瑞西阿斯的说法让人想起赫西俄德在《劳作与时日》中对劳作和人类种族的描述。在赫西俄德笔下，劳作并非只有艰辛，它也给人类带来各种好的东西，虽然诸神在德性与人类之间"放置了汗水"（《劳作与时日》，行290）。赫西俄德也没有把劳作视为不幸或邪恶。相反，诸神最终正是凭借劳作重新确立起人间正义。劳作与正义息息相关，赫西俄德真正关注的并非人类的不幸，而是"日常的受苦"和劳作在人生中的意义。[①]

让人类生活得艰辛，是诸神的意志，他们无意让人类握有"生活的方法"（赫西俄德，《劳作与时日》，行42）。黄金种族的人类原本过着诸神般的生活，不事稼轩，远离不幸，自动获得一切美好之物。自白银种族以降，人类不断堕落。到了最可怕的黑铁时代，诸恶横行，于是诸神把人类困在"白天没完没了的"劳作里。忒瑞西阿斯把人类白天的劳作视为不幸的邪恶之物，是否意味着，他所处的人类时代堪比人类最糟糕的黑铁时代？欧里庇得斯笔下的忒拜，的确有点像黑铁时代的人类生活：父女不睦（卡德摩斯的女儿们指责卡德摩斯），母子冲突（彭透斯扬言要将阿高厄捆于铁网），兄弟失和（狄俄倪索斯与彭透斯的相互敌视），长幼失序（彭透斯斥责卡德摩斯和忒瑞西阿斯），主客失礼（彭透斯谴责"异方人"），君王无义（彭透斯拒绝接受酒神教仪）。[②]然而，发生在忒拜的这一切，皆起因于新神狄俄倪索斯的到来。

正如貌似美好的东西能给人类带来不幸——美丽的潘多拉（Pandora）就给人类带来了万种不幸，看似不幸的事物却可能有益于人类。诸神基于对人性的洞察，把劳作加在有死的人类身

---

① 参刘小枫，《诗人的"权杖"》，收于刘小枫选编，《古典诗文绎读》（西学卷·古代编），前揭，页43。

② 比较赫西俄德，《劳作与时日》，行174—200。

上。人类最初因无所事事渐生肆心与邪恶，让人类从事劳作，正
是宙斯给人类制定的"一种礼法"，承担劳作的艰辛也是神为人
类规定的一种特定"生活方式"。[①]由此可见，忒瑞西阿斯欲用葡
萄酒解除人类劳作的辛苦，不就是要解除宙斯为有死的凡人规定
的生活方式吗？如果酒在这种意义上是解药的话，就有违它疗治
人灵魂之疾的初衷了。[②]按忒瑞西阿斯的说法，酒神把葡萄酒引
入人类，是因为怜悯人类劳作的不幸处境。怜爱人类的酒神形
象，让人想起同样因怜爱人类而盗下天火的普罗米修斯。早在进
场歌中，欧里庇得斯就以擎火的巴克科斯神形象暗示了与普罗米
修斯的关联。在埃斯库罗斯笔下，盗火的普罗米修斯因违背宙斯
的意志受到惩罚。而在欧里庇得斯笔下，酒神狄俄倪索斯的命运
却与之有着天壤之别。这也彰示了两代诗人心性的差异。

　　在解释酒神带给人类的第三种好处时，忒瑞西阿斯特别使用
了强调句式。言下之意，人类能获得各种好的东西，全靠葡萄
酒／酒神，而非劳作和正义。[③]在赫西俄德笔下，诸神赐予人类
好的东西，是以人类的劳作和正义为前提；神不会赐予不义之人
或不劳而获之人好东西（《劳作与时日》，行 295—340）。忒瑞西
阿斯通过暗中以酒神置换正义和劳作在人类福祉中所起的作用，
也就相当于取消了劳作和正义。鉴于他先前把劳作的艰辛视为邪
恶，此处所谓的"好的东西"，可能就指不劳而获。然而，人的
一生应用劳作来填满。无须劳作、不知愁苦的人类，在消除劳作

---

① 参纳尔逊，《〈劳作与时日〉中的正义与农事》（刘麒麟译），收于刘小枫选编，《古
　典诗文绎读》（西学卷・古代编），前揭，页 69。
② 参柏拉图，《法义》672d5："酒是一种药物……目的［是］让敬畏植入灵魂，使健
　康和力量扎于身体。"
③ 在古希腊诗人笔下，人们往往可通过向诸神献祭或祈祷的方式逃脱惩罚。倘若
　忒瑞西阿斯也在这个意义上谈及奠酒，那么，他的说法就显得颇为反讽：人们
　通过献祭一位神（酒神）的方式来"收买"诸神。参 R. P. Winnington-Ingram，《欧
　里庇得斯与狄俄倪索斯：〈酒神的伴侣〉义疏》，前揭，页 50。

的生存状态下慢慢败坏。因此，劳作对人间正义极其必要。人类的生存注定要与不幸相伴相随。不幸意味着要辛勤劳作，女性的含义就是为人类的生存品质奠定良好的基础。在普罗米修斯神话中，女人（潘多拉）是宙斯造的"美妙的不幸"。[①]

二、盲先知的酒神颂

确立了酒神在人间的重要性后，忒瑞西阿斯转而重新编织了一个有关酒神出生的"美丽"故事。忒瑞西阿斯直言不讳，这个故事直指彭透斯嘲笑酒神"被缝入宙斯的大腿"。彭透斯在谴责异方人时不仅否认了狄俄倪索斯的神性，也否认他的"宙斯之子"的高贵出身。忒瑞西阿斯此前确立了狄俄倪索斯的神的身份，要彻底驳倒彭透斯的质疑，还必须进一步证明他的确是"宙斯之子"。为此，忒瑞西阿斯把叙述的重点放在了狄俄倪索斯的第二次出生上。

忒瑞西阿斯编织的这个故事，始于"宙斯一把从霹雳火中夺出胎儿后"（行288）。这种从故事中段开始叙述的技巧极富策略。由前文可知，彭透斯对狄俄倪索斯身世的质疑，侧重塞墨勒与宙斯的关系。忒瑞西阿斯选择从故事中间切入，无形中把彭透斯的质疑完全悬置起来。他轻描淡写地讲道，宙斯把胎儿"带进奥林波斯山，作为一位神祇"（行289），就此确立了狄俄倪索斯与宙斯的关系。忒瑞西阿斯紧接着开始改编狄俄倪索斯第二次出生的故事。狄俄倪索斯在天庭立稳脚跟，过程颇费周折：赫拉对新来的狄俄倪索斯怀有敌意，本想把他逐出神界，多亏宙斯的"将计就计"（行291）。

叙述中，忒瑞西阿斯对宙斯超凡智谋的赞美之情溢于言表：宙斯"不愧为神，将计就计"（行291）。*ἀντεμηχανήσαϑ*'[将

---

① 参刘小枫，《好智之罪：普罗米修斯神话通释》，未刊稿。

计就计]让人觉得，赫拉当初想把胎儿扔出天庭也是一种计谋（*μηχανήσασϑ'*），甚至可能是一场"阴谋"。因为她竟公然违逆最高天神的意志，图谋逐出宙斯领进神山的狄俄倪索斯（行290）。因此，宙斯的智谋，也就成了对赫拉阴谋的"策反"（*ἀντε-*）。忒瑞西阿斯编织的这段故事，无意间透露了一个秘密——原来，新神狄俄倪索斯不仅遭到忒拜抵制，他在初入奥林波斯神山之时，就已引发了天后与天神宙斯间的一场"智斗"：

> 他从环绕大地的埃忒耳上扯下
> 一块，并将此作为"代替"交了出去。
> 这才使狄俄倪索斯免除了赫拉的敌意；后来，
> 人们便说他被缝进宙斯的"大腿"——
> 他们混淆了两个名词，才编出这个故事，
> 因为他曾被当作"代替"交给赫拉，由一位神交给一位
> 女神。（行292—297）

　　这是剧中第二次出现狄俄倪索斯出生的相关描述。在进场歌中歌队提到，宙斯从霹雳火中抢出胎儿后马上缝进了自己的大腿。忒瑞西阿斯却在狄俄倪索斯的两次出生之间安排了一段插曲：宙斯扯下一块"环绕大地的埃忒耳"，作为"代替"交给赫拉。埃忒耳（*αἰϑέρος*）是一个古老的名称，不仅经常出现在诗人笔下，也是先哲们探讨的对象。[①] 在赫西俄德笔下，埃忒耳是一位神，为厄瑞珀斯（Erebus）和夜神纽克斯（Nyx）所生（《神谱》，行124—125）。从荷马和赫西俄德对该词的运用来看，埃忒耳多作为一般性名词，主要指浮于大地上空的

---

① 　亚里士多德，《天象论》（*Meteorology*）339b20。中译本参吴寿彭译，北京：商务印书馆，2007。

一层清气（区别于人类所呼吸的空气），是诸神的居所，一般译作"天庭"或"天宇"。[①]由于古典诗人呈现的埃忒耳带神圣色彩，后来甚至成为人们控诉不公、吁求正义的对象。不过，在自然哲学的概念中，"埃忒耳"就被译作众所周知的"以太"。据亚里士多德推测，阿那克萨戈拉似乎就把"埃忒耳"当成了他所认为的万物的本原火，他的学生阿那克西美尼（Anaximenes）也可能把它与气混同起来（《天象论》339b20—340a15）。此处的埃忒耳究竟指传统诗人笔下的"天宇"，还是自然哲人所说的自然元素，并不清楚。

忒瑞西阿斯早先把赫拉与宙斯之间的这场争斗定义为智慧的较量。宙斯之所以能瞒天过海，恰恰借助了埃忒耳的掩饰。他用埃忒耳造了个假的狄俄倪索斯交出去，这才使胎儿避过一劫。在欧里庇得斯笔下，神用埃忒耳造人的故事并不是什么新奇事。在早年创作的《海伦》中，他就让赫拉用埃忒耳造了一个海伦交给帕里斯。也就是说，在欧里庇得斯笔下，真实的海伦并没有到过特洛亚，那场导致特洛亚覆亡的战争其实由海伦的"幻影"引发（行581—615）。在《酒神的伴侣》中，诗人又让宙斯用埃忒耳造了一个"新神"，并最终瞒过了赫拉。由于埃忒耳意思的含混，以及忒瑞西阿斯早已显露出的自然哲人倾向，宙斯在此智胜赫拉（女神）一筹，究竟凭靠的是传统神的"智慧"，还是自然哲人意义上的"智慧"，同样模棱两可。倘若是后者，传统的阿波罗先知岂不成了自然哲人的门徒？

忒瑞西阿斯不愧是聪明人。在引入地母神得墨特耳之时，他就暗中用"土"替换了"地母"。在这里，他又故技重施，似乎要用"埃忒耳"代替酒神。如果说忒瑞西阿斯编造的这个故事完成

---

① 参赫西俄德，《神谱》，行697、929a以下；《劳作与时日》，行18。

了从"埃忒耳"到"代替"(直译为"人质"或"替代品")的跳跃，
接下来，他又转借"人们"之口，完成了由"代替"到"大腿"的
绝妙转换。忒瑞西阿斯声称，是"他们"搞错了，把"大腿"和
"代替"混为一谈，才编出了狄俄倪索斯被缝入大腿的故事。忒
瑞西阿斯确实是玩弄语词的好手。他不仅神不知鬼不觉地完成了
由地母神到自然元素("土")的转换，在这里，他再次巧妙地利
用语词上的近似——ὅμηρον[代替品]听起来就很像μηρῷ[大腿]，
把编造的新故事和旧传闻天衣无缝地融为一体。忒瑞西阿斯完全
沉浸在其充满诡辩的文字游戏中，显得沾沾自喜。[①]他编织的这
段故事，与其说是在赞美宙斯的超凡智谋，不如说是为自己的聪
明才智谱写的一曲赞歌。

　　忒瑞西阿斯以改编故事的形式，不仅反驳了彭透斯，也重
塑了狄俄倪索斯的形象：他不仅是出身高贵的神，而且对人类
极为重要。接下来，忒瑞西阿斯借机进一步夯实狄俄倪索斯在
人间的地位。他提出，狄俄倪索斯还是先知族的一员，是预言
神，且分有战神的部分"职权"(行302)。在说明狄俄倪索斯与
预言的关系时，忒瑞西阿斯首先将预言能力与"迷狂和疯狂"联
系在一起(行298—299)。狄俄倪索斯正是通过让人发狂，赋
予人预言的能力。不过，现有记载仅仅表明预言与啜饮葡萄
酒的关系，与疯狂并无直接关联。[②]忒瑞西阿斯在此把预言能
力和疯狂相提并论，显然基于二者("先知"[μάντις]与"疯狂"
[μανιῶδες])的语源学关联。[③]狄俄倪索斯的确具有一定的预言

---

① 参R. P. Winnington-Ingram，《欧里庇得斯与狄俄倪索斯：〈酒神的伴侣〉义疏》，
　　前揭，页50。
② 参Richard Seaford，《欧里庇得斯的〈酒神的伴侣〉》，前揭，页177。
③ 在《斐德若》中，柏拉图就明指出了这两个语词的词源学关联。参柏拉图，《斐德
　　若》244c以下，中译见刘小枫编/译，《柏拉图四书》，北京：生活·读书·新知

能力，但他不是所有人的先知（行 300—301），而只是"色雷斯人的先知"。[①]更令人不解的是，身为先知的忒瑞西阿斯本以"理性方式"鸟占预言，却千方百计要使疯狂与预言扯上联系。[②]

忒瑞西阿斯还声称，狄俄倪索斯引发的疯狂不仅能赋予人预言能力，而且能引发恐惧，使人不战而胜。然而一般认为，引发恐惧的是潘神而非狄俄倪索斯，虽然剧中的狄俄倪索斯也有令狂女恐惧的能力。[③]但忒瑞西阿斯的说法显得无懈可击，因为他没说只有狄俄倪索斯才能令人心生恐惧。同样，在讲述狄俄倪索斯与战神阿瑞斯的关系时，忒瑞西阿斯也没有说狄俄倪索斯就是战神，而只说他分有战神的一份职权。但在其他剧作中，欧里庇得斯又明确表示，狄俄倪索斯与战争格格不入。[④]那么，诗人在此一反常态地强调狄俄倪索斯与战神的关系，会不会是一种权宜的看法——战神阿瑞斯在忒拜有着非同一般的重要性？[⑤]倘若狄俄倪索斯能与阿瑞斯扯上关系，不就意味着能给狄俄倪索斯进入忒拜赢得更多筹码？不过，其中也

三联书店，2015。

① 参泡萨尼阿斯，《希腊札记》，9.30.9。比较欧里庇得斯在其他剧本中的相关说法，譬如在《赫卡柏》中，当赫卡柏问珀吕墨斯托耳（Polymestor）从何处得知她将变成母狗时，珀吕墨斯托耳在回答中说道："那色雷斯人的先知，狄俄倪索斯这样说的。"（行 1267）《瑞索斯》提到："就像酒神巴克斯的预言家住在潘革奥斯的岩窟里，他们是预知未来，受人尊敬的有神力的人。"（行 972—974）

② 柏拉图很可能在此暗示了一场古今之争。在古典诗人笔下，先知都是凭靠清醒的观察进行鸟占，"而今"，人们却把先知与疯狂混为一谈。参柏拉图，《斐德若》244c5 以下。

③ 参 E. R. Dodds，《欧里庇得斯的〈酒神的伴侣〉》，前揭，页 109。按照荷马的说法，战神阿瑞斯也有引发恐惧、令人溃逃的能力（《伊利亚特》，15.119）。《荷马颂歌》暗示了狄俄倪索斯与潘神非同寻常的关系（19）。

④ 参欧里庇得斯，《腓尼基少女》，收于《欧里庇得斯悲剧集》，行 784—800，尤其是行 784。

⑤ 参 R. P. Winnington-Ingram，《欧里庇得斯与狄俄倪索斯：〈酒神的伴侣〉义疏》，前揭，页 51。

可能暗示欧里庇得斯对战争态度的转变。较之先前明显的反战情绪，此时的欧里庇得斯对战争似乎有了新的认识——战争是必要的，但可以换一种方式。通过赋予狄俄倪索斯与战神的这种新关系，欧里庇得斯可能想表明，战争除了可以以阿瑞斯代表的那种短兵相接的传统方式进行，还能以一种别样的方式进行。忒瑞西阿斯接着预言道：

> 你还会亲眼看到，他甚至在德尔菲山坡上，
> 举着松木火炬跃过那有两座山峰的高地，
> 挥舞着酒神杖，扬名全希腊。(行306—308)

随着时态的转换，忒瑞西阿斯的口吻也由忆述转为预言。忒瑞西阿斯的话充满弦外之音。较之以前的说法，他的重点不再是"全希腊"，而是"德尔菲"。忒瑞西阿斯在前文就已证明狄俄倪索斯与预言的关系。但古希腊早已有了自己司掌预言的神——德尔菲神庙的主神阿波罗，忒瑞西阿斯本人正是他的先知。狄俄倪索斯要想成为色雷斯地区之外的预言神，要想成功在希腊扎稳脚跟，必须首先在德尔菲占有一席之地。忒瑞西阿斯的预言，的确涉及史上一件大事。据载，狄俄倪索斯日后的确在德尔菲有了自己的地盘。此处所述的"有两座山峰的高地"，就是狄俄倪索斯在德尔菲的神庙所在地，这得到其他诗人的印证。[1] 希腊古典时期前后，狄俄倪索斯成功带着他的教仪进入希腊，并最终达成了与阿波罗神的妥协：每年最寒冷的三个月，阿波罗暂离德尔菲，神庙也关闭，为狄俄倪索斯的狂欢仪式留出余地。[2] 作为阿波罗

---

[1] 索福克勒斯在《安提戈涅》中的说法证实了这点(行1256—1257)。

[2] 参 E. R. Dodds,《欧里庇得斯的〈酒神的伴侣〉》，前揭，页110；另参 G. S. Kirk,《欧里庇得斯的〈酒神的伴侣〉》，前揭，页52。

神庙的先知，忒瑞西阿斯却处心积虑抬高狄俄倪索斯的地位，其中不无政治动机：通过将狄俄倪索斯与阿瑞斯和阿波罗——在希腊世界，尤其忒拜享有极高地位的神祇扯上关系，忒瑞西阿斯能进一步确保新神顺利进入"希腊万神殿"。①

三、盲先知的劝谕

忒瑞西阿斯的反驳暂告一段落。他并没有接着对彭透斯的其他指控进行辩护，而是动情地劝彭透斯听从他的劝告：

> 彭透斯哦，你还是听我的话吧，
> 不要夸口说，权力意味着把强力加诸人类，
> 你要是这么想，你的意见就染了疾，
> 你这样想不审慎；你还是把这位神迎进这片土地，
> 快快奠酒，把常春藤冠套上头狂欢吧！（行309—313）

应该说，忒瑞西阿斯的劝告并非无的放矢。彭透斯此前的言行的确像依仗"强力"的僭主，缺乏政治智慧。在这里，忒瑞西阿斯明确诉诸政治智慧劝说彭透斯放弃强力，可谓字字千钧。不过，忒瑞西阿斯的劝谕不只针对彭透斯一人，而是指向一类人：僭主。忒瑞西阿斯的劝谕基于对"权力"和强力的区分：权力虽合法（比较行213），但若把权力简单等同于强力，就足以勾销政治统治的正当性。因为，纯粹以强力维系的政权没有正义可言。通过指出忒拜新王彭透斯对强力的过分依赖，忒瑞西阿斯开启了政治统治的合法性（权力）与正当性（正义）的争论。他把彭透斯视为将强力当成权力的僭主的典型代表，也就质疑

---

① 参 R. P. Winnington-Ingram，《欧里庇得斯与狄俄倪索斯：〈酒神的伴侣〉义疏》，前揭，页51。

了其统治的正当性。

然而，忒瑞西阿斯的出发点并非正义，背后隐藏着强烈的政治动机。这番貌似冠冕堂皇的劝谕，只是为了劝彭透斯打开城门，迎入新神狄俄倪索斯。说到底，忒瑞西阿斯貌似着眼于城邦的整体利益，却并非为了城邦共同的善。他劝说彭透斯不要把权力当成强力，其实旨在取消强力。但没有强力的权力，何以保障政治共同体的正义？①

基于对人性的不同理解，忒瑞西阿斯对强力与正义的关系有自己的一套看法。他认为，德性（如节制）天生，天生有德之人有如磐石，不会随境而迁（行317—318）。忒瑞西阿斯进而据此推出：强力可以废除，最好的策略不是强力，而是随心所欲，放任自流。尽管忒瑞西阿斯在此仅仅言及"女子"的"节制"，显得是在反驳彭透斯谴责忒拜女子自甘堕落，但他在回应中又明确表现出对"自然"的关切（行315—316）。这表明，忒瑞西阿斯并没有囿于女人与节制的关系，而明显触及了自然（physis）与礼法（nomos）的问题。忒瑞西阿斯所谓的"居浦路斯岛女神"，指的就是阿弗洛狄特。②因此，所谓"在居浦路斯岛女神方面"，指的就是肉欲。忒瑞西阿斯提出"狄俄倪索斯并不强迫女人们节制，在居浦路斯岛女神方面"（行314—315），与他的结论构成了悖论。但是，在任何政治共同体中，天生懂得节制的人总在少数。对于大多数人而言，必要的强迫（如礼法的规范）必不可

---

① 参见帕斯卡尔关于正义与强力的说法，参《思想录》，何兆武译，上海：上海人民出版社，2007，第298节。

② 比较欧里庇得斯，《希珀吕托斯》，行2，阿弗洛狄特的开场所言；赫西俄德，《神谱》，行199。在对待女人的贞洁上，埃斯库罗斯明显持不同看法：

　　身体也是一样：当它成熟诱人，

　　居浦路斯定会让全世界知道，

　　一旦她发现果园的门没有闩上。（《乞援女》[*Suppliants*]，行994—996）

少。人有各种自然欲望，但必须区分，哪些欲望对人而言是好的，哪些欲望若不加约束，足以败坏一个人的天性。[①] 忒瑞西阿斯主张取消强力，等于去除了礼法加诸人的自然欲望上的约束力。彭透斯的担心虽过度，却不无道理。必要的强力一旦解除，随之而来的很可能就是欲望横流。忒瑞西阿斯把矛头指向不当运用强力的彭透斯，但要理解他认识人性的误区，还得回到其立论的开端。

从某个层面上讲，忒瑞西阿斯嫌恶强力与他嫌恶劳作的艰辛的理由如出一辙。早在他展开长论之初，忒瑞西阿斯就设想了一种由有心智的好公民组成的社会类型。但悖谬的是，忒瑞西阿斯早先暗含的爱欲追求，是一种充满男子气概的哲学式爱欲，在此却被身体的（阿弗洛狄特式的）欲望取而代之。他所预设的少数人的快乐，最终让位于多数人的快乐。难道忒瑞西阿斯最初对公民抱以少数人的期望，竟是为了争取多数人德性自主权的权宜之计?!结合他对人性的看法：人人皆可是（或成为）好公民，一切都不难理解。[②] 正是基于对人性充满乐观的想象，忒瑞西阿斯才提出消除强力的可能性。他设想的是一个没有强力，毫无约束的自由（狄俄倪索斯式的）城邦。在这个城邦中，正义与不加约束的自由能够并行不悖。然而，现实社会真能安享这份自由？无须强力保障的正义又是否真的存在？

临到最后，忒瑞西阿斯想通过唤起彭透斯的荣耀，让他将狄俄倪索斯迎进城邦，"瞧，你有多高兴啊，当民众拥立在城关，举邦回荡着彭透斯的名字"（行319—320）。此话富有政治意味，暗示了新神与新王的利益冲突——表面看来，忒瑞西阿斯是在描

---

① 参施特劳斯，《自然权利与历史》，前揭，页95。

② 在公元前5世纪的智术师运动中，智术师就宣称德性可教，且以教人德性为业。在柏拉图的《普罗塔戈拉》中，苏格拉底驳斥了这种观点。中译本见刘小枫编/译，《柏拉图四书》，前揭。

述忒拜王彭透斯受到神样的拥戴，实际上，站在"城关"的民众，更像是在欢迎一位神进入城邦——在古希腊任何政体中，受到民众如此拥戴的只可能是神而非任何人。[①] 忒瑞西阿斯的话可能还透露，在忒拜民众眼里，新王彭透斯可能是"好王"。[②] 尽管彭透斯在城邦的非常时期采取了一系列过激的措施，但他的出发点是政治共同体。毕竟，新神的到来已极大扰乱了城邦的正常秩序。忒瑞西阿斯随后就暗示了狄俄倪索斯对彭透斯王权的挑战，"我料想他也乐于受人尊崇"（行321）。的确，不独人类追求荣耀，诸神也想得到人类的崇敬，[③] 但忒瑞西阿斯却有意将彭透斯为王的权威与狄俄倪索斯为神的荣耀相提并论，且混淆甚至颠倒二者的区别。τιμώμενος 一词除了可表"尊崇"，由于它是 τιμή 的动词形式，也含"职权、权威"之意。这样一来，忒瑞西阿斯所说的这位神除了想得到神的职权，可能还想享有君王般的荣耀。身为阿波罗神庙先知的忒瑞西阿斯不会不晓得，不仅神与人享有的荣誉有别，就是神与神所享的荣耀，也各自不同，因为荣耀与职分相生相伴。[④] 更可怕的是，倘若狄俄倪索斯成功入主忒拜，城邦也就终结了。而城邦之死，恰恰为民众得到神样的待遇创造了条件。[⑤] 忒瑞西阿斯把狄俄倪索斯视为彭透斯王权的竞争者，并代表卡德摩斯宣示了"他们"与国王的决裂：

　　　……我和卡德摩斯，那个你讥笑的人，

---

① 参 Richard Seaford，《欧里庇得斯的〈酒神的伴侣〉》，前揭，页 178—179。

② 参 Jeanne Roux，《欧里庇得斯的〈酒神的伴侣〉》（卷二），前揭，页 358。

③ 比较"他们（诸神）喜欢为人们所尊崇（τιμώμενοι）"（欧里庇得斯，《希珀吕托斯》，行 8。中译本参周作人译，收于《欧里庇得斯悲剧集》）。

④ 在欧里庇得斯的《阿尔刻提斯》中，死神回绝阿波罗（为阿尔刻提斯）的求情时表示，"我也乐于享受我的职权"，行 53。中译本见罗念生译，收于《罗念生全集》（卷三），前揭。

⑤ 参 Richard Seaford，《欧里庇得斯的〈酒神的伴侣〉》，前揭，页 179。

要戴上常春藤冠去跳舞，

两人都白发苍苍，但我俩非去跳舞不可；（行322—324）

在彭透斯眼里，老人家不顾羞耻去跳舞，是一种为老不尊的行为，不仅可笑，而且有违礼法。但忒瑞西阿斯敢于抛弃传统习俗加诸老年人的意见，是因为他诉诸了一个更普遍的意见：不"与神作对"（行325）。按照传统礼法，不虔敬比不知羞耻更严重。经过忒瑞西阿斯的不懈努力，如今的狄俄倪索斯早已改头换面：他不仅古老，而且有益于人类。彭透斯与之作对，只能坐实他不敬神的罪名。可奇怪的是，忒瑞西阿斯在此又把疯狂视为一种病态："你狂入膏肓，无药可治，正是这些药让你染病。"（行326—327）他谴责彭透斯患了疯病，该词让人想起他之前提到的疯狂。在那里，忒瑞西阿斯提到了两种疯狂：一种是酒神式的迷狂，另一种就是这里提到的一般的疯狂。可以说，忒瑞西阿斯之所以会把酒神迷狂与疯狂等量齐观，乃是迫于现实的处境：为了把酒神式的"迷狂"与"先知"关联在一起，亦即证明狄俄倪索斯是先知神，他不得不借助疯狂与先知的语源关系。但如此一来，忒瑞西阿斯在"疯狂"的问题上就持一种相对主义的论调：疯狂既是好的，也是坏的；虽然他实际想说，酒神迷狂是好的，彭透斯的疯狂则是坏的。他甚至进而认为，医治彭透斯疯病的"药"，也是他致病的原因。不清楚的是，忒瑞西阿斯所指的这样既是解药又是毒药的东西，究竟是何物？

我们若能理解 $\mu\alpha\acute{\iota}\nu\eta$ 一词，便能更好地理解忒瑞西阿斯的意思。$\mu\alpha\acute{\iota}\nu\eta$ 除了指心智失常，还可用于描述人发怒的状态。发怒本身并非坏事，因为他可能关乎正义——此时的愤怒就是义愤，因为最易引起人愤怒的往往是不义。不过，忒瑞西阿斯在此指出，彭透斯的愤怒呈现出一种病态。无节制的愤怒的确可能将人引向疯狂。卡德摩斯早就看到，这位新王的灵魂在上场时就严重失序。而引起彭透斯灵魂失序的原因，乃是城邦秩序的混乱。面对发生在政治共同体内的"祸事"，彭透斯没能节制他的血气。忒瑞西阿斯对由血气引发的愤怒的理解，不同于古典哲人。在古典哲人那里，过盛的血气可在理智的劝谕下复归平静（柏拉图，《王制》440d）。忒瑞西阿斯已显得不相信理智的劝谕作用。但矛盾的是，他此前却对理智或心智抱有极大的信心。这毋宁是说，忒瑞西阿斯宁可相信民众有心智，也不愿相信统治者有心智。忒瑞西阿斯在说彭透斯无药可医时，近乎以先知的身份预言了新王的不幸。忒瑞西阿斯话音刚落，歌队就代表传统意见对他进行夸赞："你说这话没给光明之神斐布斯丢脸……"（行328）此话听上去却像在搞笑……

第四节　忒拜权力中心的瓦解

　　忒瑞西阿斯对彭透斯的劝谕主要采用了说理的方式，但以失败告终。紧随其后，卡德摩斯又诉诸家族情感，再次做了劝谕的尝试，同样未果。卡德摩斯最终携手忒瑞西阿斯进山狂欢，由此宣告了忒拜权力中心的瓦解。

一、卡德摩斯的劝谕

　　卡德摩斯首先肯定了忒瑞西阿斯的话，然后劝说彭透斯加入他们的阵营："孩儿哟，忒瑞西阿斯对你的劝导很漂亮啊。和我们待在一起，不要逾越礼法。"（行330—331）有意思的是，听完忒瑞西阿斯的长篇大论后，卡德摩斯只是说他劝得漂亮，并没有说他劝得好。这话听上去同样反讽。忒瑞西阿斯早先就攻击过这类说得"漂亮"的聪明人。不过，卡德摩斯的话也挑明了彭透斯的现况：他站在了与礼法对抗的一边。彭透斯回到忒拜之前，忒瑞西阿斯就联合卡德摩斯结成了一个"代表"礼法的小团体。在随后的言辞中，忒瑞西阿斯更是言必称礼法。而彭透斯从出场到现在，言行均有违礼法。卡德摩斯的话不仅再次强调了礼法的重要性，也提醒了彭透斯所处的现实处境：他若不与之为伍，就算是"逾越礼法"。

与忒瑞西阿斯晓之以理的劝谕方式不同，卡德摩斯试图动之以情。他满含温情地称呼"孩儿啊"，试图唤起彭透斯的自然情感。卡德摩斯劝彭透斯"和我们待在一起"，"不要逾越礼法"，字面理解却是"住在我们中间"，"不要把礼法逐出家门"，栩栩如生地刻画出其王族族长的身份。但从忒瑞西阿斯与卡德摩斯"结盟"的意图来看，卡德摩斯此处的"礼法"显得就是"狄俄倪索斯"的代名词。因为，他所谓的不要把"礼法"逐出家门，就等于说不要把"狄俄倪索斯"逐出家门。卡德摩斯接下来就袒露了他的真实想法。

卡德摩斯意识到彭透斯与他们的不同立场，但他否认了这位新王的"明智"，"因为你现在很轻率"（行332）。卡德摩斯所谓的轻率，无疑指彭透斯公然对抗礼法。言下之意，倘若彭透斯能换种方式对待礼法，他就算得上"明智"。卡德摩斯接着建议："漂亮地扯个谎，说他就是神。"（行334—335）结合上文，卡德摩斯在此坦言的这个假话，可能就是遭女儿们反对的"诡计"（行30）。反讽的是，卡德摩斯刚刚才盛赞忒瑞西阿斯的"漂亮"劝导，现在又马上要教彭透斯说"漂亮"的假话，俨然就是在劝他跟忒瑞西阿斯学习如何成为一个说得"漂亮"的聪明人。卡德摩斯貌似在教导彭透斯统治的智慧。对于统治者而言，学会说假话、尊重礼法，的确是政治智慧的重要组成部分。但卡德摩斯教授的"漂亮"假话，显然不是什么"高贵的假话"。[①]卡德摩斯

---

① 评论家注意到二者的差别，参 Jeanne Roux，《欧里庇得斯的〈酒神的伴侣〉》（卷二），前揭，页360；以及 E. R. Dodds，《欧里庇得斯的〈酒神的伴侣〉》，前揭，

的这个漂亮假话，实际是要彭透斯承认：狄俄倪索斯不仅是一位神，而且是一位我们的神。依他之见，只有这样才算合乎"礼法"。然而，卡德摩斯着眼的"我们"并非整个忒拜政治共同体。狄俄倪索斯虽是卡德摩斯家族的一员，但对忒拜城邦而言，他并非"我们"的神。彭透斯恰恰既不承认狄俄倪索斯是神，也不承认他是"我们"的神。不过，尽管彭透斯明确否认了狄俄倪索斯是"我们"的神，他在对待狄俄倪索斯是神这点上却没有那么决然。彭透斯把"巴克科斯"神和狄俄倪索斯当成了两位不同的神。彭透斯之所以不愿承认狄俄倪索斯，是因为这位新神根本没有履行作为巴克科斯神的职分，反倒有引人堕落的嫌疑。但彭透斯没能合理辨别新神狄俄倪索斯的含混性。要认清狄俄倪索斯的本质，需要政治智慧。

卡德摩斯随后讲述了一起发生在家族内部的祸事，试图以此警戒彭透斯：

> 你瞧瞧阿克泰翁的悲惨命运，
> 在草木肥美的草原上，他叫自己豢养的
> 食生肉的狗崽子们撕裂，因为他夸口说，
> 在狩猎上，他比阿耳忒弥斯更是把好手。(行337—340)

卡德摩斯以"瞧"开始了对往事的忆述。在悲剧中，以该词开启一段富有警示意味的叙述十分常见。[1]阿克泰翁（Actaeon）是卡德摩斯的另一位外孙。在欧里庇得斯之前，关于阿克泰翁悲惨命运的传说有好些版本。[2]欧里庇得斯单单选取这个版本，显

页113，"漂亮的假话并非'高贵的假话'"。

[1]　参欧里庇得斯，《俄瑞斯特斯》，行588、591；索福克勒斯，《安提戈涅》，行712等。

[2]　参 Timothy Gantz，《早期希腊神话》，前揭，页478—481。泡萨尼阿斯，《希腊札记》，9.2.3。

然有其用意。卡德摩斯表示，阿克泰翁之所以惹上杀身之祸，是因为他对狩猎女神阿耳忒弥斯不敬。卡德摩斯突出的是阿克泰翁的肆心：他身为凡人，却欲与神一较高下，逾越了凡人的本分。卡德摩斯话中就透露，阿克泰翁入侵了神的圣地。[①]卡德摩斯此言虽是警示，却无意中道出了彭透斯的类似的命运：彭透斯也将被"像猎狗一样行动"的亲人撕裂，阿克泰翁的名字在剧中多次出现（行 230、1227、1291）。

卡德摩斯教彭透斯所说的假话虽算不得高贵，他以阿克泰翁的命运警示彭透斯的肆心倾向，却理应引起他的重视。可惜，彭透斯一口回绝了卡德摩斯的劝说。由此也标志着，两位代表"礼法"的老者对新王的劝谕彻底失败。

二、盲先知、老王与新王的决裂

卡德摩斯的劝谕以及他的举动——他伸手要为彭透斯戴上常春藤冠——引来的是彭透斯愤怒的升级："别伸过手来！你发你的酒神癫去，莫把你的愚蠢揩到我身上！"（行 343—344）[②]在此，οὐ 统领三个动词，后加 μή, μή, 起加强语气的作用。这种句式通常暗示言说者的优越感或某种激烈情感。[③]对于两位老人的劝谕，彭透斯显得无动于衷。预期中彭透斯进行改进或提升的可能没有发生。在这位年轻（参行 974、1185—1187）气盛的新王身上，表现出一种近乎病态的顽固，使他显露出朝僭主的最坏品质发展的趋向。[④]彭透斯好走极端，任何事情都无调和（也就意味

---

① ὀργάσιν 不是一般的"山地"，而是凡人为了表示对神的敬意专辟的领地，通常暗示"超自然者的在场"。参 E. R. Dodds,《欧里庇得斯的〈酒神的伴侣〉》，前揭，页 114。

② 参 Richard Seaford,《欧里庇得斯的〈酒神的伴侣〉》，前揭，页 179。

③ 参 Jeanne Roux,《欧里庇得斯的〈酒神的伴侣〉》（卷二），前揭，页 362。

④ 参 G. S. Kirk,《欧里庇得斯的〈酒神的伴侣〉》，前揭，页 54。

着没有提升）的余地。怒不可遏的彭透斯近乎可笑地认为，愚蠢
类似传染病，可经身体的接触传与他人。

但彭透斯再次洞穿了真相。卡德摩斯的"愚蠢"确实源于忒
瑞西阿斯这位"教授愚蠢的老师"（行345）。[①]结合忒瑞西阿斯此
前的宣称，彭透斯对他教授 ἀνοίας[愚蠢]的指控，也就相当于谴
责他败坏公民。因为，与这位忒拜先知之前所宣称的有"心智"
（νοῦν）的好公民相反，受教于他的卡德摩斯如今失去了心智（ἄ-
νοος）。这也就意味着，忒瑞西阿斯的美好愿望其实是一场幻梦：
并非人人可教，或者说其教授的结果，恰恰可能导致人"心智"
的丧失。但彭透斯没有指出忒瑞西阿斯的罪行，而是充满意气地
下令：

> ……来人啊，速去
> 往他那鸟占的位前，
> 用棍棒把它撬翻，
> 一股脑儿搅他个地覆天翻，
> 把他的羊毛带也抛在风暴中！
> 因为这么做，我最能伤他。（行346—351）

彭透斯此举再次违反了礼法。他对忒瑞西阿斯的惩罚，包括
捣毁鸟占位和将"羊毛带"抛入风中，均使他犯下渎神罪。彭透
斯公然破坏鸟占位和羊毛带这些圣物，也就是与诸神对抗。《安
提戈涅》中详述了忒瑞西阿斯通过鸟占解读神谕的情形——通过
仔细辨听鸟叫声（行998—1004），或由童子向他描述鸟的动作

---

① 英格拉姆指出了彭透斯反应的含混性。虽然彭透斯看出卡德摩斯的言行明显经
忒瑞西阿斯的"教唆"，但他没能节制愤怒，"勃然大怒"。参 R. P. Winnington-
Ingram，《欧里庇得斯与狄俄倪索斯：〈酒神的伴侣〉义疏》，前揭，页55。

（行 1012），忒瑞西阿斯从中读出神示。彭透斯命人抛弃的羊毛带，正是占卜所的标志。[①] 悖谬的是，尽管彭透斯洞悉了忒瑞西阿斯的诡计，却没有顾忌其阿波罗神庙先知的身份。由此导致的可怕后果是，狂怒的彭透斯不自觉地犯下了渎神罪。[②] 如此一来，彭透斯的义愤彻底失去了正当根据——对新神的怒火，最终将他引向对传统神的亵渎。现在的他和阿克泰翁一样，对神充满不敬，由此也将落得同样的下场。

彭透斯还发布了针对"异方人"的军事命令，但命令同样没有充足的根据。虽然彭透斯的指控有其正当性，因为这位"异方人"的确给忒拜女人带来了"疯病"；但他再次把理由局限于"玷污了她们的床榻"。作为忒拜国王，彭透斯并不习惯以城邦的眼光审视这起"奇怪的祸事"。[③] 他虽把它称为城邦的祸事，实际却只看到它对家庭的危害。忒拜新王止步于老王卡德摩斯的见识，他们都不能超出"家"的眼光，来审视新神"到来"这起将决定城邦存亡的非常事件。

彭透斯表示，他要让这位异方人"受石击刑而死"，以惩罚他"在忒拜狂欢"（行 356—357）。这话听上去却极为反讽。受石击而死是一种带有宗教仪式性的惩罚方式，尤指对渎神者的惩罚。[④] 彭

① 可参欧里庇得斯，《伊翁》，行 224，悬挂羊毛带是阿波罗神庙的标志；《特洛亚妇女》，行 451—454，阿波罗神的女先知卡桑德拉（Cassandra）被俘前就解下悬挂的飘带，以免神殿受辱。

② 参 E. R. Dodds，《欧里庇得斯的〈酒神的伴侣〉》，前揭，页 115。Jeanne Roux，《欧里庇得斯的〈酒神的伴侣〉》（卷二），前揭，页 115。

③ 鲁认为，彭透斯的眼光囿于"家族"。参 Jeanne Roux，《欧里庇得斯的〈酒神的伴侣〉》（卷二），前揭，页 365。

④ 参 G. S. Kirk，《欧里庇得斯的〈酒神的伴侣〉》，前揭，页 55；另参 E. R. Dodds，《欧里庇得斯的〈酒神的伴侣〉》，前揭，页 115。在欧里庇得斯《俄瑞斯特斯》开场，厄勒克特拉（Electra）就思忖着她和俄瑞斯特斯（Orestes）将"被石头砸死，还是用磨快的剑刺进颈子里去"（行 50—51）；《伊翁》，行 1237；据泡萨尼阿斯记载，埃刻弥斯（Aechmis）之子阿里斯托克拉特斯（Aristocrates）因严重渎神的

透斯刚就犯下渎神罪。何况，在对异方人的指控中，彭透斯也没有明确，他在怂拜狂欢是一种渎神行为。实际上，彭透斯下达命令时，早已被狂怒冲昏了头脑。按照他先前的说法（行217以下、237），最可能找到异方人的地方是基泰隆山，他却下令"其余人等全城搜查，追查那个带女相的异方人"（行352—353）。

彭透斯的过激反应马上招来忒瑞西阿斯的指责。他直呼彭透斯为"不幸的人"，并表示："你之前丧失了理智，现如今疯掉了。"（行359）忒瑞西阿斯感受到，随着彭透斯愤怒（及暴力）的升级，他的心智也愈加狂乱。更可怕的是，忒瑞西阿斯还暗示，彭透斯已由先前"暂时性"的理智失控演变成了一种"持久性"的心智失常。[1]

忒瑞西阿斯最后呼唤卡德摩斯一道上山侍奉"宙斯之子巴克科斯"，由此标志着怂拜三大最高权威的分道扬镳。忒瑞西阿斯再没有重返舞台，随他而去的卡德摩斯再次出场时却成为一名哀悼者。舞台上只剩下彭透斯孑然一身，成了孤家寡人。

迄今为止，彭透斯没能表现出统治者应有的政治智慧，反而受制于非理性的冲动。正是这种灵魂的缺陷决定了他只能诉诸武力。怂拜城邦所面临的困境，并没有因国王彭透斯的回来朝好的方向发展。彭透斯没能恰当解决新神到来所引发的系列问题，也没能妥善处理怂拜的内部分歧。因为彭透斯无法认识到，真正背叛他的是他内心的敌人。[2]忒瑞西阿斯是剧中唯一清楚彭透斯灵

行为而受石击而死，《希腊札记》，8.5.12。

[1] 忒瑞西阿斯指出彭透斯先前丧失理智（ἐξέστης φρενῶν，不定过去时），和行326的μαίνῃ［疯狂］（现在时）一样，均指某种短暂的精神状态；在这里，忒瑞西阿斯借μέμηνας［完成时］，表明心智失常已是彭透斯的常态。参 E. R. Dodds，《欧里庇得斯的〈酒神的伴侣〉》，前揭，页115。

[2] 参 R. P. Winnington-Ingram，《欧里庇得斯与狄俄倪索斯：〈酒神的伴侣〉义疏》，前揭，页58。

魂状况的人，他对卡德摩斯说：

> ……但愿彭透斯不要给你家
> 带来"闷愁事"；我说这话可不是凭预言，
> 而是凭事实，因为有个蠢人在说着蠢话。(行367—369)

忒拜国王的名字彭透斯听上去就是"不幸"。忒瑞西阿斯借彭透斯名字的双关语暗示，这位忒拜新王的不审慎还将给王室带来不幸。说完此话的忒瑞西阿斯就此退场，留下一连串难解之谜。在第一场戏剧行动中，忒瑞西阿斯的重要性不言而喻。这场由三个男人上演的戏，以忒瑞西阿斯的发言开始，也以他的发言收尾。他还是整场戏的把控者。令评论界困惑的是，在第一场中戏份十足的忒瑞西阿斯，为何就此一去不复返？实际上，如他对剧中其他主要角色的处理一样，欧里庇得斯对忒瑞西阿斯的刻画同样含混不清：他一方面沿袭了传统的做法，把忒瑞西阿斯描写成僭主的对抗者；另一方面却又暗中背离传统，让他为新神代言。忒瑞西阿斯没再重返舞台，很可能因为他已完成在剧中的使命：以宗教权威的身份为新神狄俄倪索斯辩护。

在这场戏最后，两位孱弱的老者相互搀扶离去，结伴上山敬拜新神。这与貌似强势却孤独无助的彭透斯形成强烈的反差。

第五节　酒神崇拜的民主特性

暗藏在忒拜城邦中的危机借第一场戏完全展开：匆忙赶回城邦的新王彭透斯并未有效解除城邦的外患内忧，而他针对狂欢教仪下达的一系列军事命令是否有效尚未可知，他也没能成功阻止卡德摩斯和忒瑞西阿斯上山狂欢。这场戏突出了忒拜新王彭透斯

政治智慧的缺乏。卡德摩斯和忒瑞西阿斯各怀心思：忒瑞西阿斯
已习惯以超然的眼光审视新神与城邦的关系；卡德摩斯以族长自
居，这决定了他在新神的问题上首先着眼于"家族"。彭透斯没
有诉诸政治正义，而是诉诸道德。他没有清楚说明，新神到来如
何给城邦共同体带来了祸害。经忒瑞西阿斯之口，狂欢已不再是
关乎城邦正义的政治事件，而仅仅是关乎道德的个人行为。信使
从山上带回的报告，否定了女人们在山上狂欢作乐，也彻底取消
了彭透斯军事行动的正当性。彭透斯有限的政治视域决定了他无
法展开恰当的行动。结果就是，他作为一场正义之战的发动者，
最终只能落得不义之名。

从某种意义上讲，第一合唱歌是第一场的延续。前文涉及的
几大主题——虔敬、聪明与智慧、明智等，接着以抒情歌的方式
进一步推进。整首合唱歌由两曲组成，呈现出安静祥和之气。①

一、酒神崇拜的安宁

从形式上看，第一合唱歌和进场歌一样，也模仿了现实中的
仪式颂歌。较之进场歌的狂欢场面，这首合唱歌则呈现了酒神崇
拜极为平静的一面。整首颂歌充满宴饮的欢乐，以及对安宁、和
平的向往。歌队的吟唱，仿佛一段祷文②：

> 虔敬女神啊，诸神的女王，
> 虔敬女神噢，你鼓着金翼
> 掠过大地，
> 可听见彭透斯的这些话？

---

① 西福德称这首颂歌呈现出一种"寂静主义者的"气氛。参 Richard Seaford，《欧里
庇得斯的〈酒神的伴侣〉》，前揭，页 182。
② 古希腊的祈祷词有一定的程式，一般先吁呼某位神的称号，接着提及此神的居
所，最后表明祈求的具体内容，例如荷马，《伊利亚特》，1.37—42。

你可听见他对

布洛弥俄斯不虔敬的肆心？（行 370—375）

欧里庇得斯对虔敬女神（Holiness）的刻画，可能借鉴了赫西俄德的《劳作与时日》。"掠过大地"的虔敬女神，很容易令人联想到"漫游整个大地上"的诸神，以及"漫游大地各处"的精灵族。[①] 正如那些在天上"监视人间正义和邪恶"的诸神（尤其是正义女神）和精灵，歌队吁请的"虔敬女神"，也像是人间正义的守护神。很明显，通过吁请虔敬女神，歌队直指彭透斯"不虔敬的肆心"，暗示诸神应惩罚彭透斯的不义。然而，剧中不同人物对肆心行为的指控，以及欧里庇得斯对这位"虔敬女神"的塑造表明，真正的肆心罪行其实很难确定。剧中不独彭透斯遭到肆心罪行的指控。在开场白中，狄俄倪索斯就不恰当地指控了赫拉（神）对塞墨勒（凡人）的"肆心"。通过这种极具肆心的指控，欧里庇得斯实际上否认了传统的"诸神之后"赫拉的正义。这也就为"虔敬女神"——另一位看顾人间正义的"诸神之后"奠定了基础。第一合唱歌形式上是一首传统的"酒神颂"，实则是一首"新神"颂。这不仅因为狄俄倪索斯本身就是新神，还因为欧里庇得斯在这里创造了一个"新的"神族：虔敬女神（行 370、371）、欲望之神（Desire，行 415）及和平之神（Peace，行 419）……[②]

彭透斯受到歌队的肆心指控，他之前也以此指责过异方人即狄俄倪索斯（行 247）。但由于彭透斯只是指控了狄俄倪索斯的

---

① 参赫西俄德，《劳作与时日》，行 121—126、255—256。女神身份使虔敬女神更靠近正义女神，但颂歌随后出现的 δαίμονα［精灵］一词（行 378），似乎又增强了这位女神与精灵族的联系。

② 柯克指出，虔敬女神是诗人的拟人手法。虔敬女神与传统诸神——如这首合唱歌中出现的美惠三女神——判然有别，既无传统根据，亦未经礼法认定。参 G. S. Kirk，《欧里庇得斯的〈酒神的伴侣〉》，前揭，页 57。

肆心，而未指出他为何应受此指控，加之他没有节制自己的义
愤，最终在无意中显露出对阿波罗神的肆心，犯下不可饶恕的渎
神罪。看上去，肆心罪名并不好判定。有时，肆心可以是一种诡
辩性的攻击。欧里庇得斯在此把"虔敬"与"肆心"并置尤其匪夷
所思。[①]困难一定程度上源于 *ὕβϱις* 的丰富含义。除了"肆心"这
一核心含义，*ὕβϱις* 还可指暴力行为。在某些语境中，两重含义
模棱两可，如这里的"不虔敬的肆心（暴行）"。在前文，歌队在
进场歌中通过将"虔敬"与 *ὕβϱις* 关联在一起，暗示了一种神圣的
"暴行"。她们甚至表示要"用强悍的大茴香棒使你们圣洁"（行
113—114）。歌队显得是在辩护"神圣"暴力的正当性。按照她们
的理解，正义的生活就是虔敬的生活，不愿过虔敬生活之人就是
不义之人，必须回之以暴力。然而，她们所谓的虔敬，其实暗指
敬拜酒神。那么，歌队关于神圣暴力的说辞，就像是在为她们撕
裂"不义的"彭透斯做铺垫。看来，这首颂歌貌似平静如水、波
澜不惊，其实一开始就暗流汹涌。

　　歌队接着列举了狄俄倪索斯带给人类的种种好处，包括舞
蹈、音乐、葡萄酒，以及宜人的宴饮：

> 用舞蹈举行狂欢庆祝酒神节，
> 合着簧管音欢笑
> 消忧解愁，
> 每当葡萄酒的晶莹闪现
> 在诸神的宴会上，以及在那
> 头戴常春藤的宴饮里，

---

① 英格拉姆提出，欧里庇得斯的这种表述具有误导性，很容易让人怀疑，是否还
　存在一种"虔敬的肆心"。参 R. P. Winnington-Ingram，《欧里庇得斯与狄俄倪索：
　〈酒神的伴侣〉义疏》，前揭，页60。

调酒缸用睡眠拥抱

男人们之时。(行 379—386)

　　歌队的吟唱毫无进场歌的狂闹，喧闹的手鼓也由悦耳的簧管音取代——没有彭透斯臆想的狂欢作乐，一切都是如此宁静、美好、有序，一切都显得无可指摘。[1] 这首颂歌一定意义上是对彭透斯臆想的回击。但更重要的是，这曲合唱歌与进场歌一样，均以模仿现实仪式的方式，重现了酒神进入希腊城邦的历史事件。如果说进场歌表现了新神进入"城邦"，这首合唱歌则预示着民众在酒神节中的"有序参与"。[2] 歌队对狄俄倪索斯角色的描述也发生了显著变化。进场歌中的狄俄倪索斯多少有些残忍、血腥，此处却变成了一位纯然"善意的神"。歌队不解，这位神给人间带来欢乐，如此"爱人类"，彭透斯为何要与之对抗呢？[3]

　　歌队欲以一场"男人的宴饮"，彻底颠覆彭透斯对女人醉酒狂欢的质疑。她们以相似的措辞表明，彭透斯对狄俄倪索斯的指控纯属无中生有。因为，葡萄酒亦即狄俄倪索斯并非导致人堕落的原因，而是具"忘忧"功效的美好饮品，连诸神的酒宴中也有它的身影。然而，欧里庇得斯对这场宴饮的呈现别具一格。他借葡萄酒（狄俄倪索斯）暗中取消了神与人的等级差异。首先，葡萄酒不仅出现在"诸神的宴会"上，也出现在"男人的宴饮"上；这种平行结构本身暗示了等级秩序的消弭。实际上，诸神宴饮时所喝的也并非葡萄酒，而是琼浆玉液。[4] 欧里庇得斯笼统归于葡

----

① 古希腊人认为，阿波罗发明了簧管。参泡萨尼阿斯，《希腊札记》，5.14.8。

② 参 Richard Seaford，《欧里庇得斯的〈酒神的伴侣〉》，前揭，页 182。

③ 参 G. S. Kirk，《欧里庇得斯的〈酒神的伴侣〉》，前揭，页 56。

④ "诸神不吃面包，不喝晶莹的葡萄酒"（荷马，《伊利亚特》，5.339—340）。另参柏拉图，《会饮》203b，中译本参刘小枫等译，《柏拉图的〈会饮〉》，北京：华夏出版社，2003。

萄酒的"忘忧"功能，根本与诸神无涉——诸神本无忧可愁，又何来忘忧之说？欧里庇得斯借这场男人的宴饮的描写，使原本不搭界的神与人混同在一起，可能也借助了狄俄倪索斯的"精灵"身份（行379，比较柏拉图，《会饮》203a）。

在上一场中，忒瑞西阿斯否定了彭透斯的审慎和聪明，并在最后警示，他的不明智将给整个家族带来灾祸。在次节中，歌队先重述了忒瑞西阿斯的说法，接着呈现了她们所认为的正确的生活方式。与彭透斯的"无遮无拦"和"无法无天"相对，歌队追寻的是一种带有强烈希腊特色的"明智"生活，很容易得到希腊人尤其是实行民主制的雅典的认同。[①] 依她们之见，明智的生活可保"家族"万全（行392—393）。歌队还通过将她们的"明智"与诸神的正义联系在一起，赋予这种生活某种神圣性。然而，歌队所说的明智生活只是常人的明智生活，人人可以欲求，与少数人追求的明智生活方式有天壤之别——这种生活并非人人可以企望。歌队随后否认了追求卓越的生活，就彰显了这种区别：

> 聪明不是智慧，
> 思索不属凡人之事也不是。
> 人生短暂，既然如此，
> 谁要追求伟大之物，
> 就会连得到的东西也失去。
> 这些是疯子和
> 蠢人的生活方式，在我看来。（行395—401）

实际上，歌队在此由彭透斯与狄俄倪索斯的对抗上升到一种

---

① 参 R. P. Winnington-Ingram，《欧里庇得斯与狄俄倪索斯：〈酒神的伴侣〉义疏》，前揭，页60—61。

更具普遍意义的对抗：不虔敬的智识人的聪明与民众自然的宗教
情感的对抗。^①但这段话除了表明歌队对聪明与智慧的看法，还
牵涉生活方式的问题。此处的要害是，歌队在否认彭透斯的聪明
的同时，也否认了一种更高的生活方式。她们以常人的生活方式
勾销了少数优异之人追求卓越的必要和可能。歌队显得是在劝诫
人们不要有非分之想，不要去探究"不属凡人"的事，却否定了
思索"不朽"之事的生活。歌队道出了部分实情：追求伟大和思
索不朽的生活，一定意义上的确疯狂，这也注定了这种生活方式
仅适于少数同时还懂得节制自己疯狂思想之人。然而，这并不足
以将更高的生活一笔勾销。歌队的做法却无形中取消了人的智识
差异，要求所有人都过她们所谓的"明智"生活。

二、酒神崇拜的平等

第一曲触及了两种生活方式的冲突。第二曲在极大程度上
延续了这个主题，借此彰显了常人的生活与非常人的生活的紧
张。随着韵律由伊奥尼亚（Ionia）转为爱奥尼亚（Aionia），吟
诵第二曲的歌队突然陷入一种怀"乡"之情。不过，歌队不是
想回到故土小亚细亚，而是欲逃往能为狂欢教仪提供庇护的地
方：居浦路斯岛、帕浦弗斯（Paphos）和缪斯所在的庇厄里亚
（Pieria）。歌队的身份显得相当微妙，她们现在更像希腊人而非
异方人。^②在欧里庇得斯笔下，歌队表达逃跑欲望的情况司空
见惯，^③但这种诉求称得上"酒神狂欢队的特质"。^④歌队突如其
来的逃离欲望，可能源于忒拜城邦（尤其是彭透斯）的抵制。而

① 参 E. R. Dodds，《欧里庇得斯的〈酒神的伴侣〉》，前揭，页 117。
② 参 G. S. Kirk，《欧里庇得斯的〈酒神的伴侣〉》，前揭，页 58。
③ 参《希珀吕托斯》，行 732—751；《海伦》，行 1478—1486。
④ 参 Richard Seaford，《欧里庇得斯的〈酒神的伴侣〉》，前揭，页 117。在《独目巨
　　人》中，由萨图尔组成的歌队表达了类似的感情，行 64—74。

她们在倾诉其内心深处的私密情感时，进一步明确了她们欲求的生活方式。

歌队欲逃往的第一个地方是居浦路斯岛。居浦路斯岛是阿弗洛狄特的出生地，在剧中已多次出现。阿弗洛狄特与狄俄倪索斯的关联，可能源于民间的生殖崇拜。[①]歌队似乎也暗示了这点。她们表示，居浦路斯之所以如此令她们心驰神往，是因为那儿有"令凡人心醉神迷的爱欲神"（行404—405）。打眼看去，"Ἔρωτες[爱欲神]酷似 "Ἔρως[爱若斯]。但此神已非彼神。在古希腊诸神中，爱若斯只有一个，是众神中的最美者，最擅迷人"心智"（赫西俄德，《神谱》，行120—122）。歌队的 "Ἔρωτες[爱欲神]用的是 "Ἔρως 的复数形式，显然不可能有多个爱若斯神。可能的解释是，就像先前的虔敬女神一样，她们也如法炮制了另一些貌似爱若斯神（爱神）的爱欲神。而在上节颂歌中，歌队否认了少数人追求的那种爱欲。那么，此处以复数形式出现的爱欲神，显然不同于那种追求卓越的爱欲：少数人的爱欲是一，多数人的欲望则千奇百怪。

随后出现的帕浦弗斯河——这条"不下雨"却"使土地变得肥沃"的"外邦河流"，充满了神秘色彩，一度引起学界的极大兴趣（行406—408）。学者们根据这条河流的诸种特征进行了大量考证，最终认定此河是埃及的尼罗河。[②]歌队对帕浦弗斯河情有独钟，除了此地可能接受了酒神的狂欢仪式[③]，可能还与一则传

---

① 参 G. S. Kirk，《欧里庇得斯的〈酒神的伴侣〉》，前揭，页59。阿弗洛狄特从乌拉诺斯的生殖器中长出，由此得名"爱阴茎者"。参赫西俄德，《神谱》，行188—200。

② 参 E. R. Dodds，《欧里庇得斯的〈酒神的伴侣〉》，前揭，页124—126；Richard Seaford，《欧里庇得斯的〈酒神的伴侣〉》，前揭，页。G. S. Kirk，《欧里庇得斯的〈酒神的伴侣〉》，前揭，页59。

③ 阿波罗多洛斯指出，狄俄倪索斯被赫拉逼疯后，一度在埃及和叙利亚漫游，并受埃及国王普罗透斯（Proteus）的接待。参阿波罗多洛斯，《希腊神话》，3.5.1。

说有关：这条河流从海底穿过，最终流向了"居浦路斯岛"，使
阿弗洛狄特的福地受到滋养。[①] 继开场白细数一路所经之地后，
欧里庇得斯再次表达了一种新的世界性的开阔视域：得益于河流
的交通，匮乏之地也能变成沃野。这种眼界的开阔，与随殖民扩
张而来的地理大发现不无关系。随着新的殖民地的不断开辟，希
腊人逐渐相信，借由河海的相连，世界原是一个相互交通的整
体。[②] 同样，这条河流并无雨水补充，却能在"成百河口"的浇灌
下变得充盈——原来，自然并不是匮乏的。

　　最后，歌队表达了对缪斯女神所在的庇厄里亚的向往。根
据赫西俄德，庇厄里亚是缪斯女神的出生地，与诸神所在的奥
林波斯神山相距不远（《神谱》，行 53、62）。狄俄倪索斯与缪斯
女神的紧密关系，索福克勒斯在《安提戈涅》中也有所提及：吕
库古对酒神的冒犯，也激怒了缪斯女神（行 955—965）。柏拉图
更明确了二者的关联，诸神为使劳作的凡人"恢复如初"，为人
类制定了不同的节日，其中就提到缪斯和狄俄倪索斯（《法义》
653d—d5）。酒神与美惠三女神（Graces）非同一般的关系，得
到泡萨尼阿斯的证实：酒神甚至与这些女神共享一个神坛（《希
腊札记》，5.14.10）。不过，欧里庇得斯随后提到的欲望之神，
表明了他与传统诗人的距离。在赫西俄德笔下，与缪斯女神为
邻的是美惠女神和愿望之神希墨若斯（Himerus），而非欲望之
神。这位欲望之神的确在埃斯库罗斯的剧中出现过。在《乞援
女》中，埃斯库罗斯就将欲望之神描写成阿弗洛狄特的儿子，不
过，他同时暗示了阿弗洛狄特与天后赫拉的高低之别（行 1034—
1039）。欲望之神出现在这个语境中，进一步明确了酒神伴侣向

① 参 Richard Seaford，《欧里庇得斯的〈酒神的伴侣〉》，前揭，页 184；G. S. Kirk，
　　《欧里庇得斯的〈酒神的伴侣〉》，前揭，页 59。
② 欧里庇得斯在《希珀吕托斯》中就提到一条山泉"滴下大海的清水"（行 121—122）。

往的生活品质。

在接下来的一节颂歌中，歌队转而颂扬"和平之神"（行419）。和平之神也是一位拟人化的神。欧里庇得斯笔下的这位"和平之神"的原型，很可能脱胎于赫西俄德在《劳作与时日》中对"和平"景象的描述。[①] 但赫西俄德只是呈现了"和平"景象，只字未提和平之神。歌队却在颂歌中提到了和平之神给人类带来的福祉：

> 她平等赐予富人
> 和穷人饮酒的快乐，
> 借以浇愁。（行 421—423）

从某种意义上讲，和平之神在这首颂歌中的出现早已呼之欲出。歌队早先对宁静生活的向往，为和平之神的最终亮相做好了铺垫。然而，欧里庇得斯对和平之神的呈现，迥异于赫西俄德对和平景象的描写。按照赫西俄德的理解，和平是正义的结果：和平气象基于城邦正义，尤其是对外邦人和本邦人施以"公正的审判"（《劳作与时日》，行 225—228）。而在欧里庇得斯笔下，和平女神的正义却成了"平等"。那么，酒的意义不在"消愁"，而在消除贫富差距。[②] 但酒在使人忘记贫富之差的同时，也能勾销人们为获取财富所必须付出的艰辛劳作。传统诗人歌颂财富，看重的并非劳作带来的财富本身，而是劳作的伦理，以及获得财富所应具备的各项品质。然而，在欧里庇得斯

---

① 在这段描写中，欧里庇得斯的措辞与赫西俄德十分相近。比较《劳作与时日》，行 228，"*χουροτρόφος*"［哺育男儿］的和平景象，与此处（行 420）的"*χουροτρόφον θεάν*"［哺育男儿的女神］。

② 英格拉姆明确指出，酒的实质是"消除阶级差异"。参 R. P. Winnington-Ingram，《欧里庇得斯与狄俄倪索斯：〈酒神的伴侣〉义疏》，前揭，页 66。

描述的这位快乐至上的女神那里，劳作已无一席之地（行424—
426）。酒神崇拜的平等特性，在安忒斯特里亚节（Anthesteria）
的新酒开坛仪式中可见一斑。在这个节日里，奴隶可与城邦公民
一道分享新酒。①

　　歌队早已否认，那种追求不朽与卓越之人并非真正有智慧的
人。接下来，她们又表达了自己对明智者的看法：

> 明智者会让心灵和思想远离
> 优异之人；
> 凡是多数人——
> 民众尊为习俗
> 并奉行的东西，我都欢迎。（行427—433）

　　歌队坚信，明智者不是优异之人，而是多数人或者普通
人。不过，该词的希腊原文的确含"过度"之意。因此，歌队
像是在指责彭透斯过度的愤怒，并由此指向节制的德性。但从
文脉来看，该词所指无疑就是与常人相对的超凡之人。归根结
底，这首看似颂扬和平女神的赞歌，最终颂扬了多数人。歌队
对常人的信念暗含平等主义的思想。②在欧里庇得斯笔下，酒
神崇拜呈现出强烈的民主特性：酒神狄俄倪索斯不仅消除了神
与人的差别，在消除了人的财富之别后又进一步抹煞了人与人
的智识差异。狄俄倪索斯不愧为"民主神"。③令人困惑的是，

---

① 　西福德指出，在安忒斯特翁节上的新酒开坛仪式，人们不得拒绝奴隶要酒喝
　　的请求。参 Richard Seaford，《欧里庇得斯的〈酒神的伴侣〉》，前揭，页184—
　　185。

② 　参 Gilbert Murray，《论文与演说文集》（*Essays and Addresses*），London：George
　　Allen & Unwin Ltd. Ruskin House，1921/1922，页84—85。

③ 　参 R. P. Winnington-Ingram，《欧里庇得斯与狄俄倪索斯：〈酒神的伴侣〉义疏》，
　　前揭，页66。

在他的早期剧作里，欧里庇得斯表达对多数人和普通人的看法
迥然不同。①《酒神的伴侣》创作于基督教出现前的希腊时期，
诗人在剧中表达的这种观点，"惊人地不同寻常"。②

---

① 总体而言，欧里庇得斯是在贬义的意义上使用 φαυλότερον。在不少剧作中，他甚
　至直接将 "φαυλότερον" 与 σοφοῖς［智慧／聪明之人］对举，见《希珀吕托斯》，行
　988—989；《腓尼基少女》，行 496；《安德洛马刻》，行 379、482。φαυλότερον 在
　其他剧中的用法，见《海伦》，行 745；《希珀吕托斯》，行 435；《安德洛马刻》，
　行 325；《乞援女》，行 317；《瑞索斯》，行 285、769。

② 参 Richard Seaford,《欧里庇得斯的〈酒神的伴侣〉》，前揭，页 185。

第三章　酒神与城邦

　　《酒神的伴侣》直接取材于酒神进入希腊这一历史事件。第一场戏剧行动集中呈现了新神到来后所引起的城邦内部分歧，并以先知忒瑞西阿斯与卡德摩斯联合上山敬拜新神狄俄倪索斯作结，由此也标志着忒拜城邦内部三大最高权威的彻底决裂。这种决裂的后果是，新王彭透斯必须独自应对新神进入城邦这起事件。国王彭透斯与狄俄倪索斯的正面交锋延迟到第二场。就在彭透斯对异方人的盘问中，酒神的世界城邦的意图进一步得以呈现。

第一节　酒神与新王的对峙

　　在某种意义上，第二场在好些方面呼应了第一场的主题。第二场也是三个男人上演的戏，并且，上一场末尾呈现的弱势与强势的悖谬关系——两位身体羸弱的老人相互搀扶着上山，将貌似强势的彭透斯孤身一人留在台上——在第二场开头就得到呼应：卫队长的报告呈现了猎物与猎手的悖谬关系，随后进一步在彭透斯（猎手）对异方人（猎物）的盘诘中得以呈现。彭透斯貌似居于上风，其实开始踏上对手为他铺下的死亡之旅。第一场以忒瑞西阿斯与卡德摩斯离开城邦上山结束，第二场则以卫队长从山上回到城邦开启。两场戏首次完整呈现了上山—回城的旅程。上山—回城这个剧中十分重要的主题还会反复出现。

一、酒神的温顺

第二场伊始，卫队长押着化作吕底亚异方人的狄俄倪索斯上场。彭透斯此前下达的军事命令看来颇见成效。但悖谬的是，彭透斯所取得的这种表面胜利，随即遭到卫队长的否定（行434—450）。卫队长的长篇报告主要涉及两个方面：一是抓捕异方人的情形，二是被捕狂女的离奇脱逃。前一种情形表现了猎手与猎物的悖谬关系：

> 彭透斯，你派我们去捕捉的这个猎物，
> 我们把它带回来了，我们这趟没白跑。
> 我们发现，这畜生很温驯，没有
> 拔腿开溜，而是自愿伸出双手；（行434—437）

卫队长忆述的这趟猎捕之行出奇顺利：异方人束手就擒，既没有逃跑，也没有反抗，令这场声势浩大的猎捕行动显得多余。卫队长所谓的"这趟没白跑"，听上去像是对这场行动的讽刺。更令人惊奇的是，通过与敌手的接触，卫队长发现异方人与彭透斯的描述截然不同：他面不改色，"笑着要我们把他绑上带走，他站着不动，让我毫不费劲就弄妥了"（行439—440）。卫队长对微笑的酒神的描述与《荷马颂歌》几乎如出一辙：酒神微笑着自愿被海盗俘获（7.14）。微笑的酒神形象不仅成为后世瓶画的一大传统题材，按剧场惯例，饰演酒神的演员通常也要戴上一张"微笑"的面具。此处的"毫不费劲"还让人想起，忒瑞西阿斯说过，酒神会"轻而易举"引领他们上山（行194）。酒神不愧为民主神，他不仅让盟友摆脱辛劳，貌似对敌人也一视同仁。卫队长在酒神的魅力下发生了变化：他顿感"羞愧难当"——彻底颠覆了猎手与猎物的正常关系。这种变化表明，卫队长觉得异方人是高贵的，他的抓捕行动其实是对高贵者的冒犯。卫队长的心意已经开始偏向了他的猎物："抓你非我本意，我只是奉彭透斯之命行事。"（行441—442）彭透斯貌似取胜，却再次悖谬地陷入更加孤立的境地。

不过，卫队长虽对眼前的猎物充满同情，但他毕竟是"猎物"和"畜生"。狄俄倪索斯令人不安的一面再次浮出水面，让人想起进场歌中的血腥与残酷——歌队随后在第一合唱歌中通过诉诸希腊礼法，极力掩饰其自然本性，这种刻意的节制，对应了异方人的"温驯"。

卫队长接下来讲述的奇事，宣告了彭透斯军事行动的彻底失败。从前文可知，囚禁狂女的部分行动在彭透斯下令搜捕异方人之前就已完成。卫队长却报告说，这些狂女离奇逃脱了：镣铐自动松开，门闩自动脱落，一切人为束缚均告失效。"她们已经跑了，那些解脱的女人，奔向草木茂盛的地方撒开了欢，高声呼喊着布洛弥俄斯神"（行445—446）。卫队长对狂女们脱逃的叙述透着某种神圣性。"草木茂盛的地方"通常指超自然者的活动场所，在卡德摩斯回忆阿克泰翁时就已出现（行338），随后还将重现于彭透斯被狂女撕裂的场景。狂女们的奇迹般获释，突出了酒神作为解放神的形象。①

在此需注意狂女身份的转变。这些狂女既有来自吕底亚的酒神伴侣，也有忒拜的女子。忒拜女子身份中的第一次转变，已经明确了酒神拉平高低品质的意图。在这个层面上，作为城邦

---

① 据阿波罗多洛斯记载，狄俄倪索斯不仅神奇地解救了遭吕库古囚禁的狂女和萨图尔，还可能释放了遭忒拜国王吕库斯（Lycus）和王后狄耳刻囚禁的安提娥佩（Antiope）。对抗酒神的国王和王后均不得善终。参阿波罗多洛斯，《希腊神话》，3.5.1、3.5.5。

统治者的彭透斯通过强制手段，将山中的狂女收押在"公共监狱"，实际纠正了狄俄倪索斯对城邦所行的不义。彭透斯试图把忒拜狂女重新纳入城邦礼法范畴，着眼点是城邦正义。但欧里庇得斯借卫队长表达一般民众对这起"惊奇事"的看法，却确立了宗教权威之于政治权威的优越性。这种优越性显然不以人间正义为基础。狂女的获释，等于宣告了这种宗教所代表的非理性情感的全部释放。这些不受约束的狂女重获自由，将给城邦带来何种后果？卫队长无法站在城邦的立场判断这起事件，而只能站在民众的立场表达意见，最终屈服于神力。剧中没有透露，卫队长先前对狂女持何种态度。此时的卫队长对她们明显怀有同情："余下的可就是你的事了。"（行450）此话不仅再次突出了彭透斯的孤立，也强调了政治领袖对非常事件的判断。那么，听完卫队长报告的彭透斯会作何反应呢？他能对整起事件做出明智的判断吗？

　　遗憾的是，彭透斯没能就此事做出恰当的判断。他的注意力和好奇心全部集中在眼前的异方人，对狂女的逃脱置若罔闻。彭透斯此前对酒神狂欢的印象都来自想象，卫队长的报告足以引起他的警惕，并让他重新审视酒神。但彭透斯的自负举措极不明智："解开他的双手。他在我的猎网里，跑得再快也逃不出我的掌心。"（行451—452）如果彭透斯稍微留意卫队长提到的第二桩怪事，他也不致义无反顾地投入了一场与神对抗的战争。亲眼看见异方人之后，彭透斯的认识仍止步不前：

　　　　　异方人哟，你这模样儿倒不难看——
　　　　　很讨女人们喜欢，就是为这，你才来到忒拜；
　　　　　你长发飘飘，可见你不玩摔跤，
　　　　　让它披散在颊旁，充满欲望；
　　　　　你刻意保持皮肤白皙，

避开太阳的光线，躲在凉荫下，

用美貌俘获阿弗洛狄特。（行 453—459）

彭透斯对装扮成异方人的酒神的描述，不同于歌队的呈现。在合唱歌中，围绕酒神的一切都是那么的合宜，甚至令人神往。彭透斯貌似揭示了歌队试图隐藏的东西。从前文可知，彭透斯对异方人的最初认识来自民间传闻。他现在只是证实了耳闻的意见。在经伪装的酒神面前，忒拜统治者彭透斯止步于民众的见识。他同样被异方人极富魅力的外表迷惑，无法洞悉其真实的意图。

彭透斯认识的限度一开始就暗示在"身体"一词中。彭透斯深陷于自己编织的欲望之网而不自知。他坚称，异方人进入城邦仅仅为了满足肉体欲望。囿于自己视域的狭隘，彭透斯没有真正从城邦的角度来审视这位异方人。彭透斯只能看到可见之物：长发、白皙的皮肤和美色——狄俄倪索斯的女人气，这注定他只能由此联想到充满肉欲的阿弗洛狄特。[①]依照古希腊人的审美标准，异方人的这些特征是缺少男子气概的表现。彭透斯对狄俄倪索斯的描述并非他的偏见，因为酒神披散着"浓密黑发"随风飘扬的情形，《荷马颂歌》早有提及（7.4）。在古希腊人看来，怕晒太阳也被认为缺乏男子气概。柏拉图就讽刺了那种"不是在大太阳天而是在幽暗中长大"的男人。[②]相反，"面黑者"往往是男子"英武勇敢"的标志（《王制》474e）。在《蛙》里，酒神的女人气也遭到

[①] 在古希腊人看来，男子与女人过往亲密也是缺乏男子气的表现。参 G. S. Kirk，《欧里庇得斯的〈酒神的伴侣〉》，前揭，页 62。另参《路吉阿诺斯对话集》1.2，"潘与赫尔墨斯"，潘向父亲赫尔墨斯吹嘘与酒神狂女们的情事时，赫尔墨斯明显引以为耻。中译本参周作人译，北京：中国对外翻译出版公司，2003。

[②] 见柏拉图，《斐德若》239c5，中译本参刘小枫译 / 注，《柏拉图四书》，前揭；比较柏拉图，《王制》556d，中译见王扬译注，上海：华东师范大学出版社，2014。

阿里斯托芬的调侃。古希腊男子通常用发带将头发束起，很可能与竞技运动有关。彭透斯就将散落的头发与摔跤联系在一起。摔跤作为一项贵族运动，还可能暗含了彭透斯的优越感。但他的这种狭隘的优越感，实际上并不那么高贵。唯一令他忧心的是，这个极富个人魅力的异方人会给城邦带来道德败坏。

二、新王盘诘酒神

对被捕的异方人进行了一番品头论足后，彭透斯开始了对他的长篇审问（行 460—518）。彭透斯的连番发问，可能真实反映了他对酒神崇拜的浓厚兴趣。异方人含糊其辞的回答，更进一步激发了彭透斯的好奇心。这场言语交锋的推动力，正是彭透斯难以抑制的好奇心。这场审讯由彭透斯主导，却为他受诱上山埋下了伏笔。[①]

第一轮问答就展示了两种不同生活方式的冲突。彭透斯首先质问异方人的"种族"。异方人明确将吕底亚称为他的"故乡"。这一回答也对忒瑞西阿斯构成反讽：他身为忒拜先知，却诉诸古老的父辈习俗，为来自外邦的新神辩护。异方人的回答，随即开启了剧中的第二次单行轮流对白。[②]彭透斯的第二轮质询涉及酒神传教的动机（行 465）。对此，异方人并未正面作答，只说"宙斯之子狄俄倪索斯让我进来的"（行 466）。异方人的回答马上招来彭透斯的讽刺。他深信，除开希腊，任何地方都不可能会敬奉宙斯神。彭透斯的信念很可能反映了古希腊人的普遍观点。[③]希

---

① 参 E. R. Dodds，《欧里庇得斯的〈酒神的伴侣〉》，前揭，页 137。

② 以"你晓得吗？"……"我晓得"的句式开启一段新的轮流对白，是欧里庇得斯悲剧创作的惯用程式。参欧里庇得斯，《伊菲革涅亚在陶洛人里》，行 812—813；《俄瑞斯特斯》，行 1183—1184；《乞援女》，行 116—117；《伊翁》，行 936—937、987—988。

③ 比较欧里庇得斯《海伦》，行 489 以下。海伦的丈夫墨涅拉俄斯同样不相信，外邦会有希腊神。

罗多德的《原史》也证实了这种普遍的"偏见"。根据希罗多德的说法，波斯人"自古以来"崇奉的是日、月、水、风等自然物。虽说波斯人也敬拜宙斯，但质而言之，他们的宙斯神仍是"苍穹"，没有人格化的形象（希罗多德，《原史》，1.131）。阿里斯托芬在《和平》（*Peace*）中也暗示，希腊之外的外邦人仅向日神和月神献祭，因此日神赫利俄斯（Helios）和月神塞勒涅（Selene）就密谋着"把希腊出卖给蛮族人"，好独占"所有的仪式"（行406—412）。[①]

在接下来的几轮言语交锋中，异方人的观点表现出与基督超乎寻常的相似。约两个世纪后，亚历山大里亚的克雷蒙（Clement of Alexandria）就认定，异方人的回答（行470、472、474、476）是基督的话。[②]在古希腊三大悲剧诗人中，唯有欧里庇得斯的《酒神的伴侣》与《新约》关联紧密——依基督教经典题材创作的《受难的基督》一剧就在众多细节上与《酒神的伴侣》惊人相似，这恐怕不是偶然。在面对"温驯的"酒神时，作为城邦卫士代表的卫队长的政治血气也随即消弭。

在欧里庇得斯的其他剧作中，执行神派的任务是一种"强迫"。[③]彭透斯的提问延续了这一主题："他强迫你，是在夜里还是当面？"（行469）但彭透斯的着眼点仍是"欲望"，"黑暗就是不忠和堕落"（行487）。异方人的回答没有满足他的臆想，这诱使彭透斯一再追问。他接着还对这种仪式的"形式、样式"表现出异乎寻常的兴趣。在这个疑问句中，该词置于句首，意在强调。"形式"一词带有浓厚的哲学意味。但彭透斯下面的追问，暗中否定了哲学的探究。因为他关心的不是"好"和"善"，而是 ὄνησιν

①　《和平》中译本参张竹明译，《阿里斯托芬喜剧·上》，收于《古希腊悲剧喜剧全集》（卷六），前揭。

②　参 E. R. Dodds，《欧里庇得斯的〈酒神的伴侣〉》，前揭，页131。

③　比较欧里庇得斯，《腓尼基少女》，行1000；《伊菲革涅亚在奥利斯》，行760。

[好处、快乐]。*ὄνησιν* 一般指物质性好处，与人的德性无涉。在《赫卡柏》中，珀吕墨斯托耳就明确将金子视为好东西（行 997）。除了指现世的利益，该词还有其他含义。在诗人的另一部悲剧中，阿得墨托斯（Admetus）表示，"我的儿女已经够了，我祈求诸神让我享受这种天伦之乐，虽然我再不能从你那里得到一点快乐"（《阿尔刻提斯》，行 334—335）。*ὄνησιν* 在这句话中两次出现，只是所用时态不同。这种对比暗示了 *ὄνησιν* 的两层不同含义。尽管阿得墨托斯提及的这两种 *ὄνησιν* 都是此世的快乐，但后一种快乐暗含肉体的欢愉。彭透斯关切酒神教仪带来的好处，究竟是在关心教仪的品质，还是暗示他内心的欲望，显得模棱两可。

值得一提的是，在古希腊宗教语境中，*ὄνησιν* 并不指来世的福祉，而是特指现世的各种好处。在古希腊诗人笔下，人们经常通过向诸神献祭或祈祷的方式，祈求诸神降下各种好处：财富、多子多孙、健康平安。[①]这与欧里庇得斯在《酒神的伴侣》中对酒神教仪的刻画基本一致。欧里庇得斯没有也无意将酒神崇拜表现为一种祈求来世得福的教仪，亦即他没把酒神教仪表现为一种秘仪。对雅典观众而言，秘仪首先指敬拜地母神的厄琉西斯秘仪。[②]尽管欧里庇得斯一方面强调酒神崇拜与地母神崇拜的相似，但剧中的酒神教仪不是一种秘仪。欧里庇得斯之所以没有选择秘仪这一要素，与他的旨趣有关。首先，秘仪注重团体的封闭性，并非人人皆可加入——敬拜地母神的秘仪就仅限女子加入，入教者还应履行保密的义务。尽管异方人也故弄玄虚地宣称，教仪不得透露给未入教者，但这并非秘仪最本

---

① 见《酒神的伴侣》，行 571—573。柏拉图在《王制》364—366b 批评了诗人的描述：人们可以献祭的方式收买诸神。

② 参 Valdis Leinieks，《狄俄倪索斯的城邦：欧里庇得斯的〈酒神的伴侣〉研究》，前揭，页 132。

质的特点。① 在《酒神的伴侣》中，不论外邦人还是希腊人，无论男女老少、长幼尊卑，甚至不管愿意与否，所有人都可以甚至不得不加入酒神教仪。

异方人极富技巧地规避了彭透斯的追问。他既表示，教仪不便说与未入教者听，却又进一步引诱彭透斯（行 474）。这种闪烁其词而又充满诱惑力的回答，一步步激起彭透斯未满足的好奇心。甚至彭透斯本人都意识到这种危险（行 475）。但他并没有就此停止追问，还想进而探听这位神的 ποῖός［样子］。彭透斯所提的这个问题，也源于异方人的诱惑。异方人曾透露，酒神面对面将教仪传授给他。彭透斯当然无从知晓，眼前的异方人就是酒神。异方人的回答不乏诡辩的成分，但他的确道出了真相。但由于 ποῖός 还含"性质"之意，这又与彭透斯对样式的追问关联起来——虽说酒神的确可以随心所欲变幻外形，但万变不离其宗，他的"性质"终究只有一个。为此，彭透斯谴责异方人在要"诡辩"。面对彭透斯的指控，异方人却自诩"智慧"。智慧与聪明的问题再次出现。

彭透斯与异方人接下来的对话触及习俗，冲突一触即发：

> 彭：你是第一个到达这里，引入这位神的吗？
>
> 狄：每个外邦人都在这些秘仪中起舞。
>
> 彭：因为他们远不及希腊人明智。
>
> 狄：那么，他们反而要好得多；习俗不同而已。（行 481—484）

---

① 莱尼克斯详尽分析了《酒神的伴侣》中酒神崇拜的性质。他认为，尽管欧里庇得斯表面保留了酒神崇拜的特征，但质而言之，欧里庇得斯没有把酒神崇拜呈现为真正意义上的秘仪。参 Valdis Leinieks，《狄俄倪索斯的城邦：欧里庇得斯的〈酒神的伴侣〉研究》，前揭，页 122—152，尤其是页 122—130。

　　彭透斯立足尚未接受新神的希腊本土，异方人却着眼于已接受酒神教仪的外邦人（行 482）。[1]彭透斯认为，外邦人如此轻易地接受酒神教仪，正因为他们不明智。异方人却反驳说，只是"习俗"不同而已，而且外邦人要比希腊人更明智。这种争论再次让人想起忒瑞西阿斯"与时间一样古老"的父辈习俗。彭透斯之认为坚守自己的习俗是明智之举，正是基于对古老传统的尊崇。彭透斯的话还可能充满弦外之音，蛮族人根本没有值得尊崇的礼法和传统，所以才肯接受新神。异方人的说法也暴露了他的肆心——希腊人崇拜宙斯神，而今外邦人都敬拜酒神，他却声称外邦人比希腊人"好得多"，不就是要把酒神（儿子）置于宙斯（父神）之上？况且，既然异方人承认了各地习俗的不同，不可避免会引发这样的思考：既然存在不同的习俗，必然会涉及哪种习俗更好的问题；同样，既然不同习俗敬拜不同的神，也必将进一步牵涉到哪个神最好的问题。[2]

　　彭透斯无法进行这样的哲学探究，而是停留在酒神教仪是"白天还是黑夜"的表面问题。希腊人敬拜奥林波斯神，一般在白天举行，而非夜里。在对黑夜的看法上，彭透斯与异方人再次意见相左。彭透斯相信，女人们在"夜间"举行狂欢仪式，意味着"不忠和堕落"。异方人却辩称，"丑事"不独发生在夜间，白天也难免。这种辩解，不就是忒瑞西阿斯为参加狂欢的狂女进行辩护的论调吗？不过，二者的差别在于，忒瑞西阿斯对人（女人）充满自信，异方人则对酒神教仪本身深信不疑。他认为，教仪究竟在白天还是夜晚举行，并不能决定酒神教仪的性质。言下

---

① "异方人"的说法有夸大之嫌。他在开场白中描述一路所经之地，并不能涵括"每个外邦人"。在剧末，以真身现形的酒神还宣示了一则预言，明确提到卡德摩斯将去统治外邦人，攻打其他城邦。这表明，并非所有外邦人都接受了酒神的狂欢教仪（行 1334—1335）。

② 参施特劳斯，《自然权利与历史》，前揭，页 84—85。

之意，异方人对教仪本身的品质信心十足。信使不久就将带回一条重要的消息：上山狂欢的女子组织严密，井然有序，并没有狂欢纵欲。彭透斯试图从道德角度对抗酒神教仪，信使的报告却表明，对手占据了道德的制高点。彭透斯没有诉诸正义，审视酒神教仪。剧本马上就会揭示，信使虽宣告了酒神教仪的"道德胜利"，还披露了狂女的惊世骇俗。①

面对异方人的"诡辩"，彭透斯恼羞成怒。②盛怒下的彭透斯扬言要剪掉异方人的头发、夺去他的酒神杖，并使他沦为阶下囚（行493—497）。同先前与忒瑞西阿斯的交锋一样，彭透斯也只能以强力收场。但由于他无力证明其强力的正当性，占上风的彭透斯显得极为不义：前番对忒瑞西阿斯的羞辱，最终使他亵渎了阿波罗神，而今对异方人的惩罚，再次令他显得亵渎了神明。作为忒拜的统治者，彭透斯的政治智慧受制于其狭隘的视域："他在哪里，呃？我的双眼可看不见。"（行501）彭透斯一再强调其权威，却显得苍白无力：

> 彭：（向卫队）把他抓起来！他藐视我和忒拜。
> 狄：告诉你，可别绑我，我明智，你却不明智哦！
> 彭：我偏说"绑起来"，我比你权力大！
> 狄：你既不知你的命数，也不晓你在做什么，更不清楚你是谁。
> 彭：我是彭透斯，阿高厄之子，父亲是厄克西翁。（行503—507）

---

① 参 R. P. Winnington-Ingram，《欧里庇得斯与狄俄倪索斯：〈酒神的伴侣〉义疏》，前揭，页2、64。

② 句首一连出现三个浊辅音 δ 打头的语词：δίκην… δοῦναι δεῖ［……该……受惩罚］，形象表现了彭透斯情绪的骤然失控。

彭透斯诉诸强力，因为异方人藐视了"我和忒拜"。然而，彭透斯不仅把自身与城邦一分为二，而且将自己置于城邦之前，显得像个十足的僭主。彭透斯虽为忒拜的统治者，却不审慎，也不明智。较之异方人对狂欢教仪的自信，彭透斯在此一再宣示其权威，反而极不自信。彭透斯与异方人的关系由此也发生变化。尽管彭透斯不晓得，眼前的异方人就是酒神，但看戏的观众明白，他这是在与神比权威。而这位伪装的神，不仅自称"明智"，而且"智慧"（行480）。此刻的彭透斯却不仅不明智，甚至缺乏自知之明。

彭透斯的不节制与自我认识的缺乏，使他对权威的宣示失去了可靠的根基。[①]通过指出彭透斯不知其"命数"，异方人暗示，他已忘记自己作为有死的凡人的命数。异方人所谓的彭透斯不知自己"是谁"，再次突出了彭透斯自我认识的缺失。可笑的是，彭透斯误将异方人的评断当成了疑问。柏拉图暗示，"……是谁？"作为一个问题提出时，并不好作答。在《高尔吉亚》里，凯瑞丰（Chaerephon）就对这个问题感到疑惑，直到苏格拉底举例提醒他，"假如他碰巧是个做鞋的能手，他多半就会回答你，[他是]鞋匠"（447d）。倘若彭透斯要恰切回答异方人的"提问"，他理应回答"我是忒拜国王"。但彭透斯回答说，他是"阿高厄之子"。彭透斯毫不迟疑地回答了异方人的"问题"，却愈发显出他无法恰切认识治邦者的身份。对凯瑞丰所提苏格拉底式提问，其实暗含对所问对象品质的关切。因此，这个问题还可表述为"……怎么样？……品质如何？"恰如只有"做鞋的能手"才能声称他是"鞋匠"，也只有善于治理城邦者才能自称"治邦者"。身为忒拜国王的彭透斯，显然不是合格的治邦者。

---

① 参 R. P. Winnington-Ingram，《欧里庇得斯与狄俄倪索斯：〈酒神的伴侣〉义疏》，前揭，页76—77。

　　迄今，彭透斯可谓众叛亲离，几乎遭到剧中所有角色的指控或否定：缺乏智慧、不明智、不审慎，渎神。这些指控不仅是彭透斯的敌手攻诘他的利器，也切实通过他的言行表现出来。相反，异方人在最后暗示，酒神信徒是一个具有超强凝聚力的团体。彭透斯对狄俄倪索斯不义，就是对"我们"，亦即全体敬拜者不义（行519）。但这并不意味着，狄俄倪索斯真的拥有他自称的"智慧"和"明智"。实际上，狄俄倪索斯对宙斯权威的僭越，早已暴露了这位新神的勃勃野心：他不仅觊觎忒拜的王权，还想通过建立世界城邦，僭取宙斯对人间的统治。

第二节　歌队的吁请

　　第二合唱歌与上一场戏剧行动密切相关。歌队的吁请正是源于彭透斯拒绝接受酒神教仪。在第二场末尾，彭透斯不仅剥夺了异方人的自由，将他关入"马厩"，还扬言要剥夺狂女的自由，使她们沦为奴隶（行512）。彭透斯特别提到，要让狂女们重新回到"织机上"（行514）。狄俄倪索斯在迫使忒拜女子上山狂欢前，先使她们扔下"机杼和织梭"（行119）。劳作与狂欢呈现出一种对立的关系。在《独目巨人》中，酒神的男伴侣塞勒诺斯被巨人珀吕菲摩斯（Polyphemus）拥身为奴后，就在琐碎的劳作中忆起与酒神一道歌舞狂欢的美好时日（行18—40）。在那里，劳作与酒神式自由直接对立。忒瑞西阿斯和狄俄倪索斯均对酒神教仪表现出某种超然的自信，似乎暗示欧里庇得斯对劳作与自由另有理解。临近剧末，阿高厄透露，酒神式自由也可以是一种劳作，甚至是一项"更伟大"的事业（行1236—1237）。

一、狄俄倪索斯与狄耳刻

　　整首合唱歌大致采用了抒情歌的形式，语言优美，文笔流

畅，有如行云流水。合唱歌分三节。前两节分别述及狄俄倪索斯
和彭透斯的身世。首节直接承接上一场：由于酒神教仪遭彭透斯
坚决抵制，歌队打算通过酒神与狄耳刻的渊源，吁求狄耳刻接纳
狄俄倪索斯。狄耳刻泉在剧中不是首次出现。在开场白中，狄俄
倪索斯就表示，他路过狄耳刻泉。不同的是，歌队在此采用了拟
人化手法，称之为"阿刻劳斯的女儿""有福的狄耳刻""美丽的少
女"（行 519—520）。歌队的吁请遵循了古希腊祷词的一般程式，
在言说请求前，列举吁求对象的称号。阿刻劳斯河（Achelaos）位
于希腊西部，为希腊最大的河系。荷马就把它称为"各河流和所
有大海、一切泉流和深井的源泉"（《伊利亚特》，21.195—197）。
忒拜是希腊城邦，把其境内的狄耳刻泉称为"阿刻劳斯的女儿"
并无不妥。但剧本借此展现了一种世界观的差异：古典诗人借
阿刻劳斯河传达的是一种泛希腊的视界——希腊陆面可见与地下
不可见的水，由阿刻劳斯河勾连交通；欧里庇得斯则表达了另一
种泛世界的开阔视野。歌队此前提到的"有着成百河口的外邦河
流"，充分展示了世界连为一体后，自然的匮乏如何变得充盈。

　　欧里庇得斯对另外两个称谓的限定，用词要含混得多。
πότνι'[王后]首先让人想到前文所用的拟人化手法。诗人借此打
造了一个新的"诸神之后"[πότνα]。但在这里，欧里庇得斯并不
打算故技重施。但在忒拜史上，确有一位狄耳刻王后。据阿波罗
多洛斯记载，狄耳刻泉正因忒拜王后狄耳刻得名：她被安提娥佩
的儿子绑上公牛，公牛最后将她的尸体扔入一汪清泉，狄耳刻泉
也就由此得名（《希腊神话》，3.5.5）。阿波罗多洛斯还暗示，安
提娥佩的神奇得救可能与狄俄倪索斯有关。如此看来，歌队在此
吁请狄耳刻王后，就显得不合时宜。因为正是她们的"王"狄俄
倪索斯导致了狄耳刻王后之死。εὐπάρθενε[美丽的少女]同样含
混，似乎旨在有意模糊狄耳刻的身份。该词由前缀 εὐ-[好的、美
丽的]和 πάρθενε[少女]组成，既可指"以出美好女子而闻名的"，

也可指"美丽的少女"。倘若该词指"以出美好女子而闻名的",那么,狄耳刻就和"阿刻劳斯的女儿"一样,采用的是拟人手法,由此指向忒拜。根据古希腊神话传说,忒拜的确出美女。忒拜城的建立就与貌美的欧罗巴(Europe)有关。但这样一来,中间的"狄耳刻王后"就显得很突兀。还有一种可能,该词是为了进一步解释"狄耳刻王后"。但称之为"少女"似乎又与"王后"的身份不合。实际上,在《安提娥佩》(*Antiope*)中,欧里庇得斯的确把狄耳刻王后描写成了一位"美丽的少女"。按照惯例,歌队随后应直陈请求。但歌队话锋一转,道出了一段不为人知的故事:

> 你曾在你的泉流中,
> 接纳宙斯的胎儿,
> 生产者宙斯一把将他
> 夺出不灭的火焰,
> 藏入大腿时喊道:
> "去吧,狄提拉姆波斯,进入我
> 这男性的子宫;
> 　啊,巴克科斯,我要让忒拜人
> 用这个名字称呼你。"(行 521—529)

　　剧中已多次出现狄俄倪索斯的相关传说。故事每出现一次,都会加入新的信息。此处至少透露了两条新信息:狄俄倪索斯出生时曾受狄耳刻泉接待;狄俄倪索斯的两个称号("狄提拉姆波斯"和"巴克科斯")的由来。这两条信息的补充,旨在拉近狄俄倪索斯与忒拜的渊源。新生的狄俄倪索斯的确在泉水中洗过澡,但不在狄耳刻泉,而是在基苏萨泉。① 由于歌队的叙述和过渡自

---

① 参普鲁塔克,《吕桑德》(*Lysander*),28.4。据普鲁塔克称,之所以在这座泉水中清洗新生的酒神,是因为这里的水不仅呈葡萄酒色,而且气味宜人。

然，不容易令人怀疑整个故事的真实性。歌队还给人一种强烈的感觉，仿佛让狄耳刻（忒拜）接待狄俄倪索斯，乃是出自宙斯的意愿，由此企图证明，忒拜不接受狄俄倪索斯，不仅不合情理，也有违宙斯之意。

歌队想通过情感上的共鸣，使忒拜人接受酒神教仪。[①] 建立了共同的感情基础后，歌队这才正式呈现了自己的诉求。不过，歌队没有直接陈情，而是用充满哀怨的口气责备忒拜没有接受狂欢教仪：

> 而你，有福的狄耳刻哟，
> 我领着头戴常春藤冠的狂欢队进来时，
> 你却一把将我推开。
> 你为什么拒绝我？为什么躲着我？（行 530—533）

这里的介词 ἐν [在……里] 引发了学者们的分歧。多兹认为，歌队指的是狄耳刻泉，而非忒拜，因为介词还可指"在岸上"。[②] 柯克则坚称，ἐν 无疑指歌队领着狂欢队进入忒拜城。[③] 其实，这些歧见起因于歌队呼吁狄耳刻的含混性。按照前文的分析，歌队是在拟人和现实两重意义上呼唤狄耳刻。要在这种虚实参半的情况下分辨歌队在何种意义上称呼狄耳刻，的确有困难。但歌队显然意在忒拜，而非狄耳刻泉。归根结底，狄耳刻其实是忒拜的代名词。

---

① 达那厄斯（Danaus）的女儿们在向阿尔戈斯人乞求援助时，同样述及了她们与阿尔戈斯城邦的深厚渊源。参埃斯库罗斯，《乞援女》，行 15—20。

② 多兹认为不一定要把狄耳刻看作忒拜，因为狄耳刻在行 521 只是一支水流。西福德倾向于赞同多兹的看法，他还援引了欧里庇得斯另一部剧以及荷马的用法为例证。在《腓尼基少女》中，忒拜的女子在狄耳刻泉旁起舞（行 645—656）。参 Richard Seaford，《欧里庇得斯的〈酒神的伴侣〉》，前揭，页 143。

③ 参 G. S. Kirk，《欧里庇得斯的〈酒神的伴侣〉》，前揭，页 69。

二、彭透斯的出身

在次节中，歌队转而攻击彭透斯的身世。歌队对彭透斯的仇视，直接源于他对酒神信徒自由的威胁（行 545—549）。次节与首节在主题和语词上均有呼应，彭透斯与狄俄倪索斯的出身也由此形成对照。歌队首先谴责彭透斯的"愤怒"，并认定彭透斯的脾性与他的出身有关，"地生的厄克西翁生下了他"（行 540—541）。剧中对彭透斯"地生族"身世的关注非同一般（行 265、507、995 以下、1025 以下、1155、1274 以下）。歌队还将一再攻击彭透斯的这种奇特身世。在歌队看来，彭透斯出身低下，完全不可与狄俄倪索斯相提并论。根据歌队，宙斯把未足月的"胎儿"放入其"男性的子宫"，重新孕育了酒神。"男性的子宫"听上去荒诞不经，却由从"大腿"跳跃到了"子宫"。宙斯也就顺理成章成了"生产者"。言下之意，重生后的狄俄倪索斯脱胎换骨，成了名副其实的"宙斯之子"。

欧里庇得斯对彭透斯的刻画充满含混，甚至有些矛盾。歌队首先将彭透斯斥为"怪兽"。所谓的"怪兽"，是指卡德摩斯播下龙牙后从地里长出的巨人。既然彭透斯是"地生龙族的后代"，也就成了"不是有死的凡人"。在歌队看来，彭透斯源于比人类更低的龙。不过，歌队随后又把彭透斯与巨人族（Titans）联系在一起：不仅因为巨人族诞生时也是全副武装，还因他们堪称邪恶的神族成员（赫西俄德，《神谱》，行 185—186）。赫西俄德笔下的巨人族肆心妄为，公然对抗宙斯为首的诸神（行 207—210、617—719）。看来，歌队的意图很明显：她们首先通过厄克西翁的"地生性"使彭透斯与巨人族产生关联，随后表明，他与提坦一样，天生就是诸神的敌人。然而，"巨人族"毕竟是神族的一种。这样一来，歌队所谓的彭透斯"不是有死的凡人"，似乎又表明彭透斯实际上高于人类。彭透斯的身份由此显得很矛盾：

他既是次于人类（sub-human）的兽类，又属于高于人类（super-human）的神族。[1]彭透斯身份中蕴含的矛盾，其实暴露了歌队的矛盾。天性与出身虽不无关联，二者却不能简单等同。《酒神的伴侣》中的歌队对忒拜"地生性"的看法，至少与《腓尼基少女》中的歌队不同。在那里，忒拜的龙种起源明显要高贵得多。[2]

　　尤其考虑到，δράκοντός还可指"蛇"。歌队的说法就不仅充满反讽，更暴露了她们自知之明的缺乏。歌队在贬低彭透斯身份时是否曾想到，她们的敬拜对象与"蛇"的关系同样非比寻常（行101—104、697、768）？剧本临近结束时，歌队甚至吁求狄俄倪索斯以"蛇"形现身。因此，正如歌队有意抬高狄俄倪索斯的身世，对彭透斯出身的蓄意攻击，也指向同一目的。通过指出彭透斯与狄俄倪索斯相差悬殊，歌队可能还想说明，彭透斯出身的低下及其与生俱来的品质，决定了他不可能做一名合格的"王"。歌队随后的话就宣明了这点：

> 快来吧，王啊，挥着那金黄的
> 常春藤杖，从奥林波斯山上下来，
> 去制止这恶棍的肆心。（行553—555）

　　歌队呼唤狄俄倪索斯，她们的"王"从奥林波斯神山上下来，以惩罚彭透斯的ὕβριν。此处的ὕβριν是"肆心"与"暴力"的混合。歌队上文明确提到了与诸神对抗的巨人族，其中包含对肆心的谴责。由于歌队并不晓得，异方人就是狄俄倪索斯。因此，她们称之为酒神的"代言人、先知"。所谓神的代言人，也就是先知。这不禁令人想起忒拜的先知忒瑞西阿斯……

---

[1]　参 R. P. Winnington-Ingram，《欧里庇得斯与狄俄倪索斯：〈酒神的伴侣〉义疏》，前揭，页80。

[2]　《腓尼基少女》，行818—821，尤其是行821："给忒拜留下最高贵之物和耻辱。"

　　歌队在此时呼唤酒神，既是在同情异方人的遭遇，也是出于对自身处境的恐惧和忧虑。但歌队在此直呼狄俄倪索斯为"王"，十分耐人寻味。这里的呼格 *ǎva*［王］是 *ǎvaξ* 的旧形，常见于荷马和品达的诗歌里，在古希腊悲剧中却不多见。悲剧一般用 *ǎvaξ*。欧里庇得斯在其他剧中几乎均使用 *ǎvaξ*。[①] 此处的呼格 *ǎva*［王］，明显有悖于他的惯常用法。不过，悲剧诗人为了追慕古风，采用旧式拼法也较为常见。同样引人注目的是"金黄的"常春藤杖。在剧中其他地方，酒神杖均为普通的茴香棒，唯有此处加了修饰语"金黄的"。桑蒂斯的解释是，狄俄倪索斯"王"的明确出现使普通的常春藤杖成了他的"权杖"。[②] 同样惹眼的是，狄俄倪索斯"王"的形象，竟出现在了奥林波斯山这个语境里，这令谴责彭透斯"肆心"的歌队更具肆心。在奥林波斯神山上，唯有宙斯可称"王"。

　　在合唱歌最后一节中，歌队列举了狄俄倪索斯可能出现的好些地名。这也是古希腊祷文的传统范式。[③] 歌队最初提到几座山：

---

① 譬如见《俄瑞斯特斯》，行 349、1507；《海伦》，行 1428、1512、1642；《腓尼基少女》，行 17、293、631、697；《伊菲革涅亚在奥利斯》，行 2、13、133、414、633；《伊菲革涅亚在陶洛人里》，行 1156、1159、1335、1410、1435；《厄勒克特拉》，行 796；《赫卡柏》，行 759、828、1144 等。

② 参 John Edwin Sandys，《欧里庇得斯的〈酒神的伴侣〉》，前揭，页 172。多兹认为，桑蒂斯的解释令人信服。

③ 参《伊利亚特》中，格劳科斯（Claucus）对阿波罗神的祈求："不管你是在富饶的吕西亚或是特洛亚国土……"（16.514—515）；埃斯库罗斯，《和善女神》：
　　　不论是不是在利比亚，
　　　她诞生的地点崔顿河，
　　　……
　　　在福列格拉平原督军奋战……（行 292—295）
以及在阿里斯托芬的《云》中，苏格拉底对云神的祈祷：
　　　……
　　　不论你们正倚在俄吕谟波斯神圣的雪岭上，
　　　或是正在你们的父亲俄刻阿诺斯的园里伴着女神们一同歌舞，
　　　或是正在用金凭吸着尼罗河的水，

尼萨山、科吕基厄斯山（Coeycian）和奥林波斯山。其中，只有奥林波斯山的位置可以确定。在古希腊，人们熟知的科吕基厄斯山至少有两座：一处坐落在小亚细亚南部；另一座就位于德尔菲的帕纳索斯高原（Parnassus）。关于此山与酒神教仪的关系，埃斯库罗斯和索福克勒斯都有说明。埃斯库罗斯在《和善女神》中提到，酒神在科吕基厄斯山吸收了一帮女信徒，并在此地"扬威"（行22—26）。索福克勒斯则在《安提戈涅》中暗示，这条山脉坐落在帕纳索斯高原上（行1126—1129）。关于尼萨山的位置，至今聚讼纷纭。根据荷马的《伊利亚特》和埃斯库罗斯，尼萨山可能位于希腊北部的色雷斯境内。《荷马颂歌》却又提到，这座山紧邻埃及的尼罗河（1.9）。后世还不断有人考据出好几座与之同名的山。尼萨山由此变得神秘莫测。有学者甚至断言，尼萨山只是神话中的一座山，现实中可能根本不存在。①但有一点值得注意，歌队没有区分已接受酒神教仪之地与日后接受酒神教仪之地。科吕基厄斯山位于忒拜，显然还没有接受酒神教仪。歌队的说法却极具误导性，似乎这些地方均已接受酒神教仪。②

　　随后，歌队意外提到了俄耳甫斯（Orpheos）。俄尔甫斯出现在奥林波斯山上可能因为他超凡的音乐禀赋（与缪斯女神有关）：

> 兴许是在那树木
> 繁茂的奥林波斯大山深处，
> 俄耳甫斯曾在那儿弹奏竖琴，
> 用他的音乐引来树木，

　　或是正停留在黑海的口岸上……（行270—273）

① 参 E. R. Dodds,《欧里庇得斯的〈酒神的伴侣〉》，前揭，页146。西福德也称之为一座"想象中的山脉"，参 Richard Seaford,《欧里庇得斯的〈酒神的伴侣〉》，前揭，页194。

② 参 G. S. Kirk,《欧里庇得斯的〈酒神的伴侣〉》，前揭，页71—72。

招来野兽。(行 560—564)

俄尔甫斯对大自然有着超乎寻常的掌控力。在这点上，狄俄倪索斯与之相似。俄尔甫斯不过凡人，却因超凡的能力获得了神样的地位。狄俄倪索斯却似乎经历了某种下降。剧本在进场歌中表明了狄俄倪索斯与自然(尤其与动物)的亲密关系。歌队在此再次触及狄俄倪索斯与自然的关系，相当于将他重新拉回了"动物世界"。①不过，通过把俄尔甫斯塑造成一位"猎手"，歌队欲表明，正如他用音乐俘获野兽，狄俄倪索斯也将通过神力俘获他的"猎物"(行 564)。尽管在歌队的描述中，一切都宁静、和谐，却掩盖了俄尔甫斯与酒神的真实关系：俄尔甫斯就是在酒神教仪中被一群女人撕裂。另据埃斯库罗斯的《巴萨里德斯》(Bassarids，已佚失)，俄耳甫斯之所以遭此横祸，可能肇端于他与狄俄倪索斯的对抗。

歌队最后提到阿刻西俄斯河(Axius)和吕底阿斯河(Lydias)都在马其顿境内，与合唱歌开头的阿刻劳斯河形成呼应。有人认为，诗人突然转向这两条河流，可能意在取悦他的马其顿恩主。②不过，也有学者认为，欧里庇得斯特别提到阿刻西俄斯河，也可能是出于艺术表现的考虑。他欲借"阿刻西俄斯河"和"引领"的双关，打破歌队因恐惧带来的紧张气氛，由此营造一种相对轻松的氛围，为下文的"王宫奇迹"做铺垫。③

---

① 参 R. P. Winnington-Ingram，《欧里庇得斯与狄俄倪索斯：〈酒神的伴侣〉义疏》，前揭，页 81。
② 参 G. S. Kirk，《欧里庇得斯的〈酒神的伴侣〉》，前揭，页 72。
③ 参 R. P. Winnington-Ingram，《欧里庇得斯与狄俄倪索斯：〈酒神的伴侣〉义疏》，前揭，页 82。

第三节　酒神与城邦

第二场和第三场之间的第二合唱歌，起到了承上启下的作用。在第二场中，忒拜国王彭透斯与异方人产生冲突，最终以彭透斯的表面胜利结束。歌队在合唱歌中的吁请就起因于彭透斯的"肆心"，随后在第三场得到回应。无论从篇幅还是位置来看，第三场都堪称《酒神的伴侣》的戏剧中心。[①]这一场的重要性不仅在于它呈现了整剧的高潮，还因为它标示了敌对双方关系的反转。正是这种突转，最终决定了国王和城邦的命运。从内容上看，第三场可分为三部分：第一部分的"王宫奇迹"描述了酒神狄俄倪索斯的显现；从基泰隆山上归来的信使所做的长篇报告，构成了这一场的主体；在第三部分中，异方人的劝谕（诱惑）最终动摇了彭透斯的意志。

一、王宫奇迹

"王宫奇迹"是对歌队吁请的直接回应，也由三部分组成。第一部分以歌队的视角描述了狄俄倪索斯对王宫所行的奇迹。在第二部分中，重新化作异方人的狄俄倪索斯描述了彭透斯对奇迹的反应。第三部分是一段对话，发生在见证王宫奇迹之后的彭透斯与异方人之间。

在上一场最后，彭透斯将异方人捆起，关押在宫内，就已为"王宫奇迹"埋下了伏笔。第三场一开始，狄俄倪索斯就从王宫内部呼唤他的吕底亚女信徒。但具有讽刺意味的是，歌队对狄俄

---

① 第三场异乎寻常地长（近300行），且在五幕剧中处于居中的位置。柯克推测，欧里庇得斯赋予这场如此重的分量，可能表明他有意将之设定为全剧的"中心"。参 G. S. Kirk，《欧里庇得斯的〈酒神的伴侣〉》，前揭，页73。

倪索斯最初发布的命令表现出疑惑（行 576）。面对这种困惑，狄俄倪索斯不得不"再唤一声"并挑明自己的身份："我是塞墨勒的儿子，宙斯之子。"（行 581）这种身份说明有点奇怪。在开场白中，为了强调与祀拜的关系，狄俄倪索斯也提到了母亲塞墨勒。但他先提到自己是"宙斯之子"。在第二合唱歌中，歌队更是极力去除塞墨勒的影响，欲将他塑造成纯粹的"宙斯之子"。在开场白中，狄俄倪索斯突出神子身份的同时，还强调与塞墨勒的关系，是出于入主祀拜的实际考虑。同样，歌队强调狄俄倪索斯与宙斯的关系，也是为了突出狄俄倪索斯的优越性。在此，将"塞墨勒之子"的身份置于"宙斯之子"前，似乎又把重点移到了祀拜。第三场开场提示，这一场与开场白密切相关。

明确狄俄倪索斯的身份之后，歌队马上变得欣喜若狂。她们呼唤"主子啊，主子啊……布洛弥俄斯呀布洛弥俄斯"（行 582—584），显示出仪式般的庄重。歌队对狄俄倪索斯称呼的改变，暗示了酒神崇拜中信徒与神的不同关系。在前面的合唱歌中，歌队称呼狄俄倪索斯为"王"。在此，她们又称之为"主子"。一般而言，主子与奴隶相对；因此，较之"王"的政治色彩，"主子"的称呼更为个人。对于这两重角色，狄俄倪索斯在开场白中已有透露。他的确身兼"王"与"主子"的关系：酒神信徒不仅是与祀拜战斗的军队，也是他的"侍者和旅伴"（行 57）。在酒神崇拜中，公共关系与个人关系显得水乳交融，且能转换自如。

不过，狄俄倪索斯没有对歌队的呼唤做出实际回应。这表明，狄俄倪索斯并不打算从"王"的政治性身份转换为"主人"，而是以吁请震地女神（Earthquake）震塌王宫的方式强调了他的权威："让大地的地面撼动起来吧，威严的震地女神。"（行 585）震地女神的出现再次显示了欧里庇得斯的大胆。跟先前的虔敬女神一样，震地女神也出自欧里庇得斯的杜撰。但震地女神又不是完全无中生有。希腊诸神中的确有位震地神，只不过在荷马和赫西俄德笔下，震地神是海神波塞冬的名号。① 欧里庇得斯为何把震地神置换成震地女神呢？

应该说，震地女神在这个语境中的出现也旨在针对传统神。早在开场白中，狄俄倪索斯就否定了传统女神的正义。为此，他不仅重新打造了一位"诸神之后"，还另创了许多新女神，均为新神狄俄倪索斯的拥护者。此处的震地女神就是狄俄倪索斯摧毁忒拜王宫的得力助手。酒神伴侣们瞧见"彭透斯的宅子马上就要倒塌了……石柱上的这些楣石正在崩裂"（行587—592）。狄俄倪索斯摧毁彭透斯的王宫，不仅借助了震地女神的力量，还借助了宙斯的"霹雳火"。霹雳火的出现再现了塞墨勒遭雷击的场景：

> 你没瞧见火光吗？ 没看到
> 塞墨勒的神圣墓冢四围冒着
> 宙斯的霹雳火吗？ 那是她
> 当初遭雷击时留下的。（行596—599）

火光、墓冢和霹雳火，措辞和意象的相近让人重新回到狄俄倪索斯的开场白。但不难发现，歌队的视角已有所变化。在开场白中，霹雳的打击对象是塞墨勒，这点十分明确。但在这里，围绕塞墨勒四周的霹雳火却成了狄俄倪索斯摧毁忒拜王宫的手段。忒拜在剧中的命运从一开始就与塞墨勒联系在一起。霹雳原本是宙斯打击塞墨勒的神器，落入凡间后却成了狄俄倪索斯攻击忒拜国王的武器，他甚至可以对其发号施令（行594—595）。歌队宣称："我们的王马上就到，这位宙斯之子要把这宅子搅个地覆天

---

① 荷马的《伊利亚特》卷15四次提到"震地神"为波塞冬，其中两次用了"大名鼎鼎的震地神"的说法（行173、184），另两次也明确将震地神与波塞冬连在一起（行205、218）。赫西俄德在《神谱》中的说法也与荷马一致（行456）。

翻。"（行 602—603）"地覆天翻" 的字面意思是把上面的东西拉到
下面。因此意味着，狂女们不仅要在狄俄倪索斯的带领下摧毁王
宫这个建筑实体，而且要把居高位的王族拉低。[①] 从目前来看，
整个忒拜王族中唯有彭透斯仍居高位。第三场之所以是全剧的中
心，是因为它呈现了忒拜国王的下降——彭透斯不仅是王族的最
后一名成员，也是最重要的成员。而国王的下降不仅意味着忒拜
王族的覆亡，也意味着城邦的覆亡。酒神的世界城邦正是以摧毁
城邦为前提。

狄俄倪索斯撼动地面的举动令狂女们惊恐不已。这一切却尽
在狄俄倪索斯的意料之中。重新化成异方人的狄俄倪索斯走出王
宫，前来鼓舞她们的士气："你们还是起身吧，鼓起勇气，不要
再哕哕嗦嗦！"（行 606—607）对此，歌队长回答道：

> 我们欧伊俄斯狂欢节最大的光哦！
> 我孤独寂寞，看见你多欢喜呀！（行 608—609）

得知异方人成功脱逃后，歌队长惊喜交加，直称他为 "最大
的光"。在古希腊作品中，称呼一个人为 "光"，暗含 "救星" 之
意。最明显的例子是在索福克勒斯的《厄勒克特拉》（*Electra*）中，
厄勒克特拉不仅称呼俄瑞斯特斯为 "最亲爱的光"，还把他说成
"阿伽门农家唯一的救星"（行 1354—1355）。在《赫卡柏》中，欧
里庇得斯也在这个意义上使用了该词。赫卡柏在请求阿伽门农
为她的儿子报仇时，就称呼他为 "希腊人最大的光噢"（行 841）。
不过，欧里庇得斯还可能在某种更古老的意义上使用了这种称
呼。在《乞援女》中，歌队长就提到 "保全正义女神之光"（行

---

① 多兹将之译为 "making high things low"，精准地传达出这个短语的意蕴。参 E. R.
  Dodds，《欧里庇得斯的〈酒神的伴侣〉》，前揭，页 151。

564）。这种说法令人想起品达为卡马利亚的泡萨弥斯（Psaumis of Camarina）所做的一首颂歌。在这首颂扬其勇夺战车竞技桂冠的颂歌中，品达先提到了"德性之光"（《奥林匹亚凯歌之四》，行10）。在更为古老的意义上，"光"指向某种更高的抽象之物。但从语境来看，歌队很可能把异方人当成了她们的护卫者和救星（行612）。实际上，异方人不仅是她们的救星，还是自己的救星。歌队长显然不晓得，眼前的异方人就是狄俄倪索斯，虽然异方人已暗示"我自己救了自己，很容易不费吹灰之力"（行614），歌队却没有心领神会，仍对异方人的逃脱表示不解。

异方人提到两件事，一是彭透斯下令将他捆绑关入马厩；二是彭透斯对"王宫奇迹"的反应。异方人在叙述这两件事时，着重强调了人的努力，尤其对比了彭透斯强力的徒劳与他平静的智慧。彭透斯的诸种努力：捆绑异方人（行616—621），号令家奴救火（行624—626），以及用剑刺杀幻化的酒神（行629—631），最终徒劳无功。在酒神的平静面前，人的一切努力都滑稽可笑。欧里庇得斯在《酒神的伴侣》中对 ἥσυχος 的用法，可与品达的用法进行比照。[1] 在品达笔下，不仅安宁女神享有极高地位，安宁本身也是他诗歌的一个重大主题。在品达那里，无论个人还是城邦统治者，安宁均关乎城邦福祉。在他的《奥林波斯竞技凯歌》中，泡萨弥斯身上的"平静"是某种神圣的力量，"眷顾城邦的安宁"（4.20）。在《皮托竞技凯歌》（Pythian Odes）中，品达更寄望于西耶罗（Hiero）能引领城邦"共赴安宁"（1.70）。欧里庇得斯在《酒神的伴侣》中所呈现的酒神式的平静，并非真正的智慧。歌队也在第一合唱歌中暗示，她们向往的平静生活取消了人追求卓

---

[1] 莱尼克斯专辟一章探讨了《酒神的伴侣》中的"安宁"，认为欧里庇得斯的用法最接近品达。参 Valdis Leinieks，《狄俄倪索斯的城邦：欧里庇得斯〈酒神的伴侣〉研究》，前揭，页283。

越的高贵性。异方人借酒神的平静反衬彭透斯的血气（行621），是否暗含取消人的血气的意图？

整个"王宫奇迹"就此画上句号。彭透斯王宫的坍塌标志着忒拜旧王权的垮台，为新神引入新的政治秩序和观念铺平了道路。下文信使的报告，就呈现了酒神代表的新式德性。

二、自然状态下的狂女

就在异方人和彭透斯就"聪明"的问题争执不下时，信使从基泰隆山回到了忒拜。基泰隆山是狂女举行仪式的地方，狄俄倪索斯早已把这座山视为他神圣不可侵犯的领地（行50—52）。信使称，他打"圣洁的皑皑白雪从不消减"的基泰隆山而来（行661—662）。[①]欧里庇得斯显然运用了夸张的手法，为信使即将讲述的奇闻设定场景。但常态的公民生活与非常态的公民生活的张力也借此呈现出来。[②]

信使的报告，一定程度上呼应了开场白。和狄俄倪索斯一样，信使宣告了他的到来，接着陈述了他的所见（"看见……我来到"）。狄俄倪索斯和信使都"回到"了忒拜：一个从外邦回到忒拜，另一个则从城邦的边缘回到城邦的中心。但他们回来的动机并不相同。狄俄倪索斯来到忒拜后才"看见"所述的一切。相反，信使暗示，他之所以回到忒拜，纯属偶然。第一信使本是牧人，在基泰隆山上放牛（行677），无意中目睹了狂女的"惊天怪事"（行665—667），才担起信使的角色。欧里庇得斯在一开始就

---

① 关于"从不消减"的白雪，评论者们产生了分歧。多兹认为，信使指的是基泰隆山上终年不消融的积雪，因为终年飘雪明显不切实际。西福德提出不同看法。他认为，主动态 ἀνίημι 指的就是山上终年下雪，欧里庇得斯在此运用了夸张的手法。参 E. R. Dodds，《欧里庇得斯的〈酒神的伴侣〉》，前揭，页159；Richard Seaford，《欧里庇得斯的〈酒神的伴侣〉》，前揭，页204。
② 参 Charles Segal，《狄俄倪索斯的诗学与欧里庇得斯的〈酒神的伴侣〉》，前揭，页78。

赋予信使普通人的身份，以确保他以"最中立"的立场呈现狂女们惊世骇俗的行为。[①]

在信使的报告前，欧里庇得斯先插入了信使与彭透斯的一段对话。在这段简短的对话中，再次突出了彭透斯的血气问题。信使首先声明，他赶回来是要向"你和城邦禀告"（行666）。通过把统治者与城邦并置，文本再次挑明了统治者与政治共同体休戚与共的命运。但彭透斯始终没有搞清，这场斗争不是他与狄俄倪索斯的个人较量，而是城邦与新神的较量。[②]信使随后还将彭透斯的血气与城邦正义联系起来：

> ……我是直言不讳地告诉你
> 那边的情况呢，还是收敛一下我的话？
> 因为，我害怕你那躁急性子，国王呐，
> 你动辄大怒，还有那过度的威仪。（行668—671）

信使对僭主的忌惮是古希腊悲剧诗人的传统主题。在索福克勒斯的《安提戈涅》中，信使就直言畏惧克瑞翁（行223—236）。同样的忧虑也呈现在欧里庇得斯的《腓尼基少女》里（行1215）。在这里，信使将"直言不讳"与"收敛"对举，并使之与血气相关。从词形上看，παρρησία 由 πᾶς[全部]和 ῥῆσις[言辞]构成，直译为"和盘托出、畅所欲言"。与之相对的 στειλώμεθα 一词可能源自航海术语"收帆"。在这个语境中，信使显得是在向僭主彭透斯请求言论自由。歌队稍后就明确将僭主与言论自由对立起来："我虽不敢在僭主跟前妄言。"（行775）信使的担心无意中表明了彭透斯与狄俄倪索斯的差别。彭透斯是忒拜的专权者，狄俄

---

① 参 Richard Seaford，《欧里庇得斯的〈酒神的伴侣〉》，前揭，页204。
② 参 Jeanne Roux，《欧里庇得斯的〈酒神的伴侣〉》（卷二），前揭，页457。

倪索斯却是一位追求自由的神。παϱϱησία 还有"言语的放肆"之意，不加节制的自由同样会导致肆心。信使在此既表达了对过度"威仪"的恐惧，也警示了狂女的过度自由。

欧里庇得斯为狂女的呈现精心设置了一个宁静的场景：太阳暖照，放牧的牛群正爬上山头，此时，牧人瞧见三支狂欢队席地而睡，

> 随意，但有节制，并不像你所说的
> 从调酒缸中醉酒，耽于簧管声，
> 个个儿溜去林子里追寻居浦路斯！（行 686—688）

信使的所见否定了彭透斯的臆想。上山狂欢的狂女非但没有胡来，反而"有节制"。紧接着，信使描述了狂女们由静而动的生活场面。狂女们在公牛的吼叫声中醒来，但她们"秩序井然"，这不仅令信使震惊不已，也再次与我们的预期形成巨大的反差。狂女们的有序不禁令人想起荷马在《奥德赛》中所述的奥德修斯的见闻。在进入库克洛普斯人的洞穴前，奥德修斯预想，他会遇到一个不晓正义和礼法的野蛮人。但他进入洞穴后发现，这个野蛮人把洞内的一切事物都安排得井井有条：独目巨人不仅将羊群按照大小归栏分养，桶罐也码得整整齐齐（9.214—223）。这给奥德修斯带来强烈的震撼。正是这种表面的秩序使奥德修斯暗中改变了最初的判断。他拒绝了同伴的建议，选择留下，但由此也开始了一场惊心动魄的历险。正如荷马借独目巨人的故事把奥德修斯及其同伴带到了一种前政治的状态——他们既无议事会，也无礼法（行 111），欧里庇得斯也使狂女们退回自然的边缘。与独目巨人库克洛普斯人一样，狂女们生活在一个与世隔绝的前政治世

① 参 Richard Seaford，《欧里庇得斯的〈酒神的伴侣〉》，前揭，页 47。

界里。① 尽管在信使看来，狂女们"老的少的，还有未出阁的姑娘"有条不紊地各行其是（行694），但她们已经退出城邦的政治生活，过着一种与技艺基本无涉的生活。② 这个世界不知礼法，更不知正义为何物。

从一定意义上讲，欧里庇得斯笔下的狂女走得更远。在《奥德赛》中，无礼法无正义的生活是独目巨人库克洛普斯人自己的生活方式。而在《酒神的伴侣》中，忒拜女子本非狂女，她们原本过着城邦生活，只是由于新神狄俄倪索斯的到来，迫使她们退回到原初的自然状态。并且，如果说独目巨人尚且保留了牧羊的技艺，狂女们则生活在一个与技艺全然绝缘的自然世界里。她们脱离了城邦和政治生活，转而亲近野兽、植物和无生命的自然物。这种貌似与大自然和谐相处的场景其实充满了反自然的因素：她们不仅把动植物用作日常装束，还抛弃亲子，反"把幼鹿或野狼崽子抱在怀里，喂给它们白色的乳汁"（行699—700）。由此看来，狄俄倪索斯强调他强迫忒拜女子抛下机杼和织梭，显得意味深长。这些狂女进山狂欢，正是以抛弃城邦赋予女子的编织技艺为前提。在城邦的政治生活中，说到底，女人的编织技艺关乎城邦正义。通过摆脱劳作，狂女们如今在山间自由狂欢。但与此同时，她们既脱离了城邦政治的技艺和立法的技艺，也脱离了传统奥林波斯诸神的看顾。③ 悖谬的是，欧里庇得斯笔下狂女的山间生活，是独目巨人与黄金种族人的生活的某种奇妙混合。对于过着城邦生活的人类而言，独目巨人的方式与黄金种族人的生

---

① 在《奥德赛》中，独目巨人生活在陡峭的群峰之巅（行112—113、191—192）；而在《酒神的伴侣》中，狂女们的栖居之地也是冰雪不消的基泰隆山顶。

② 彭透斯的说法含反讽意味，比较行676。彭透斯认为，狄俄倪索斯给忒拜女子带来的是 τέχνας［技艺］，随后的描述却表明，狂女们恰恰生活在一个脱离技艺的前政治世界里。

③ 对比伯纳德特，《弓弦与竖琴》，程志敏译，北京：华夏出版社，2003，页82。

活方式，均可算作前政治的生活方式。但二者最明显的差别莫过于，独目巨人在一个脱离传统诸神看顾的世界里，过着无礼法无正义的生活；黄金种族的人类则完全处于传统诸神的看顾下，过着神样的生活。

奥德修斯最初之所以决定留下，正是基于这种考虑：他以政治人的眼光审视了独目巨人的洞穴后，开始对这个野蛮人抱有一种良好的希望。奥德修斯认为，既然巨人（即便是野蛮人）能把洞穴安排得如此有条理，那么，他理应懂得并遵守宙斯神——"求援者和外乡旅客的保护神"的正义（《奥德赛》，9.270—271）。但紧随其后，奥德修斯的同伴们接连被独目巨人吃掉。这次教训令奥德修斯追悔莫及，也使他幡然醒悟：表面的秩序并不意味着正义，相反，在这种表面的秩序之下，可能暗藏着更大的血腥和不义。荷马以朴素的笔触表明，在一个传统诸神缺位，自己为自己立法的世界里，正义根本无从谈起。

欧里庇得斯呈现了一种与传统诗人对正义的看法相悖的图景。在《酒神的伴侣》中，狂女们离开城邦政治生活，也就表明她们与传统诸神的脱离，可实际上她们并未完全脱离神的看顾。因为新神狄俄倪索斯取代了传统诸神。欧里庇得斯以一种含混的方式表明，女人们能在没有传统诸神看顾的情况下，同样过上人类最初的美好生活。由此，欧里庇得斯显得与传统诗人发生了决裂：

> 有个女人抓起酒神杖插入石头，
> 从那儿就冒出一股露水般的清泉；
> 另一个把大茴香棒插入地面，
> 神便给她送上一汪酒泉；
> 那些想喝白色饮品的人，用手指
> 尖刮刮地，就能得到

股股乳汁；从那常春藤

杖中还滴出津甜的蜜汁。(行 704—711)

　　在赫西俄德笔下，只有处于传统的克洛诺斯神族的看顾下，人类生活才能呈现出这样一派美好的图景。欧里庇得斯却以一种自觉反传统的方式，将女子们带回了自然状态。如今，新神狄俄倪索斯凭借其神力，也让狂女们过上了黄金种族的人类才有的美好生活。欧里庇得斯欲以新神的神力取代克洛诺斯神族的意图再清楚不过。但是，赫西俄德在开始讲述黄金种族的人类的故事时提到，人类与诸神有着共同的起源(《劳作与时日》，行 109)。换言之，最初的人类乃是神样的人。反讽的是，尽管狂女们也生活在"牛奶与蜜之乡"，同样过着一种神样的生活，但随后会发现，这些狂女有如野兽。牧人在目睹了狂女们明显反自然的举动后，就惊讶于狂女们在自然状态下享有的自由与自足。他认为，狂女们之所以能在这种自然状态下实现彻底的自由与自足，全凭酒神的神力。因此，这种彻底的自由和自足就是善。他甚至据此断定，身为忒拜国王的彭透斯要是亲眼见到这些反自然的情形，定会将酒神迎入城邦。[①]然而，牧人的断言马上又与他接下来的叙述构成了明显的紧张。在下文中，这群回到自然状态的狂女，马上就会变换一种面相。事实证明，这些摆脱劳作、抛家弃子，脱离城邦礼法的女子，在一个同样行事如"兽"的神的引领下，带

---

① 狂女们在山上的诸种反常举动是酒神所施的奇迹。从一定意义上讲，奇迹都是"反自然"的，因为奇迹有违"自然法"。参 Raymond K. Fisher,《重审欧里庇得斯〈酒神的伴侣〉中的"王宫奇迹"》("The 'Palace Miracle' in Euripides' *Bacchae:* A Reconsideration"), *The American Journal of Philology*, Vol. 113, No. 3, 1992, 页 186。在传统诗人笔下，自然法涉及万物的安排(亦即秩序)。欧里庇得斯虽有意通过信使表现了狂女们的秩序井然，但这种秩序的背后是反自然：她们脱离劳作，抛家弃子，却在山上用乳汁喂养"幼鹿"和"野狼崽子"，人兽超乎寻常的亲近关系取代了人与人的自然关系。

来的后果只能是如野兽般不加区分的暴力。①在接下来的报告中，信使将表明，摆脱礼法约束的自由生活，对城邦来说就是一场灾难。狂女们凭借酒神的神力，干下了桩桩骇人听闻的暴行，最终带来的是异常的血腥：她们不仅撕裂动物，劫掠村庄，还将在新神的引导下，以撕碎城邦统治者的方式宣告城邦的终结。

　　在呈现狂女们惊世骇俗的暴行前，欧里庇得斯耐人寻味地插入了牧人们的商议：

> 我们这些放牛放羊的聚到一起，
> 就她们所做出的那些惊人奇事，
> 你一言我一语争辩开来；（行 714—716）

　　狂女们的自然状态，或者说她们与大自然的反常关系，在放牧的男人中引发了一场内讧。可以想见，这些过着城邦生活的男人对脱离城邦的狂女的反常举动产生了分歧：一派折服于酒神为狂女们打造的这种全新生活方式，譬如信使就明显倒向了这一方；另一派则以"常在城里游荡，嘴皮子了得"的家伙（行 717）为首，他们最终选择效忠国王彭透斯。在此，欧里庇得斯回到了城区煽动者与老实乡下人对比的主题。这个主题在公元前 5 世纪晚期一再出现。②在《俄瑞斯特斯》（Orestes）中，欧里庇得斯明确贬斥了城镇煽动者（行 902 以下）。这场发生在城邦民中的危机却因能说会道的牧人得以解除。但这场危机貌似得到解决，随后却成为一场更大危机的导火索。

　　就在这群牧人打好埋伏伺机实施猎捕时，猎手（牧人）与猎

---

① 英格拉姆精辟地指出，在整剧中，神力令狄俄倪索斯像神，但他的行事却又令他像兽。参 R. P. Winnington-Ingram，《欧里庇得斯与狄俄倪索斯：〈酒神的伴侣〉义疏》，前揭，页 9—10。

② 参《云》，行 1002—1008；《骑士》，行 1382—1383；《和平》，行 190—191。

物（狂女）的关系发生了彻底反转。不待他们动手，狂女们就展
开了血腥的反击。在前半段描述中，信使显然对自然状态下的狂
女抱有良好的愿望。他们和荷马笔下的奥德修斯一样，也被狂女
的表面秩序迷惑。但这些牧人似乎咎由自取，因为他们试图打乱
狂女的秩序。从狂女的狂欢场景可见，她们完全进入自然状态，
彻底脱离了政治生活。政治生活中人与人的相处被自然状态中人
与兽的混同取代。这种表面的秩序其实十分脆弱。就在信使跳出
来的一瞬间，先前温顺的狂女开始展露残忍的自然本性。她们从
有序到彻底失序的转变速度之快令人惊骇。自然状态下的狂女对
暴力有着近乎动物的本能。这与卢梭（Jean-Jacques Rousseau）对
处于自然状态中的野蛮人形成鲜明对照。[①] 实际上，启蒙哲人卢
梭之所以大赞自然状态下的人的良善，有其隐秘的理由。[②]在《酒
神的伴侣》中，这群在新神的神力下回到自然状态的狂女将她们
的兽性暴露无遗。在狄俄倪索斯的影响下，忒拜女子抛下机杼，
拿起武器与男人抗衡。[③]女人开始对抗男人，欲与男人平起平坐，
甚至企图压倒男人，正是民主政治的表征。

　　信使在接下来的叙述中暗示，这群摆脱一切约束的狂女，在
赤裸裸的血腥暴力中变得有如禽兽。牧民们侥幸逃脱后，狂女们
转而攻击在山上吃草的牛群：

---

① 在《论人与人之间不平等的起因和基础》中，卢梭为自然状态中的野蛮人如是辩
　　护道：
　　　　再也没有什么人比他们在原始状态中更温顺的了；由于大自然使他们处于
　　离原始的愚昧和文明人的狡黠的智慧同等的距离，再加上本能和理智使他们只
　　对那些威胁他们生存的危害才有所防范，所以在天然的怜悯心的制约下，他对
　　任何人都没有伤害之心；即使受到别人的伤害，他也很少有以牙还牙的举动。
　　中译本参李平沤译，北京：商务印书馆，2008，页92。
② 卢梭的意图是将自由与善两相等同，参施特劳斯，《自然权利与历史》，前揭，
　　页300。
③ 比较索福克勒斯的《安提戈涅》，行61—62。伊斯墨涅（Ismene）劝说姐姐安提戈
　　涅时就提醒她，"我们得记住我们生来是女人，斗不过男子"。

> ……她们转身去攻击
> 吃草的小牛，手无寸铁。
> 那会儿你能看见有个女人把一头奶子发胀、
> 哞哞叫唤的母牛犊子扯成两半，
> 其他女人则把一些壮牛撕成碎片。
> 你可以看见肋骨啊，或是撕裂的蹄子
> 扔得这儿一块，那儿一块；悬挂在
> 松枝上，血肉模糊。
> 那些凶蛮的公牛刚还怒气
> 直冲牛角尖，不一会儿就被无数双
> 年轻女人的手撂倒在地；
> 它们血肉的外皮一下就被撕开，
> 比你合上尊眼的工夫都快。（行735—747）

　　在受攻击的牛群中，有"吃草的小牛""奶子发胀、哞哞叫唤的母牛犊子""壮牛""凶蛮的公牛"。信使的叙述依照了一种自然的顺序，牛群中有公有母，且依年龄顺次排列。但狂女们撕裂牛群的行动，可能并无秩序，同步进行。信使的叙述与狂女的行为呈现出惊人的反差。信使以微妙的叙述提示，狂女的暴力不断升级，狂女们在血腥的杀戮中也渐趋疯狂。她们甚至撕裂了公牛。在剧中，公牛是狄俄倪索斯的重要形象之一。在"王宫奇迹"中，他还变成了公牛。用英格拉姆的话说，公牛是一种"狄俄倪索斯的动物"。[1] 这又进一步暗示，自然状态下的狂女们甚至可能敌友不分。但不同于野兽，这些被撕裂的牛群是经过人为驯化的家畜，更贴近人类的城邦生活，也更温驯。

---

[1] 参 R. P. Winnington-Ingram,《欧里庇得斯与狄俄倪索斯:〈酒神的伴侣〉义疏》，前揭，页95。

以阿高厄为首的忒拜狂女，主导了这次撕裂牛群的行动。她们还将亲手撕裂国王彭透斯。狄俄倪索斯迫使忒拜女子回到自然状态，其实就是借城邦女子之手摧毁城邦。变成狂女后的忒拜女子获得了某种超自然的力量。她们像"鸟"一样"掠过阿索珀斯河边的广阔平原"（行748—749）。"鸟"这一意象的出现，令狂女的身份变得模糊不定。和狄俄倪索斯一样，忒拜女子也开始游走于人与动物之间。[①] 更可怕的是，她们作为人类时攻击牛群，变成"鸟"后又转而攻击人类。[②] 信使提到的阿索珀斯河（Asopus）横贯忒拜城邦与基泰隆山之间（行1043—1045），有如二者的分界线。狂女们越过此河，便步步迫近城邦。

　　丧失心智的忒拜狂女如今把与城邦有关的一切都视为敌人。在撕裂了牛群之后，她们又冲入阿索珀斯河畔的许墟埃村（Hysiae）和厄吕忒莱村（Erythrae）[③]，"像敌人一样"劫掠村庄，"把一切搅得天翻地覆"（行751—754）。狂女们凭借神力开始肆意攻击村民：

> ……她们从人家里把孩子抢走；
> 她们放在肩上的那些东西，没有拴住，
> 却也没落在黑色的地上
> 她们手无寸铁；只是头发上
> 带着火，却又烧不着自己。村民们
> 遭狂女们洗劫，很是生气，便去抄起家伙；

[①] 英格拉姆看出了忒拜狂女身份的模糊性。他指出，狂女们哺育野兽时把动物当成了人类，而后攻击人类之时又把人类当成了野兽。参 R. P. Winnington-Ingram，《欧里庇得斯与狄俄倪索斯：〈酒神的伴侣〉义疏》，前揭，页96。

[②] "鸟"意象出现后，剧本在此强调了狂女与动物令人毛骨悚然的亲密关系，"她们面颊上的血点，蛇用芯子从皮肤上舔干净"（行767—768）。

[③] 参泡萨尼阿斯，《希腊札记》，9.2.1。

国王哟，那情形看起来可真叫人害怕。

因为，他们的尖头标枪不见血，

而那些女人手中掷出的酒神杖

却能伤害他们，让他们掉头逃窜：

女人追赶男人，不会没有某位神相助！（行754—764）

　　亲眼看见这一可怕场景的信使变得惶恐不安。忒拜女子的反常举动简直惊世骇俗。不过，信使对这些行为的反应前后并不一致。据信使交代，狂女们随意搭在肩上的东西不会掉落，发上着火却不伤及自身，与她们赤手空拳撕裂牛群一样有违常理。但在信使看来，这些远不如"女人追赶男人"来得可怕。恰如信使本人十分肯定地断言，发生这种有违常理的事，"不会没有某位神相助"。[①] 信使相信，这一系列反常行动的背后暗藏着一股神秘的力量。狂女攻击的村民们（男人）落荒而逃的情形，令同样身为男人的信使感受到了来自狂女的切身威胁。这才使信使对"女人追赶男人"特别在意。有学者注意到，信使在描述狂女撕裂牛群的情形时尚有搞笑的闲心。[②] 那时的信使更像是位旁观者，但他万万没料到，忒拜女子竟会以对付动物的方式对待人类。

　　从某种意义上讲，信使的叙述也是确认神力的过程。这个过程又对应着他对人力的逐步幻灭。倘若信使先前对人类的武装尚存一丝希望，酒神杖之于标枪的胜利，则宣告了他对人力的幻灭。对于这种神力的来源，信使一直没有明说。[③] 他之所以欲说

---

① 信使使用了双重否定的句式。为贴近文本，此处按西福德译本，仍保留双重否定的译法。柯克的译本将之转为了肯定句式。

② 柯克指出，信使在描述狂女们撕裂牛群的速度"比你盖上尊眼的工夫都快"时，明显带有喜剧的搞笑意味。参 G. S. Kirk，《欧里庇得斯的〈酒神的伴侣〉》，前揭，页84。

③ 在提到"神"时，信使一直含糊其辞。在行764中，信使使用了不确指的 τινος［某个］修饰"神"；紧接其后的行766，信使再度提及 ϑεός［神］时，词前也未加定冠词。

还休，很大程度上源于对彭透斯的畏惧。因为和先前的卫队长一样，他也即将明确自己的立场：

> 这位神，国王啊，管他是谁，
> 把他接纳进我们城邦吧；因为他还在其他方面伟大。
> 我听人说，他
> 赐予人类解忧的葡萄树。
> 没有酒，就没有居浦路斯，
> 人类也就没有任何别的乐事了。(行 769—774)

　　直到这里，信使才明确提到"这位神"。这表明，他对这位神的身份早已心中有数。可奇怪的是，信使随后的"管他是谁"，又显得他并不十分了解这位神。不过，这种看似矛盾的说法其实并不矛盾。因为即便信使清楚，这位神就是酒神狄俄倪索斯，他也的确并不明白这位神是一位什么样的神。在《酒神的伴侣》中，这位神的身份扑朔迷离：他可以是人样、神样，甚至是兽样。"……是谁？"的发问让人想起柏拉图笔下的苏格拉底。苏格拉底就喜欢老追着人家问"……是什么？"这种追问之所以重要，是因为涉及对事物本质的发现。在这里，追问酒神是谁，也就是对其本质的探究。信使的话等于勾销了这种追问的必要。确实，对于只关切"居浦路斯"和现世快乐的普通人而言，追问"……是什么？"毫无意义(比较第一合唱歌末曲)。但对于少数卓越之人，譬如真正的王者来讲，认清这个问题却至关重要。歌队长的插话改变了事情的性质：这场原是新神与城邦的战争，转变为"僭主"彭透斯与诸神之间的战争(行 775—777)。

　　毋庸置疑，信使同样不可能认识到，这场战争貌似是国王与狄俄倪索斯之间的，其实是一场关乎城邦命运的生死之战。他不晓得，这位新神的品质决定了，他的进入之时就是城邦灭亡之曰：新神意在彻底摧毁传统神建立与维护的秩序。

信使的报告，使彭透斯对狂女的态度有了些微改变。倘若他先前的血气有向下沦为欲望的倾向，那么彭透斯的血气又呈现出某种回升的趋向："狂女们的恣肆妄行已在近旁像火一样燃着，对希腊人而言，真是奇耻大辱！"（行778—779）然而事实证明，没有理智的引导，血气的上升终究有其限度。和以往一样，彭透斯没能对整起事件做出正确的判断。尽管彭透斯认识到狂女们的肆心妄为，但他仅将整起事件定性为"耻辱"，表明他没有认识到事情的本质。"耻辱"甚至够不上犯罪，多半仅涉及个人行为，与公义无关。彭透斯所下的政治判断，使他兴举邦之兵攻打狂女的军事行动显得夸张无比（行780—786）。彭透斯的见识并不比信使高明。

第四章　酒神的诱惑

彭透斯未能从卫队长的叙述中吸取教训。信使的报告只是更加激起了他的血气。彭透斯血气的变化，直接以武装升级的方式呈现出来。在此之前，彭透斯发布了一系列军事命令。这些针对忒拜狂女的军事行动表明，彭透斯仍试图通过让她们重回机杼，再将之纳入城邦的常态生活。现如今，彭透斯不仅将全城的兵力集结于直通基泰隆山的厄勒克特莱城门（Electran gates），还准备对她们"大开杀戒"（行797），其中就有他的母亲阿高厄。

第一节　酒神的诱惑

彭透斯的血气从一开始就给人深刻的印象。这位忒拜国王的血气最初就以成问题的方式呈现出来。从他匆匆上台，卡德摩斯就注意到，这位新王的灵魂秩序被打乱。通过将彭透斯灵魂失序的原因与"新事物"直接关联在一起（行214），血气的问题在此凸显出来。不过，尽管在剧中，彭透斯的血气的确有问题——他显然没有恰当节制血气，但总体而言，这是一种政治血气。对城邦来说，政治血气必不可少。因为政治生活必然涉及敌友的划分，这种划分不仅包括对内，也包括对外。为整个城邦政治共同体划分敌友的，乃是作为城邦护卫者的"王"。而"王"要正确划分敌友，最直接借助的正是灵魂中的血气部分（柏拉图，《王制》375—376以下）。通观全剧，彭透斯是一位极富政治血气和正义感的统治者。正是凭着对新事物天生的敏感和警觉，彭透斯成为剧中唯一迄今仍坚持将新神拒之门外的人——其余人皆逐渐消除了对狄俄倪索斯的血气，也就此打消了对新事物的警惕。也正是凭着对自己人的友好，彭透斯不仅是城邦的护卫者，也是家族荣耀的守护者。卡德摩斯在哀悼外孙彭透斯时，就追忆起往昔的光景：

> 你再不会用手摸着我的下巴，
> 抱着我，唤我"母亲的父亲"，孩儿噢，
> 说道："谁对你行不义，谁侮慢你，老人家啊？
> 谁扰乱你的心神，叫你不快？
> 快告诉我，我要惩罚这个对你行不义的人，老爹爹啊。"
> （行1318—1322）

　　欧里庇得斯笔下的彭透斯心气极高，与之对应的是他强烈的羞耻感：作为希腊人，他对外邦人接受酒神崇拜的行为嗤之以鼻（行483）；身为希腊的男人，他一方面百般挖苦异方人的女相，另一方面又对女人追赶男人一事耿耿于怀。在他看来，前者是作为男人的羞耻，后者则是对男人的极大羞辱（行778—779）。同样，作为一邦之主，彭透斯绝难容忍成为"女奴的奴隶"（行803）。① 彭透斯的这种强烈羞耻感，对其正义观影响很大。在他看来，这些行为均有违他的正义观，因此与恶行无异。彭透斯极端的正义观，使他不能容忍他人的过失：看到卡

---

① 比较索福克勒斯，《安提戈涅》中克瑞翁的相似表述，行746、756、678—680。

德摩斯一身女人（狂女）装扮时，彭透斯可以理直气壮地对他进行指责；对那些在山上狂欢的亲人，他也可以残酷逮捕甚至展开屠戮。上述引文展现了彭透斯剧中鲜有的温情一面，也正是在这里暴露了彭透斯血气的更深层问题。他把"侮慢""扰乱心神""叫人不快"的行为统统归为"不义"。严格来讲，这些行为均与正义无涉。由于血气的含混性，血气很容易逾越正义标准，令道德义愤失去正当根据。作为城邦牧者的彭透斯却从未听从其灵魂中牧者的劝谕。在《王制》中，柏拉图赋予血气（比欲望）更高的地位，因为不同于与理性针锋相对的欲望，血气在本质上愿意服从理性。与之相应，理性以劝谕的方式统治血气，却以专制命令的方式统治欲望。不过，由于血气本身没有能力做出判断，这也注定了它的含混所在：血气可以在理智的劝谕下趋向更高的德性，也可能在欲望的诱惑下沦为欲望。血气在灵魂中位置独特——它连接起人的最高部分和最低部分，赋予人统一性。①

就在彭透斯的血气高涨，打算举兵攻打狂女时，剧情再次发生了逆转。而这次反高潮的促成者，正是自称拥有"智慧"和节制的异方人。异方人的从容淡定与彭透斯过盛的血气形成反差。有趣的是，在信使报告前后，"智慧"与血气的关系一直是异方人和彭透斯争论的焦点，结果悬而未决。不过，这场争论最终以异方人胸有成竹的话音结束，似乎表明他才是真正智慧之人。信使报告之后，异方人就再度以"智慧"的劝谕者身份出现（行787）。这一次，他的智慧甚至得到彭透斯的认可："你可真聪明，一向如此！"（行824）奇怪的是，一向否认异方人的彭透斯，为何会出此言？更为奇怪的是，一向与异方人势同水火的彭透斯，为何

---

① 参施特劳斯，《古典政治理性主义的重生》，潘戈编，郭振华等译，北京：华夏出版社，2011，页235、232。

马上变得对他唯命是从？彭透斯的血气果真在异方人的"劝谕"
下走向平静了吗？

　　信使离开后，异方人与彭透斯展开了一段对话。这段对话由
"劝谕"开启。异方人充当了劝谕者的角色。彭透斯的血气也确
实在异方人的"劝谕"下逐渐平复。随着对话转入单行轮流对白，
彭透斯的血气也有了质的变化：

> 狄：且慢！
> 　　你想看看她们在山上挤在一起吗？
> 彭：太想了，出多少金子我都愿意。
> 狄：但你怎么为这掉入强烈的爱欲呢？
> 彭：瞧见她们醉酒，我会难受。
> 狄：让你难受的事，你看了还能愉悦吗？
> 彭：当然，我悄悄坐在枞树下。(行 810—816)

　　在希腊语中，语气词 *ā*[且慢]可表惊奇，也可表抗议。但
无论哪种情况，它的出现都是一种破韵。这种不合韵律的写法却
标示了此剧的关键性转折。[1] 在这之前，彭透斯不仅坚持以武力
对抗狂女，甚至洞穿了异方人的诡计。狂女已开始入侵城邦，她
们成了城邦的敌人。以武力对抗敌人，没有调和的余地。为此，
当异方人提议"不用武力"就能把狂女带回时，彭透斯的第一反
应就是其中必有"诡计"(行 804—805)。此时的彭透斯仍保持着
高度的警惕。他明白，我们与他们判然有别。此时此刻，彭透
斯甚至认识到："你们共同谋划了这一出，好永远庆祝狂欢节。"
(行 807)但彭透斯的血气突然平静下来，是因为听到欲望的召
唤，而非理性的唤声。在异方人的引诱下，彭透斯的血气成了欲

---

[1]　参 Richard Seaford,《欧里庇得斯的〈酒神的伴侣〉》，前揭，页 213。

望的盟友。对于自己不该看的低下之物，彭透斯非但没有责骂
自己，反而表现得异常向往。[①]彭透斯的苦乐感和他的理智完全
背道而驰：对于自认为邪恶甚至不义的东西，他却表示愉悦和
欢迎。而一个人最大的无知，莫过于这种苦乐感的不和谐（柏拉
图，《法义》689a5）。

在《法义》里，柏拉图提到，王者和他们的计划之所以惨遭
失败，原因不在他们"胆怯或缺乏战争的知识"，而在于其他邪
恶，尤其是"对最重要的人类事务的无知"（688c—d）。这种无知
便是灵魂的不节制和不和谐：厌恶自己视为高贵或好的东西，却
拥抱自己视作邪恶和不义的东西。柏拉图还进一步将感觉苦乐的
欲望部分比作城邦中的杂众和多数人，理性则是自然的统治者。
由是观之，苦乐感有违理性的彭透斯，无异于从王者变成了杂众
和多数人，因为他彻底沦为欲望的奴仆。

彭透斯最终滑入欲望表明，他身上的确具有僭主的特质。彭
透斯对女性的极端化爱欲（行813），最终战胜了对她们的敌意。
就这样，彭透斯的政治血气开始缴械投降，一步步滑向欲望的深
渊。这也证明，异方人的"劝谕"其实是诱惑。伴随政治血气羸
弱而来的是彭透斯的妥协。很明显，彭透斯变得对异方人言听计
从，不再与之势不两立。彭透斯对狂女和异方人的政治血气的弱
化，是以他的羞耻感的逐步消失为代价。结果就是，他与狂女的
界线变得越来越模糊。这点从异方人接下来的劝说中可见一斑。
异方人劝说的重点不是要彭透斯上山，而是在劝他穿上女人的衣
服（行817—821）。有学者表示，欧里庇得斯如此强调要把彭透
斯变成女人，实在令人费解。因为按照戏剧情节的推进，即便彭
透斯不装扮成女人，他上山的结果并无二致。[②]欧里庇得斯为何

---

① 比较柏拉图，《王制》440以下。当格劳孔（Glaucon）提出血气可能是欲望的盟友
　　时，苏格拉底借"看死尸"后引发的羞耻感，暗中将血气提升为理性的盟友。

② 参Richard Seaford，《欧里庇得斯的〈酒神的伴侣〉》，前揭，页214。

要坚持把彭透斯变成女人？

异方人诱惑彭透斯穿上女人的衣服，绝不仅仅是为了羞辱他。通过诱使彭透斯穿戴女人的服饰，他其实把统治者变成了女人。这本身富有政治意味。剧本开场不久就表明，彭透斯对忒拜城的统治更多凭靠了他的血气而非理性。依靠这点政治血气，彭透斯力图抵制新神对城邦的入侵，维系政治共同体。通过勾起统治者内心深处最隐秘的欲望，异方人实际上已经败坏了统治者的血气。为了能上山看狂女，彭透斯对异方人百般迁就，但他依然犹豫是否要"变成女人"（行 822）。尽管彭透斯对女人有着强烈的爱欲，他却并不想变成女人。这恐怕是彭透斯灵魂中残存的最后一点血气。彭透斯晓得，穿上女人的衣服不仅会让他变得女兮兮，更会让他变得与他治下的"女奴"无异。对于对权力同样有着极端爱欲的彭透斯来讲，"是可忍，孰不可忍"。彭透斯的灵魂中出现了一场"僭主式"欲望与政治血气的拉锯战。在彭透斯的灵魂深处，对女人的极端欲望与对权力的极端欲求势均力敌。这种两难选择，的确足以"让他的心智进入绝境"（行 853）。彭透斯对二者有着同样的痴迷，任舍其一，都备受煎熬。但他被迫做出非此即彼的选择。于是，彭透斯侥幸地认为，兴许，姑且放下对狂女的血气，先变成女人上山"打探"军情（行 838），也不失为权宜之策。但他永远也不会明白，这种暂时的妥协既不可控，也不可逆转。

彭透斯对狂女装束表现出的极度兴趣暗示了其灵魂中的突变：

> 彭：你说我身上要怎么装扮呢？
>
> ……
>
> 彭：你给我的第二种装束又是什么样式？（行 830—
>   832）

彭透斯一再追问异方人将如何装扮自己。此处的强调句式，惟妙惟肖地表现出他的急切之情。长发、长袍、束发带、常春藤杖、小梅花鹿皮，都是典型的狂女装束。此时的彭透斯不仅在服饰上任人摆布，他的灵魂也受欲望宰制。有意思的是，当彭透斯表示，他要改变战略装扮成狂女而非诉诸武力时，异方人的回答令人震惊："总比以恶制恶聪明。"（行839）此处出现了两个"恶"，前一个"恶"所指明确，后一个"恶"却令人困惑。如果说异方人指控彭透斯的武力是恶，他不也同时承认了自己带来的也是恶？那么，他在此千方百计以爱欲的诱惑取代彭透斯的武力，无非是要把以武力制恶（爱欲）转化为以爱欲制恶（爱欲）。但这能成功吗？还值得一提的是，化成异方人的酒神一再触及聪明、智慧，他在这里又提到，以爱欲制恶（爱欲）要比以武力制恶"聪明"，这是否意味着，以爱欲制恶（或人的各种爱欲、弱点、恣肆妄为）成了一种聪明的做法，并进而成了民主政治的理智基础？ ①

对话最后，彭透斯仍犹豫不决：是"武装前行"，还是"听从"异方人的"计划"装扮狂女前行（行845—846）？但从异方人的独白中可以看出，彭透斯最终的决断，将把他和城邦引向万劫不复：

> 现在，我要去给彭透斯穿衣服，
> 他会穿着它走向冥府……（行857—858）

在古希腊，男人生前穿上女人的衣裳不仅是耻辱，本身也暗

---

① 参刘小枫，《设计共和：施特劳斯〈论卢梭的意图〉绎读》，北京：华夏出版社，2013，页3—4。

含死亡意味。[1] 或许，彭透斯必须以这样的方式就死。狄俄倪索斯要在忒拜推行其具有民主特性的崇拜，必须以僭主之死为前提。而彭透斯最终以女人的身份死去，更凸显了僭主统治与民主制的深层联系：在对爱欲的追求上，僭主制与民主制同根，因为民主制也强烈地激起了爱欲。但是，民主制又与僭主制有着不可调和的矛盾：僭主的爱欲乃是个人爱欲的极端化，不允许任何人分享他对权力和女性的欲求，而民主制则是在最大程度地唤起民众的爱欲，满足大多数人对自由、平等、财富的极度欲求。要实现人人享有爱欲的平等权，必须以剥夺僭主对爱欲的专权为前提。在忒拜的现行政体下，只要彭透斯的政治血气尚存，新神狄俄倪索斯永远是忒拜政治共同体的敌人，他欲求的世界城邦也无法通过武力之外的方式实现。或许，正是在这个意义上，我们才能正确理解彭透斯为何必须以女人的身份死去：只有用爱欲浇灭他的政治血气，向他的灵魂"注入轻率的疯狂乱了他的心智"，狄俄倪索斯才能以一种比武力（他所谓的"恶"）更"聪明"的方式推翻僭主的统治（行 850—851）。

第二节　礼法与新神（二）

第三合唱歌因其异常的优美和复杂，引起了众多评论家的关注。[2] 纳斯鲍姆就对这首合唱歌赞不绝口，甚至断言，这是希腊

---

[1]　古希腊男子只有死后才会穿上亚麻布长袍。阿喀琉斯为帕特罗克洛斯（Patroclus）清洗尸体装殓时就提到，"从头到脚盖上柔软的麻布"（荷马，《伊利亚特》，18.352—354）。西福德也指出，悲剧中出现男人穿亚麻长袍的情况，也暗含死亡。参 Richard Seaford，《欧里庇得斯的〈酒神的伴侣〉》，前揭，页 214—215。

[2]　参 G. S. Kirk，《欧里庇得斯的〈酒神的伴侣〉》，前揭，页 94；多兹注意到，这首抒情诗充满浓厚的"浪漫派"气息，参 E. R. Dodds，《欧里庇得斯的〈酒神的伴侣〉》，前揭，页 183。这首合唱歌甚至引起现代法学家的关注，参凯恩斯，《法是什么？》，罗峰译，收于林志猛译疏，《米诺斯》，北京：华夏出版社，2010，页 134—135。

悲剧中 "最美的" 抒情诗之一。①的确，整首合唱歌充斥着一种异乎寻常的美感：一系列充满矛盾的对立物，譬如猎物与猎者、侥幸的逃脱与冷酷的复仇、战争与友爱，以及礼法与自然，在这首富含诗意与哲学意味的抒情诗中和谐地融为一体。欧里庇得斯凭借其高妙的笔法，将各种对立物自然地混合于一体。

　　与剧中的其他合唱歌一样，第三合唱歌也采用了传统仪式颂歌的韵律。还有一点值得注意，在剧中所有合唱歌中，歌队唯独在此处绝口未提狄俄倪索斯。相反，她们屡次提到诸神和礼法，仿佛这支由酒神伴侣组成的歌队的确就是传统意见的代表。但歌队这种一反常态的做法还有一种可能，即她们有意隐藏真实意图，一再提及礼法只是借传统意见掩人耳目。在剧中，这种情况早已稀松寻常。在剧本一开始，狄俄倪索斯就借赞美卡德摩斯遵从传统习俗，暗中否定了传统神赫拉。同样，表面尊崇 "与时间一样古老的" 礼法的先知忒瑞西阿斯最终也加入了新神的阵营。在第三合唱歌中，歌队对诸神（礼法）的表面恭顺，是否也别有用心？

　　合唱歌由三节组成，首节和次节后均插入了一个叠唱部。首节是一曲极富诗意和动感的抒情歌。这首抒情歌一开始就非同寻常：

> 我是否还能在彻夜的歌舞里，
> 赤着白
> 足狂欢，把脖颈
> 甩入带着露水的空气，
> 就像一只小鹿，嬉戏在
> 牧场那绿色的欢乐上，（行 862—867）

---

①　参 Martha Nussbaum,《欧里庇得斯的〈酒神的伴侣〉导言》，前揭，xii。

　　一般而言，在希腊语中，以"是否"引导的问句，通常暗含否定的回答。歌队这里却借此表达对狂欢生活的强烈愿望。与此同时，歌队还将这种深切的渴望巧妙融入一幅充满动态的画面。自比"小鹿"的歌队在庆幸逃脱猎人追捕的同时，又透露出对重回"彻夜"狂欢、无拘无束的自然生活的愿望。抒情歌一开始，欧里庇得斯就用诗意的笔触为纯洁如"小鹿"的狂女打造了一个纯净的狂欢场景：在"带着露水的空气"中"赤着白足"狂欢的狂女宛若小鹿嬉戏在"牧场那绿色的欢乐上"（行 862—867）。此处还出现了"绿色的欢乐"这一完全不合常规的表述。[①] 不过，欧里庇得斯可能正欲借这种稚童般的呓语，表现狂女的赤子之心。诗人极力将狂女的新式狂欢生活，打造成纯净而无辜的自然状态。这与猎人和护卫者呼唤猎犬猎捕的场面形成巨大反差。然而，当歌队用小鹿般（动物）懵懂无辜的眼光审视这个人类世界时，一切都发生了改变：城邦政治传统意义上的看护者和被看护者的关系，成了猎人与猎物的敌对关系（比较荷马，《伊利亚特》，10.180—187）。猎人的世界充满人工痕迹，甚至充满算计，危机四伏，"它逃脱了可怕的追捕，摆脱了看护者，绕开了巧设的猎

---

① 柯克为欧里庇得斯的表述感到"震惊"，参 G. S. Kirk，《欧里庇得斯的〈酒神的伴侣〉》，前揭，页 95。多兹指出，用表示颜色的形容词直接修饰一个抽象名词的做法在古希腊诗歌中称得上"大胆"。参 E. R. Dodds，《欧里庇得斯的〈酒神的伴侣〉》，前揭，页 185。在英语诗人中，也迟至 17 世纪以奇思妙喻著称的"玄学派诗人"（Metaphysical Poets），才出现了类似的奇特表述。在马维尔（Andrew Marvell）的《花园》（The Garden）一诗中，诗人写道：

　　　与此同时，头脑因乐事的减少，
　　　而退回了自己的幸福中：
　　　头脑是海洋，其中各种类族
　　　……
　　　把一切凡是造出来的都化为虚幻，
　　　变成绿荫中的一个绿色的思想。
　　中译参王佐良，《英国诗史》，南京：译林出版社，2008，页 158—159。

网"（行 868—870）。在这种视角下，猎者和看护者让狂女重回政
治世界的意图，亦即强制她们重回正常的城邦生活进行"看护"
的意图，就是在对她们行不义。如小鹿般无忧无虑的狂女，就为
成功摆脱政治世界的看护而"快乐"：

> 它却铆足了劲，风驰电掣般跃到那傍水的
> 平原，在那杳无人迹、
> 林荫遮蔽的幼林间，
> 欣喜不已？（行 873—876）

　　然而，首节中两度出现的"快乐"（行 867、876），均为反常
的快乐。如果说前一种反常直观地反映在违反语词规范（"绿色
的快乐"），此处的反常则在于，狂女们为脱离人类的政治生活，
自降为兽而感到"欣喜"。这也是对人类本性的公然违犯。恰如
亚里士多德所言，超越于城邦生活的人"非神即兽"（《政治学》
1253a3—4）。尽管欧里庇得斯一开始就以纯然诗化的笔调，为整
首合唱歌定下了基调，但我们同样必须清楚，下文一再出现的多
重传统主题，譬如"智慧""礼法""幸福"，歌队的视角，仍是某
种经过扭曲的视角。

　　在随后的叠唱曲中，歌队一扫首节中无助而纯净的诗意形
象，单刀直入地质询何为"智慧"，并由此开启了一个政治性的
话题：

> 什么是智慧？或者，在凡人看来，
> 诸神赐予的礼物
> 有什么比把更强力的手
> 压在敌人头上更美的呢？
> 某种美永远是友好的。（行 877—881）

确切地说，歌队是在设问。她们在提出什么是智慧的问题后，并不期望得到解答，反而紧接着以反问的形式进行了作答。在歌队看来，没有任何东西比以强力压制敌人"更美"。显然，不同于首节中呈现的那种纯粹的诗意美，此处的美残酷而血腥。然而，她们随后又强调说"某种美永远是友好的"。这岂不前后矛盾？

欧里庇得斯很可能在两重意义上使用了"美"。较之首节所表现的那种现代审美意义上的美，古希腊人更多是在伦理意义上进行审美。① 此时的美也就是"高贵"，等同于善或德性。歌队提到第一种美（追求战争的胜利）时，将之与诸神联系在一起，显得是在歌颂一种高贵的勇敢德性。在《法义》中，柏拉图区分了两类善：一类是属人的，包括健康、美貌、力量和财富；另一类则是属神的，包括理智、节制、正义和勇敢（631c—d）。通过把压制敌人说成是诸神赐予人类的礼物，歌队标明自己追求的是属神的勇敢德性，而非单纯属人的力量（强力）。然而，歌队将勇敢的德性说成"最美"，甚至将它等同于"智慧"，显然成问题。因为战争本身存在争议，战争的胜负并不宜作为评判标准。在战争中，大城邦奴役比它治理得好的小城邦的情况时有发生。② 言下之意，把勇敢这种最低的单一德性视为最高的善，带来的后果很可能导致对正义本身的忽视，甚至引发不义。柏拉图就批评克里特和斯巴达的法律仅着眼于战争的胜利，实际上是基于勇敢这一最低的德性，而没有基于完整的德性。其实，对城邦共同体而言，战争的胜利并不值得追求。教育比取得战争的胜利更有利，因为好的教育能使人成为好人，战争的胜利却可能导致教育的失

① 参 Martha Nussbaum，《欧里庇得斯的〈酒神的伴侣〉导言》，前揭，xiii。
② 为此，柏拉图举了叙拉古人（Syracusans）奴役洛克里人（Locrians）的例子，"后者在那个地区似乎是治理得最好的民族"（《法义》638a5）。

败，带来更大的肆心，并使人作恶（《法义》641c）。更何况，在两类德性中，也存在某种自然的等级秩序，"属人的向属神的看齐，而所有属神的善则向领头的理智看齐"（《法义》631d—d5）。在所有属神的德性中，勇敢位居末位。歌队却把勇敢的德性说成神赐的最高德性，无异于颠覆了德性的自然秩序。残酷对待敌人、用强力压制敌人，充其量也只是最低的德性，谈不上高贵，更谈不上智慧。

在叠唱曲最后一行，歌队表达了对美的另一种理解，"某种美永远是友好的"。欧里庇得斯刻意在遣词上保持了"某种"美与第一种美的距离，为此他大胆化用了一句古谚。这句古谚最初出现在古希腊早期诗人忒奥格尼斯（Theognis）的一首诉歌中，原文是 καλόν, φίλον ἐστί[美的是友好的]（《诉歌集》[Elegies]，1.17）。在《吕西斯》（Lysis）这部以友谊为主题的作品中，柏拉图也化用了这句谚语，τὸ καλὸν φίλον εἶναι[美是友好的]。[①]同样是化用，欧里庇得斯的意图显得要隐晦得多，ὅ τι καλὸν φίλον ἀεί[某种美永远是友好的]。欧里庇得斯所说的这种美究竟是一种什么样的美？它与第一种美有何关联呢？

要恰切理解歌队所说的第二种美，似乎还得回到战士的伦理：损敌扶友。唯有在这个层面上理解这首叠唱曲，歌队的话才显得不那么矛盾。在《王制》中，苏格拉底的确提到，城邦护卫者堪称完美结合这两种矛盾品质的典范：对敌人残酷，对自己人友善。但是，当歌队按捺不住内心的激动，把压制敌人抬高到最美的位置，甚至将之尊为智慧时，她们意识到，她们推崇的这种美／智慧看上去太过血腥。于是，歌队转而急于用另一种柔和得多的美来掩饰这种残酷。为此，歌队马上突出了这种美的"友好"一面，以消除笼罩在第一种美上的血腥。同时，通过借 τι

---

① 参柏拉图，《吕西斯》216c5。中译本参王太庆译，《柏拉图对话集》，前揭。

[某种]传达出一种不确定性，歌队成功保持与这种美和第一种美的距离，也由此成功掩饰了前一种美的残酷。结合前文可知，歌队所说的这种充满"友爱"的"美"，可能指向酒神给人类带来的美妙变化。

首节呈现的充满诗意的画面——狂女们像小鹿一样，在野外过着无拘无束的自由生活，跟信使报告的自然状态下的狂女的美好生活一样美好。正是新神的到来，把女人从家庭的劳作中解放出来，得以摆脱劳作的困苦，过上一种不劳而获且充盈的自由生活。她们彼此（甚至对动物）充满友爱，看上去极其美好。然而，这种宁静祥和，随即在狂女狂暴撕裂动物、洗劫村庄中被打破。这些纯洁如小鹿的狂女，还将同样血腥地撕裂统治者彭透斯。可见，这种美并不"永远是友好的"——陷入疯狂的忒拜女子变得敌友不分，不仅攻击动物（公牛），还攻击无辜的村民和孩童。

狄俄倪索斯带来的这种美，根本称不上真正的友爱。在《尼各马可伦理学》中，亚里士多德对友爱做出了区分。亚里士多德指出，因有用而产生的友爱和因快乐而产生的友爱是偶然性的，短暂且易断裂，都不算真正的友爱。友爱只能在真正有德的人之间产生（1156a10—1156b30）。换言之，真正的友爱基于德性。正是在这个意义上，柏拉图也最终把美归为善，且强调理智和智慧的重要性（《吕西斯》216d）。相反，狄俄倪索斯带来的这种貌似很美的友爱，最多能给人带来利益和快乐，不可能持久。在剧末，原本充当新神盟友的卡德摩斯和狂女领队阿高厄，就分别以不同的方式谴责了狄俄倪索斯式的友爱。事实证明，所谓的狄俄倪索斯"最可怕，却又最和善"，只是在以友好的面相行最可怕之事。而这也似乎蕴含了民主政治的内在难题：民主政治欲求且带来的是快乐和欢娱，却又避免不了血腥和残酷；它欲求和平，终究也避免不了战争。

在次节中，歌队一上来就表达了对神力的信念："神力来得缓，但它定会到。"（行 882—884）神对不义行为的惩罚，是古希腊诗文的常见传统主题。① 歌队随后列举了两种她们视为不义的行为："尊崇无知、不赞美诸神"和"持疯狂的意见"（行 885—887）。此话明显有所指。彭透斯就受到这两项指控：僭政（行 775）和不虔敬（行 795、358）。彭透斯的确因其灵魂的不节制和不和谐陷入无知。但歌队不是从这个视角审视彭透斯的无知。她们谴责彭透斯"不仁慈"，是因为他没有把狄俄倪索斯迎入城邦，还要用武力将他拒之门外。剧中的彭透斯不敬新神，歌队却必须把他打造成与诸神和礼法对抗的僭主。为此，歌队不仅在叠唱曲中悄然改写了古谚，在次节末又暗中改写了古法。② 通过把诸神另类地解释为凡是有神力的，凡是在漫长的时间里形成的且依据自然永恒存在的礼法（行 893—896），歌队实际上把新神混同于诸神，甚至以此取代了礼法。

　　狄俄倪索斯也是神，因为他并不乏神力。在剧本的前半部分，他就处心积虑地通过展示其神力，证明了他的确是神。歌队的说法无非是说，相信诸神有力量，自然也包括相信狄俄倪索斯有力量。就忒拜城邦的现实处境而言，把传统诸神等同于礼法并无不妥，但把"凡是有神力的"等同于礼法，却明显不合时宜。在忒拜，酒神是新神，他与传统诸神的共同处仅在于"有神力"，仅此而已。狄俄倪索斯的到来甚至严重威胁了忒拜的传统礼法。一再歌颂诸神和礼法的歌队，正是试图利用狄俄倪索斯新神身份

① 比较埃斯库罗斯《乞援女》，行 96—100；《波斯人》，107 以下。《伊利亚特》，4.160—163；梭伦残篇，13.25；欧里庇得斯，《伊翁》，行 1615；索福克勒斯，《俄狄浦斯在科洛诺斯》，行 1536—1537；品达，《涅墨竞技凯歌》，10.54。
② 行 893—894 反复申说，表达对神力的坚定信念，但欧里庇得斯在他的其他剧作中表达了相反的看法。比较《希珀吕托斯》，行 191；《特洛亚妇女》，行 885；《赫拉克勒斯的儿女》，行 1263；《俄瑞斯特斯》，行 418。

的含混性重新定义礼法，以掩盖新神与礼法的截然对立。①

　　实际上，欧里庇得斯欲以一种新的礼法置换古法。这种意图在他改写古谚时就已表露。叠唱曲再次申说，更加重了其中的肆心意味。既然歌队在次节中已暗示要以新神取代传统神（礼法），这里的诸神其实也就可径直替换成新神狄俄倪索斯。毕竟，传统神并不强调战争的胜利，更不会把它等同于智慧。反而是这位"最和善的"神，最有可能把战争的获胜视为最高智慧。这不仅因为歌队把这种美视为最高的德性，而且因为狄俄倪索斯本身就"最和善"，也"最可怕"。因此，与其说战胜敌人是诸神赐予凡人的"礼物"，不如说是新神狄俄倪索斯赋予凡人的"特权"。②在剧中，"智慧/聪明"一直以饱受争议的方式反复出现。③而歌队在此对"什么是智慧"的作答，透出一种难以掩饰的自信。这表明，她们打算在此对智慧进行盖棺定论。然而，经歌队重新定义，智慧最终竟成了狄俄倪索斯赋予人们（她们？）战胜敌人（彭透斯？）的特权。歌队（以及诗人欧里庇得斯）显然不曾意识到，

---

① 歌队在后半句中显得是在重新定义礼法。参 R. P. Winnington-Ingram，《欧里庇得斯与狄俄倪索斯：〈酒神的伴侣〉义疏》，前揭，页 112—113。欧里庇得斯在其他剧本中多次触及自然与习俗的对立，参《赫卡柏》，行 799 以下；《乞援女》，行 216 以下；《赫拉克勒斯的儿女》，行 757—778；《伊菲革涅亚在奥利斯》，行 1089。关于如何解决二者的冲突，参柏拉图，《法义》890d；《伊翁》643。另参施特劳斯，《自然权利与历史》第三章，前揭；汪子嵩等，《希腊哲学史》(卷二)，前揭，页 202—245。

② γέρας 既可指礼物，也可指特权。在此，欧里庇得斯很可能有意混用了两重含义。

③ 阿莎埃尔提出，在《酒神的伴侣》中，τὸ σοφόν 与真正意义上的"智慧"(ἡ σοφία) 针锋相对。参 Jacqueline Assaël，《欧里庇得斯、哲人与悲剧诗人》(Euripide, philosophie et poète tragique)，Bruxelles：Société des études Classiques，2001，页 133—134。关于《酒神的伴侣》中"智慧"的讨论，可参两篇博士论文，Patricia Diane Knight，《欧里庇得斯〈酒神的伴侣〉中智慧与神智的关系》(The Relationship Between σοφία and φρήν in the Bacchae of Euripides)，Diss. University of Victoria，1980；Patricia Reynolds-Warnhoff，《τὸ σοφόν 在欧里庇得斯〈酒神的伴侣〉中的角色》(The Role of τὸ σοφόν in Euripides' "Bacchae")，Diss. The University of Western Ontario，1995。

在谴责彭透斯无知的同时，她们也表现出最大的无知。这种无知就是思想的不节制。

在改写了智慧并重新立法后，歌队最后转向了对何为幸福的探寻。末节首词就是"幸福"，由此突出了幸福的重要性。不过，歌队没有直接给幸福下定义，而是采用了归谬法。她们事先摆出了好些关于幸福的一般意见：

> 躲过海上风暴，
> 抵达港湾的人有福；
> 战胜困厄的人
> 有福；以各种方式，一个人
> 在财富和权力上超越他人。
> 除此之外，万人便有万种
> 希望——有些为凡人带来财富，
> 有些却如烟。（行 902—909）

在最后，歌队全盘否定了这些意见，并随后得出了自己对幸福的定义："只有每天都生活幸福，才算幸福。"（行 910—911）歌队首先摆出的多种幸福定义似乎表明，世人就何为幸福意见纷呈。亚里士多德也感到了定义"幸福"的困难，这种困难首先在于，一般人与爱智慧者的意见不一致。他还进一步指出，一般人把幸福等同于诸如快乐、财富和荣誉等可见之物（《尼各马可伦理学》1095a20 以下）。质而言之，歌队首先推翻的那些关于幸福的看法，就是一般人的意见。通过推翻流行的意见，歌队貌似以此表明，她们对幸福的定义握有更权威的理解。然而，歌队之所以否定那些意见，是因为那些幸福转瞬即逝。但歌队随后给幸福下的定义表明，她们也并不打算追求永恒的幸福。对她们而言，没有什么比此时此地的幸福更幸福的了。[①] 对幸福的这种理解，充其量只是另一种意见，不是一种更高的理解，也没有触及幸福的本质。在亚里士多德那里，幸福是最高的善（美），涉及追求理智的沉思生活。

第三节　国王彭透斯的转变

在上一场末尾，狄俄倪索斯预示了彭透斯最终的决定和命运。第四场的重头戏是彭透斯的转变。这种转变不仅表现在装扮上，更重要的是他"心意"的迷乱（行944）。

第四场没有直接呈现彭透斯的女人形象，而是让仍化作异方人的狄俄倪索斯首先登台，突出其向导身份。[②] 不过，异方人上台后所说的话令人费解，让彭透斯装扮成女人上山打探原是狄俄倪索斯的提议，却被他说成是出自彭透斯本人的意愿，是彭透斯"想去看那不该看的东西，渴望去做那不该追求之事"（行912—913）。狄俄倪索斯以近乎谴责的口吻强调彭透斯的无知，却也借此掩盖了一个重要事实：彭透斯的苦乐感之所以会违背其理性，直接原因正是狄俄倪索斯爱欲的引诱。正如忒瑞西阿斯叫开王宫大门后将卡德摩斯带上山，此时立于宫外的异方人呼唤彭透斯走出宫门，同样富有政治意味。在第三场末，彭透斯对狂女的政治血气尚存，因此他选择了暂时退回王宫。如今，彭透斯以一身典

---

①　比较欧里庇得斯《美狄亚》中报信人在讲述完伊阿宋的新妇惨死后说了一段类似的话：

> 这世间没有一个幸福的人，
> 有的人财源滚滚，虽比旁人走运些，
> 但也不是真正的幸福。（行1228—1230）

②　西福德指出，让狄俄倪索斯首先登台，旨在强调他在这场戏中扮演的向导角色。参 Richard Seaford，《欧里庇得斯的〈酒神的伴侣〉》，前揭，页222。不过，狄俄倪索斯不是彭透斯的入教向导，而是他的启蒙向导。

型的狂女装扮出宫，忒拜国王彻底变成了女人："你这模样真像
卡德摩斯的一个女儿。"（行917）

随着彭透斯在装扮上变得与狂女无异，他的心智也开始迷
乱。彭透斯心智的迷乱，首先表现在他的一系列幻觉上：彭透
斯眼前出现了"两个太阳"，两座"忒拜城"，领着他的异方人也
变成了一头"公牛"（行918—921）。彭透斯这番疯语般的说辞，
却意外道破了天机：前两种幻象仿佛是预示王政更迭的"异象"；
而后一种幻象，则揭示了新神狄俄倪索斯在剧中的原形——他是
"公牛"，是兽（行922）。奇怪的是，彭透斯的说法得到了狄俄倪
索斯的证实，"现在你看见你该看的了"（行924）。的确，在随后
的合唱歌中，歌队还呼唤她们的神以多种"兽"形现身。她们提
到了包括公牛在内的许多攻击性的动物："快以公牛、多头蛇或
吐火的雄狮的样子现身吧！"（行1018—1019）这毋宁说，在《酒
神的伴侣》中，欧里庇得斯赋予狄俄倪索斯的真实原形是"兽"
神，而非通常认为的植物（葡萄）神。[1]变成女人后的彭透斯，道
出了异方人一直秘而不宣的秘密：狄俄倪索斯的本质是兽神。[2]
狄俄倪索斯的话还有另一重含义。他之前已指出彭透斯不该看的
东西，但他在这里虽提出了该看的东西（应然），却并无纠正其
不当行为之意，反而进一步促使彭透斯混淆敌友。这也彰显了新
神与传统诸神的差别。

政治血气和羞耻感逐渐消失的彭透斯，如今不仅完全放弃了
武力攻打狂女的计划，而且开始变得敌友不分。在爱欲的诱惑
下，先前被彭透斯视作城邦头敌的狄俄倪索斯，一步步成了他的
"盟友"和"最好的朋友"（行924、939）。欧里庇得斯的笔法令人

---

[1]　狄俄倪索斯还是公牛神，参赫丽生，《希腊宗教研究导论》，前揭，页396—401。
[2]　参R. P. Winnington-Ingram，《欧里庇得斯与狄俄倪索斯：〈酒神的伴侣〉义疏》，
　　前揭，页118。

觉得，似乎只有把统治者变成女人，蒙蔽其心智，才能使之敌友不分。现在的彭透斯不仅不再为穿上女人的长袍"害臊"，反而十分在意他的女人扮相："我看起来究竟怎样？站相像不像伊诺，或是我母亲阿高厄？"（行 925—926）接下来的一系列整理衣冠的举动，很像是在戏仿格劳刻（Glauce）公主。[①] 正如伊阿宋的这位新娘不晓得，她精心穿戴的袍子和金冠将给她带来厄运，彭透斯也在不知不觉中走上了一条向（新）神献祭的不归路："我可托付与你了。"（行 934）ἀνακείμεσθα 一词除了指"托付"，还含向神"献祭"之意。这更加重了剧中的反讽意味——彭透斯主动请求把自己"托付"（献祭）给新神。[②]

彭透斯纠结于用哪只手执酒神杖的情形令人啼笑皆非。在剧里，酒神杖具有多重象征含义。首先，作为酒神崇拜的重要装束之一，它是神力的象征。卡德摩斯表示要在酒神杖的敲击声中"遣年忘岁"，似乎表明酒神杖还有回春之效（行 188—189）；而狂女们在山上过着"奶与蜜"的美好生活，酒神杖更发挥了关键的作用（行 704—711）。在这个意义上，酒神杖也是狄俄倪索斯的权杖（行 496、553—554）。其次，酒神杖还是狂女们攻击忒拜人的武器，不仅狄俄倪索斯就把酒神杖描述为"利器"（行 25），在信使的叙述中，狂女们也的确用酒神杖攻击村民（行733、762—763）。酒神杖还将成为狂女们攻击彭透斯的武器（行1099—1100）。由此可见，酒神杖不仅是狄俄倪索斯的权杖，而且是他战胜敌人的有力"拐杖"。通过将王权与武力（强力）集中在酒神杖上，欧里庇得斯似乎想表明，王权的保障离不开强

---

① 比较《酒神的伴侣》行 928—938 与《美狄亚》行 1161—1166。

② 这段对话中出现的很多富含宗教意味的语词，都由诗人精心挑选。除这里指出的 ἀνακείμεσθα，欧里庇得斯还运用了构词上的技巧，譬如 ἔνσπονδος[结盟]一词就包含了 σπονδή[奠酒]。在此意义上，狄俄倪索斯为彭透斯整理装束的过程，暗合整个献祭仪式的完成。

力。^①可悲的是，彭透斯抛弃了本是统治者"拐杖"的强力。变成女人后的彭透斯主动抛弃了王者的"拐杖"，转而握住了即将给他和忒拜带来灭顶之灾的酒神杖。

濒于疯狂的彭透斯不仅幻想着要扛起基泰隆山，而且主动放弃了用暴力对抗狂女。^②通过把彭透斯仰仗的兵力置换成他的匹夫之勇，欧里庇得斯把原本属于王者的强力扭曲成一种可笑之举。对于这种转变，狄俄倪索斯却戏称："你变成应有的样了。"（行948）剧本还暗示，彭透斯之所以放弃武力，起因于他对神怀有的忌惮之心：

> 狄：你万不可把山泽女仙的神龛
> 　　和潘神吹排簧管的底座给毁咯。
> 彭：说得好，不能用暴力征服那些女人，
> 　　我要藏身在枞树丛里。（行951—954）

彭透斯的回答有些奇怪，因为以武力攻打狂女与渎神并无必然关联。恰如他已不辨敌友，现在的彭透斯也失去了对武力的判断力。实际上，彭透斯攻打狂女与反叛宙斯的巨人族有着天壤之别。巨人族天生怀有肆心，对宙斯的统治秩序构成威胁；而以武力对抗新神的彭透斯，恰恰是在维护传统诸神的秩序。此处的"山泽女仙"和"潘神"，均与狄俄倪索斯有着不寻常的关系。按照泡萨尼阿斯的说法，基泰隆山腰就是山泽女仙的洞府，而在山

---

① 比较埃斯库罗斯《被缚的普罗米修斯》开场，强力神（Power）和威力神（Force）押着普罗米修斯上台的情形表明，宙斯的统治同样需要借助强力。

② 比较发疯后的赫拉克勒斯的举动，他也扬言要用铁棒撬起独目巨人城邦的根基。见欧里庇得斯，《疯狂的赫拉克勒斯》，行943—946。此处还可能暗示了彭透斯与"地生族"和巨人族的关系，比较《腓尼基少女》，行1131—1133，以及荷马，《奥德赛》，11.315—316。

顶更有当地人为之设置的神龛(《希腊札记》, 9.3.9)。不过, 欧里庇得斯在剧中故意隐去了二者与狄俄倪索斯的关系: 在进场歌中, 歌队用"命运女神"取代了"山泽女仙"对幼儿狄俄倪索斯的看护; 而对于形如羊人的潘神, 诗人更是缄口不谈。[①] 对观荷马在《奥德赛》中提到的巨人族对奥林波斯山的威胁, 基泰隆山也可能是新神在忒拜的根基。

在剧中, 欧里庇得斯一方面极力隐藏酒神崇拜中可能带有的欲望成分, 另一方面又将王者的爱欲极端化。如果说彭透斯之前还有几分政治血气, 他对荣誉、权力以及女性的强烈爱欲变成了赤裸裸的欲望。从前急于攻打狂女的彭透斯, 坠入了爱欲的深渊: "我想象她们在灌木丛里, 像鸟儿一样套在了最美妙的情网里!"(行 957—958)随之而来的转变是, 原本可以大张旗鼓讨伐狂女的彭透斯, 不得不另寻"藏身"之所(行 954)。这其实是新神来到忒拜的必然结果。早在他来到忒拜之初, 狄俄倪索斯就通过迫使忒拜女子抛下机杼上山狂欢, 把原本应隐藏在家的女子暴露在光天化日之下。本应公开的王者与本应隐蔽的女子的处境彻底颠转, 暗示着忒拜政制起了质的变化。这种变化同样象征性地投射在彭透斯身上。在夸口男人的勇敢和荣耀时, 变成女人后的彭透斯丝毫未意识到, 他的勇敢已服务于欲望。他也没有意识到, 在新神的引导下, 他充满男子气概的勇敢, 已悄然演化为勇敢地变成女人: "快带着我穿过忒拜土地的中心吧! 天下男人敢有此为者, 舍我其谁?"(行 961—962)而他对荣耀的追求, 也彻底沦为了欲望。由于整段对话的语境是女人, 彭透斯渴望的显赫

---

① 狄俄倪索斯的随从本由狂女和羊人(亦即萨图尔)组成。剧中却隐去了素来放浪形骸、纵情声色的羊人, 仅保留狂女。关于潘神与狄俄倪索斯的亲密关系, 参路吉阿诺斯, 《路吉阿诺斯对话集》(上), 前揭, "潘与赫尔墨斯"(1.2)。潘神自称, "狄俄倪索斯少了我便干不成事, 把他当作伴侣, 和他的社火, 我还为他指导圆舞"。

也变成了追求在女人面前显赫。

到目前为止，欧里庇得斯完整呈现了僭主如何变成女人，并进而在女人（母亲）怀里迷乱心智，最终成了任性幼稚的孩童的过程："你硬要纵坏我！"（行969）[①] 在整个过程中，爱欲（ἔρωτα）起着关键性的作用。彭透斯对狂女的态度一向强硬，直到爱神住进了他的灵魂……[②]

化作异方人的狄俄倪索斯突然宣布要正式抛弃凡人的伪装。他毫不避讳地预告："胜出的会是我和布洛弥俄斯。"（行975—976）文本以这种不合常规的表述显明[③]，异方人（凡人）的任务已经完成。接下来，狄俄倪索斯打算以真面目示人。这不禁令人不寒而栗。因为，狄俄倪索斯自称"最可怕，却又最和善"。化作凡人的狄俄倪索斯戴着一张"微笑的面具"，展示了"最和善"的一面。如今他打算收起"微笑的面具"，岂不预示着他将展示其"最可怕"的一面？彭透斯即将开始的上山之行，注定充满险恶：狄俄倪索斯已向彭透斯透露其"兽神"的原形，山上的狂女也早已显露出兽性。这就决定了即将到来的那场"盛大的竞技赛"，必然遵循动物界的残酷法则。彭透斯最终也必须以猎物的方式死去（行975）。狂女们像"母犬"一样在山中待命，静候着她们的猎物。

[①] 随着行967—970转入单行轮流对白，彭透斯表现出孩童般的兴奋。

[②] 参柏拉图，《会饮》，"爱神绝非毫无选择地住在所有灵魂里，遇到心肠硬的，就匆匆而过，遇到心肠软的，就住进去"（195e），中译本见刘小枫译，前揭。

[③] 这句话似乎不合语法：主语和系词都用了单数形式，表语却采用了复数形式。欧里庇得斯在此故意出错，暗示了狄俄倪索斯身份的转变。

第五章　国王之死

经前文铺垫，彭透斯的最终结局已相当明了。欧里庇得斯并没有直接描写彭透斯之死，而是再次采用了第三方叙述。这种独特的视角，保证了整个描述的客观可信。除此之外，第二信使与第一信使的叙述还有某种内在关联：第一信使的报告已暗示国王彭透斯的具体死亡方式。在牧人的报告中，狂女们撕裂野兽，追赶男人，这两种情况将同时发生在国王彭透斯身上：彭透斯不仅如猎物般被捕，最终也会屈辱地惨死在女人手中。[①] 剧本在狂女撕裂彭透斯的暴行中臻至高潮，国王之死却只是城邦走向死亡的先兆。所有谜团，譬如彭透斯与城邦的命运，狄俄倪索斯的身份之谜，卡德摩斯的命运等，都要待至退场才能解开。在退场中，诗人以精湛的笔法表明，新神进入城邦之时，不仅古老的礼法将不复存在，城邦也将走向末路。

---

① 参 R. P. Winnington-Ingram,《欧里庇得斯与狄俄倪索斯：〈酒神的伴侣〉义疏》，前揭，页 100。

第一节　自由与正义

首先登台的是第二信使。和第一信使不一样，第二信使是彭透斯的贴身仆从。如果说第一信使的报告纯属偶然，第二信使的报告则显得是必然与偶然的某种结合：他的身份使他不得不陪彭透斯走这趟上山之行，但他又侥幸活着回来讲述了亲眼看见的不幸。信使首先哀悼了卡德摩斯家族：

> 这个家族曾几何时在希腊人看来多幸运，
> ——西顿老人的家族，他在地里种下龙（蛇）牙
> 长出地生人。
> 我多为你痛心呀，我虽为奴，
> ［但作为忠实的奴仆，我仍会悲痛主子的不幸。］（行
> 1024—1028）

作为第五场的开场首词，家族为整个场景定下了基调：国王的薨逝代表王族的毁灭。这个主题还将延续到退场。在卡德摩斯的悼词中，他认识到，狄俄倪索斯杀死彭透斯摧毁了这个家族，因为有了彭透斯，"这个家族重见光明——孩儿啊，是你凝聚了我的家族"（行1308—1309）。重要人物的命运与家族命运密切相关其实是古希腊悲剧的传统主题。不过，欧里庇得斯另有意图。因为忒拜君王的薨逝绝不仅仅关乎王族，而是与忒拜人的命运休戚相关。狄俄倪索斯立志于建立世界城邦，一旦这位解放一切的新神入主忒拜，必然意味着城邦的终结。通过突出国王之死与王族的关系，欧里庇得斯可以借此暗示一种更为大胆的政治构想。

在歌队长的追问下，信使这才说道："彭透斯死了，父亲厄克西翁的儿子。"（行1030）这一表述很奇怪，他提到"父亲"和"儿

子"，并在中间插入厄克西翁。不过这样一来，信使不仅再度强调了传统的家族观念，还借此树立起人世道德的伦常秩序：父子薪火相传，主仆宾客有别（行 1034—1036，比较荷马，《奥德赛》，22.420—425）。歌队长的反应却表明，这种秩序有其限度，有人并不认可这种秩序（行 1031）。吕底亚狂女显然自愿摈弃了这种秩序，否则她们不会主动抛家弃子，千里追随狄俄倪索斯。但狄俄倪索斯来到忒拜后，迫使忒拜的女子离家狂欢，打破了城邦固有的伦常秩序。忒拜女子在山上喂养野兽的情形更以极端的方式展示了人世道德伦常失序后的可怕情形。信使与歌队长的冲突虽以两种文明价值冲突的方式呈现，却暗示了不同政制理想的分歧：

> 歌队长：布洛弥俄斯王呐，你叫人明白你是位伟大的神！
> 信使二：怎么说的话？说的是什么话？女人啊，
> 　　　　你是在对主公幸灾乐祸吗？
> 歌队长：我是异方人，用异邦的腔调欢呼"哦嗬"，
> 　　　　我再不用因为害怕链锁而哆嗦了。（行 1031—1035）

歌队长和信使各事其"主"。不过，两处语词的差异表明，信使没有歌队长的政治觉悟：歌队长直呼狄俄倪索斯为"王"（行1030），信使却仅将彭透斯视为"主公"（行 1033）。正如信使只能从家族的角度报告国王之死，他也惯于从主仆关系的角度审视与君王的关系。不过，信使虽指称彭透斯，却又使用了复数形式。这似乎表明，信使打算诉诸某种更普遍的东西，以示对歌队长的抗议。歌队长幸灾乐祸的态度，一度激起了信使的"义愤"：[1]

---

[1]　参 R. P. Winnington-Ingram，《欧里庇得斯与狄俄倪索斯：〈酒神的伴侣〉义疏》，前揭，页 127。

信使二：你以为忒拜就此没了男子汉？

　　　　　……

歌队长：是狄俄倪索斯，是狄俄倪索斯，

　　　　　忒拜没权管我。(行 1036—1038)

　　此处出现了缺文。从歌队长的回答可以推断，信使打算用礼法约束歌队长的妄行。在信使看来，歌队长言语放肆，不仅有违人之常情，也缺乏应有的宾主之道。在荷马笔下，这种肆心甚至可以算作不虔敬。[①]但是，尽管信使在措辞中明确提到了"恶"与"美好"，但他显然没有意识到，歌队长非但不会遵循礼法，甚至要以狄俄倪索斯的"法"凌驾于忒拜之上。所谓的狄俄倪索斯的"法"，就是不受任何约束的自由(行 1035、1038)。实际上，酒神信徒的确享有无拘无束的自由。信使没再反驳歌队长对彭透斯的指控。但狄俄倪索斯代表的这种罔顾(超越)伦常秩序，以完全的自由为政治诉求的政体，会把人类引向何方呢？[②]自由与正义的关系究竟如何？毫无约束的自由与正义是否真能并行不悖？

第二节　国王之死

　　信使随后开始讲述他和彭透斯的惊魂之旅。在异方人的引导下，一行三人"离开"忒拜住所，"跨过"阿索珀斯河，最终抵达并

---

① 比较奥德修斯历尽险阻回到家中并惩治了妻子的不轨求婚者后，如是叮嘱奶妈：

老奶妈，你喜在心头，控制自己勿欢呼，

在被杀死的人面前夸耀不合情理。

神明的意志和他们的恶行惩罚了自己，

因为这些人不敬任何世间凡人，对来到他们这里的客人善恶不分，

他们因自己的罪恶落得了悲惨的结果。(荷马，《奥德赛》，22.412—416)

② 亚里士多德指出，民主政体的目的是追求自由(《修辞学》1366a 以下)。

"进入"目的地基泰隆山（行1043—1045）。从语词上看，信使的叙述与狄俄倪索斯的忒拜之旅首尾呼应。但不同于开场白中呈现的宏大场景，信使借三个极富意味的地理标志，言简意赅地勾勒出他们的行程。信使提到此行的目的，他和彭透斯在异方人的引领下进行"窥探"（ϑεωρίας）。ϑεωρίας 是一个哲学术语，常指哲人的"静观"。但该词无论用在引领者还是被引领者身上都极不合适。作为引导者的异方人以爱欲而非理性，对彭透斯进行了引导；而被引导的彭透斯不仅起于爱欲，也可能以爱欲的满足为目的。①

　　信使随后借地形描述将整个叙述引向一个全新的转折点。②起初，三人埋伏于一个绿草如茵、峭壁环抱的溪谷，其间溪水蜿蜒、松树成荫，狂女们正在这里做着"欢快的活儿"（行1051—1053）。又是一派世外桃源般的宁静与祥和。但如前所示，这种宁静背后可能同样暗藏杀机。欧里庇得斯诗意地描述了狂女们的"活儿"。这些"活儿"看上去与家务活有几分相仿，但与她们在山上喂养野兽的情形一样，这些狂女其实早已超脱于人世伦理的常规之外：

> 她们中的一些人把常春藤蔓
> 重新编在破损的酒神杖上；
> 另一些人宛若从精巧的轭下脱身的马驹，
> 轮唱着巴克科斯的曲调。（行1054—1057）

　　酒神杖取代了机杼和织梭，修补酒神杖也取代了纺线织衣的劳作，成了狂女们的"活儿"。劳作难逃辛劳，修补酒神杖却充

---

① 比较巴门尼德残篇1.2.3："……遵循哲学理性的观看，就是理性像一位护卫神一样，领向对万物的认知。"

② 用地理描述将故事引向新的转折，这种笔法在古希腊诗人笔下并不鲜见，譬如参荷马，《奥德赛》，13.96—112。

满"欢快"。将辛劳之事变得轻松，是剧中酒神崇拜的一大特点。狂女们不仅为摆脱劳作高兴，而且乐于摆脱婚姻的羁绊。西福德指出，在古希腊，人们惯于用给动物上轭比喻女子出嫁。[①]因此，把狂女们比作脱轭的"小马驹"，也就暗示她们摆脱了婚姻生活的羁绊。不过，狂女们却并未做出任何"可耻行为"（行1062）。为此，彭透斯突然从藏身之处跳出来，声称要爬上"高耸的枞树"（行1061）。[②]对爱欲的盲目追求，使彭透斯将自己暴露在赤裸裸的暴力（肆心）之下。

就在此时，奇迹发生了。异方人拉下"高耸入云的枞树丫"，让彭透斯坐在上面（行1064—1074），这一表述可能化用了荷马的诗句。[③]不过，彭透斯不可能像睡眠神那样化作"善啼的鸟儿"隐藏自身，反而使自己彻底暴露在狂女们的视线里，"与其说他俯瞰狂女们，不如说被她们瞧见"（行1075）。在此，窥探者彭透斯变成了被看者，由此也成了众矢之的。异方人成功将彭透斯诱惑上山，并将他暴露在狂女眼前，随即也退出了舞台。凑巧的是，这个过程对应着信使对狄俄倪索斯身份的发现：此前，信使尚不知，异方人就是狄俄倪索斯；目睹"奇迹"后，他隐隐觉得，异方人"做着不是凡人所做的事"；最后随着异方人遁形，信使这才恍悟，此人就是狄俄倪索斯。异方人最后呼吁狂女报复彭透斯时，天空又出现了异象，基泰隆山随后陷入一片沉寂：

---

① 参 Richard Seaford，《欧里庇得斯的〈酒神的伴侣〉》，前揭，页233。
② 从信使的叙述来看，他们原本选择了一处稳妥的隐蔽地，"我们看得见别人，别人却看不见我们"（行1050）。彭透斯之所以说，"我的双眼瞧不见那些冒牌的狂女"，可能并非他真的看不见狂女（和他藏在一处的信使真切地描述了狂女的活动），而是他没有看到一直关心的"可耻行为"（行1060、1062）。
③ 见荷马，《奥德赛》，5.239；尤其是《伊利亚特》，"那是依达山上最高的松树，穿过云气直至空际"（14.286—287）。西福德认为，欧里庇得斯对异方人将冲天的树丫拉至地面的整个描述，受到荷马的极大影响，参 Richard Seaford，《欧里庇得斯的〈酒神的伴侣〉》，前揭，页234。

> 就在他说这番话时，天
> 地之间闪现一道神圣的火光。
> 天空随之寂然、林间溪谷树叶
> 住声，你也听不到野兽咆哮。(行 1082—1085)

　　大自然参与狄俄倪索斯的活动，这在剧中已不是头一次出现。从第一信使的描述可知，酒神崇拜对自然万物有着超乎寻常的魔力，"整条山脉和山中野兽都狂欢起来，全都随着她们的奔跑活动起来"(行 726—727)。不过，与之前动态的画面不同，此时万籁寂然，更像是暴风雨来临的前兆。[1] 狂女们起初没有听清神的命令，直到狄俄倪索斯再次发令，"卡德摩斯家的女儿们"才展开行动(行 1088—1089)。须臾间，忒拜女子变得有如动物。在第一信使的报告里，狂女们就是在变得像"鸟儿"一样后开始攻击人类。在此，她们再次变得像"飞鸽"一样时却开始攻击自己的血亲(行 1091，比较行 748)。狄俄倪索斯的神力，唤醒的竟是人最残酷无情的兽性？

　　如有神助的"彭透斯的母亲阿高厄、她的同胞姐妹及全体狂女"，凌空飞过峡谷，越过悬崖，开始攻击骑在枞树顶端的彭透斯(行 1091—1094)。最先听清酒神指令的是"卡德摩斯的女儿们"，第一个发现彭透斯的则是她的母亲。狂女们攻击敌人凭借的是神力，她们的武器没有人工的痕迹("非铁制的"，行 1104)，全部取于自然："石块""枞树枝""酒神杖""橡树的一些嫩枝"(行 1098—1103)。由于彭透斯所处的"高度"，有效攻击村民的酒神杖在此失去了作用。但这也悖谬地预示，居高位者

---

[1]　R. P. Winnington-Ingram，《欧里庇得斯与狄俄倪索斯：〈酒神的伴侣〉义疏》，前揭，页 129。

注定要面临一场比常人更血腥的厮杀。彭透斯的母亲提议把枞树连根拔起，彭透斯便从高处跌至地面。在陷入迷狂的阿高厄眼中，彭透斯与"野兽"无异（行 1108）。狂女们即将开始她们的祭杀。

尽管欧里庇得斯实质上并未把酒神崇拜表现为秘仪，但剧中的酒神仪式又显得是秘仪。狂女们声称，杀死窥探者彭透斯，以免"他泄漏了这位神的秘密歌舞"（行 1108—1109）。这样一来，整起事件的性质也就改变了。彭透斯成了非法的偷窥者，他欲将神欲隐藏之事公开，因此是咎由自取。而狂女们撕裂彭透斯，也就成了惩治僭越神矩的合法献祭，可谓正义。① 在这场献祭仪式般的屠杀中，彭透斯的母亲阿高厄充当了"祭司"的角色，首先对亲子下手。② 彭透斯起初试图通过诉诸家族感情和血亲唤起母亲的同情："别因为我的过错就要把你的孩儿杀死！"（行 1120—1121）但一切都是徒劳。文中早已显示，酒神崇拜正是以否弃人世道德伦常为前提。处于神力控制下的阿高厄就全然不为所动。卡德摩斯家的女儿们双手"如有神助"，毫不费力地把亲人撕成碎片。神力不仅消除了狂女们劳作的辛苦，也彻底泯灭了她们的人性。血腥成了娱乐，"他用尽气力呻吟着，她们却在欢呼……每个女人都用血淋淋的双手，拿彭透斯的肉当球耍"（行 1132—

---

① 在他的《牧歌诗集》（*Idylls*）中，忒奥克利特（Theocritus，公元前 3 世纪田园诗人）几乎照搬了欧里庇得斯对阿高厄等人撕裂彭透斯的描写。但值得注意的是，在正式描述血腥的"献祭"前，诗人颇费笔墨地描述了这些女人为举行秘仪所做的准备（26.1）。

② 然而悖谬的是，尽管狂女们屠杀彭透斯的方式，明显违背了献祭的一般程序。吉拉尔就洞见到，在《酒神的伴侣》所呈现的宗教仪式中，最终凯旋的是暴力。他还指出，从一定意义上讲，此剧的主题就是失控的节庆活动，酒神似乎也旨在创造秩序，结果却彻底打破了秩序。参 René Girard，《暴力与神圣》（*Violence and the Sacred*），Trans. Patrick Gregory. Baltimore, London: the Johns Hopkins University Press, 1977/1979/1981。

1136）。① 最后，阿高厄误将彭透斯的头当成狮子的头戳在酒神杖顶端，离开众人，举着她的"战利品"走向城邦②，只留下彭透斯被撕裂的尸身散落山间各处（行 1136—1147）。阿高厄不晓得，这种酒神式的胜利最终给她带来的是眼泪（行 1147、1161—1162）。

信使的报告就此打住。他表示，要赶在阿高厄回到城邦前离开。信使在离开前挑明"动机"，这在悲剧中并不寻常，且富有浓重的政治意味：对他而言，国王之死只是王族的"不幸"，而非整个城邦共同体的不幸。③ 不仅如此，他还从彭透斯的死中得出结论：有节制并敬重诸神不仅"最高贵"，也"最智慧"。信使在此一连用了两个最高级形式，像是在进一步推进歌队对美与智慧的追问。由于其视域的局限，信使不可能对何为"最高贵"和"最智慧"做出准确回答。和忒拜的绝大多数同胞一样，信使没有从城邦的角度审视新神与国王之死的关系。

狄俄倪索斯来到忒拜究竟带来了什么？他先是迫使忒拜女子发狂，心智一旦丧失，接着便是"人世道德秩序的失序"。④ 在新神的作用下，人世的道德一步步沦丧：人既能把野兽当成亲子喂养，也可以把亲子当成野兽猎杀。狄俄倪索斯带来的这种彻底失序，最终在母亲手刃亲子的狂暴血腥中登峰造极。

在随后的抒情歌中，歌队表达了对彭透斯所遭厄运的狂喜之情。信使早已明示，幸灾乐祸终究不高贵。这也与歌队一再宣称

① 从第二信使的报告中依稀可见荷马的影响，甚至不乏一些语词的呼应：狂女们把彭透斯的头"当球耍"，让人想起《奥德赛》中瑙卡西娅公主与众女仆在河边玩耍的情形："［她们］把头巾取下，开始抛球游戏。"（行 100）
② 把彭透斯的"头"比作战利品，比较伊里斯女神劝说阿喀琉斯参战时所言："尸体成为特洛亚狗群的玩物。"（荷马，《伊利亚特》，18.179）
③ 依照古希腊悲剧惯例，信使报告完便退场，也一般无须表明退场的理由。参 Richard Seaford，《欧里庇得斯的〈酒神的伴侣〉》，前揭，页 239。
④ 参刘小枫，《普罗米修斯之罪》，前揭，页 84。

的节制背道而驰。在第五场末尾，信使将节制与虔敬视为"最高贵"与"最智慧"之物。歌队随后却表示，她们所谓的虔敬，其实仅对新神有效。但这种无节制的"虔敬"，不惜以亲人的"泪水"与"哀号"为代价，以换取"辉煌胜利"。在接下来的退场中，两种虔敬的冲突将得到更充分的展现。

第三节　阿高厄的清醒

　　歌队长中断了歌队充满血腥和恶意的合唱歌，并将整剧引入了退场。退场主要由五部分组成：第一部分是阿高厄与歌队长的对白；第二部分是卡德摩斯抬着彭透斯的残尸回到忒拜；第三部分是卡德摩斯和阿高厄对彭透斯的哀悼（缺失阿高厄的悼词）；第四部分呈现的是狄俄倪索斯的显现和预言（前面有部分缺失）；全剧最后在欧里庇得斯惯用的简短颂歌中结束。[①]

　　信使退场时提示，神智狂乱的阿高厄正举着彭透斯的头往城邦赶。高举儿子的头回到城邦的阿高厄浑然不知，不仅她的双手沾满亲人的鲜血，整个城邦也因此受到污染。此时的阿高厄看不到自己的苦难，也分不清敌友，兴奋地呼唤歌队分享她猎杀（亲子）的喜悦。神志清醒的歌队长充满敌意的回答表明，她没把阿高厄当成自己人。阿高厄对此毫无察觉，再次邀请她与自己分享行猎的荣耀。可阿高厄哪里知道，敌人只会幸灾乐祸。阿高厄一再强调，这趟行猎很"走运""有福"（行 1171、1180、1183），因为她"没用罗网"就把猎物逮住。对于凡人而言，这的确算得上勇敢。不借助工具，直接与野兽搏杀，非常人所能及。在传统诗人笔下，这种人往往禀赋特异，简直是神样的人。品达在《涅

---

① 参 E. R. Dodds,《欧里庇得斯的〈酒神的伴侣〉》，前揭，页 222；Richard Seaford《欧里庇得斯的〈酒神的伴侣〉》，前揭，页 241—242。

嵋竞技凯歌》中提到，阿耳忒弥斯和雅典娜就惊讶于阿喀琉斯成功猎杀鹿时，既没有借助"猎犬"的帮助，也没有用"精巧的罗网"，因为他双脚迅捷如风（3.50—52）。对品达而言，一个人卓越的根本原因，在于他与生俱来的品质。在柏拉图看来，狩猎则与伦理直接相关。在《法义》里，他就基于对培养"神圣"勇气的关切，明确否定了用罗网进行狩猎的做法（823e 以下）。①

　　一系列迹象表明，脱离狂欢队、回到城邦的阿高厄已开始变得清醒。在阿高厄眼里，挑在酒神杖顶端的头起初是"卷须"（植物），随后又成了狮子的头，最后变成了"小公牛"。阿高厄认识改变的过程逐步接近正常的人类，又暗合了献祭的要求。②但她期盼的庆功宴，成了将儿子献祭给新神的祭宴。③阿高厄没有独自居功：

> 巴克科斯神，聪明的猎手，
> 聪明地动员狂女们
> 追捕这头野兽。（行 1189—1191）

　　"聪明"接连出现。这相当于说，狄俄倪索斯不仅是"聪明的猎手"，而且善于"聪明地"（运用言辞和行动）行猎。此话由阿高厄说出，极具反讽意味。因为她本人就是被这位聪明的猎手"聪明"利用的"猎犬"之一。歌队长随后将"王"与"猎手"相等同的

---

① 参柏拉图，《法义》823e 以下。柏拉图的确否定了用"罗网""鱼篮"，甚至采用所谓的"夜猎"方式捕杀动物。在他看来，这些都是不恰切的狩猎方式。因为这种"懒汉"行为无益于培养年轻人的神圣勇气。柏拉图首先宣明，行猎行为仅适于"身强体壮的男子"。为了培养年轻男子的神圣勇气，柏拉图规定了一种最好的狩猎方式："借助于狗和马和你们自己的努力去捕获四条腿的动物，当你捕人和征服你所有的猎物时，则要用追逐和打击，用武器向它们猛掷。"

② 参 Richard Seaford，《欧里庇得斯的〈酒神的伴侣〉》，前揭，页 244。

③ 这不禁令人想起狂女歌队在进场歌中提到的"啖食生肉"（行 139）。根据阿波罗多洛斯记载，酒神狂女在疯狂中的确啖食亲子（《希腊神话》，3.5.2）。

说法，似乎挑明了其中的政治意味："我们的王真不愧为猎手。"
（行1192）在进场歌中，歌队宣称狄俄倪索斯是猎杀动物的能手
（行137—139）。但这位神还是猎杀人类的高手。他就成功诱惑
并猎杀了忒拜国王彭透斯。在《法义》中，柏拉图的确提到，除
了针对动物的猎捕活动，人类还猎捕人。他还进一步指出，有些
猎取人的活动令人称颂，有些却称得上邪恶，这不仅在于动机的
不同，也在于所采取方式的不同（823b）。柏拉图指出，在教育
年轻人的问题上，年轻人应听从"立法者"，而不应受快乐的诱
惑（823d—e）。狄俄倪索斯以欲望诱惑彭透斯，显然不是柏拉图
笔下的立法者。这位善于猎杀的猎手为达目的，可以罔顾正义。

　　"王"与"猎手"连在一起，听上去像是在呼唤一位约公元前
5世纪后半叶进入雅典的神萨巴兹乌斯（Sabazios）。[1]在欧里庇得
斯的时代，外邦传入的狂欢仪式在雅典引起了广泛讨论，并一度
引发社会问题。[2]人们很可能已将狄俄倪索斯与萨巴兹乌斯神混
淆在一起，正如人们已习惯把外邦神库柏勒等同于本邦的地母神
瑞亚。[3]不过，在欧里庇得斯残篇《克里特人》中，萨巴兹乌斯并
非希腊之外的神，而是来自宙斯的出生地克里特。这也在相当程
度上表明，到了欧里庇得斯的时代，狄俄倪索斯的外邦神身份已
逐渐为人淡忘。公元前5世纪，酒神崇拜早已被希腊接受。

　　与歌队长的交谈没有帮阿高厄恢复神智，直到拖着疲惫身躯
的卡德摩斯回到城邦。自打卡德摩斯随忒瑞西阿斯上山后，他就
没再在舞台上露面。重新站在舞台上的卡德摩斯，一上来就哀叹

---

[1]　参R. P. Winnington-Ingram，《欧里庇得斯与狄俄倪索斯：〈酒神的伴侣〉义疏》，
　　前揭，页151；E. R. Dodds，《欧里庇得斯的〈酒神的伴侣〉》，前揭，页225；
　　Richard Seaford，《欧里庇得斯的〈酒神的伴侣〉》，前揭，页245。

[2]　参E. R. Dodds，《〈酒神的伴侣〉中的狂女行为》（"Maenadism in the *Bacchae*"），
　　The Harvard Theological Review，Vol. 33，No. 3，1940，页171。

[3]　在《王制》一开始，柏拉图就提到城邦为新神本狄斯（Bendis）举行的火炬赛马。

起自己的不幸与艰辛。这不仅与他上山时的兴奋与轻松形成强烈对比，更加重了阿高厄的不幸：

> 因为我听说女儿们的胆大妄为，
> 就在我刚进城的时候——
> 我和年迈的忒瑞西阿斯从女信徒那儿回来；
> 我又回到山里，运回
> 我这被狂女们杀害的孩儿。（行 1222—1226）

原来，卡德摩斯与忒瑞西阿斯已回过一次城邦。然而，家族的重大变故迫使卡德摩斯不得不重新上山。在剧中，能两次往返城邦与基泰隆山之人唯有卡德摩斯。卡德摩斯在谴责女儿们的肆心时显然没有认清，忒拜王族和忒拜城邦的真正敌人是新神狄俄倪索斯。狄俄倪索斯的目的决定了，无论忒拜人与之为敌还是与之为友，最终的结果都只能是不幸。归根结底，他们在剧中的方向基本背道而驰。[①] 这也进一步证明，狄俄倪索斯所谓的"最和善"只是借以掩饰其"最残酷"真相的面具。

阿克泰翁再次出现在这个语境中显得意味深长（行 1227、1291）。尽管彭透斯和他一样最终被撕成碎片，抛尸荒野，但导致他们命运的原因却不尽相同。阿克泰翁因对狩猎女神怀有肆心自食其果，彭透斯则因抵制新神招来横祸。[②] 剧本却欲借此将二

---

① 狄俄倪索斯的出发地是基泰隆山，但他的目的地是城邦。在整部剧里，狄俄倪索斯的行进路线是基泰隆山—忒拜城—基泰隆山—忒拜城；卡德摩斯的路线是忒拜城—基泰隆山—忒拜城—基泰隆山—忒拜城。

② 关于阿克泰翁的神话有好几个版本。一说他因夸口在狩猎方面无人能敌，惹恼狩猎女神阿耳忒弥斯，最终被自己的猎犬撕裂。还有一种说法，阿克泰翁偷窥阿耳忒弥斯洗澡，由此招来杀身之祸。有关阿克泰翁神话传说的详情，参 Timothy Gantz，《早期希腊神话》，前揭，页 478—481。在《酒神的伴侣》中，欧里庇得斯倾向于前一种说法（见行 336—340），显然不无原因：彭透斯最终落得同样的命运。

者混为一谈（行1297）。在卡德摩斯的引导下，阿高厄才逐渐恢复神智。这表明，唯有回归正常的人类生活，人的灵魂秩序才可能重建。初见卡德摩斯时，阿高厄依然在夸口她的英勇：

> 父亲啊，你可做最大的夸口，
> 说你生育了所有凡人中迄今最优秀的
> 女儿；我是说我们全体，特别是我。
> 我曾把梭子扔在织机旁，
> 投入更伟大的事业——用双手猎取野兽。（行1233—
> 1237）

迷狂的阿高厄认为，女人的德性不在安守本分，而在像男人一样追求卓越。但丢下织机和梭子，不仅意味着放弃城邦为女子规定的（可能是最合适的）生活方式，还可能助长人的肆心。阿高厄随后就表示，她要儿子把自己视为模仿对象（行1252—1255），从而僭越了父亲在城邦青年教育中的模范角色。①*ἀρίστας*［最好的、勇士］一词暗示了新神对城邦生活的最大冲击。除了此处的"最好"，该词作为名词尤指战争中的勇士，与阿高厄在下文中提到的"勇士的奖品"形成呼应（行1239）。②据阿波罗多洛斯记载，卡吕冬（Calydon）国王召集希腊的众位勇士来除掉给城邦带来灾难的野猪，最终把野猪皮作为勇士的奖品给了阿特兰塔（Atlanta）（《希腊神话》，1.8.2）。阿高厄的话透露，酒神为他的新式城邦规定的生活方式就包括让女人从事甚至取代男人的事业。对于城邦而言，狄俄倪索斯的"最可怕"之处可能就在于此。

卡德摩斯将阿高厄的"勇敢之举"认定为"谋杀"，等于否定

---

① 参Richard Seaford，《欧里庇得斯的〈酒神的伴侣〉》，前揭，页247。
② 比较索福克勒斯，《埃阿斯》，行434—464，中译参张竹明译，《索福克勒斯悲剧》，前揭。

了酒神式的新生活方式。他对这位神的控诉进一步表明，新神才
是整起事件的责任者："这位神，怎样毁了我们啊！虽正当，却
过了火，布洛俄弥斯王可是自家人呐。"（行1249—1250）卡德摩
斯的控诉基于两点：狄俄倪索斯是诸神之一，而"诸神不该像凡
人那样动怒"（行1348）；狄俄倪索斯是卡德摩斯家族的成员之
一，他不应毁了自家人。但卡德摩斯不清楚，尽管狄俄倪索斯既
是神又是自家人，但他不是"我们"的神。

　　狄俄倪索斯初到忒拜之时，就使忒拜女子脱离家庭和城邦上
山狂欢。这似乎也决定了，阿高厄要恢复神智必须依靠家庭关系
的重建。在这个意义上，卡德摩斯帮助阿高厄纠正灵魂"错乱"
的过程正是试图重建这种关系的过程（行1268）。通过让阿高厄
忆起她的婚姻和家庭生活，卡德摩斯帮她重建了灵魂秩序（行
1272—1276）。有意思的是，卡德摩斯先叫阿高厄望天。在古典
诗文里，"天"有着十分重要的宗教意涵。苍天首先是诸神的居
所。[①] 这是否意味着，要纠正新神造成的心智狂乱还需依靠传统
诸神？但欧里庇得斯创作此剧并不打算回归传统，此处的"天"
可能还另有所指。在古希腊，最初仰望苍穹，探索世间万物本原
的是自然哲人。[②] 而欧里庇得斯本人就深受自然哲人的影响。在
阿那克萨戈拉的影响下，他甚至在剧中公然宣称，太阳是一团
"金色的土块"。正如传统诸神只是他为新神张目的幌子，此处
的天很可能暗藏着他以哲学取代宗教的意图。在他看来，给人慰
藉不能凭靠传统神，而只能依靠自然哲学，宗教引发的疯狂端赖
自然哲学来医治。[③]

---

① 参荷马，《伊利亚特》，2.414、4.166、9.497、11.54、13.837、19.351等。
② 阿里斯托芬在《云》中对青年苏格拉底的批评。这位喜剧诗人塑造的青年苏格拉
　底形象，包含了他对自然哲人的批判：吊在半空中，眼望苍穹。
③ 但是，欧里庇得斯又陷入了难解的悖论：狄俄倪索斯甚至在剧中就以埃忒耳的
　幻象出现；"王宫奇迹"一场中，彭透斯用剑刺向的狄俄倪索斯正是一团埃忒耳。

从迷狂中清醒的阿高厄，只能直面她的不幸。她发现自己怀里抱着的是儿子的头，而非战利品狮子的头。文本在行 1300 之后出现了严重的脱漏，佚失部分是阿高厄的悼词。不过，卡德摩斯的悼词完整保留了下来。卡德摩斯对彭透斯的哀悼不乏夸张之语，譬如他称"我不曾生有子嗣"。[①] 这种夸张的说法却具有政治意义，相当于宣告了整个王族的终结。

奇怪的是，欧里庇得斯把卡德摩斯的哀悼设置在"肆心"的语境里。"肆心"一词频繁出现在他与阿高厄的对话中，并一直延续到他的哀悼之前。在对新神的认识上，阿高厄可能比父亲更具洞察力。在完全清醒的某一刻，她甚至道出了"真相"（行 1287）："狄俄倪索斯毁了我们，现在我明白啦！"（行 1296）卡德摩斯的悼词只字未提彭透斯之死对城邦的影响，这使得他的悲悼只能停留于私人层面。在开场白中，狄俄倪索斯甚至暗示，阿高厄看出了塞墨勒的肆心。为此，阿高厄不惜违逆父亲的意愿，"诽谤"狄俄倪索斯为塞墨勒与凡人的私生子。阿高厄是否认识到彭透斯之死与城邦的关系，我们无从知晓，但当卡德摩斯将彭透斯之死归因于他的"肆心"之时，阿高厄悄悄转移了话题。

或许，阿高厄表达的更多是困惑和不解："彭透斯的命运跟我的糊涂有什么相干？"无论彭透斯的"命运"还是阿高厄的"糊涂"，其实均与新神有关。尽管卡德摩斯在悼词中透露了彭透斯血气过盛的问题，但他的血气还使他成为剧中最坚定地抵制新神之人。只是在狄俄倪索斯欲望的诱惑下，剧情才开始突转。彭透斯的命运与其性格缺陷不无关系，阿高厄的"糊涂"却由新神一手造成。

---

① 参赫西俄德，《神谱》，行 978；欧里庇得斯，《腓尼基少女》，行 7—8。卡德摩斯的夸张说法可对参索福克勒斯的《安提戈涅》。两个哥哥死后，安提戈涅表示她再无亲人。实际上，她还有妹妹伊斯墨涅（行 941）。

结语　酒神与世界城邦

在剧末，狄俄倪索斯现以真身，无须借助先知亲口向忒拜人发布了一系列预言：卡德摩斯和妻子哈耳摩尼亚将变成蛇，一起统领外邦人，率无数军队摧毁众多城邦并洗劫阿波罗神托所，二人最终还将因战神阿瑞斯得享极乐。狄俄倪索斯还在预言中提到，卡德摩斯将率蛮军攻打希腊，捣毁希腊人的神坛和坟墓——卡德摩斯将挖尸掘坟，亲手毁灭自己的王族、城邦和传统。或许，狄俄倪索斯由此可建立起世界城邦，但卡德摩斯却痛感自己的灵魂会永世不得安宁。

狄俄倪索斯在剧末的出现，是他在剧中唯一一次以神的真身示人，虽然他在开场白中就声称，他要向世人证明他是神，并在世人面前"显现真身"。在剧中，狄俄倪索斯是新神，欧里庇得斯却把他打造得酷似传统神，以掩藏其更隐秘的观点。在剧末，这点集中体现在他对卡德摩斯系列神话的改编上。现有文本所涉的内容大多与卡德摩斯有关。实际上，狄俄倪索斯的预言出现了长达数十行的断裂。但由后文可推知，散佚部分可能主要涉及忒拜王族成员的流放（行1350、1363、1381—1383）。批评家们普遍觉得，狄俄倪索斯的预言十分蹊跷。[①]首先，这些预言并非皆可查证。多兹就明确指出，预言中有关卡德摩斯最终命运的各种说法是一些相对晚期的元素与古老神话传说的"异质"混合。[②]其次，这三项预言本身就互生龃龉。最明显的矛盾在于，卡德摩斯夫妇变成蛇形，是在统领外邦军攻打希腊之前还是在此之后？希罗多德的确提到一个神谕：外邦人举军攻打希腊，并大肆劫掠阿波罗神庙(《原史》，9.42—43)。欧里庇得斯却将之置换成卡德摩斯亲率的军队。这岂不是说，希腊的最终毁灭，其实是希腊人"自掘坟墓"？

　　同样悖谬的是，狄俄倪索斯最后表明，卡德摩斯家族遭受如此命运的原因在于缺乏"节制"(行1342)，没有及时认清酒神的身份，因而"冒犯"(行1347)了神明。通过指责凡人的肆心和不节制，酒神使自己显得极为节制。可是，卡德摩斯却不平地指出"诸神不该像凡人那样动怒"。换言之，易怒的酒神实际上也不节制，具有"肆心"。对此，狄俄倪索斯归之于传统神宙斯的命定之事——他自始至终以传统神的身份来掩饰自己作为新神的另类意图。在这个披着传统神的新神谕中，代表传统的卡德摩斯将所向披靡，摧毁其他许多城邦，并洗劫传统神阿波罗的神所，最终捣毁祖先的坟墓，将母邦忒拜毁于一旦。[③]新神狄俄倪索斯通过"以子之矛，攻子之盾"的方式，将使酒神教仪及其精神遍布

[①]　参 E. R. Dodds,《欧里庇得斯的〈酒神的伴侣〉》，前揭，页235—236；G. S. Kirk,《欧里庇得斯的〈酒神的伴侣〉》，前揭，页134；Richard Seaford,《欧里庇得斯的〈酒神的伴侣〉》，前揭，页253。

[②]　参 E. R. Dodds,《欧里庇得斯的〈酒神的伴侣〉》，前揭，页235。另参 Timothy Gantz,《早期希腊神话》，前揭，页472—473。

[③]　比较欧里庇得斯《特洛亚妇女》中波塞冬的话：
　　　　你们这凡间的人真愚蠢，你们毁了别人的都城，
　　　　神的庙宇和死者安眠的坟墓；你们种下了荒凉，
　　　　日后收获的就是毁灭啊。(行95—97)

世界各邦。对于这种"命定"之事，卡德摩斯一连称之为"可怕的不幸""不幸的邪恶"。他忧心，即便就此建立世界城邦，自己也无法渡过冥河——阿刻戎河。

　　酒神预言的世界城邦以传统城邦和家庭的毁灭为前提：阿高厄也会被逐出母邦，远离家园，亡命天涯。卡德摩斯原本极为看重家族的荣誉，但阿高厄最后却说，狄俄倪索斯给她的家族带来了耻辱。新神带来的极端毁灭使阿高厄再也不愿看到"染血的基泰隆山"，不愿让酒神杖唤起她的往事，而愿酒神教仪成为其他女信徒的念想。这意味着，新神以极端方式进入传统宗法城邦，并没有使邦民真正树立起对酒神的崇敬。酒神看似成功，实则没有真正进入人的灵魂。即便酒神精神能遍布全世界，也无法取代卡德摩斯对传统冥河的惧怕和对祖统的念想。

　　通观全剧，酒神的到来使人狂欢作乐，载歌载舞，貌似进入了牛奶与蜜的和平世界。他让人头戴常春藤，腰缠梅花鹿皮，手执酒神杖；常春藤代表着年轻，梅花鹿皮增添了人的妩媚，酒神杖却武装了人的肆心。在剧中，酒神始终呈现出矛盾的两面：最和善却又最可怕。酒神的疯狂和歌舞，貌似要让人摆脱日常劳作的艰辛，使人焕发活力，实际上却让人丧失心智；酒神看似带来了其乐融融的和平意象，实际却充满血腥。酒神试图将卡德摩斯重新变为野兽（蛇或龙），借助无数征战来结束一切战争，以建立起世界城邦，使秉持自由、平等、快乐的酒神精神成为普世精神。

　　在古希腊三大悲剧诗人中，唯有欧里庇得斯被称作"舞台哲人"[1]，这与他独特的哲学气质不无关系。在他的剧中，冗长的说

━━━━━━━━━━

[1]　关于这个称号的来源，以及由此引发的欧里庇得斯"诗人"与"哲人"身份的论争，详见拙文，《诗人抑或哲人：论欧里庇得斯批评传统》，《浙江学刊》，2014年第3期，页73—81。

理和充满思辨的论辩俯拾即是。欧里庇得斯笔下看似简单的语言常常极富思辨、发人深思，如"生即是死，死即是生"。在其晚期最成熟的作品《酒神的伴侣》中，欧里庇得斯也触及"智慧"及好的统治的问题。他甚至意欲通过酒神来完成他的世界城邦构想。

从精神实质上看，随后不久的早期廊下派（公元前310—前160）[①]的"宇宙城邦"（cosmic city）显得与欧里庇得斯的世界城邦构想一脉相承。在古希腊，从来不乏试图重新解释世界的聪明人。早期自然哲人就试图通过用水、火、土、气等自然元素，重新解释由传统诗人构筑的诸神世界。早期廊下派哲人同样采取一种世界主义的观点，超出具体的城邦政治共同体，思索作为整体的"人类的共同体"的命运。基于对人类无差别的思考，廊下派哲人还设想出一种适用于全人类的普遍法。尽管廊下派的"宇宙城邦"设想只是一种神学或自然哲学意义上的理论，但它已然暗示了消除现实政治的差异，取消城邦的可能性。[②]因为他们的主张实际上打破了希腊人和野蛮人之间的传统界线，宣扬人类是一个整体，所有人均应隶属于同一个城邦，成为世界公民。早期廊下派的世界主义态度，是基于对人的理性的充分肯定。廊下派认为，世界理性决定事物的发展变化。所谓"世界理性"即神性。[③]他们认为，通过不断完善人的理性，这种宇宙城邦可以实现。在

①　早期廊下派的主要代表有：居浦路斯的芝诺（Zeno，前334—前261）、克勒昂忒斯（Cleanthes，前333—前231）、佩赛俄斯（Persaios，前307—前243）、索洛伊的克律希珀斯（Chrysippos of Soloi，前281—前208）。关于早期廊下派的情况，可参Katja Maria Vogt-Law，《理性与宇宙城邦：早期廊下派的政治哲学》（*Reason, and the Cosmic City: Political Philosophy in the Early Stoa*），New York：Oxford University Press，2008；Bard Inwood ed.，《廊下派剑桥指南》（*The Cambridge Companion to the Stoics*），Cambridge：Cambridge University Press，2003；John M. Rist ed.，《廊下派》（*The Stoics*），California：University of California Press，1983等。
②　参Katja Maria Vogt-Law，《理性与宇宙城邦：早期廊下派的政治哲学》，前揭，页4。
③　参刘小枫编修，《凯若斯》，上海：华东师范大学出版社，2005，页99。

《酒神的伴侣》中，欧里庇得斯通过重新改编酒神教仪进入希腊的神话故事，试图通过以新神取代传统神宙斯，取消所有城邦的差异，从而缔造一个均质的普世世界。

值得注意的是，欧里庇得斯借由悲剧形式表达的对人类政治组织形式的新构想，不仅在早期廊下派的"宇宙城邦"中得到彰明较著的阐发，在整个西方思想史上也从未断绝。但丁（Dante）在《论世界帝国》（De Monarchia）就寄寓了他对理想政制的描画。[①]后世大哲康德甚至力图通过建立国际联盟（世界国家），而使各国公民成为"世界公民"，以走出野蛮人相互残杀的无法状态。在康德看来，正是通过战争及其灾难，还有紧张的备战及和平状态中也会感到的战争压力，使人们渴望建立大国际联盟，以终结一切战争，取得永久的和平与安全。[②]而这一切都是"自然"形成的，

　　　　那种困境迫使各国做出野蛮人同样不情愿地被迫做出的同一种决定（无论它们多么难以接受），也就是说，放弃自己残暴的自由，并且在一种合法的宪政中寻找平静和安全。——据此，一切战争都是建立新的国际关系，并通过摧毁，至少是肢解旧的机体来形成新的机体的尝试（虽然不是在人的意图中，但毕竟是在自然的意图中），但这些新的机体又或者在自身中，或者相互之间不能维持下去，因而必须承受新的、类似的革命；直到最后有一天，一方面在内部通过公民宪政的可能最佳安排，另一方面在外部通过共同的磋商和立法，建立起一种类似于一个公民共同体的状态，就像

---

① 《论世界帝国》中译本参朱虹译，北京：商务印书馆，1985。
② 参康德，《关于一种世界公民观点的普遍历史的理念》（李秋零译），收于《1781年之后的论文》（《康德著作全集》第 8 卷），北京：中国人民大学出版社，2010，页 31；《论永久和平》（李秋零译），收于《1781 年之后的论文》，前揭，页 361。

一部自动机器能够维持下去那样。①

对于实现这种世界国家和世界公民的图景，康德除了诉诸
"若干次改造的革命"，最终还诉诸启蒙，诉诸艺术和科学带来的
"开化"和"文明化"。康德的启蒙要求人要有"决心和勇气"运用
自己的理智走出受监护状态。公众要自己给自己启蒙，理性地尊
重每个人的独特价值，以摆脱传统的桎梏。这就需要有公开运用
自己理性的自由，而且这种自由应不受限制。此外，每个公民都
得成为"学者"，通过"著作"来公开表达自己的思想。②

欧里庇得斯早就借先知忒瑞西阿斯之口表明，好公民要有
心智和思想（行 268—271）。不仅如此，为了成为好的世界公民，
（卡德摩斯）还得"勇敢"地推翻自己的传统和城邦。酒神的启蒙
精神（自由、平等、快乐）确实使人摆脱了传统神的约束，投入
了新神的怀抱。悲剧表演作为酒神节上一种常见的艺术形式，的
确也让人变得"开化"和"文明化"。③ 但我们最终看到，这种使
世界文明化却是通过重新野蛮化来实现的：通过不断的战争，甚
至是最后一场战争来回到和平状态，脱离君王（或僭主）的统治。
然而，发人深省的是，这种不断革命、最终革命的方式能否带来
永久和平？酒神一方面通过外部战争，另一方面通过内部的甜蜜

---

① 参康德，《关于一种世界公民观点的普遍历史的理念》（李秋零译），前揭，页 32。
② 参康德，《回答这个问题：什么是启蒙》（李秋零译），收于《1781 年之后的论文》，
　　前揭，页 40—43。
③ 阿莎埃尔对欧里庇得斯身份的诗人与哲人之争颇具洞见。她认为，欧里庇得斯
　　的哲人身份，使得他在创作《酒神的伴侣》这部悲剧时，必然关注他所处时代面
　　临的诸神问题。在这点上，欧里庇得斯的高明之处在于他可以凭借诗歌想象，
　　弥补理性思考的不足。《酒神的伴侣》可谓悲剧艺术与哲思推理的完美结合。阿
　　莎埃尔甚至断言，倘若哲学旨在超越神秘主义与理性主义的分野，《酒神的伴
　　侣》就是超越这种分野的完美尝试。参 Jacqueline Assaël，《欧里庇得斯、哲人与
　　悲剧诗人》，前揭，页 131—149。

教仪来构建世界城邦，这种"平衡法则"能否带来最终的自由和安全，也是一大疑问。很难想象，谁将来统治这个世界城邦，谁来掌管这种囊括整个世界的权力。[①]

康德渴望每个公民都能成为"学者"，写专著来畅谈自己的思想，以获得不受限制的理性自由。显然，康德抛弃了古典哲人对人性的理解：并非人人都能成为哲人，人与人存在自然的差异。[②]人人自我启蒙或受他人启蒙，这并不符合甚至有违人的自然本性，因为并非人人都有哲人的理性。同样，试图让整个世界接受酒神的启蒙精神并使这种精神普世化，不仅不可能，也不应该。酒神力图消除人的自然差异，以强制手段建立世界城邦，给人带来的不是终极的幸福，而是彻彻底底的灾难：家园的毁灭、悲惨的放逐、城邦的崩溃。

在《酒神的伴侣》中，欧里庇得斯呈现了人的爱欲的两个极端：全然无视人性中诸种激情的彭透斯最终只能在卡德摩斯的重新拼凑起其尸身中获得人的整全；而被迫全盘接受酒神精神所蕴含的极端自由、平等及爱欲的忒拜城邦最终不得不屈辱地受外邦人统治。实际上，雅典帝国也在热切追求自由与爱欲中走向覆亡。在《酒神的伴侣》中，欧里庇得斯却将过度追求自由、平等和欲望的政制呈现在他所勾画的世界城邦图景中。诗人还以惊人的笔触暗示，极端自由和民主的实现是以与人伦世界的彻底决裂

---

① 施米特在《政治的概念》中表达了对这个疑问的忧虑，他提醒我们：

　　决不能因为相信万事万物都会自动地各司其职，实现自我管理，或者因为相信人类将获得绝对"自由"，所以让人民选出一个政府管理人民纯属多余，就取消上面这个问题。人类将何以获得自由，这个问题只能由各种乐观主义或悲观主义的猜测来回答，而所有这些猜测最终都将导致一种对信仰的人类学告白。

中译本参刘宗坤等译，《政治的概念》，上海：上海人民出版社，2003，页177。

② 欧里庇得斯作为新派诗人，显得是在与荷马、赫西俄德等传统诗人竞争。他在此剧中暗示的世界城邦构想，很像是对赫西俄德的黄金种族的人类生活的有意改写。有别于欧里庇得斯开启的相当现代的世界主义观点，柏拉图在他的《治邦者》等作品中充分质疑对这种企望基于普遍理性的世界城邦。

甚至消除人的基本常识为代价的。与凭靠个人意志自由行事的美狄亚一样，亲率外邦军队摧毁忒拜（和希腊诸邦）的卡德摩斯最后也变成了神。从这个意义上讲，欧里庇得斯也对自由民主机制的内在困境做出了深刻反思。

参考文献

（一）外文文献

1. 专著

Addington, John Symonds. *Studies of the Greek Poets*. New York, London: Harper Publishing House, 1912.

Allen, James T., and Gabriel Italie. *A Concordance to Euripides*. Berkeley, Los Angeles: University of California Press, 1954.

Anderson, Daniel E. *The Masks of Dionysos: A Commentary on Plato's Symposium*. Albany: State University of New York Press, 1993.

Assaël, Jacqueline. *Euripide, philosophie et poète tragique*. Bruxelles: Société des études Classiques, 2001.

———. *Pour une poétique de l'inspiration, d'Homère à Euripide*. Louvain, Namue, Paris, Dudley, MA: Société des Études, 2006.

Barlow, Shirley A. *The Imagery of Euripides*. Bristol: Bristol Classical Press, 1971.

Barrett, James. *Staged Narrative: Poetics and the Messenger in Greek Tragedy*. Berkeley, Los Angeles, London: University of California Press, 2002.

Bates, William Nickerson. *Euripides: A Student of Human Nature*. New York: A. S. Barnes & Company, Inc., 1930/1961.

Beckwith, I. T., ed. *Euripides: Bacchantes*. Boston: Ginn & Company, 1888.

Biardot, E. Prosper. *Les terres-cuites Grecques funèbres: dans leur rapport avec les mystères de Bacchus*. Paris: F. Didot, 1872.

Blackburn, Simon. *Ruling Passions: A Theory of Practical Reasoning*. Oxford: Claredon Press, 1998.

Bollack, Jean. *Dionysos et la tragédie: Le Dieu homme dans les Bacchantes d' Euripide*. Paris: Bayard, 2005.

Bremmer, Jann. *Greek Religion*. Oxford: Oxford University Press, 1994.

Buller, John. *The Bacchae*. Oxford: Oxford University Press, 1992.

Burnett, Anne Pippin. *Revenge in Attica and Later Tragedy*. Berkeley, Los Angeles, London: University of California Press, 1998.

Calypso, Bascozoy. *Euripide et la Catharsis*. Athnes: Tinos, 1989.

Cameron, Don, and Henry T. Rowell, eds. *The Poetic Tradition: Essays on Greek, Latin and English Poetry*. Baltimore: The Johns Hopkins Press, 1968.

Carpenter, Thomas H. *Dionysian Imagery in Fifth-Century Athens*. Oxford: Clarendon Press, 1997.

Carpenter, Thomas H., and Christopher A. Faraone, eds. *Masks of Dionysus*. Ithaca, London: Cornell University Press, 1993.

Chong-Gossard, J. H. Kim On. *Gender and Communication in Euripides' Plays: Between Song and Silence*. Leiden, Boston: Brill, 2008.

Collard, Christopher. *Tragedy, Euripides and Euripideans: Selected Papers*. Bristol: Bristol Phoenix Press, 2007.

Curry, Neil. *The Trojan Women, Helen, the Bacchae*. Cambridge: Cambridge University Press, 1981.

Daniélou, Alain. *Gods of Love and Ecstasy: The Traditions of Shiva and Dionysus*. Vermont: Inner Traditions International, Ltd., 1984/1992.

Decharme, Paul. *Euripides and the Spirit of His Dramas.* Port Washington, New York: Kennikat Press Inc., 1906/1968.

de Jong, Irene, et al, eds. *Narrators, Narratees, and Narratives in Ancient Greek Literature.* Leiden, Boston: Brill, 2004.

Diodorus. *Library of History.* Trans. C. Bradford Welles. Cambridge, MA.: Harvard University Press; London: William Heinemann Ltd. 1963.

Dodds, E. R. *Euripides: Bacchae.* Oxford: Clarendon Press, 1944/1953/1960/1963/ 1966/1970/1974.

————. *The Greeks and the Irrational.* Berkeley, Los Angeles, London: University of California Press, 1951/1997.

Easterling, P. E., ed. *The Cambridge Companion to Greek Tragedy.* Cambridge: Cambridge University Press, 1997.

Else, Gerald F. *The Origin and Early Form of Greek Tragedy.* New York: W. W. Norton & Company Inc., 1965/1972.

Elmsley, Peter. *Euripidis: Bacchae.* Leipsiae: Sumptibus C. H. F. H Artmanni, 1822.

Emond, Paul. *Les Bacchantes.* Lansman, 2002.

Euben, J. Peter. *Greek Tragedy and Political Theory.* Berkeley, Los Angeles, London: University of California Press, 1986

Euripide. *Euripides: Tragdies.* Vi. 2. Traduits par Henri Grégoire and Jules Meunier. Paris: Les Belles Lettres, 2002.

Euripides. *Bacchae.* Trans., with an introduction and notes by Paul Woodruff. Indianapolis, Cambridge: Hackett Publishing Co., 1999.

————. *Bacchae.* Trans. William Arrowsmith. Chicago, London: The University of Chicago Press, 1959/1963.

————. *Bakkhai.* Trans. Reginald Gibbons. Oxford: Oxford University Press, 2001.

————. *Euripides: Bacchae, Iphigenia at Aulis, Rhesus.* Ed. and trans. David

Kovacs. Cambridge, MA.: Harvard University Press, 2002.

———. *Euripides*. 4 vols. Trans. Arthur S. Way. Cambridge, MA.: Harvard University Press, 1912/1919/1925/1930/1942/1950/1962.

———. *Euripides: Fragments*. Eds. and trans. Christopher Collard and Martin Cropp. Cambridge, MA.: Harvard University Press, 2008.

———. *Ten Plays by Euripides*. Trans. Moses Hadas and John McLean. Bantam Books, 1960.

———. *The Bacchae*. Trans. and introduction by Michael Cacoyannis. Meridian, 1987.

———. *The Bacchae of Euripides*. Trans. and with an Introduction and Commentary by G. S. Kirk. Cambridge, London, New York, Melbourne: Cambridge University Press, 1979.

———. *The Bacchae of Euripides: A New Version*. Trans. C. K. Williams. New York: Noonday Press, 1990.

———. *Les Bacchantes*. Trad. Jean Bollack et Mayotte Bollack. Paris: Les Editions de Minuit, 2005.

———. *The Tragedies of Euripides*. 2 vols. Trans. T. A. Buckley. London: Henry G. Bohn, 1850.

———. *Three Plays of Euripides: Alcestis, Medea, The Bacchae*. Trans. Paul Roche. New York: W. W. Norton & Company Inc., 1974.

Evans, Arthur. *The God of Ecstasy: Sex-Roles and the Madness of Dionysos*. New York: St. Martin's Press, 1988.

Evans, Nancy. *Civic Rites: Democracy and Religion in Ancient Athens*. Berkeley, Los Angeles, London: University of California Press, 2010.

Fisher, N. R. E. *Hybris: A Study in the Values of Honour and Shame in Ancient Greece*. Warminster: Aris & Phillips, 1992.

Foley, Helene P. *Female Acts in Greek Tragedy*. Princeton, Oxford: Princeton University Press, 2001.

Ford, James H. *Euripides: Nineteen Plays*. Trans. The Athenian Society. Texas: El Paso Norte Press, 2006.

Foucart, M. Paul. *Culte de Dionysos en Attique*. Paris: Imprimerie Nationale, 1904.

Gallisti, Bernhard. *Teiresias in den Backchen des Euripides*. Universität Zürich, 1979.

Gamtz, Timothy. *Early Greek Myth: A Guide to Literary and Artistic Sources*. Baltimore, London: The Johns Hopkins University Press, 1993.

Gill, Christopher. *Personality in Greek Epic, Tragedy, and Philosophy*. Oxford: Clarendon Press, 1996/2002.

Girard, René. *Violence and the Sacred*. Trans. Patrick Gregory. Baltimore, London: the Johns Hopkins University Press, 1977/1979/1981.

Goff, Barnara E. *Citizen Bacchae: Women's Ritual Practice in Ancient Greece*. Berkeley, California: University of California Press, 2004.

Goldhill, Simon. *Reading Greek Tragedy*. Cambridge: Cambridge University Press, 1986.

Gould, T. F., and C. J. Herington. *Yale Classical Studies*. Vol. xxv. Cambridge, London, New York, Melbourne: Cambridge University Press, 1977.

Graf, Fritz, and Sarah Iles Johnston. *Ritual Texts for the Afterlife: Orpheus and the Bacchic Gold Tablets*. London, New York: Routledge, 2007.

Greenwood, L. H. G. *Aspects of Euripidean Tragedy*. Cambridge: Cambridge University Press, 1953.

Greig, David. *The Bacchae*. London: Faber, 2007.

Grene, David, and Richmond Lattimore, eds. *Euripides V: Electra, The Phoenician Women, The Bacchae*. Trans. William Arrowsmit. Chicago, London: The University of Chicago Press, 1959/1963.

Grube, G. M. A. *The Drama of Euripides*. London: Methuen & Co. Ltd., 1941.

Gruber, William. *Offstage Space, Narrative, and the Theatre of the Imagination*.

New York: Palgrave Macmillan, 2010.

Haigh, A. E. *The Tragic Drama of the Greeks*. Oxford: Clarendon Press, 1896.

Hall, Edith. *Inventing the Barbarian: Greek Self-Definition Through Tragedy*. Oxford: Clarendon Press, 1989/1991.

Hall, Edith, et al, eds. *Dionysus Since 69: Greek Tragedy at the Dawn of the Third Millennium*. Oxford: Oxford University Press, 2004.

Halleran, Michael. R. *Stagecraft in Euripides*. Totowa, New Jersey: Barnes & Noble Press, 1984/1985.

Holzhausen, Jens. *Euripides Politikos: Recht und Rache in "Orestes"und "Bakchen"*. München: K. G. Saur, 2003.

Hutchins, Robert Maynard, ed. *Great Books of the Western World*. 54 vols. V. 5. Chicago: Encyclopaedia Britaninica, Inc., 1952/1980.

Inwood, Bard, ed. *The Cambridge Companion to the Stoics*. Cambridge: Cambridge University Press, 2003.

Isler-Kerényi, Cornelia. *Dionysos in Archaic Greece: An Understanding Through Images*. Leidon: Brill. 2006.

Jung, G. G., and C. Kerényi. *Essays on a Science of Mythology: The Myth of the Divine Child and the Mysteries of Eleusis*. Trans. R. F. C. Hull. Bollingen Series XXII. Pantheon Books, 1965.

Kaufmann, Walter. *Tragedy and Philosophy*. Princeton, New Jersey: Princeton University Press, 1968/1979/1992.

Kirchhoff, Adolf. *Euripidis Tragoediae*. 2 vols. Berlini: Typis et Georigii Reimeri, 1855.

Kitto, H. D. F. *Greek Tragedy: A Literary Study*. London, New York: Taylor & Francis e-Library, 1939/1950/1961/1966/2003.

Kraemer, Ross Shepard. *Women's Religion in the Greco-Roman World: A Source Book*. Oxford: Oxford University Press, 2004.

Lacroix, Maurice. *Les Bacchantes d'Euripide*. Paris: Les Belles Lettres,

1976/1978/1999.

Lape, Susan. *Race and Citizen: Identity in the Athenian Democracy*. Cambridge: Cambridge University Press, 2010.

LaRue, Jene A. *Prurience Uncovered: the Psychology of Euripides' Pentheus*. Athens, GA: Classical Association of the Middle West and South, Inc., 1968.

Leinieks, Valdis. *The City of Dionysos: A Study of Euripides' Bakchai*. Stuttgart: Teubner, 1996.

Lucas, D. W. *The Greek Tragic Poets: Their Contribution to Western Life and Thought*. Boston: The Beacon Press, 1952.

Mahon, Derek. *The Bacchae*. Oldcastle: Gallery, 1991.

Mastronarde, Donald J. *The Art of Euripides: Dramatic Technique and Social Context*. Cambridge: Cambridge University Press, 2010.

Meitzer, Gary S. *Euripides and the Poetics of Nostalgia*. Cambridge: Cambridge University Press, 2006.

Mendelsohn, Daniel. *Gender and the City in Euripides' Political Plays*. Oxford: Oxford University Press, 2002.

Michelini, Ann Norris. *Euripides and the Tragic Tradition*. Wisconsin: The University of Wisconsin Press, 1987.

Mills, Sophie. *Euripides: Bacchae*. London: Duckworth, 2006.

Milman, Henry Hart, ed. *The Bacchanals and Other Plays by Euripides*. Trans. H. H. Milman and M. Wodhull. Lond. & C., 1888.

Morgan, Kathryn. *Myth and Philosophy from the Presocratics to Plato*. Cambridge: Cambridge University Press, 2000.

Mossman, Judith, ed. *Euripides*. Oxford: Oxford University Press, 2003.

Murray, Gilbert. *Euripides and His Age*. New York: Henry Holt and Company, 1913.

———. *Gilbert Murray's Euripides: The Trojan Women and Other Plays*. Exeter: Bristol Phoenix Press, 2005.

Norwood, Gilbert. *The Riddle of the Bacchae: The Last Stage of Euripides' Religious Views*. Manchester: at the University Press, 1908.

Oates, Whitney J., and Eugene O' Neill, eds. *The Complete Greek Drama*. 2 vols. New York: Random House, 1938.

Oranje, Hans. *Euripides' Bacchae: The Play and Its Audience*. Leiden: E. J. Brill, 1984.

Otto, Walter F. *Dionysus: Myth and Cult*. Trans. and with an introduction by Robert B. Palmer. Bloomington, London: Indiana University Press, 1965.

Paley, F. A., ed. *Euripides: with an English Commentary*. Vol. 1. New York: Cambridge University Press, 1857/2010.

Pausanias. *Description of Greece*. Trans. W. H. S. Jones. Cambridge, MA.: Harvard University Press; London: William Heinemann Ltd., 1933.

Pedrick, Victoria. *Euripides, Freud, and the Romance of Belonging*. Baltimore: the Johns Hopkins University Press, 2007.

Pelling, Christopher. *Greek Tragedy and the Historian*. Oxford: Clarendon Press, 1997.

Peradotto, John, and P. Sullivan, eds. *Women in the Ancient World: The Arethusa Papers*. Albany: State University of New York Press, 1984.

Pickard-Cambridge, A. W. *Dithyramb, Tragedy and Comedy*. Oxford: at the Clarenden Press,

———. *The Dramatic Festivals of Athens*. Oxford: Clarendon Press, 1953.

Porter, James I. *The Invention of Dionysus: An Essay on the Birth of Tragedy*. Stanford, California: Stanford University Press, 2000.

Rabinowitz, Nancy Sorkin. *Greek Tragedy*. Massachusetts: Blackwell Publishing Ltd., 2008.

Raphael, D. D. *The Paradox of Tragedy: The Mahlon Powell Lectures*. London: George Allen & Unwin Ltd., 1959.

Rehm, Rush. *The Play of Space: Spacial Transformation in Greek Tragedy*.

Princeton, Oxford: Princeton University Press, 2002.

Rigoglioso, Marguerite. *The Cult of Divine Birth in Ancient Greece*. New York: Palgrave Macmillan, 2009.

Rist, John M., ed. *The Stoics*. California: University Of California Press, 1983.

Ritchie, William. *The Authenticity of Euripides' Rhesus*. Cambridge: Cambridge University Press, 1964.

Rocco, Christopher. *Tragedy and Enlightenment: Athenian Political Thought and the Dilemmas of Modernity*. Berkeley, Los Angeles, London: University of California Press, 1997.

Rogers, James E. Thorold. *The Bacchae of Euripides*. Oxford, London: J. Parker & Co., 1872.

Roux, Jeanne. *Euripide Les Bacchantes*. 2 tomes. Paris: Les Belles Lettres, 1970—1972.

Sale, William. *Existentialism and Euripides: Sickness, Tragedy and Divinity in the Medea, the Hippolytus and the Bacchae*. Berwick: Aureal, 1977.

Sandys, John Edwin. *The Bacchae of Euripides: With Critical and Explanatory Note, and with Numerous Illustrations from Works of Ancient Art*. Cambridge: Cambridge University Press; London: C.J. Clay and Sons, 1880/1885/1892/2007.

Schadewaldt, Wolfgang. *Die griechische Tragödie*. Frankfurt: Suhrkamp, 1991.

Schlesinger, Alfred Cary. *Boundaries of Dionysus: Athenian Foundations of the Theory of Tragedy*. Cambridge, MA.: Harvard University Press, 1963.

Seaford, Richard. *Dionysos*. London, New York: Routledge, 2006.

———. *Euripides: Bacchae*. England: Aris & Philips Ltd., 1996/2011.

Segal, Charles. *Euripides and the Poetics of Sorrow*. Durham, London: Duke University Press, 1993.

———. *Dionysiac Poetics and Euripides' Bacchae*. Exp. Ed. Princeton, New Jersey: Princeton University Press, 1982/1997.

Segal, Erich. *Euripides: A Collection of Critical Essays*. Prentice-Hall, Inc., Engleddwood Cliffs, New Jersey: a Spectrum Book, 1968.

Slavitt, David R., and Palmer Bovie, eds. *Euripides: Medea, Hecuba, Andromache, The Bacchae*. Philadelphia: University of Pennsylvania Press, 1998.

Sommerstein, Alan H. *Greek Drama and Dramatists*. London, New York: Taylor & Francis e-Library, 2000/2002/2004.

Sommerstein, Alan H., et al., eds. *Tragedy, Comedy and Polis*. Bari: Levante Editiori, 1993.

Soyinka, Wole. *The Bacchae of Euripides: A Communion Rite*. London: Eyre Methuen, 1973.

Spears, Monroe K. *Dionysus and the City: Modernism in Twentieth Century Poetry*. London: Oxford University Press, 1970.

Stanford, W. B. *Greek Tragedy and the Emotions: An Introductory Study*. London, Boston, Melbourne, Henley: Routledge & Kegan Paul, 1983.

Stinton, T. C. W. *Collected Papers on Greek Tragedy*. Oxford: Clarendon Press, 1990.

Storm, William. *After Dionysus: a Theory of Tragic*. Ithaca, London: Cornell University Press, 1998.

Strabo. *Geography*. 3 vols. Trans. Horace Leonard Jones. Cambridge, MA.: Harvard University Press, 1928/1944/1954/1961/1988/2000/2006.

Sutherland, Donald. *The Bacchae of Euripides: A New Translation with a Critical Essay*. Lincoln, London: University of Nebraska Press, 1968.

Thumiger, Chiara. *Hidden Paths: Euripides' Bacchae*. London: Institute of Classical Studies, 2007.

Taylor-Perry, Rosemarie. *The God Who Comes: Dionysian Mysteries Revisited*. New York: Algora Publishing, 2003.

Turyn, Alexander. *The Byzantine Manuscript Tradition of the Tragedies of*

Euripides. Illinois: University of Illinois Press, 1957.

Verrall, A. W. *Essays on Four Plays of Euripides: Helen, Heracles and Orestes.* Cambridge: at the University Press, 1905/2007/2008/ 2009/2010/2011.

————. *Euripides the Rationalist: A Study in the History of Art and Religion.* Cambridge: at the University Press, 1895/1913.

Vickers, Brian. *Towards Greek Tragedy: Drama, Myth, Society.* London, New York: Longman, 1973.

Vogt-Law, Katja Maria. *Reason, and the Cosmic City: Political Philosophy in the Early Stoa,* New York: Oxford University Press, 2008.

von Wilamowitz-Moellendorff, Ulrich. *Analecta Euripidea.* Montana: Kessinger Publishing, 1875.

————. *Griechische Tragödien.* Belin: Weidmannsche Buchhandlung, 1923.

Vos, Nelvin. *Inter-Actions: Relationships of Religion and Drama.* Lanhan, Boulder, New York, Taranto, Plymouth: University Press of America, 2009.

Walton, J. Michael. *Euripides Our Contemporary.* Berkeley, Los Angeles: University of California Press, 2010.

Wecklein, N. *Tragödien des Euripides.* Leipsig: B. G. Teubner, 1876/1888.

Wheeler, Benjamin Ide. *Dionysos and Immortality: The Greek Faith in Immortality as Affected by the Rise of Idividualism.* Boston, New York: Houghton, Mifflin & Company, 1899.

Whitman, C. H. *Euripides and the Full Circle of Myth.* Cambridge, MA.: Harvard University Press, 1974.

Winkler, John J., and Proma I. Zeitlin, eds. *Nothing to Do with Dionysos: Athenian Drama in Its Social Context.* Princeton: Princeton University Press, 1990.

Winnington-Ingram, R. P. *Euripides and Dionysus: An Interpretation of the Bacchae.* London: Gerald Duckworth & Co. Ltd., 1948/1997/2003.

Wise, Jennifer. *Dionysus Writes: The Invention of Theatre in Ancient Greece.*

Ithaca, London: Cornell University Press, 1998.

Yunis, Harvey. *A New Creed: Fundamental Religious Beliefs in the Athens Polis and Euripidean Drama*. Göttingen: Vandenhoeck & Ruprecht, 1988.

Zuntz, G. *An Inquiry into the Transmission of the Plays of Euripides*. Cambridge: Cambridge University Press, 2011.

2. 学位论文

Darden, Katrina L. An Analysis of Euripides' Play "The Bacchae." Diss. University of Missouri-Kansas City, 2005.

Evans, Julie Dingman. Approaching Dionysus: Challenges of a Post-Modern "Bacchae." Diss. University of Louisville, 2004.

Foley, Helene Martie Peet. Ritual Irony in the "Bacchae" and Other Late Euripidean Plays. Diss. Harvard University, 1975.

Gregory, Justina Winston. Madness in the "Heracles," "Orestes" and "Bacchae" : A Study in Euripidean Drama. Diss. Harvard University, 1974.

Kirby, Ernest Theodore. Dionysus: A Study of the *Bacchae* and The Origins of Drama. Diss. Carnegie Mellon University, 1970.

Knight, Patricia Diane. The Relationship Between σοφία and φρήν in the *Bacchae* of Euripides. Diss. University of Victoria, 1980.

MacInnes, Deborah. Prophecy and Persuasion: Tiresias in Greek Tragedy. Diss. Duke University, 1995.

Perris, Simon. Literary Translation and Adaptation of Euripides' *Bacchae* in English in the Modern Era. Diss. University of Oxford, 2009.

Pocklington, Robert Frank. Dionysos and the Chora of the Feminine Divine. Diss. The University of Texas at Arlington, 2000.

Reynolds-Warnhoff, Patricia. The Role of τὸ σοφόν in Euripides' "Bacchae." Diss. The University of Western Ontario, 1995.

Robinson, Steven R. Drama, Dialogue and Dialectic: Dionysos and the

Dionysiac in Plato's *Symposium*. Diss. The University of Guelph, 1998.

Simmons, Robert Holschuh. Reflections of a Crisis of Athenian Leadership in Euripides' Last Plays. Diss. The University of Iowa, 2006.

Trifan, Alex. The Drama of Apollonian-Dionysian Opposition: Euripides's "The Bacchae" and Schrader's "Kiss of the Spider Woman." Diss. Florida Atlantic University, 1996.

Wood, William Stephen. Euripides's "Bacchae" : Re-Examining the Apollo-Dionysus Dichotomy. Diss. Pacifica Graduate Institute, 2008 .

Zylstra, Nicole. "The *Bacchae* of Euripides" : Ritual Theatre. Diss. University of Calgary, 1997.

3. 期刊论文

Abel, D. Herbert. "Euripides' Deux ex Machina: Fault or Excellence." *The Classical Journal* 50. 3 (Dec., 1954): 127—130.

Allan, William. "Religious Syncretism: the New Gods of Greek Tragedy." *Harvard Studies in Classical Philology* 102 (2004): 113—155.

Barrett, James. "Pentheus and the Spectator in Euripides' 'Bacchae' ." *The American Journal of Philology* 119. 3 (Aut., 1998): 337—360.

Burnett, Anne Pippin. "Pentheus and Dionysus: Host and Guest." *Classical Philology* 65. 1 (Jan., 1970): 15—29.

Castellani, Victor. "That Troubled House of Pentheus in Euripides' *Bacchae.*" *Transaction of American Philological Association* 106 (1976): 61—83.

Detienne, Marcel. "Forgetting Delphi Between Apollo and Dionysus." *Classical Philology* 96. 2 (Apr., 2001): 147—158.

Dodds, E. R. "Euripides the Irrationalist." *The Classical Review* 43. 3 (1929): 97—104.

———. "Maenadism in the *Bacchae*." *Harvard Theological Review* 33. 3 (Jul., 1940): 155—176.

Dillon, John. "Euripides and the Philosophy of His Time." *Classics Ireland* 11 (2004): 47—73.

Fisher, Raymond. "The 'Palace Miracles' in Euripides' *Bacchae*: A Reconsideration." *The American Journal of Philology* 113. 2 (Summer, 1992): 179—188.

Foley, Helene P. "The Masque of Dionysus." *Transaction of American Philological Association* 110 (1980): 107—133.

Gregory, Justina. "Some Aspects of Seeing in Euripides' *Bacchae*." *Greece & Rome* 32. 1 (April. 1985): 23—31.

Griffin, Jasper. "The Social Function of Attic Tragedy." *The Classical Quarterly* 48. 1 (1998): 39—61.

Grube, George Maximilian. "Dionysus in the *Bacchae*." *Transactions and Proceedings of the American Philological Association* 66 (1935): 37—54.

Henrichs, Albert. "Loss of Self, Suffering, Violence: the Modern View of Dionysus from Nietzsche to Girard." *Harvard Studies in Classical Philology* 88 (1984): 205—240.

Hyde, Walter Woodburn. "The Religious Views of Euripides as Shown in the 'Bacchae' ." *The Monist* 25. 4 (Oct., 1915): 556—578.

Irwin, T. H. "Euripides and Socrates." *Classical Philology* 78. 3 (Jul., 1983): 183—197.

Kalke, Christine M. "The Making of a Thyrsus: The Transformation of Pentheus in Euripides' *Bacchae*." *The American Journal of Philology* 106. 4 (Win., 1985): 409— 426.

Kraemer, Ross S. "Ecstasy and Possession." *The Harvard Theological Review* 72. 1/2 (1979): 55— 80.

Mazzaro, Jerome. "Mnema and Forgetting in Euripides' *The Bacchae*." *Comparative Drama* (Fall, 1993): 286—305.

McGinty, Park. "Dionysos' Revenge and the Validation of the Hellenic World-

View." *The Harvard Theological Review* 71.1/2（Jan.-Apr., 1978）: 77—
94.

Mierow, Herbert Edward. "The Amazing Modernity of Euripides." *The Classical
Journal* 48.7（Apr., 1953）: 247—252.

———. "The Trend of Euripidean Criticism." *The Classical Weekly* 29.2（Oct.,
1953）: 9—11.

Michelini, Ann N. "The Unclassical as Classic: the Modern Reception of
Euripides." *Poetics Today* 9.4（1998）: 699—710.

Okpewho, Isidore. "Soyinka, Euripides, and the Anxiety of Empire." *Research
in African Literature* 30. 4（Win., 1999）: 32—55.

Olson, S. Douglas. "Traditional Forms and Euripidean Adaptation: the Hero Pattern
in 'Bacchae'." *The Classical World* 83. 1（Sep.-Oct., 1989）: 25—28.

Perry, Ruth. "Madness in Euripides, Shakespeare, and Kafka: An Examination
of the Bacchae, Hamlet, King Lear, and the Castle." *Psychoanalytic Review*
（Sum., 1978）: 253—279.

Phoutrides, Aristides Evangelus. "The Chorus of Euripides." *Harvard Studies in
Classical Philology* 27（1916）: 77—170.

Reynolds-Warnhoff, Patricia. "The Role of τὸ σοφὸν in Euripides' 'Bacchae'."
Quaderni Urbiati di Cultura Classica 57. 3（1997）: 77—103.

Roth, Paul. "Teiresias as Mantis and Intellectual in Euripides' *Bacchae*."
Transaction of the American Philological Association 114（1984）: 59—69.

Scullion, Scott, "'Nothing to Do with Dionysus' : Tragedy Misconceived as
Ritual." *The Classical Quarterly* 52.1（2002）: 102—137.

Segal, Charles. "Euripides's *Bacchae*: Conflict and Mediation." *Ramus Critical
Studies in Greek and Roman Literature* 6（1977）: 103—120.

———. "Humanism and Classical Literature: Modern Problems and
Perspectives." *The Classical Journal* 67.1（Oct.-Nov., 1971）: 29—37.

———. "Nature and the World of Man in Greek Literature." *Arion* 2.1（Spr.,

1963): 19—53.

————. "Pentheus and Hippolytus on the Couch and on the Gird: Psychoanalytic and Structural Reading of Greek Tragedy." *The Classical World* 72.3 (Nov., 1978): 129—148.

————. "The Raw and the Cooked in Greek Literature: Structure, Values, Metaphor." *The Classical Journal* 69.4 (Apr.-May, 1974): 289—308.

————. "The Menace of Dionysus: Sex Roles and Reversals in Euripides' *Bacchae*." *Arethusa* 9 (1978): 185—202.

Seaford, Richard. "Dionysiac Drama and the Dionysiac Mysteries." *The Classical Quarterly* New Series 31.2 (1981): 252—275.

————. "Dionysos, Money, and Drama." *Arion* Third Series 11.2 (2003): 1—19.

————. "Pentheus' Vision: *Bacchae* 918—22." *The Classical Quarterly* New Series 37.1 (1987): 76—78.

Stuart, Donald Clive. "Foreshowing and Suspense in the Euripidean Prolog." *Studies in Philology* 15.4 (Oct., 1918): 295—306.

Takács, Sarolta. "Politics and Religion in the Bacchanalian Affair of 186 B. C. E." *Harvard Studies in Classical Philology* 100 (2000): 301—310.

Thumiger, Chiara. "Animal World, Animal Representation, and the 'Hunting-Model' : Between Literal and Figurative in Euripides' *Bacchae*." *Phoenix* (Fall, 2006): 191—210.

Tierney, Michael. "Dionysus, the Dithyramb, and the Origin of Tragedy." *Studies: an Irish Quarterly Review* 33.131 (Sep., 1944): 331—341.

Usher, M. D. "Stelletai at *Bacchae* 1000: The Emperor's New Clothes?" *Classical Philology* 95.1 (Jan., 2000): 72—74.

Verdenius, W. J. "Cadmus, Tiresias, Pentheus: Notes on Euripides' *Bacchae* 170—369." *Mnemosyne* XLI (1988): 170—369.

————. "Notes on the Prologus of Euripides' 'Bacchae' ." *Mnemosyne* 33.1/2

（1980）: 1—16.

Versényi Laszlo. "Dionysus and Tragedy." *The Review of Metaphysics* 16.1（Sep.,
　　1962）: 82—97.

Will, Frederic. "City of Dionysus." *The Antioch Review* 22.1（Spr., 1962）:
　　65—82.

Wycherley, R. E. "Aristophanes and Euripides." *Greece & Rome* 15.45（Oct.,
　　1946）: 98—107.

（二）中文文献

1. 欧里庇得斯剧本

欧里庇得斯,《戴神的女信徒》,胡耀恒、胡宗文译注,台北：联经出版事
　　业公司, 2003。

———,《欧里庇得斯悲剧》(三卷本),张竹明译,收于《古希腊悲剧喜剧
　　全集》(八卷本),张竹明、王焕生译,南京：译林出版社, 2007。

———,《欧里庇得斯悲剧集》(三卷本),周作人译,北京：中国对外翻译
　　出版社, 2003。

———,《欧里庇得斯悲剧六种》,罗念生译,收于《罗念生全集》(卷三),
　　上海：上海人民出版社, 2004。

2. 原著

阿波罗多洛斯,《希腊神话》,周作人译,北京：中国对外翻译出版公司,
　　1999。

阿里斯托芬,《阿里斯托芬喜剧六种》,罗念生译,收于《罗念生全集》(卷
　　四),上海：上海人民出版社, 2004。

艾克曼,《歌德谈话录》,杨武能译,成都：四川文艺出版社, 2008。

埃斯库罗斯、索福克勒斯,《埃斯库罗斯悲剧三种·索福克勒斯悲剧四
　　种》,罗念生译,收于《罗念生全集》(卷二),上海：上海人民出版社,

2004。

埃斯库罗斯、索福克勒斯等,《埃斯库罗斯悲剧三种·索福克勒斯悲剧一
　　种·古希腊碑铭体诗歌选》,罗念生译,收于《罗念生全集》(补卷),
　　上海:上海人民出版社,2007。

柏拉图,《柏拉图的〈会饮〉》,刘小枫等译,北京:华夏出版社,2003。

———,《柏拉图对话集》,王太庆译,北京:商务印书馆,2007。

———,《法律篇》,何勤华、张智仁译,上海:上海人民出版社,2001。

———,《克力同》,严群译,北京:商务印书馆,2000。

———,《理想国》,王扬译注,上海:华东师范大学出版社,2014。

———,《伊翁》,王双洪义疏,上海:华东师范大学出版社,2008。

———,《政治家》,洪涛译,上海:上海人民出版社,2006。

但丁,《神曲·炼狱》,田德望译,北京:人民文学出版社,2002/2007。

———,《论世界帝国》,朱虹译,北京:商务印书馆,1985。

拉尔修,《名哲言行录》,徐开来、溥林译,桂林:广西师范大学出版社,
　　2010。

贺拉斯,《诗艺》,杨周翰译,收于《诗学·诗艺》,罗念生、杨周翰译,北
　　京:人民文学出版社,1982。

荷马,《奥德赛》,王焕生译,北京:人民文学出版社,1997。

———,《伊利亚特》,罗念生、王焕生译,上海:上海人民出版社,2004。

赫西俄德,《工作与时日·神谱》,张竹明、蒋平译,北京:商务印书馆,
　　1997。

康德,《1781年之后的论文》(《康德著作全集》第8卷),李秋零译,北京:
　　中国人民大学出版社,2010。

卢梭,《论人与人之间不平等的起因和基础》,李平沤译,北京:商务印书
　　馆,2008。

路吉阿诺斯,《路吉阿诺斯对话集》,周作人译,北京:中国对外翻译出版
　　公司,2003。

帕斯卡尔,《思想录》,何兆武译,上海:上海人民出版社,2007。

普鲁塔克，《希腊罗马名人传》(三卷本)，席代岳译，长春：吉林出版集团
　　有限责任公司，2009。

尼采，《悲剧的诞生》，赵登荣译，桂林：漓江出版社，2007。

———，《希腊悲剧时代的哲学》，李超杰译，北京：商务印书馆，2006。

西塞罗，《论法律》，王焕生译，上海：上海人民出版社，2006。

———，《论共和国》，王焕生译，上海：上海人民出版社，2006。

———，《论老年·论友谊·论责任》，徐奕春译，北京：商务印书馆，
　　2004。

修昔底德，《伯罗奔尼撒战争史》，何元国译，北京：中国社会科学出版社，
　　2017。

亚里士多德，《诗术》，刘小枫未刊稿。

———，《尼各马可伦理学》，廖申白译，北京：商务印书馆，2004。

———，《天象论》，吴寿彭译，北京：商务印书馆，2007。

———，《希腊政制》，日知、力野译，上海：上海人民出版社，2011。

———，《修辞学》，罗念生译，收于《罗念生全集》(卷一)，上海：上海人
　　民出版社，2007年。

———，《政治学》，吴寿彭译，北京：商务印书馆，2004。

3. 研究专著

阿尔法拉比，《柏拉图的哲学》，程志敏译，上海：华东师范大学出版社，
　　2006。

北京大学哲学系外国哲学史教研室编译，《西方哲学原著选读》，北京：商
　　务印书馆，2004。

伯纳德特，《弓弦与竖琴》，程志敏译，北京：华夏出版社，2003。

布克哈特，《希腊人和希腊文明》，王大庆译，上海：上海人民出版社，
　　2008。

陈洪文、水建馥选编，《古希腊三大悲剧诗人研究》，北京：中国社会科学
　　出版社，1986。

戴维斯（J. K.），《民主政治与古典希腊》，黄洋、宋可即译，上海：上海人民出版社，2010。

戴维斯（M.），《古代悲剧与现代科学的起源》，郭振华、曹聪译，北京：华夏出版社，2008。

芬利主编，《希腊的遗产》，张强等译，上海：上海人民出版社，2004。

汉密尔顿，《希腊的回声》，曹博译，北京：华夏出版社，2008。

赫丽生，《希腊宗教研究导论》，谢世坚译，桂林：广西师范大学出版社，2006。

黄瑞成，《盲目的洞见：忒瑞西阿斯先知考》，上海：华东师范大学出版社，2011。

库朗热，《古代城邦》，谭立铸等译，上海：华东师范大学出版社，2006。

莱辛，《汉堡剧评》，张黎译，上海：上海译文出版社，2002/2003。

莱辛，《关于悲剧的通信》，北京：华夏出版社，2010。

刘小枫，《重启古典诗学》，北京：华夏出版社，2010。

———，《好智之罪：普罗米修斯神话通释》未刊稿。

———，《普罗米修斯之罪》，北京：生活·读书·新知三联书店，2012。

———，《设计共和：施特劳斯〈论卢梭的意图〉绎读》，北京：华夏出版社，2013。

———，《昭告幽微：古希腊诗品读》，香港：牛津大学出版社，2009。

刘小枫、陈少明编，《美德可教吗》，北京：华夏出版社，2006。

刘小枫编修，《凯若斯》，上海：华东师范大学出版社，2005。

刘小枫编/译，《柏拉图四书》，北京：生活·读书·新知三联书店，2015。

刘小枫选编，《古典诗文绎读》（西学卷·古代篇），北京：华夏出版社，2008。

罗念生，《论古典文学》，收于《罗念生全集》（卷八），上海：上海人民出版社，2007。

———，《论古希腊戏剧》，北京：中国戏剧出版社，1985。

默雷，《古希腊文学史》，孙席珍等译，上海：上海译文出版社，2007。

内莫,《民主与城邦的衰落》,张竝译,上海:华东师范大学出版社,2011。

彭兆荣,《文学与仪式:酒神及其祭祀仪式的发生学原理》,北京:北京大学出版社,2004。

施米特,《陆地与海洋》,林国基、周敏译,上海:华东师范大学出版社,2006。

———,《政治的概念》,刘宗坤等译,上海:上海人民出版社,2003。

施特劳斯,《古典政治理性主义的重生》,潘戈编,郭振华等译,北京:华夏出版社,2011。

———,《苏格拉底问题与现代性》,彭磊、丁耘译,北京:华夏出版社,2008。

———,《苏格拉底与阿里斯托芬》,李小均译,北京:华夏出版社,2011。

———,《自然权利与历史》,彭刚译,北京:生活·读书·新知三联书店,2003/2006。

汪子嵩等,《希腊哲学史》,北京:人民出版社,1993。

韦尔南,《古希腊的神话》,杜小真译,北京:生活·读书·新知三联书店,2001。

吴雅凌,《神谱笺释》,北京:华夏出版社,2010。

肖国厚,《自然与人为》,上海:华东师范大学出版社/上海三联书店,2006。

谢·伊·拉齐克,《古希腊戏剧史》,俞久洪、臧传真译,天津:南开大学出版社,1989。

裔昭印,《古希腊的妇女》,北京:商务印书馆,2001。

周作人,《欧洲文学史》,长沙:岳麓书社,2010。

4. 期刊论文

蒋慧成,《文明的反叛:欧里庇得斯的〈酒神的伴侣〉》,《重庆三峡学院学报》2011年第4期,页123—160。

罗峰,《狄俄倪索斯的肆心:欧里庇得斯〈酒神的伴侣〉开场绎读》,《海南大学学报》(人文社会科学版), 2012 年第 5 期, 页 8—14。

———,《酒神与世界城邦: 欧里庇得斯〈酒神的伴侣〉绎读》,《外国文学评论》, 2015 年第 1 期, 页 19—30。

———,《欧里庇得斯悲剧与现代性问题: 以〈酒神的伴侣〉为例》,《思想战线》, 2014 年第 2 期, 页 88—94。

———,《新神与城邦: 欧里庇得斯〈酒神的伴侣〉中狄俄倪索斯的角色转换》,《古典研究》(香港), 2013 年第 2 期, 页 1—16。

酒神与世界城邦

下卷
《酒神的伴侣》笺注

罗峰 译

商务印书馆
The Commercial Press

译者导言

　　欧里庇得斯一生笔耕不辍，共创作戏剧 90 余部，但多已散佚。古代留下两份欧里庇得斯剧目单，所列戏剧虽不完整，却可借此查考到他的多数剧名。其中一份单子刻在一块大理石板上（人称阿尔巴尼纪念碑［Albani monument］），上列欧里庇得斯的 36 部悲剧剧名，依希腊字母顺序逐一排列，最末的是《俄瑞斯特斯》(*Orestes*)。这块石板后被法国卢浮宫收藏，立于欧里庇得斯坐像之后。另一份剧目单源于在佩雷坞港发现的一块石板。从石板上大致可辨出欧里庇得斯的 23 部剧名。这份单子上的剧名没有严格按字母顺序排列，但首字母相同的剧目都归在了一起。据统计，欧里庇得斯有 19 部剧（含 18 部悲剧和 1 部萨图尔剧）流传于世，另遗有 55 部剧的残篇。[①]

　　按照多兹(E. R. Dodds)的观点，欧里庇得斯的剧本可分成独立的两组，所依据的古本抄件各不相同。第一组是古注本，可能源于当时的欧里庇得斯"戏剧选"，用以充当教本。这组剧本带注释，大致成书于罗马帝国治下，确切成书时间虽不可断，但

---

① 参 William Nickerson Bates，《欧里庇得斯：人性的研究者》(*Euripides: a Student of Human Nature*)，New York：A. S. Barnes & Company, Inc., 1930/1961，页 16。

有迹象表明它可能属于公元 2 世纪。第一组剧本的情况很像埃斯库罗斯和索福克勒斯现存剧本的抄件（也被用作教材），据此可推知，抄录欧里庇得斯此组剧本的很可能是同一人。现有的手稿（包括最古老和最好的手稿 *M* 本、*A* 本、*V* 本、*B* 本，以及耶路撒冷重抄本 *H* 本），多数只收录这组所含的剧本。另一组收录的剧本按首字母顺序排列（仅含以字母 *E*、*H*、*I/K* 打头的剧本），均不带古注。可以看出，这组所含的剧本原收录于某个欧里庇得斯全集。在这个全集本中，两幅莎草纸书卷几经辗转，意外留存下来，最终流入拜占庭早期一位佚名学者之手。遗憾的是，这位学者仅将书卷上的剧本抄录下来，略去了原抄件所附的注解。他还在此基础上添加了自己新发现的一些剧本，由此便出现了一个新的合编手抄本。传世的 19 部欧里庇得斯剧本，均出自这个合编本。不过，这个合编本在后来才以 *L* 本和 *P* 本的手抄本形式出现。

近代学者对这些抄件进行了大量研究。对欧里庇得斯抄件分类较为全面的是基希霍夫（Adolf Kirchhoff）。但欧里庇得斯现存剧本的早期抄件均已佚失，最早的手抄本可追溯到 12 世纪。这些抄本可分为两组。第一组属 12—13 世纪，相对完整，内容无增补，几乎是原校勘本的抄本。这组共含 9 部悲剧：《阿尔刻提斯》（*Alcestis*）、《安德洛玛刻》（*Andromache*）、《赫卡柏》（*Hecuba*）、《希珀吕托斯》（*Hippolytus*）、《美狄亚》（*Medea*）、《俄瑞斯特斯》、《瑞索斯》（*Rhesus*）、《特洛亚妇女》（*Troades*）和《腓尼基少女》（*Phoenissae*）。这组抄件较为可信，最重要的有以下几个本子。

A 本，中世纪抄本（*471*）：羊皮纸抄本，藏于威尼斯圣马可图书馆，包括《赫卡柏》《俄瑞斯特斯》《腓尼基少女》《安德洛玛刻》，以及《希珀吕托斯》（仅含前 1223 行）；带边注和行间注，是欧里庇得斯最有价值的抄本。

B 本，梵蒂冈抄本：12 世纪的棉纸抄本，收于罗马梵蒂冈

图书馆，含《赫卡柏》《俄瑞斯特斯》《腓尼基少女》《美狄亚》《希珀吕托斯》《特洛亚妇女》《瑞索斯》，带注释和笺释。

　　C 本，哥本哈根抄本（Cod. Havniensis）：现存哥本哈根，布纹纸抄件，时间上晚于 *B* 本，但所含剧目一致，其中《美狄亚》《希珀吕托斯》《特洛亚妇女》《瑞索斯》4 部剧的手抄本与 *B* 本相似，可能源自同一原本，其余剧本的手稿来源不如 *B* 本可靠。

　　E 本，巴黎手抄本：13 世纪的羊皮纸抄件，现存巴黎，不仅含欧里庇得斯的 6 部剧本（《赫卡柏》《俄瑞斯特斯》《腓尼基少女》《安德洛玛刻》《美狄亚》《希珀吕托斯》），还收录了索福克勒斯和阿里斯托芬各 7 部剧本。

　　F 本，中世纪手抄本（*468*）：13 世纪纸抄本，藏于威尼斯圣马可图书馆，收有欧里庇得斯的《赫卡柏》《俄瑞斯特斯》《腓尼基少女》，以及《美狄亚》的一些片段，还含埃斯库罗斯和索福克勒斯的所有传世剧作。

　　第二组抄件源于 13 世纪的一个校勘本，这组手抄本权威性远不如第一组抄件。文法学家和韵律学者在修订时极大改动了原抄件，加之抄录和保管时疏忽大意，这组抄件有些已面目全非。这组抄件含第一组的 9 部悲剧及余下的 10 部剧：《酒神的伴侣》（*Bacchae*）、《海伦》（*Helen*）、《厄勒克特拉》（*Electra*）、《赫拉克勒斯的儿女》（*Heraclidae*）、《疯狂的赫拉克勒斯》（*Hercules Furens*）、《乞援女》（*Supplices*）、《伊菲革涅亚在奥利斯》（*Iphigenia at Aulide*）、《伊菲革涅亚在陶洛人里》（*Iphigenia at Tauris*）、《伊翁》（*Ion*）和《独目巨人》（*Cyclops*）。这组抄件有如下几个本子。

　　A 本，哈利父子搜集，藏于大英博物馆，16 世纪抄本。

　　B/P 本（*287*），梵蒂冈的帕拉丁抄本（Palatine MS）：羊皮纸对开本，可能是 14 世纪抄本，含《安德洛玛刻》《美狄亚》《乞援女》《瑞索斯》《伊翁》《伊菲革涅亚在陶洛人里》《伊菲革涅亚在奥利斯》《希珀吕托斯》《阿尔刻提斯》《酒神的伴侣》《独目巨人》《赫

拉克勒斯的儿女》《特洛亚妇女》。

C/L 本，劳伦森抄本（Laurentian MS）：14 世纪早期布纹纸抄本，收于佛罗伦萨圣劳伦佐图书馆，囊括除《特洛亚妇女》，以及《酒神的伴侣》行 756—1392 之外的所有剧本。

可以清楚看到，在欧里庇得斯剧作的文本流传中，《酒神的伴侣》的位置比较独特，仅存于 *P* 本和 *L* 本。并且，《酒神的伴侣》只在 *B/P* 本中为足本，*C/L* 本仅含该剧的前 755 行（*οὐ δεσμῶν ὕπο* 以后佚失）。这就意味着，《酒神的伴侣》的前半部分可依 *B/P* 本和 *C/L* 本，而对于 755 行以后的内容，仅有 *B/P* 本可资参考。[①] 鉴于《酒神的伴侣》剧本在流传中的独特性，多兹断定，该剧应是古罗马"戏剧选"的一部分，而不可能出自拜占庭佚名学者所得的莎草纸书卷。就 *B/P* 本《酒神的伴侣》结尾的多种表述，以及 *C/L* 本中的残缺不全等问题，多兹还试图做一合理解释：从 *C/L* 本加在每部戏剧前的编号来看，《酒神的伴侣》排在最后，抄录者很可能因誊抄时间过长心生厌倦，因此省去原抄件的最后一篇；若原稿本身残缺不全或字迹难辨，这种情况就更有可能了。

---

① 以上综述，主要参考 E. R. Dodds，《欧里庇得斯：〈酒神的伴侣〉》(*Euripides: Bacchae*)，Oxford：Clarendon Press，1944/1953/1960/1963/1966/1970/1974，li；John Edwin Sandys，《欧里庇得斯的〈酒神的伴侣〉》(*The Bacchae of Euripides: with Critical and Explanatory Note, and with Numerous Illustrations from Works of Ancient Art*)，Cambridge：Cambridge University Press；London：C. J. Clay and Sons，1880/1885/1892/2007，lxxxix—xc；以及 I. T. Beckwith ed.，《欧里庇得斯：〈酒神的伴侣〉》(*Euripides: Bacchantes*)，Boston：Ginn & Company，1888，页 134—135。关于欧里庇得斯剧本流传的更多详情，可参 G. Zuntz，《欧里庇得斯剧本流传的研究》(*An Inquiry into the Transmission of the Plays of Euripides*)，Cambridge：Cambridge University Press，2011；以及 Alexander Turyn，《欧里庇得斯悲剧的拜占庭手稿传统》(*The Byzantine Manuscript Tradition of the Tragedies of Euripides*)，Illinois：University of Illinois Press，1957。

原文校勘本

在"戏剧选"所含的所有剧本中,《酒神的伴侣》文本的手稿依据最为薄弱。除可参《受难的基督》(*Christus Patiens*)和一些作家的引用,近年在埃及大量出土的一些莎草纸抄本,为确定《酒神的伴侣》的文本提供了宝贵依据。莎草纸的出土没有给 B/P 本的可靠性带来多大突破,但通过研读仍可证明,《酒神的伴侣》文本的流变巨大(包括不少讹误),可能始于古罗马时期。这种发现与以往对欧里庇得斯莎草纸抄本研究所得一般结论互生龃龉。之所以会出现这种局面,很可能源于《酒神的伴侣》文本独特的流传方式。

劳伦森抄本即默雷(Gilbert Murray)所谓的 *L* 本,亦称 *C* 本。该手抄本持有者为阿图马努斯(Simon Atumanus)。此人系加拉布里亚地区的格拉斯主教(Bishop of Gerace in Calabria),他在 1348 年(或之前)将抄件带至意大利;此抄本后收在佛罗伦萨的劳伦森集子里,并留存至今。此抄本收录的剧本均由当时的编订家(διορθωτής)或抄写员本人对照原稿进行核对,并修正、补充了抄件中出现的错误和遗漏。不过,拜占庭知名学者特里科利尼乌斯(Demetrius Triclinius)在他的抄本中加入了许多自行臆断的修订,使原抄本的一些地方变得面目全非。从一定意义上说,他的校订和现代学者的臆断一样不可靠。古代编订者们对文本的校勘(默雷所谓的 *L²* 本)代表了传统的做法,但随之而来的问题也令人头疼——后人无法确定各修订出自谁人之手。经学者们努力,《酒神的伴侣》抄件中一些偏离原稿的修订已成功剔除。

P 本可能是 14 世纪的一个本子。到 1420 年时,*P* 本已一分为二,一部分保存在梵蒂冈(称为 *P287*),另一部分则收藏在佛罗伦萨(称为 *Lcs287*[Laurentianus Conv. Suppr.])。*P* 本含欧里庇得

斯的所有现存剧本，同时收有埃斯库罗斯的 3 部剧本和索福克勒斯的 6 部剧本。和 *L* 本的情形一样，当时的编订家对 *P* 本进行了校勘。校勘后的本子通常记为 *P²*。*P287* 含《酒神的伴侣》在内的 13 个剧本，这部分后流入穆苏努斯（Marcus Musurus，1470—1517）之手。穆苏努斯把 *P287* 与 *L* 本的一个抄件合二为一，由此形成了后来所谓的 *A*（Aldine）本。[①]*A* 本是含《酒神的伴侣》的第一个印刷本，1503 年于威尼斯出版，囊括现存的 18 个剧本（其时，《厄勒克特拉》尚未被发现）。长期以来，*P* 本与 *L* 本的关系一直模糊不清。即便时至今日，二者的关系仍难确定。多兹认为，造成这种情况的部分原因在于 *P* 本和 *L* 本的破坏。他还提出，若 *P* 本所含《酒神的伴侣》的抄件原稿来源是"戏剧选"，那么行 1—755 就可参两个可靠原稿，最后一百行也不至如此残缺不全。从《受难的基督》可推知，《酒神的伴侣》在 12 世纪曾有一个更完整的文本。作者在创作《受难的基督》时所阅的《酒神的伴侣》不仅更完整，也比 *P* 本更准确。[②]

　　近代以来，不断有学者对 *L* 本和 *P* 本进行细致的校勘工作，也取得了不错的成果。在其 1821 年版《酒神的伴侣》中[③]，厄尔穆斯里（Elmsley）对这两个抄本都进行了辨析，阿玛提（Jerome Amati）还细致校勘了 *A* 本。

　　对 *C* 本的校勘，情况就不尽如人意了。除 16 世纪的意大利学者维克托利乌斯（Victorius）对 *C* 本进行了少量校勘，到 19 世纪中期，*C* 本的校勘本还主要基于德·弗利亚（Francesco

---

① 基希霍夫经研究证实，这个版本的编者就是博学的希腊学者穆苏努斯，主要依据了 *P* 本（帕拉丁手稿）。不过，现已发现，这位穆苏努斯对帕拉丁手稿的含糊修订，其实均出自其个人臆测。*P287* 中不少后加的校订，很可能皆出自他之手。

② 尤其是该剧的 1084 行和 1087 行，后来出土的莎草纸手稿证实了这位剧作家引文的权威性。参 E. R. Dodds，《欧里庇得斯：〈酒神的伴侣〉》，前揭，lvi。

③ Peter Elmsley, *Euripidis: Bacchae*, Leipsiae：Sumptibus C. H. F. H Artmanni, 1822.

de Furia，伊索的编者）对 M（Matthiae）本的整理。更糟的是，德·弗利亚的校勘相当随意，不可凭依。值得庆幸的是，基希霍夫补上了这个漏洞。他于 1855 出版的欧里庇得斯全集呈现了一个较为权威的校勘本。[①] 基希霍夫借助 C 本的五个抄本（三个藏于巴黎，两个在威尼斯和佛罗伦萨），对 C 本做了全面细致的校订。稍后，维拉莫维茨（Wilamowitz-Moellendorff）全面审订了含《酒神的伴侣》的两个抄本（P 本和 C 本）。[②] 值得注意的是，L 本和 P 本均不带古注。迄今为止，仅在 C 本空白处发现《酒神的伴侣》一剧的希腊语古注。

1880 年，桑蒂斯推出了自己的校勘本。[③] 他认为，C 本和 P 本应源自同一版本，因为两个抄本中出现的错误如出一辙，但总体而言 P 本更具权威性。桑蒂斯的校勘本主要基于 P 本，还参照了《受难的基督》中对《酒神的伴侣》的大量改写。他还指出，晚期希腊作家如诺努斯（Nonnus）和菲洛斯特拉图斯（Philostratus Minor）对该剧的引用对确定文本颇有助益。提累尔（Robert Yelverton Tyrrell）的校勘本（1871）就对这些引用进行了详尽的考证，并全面修订了《酒神的伴侣》。提累尔的最大贡献莫过于对希腊原文的严谨校勘，勘正了原文存在的不少文本讹误。

对《酒神的伴侣》文本校勘做出贡献的还有 16 世纪的布洛多（Jean Brodeau）、康托（W. Cantor）、维克托利乌斯（Victorius）、斯卡里格（J. J. Scaliger）和斯特法努斯（H. Stephanus）；17 世纪的弥尔顿（John Milton）和巴涅斯（Joshua Barnes）1694 年合校；18 世

---

① Adolf Kirchhoff, *Euripidis Tragoediae*（2 vols.）, Berlini：Typis et Georigii Reimeri, 1855.

② 他对《酒神的伴侣》行 1—754 的校勘，收于《欧里庇得斯残篇》（*Analecta Euripidea*）, Borntraeger, 1875。

③ John Edwin Sandys, *The Bacchae of Euripides: with Critical and Explanatory Note, and with Numerous Illustrations from Works of Ancient Art*, Adamant Media Corporation, 1880/1885/1892/2007.

纪的皮尔森(J. Pierson)、希斯(B. Heath)、莱斯克(J. J. Reiske)、马克兰德(J. Markland)、瓦肯纳尔(Valckenaer)、穆斯格雷乌(Sir Samuel Musgrave)、提尔维特(Thomas Tyrwhitt)、布兰科(Brunck)和珀森(Porson);19世纪的厄尔穆斯里(Elmseley)、多布里(Dobree)、马提埃(Matthiae)、雅克布斯(Jacobs)、赫尔曼(Hermann)、布伦菲尔德(C. J. Blomfield)、肖纳(F. G. Schoene)、哈图恩(J. A. Hartung)、席勒托(R. Shilleto)、汤普森(W. H. Thompson)、佩里(F. A. Paley)和莱德(J. S. Reid)。①

笺注本

《酒神的伴侣》的笺注本较多,很大程度上得益于西方古典界对该剧保有的持续不灭的热情。在英语学界,重要的笺注本主要有5个。佩里于1857年出版了欧里庇得斯传世剧作的笺注本,凡三卷;《酒神的伴侣》笺释收于卷二。②在前言中,佩里简介了悲剧诗人欧里庇得斯的情况,还详细描绘了公元前5世纪雅典的生活图景。在对希腊原文的详细注解中,佩里对参前人的意见,还就某些语词对勘了欧里庇得斯的其他剧本和其他诗人的用法。

桑蒂斯的笺注本出版于1880年,长达400余页。在今天看来,这个本子仍极具分量。该笺注本一再重印(最近于2007年重印),足见其价值和学界对它的认可。该书引言部分长达150多页,极为详尽地介绍了欧里庇得斯和《酒神的伴侣》。在近200

---

① 参 John Edwin Sandys,《欧里庇得斯的〈酒神的伴侣〉》,前揭,xciii。另外,《酒神的伴侣》近代的主要单行本有:Elmsley, Oxford, 1821(Leipsic, 1822);Hermann, Leipsic, 1823;Schöne, Berlin, 1858;Tyrrell, London, 1871;Wecklein, Leipsic, 1879/1888;Sandys, Cambridge, 1880;I. T. Beckwith, Boston, 1888。

② F. A. Paley ed., *Euripides: with an English Commentary*(3 vols.), v. 2, New York:Cambridge University Press, 1857/2010。

页的英文笺释中，桑蒂斯的详注对深入文本很有帮助。在解释一些关键语词时，桑蒂斯还辨析了不同抄件和译本的用法。诚如此书副标题所示，这本书俨然一本艺术书。书中收集的丰富图片，是此书的一大特色，直观呈现了古代世界对该剧的艺术表现，无形中拉近了研究者与剧本的关系。

贝克威思（I. T. Beckwith）的笺注本于 1888 年出版，基于德国学者韦克莱因（Wecklein）的笺注本（Leipzig，1879），在此基础上做了一些改动。在引言部分，贝克威思梳理了《酒神的伴侣》采用的神话框架与古希腊文学作品（主要是荷马作品）的关系。贝克威思主要对希腊原文进行了语文学上的考订和解释。此书附录部分专门考察了剧中抒情歌的韵律，并简要介绍了《酒神伴侣》的版本情况。贝克威思的笺注对整体理解文本助益颇大。

多兹的英文笺注本一直备受推崇，1944 年出版后一再重印。[①]多兹是牛津大学钦定讲座教授（Oxford Regius Professor），对古希腊文学尤其宗教研究造诣很深。该书的长篇引言详细介绍了酒神崇拜和剧本的流传概况。多兹的本子主要基于默雷的牛津古典本（Oxford Classical Text），比照多个抄本、校勘本和译本，一一列出各本的语词差异，勘正了部分希腊原文。在文后所附的长达 180 多页的详尽笺注中，多兹简要划分了戏剧场景，几乎逐行解释了一些重点语词，充分显示了古典学学者的扎实功底。这些对于我们充分把握文本极为有益。

《酒神的伴侣》的新近笺注本由西福德（Richard Seaford）于 1996 年推出（2011 年再版）。[②]西福德长期从事古希腊文学教学和研究，是一位资深的古典学学者。针对《酒神的伴侣》一剧，

[①]　E. R. Dodds, *Euripides: Bacchae*, Oxford：Clarendon Press，1944/1953/1960/1963/1966/1970/1974。

[②]　Richard Seaford, *Euripides: Bacchae*, Oxford：Aris & Philips Ltd.，1996/2011.

他还撰有专著和多篇文章进行探讨。① 西福德在希腊原文上附上
了自己的英文翻译，对文本做了一些补充和校正，还提供了不少
有关希腊原文脱漏的补充材料。此外，西福德的笺注本还加入了
许多新近发现的资料。在这方面，之前的笺注本都无法与之相
比。他在长篇引言部分介绍了剧本的基本情况，并扼要总结了他
对该剧所做的相关研究。

　　《酒神的伴侣》的法文笺注本首推鲁的两卷本。② 鲁先后在
1970 年和 1972 年出版该笺注本的卷一和卷二。长达数百页的笺
注，充分显示了法国古典学学者精雕细琢的严谨治学态度。鲁的
努力为我们充分理解《酒神的伴侣》扫除了很多障碍。法语学界
的另一个重要笺注本是拉克鲁瓦近 300 页的笺注本。③ 除此之外，
值得一提的还有格雷瓜尔和默尼耶于 1961 年出版的《酒神的伴
侣》希法对照本。④ 他们在脚注中对勘了不同的抄本、校勘本和
译本。在最后的附录中，他们还简要附上了欧里庇得斯的残篇和
一些莎草纸片段。

---

① 参 Richard Seaford，《狄俄倪索斯》(*Dionysos*)，London and New York：Routledge，
2006；《酒神节戏剧与酒神秘仪》("Dionysiac Drama and the Dionysiac Mysteries")，
载 *The Classical Quarterly*（New Series），Vol. 31，No. 2（1981）：pp. 252—275；
《彭透斯的幻觉：〈酒神的伴侣〉918—22》，("Pentheus' Vision：*Bacchae* 918—
22")，载 *The Classical Quarterly*（New Series），Vol. 37，No. 1（1987）：pp. 76—78；
《〈酒神的伴侣〉，仪式与悲剧》("'Bacchae'，Ritual，and Tragedy：Concluding
Remarks")，载 *Arion*（Third Series），Vol. 9，No. 3（2002）：pp. 166—168；《酒神、
金钱与戏剧》("Dionysos，Money，and Drama")，载 *Arion*（Third Series），Vol.
11，No. 2（2003）：pp. 1—19。

② Jeanne Roux，*Les Bacchantes*，2 tomes，Paris：Les Belles Lettres，1970—1972.

③ Maurice Lacroix，*Les Bacchantes d'Euripide*，Paris：Les Belles Lettres，
1976/1978/1999.

④ Euripide，*Tragédies*，t. 6，2e partie：*Les Bacchantes*，traduits par H. Grégoire & J.
Meunier，Paris：Les Belles Lettres，2003.

现代译本

《酒神的伴侣》一剧的现代译本多达几十种，主要集中在20世纪，近年也不断有新译本出现。[①]默雷于20世纪初先后译出欧里庇得斯的5个剧本《希珀吕托斯》(1902)、《酒神的伴侣》(1904)、《特洛亚妇女》(1905)、《厄勒克特拉》(1905)和《美狄亚》(1910)。这5个译本最初以单行本形式发行，后收于《默雷的欧里庇得斯》，附莫伍德(James Morwood)的前言。[②]默雷认为，要翻译欧里庇得斯的剧本，首先必须抓住欧里庇得斯的精神。在翻译中，默雷采用了韵文的译法，并试图还原原剧的韵律。迄今为止，只有他的译本通篇采用了押韵的译法。应该说，默雷的译文代表了这个方向所做的最大努力。不过，对照希腊原文看，默雷的译本颇为随意。兴许为了追求韵律的缘故，他对许多语词的处理，有以文害意之嫌。总体而言，他的译本充满戏剧性，更适合舞台。据说，默雷的译本是20世纪初的英国畅销书，在美国也有相当的影响力。他的译本尤受戏院经理青睐。基于默雷译本编排的《酒神的伴侣》，于1908年首次搬上戏剧舞台。

洛布古典丛书(Loeb Classical Library)先后于1912年和2002年推出了《欧里庇得斯全集》的希英对照本。秉承洛布丛书的一贯风格，这两个译本基本采用直译，很少意译，对希腊原文的理解也基本无误。1912年本由韦(Arthur S. Way)译出(收于卷三)，

---

① 关于欧里庇得斯《酒神的伴侣》一剧的现代翻译与改编，可参 Simon Perris 的博士论文，Literary Translation and Adaptation of Euripides' Bacchae in English in the Modern Era，Diss. University of Oxford，2009。

② Gilbert Murray，*Gilbert Murray's Euripides: the Trojan Women and Other Plays*，Exeter：Bristol Phoenix Press，2005.

这个本子采用诗行体，流传甚广，出版后多次重印。[1]应该说，韦本译文比较精准，在很大程度上还原了希腊原文，只是在有些语词的选择上略显古奥，最大的不足是没有注释。另外，可能由于年代相对早，当时依据的希腊原文底本不够权威，导致在某些语词的理解上偏离原文。2002年科瓦奇基于更可靠的校勘本（多兹，1960；鲁，1970—1972；西福德，1996；等等）重新翻译了《酒神的伴侣》。[2]科瓦奇的译文为散文体，整体晓畅，带简注。

1970年，柯克推出了他的《酒神的伴侣》英译本（1979年再版）。[3]译本基于多兹的校勘本，就原文存疑的一些语词对参了其他校勘本。这个本子采用诗体翻译，紧扣希腊原文，基本上是逐行的精准翻译，在不影响理解的情况下，甚至做到了字对字的翻译。译者的初衷就是提供一个精准的译本。柯克清楚，这势必影响译本的可读性。但他认为，为了最大限度还原原文，译文中出现的些许不太自然之处无伤大雅。从目前来看，这个本子最贴近希腊原文。值得一提的是，柯克的译本还附有大量文史性注解，有助于我们整体把握文本的脉络和发展。

西福德也于1996年出版了自己的英译本，并附有极为详尽的注释。西福德译本堪称现代译本的集大成者，广采前人的研究和权威校勘本。西福德对希腊原文把握精准，采用散文体，读来优美流畅。他还在附录中附上了《受难的基督》中引用《酒神的伴侣》的诗行，对确定这部悲剧的佚失部分提供了依据。[4]

[1] *Euripides*（4 vols）, trans. by Arthur S. Way, Cambridge, Massachusetts: Harvard University Press, 1912/1919/1925/1930/1942/1950/1962.

[2] *Euripides: Bacchae, Iphigenia at Aulis, Rhesus*, edited & trans. by David Kovacs, Cambridge, Massachusetts & London: Harvard University Press, 2002.

[3] *The Bacchae of Euripides*, trans & with an Introduction and Commentary by G. S. Kirk, Cambridge, London, New York, Melbourne: Cambridge University Press, 1979.

[4] Richard Seaford, *Euripides: Bacchae*, England: Aris & Philips Ltd., 1996/2011.

除上述译本外，还有一些较为重要的英译本。[①]

在法语学界，拉克鲁瓦和格雷瓜尔的本子值得一提。拉克鲁瓦的《酒神的伴侣》译本于 1976 年问世，后又多次重印。译本采用散文体翻译，译文总体准确，但在一些语词的理解上有所偏差。不过，这个译本对文本的注释很详细。拉克鲁瓦还在译本后附上了对剧中抒情歌的韵律分析。[②] 美文出版社（Les Belles Lettres）于 2002 年推出了欧里庇得斯全集的希法对照本，格雷瓜尔在对希腊原文进行校勘后重新翻译了原文。[③] 格雷瓜尔译本采

[①] Euripides, *The Tragedies of Euripides* (2 vols.), trans. by T. A. Buckley, London: Henry G. Bohn. 1850; Henry Hart Milman ed., *The Bacchanals and Other Plays by Euripides*, trans by H. H. Milman & M. Wodhull, Lond. & C., 1888; James E. Thorold Rogers, *The Bacchae of Euripides*, 1872; David Grene & Richmond Lattimore eds., *Euripides V: Electra, The Phoenician Women, The Bacchae*, trans. by William Arrowsmith, Chicago & London: The University of Chicago Press, 1959/1963; Donald Sutherland, *The Bacchae of Euripides: a New Translation with a Critical Essay*, Lincoln, London: University of Nebraska Press, 1968; Euripides, *The Bacchae*, trans. & introduction by Michael Cacoyannis, Meridian, 1987; *The Bacchae of Euripides: a New Version*, trans. by C. K. Williams, New York: Noonday Press, 1990; *Bakkhai*, trans. by Reginald Gibbons, Oxford: Oxford University Press, 2001; *Three Plays of Euripides: Alcestis, Medea, The Bacchae*, trans. by Paul Roche, New York: W. W. Norton & Company Inc., 1974; David R. Slavitt & Palmer Bovie eds., *Euripides, 1: Medea, Hecuba, Andromache, The Bacchae*, trans. by Daniel Mark Epstein, Philadelphia: University of Pennsylvania Press, 1998; David Grene & Richmond Lattimore eds., *Euripides V: Electra, The Phoenician Women, The Bacchae*, trans. by William Arrowsmith, Chicago & London: The University of Chicago Press, 1959/1963; John Buller, *The Bacchae*, Oxford: Oxford University Press, 1992; David Greig, *The Bacchae*, London: Faber, 2007; Neil Curry, *The Trojan Women, Helen, The Bacchae*, Cambridge: Cambridge University Press, 1981; Derek Mahon, *The Bacchae*, Oldcastle: Gallery, 1991; Euripides, *Ten Plays by Euripides*, trans. by Moses Hadas & John McLean, Bantam Books, 1960; Paul Woodruff, *Bacchae*, Hackett Publishing Co., 2011.

[②] Maurice Lacroix, *Les Bacchantes d'Euripide*, Paris: Les Belles lettres, 1976/1978/1999.

[③] Euripide, *Tragédies*, t. 6, 2e partie: *Les Bacchantes*, traduits par H. Grégoire & J. Meunier, Paris: Les Belles Lettres, 2003.

用散文体，译文总体可信，文笔也很流畅，但有些语词没有紧扣希腊原文。另外，这个译本带有大量注释，主要是语文学上的考订，也含少量义理阐发。其他法译本还有让·博拉克和马约特·博拉克等人的本子。①

在德译本方面，主要有韦克莱因和维拉莫维茨的本子。②贝克威恩的 1888 年校勘本就是基于韦克莱因本。维拉莫维茨是知名古典语文学学者，他对欧里庇得斯戏剧的研究也做出了巨大的贡献。

迄今，《酒神的伴侣》中译本主要有三个：大陆有罗念生先生译本（上海：上海人民出版社，2004）和张竹明先生译本（南京：译林出版社，2007）；台湾有胡耀恒、胡宗文合译本（台北：联经，2003）。从译名来看，大陆通常译为《酒神的伴侣》，台湾则译为《戴神的女信徒》。张竹明先生译本和台湾本均采用诗体翻译；罗念生先生在翻译时采用散文体，却不失韵味。总体来看，罗念生先生的译文典雅流畅，对希腊文的把握精准，并带详注，仍是目前最好的译本之一。张竹明译本带有简单边注，台湾本的译注也较详实。

义疏本

贝茨（William Nickerson Bates）对欧里庇得斯的剧本疏解较为全面。在《欧里庇得斯：人性的研究者》中，贝茨简要疏解了欧里庇得斯的所有传世剧本，并大致介绍了佚失的 55 个剧本。

① Euripide, *Les Bacchantes*, traduits par Jean Bollack & Mayotte Bollack, Paris：Les Editions de Minuit, 2005.
② *Tragödien des Euripides*, N. Wecklein, Leipsig：B. G. Teubner, 1876/1888；*Griechische Tragödien*, Wilamowitz-Moellendorff, Beilin：Weidmannsche Buchhandlung, 1923.

限于篇幅，贝茨对每部剧的评论都只是蜻蜓点水。但诚如他所言，要完全理解欧里庇得斯的戏剧思想，仅仅研究他的现存剧本（不到全部的 1/4）显然不够。尽可能全面把握诗人的所有剧本，对研究他的单个剧本大有裨益。[1]

《酒神的伴侣》的义疏本较多，20 世纪和近 10 年不断有解读本出现。《酒神的伴侣》与文学和宗教的关系不言而喻，多数学者在解读该剧时也特别关注这两个方面，但也不乏学者能打破单一视角的局限，综合文学、政治、哲学等不同角度，对《酒神的伴侣》进行全面疏解。

笔者所掌握的最早义疏本是诺伍德出版于 1908 年的本子。[2] 此书共十章，后附三篇附录。诺伍德指出，欧里庇得斯的宗教信仰问题仍悬而未决。他认为，《酒神的伴侣》是欧里庇得斯最后一部完整的经典之作，欧里庇得斯写作此剧时思想也最为成熟，鉴于《酒神的伴侣》的独特地位，诗人在剧中表明的对诸神看法，很可能就是他本人最真实的看法。诺伍德还不忘提醒，欧里庇得斯虽欲借《酒神的伴侣》总结对宗教的看法，但并不意味着诗人会原原本本地把他的真实想法和盘托出。在诺伍德看来，欧里庇得斯是一名"柏拉图"式的剧作家，常将幽微的奥义藏于显白的意思下。这就要求读者阅读时必须认清欧里庇得斯的双重身份：他不仅是出色的诗人，还是深刻的思想家。本着这样的初衷，诺伍德开始了对《酒神的伴侣》的详细解读。在第二章，作者总结了欧里庇得斯对民间宗教的态度。他认为，诗人屡受渎神指控，仍频频触及敏感的宗教问题，完全是他的一厢情愿，甚至是他的

---

[1]　William Nickerson Bates，《欧里庇得斯：人性的研究者》(*Euripides: a Student of Human Nature*)，前揭，页 202。

[2]　Gilbert Norwood，《〈酒神的伴侣〉之谜：欧里庇得斯的晚期宗教观》(*The Riddle of the Bacchae: the Last Stage of Euripides' Religious Views*)，Manchester：Manchester University Press，1908。

抱负——对自己的邦民进行启蒙。换句话说，欧里庇得斯打算借他的诗才驱除宗教的迷雾，让人认清宗教的真实面目。在第三章，作者总结了《酒神的伴侣》一剧中存在的一些传统难题，例如酒神的复仇形象、卡德摩斯所遭受的惩罚等。最后，诺伍德总结了欧里庇得斯对宗教的真实态度。他认为，欧里庇得斯晚年重回传统主题，只是出于其伦理学家身份的考虑，他反宗教的立场并未改变。诺伍德解读细致，他从宗教角度对《酒神的伴侣》所做的阐发仍大有启发。

英格拉姆的义疏本出版于 1948 年，第二版附伊斯特林（P. E. Easterling）的前言，是目前为止最好的《酒神的伴侣》义疏本之一。[①] 全书凡十二章，后附一篇独立小文《欧里庇得斯与理性主义者》（"Euripides and the Rationalist"）。在导读部分，英格拉姆表明，《酒神的伴侣》一剧要处理的主题非同寻常。该剧的主题与古希腊悲剧的多数主题并无二致，但欧里庇得斯悄然引入了"历史事件"——新神狄俄倪索斯来到希腊。然而，新教与城邦格格不入，对城邦构成极大威胁。英格拉姆指出，欧里庇得斯笔下的酒神模棱两可，却又魅力十足，充满了诸种不确定性。针对剧中的几个主要角色，英格拉姆提出了一系列颇值得思考的问题，譬如，欧里庇得斯为何赋予狄俄倪索斯"理性和节制的特性"，又将"远非理性主义者"的彭透斯刻画成"带有某种飘忽不定的情感主义"？为何在欧里庇得斯笔下，狄俄倪索斯不仅拥有"智慧"，而且"聪明"？在欧里庇得斯对剧中的先知忒瑞西阿斯这个人物的处理方式上，英格拉姆更是提出了自己的疑惑：身为古老宗教代表的忒瑞西阿斯为何为新教辩护，俨然成了新教代言人？

---

① Winnington-Ingram，《欧里庇得斯与狄俄倪索斯：〈酒神的伴侣〉义疏》（*Euripides and Dionysus: an Interpretation of the Bacchae*），London：Gerald Duckworth & Co., Ltd.，1948/1997/2003。

英格拉姆对文本的解读并不局限于某种特定的理论，而是直接深入文本，试图理解诗人的意图，读来有令人振聋发聩之感。他的义疏本不仅为我们深入理解《酒神的伴侣》提供了一盏明灯，也树立了一种对待经典文本的可贵态度。

萨瑟兰在他的新译本 [①] 后附有一篇对《酒神的伴侣》的解读，主要运用了亚里士多德的《诗术》(*Poetics*)。他认为，《酒神的伴侣》不仅与希腊悲剧的衰退景象不符，也迥异于欧里庇得斯的其他剧本。《酒神的伴侣》一剧激发的极度怜悯与恐惧，使它当之无愧地成为欧里庇得斯"最悲惨"的悲剧。质而言之，欧里庇得斯想要在《酒神的伴侣》中呈现的终极问题，关乎宇宙论的问题——理性的人与非理性的神的关系、理性本身与神秘主义的关系、文明对抗野蛮与自然力量、城邦对抗荒野、城邦对抗人性、男性压制女性。通过探讨这些最为普遍的问题，欧里庇得斯的悲剧才成功地激发了最为强烈的怜悯和恐惧。萨瑟兰的义疏大致参照了亚里士多德的悲剧理论，按照悲剧各要素对《酒神的伴侣》做出了比较细致的解读。尽管现在看来，萨瑟兰对亚里士多德《诗术》存在某些误解（譬如他认为亚里士多德仅把悲剧视为"娱情"的手段），但他的某些观点有助于对剧本的理解。

吉拉尔的《暴力与神圣》主要考察了原始宗教与暴力的关系。[②] 这本书在20世纪七八十年代影响甚广。吉拉尔认为，人类的早期宗教几乎均与暴力有关。在各种仪式中，通过献祭这种集体暴力的方式，引发我们的神圣感。吉拉尔经考察后发现，几乎每个社会都存在一些允许故意违犯日常礼法的节庆活动。从广义

[①] Donald Sutherland，《欧里庇得斯的〈酒神的伴侣〉》(*The Bacchae of Euripides: a New Translation with a Critical Essay*)，Lincoln, London：University of Nebraska Press，1968。

[②] René Girard，《暴力与神圣》(*Violence and the Sacred*)，trans. by Patrick Gregory，Baltimore：Johns Hopkins University Press，1979/1981。

上理解这种违犯，就意味着消除一切差异。献祭行为既标志着节庆的高潮，也意味着节庆活动的结束，而节庆的根本目的是为献祭行为设立平台。在《酒神的伴侣》中，欧里庇得斯突出了差异的消解，因为酒神消除了人与人之间的一切差异。吉拉尔指出，剧中所谓的"奇怪的祸事"其实就是献祭行为所引发的危机，能以迅雷不及掩耳之势引发人的疯狂举动。尤其值得注意的是，在这种献祭行为所引发的危机中，最终凯旋的是暴力本身。酒神狂欢不仅破坏了社会秩序，最终还使整个社会制度土崩瓦解。吉拉尔表示，归根结底，《酒神的伴侣》一剧要处理的主题就是失控的节庆活动：旨在引发神圣感的暴力既创造秩序，最终也将秩序毁于一旦。

西格尔（Charles Segal）是哈佛大学古典学教授，长期致力于古希腊诗歌（尤其是悲剧诗）研究。他对《酒神的伴侣》的解读亦做出了重大贡献，多次撰文研究此剧，于1982年出版了专著《酒神的诗学与欧里庇得斯的〈酒神的伴侣〉》（1997年出修订版）。[①]目前看来，此书仍是《酒神的伴侣》最有分量的义疏本之一。全书共九章，书后附长文总结了学界对酒神和《酒神的伴侣》的研究概况。西格尔开门见山指出，任何文学批评都要关注研究对象欲呈现的生活景象。《酒神的伴侣》不仅深植于公元前5世纪古希腊的智性、艺术和宗教生活，对现代也有意义。在西格尔看来，剧中关注的秩序和界限的消解问题仍是当下值得关注的主题。《酒神的伴侣》是一本关于原始力量、不同文化冲突，以及建构现实的不同方式的剧作。他对剧本，尤其是对集中体现在狄俄倪索斯身上的诸种充满矛盾的因素的分析富有说服力。他还指

---

① Charles Segal，《酒神的诗学与欧里庇得斯的〈酒神的伴侣〉》（*Dionysiac Poetics and Euripides' Bacchae*），Princeton，New Jersey：Princeton University Press，1982/1997。

出，呈现在《酒神的伴侣》中的不同空间（家、城邦、山），基本构筑了整个剧本的张力。外来的酒神时刻威胁着城邦。在对文本进行解读时，西格尔充分运用了 20 世纪流行的文艺理论。譬如，在第二至第五章中，他主要运用了结构主义的分析方法；在第六章，他又转向心理分析，最后三章的分析，他转而采用德里达等人的后结构主义分析方法。西格尔自称运用了多种现代理论，实际解读中却未拘泥于特定的理论，而是紧扣文本对剧本做出了令人信服的深刻解读。

纳斯鲍姆为威廉斯的新译本写了长篇导读[①]，整体疏解了《酒神的伴侣》一剧。纳斯鲍姆独辟蹊径，选择从剧本结尾开始解读。她表示，《酒神的伴侣》要求读者准确把握变幻不定的酒神。由于狄俄倪索斯捉摸不定，读者对他的认识也不断变化，要充分理解酒神绝非易事。纳斯鲍姆从歌队的一首抒情歌入手，呈现了狄俄倪索斯宗教中普遍存在的双重性。欧里庇得斯往往将最残酷与最美之物的结合贯穿全剧。譬如，狄俄倪索斯在开场自述身世时，就结合了生与死两个极端。通过这些独特的描写方式，欧里庇得斯使全剧陷于持续的变动和张力中。纳斯鲍姆进而表明，某种难以确定的宇宙论就从这些变动和张力中生发，把人类含混且不固定地定位于动物与诸神之间。纳斯鲍姆承认，柏拉图和色诺芬等人对诸神的"简单"描述有深刻依据，但在讲故事的复杂传统中，这种"简单"观点也变得深刻和复杂。纳斯鲍姆以此来解释《酒神的伴侣》中狄俄倪索斯的动物形象：一方面，狄俄倪索斯高高在上；另一方面，他毫无同情，也无正义，降到了城邦礼法之下。纳斯鲍姆最后简评了尼采的观点。她认为，尼采从《酒神的伴侣》所描述的宗教中找到了医治现代病的可能。

[①] Martha Nussbaum, "Introduction", *The Bacchae of Euripides: a New Version*, trans. by C. K. Williams, New York: Noonday Press, 1990.

　　费希尔的《肆心：古希腊荣誉与羞耻的价值研究》集中探讨了古希腊社会对荣誉与羞耻的看法。[①] 此书共十三章，作者的研究对象包括古希腊的一些重要诗人和哲人。在前言中，作者首先辨析了 hybris[肆心]一词的丰富内涵。在谈及欧里庇得斯时，费希尔分析了他的几个剧本，尤其是《酒神的伴侣》。他注意到，此剧触及的诸多主题都相当大胆，充满"肆心"。譬如，剧中充斥着价值相对主义，多次公开辩论宗教的性质，并把酒神刻画成残忍的复仇者形象。费希尔断言，《酒神的伴侣》是古希腊文学中最具肆心的作品之一，也暴露了欧里庇得斯的肆心。诗人让狄俄倪索斯正当地指控彭透斯的渎神罪，还让彭透斯正当地宣称狄俄倪索斯是伪神。这种大胆的描述实则表现了诗人的双重肆心。费希尔先考察了 hybris 在剧中的首次出现。彭透斯用 hybris 指责城邦女子的可耻行为。但这种指控只是加重了此剧的"肆心"。因为彭透斯的指控针对城邦中的女子，实际上也控诉了使她们离家出走的酒神。彭透斯亵渎诸神的言论同样充满"肆心"。费希尔认为，彭透斯充满"肆心"的疯狂行为，使人无法将他认定为传统意义上的悲剧英雄。在作者看来，欧里庇得斯的悲剧侧重于关注人类普遍的"肆心"倾向。

　　莱尼克斯的《酒神的城邦：欧里庇得斯〈酒神的伴侣〉研究》[②] 含十七章，第一章简要梳理了欧里庇得斯的晚期剧本，并勾勒了欧里庇得斯这一时期的基本思想。作者认为，《酒神的伴侣》与诗人的其他晚期剧作均透露，晚年的欧里庇得斯着重关注传统政治领导权效能的消失。他在这些剧本中其实描写了失败的传统社会结构。《酒神的伴侣》是诗人的精心之作。这首先体现在诗人有

---

① N. R. E. Fisher，《肆心：古希腊荣誉与羞耻的价值研究》(*Hybris: a Study in the Values of Honour and Shame in Ancient Greece*)，Warminster：Aris & Phillips，1992。

② Valdis Leinieks，《酒神的城邦：欧里庇得斯〈酒神的伴侣〉研究》(*The City of Dionysos: a Study of Euripides' Bakchai*)，Stuttgart：Teubner，1996。

选择地呈现了酒神崇拜。欧里庇得斯选取了酒神崇拜的一些典型状态，如迷狂、疯狂和错觉，同时又抹去了酒神崇拜的另一些特质。在《酒神的伴侣》中，欧里庇得斯有意剔除酒神崇拜的秘仪色彩。剧中的酒神狂欢教仪没有入教限制，更像普世性宗教。结合对公元前 5 世纪古希腊政治社会的考查，莱尼克斯断定，《酒神的伴侣》是欧里庇得斯的政治宣言，试图为走向末路的雅典民主制开出"良方"。伯罗奔半岛战争结束前的雅典经历了深刻的反省。索福克勒斯、阿里斯托芬和欧里庇得斯无一不借作品表达对时局尤其对雅典民主制的深思。《酒神的伴侣》则代表了欧里庇得斯的看法。不同于索福克勒斯选择了往后看，欧里庇得斯选择了普世的自由与统一等民主观念。恰如他在剧中所呈现的狄俄倪索斯宗教，欧里庇得斯期待的民主社会，不仅人人有参政自由，而且人人有自由选择自己喜欢的生活。欧里庇得斯的提法具有革命性的意义，迟至百年之后，人们才在廊下派那里找到这种城邦样式。在具体分析时，莱尼克斯旁征博引了修昔底德、品达等人的作品，显示了极为深厚的古典语文学功底。

西格尔为吉本斯的新译本写了一篇导读。[①] 西格尔认为，狄俄倪索斯是解放之神。他的到来必然遭到重视礼法与秩序以及军事权威的彭透斯强烈抵制。新教的到来还提出了一个棘手的问题：在一个健全的社会秩序中，如何平衡约束与自由。城邦必须找到某种稳妥的方法，接受或拒绝酒神。西格尔表示，欧里庇得斯没有简单看待酒神问题，而是采用某种超越此剧历史和宗教时刻的方式，客观考察了酒神崇拜的复杂性。在西格尔看来，酒神在雅典的一大社会功能，是它与城邦民主精神的和谐一致。狄俄倪索斯是一位平等神（leveling god）。酒神崇拜带

① Charles Segal, "Introduction", *Bakkhai*, trans. by Reginald Gibbons, Oxford: Oxford University Press, 2001.

来普世平等。这就引发了礼法与自然对立的古老问题。公元前5世纪末的主要哲学与伦理学论辩即围绕二者展开。当时的各种学说试图弥合礼法与自然的分歧，这在《酒神的伴侣》中也有体现。不过，这部戏剧并不认为自然优于礼法。剧中的卡德摩斯、忒瑞西阿斯和歌队均暗示，酒神崇拜不仅带来了自然，也带来了礼法。与之对抗的彭透斯认为，礼法（社会制度）必须将教化强加于自然，并有所约束。歌队暗示，礼法基于自然，酒神也能达成自然与教化、本能与礼法的平衡。只因敌对双方各执一词，使这种平衡无法达成。西格尔对剧中自然与礼法冲突的分析，对我们深刻理解《酒神的伴侣》提供了一个方向。西格尔最后还表示，要想摆脱酒神崇拜的可怕，享受酒神迷狂式的愉悦，不在狂欢，而在更为温和的戏剧表演。戏剧表演将狄俄倪索斯安全引入城邦，借助悲剧的表现形式，各种充满矛盾的因素安全地结合在一起。最后，在对真相的认识中，观众得到是某种净化的整一体，而非疯狂和恐惧。

阿莎埃尔在《欧里庇得斯、哲人与悲剧诗人》中着重考查了欧里庇得斯的双重身份：悲剧诗人和哲人。[①] 总体而言，阿莎埃尔的解读偏形而上学。全书分四大部分。在分析完欧里庇得斯的宇宙观后，她转而分析了欧里庇得斯的认识论。阿莎埃尔认为，欧里庇得斯深信人类智慧的力量。但欧里庇得斯一方面信赖理性，质疑诸神的存在——在《酒神的伴侣》一剧中，他不仅表现出对古老传说的批评，还表现出某种科学的强烈诉求，又认为完全理性的推理方法不足以得出对诸神的完全认识。欧里庇得斯时代的哲人都遇到了神的问题。欧里庇得斯的高明之处在于，他借助（某种意义上非理性）诗性体验，顺利进入人类理

---

① Jacqueline Assaël，《欧里庇得斯、哲人与悲剧诗人》(*Euripide, philosophie et poète tragique*)，Leuven：Peeters，2001。

解禁区。因此,《酒神的伴侣》预设了一种认识神的方式。这个剧本的创作代表了欧里庇得斯为此做出的最大努力。他要借作诗的方式超越理性的诸限度，获得真正的智慧。阿莎埃尔还注意到，在欧里庇得斯的抒情诗中往往暗藏对自然法的颠覆。在《酒神的伴侣》中，诗与哲学的联系可能比欧里庇得斯的任何其他作品都紧密。诗歌的想象弥补了理性思考的不足。在《酒神的伴侣》中，欧里庇得斯完美结合了诗歌创作与哲学的理性推理。阿莎埃尔断言，倘若哲学旨在超越神秘主义与理性主义的分野，《酒神的伴侣》就是超越这种分野的完美尝试。但这也迫使人类不得不生活在这种残酷的张力中。阿莎埃尔虽未大费周章地解读《酒神的伴侣》，但她的解读颇具洞见。

除了上述义疏本，还有一些对《酒神的伴侣》的解读，也值得参考。①

---

① 参 Paul Emond,《酒神的伴侣》(*Les Bacchantes*)，Lansman，2002；Jean Bollack，《酒神与悲剧：欧里庇得斯〈酒神的伴侣〉中的神人》(*Dionysos et la tragédie: le Dieu homme dans les Bacchantes d'Euripide*)，Paris：Bayard，2005；Wole Soyinka,《欧里庇得斯的〈酒神的伴侣〉：一次集体仪式》(*The Bacchae of Euripides: a Communion Rite*)，London：Eyre Methuen，1973；Sophie Mills,《欧里庇得斯的〈酒神的伴侣〉》(*Euripides: Bacchae*)，London：Duckworth，2006；Chiara Thumiger,《隐秘之径：欧里庇得斯的〈酒神的伴侣〉》(*Hidden Paths: Euripides' Bacchae*)，London：Institute of Classical Studies，2007；Hans Oranje,《欧里庇得斯的〈酒神的伴侣〉：戏剧与观众》(*Euripides' Bacchae: the Play and Its Audience*)，Leiden：E. J. Brill，1984；William Sale,《存在主义与欧里庇得斯：疾病、悲剧与〈美狄亚〉〈希珀吕托斯〉和〈酒神的伴侣〉中的神性》(*Existentialism and Euripides: Sickness, Tragedy and Divinity in the Medea,the Hippolytus and the Bacchae*)，Berwick：Aureal，1977；Bernhard Gallisti,《欧里庇得斯〈酒神的伴侣〉中的忒瑞西阿斯》(*Teiresias in den Backchen des Euripides*)，Universität Zürich，1979；Jens Holzhausen,《欧里庇得斯政治学：〈俄瑞斯忒斯〉和〈酒神的伴侣〉中的正义与复仇》(*Euripides Politikos: Recht und Rache in "Orestes" und "Bakchen"*)，Mnchen：K. G. Saur，2003；Jene A LaRue,《赤裸的淫欲：欧里庇得斯笔下彭透斯的心理》(*Prurience Uncovered: the Psychology of Euripides' Pentheus*)，Athens，GA：Classical Association of the Middle West and South，Inc.，1968。

　　《酒神的伴侣》中译文根据古希腊原文（主要据多兹校勘本）译出，并参考了柯克和西福德的英译本及鲁的法译本等译本。笺释部分主要采用了多兹（简称[*D*本]）、桑蒂斯（简称[*Sa*本]）、柯克（简称[*K*本]）和西福德（简称[*Se*本]）的英文笺注，以及鲁（简称[*R*本]）、格雷瓜尔（简称[*G*本]）和拉克鲁瓦（简称[*L*本]）的法文笺注，还适当吸收了贝克威思（简称[*B*本]）早期校注本里的注解。

　　笔者在翻译过程中还参考了罗念生、张竹明等人的中译本。译事艰难，此笺注本前前后后历经近十年才得以完成。但疏漏讹误之处终恐难免，还盼方家批评指正。

目　录

《酒神的伴侣》

内容提要

《酒神的伴侣》内容提要

狄俄倪索斯的忒拜亲人否认他是神；狄俄倪索斯便对之展开应有的报复。他让忒拜女子发狂，卡德摩斯的女儿们还率领狂欢歌舞队进入基泰隆山。现在，年迈的卡德摩斯……① 接过王位的阿高厄之子彭透斯却对发生之事暴跳如雷，逮捕了一些狂女，[5]还派其余人去捉拿酒神。卫兵抓住了束手就擒的酒神，把他带到彭透斯跟前。彭透斯命士兵将酒神捆绑收监。彭透斯不仅扬言狄俄倪索斯不是神，还敢为对抗人类的任何事。酒神让大地震动摧毁王宫，并把彭透斯领进基泰隆山。[10]他成功说服彭透斯扮成女人去查探山上的狂女；以彭透斯之母阿高厄为首的狂女把彭透斯撕裂。得知此事的卡德摩斯搜集了彭透斯的残肢断臂，怀抱儿子头的母亲阿高厄最后意识到这点。狄俄倪索斯随后现身，〈……〉既对全体宣告，[15]也向每个人预言即将发生之事，他也因此不再受人微词。

拜占庭的阿里斯托芬的内容提要

狄俄倪索斯已是神，彭透斯却不愿接受其秘仪；狄俄倪索斯便让母亲的姐妹们发狂，迫使她们撕裂了[20]彭透斯。该神话出现在埃斯库罗斯的《彭透斯》中。

---

① ［译按］省略号表示此处文字有脱漏，下同。

《酒神的伴侣》场次

《酒神的伴侣》人物、布景、时代

人　物

（以进场先后为序）

狄俄倪索斯（Διόνυσος）　　酒神，宙斯与卡德摩斯的女儿塞墨勒之子

歌队（χορός）　　酒神狂女，一群来自吕底亚的小亚细亚妇女

忒瑞西阿斯（Τειρεσίας）　　忒拜盲先知，司掌阿波罗神庙

卡德摩斯（Κάδμος）　　　　忒拜老王、阿高厄之父

彭透斯（Πενθεύς）　　　　　忒拜国王、阿高厄之子

卫队长（θεράπων）　　　　　彭透斯的卫队长

信使一（ἄγγελος）　　　　　彭透斯的牧人

信使二（ἕτερος ἄγγελος）　　彭透斯的侍从

阿高厄（Αγαύη）　　　　　　卡德摩斯的女儿、彭透斯的母亲

布　　景

忒拜现任国王彭透斯的王宫前院，一旁是塞墨勒的坟墓。

时　　代

英雄时代

一　开场（行1—63）

狄俄倪索斯从舞台一方上。

狄：我来到，身为宙斯之子，忒拜人的这片土地，
　　我，狄俄倪索斯，乃卡德摩斯的女儿所生，
　　塞墨勒借着霹雳火诞下了我。
　　我由神样化作凡形，
[5]　经过狄耳刻泉和伊斯墨诺斯河。
　　我看见遭雷击的母亲的坟墓，
　　就在这王宫旁，她的房间的断壁残垣
　　正冒着烟，还闪着宙斯的火焰，
　　那是赫拉对我母亲永不泯灭的肆心。
[10]　我赞美卡德摩斯，他使此地——他女儿的坟陵
　　神圣不可侵犯；而我，用了无数葡萄藤
　　新枝将此地四周围起。
　　我离开了盛产黄金的吕底亚土地
　　和弗里吉亚，途经骄阳炙烤的波斯高原、
[15]　巴克特里亚城关、严酷的
　　墨迪亚、富庶的阿拉伯，
　　以及亚细亚的所有滨海城邦，
　　城中矗立着美丽的望塔，
　　希腊人与外邦人杂居其间。
[20]　我曾在这些地方组建歌舞队，订立我的
　　秘仪，我要向凡人显示我是精灵。
　　我第一次来到希腊人的这座城邦，
　　在希腊这片土地上，我第一个让忒拜
　　狂欢作乐，让她们腰缠幼鹿皮，

［25］把酒神杖——缠着常春藤的标枪交到她们手中。
　　因为我母亲的姐妹们——她们最不该中伤我，
　　说我狄俄倪索斯不是宙斯所生，
　　还说塞墨勒跟某个凡人有了私情，
　　却把这失身的罪过推给宙斯——

［30］出自卡德摩斯的计谋；她们夸口说
　　宙斯为此杀死了她，因为塞墨勒在姻缘上撒了谎。
　　因此，我使她们发狂，自行离家
　　出走，她们现居山间，心智狂乱。
　　我强迫她们穿上我秘仪的服饰，

［35］卡德墨俄家族的全体女后裔，所有
　　女子，我都使她们疯狂，离家出走；
　　她们和卡德摩斯的女儿们混在一起，
　　坐在绿枞树下的裸岩上。
　　因为这座城邦必须彻底认识到——虽然它不愿意

［40］——不加入我狂欢仪式的后果；
　　我还要替母亲塞墨勒辩护，通过向凡人
　　显示，她为宙斯所生的是一位精灵。
　　卡德摩斯把他的王权和绝对权力
　　交给他女儿所生的彭透斯。

［45］此人与本神作对，奠酒没我的份，
　　祈祷时也从不提我。
　　因此，我要证明自己是神，
　　向他和所有忒拜人。这里的事处理
　　妥当后，我就会去别处

［50］证明真身；但若忒拜人的城邦
　　企图愤怒地用武力把我的信徒们赶出山，
　　我会率领狂女们一起战斗。

　　　　为此，我化作凡人的样子，

　　　　将我的相貌变成凡人的形态。

[55] 你们这些离开特摩罗斯山——吕底亚屏障的女人噢，

　　　　我的狂欢歌舞队，我从蛮邦人中带出的女人们，

　　　　我的侍者和旅伴，

　　　　举起弗里吉亚城邦当地的

　　　　手鼓吧，这是母亲瑞亚和我的发明，

[60] 绕着彭透斯的家屋

　　　　敲吧，好让卡德摩斯的城邦看见。

　　　　我要进入基泰隆山谷，

　　　　和那里的信徒们一道歌舞。

　　　　狄俄倪索斯从舞台一方下。

二　进场歌（行64—169）

　　　　歌队腰缠鹿皮从舞台一方上，

　　　　有的手执神杖，有的拿着手鼓。

歌队：（序曲）

　　　　我离开亚细亚的土地，

[65] 翻过神圣的特摩罗斯山，奔向

　　　　布洛弥俄斯，这甜蜜的劳顿，

　　　　说累也轻松，向

　　　　巴克科斯神欢呼！

　　　　谁挡在路上，谁挡在路上？那是谁？

　　　　从屋子里出来，个个都要说

[70] 虔敬的话，

　　　　因为我要遵照惯有的习俗，

歌颂狄俄倪索斯。

（第一曲首节）

啊！

有幸知晓诸神教仪的人

是有福的！

这种人过着虔敬的生活，

[75] 全心加入酒神狂欢队，

　　他带着圣洁的祭品

　　进山敬奉巴克科斯，

　　并按习俗遵守

　　伟大母亲库柏勒的教仪，

[80] 手挥酒神杖，

　　头缠常春藤，

　　膜拜狄俄倪索斯。

　　前进吧，酒神的伴侣们！前进吧，酒神的伴侣们！

　　把布洛弥俄斯，这位神和神子

[85] 狄俄倪索斯迎下弗里吉亚山，

　　把这位喧闹神送入希腊

　　的宽阔街道！

　　（第一曲次节）

　　当初他

　　母亲在怀他时，

[90] 宙斯的闪电如飞而至，

　　阵痛中，她被迫

　　提前分娩，自己却在雷电的

　　打击下丧了命。

　　克洛诺斯之子宙斯

[95] 将他放入一个孕育的腔体，

藏入大腿深处，

再用金针缝合，

这才瞒过了赫拉。

待到命运女神使他发育足月，宙斯

[100] 生下一个长着牛角的神，

还在他头上缠了很多蛇，

为此，狂女们也将

这猎食野物的蛇

缠在发上。

（第二曲首节）

[105] 忒拜，养育塞墨勒的忒拜噢，

快把常春藤缠到头上！

快长出，快长出果实累累的

嫩绿藤蔓。

狂欢吧，快拿上橡树

[110] 或枞树的嫩枝，

披上梅花鹿皮，

系上白毛的羊毛

穗带！用强悍的大茴香棒使你们

圣洁！这整个地方将即刻起舞，

[115] 布洛弥俄斯率领狂欢歌舞队

进山去，进山去，那儿候着

一群女人，她们抛下

机杼和织梭，

被狄俄倪索斯逼得发狂。

（第二曲次节）

[120] 库瑞特斯的洞府噢，

克里特岛的极神圣住所，

宙斯的诞生地，

在那儿，在他们的岩洞里，头戴三鬃盔的

科律班特曾为我

［125］发明了这皮手鼓。

他们在狂欢中将鼓声

与弗里吉亚的悦耳簧管声

和谐地混杂在一起，又把这手鼓交到

瑞亚母亲手中，以使鼓声与信徒们的狂呼相应和。

［130］疯狂的萨图尔们

又从神母手中得到这手鼓，

把它带入

狄俄倪索斯喜欢的

三年一度的节庆歌舞。

（末节）

［135］多教人欢喜，他在山里，每每脱离飞奔的狂欢队，

跌倒在地。

他穿着神圣的鹿皮外套，

汲取被猎杀的山羊血，

啖食生肉，满心欢愉，

［140］奔入弗里吉亚山和吕底亚山。

领队人就是布洛弥俄斯，

哦嗬！

地面流着乳汁，流着琼浆，淌着蜂蜜。

宛若叙利亚的乳香烟

［145］雾，巴克科斯神擎着松木火炬，

烈焰从大茴香棒拖曳而出，

他疾驰着，

在欢舞中高喊，

激励掉队的队员，

[150] 柔美的发丝在空中飘扬。

在酒神信徒的狂呼声中，他如是高喊道：

"啊，前进吧，酒神的伴侣们，

啊，前进吧，酒神的伴侣们！

溪流淌着金沙的特摩罗斯山，作为它的骄傲，

[155] 用歌舞颂扬狄俄倪索斯吧，

伴着隆隆的手鼓声。

欧伊俄斯神的女信徒们，

快用弗里吉亚的欢呼呐喊声，

赞美你们的欧伊俄斯神。

[160] 合着圣笛奏出的悠扬曲调，

一道狂奔进山去，进山去！"

[165] 狂女们随即满心欢愉，

就像跟着母亲吃草的小马驹，

弹起快脚的蹄子。

三　第一场（行170—369）

忒拜盲先知忒瑞西阿斯头戴常春藤，腰缠鹿皮、手持拐杖从舞台一方上。

忒：[170]谁在入口？去把卡德摩斯叫出屋。

他是阿革诺耳的儿子，早年离开

西顿城，建造了这座忒拜城。

哪位去通报一声，就说忒瑞西阿斯

寻他。他本人晓得我的来意，

[175]老朽和这位更年长的老人有约在先：

我们要扎紧常春藤杖，披上幼鹿皮，
还要在头上缠上常春藤的嫩枝条。

卡德摩斯从宫中上。

卡：最亲爱的朋友哦，因为我在屋里就听闻，
听出你这个睿智者发出的智慧之声，

[180] 我来了，已经准备停当，穿戴好神的这整套装束。
既然他是我女儿所生，
[狄俄倪索斯已向凡人显示他是神]
我们就当倾力加强他的力量。
我们该去何处跳舞？到何处落脚，

[185] 俯仰我们的白头？忒瑞西阿斯噢，
你来引导我吧——老人引导老人，因为你有智慧。
我会不知疲倦，日日夜夜用
常春藤杖敲击地面。我们欢快地
遣年忘岁！忒：你我感受一样哩！

[190] 因为我也想变成小伙子，想要跳舞。

卡：那我们要不这就驱车进山？

忒：不，这样对神不够敬重。

卡：要我像领小孩一样领着你吗，老人领着老人？

忒：这位神会轻而易举引领我们到那儿。

卡：[195] 全城只有我们为巴克科斯歌舞致敬吗？

忒：只有我们，因为只有我们脑子好使，其他人都蠢。

卡：我们耽搁太久了，还是牵着我的手吧。

忒：来，联起手来，结成一双。

卡：我不过凡人，不敢藐视诸神。

忒：[200] 关于诸神，我们决不能耍鬼聪明。
我们已经拥有父辈的习俗，跟时间一样

古老，任何道理都不能把它们推翻，

即便是绝顶聪明之人搞出的鬼聪明。

有人会说我老不知羞吗，

[205] 因为我打算头戴常春藤去跳舞？

不会的，因为这位神并没有做出区分，

声明只有年轻人或老年人才能跳舞。

相反，他想得到所有人的共同崇敬，

不想让谁不颂扬自己。

卡：[210] 既然你看不见这阳光，忒瑞西阿斯哦，

我就变作先知，引导引导你吧。

彭透斯来了，他着急忙慌地朝王宫赶来，

厄克西翁的儿子，我已把这块土地的权力交给了他。

他有多惊慌失措啊！他究竟有什么奇闻要说？

忒瑞西阿斯和卡德摩斯立于一旁；

彭透斯从观众一方上，卫队随上。

彭：[215] 我碰巧出门在外，不在这片土地上，

就听说奇怪的祸事降临到这座城邦：

我们的女人们抛弃家庭，

去参加捏造的酒神狂欢，在草木繁茂的

山间狂奔，用舞蹈

[220] 膜拜新神狄俄倪索斯，也不管他是谁；

狂欢队中摆着盛满酒浆的

调酒缸，她们一个个溜到僻静处，

去满足男人的欲望；

她们冒称献祭的狂女，

[225] 其实把阿弗洛狄特看得重于巴克科斯神。

我已逮住不少，让她们手加镣铐，

因在由我的仆人看守的公共监牢；

那些漏网之鱼，我要把她们逐出山，

包括伊诺、阿高厄——她和厄克西翁生下了我，

[230] 以及阿克泰翁的母亲，我说的是奥托诺厄。

我还要把她们捆在铁网中，

即刻制止这邪恶的狂欢。

大伙儿还说，有个异方人进来了，

一个来自吕底亚土地的念咒巫师，

[235] 他那头栗色卷发喷喷香，

面颊绯红，双眸含着阿弗洛狄特的妩媚样。

他日夜跟年轻女人们一起厮混，

以神圣欢乐的教仪为名。

只要我将他抓捕收监，

[240] 就要制止他用常春藤杖发出声响，仰头

甩发，让他身首异处。

就是这家伙声称，狄俄倪索斯是神，

曾被缝入宙斯的大腿；

其实，他和他母亲一起被霹雳火化为灰烬，

[245] 因为她谎称了与宙斯的婚姻。

这异方人，不管他是谁，如此肆心妄为，

难道不该处以可怕的绞刑吗？

看呐，这又是一大奇观！我瞧见先知

忒瑞西阿斯竟披着梅花鹿皮，

[250] 我母亲的父亲——出尽洋相啊，狂舞着那茴香棒！

老人家哟，我羞于

见你们这把年纪，却没有心智。

你还不快甩下那常春藤冠，

扔掉手里的常春藤杖，我母亲的父亲？

[255] 忒瑞西阿斯啊，这事就是你怂恿他干的。你还企图

向人类引入一位新神，

好让你观察飞鸟，从燔祭中拿取报偿。

若不是你那花白的年老保护你，

我准让你戴上镣铐，和那些狂女们待在一起

[260] 因为你引入这邪恶的仪式；

只要女人们的聚会中有晶莹的葡萄酒，

我就敢说，那些仪式毫无健康可言。

歌队长：真是大不敬啊！异方人，你不敬诸神，

也不敬播下地生族的卡德摩斯吗？

[265] 你身为厄克西翁之子，难道要辱没家门？

忒：聪明人逮着了好的话头，

要说得漂亮并不是件难事儿；

但你虽舌头跑得快，像是有思想，

你的话里却没有心智。

[270] 胆大妄为而又能言善辩的

那种人是坏公民，因为他没有心智。

你笑话这位新神，

我说不出他在全希腊会有

多伟大。因为，年轻人噢，两位神

[275] 在人间最重要：女神得墨特耳，

就是地母，随你怎么称呼她；

她用固体粮食养育凡人；

随之而来的是塞默勒的儿子，

他发明了葡萄的液体饮品，引入

[280] 凡间，消除辛劳的凡人的

困苦，每当他们灌足了葡萄酒；

他还赐予睡梦，使他们忘却白天的不幸，

此外别无解除痛苦的解药。

他身为神祇，又被用来向诸神奠酒，

[285] 正因为他，人类才拥有各种好的东西。

你嘲笑他曾被缝入宙斯的

大腿？我要教你明白，这个故事有多美。

宙斯一把从霹雳火中夺出胎儿后，

就将他带进奥林波斯山，作为一位神祇，

[290] 赫拉原想把他扔出天庭；

好在宙斯不愧为神，将计就计。

他从环绕大地的埃忒耳上扯下

一块，并将此作为"代替"交了出去。

这才使狄俄倪索斯免除了赫拉的敌意；后来，

[295] 人们便说他被缝进宙斯的"大腿"——

他们混淆了两个名词，才编出这个故事，

因为他曾被当作"代替"交给赫拉，由一位神交给一

位女神。

这位神还是先知：因为迷狂

和疯狂都有巨大的预言能力，

[300] 每当这位神祇完全进入人体后，

他就能让进入迷狂状态的人道出未来。

他还分有阿瑞斯的一点职权；

因为武装上阵的军队严阵以待，

还没触及长矛，就因恐惧落荒而逃，

[305] 这也是源自狄俄倪索斯的疯狂。

你还会亲眼看到，他甚至在德尔菲山坡上，

举着松木火炬跃过那两座山峰的高地，

挥舞着酒神杖，扬名全希腊，

彭透斯哦，你还是听我的话吧，

［310］不要夸口说，权力意味着把强力加诸人类，

　　　　你要是这么想，你的意见就染了疾，

　　　　你这样想不审慎；你还是把这位神迎进这片土地，

　　　　快快奠酒，把常春藤冠套上头狂欢吧！

　　　　狄俄倪索斯并不强迫女人们节制，

［315］在居浦路斯岛女神方面，但一切

　　　　事物的节制永远存于天性，

　　　　我们必须注意到这点；因为，即便在酒神狂欢中，

　　　　真正有节制的女人绝不会被败坏。

　　　　瞧，你有多高兴啊，当民众拥立在城关，

［320］举邦回荡着彭透斯的名字；

　　　　那个人，我料想他也乐于受人尊崇。

　　　　所以，我和卡德摩斯，那个你讥笑的人，

　　　　要戴上常春藤冠去跳舞，

　　　　两人都白发苍苍，但我俩非去跳舞不可；

［325］我决不听你的话与神作对。

　　　　你狂入膏肓，无药可治，

　　　　正是这些药让你染病。

歌队长：老人家喔，你说这话没给光明之神斐布斯丢脸，

　　　　你尊敬布洛弥俄斯，这位伟大的神，可见你很明智。

　卡：［330］孩儿哟，忒瑞西阿斯对你的劝导很漂亮啊。

　　　　和我们待在一起，不要逾越礼法。

　　　　因为你现在很轻率，你的明智算不上明智。

　　　　即便他不是神，如你所言，

　　　　你也且称他为神吧；漂亮地扯个谎，

［335］说他就是神，这样一来，塞墨勒就像生下了一位神，

　　　　能为我们光耀门楣。

　　　　你瞧瞧阿克泰翁的悲惨命运，

在草木肥美的草原上，他叫自己豢养的
食生肉的狗崽子们撕裂，因为他夸口说，

［340］在狩猎上，他比阿耳忒弥斯更是把好手。
你可别摊上这种事；来，让我把常春藤冠
戴在你头上，随我们一起去敬拜这位神吧。

彭：别伸过手来！你发你的酒神癫去，
莫把你的愚蠢揩到我身上！

［345］你那个教授愚蠢的老师，
我定要惩罚他。（向卫队）来人啊，速去
往他那鸟占的位前，
用棍棒把它撬翻，
一股脑儿搅他个地覆天翻，

［350］把他的羊毛带也抛在风暴中！
因为这么做，我最能伤他。
其余人等全城搜查，追查
那个带女相的异方人，是他给女人们
带入了疯病，玷污了她们的床榻。

［355］此人一旦抓获，将他捆绑
押到这里，让他受石击刑
而死，叫他看看忒拜狂欢落得的下场。

众兵一部分从舞台一方下，一部分从观众另一方下。
彭透斯进宫。

忒：不幸的人呀，你不晓得你在说些什么哦！
你之前丧失了理智，现如今疯掉了。

［360］卡德摩斯，我们上路吧。我们为他
——虽然他狂暴，也为城邦恳请这位神
别做出什么出人意料

的事来。拄起你的常春藤杖随我走吧，
试着搀直我的身子，我也试着搀直你的；
[365] 两个老家伙跌上一跤可就难堪了；还是随它去吧，
因为我们得侍奉宙斯之子巴克科斯。
不过，卡德摩斯哦，但愿彭透斯不要给你家
带来"闷愁事"；我说这话可不是凭预言，
而是凭事实，因为有个蠢人在说着蠢话。

忒瑞西阿斯和卡德摩斯从舞台一方下。

四　第一合唱歌（行370—433）

歌队：（第一曲首节）

[370] 虔敬女神啊，诸神的女王，
虔敬女神噢，你鼓着金翼
掠过大地，
可听见彭透斯的这些话？
你可听见他对

[375] 布洛弥俄斯不虔敬的肆心？
对塞墨勒的儿子，对这位在戴着
美丽花冠的节会中居众有福者
首位的精灵？他带来了这些东西：
用舞蹈举行狂欢庆祝酒神节，

[380] 合着簧管音欢笑
消忧解愁，
每当葡萄酒的晶莹闪现
在诸神的宴会上，以及在那
头戴常春藤的宴饮里，

［385］调酒缸用睡眠拥抱

　　　男人们之时。

　　　（第一曲次节）

　　　口无遮拦，

　　　无法无天的蠢行，

　　　下场真不幸；

［390］安宁的

　　　生活和审慎

　　　却可保安然，维系家族；因为，

　　　乌拉诺斯的儿子们虽远住云天，

　　　却依然照看着凡人。

［395］聪明不是智慧，

　　　思索不属凡人之事也不是。

　　　人生短暂；既然如此，

　　　谁要追求伟大之物，

　　　就会连得到的东西也失去。

［400］这些是疯子和

　　　蠢人的生活方式，在我看来。

　　　（第二曲首节）

　　　我愿到居浦路斯岛，

　　　阿弗洛狄特的岛屿去，

　　　那儿有令凡人

［405］心醉神迷的爱欲神；

　　　还有那帕浦弗斯，那里不下雨，

　　　却有一条有着成百河口的外邦河流，

　　　使土地变得肥沃。

　　　或者去那最美的

［410］庇厄里亚，缪斯们的住所，

奥林波斯的神圣山坡，

把我领到那里去，布洛弥俄斯嗬，布洛弥俄斯嗬，

引领迷狂的神哦！

那儿有美惠女神，

[415]　那儿还有欲望之神；在那里，酒神的伴侣们

可以合法举行秘仪。

（第二曲次节）

身为宙斯之子的这位神

喜欢节日的宴饮，

钟爱赐福者和平之神，

[420]　那位哺育男儿的女神。

她平等赐予富人

和穷人饮酒的快乐，

借以浇愁；

她憎恨那些无心

[425]　在白天和无数可爱的夜晚，

度过愉快生活的人。

明智者会让心灵和思想远离

优异之人；

[430]　凡是多数人——

民众尊为习俗

并奉行的东西，我都欢迎。

五　第二场（行434—518）

队长携众卫兵从舞台一方上，

另一些卫兵从观众另一方上，

押着伪装成吕底亚异方人的狄俄倪索斯上，

　　　　　彭透斯从王宫上。

卫队长：彭透斯，你派我们去捕捉的这个猎物，
　〔435〕我们把它带回来了，我们这趟没白跑。
　　　　　我们发现，这畜生很温驯，没有
　　　　　拔腿开溜，而是自愿伸出双手；
　　　　　他没有吓得苍白，酒红色的面颊没有改色，
　　　　　他笑着要我们把他绑上带走，
　〔440〕他站着不动，让我毫不费劲就弄妥了。
　　　　　为此，我羞愧难当，便说道："异方人呐，抓你
　　　　　非我本意，我只是奉彭透斯之命行事。"
　　　　　至于你那些在押的女信徒们，你当初把她们抓走，
　　　　　戴上镣铐，因在公共监牢里，
　〔445〕她们已经跑了，那些解脱的女人，奔向草木茂盛的地方
　　　　　撒开了欢，高声呼喊着布洛弥俄斯神；
　　　　　镣铐自动从她们脚上松开，
　　　　　门闩也不用人手就拔开，
　　　　　自打此人进入忒拜，就充满了
　〔450〕各式各样的惊奇，余下的可就是你的事了。
　　彭：解开他的双手。他在我的猎网里，
　　　　　跑得再快也逃不出我的掌心。
　　　　　异方人哟，你这模样儿倒不难看——
　　　　　很讨女人们喜欢，就是为这，你才来到忒拜；
　〔455〕你长发飘飘，可见你不玩摔跤，
　　　　　让它披散在颊旁，充满欲望；
　　　　　你刻意保持皮肤白皙，
　　　　　避开太阳的光线，躲在凉荫下，
　　　　　用美貌俘获阿弗洛狄特。

［460］来吧，先告诉我，你是哪一族的人？

狄：我决不吹牛，这很容易回答。

　　你该听说过那鲜花遍地的特摩罗斯山吧。

彭：我晓得，它环抱着萨耳得斯城。

狄：我就打那儿来，吕底亚是我故乡。

彭：［465］你为何把这些秘仪带进希腊？

狄：宙斯之子狄俄倪索斯让我进来的。

彭：那儿还有个宙斯，生育新的诸神吗？

狄：不，就是在这儿和塞墨勒结为夫妇的那位。

彭：他强迫你，是在夜里还是当面？

狄：［470］面对面，他把教仪传授与我。

彭：你的这些教仪是什么形式？

狄：不可话与未入酒神秘仪者知。

彭：这些秘仪给献祭的人带来什么好处？

狄：说与你听有违神律，虽然值得一知。

彭：［475］你的回答好有玄机，好让我想听下去。

狄：神的秘仪憎恶惯于不虔敬的人。

彭：既然你说你清楚见过这位神，那他是个什么样？

狄：他想是什么样就是什么样；决定此事的不是我。

彭：又是狡猾躲闪，说的都是废话。

狄：［480］看来，对无知之徒讲智慧，实在不明智。

彭：你是第一个到达这里，引入这位神的吗？

狄：每个外邦人都在这些秘仪中起舞。

彭：因为他们远不及希腊人明智。

狄：那么，他们反而要好得多；习俗不同而已。

彭：［485］你举行这些祭祀活动，是在晚上还是白天？

狄：大多在晚上；黑暗带着庄重。

彭：对女人们来说，黑暗就是不忠和堕落。

狄：即使在光天化日之下，也能撞见丑事。

彭：你该为你这邪恶的诡辩受罚！

狄：[490]你无知，对神不敬，才该受罚。

彭：这个巴克科斯信徒好大胆！又善于辞令。

狄：说吧，我要遭什么难，你要对我做出什么可怕的事来？

彭：首先，我要剪掉你那头秀美的头发。

狄：我的头发是神圣的；是我为这位神而蓄。

彭：[495]然后，把你手里的那根常春藤杖交出来。

狄：你自己从我这儿夺走吧；我执的是狄俄倪索斯的神杖。

彭：我们还要把你的身体关押在监牢里。

狄：这位神会亲自解救我，在我期盼的时候。

彭：是啊，当你站在狂女们当中呼唤他时。

狄：[500]眼前，他就在近旁，看着我遭难。

彭：他在哪里，呃？我的双眼可看不见。

狄：在我身边，你不虔敬，才看不见他。

彭：（向卫队）把他抓起来！他藐视我和忒拜。

　　　一卫兵逮住狄俄倪索斯。

狄：告诉你，可别绑我，我明智，你却不明智哦！

彭：[505]我偏说"绑起来"，我比你权力大！

狄：你既不知你的命数，也不晓你在做什么，更不清楚你是谁。

彭：我是彭透斯，阿高厄之子，父亲是厄克西翁。

狄：你叫这名字，就该你遭罪。

彭：（向卫队）去吧，把他关入旁边的马厩！

[510]这样他就只能瞧见那阴沉沉的黑暗。

　　（向狄俄倪索斯）在那儿跳舞吧；至于那些你带来

　　　一起作恶的女人，我们要么卖掉，

　　　要么我制止她们用手发出砰砰的

皮鼓声，然后收为家奴，在织机上干活。

狄：［515］我这就去；命里不该有此一劫，我定不用
　　　　遭受。不过，对于你的这些肆心妄为，
　　　　狄俄倪索斯会向你讨还——你说他根本就不存在；
　　　　因为，你把那个人锁在链子里，就是对我们行不义。

　　众卫兵押着狄俄倪索斯进宫。

六　第二合唱歌（行519—575）

歌队：（首节）
　　　　阿刻劳斯的女儿噢，
［520］美丽的少女，有福的狄耳刻哟，
　　　　你曾在你的泉流中，
　　　　接纳宙斯的胎儿，
　　　　生产者宙斯一把将他
　　　　夺出不灭的火焰，
［525］藏入大腿时喊道：
　　　　"去吧，狄提拉姆波斯，进入我
　　　　这男性的子宫；
　　　　啊，巴克科斯，我要让忒拜人
　　　　用这个名字称呼你。"
［530］而你，有福的狄耳刻哟，
　　　　我领着头戴常春藤冠的狂欢队进来时，
　　　　你却一把将我推开。
　　　　你为什么拒绝我？为什么躲着我？
　　　　可是，凭那像葡萄串一样的东西——
［535］狄俄倪索斯的恩赐——发誓，

　　　你还会为布洛弥俄斯牵肠挂肚。

　　（次节）

　　　怎样、怎样的愤怒啊！

　　　彭透斯显露出，

　　　他从前源于地生

［540］龙族，地生的厄克西翁

　　　生下了他，生出这个

　　　面目狰狞的怪兽，而非

　　　有死的人类，倒像那对抗

　　　诸神的残忍的巨人族；

［545］他马上就要把我——布洛弥俄斯

　　　的侍女，困在这罗网里，

　　　他已经把我的狂欢队员

　　　关进他的屋子里，

　　　在那黑咕隆咚的隐秘监牢内。

［550］你瞧见了吗，宙斯之子，

　　　狄俄倪索斯哟，你的代言人

　　　正在与强制对抗；

　　　快来吧，王啊，挥着那金黄的

　　　常春藤杖，从奥林波斯山上下来，

［555］去制止这恶棍的肆心。

　　（末节）

　　　你究竟是在哪里用酒神杖

　　　领着你的狂欢歌舞队，狄俄倪索斯噢，

　　　是在养护野兽的尼萨山，

　　　还是在科吕基厄斯山顶呢？

［560］兴许是在那树木

　　　繁茂的奥林波斯大山深处，

俄耳甫斯曾在那儿弹奏竖琴，

用他的音乐引来树木，

招来野兽。

[565] 噢，有福的皮厄里阿，

欧伊俄斯神敬畏你，他会来

和酒神信徒们一起跳舞

狂欢，淌过那水流

湍急的阿刻西俄斯河，还要领

[570] 着跳旋舞的狂女们

跨过河父吕底阿斯河，他是

给凡人带来财富的

赐福者，我听说，

它用清澈见底的河水，

[575] 浇出一片出良驹的土地。

七　第三场（行576—861）

狄：（抒情歌，自内）

　　喂！

　　听，你们听我的声音，

　　信徒们噢，信徒们噢！

歌队：这是谁？这呼声打哪儿来？

　　　是欧伊俄斯在呼唤我吗？

狄：[580] 喂，喂！我再唤一声，

　　我是塞默勒的儿子，宙斯之子。

歌队：喂，喂，主子啊，主子啊

　　　快来我们的

　　　狂欢歌舞队，布洛弥俄斯呀布洛弥俄斯！

狄：〔585〕让大地的地面撼动起来吧，威严的地震女神！

歌队：啊！啊！
　　　彭透斯的宅子马上就要
　　　倒塌了！

歌队长：狄俄倪索斯就在这屋里；
〔590〕快向他致敬。歌队：我们向他致敬！

歌队长：你们瞧见石柱上的这些楣石
　　　正在崩裂吗？是布洛弥俄斯在
　　　屋里欢呼！

狄：快快燃起熊熊的霹雳火火炬，
〔595〕把彭透斯的宅子烧个精光，烧个精光！

歌队：啊！啊！
　　　你没瞧见火光吗？没看到
　　　塞墨勒的神圣墓冢四围冒着
　　　宙斯的霹雳火吗？那是她
　　　当初遭雷击时留下的。

歌队长：〔600〕快趴下，快把你们战栗的身子
　　　伏倒在地，狂女们；因为
　　　我们的王马上就到，这位宙斯之子
　　　要把这宅子搅个地覆天翻。

　　（抒情歌完）

　　歌队伏倒在地。
　　狄俄倪索斯仍化身异方人从宫中上。

狄：外邦的女人们哟，你们是不是着实吓坏了，
〔605〕伏倒在地？看来，你们感觉到了巴克科斯
　　　震塌彭透斯的房子；不过，你们还是起
　　　身吧，鼓起勇气，不要再哆哆嗦嗦！

歌队长：我们欧伊俄斯狂欢节最大的光哦！

我孤独寂寞，看见你多欢喜呀！

狄：[610]你们是不是陷入了绝望，当我被押进去

以为我要落入彭透斯那黑洞洞的地牢时？

歌队长：怎么能不呢？你若遭不测，谁来保护我呢？

但是，你碰上了这不虔敬之人，是怎么逃脱的呢？

狄：我自己救了自己，很容易，不费吹灰之力。

歌队长：[615]他不是用套索捆住了你的双手吗？

狄：我这是在羞辱他，他以为他在绑我们，

其实他没碰到我，更没捆住我，只是空想罢了。

他在马厩旁——他把我领去关起来的地方，发现了一
头公牛，

就用绳套把它的腿和蹄子捆了个严实，

[620]他怒气呼呼，全身大汗淋漓，

牙齿咬住双唇；我就坐在

边上冷眼旁观。就在这时，

巴克科斯来了，他撼动屋子，又在母亲的坟上

煽起火光；彭透斯看到了，以为宅子失火，

[625]奔前跑后，吩咐家奴们打来阿刻劳斯河水，

每个奴隶都很卖力，只是白费工夫。

彭透斯撂下手头的苦差事，好像我已溜之大吉，

他抓起一把黑剑就冲进宫。

这时，布洛弥俄斯——我以为是他，我说的只是我的
意见——

[630]在院子里造了一个幻象；那家伙冲向它，

奔过去刺那发光的以太，好像是在杀我。

另外，巴克科斯还用这么些方法侮辱他：

他把屋子夷为平地——一片狼藉，

叫他瞧瞧把我套在锁链中的苦果；他筋疲力尽
[635] 扔下剑，瘫倒在地；身为凡人，他竟敢参战，
跟一位神作对。我平静地走出
屋子，来到你们这儿，全没把彭透斯放在心上。
我以为——屋里确实传出了皮靴声，
他会马上来到屋前。经过了这么些事，他又会说些什
　　么呢？
[640] 不管怎样，我会淡然忍受他，即便他怒气冲天。
因为，聪明人要养成有节制的温和性情。

　　　彭透斯从宫中上，卫队随上。

彭：我遇上了可怕的事！那异方人从我这儿逃走了，
就是刚才我强行用绳索捆住的那人。
哎呀，哎呀！
[645] 那家伙就在这！这是怎么回事？你怎么会出现
在我的宫前？你是怎么出来的？
狄：停下脚步！也把你的盛怒放在从容的脚步下。
彭：你是怎么挣脱绳索，跑出来的？
狄：我不是说过——难道你没听见，有人会救我吗？
彭：[650] 谁？你总是引进一些新奇话。
狄：就是为凡人长出累累果实的葡萄藤的那位。
彭：……
狄：你辱骂狄俄倪索斯的这话，正道出了他的美。
彭：（向卫队）我命你们关闭并封锁整座城。
狄：那又怎样呢？难道诸神越不过城墙吗？
彭：[655] 聪明，你聪明！只是在你该聪明的地方却不聪明。
狄：在最该聪明的地方，在这方面，我天生就聪明。
不过，先听听那人的话吧，问问

这个刚才下山的人给你带来了什么消息；
你放心，我们就待在这儿，不会跑掉。

信使一：[660]彭透斯，忒拜这片土地的统治者啊，
我打基泰隆山来到这里，圣洁的
皑皑白雪从不消减。

彭：你带来了什么要紧的消息？

信使一：我看见那些高贵的狂女们，她们发了狂，
[665]赤着白足奔出这片土地，
我来是想向你和城邦禀告，国王啊，
她们做出的惊天怪事。
不过，我想听听，我是直言不讳地告诉你
那边的情况呢，还是收敛一下我的话？

[670]因为，我害怕你那躁急性子，国王呐，
你动辄大怒，还有那过度的威仪。

彭：说吧！我定不会惩罚你。
因为不应对正派人动怒。
关于狂女们的事，你说得越可怕，
[675]我越要狠狠惩罚这个让
秘术潜入女人们的家伙。

信使一：牧放的牛群正爬向
山顶的高地，当时太阳
刚放出光芒温暖大地。
[680]我瞧见三队歌舞的女人，
其中一队由奥托诺厄率领，第二队
由你母亲阿高厄带领，第三支歌舞队则由伊诺带领。
她们都睡着了，身体放松，
有的背倚着枞树枝，
[685]还有的头枕地面的橡树叶，

随意，但有节制，并不像你所说的
从调酒缸里醉酒，耽于簧管声，
个个儿溜去林子里追寻居浦路斯！
你母亲突然大叫一声，从狂女们
[690] 中间站起来，让她们动身醒来
当她听到有角的公牛的吼叫声。
她们一跃而起，睁开惺忪
的睡眼，她们秩序井然，真是奇观，
老的少的，还有未出阁的姑娘。
[695] 她们先是把头发披落肩头，
接着捆紧鹿皮——用的就是那些
解开的绑带，还把舔着她们面颊的蛇
紧束在梅花鹿皮上。
有的把幼鹿或野狼崽子抱在
[700] 怀里，喂给它们白色的乳汁
——这些刚生完孩子的女人，抛下婴儿，
奶子还胀着；她们头上戴着
用常春藤、橡树枝、旋花编就的花冠。
有个女人抓起酒神杖插入石头，
[705] 从那儿就冒出一股露水般的清泉；
另一个把大茴香棒插入地面，
神便给她送上一汪酒泉；
那些想喝白色饮品的人，用手指
尖刮刮地，就能得到
[710] 股股乳汁；从那常春藤
杖中滴出津甜的蜜汁。
你若是在那儿亲眼看到了这些，你就会
用祈祷迎接你现在非难的这位神。

我们这些放牛放羊的聚到一起，

[715] 就她们所做出的那些惊人奇事，

你一言我一语争辩开来；

有个家伙常在城里游荡，嘴皮子了得，

他对大伙儿说："你们这些住在神圣山坡

上的人呐，想不想把彭透斯的母亲阿高厄

[720] 从这些狂欢歌舞队中捉出来，

为国王效劳呢？"我们认为他说得好，

就借着灌木丛的枝叶，

打好埋伏；她们在约定的

时刻，开始舞着酒神杖歌舞狂欢，

[725] 齐唤伊阿刻斯为"布洛弥俄斯，

宙斯之子！"整条山脉和山中野兽都

狂欢起来，全都随着她们的奔跑活动起来。

恰好阿高厄在我旁边蹦跳，

我便跳出来，离开灌木丛

[730] ——我的藏身之地，想要捉住她。

她却嚷道："我那敏捷的猎犬们啊，

我们被这些男人追捕，不过，跟我来，

快跟上，用你们手里的常春藤杖武装起来。"

于是，我们撒腿就跑，这才免于

[735] 被狂女们撕成碎片；她们转身去攻击

吃草的小牛，手无寸铁。

那会儿你能看见有个女人把一头奶子发胀、

哞哞叫唤的母牛犊子扯成两半，

其他女人则把一些壮牛撕成碎片。

[740] 你可以看见肋骨啊，或是撕裂的蹄子

扔得这儿一块，那儿一块；悬挂在

松枝上，血肉模糊。

那些凶蛮的公牛刚还怒气

直冲牛角尖，不一会儿就被无数双

[745] 年轻女人的手摞倒在地；

它们血肉的外皮一下就被撕开，

比你盖上尊眼的工夫都快。

然后她们像鸟一样腾空奔跑，掠过

阿索珀斯河边的广阔平原，

[750] 这些平原为忒拜人产出沉甸甸的谷穗。

她们冲进坐落在基泰隆山下的许希埃

和厄吕忒莱村，像敌人一样

把一切搅得天翻

地覆。她们从人家里把孩子抢走；

[755] 她们放在肩上的那些东西，没有拴住，

却也没落在黑色的地上

她们手无寸铁；只是头发上

带着火，却又烧不着自己。村民们

遭狂女们洗劫，很是生气，便去抄起家伙；

[760] 国王哟，那情形看起来可真叫人害怕。

因为，他们的尖头标枪不见血，

而那些女人手里掷出的酒神杖

却能伤害他们，让他们掉头逃窜：

女人追赶男人，不会没有某位神相助！

[765] 然后，她们又回到动身之地，

也就是某位神为她们送来泉水的那个地方。

她们把血洗去，她们面颊上的

血点，蛇用芯子从皮肤上舔干净。

这位神，国王啊，管他是谁，

[770] 把他接纳进我们城邦吧；因为他还在其他方面伟大。

　　　　　　我听人说，他

　　　　　　赐予人类解忧的葡萄树。

　　　　　　没有酒，就没有居浦路斯，

　　　　　　人类也就没有任何别的乐事了。

歌队长：[775] 我虽不敢在僭主跟前妄言，

　　　　　　但我还是要说；

　　　　　　狄俄倪索斯决不逊于任何一位神。

　　彭：狂女们的恣肆妄行已在近旁像火一样

　　　　　　燃着，对希腊人而言，真是奇耻大辱！

[780] 事不宜迟！（向卫队长）速往厄勒克特莱

　　　　　　城门；命所有持重盾的兵士

　　　　　　和快马骑兵迎敌，以及所有

　　　　　　挥着轻盾的兵士和手拨弓弦

　　　　　　的射手，因为我们向狂女们

[785] 进军；要在女人手中落得这步田地，

　　　　　　是可忍，孰不可忍！

　　　　　　信使一从舞台一方下。

　　狄：你一点不听劝，虽然你听了我的话，

　　　　　　彭透斯；尽管我在你手里吃过苦头，

　　　　　　我还是得劝你莫对神动武，

[790] 要冷静。布洛弥俄斯绝不会容你

　　　　　　把狂女们赶出那回荡着欢呼声的山脉。

　　彭：别教训我！你这才逃出束缚，

　　　　　　还不好好保住它？还是要我让你再回到惩罚？

　　狄：我倒要向他献祭，而不是动怒

[795] 踢尖刺，既为凡人，就别对抗神祇。

彭： 我的确要献祭，我要在基泰隆的山坳里
　　 对那些该死的女人大开杀戒。

狄： 你们全都会落荒而逃；在狂女们的神杖前
　　 丢下铜打的盾牌，该有多丢人哟！

彭： ［800］和我们纠缠在一起的这个异方人实难对付，
　　 软硬不吃，就是不肯住嘴。

狄： 老兄啊，这事儿还能妥善解决。

彭： 要怎么做？要我做我女奴的奴隶吗？

狄： 我能不用武力就把那些女人领到这里。

彭： ［805］哎呀！这是你设计害的诡计。

狄： 哪有什么诡计呢，我只是想用我的技艺救你？

彭： 你们共同谋划了这一出，好永远庆祝狂欢节。

狄： 对，是谋划好了；不过——是同神共谋。

彭： （向卫队）快给我取兵器来！（向狄俄倪索斯）你，闭嘴！

狄： ［810］且慢！
　　 你想看看她们在山上挤在一起吗？

彭： 太想了，出多少金子我都愿意。

狄： 但你怎么为这掉入强烈的爱欲呢？

彭： 瞧见她们醉酒，我会难受。

狄： ［815］让你难受的事，你看了还能愉悦吗？

彭： 当然，我悄悄坐在枞树下。

狄： 但她们还是会把你搜出来，即便你偷偷去。

彭： 此言不差，那我就大摇大摆去。

狄： 那么，我们来引领着你，你要上路吗？

彭： ［820］快领我去吧，我讨厌你拖拖拉拉。

狄： 那么，把这件细麻布长袍穿上身吧！

彭： 这又是为什么呢？是要我不做男人，变成女人吗？

狄： 免得她们杀了你，如果她们在那儿认出你是男人。

彭：这回又说对了！你可真聪明，一向如此！

狄：［825］这是狄俄倪索斯教会我们的。

彭：那么，你给我的好建议，要如何实行呢？

狄：我来装扮你，进屋去。

彭：装什么扮？难道是穿女人的吗？可我害臊！

狄：你不想去看狂女们了吗？

彭：［830］你说我身上要怎么装扮呢？

狄：首先，我要把你的头发从头上放长。

彭：你给我的第二种装束又是什么样式？

狄：一件拖到脚面的长袍；头上还会束上发带。

彭：除了这些东西，你还要给我别的什么呢？

狄：［835］手执一根常春藤杖，身披一张小梅花鹿皮。

彭：我决不能一身女人装扮！

狄：那你就准备流血吧，要是你和狂女们作战。

彭：对头，我得先去打探打探。

狄：总比以恶制恶聪明。

彭：［840］我要穿过城，怎样才能不被卡德墨俄人瞧见呢？

狄：我们走偏道；我来带路。

彭：怎么都比叫狂女们笑话强。

　　进屋吧……我要思量一下如何是好。

狄：行。无论你怎么办，我都乐意遵命。

彭：［845］我要上路了；因为我要么武装前行，

　　要么听从你的计划。

　　　　彭透斯进宫，卫队随入。

狄：女人们呐，这个男人自投罗网。

　　他要到狂女们中去，在那里受到死的惩罚。

　　狄俄倪索斯啊，现在就看你的行动了，因为你就在不远处。

[850] 让我们报复他吧！首先，给他注入轻率的疯狂
　　乱了他的心智；因为他若神志清明，
　　就决不会乐意扮上女人的装扮。
　　一旦让他的心智进入绝境，他就会了。
　　他之前凶巴巴地威胁我，
[855] 等他扮成女人模样被领着穿过城，
　　我要让他沦为忒拜的笑柄。
　　现在，我要去给彭透斯穿衣服，
　　他会穿着它走向冥府——死在他母亲
　　的双手里；这样一来，他就会晓得，宙斯之子
[860] 狄俄倪索斯，生来就是真正的神。
　　对人类而言，他最可怕，却又最和善。

　　狄俄倪索斯进宫。

八　第三合唱歌（行862—911）

歌队：（首节）
　　我是否还能在彻夜的歌舞里，
　　赤着白
　　足狂欢，把脖颈
[865] 甩入带着露水的空气，
　　就像一只小鹿，嬉戏在
　　牧场那绿色的欢乐上，
　　当它逃脱了可怕的
　　追捕，摆脱了看护者，
[870] 绕开了巧设的猎网
　　猎人虽还大声吆喝着，

敦促猎犬奋力追赶，

它却铆足了劲，风驰电掣般跃到那傍水的

平原，在那杳无人迹、

[875] 林荫遮蔽的幼林间，

欣喜不已？

（叠唱曲）

什么是智慧？或者，在凡人看来，

诸神赐予的礼物

有什么比把更强力的手

[880] 压在敌人头上更美的呢？

某种美永远是友好的。

（次节）

神力来

得缓，但它定

会到，去惩戒那些

[885] 尊崇无知、

不赞美诸神，且持

疯狂意见的凡人。

诸神巧妙遁形，

时间的漫长脚步，

[890] 猎取不虔敬之人。因为

一个人的认识和行动

切不可逾越礼法。

因为，相信神圣的东西，亦即

与精灵有关的东西——有力量，

[895] 相信在漫长的时间里，自然

形成的永恒礼法并不费劲。

（叠唱曲）

什么是智慧？或者，在凡人看来，

诸神赐予的礼物

有什么比把更强力的手

［900］压在敌人头上更美的呢？

某种美永远是友好的。

（末节）

躲过海上风暴，

抵达港湾的人有福；

战胜困厄的人

［905］有福；以各种方式，一个人

在财富和权力上超越他人。

除此之外，万人便有万种

希望——有些为凡人带来财富，

有些却如烟。

［910］不过，我认为，只有每天都生活

幸福，才算幸福。

九　第四场（行912—976）

狄俄倪索斯仍幻化成异方人从宫中上。

狄：既然你想去看那不该看的东西，

渴望去做那不该追求的事，我说彭透斯啊，

你就出来到宫前吧，让我瞧你一身

［915］装束如女人、如狂女和酒神的伴侣，

去打探你的母亲和她那伙人。

你这模样真像卡德摩斯的一个女儿。

彭透斯携一随从从宫中上。

彭：　瞧，我好像看到了两个太阳，

　　　　两个有七座城门的忒拜城；

[920] 你好像一头公牛在前头领着我，

　　　　你的头上长了犄角。

　　　　还是你原本就是野兽？因为你现在真就变成公牛了！

狄：　这位神陪伴我们左右，他先前不友好，

　　　　而今是我们的盟友；现在你看见你该看的了。

彭：[925]我看起来究竟怎样？站相像不像伊诺，

　　　　或是我母亲阿高厄？

狄：　我见你，就像瞧见她们本人。

　　　　不过，你这缕卷发乱了位置，

　　　　不像我之前把它束在发带里的样儿。

彭：[930]我在里面摇头摆脑，

　　　　扮演酒神狂女，这才把它给弄乱了。

狄：　既然我们要服侍你，

　　　　我来给你弄好；来，把头摆正咯！

彭：　好吧，你来弄！我可托付与你了。

狄：[935]你的腰带也松了，长袍的褶子也没

　　　　溜顺地垂落在你的踝下。

彭：　我觉得也是，至少右脚这边看着不齐。

　　　　不过，这边的长袍直溜地垂在脚后跟呢。

狄：　你准会把我当成你最好的朋友，

[940] 当你瞧见狂女们说话有节制的时候。

彭：　我是用右手执神杖，还是

　　　　用这手，才更像酒神的女信徒呢？

狄：　你得攥在右手里，抬右脚的同时

举起它。我赞赏你改变了心意。

彭：［945］我能把基泰隆山谷，连同
狂女们一起扛上肩吗？

狄：能，如果你想。先前你心智
不健全，现如今你变成应有的样了。

彭：我们带着撬棍去吗，还是我用双手拔起
［950］山峰，把肩头或臂膀垫在底下？

狄：你万不可把山泽女仙的神龛
和潘神吹排箫的底座给毁咯。

彭：说得好，不能用暴力征服那些女人，
我要藏身在枞树丛里。

狄：［955］你该躲在你该藏的地方，
去偷偷查探狂女们。

彭：对啊，我想象她们在灌木丛里，像鸟儿
一样套在了最美妙的情网里！

狄：正因为如此，你才要去查探查探；
［960］兴许你能逮着她们——只要你没被先逮住。

彭：快带着我穿过忒拜土地的中心吧！
天下男人敢有此为者，舍我其谁？

狄：只有你担得起这个城邦的重任，只有你；
所以才有必然的竞技在候着你。

［965］随我来吧，我把你平安送到，
不过另有人会把你从那儿带回。彭：是那个生育我的
人吧！

狄：……在所有人面前露脸。彭：正是为这我才去。

狄：你会被抬回这里……　　彭：你说起我的显赫！……

狄：……在你母亲怀里。　　彭：……你硬要纵坏我！

狄：［970］就这样纵坏你。　　彭：我也受之无愧嘛。

狄：不可思议，你真不可思议，你将遇上不可思议的遭遇，

　　你会发现你的名声直冲云天。

　　伸出你的双手吧，阿高厄啊，还有你们，她的姐妹，

　　卡德摩斯的女儿们哦！我要把这个年轻人领到

[975]　那盛大的竞技赛，不过，胜出的会是我

　　和布洛弥俄斯。其余的自会见分晓。

　　　狄俄倪索斯从舞台一方下。

十　第四合唱歌（行977—1023）

歌队：（首节）

　　疯狂女神的母犬啊，快快跑进山！

　　卡德摩斯的女儿们正在那儿举行狂欢；

　　快叫她们发狂，

[980]　攻击那个一身女人装扮，

　　来打探狂女的疯子。

　　他母亲会最先发现他伏在光滑的

　　石头或树上

　　窥探，然后会朝狂女们喊道：

[985]　"这人是谁，他进山，进山搜查

　　卡德摩斯家那些在山中奔跑的

　　女人，酒神的伴侣们呐；究竟是谁生下了他哟？

　　他分明绝非从女人的

　　血中出生，而是某头母狮

[990]　或利比亚的戈耳工的种。"

　　（叠唱曲）

　　让正义现身吧！手执

利剑，刺穿他的喉管，

[995] 除掉阿克西翁的这个地生子——

他不信神、无法无天、不义。

（次节）

他心术不正、脾性狂暴、

丧心病狂、胆大包天，

准备对抗你巴克科斯和

[1000] 你母亲的秘仪，

好像要用暴力征服那不可征服的东西。

思想要有节制，探究诸神之事，

死亡自然而至，

本分做凡人，生活远愁苦。

[1005] 我不妒聪明；

也不乐于猎取别的显赫

大事，它引领我过上美好的生活。

日日夜夜都

洁净、虔敬，摈除

[1010] 不义的礼法，敬奉诸神。

（叠唱曲）

让正义现身吧！手执

利剑，刺穿他的喉管，

[1015] 除掉阿克西翁的这个地生子——

他不虔敬、无法无天、不义。

（末节）

快以公牛、多头蛇

或吐火的雄狮的样子现身吧！

[1020] 快来吧，巴克科斯哟，带着笑脸，

把那致命的绳套套在

那追捕你伴侣的人的脖子上，

在他扑向狂女队之时。

十一　第五场（行1024—1152）

信使二从舞台一方急上。

信使二：这个家族曾几何时在希腊人看来多幸运，

[1025]——西顿老人的家族，他在地里种下龙（蛇）牙

长出地生人。

我多为你痛心呀，我虽为奴，

[但作为忠实的奴仆，我仍会悲痛主子的不幸。]

歌队长：怎么回事？你要报告关于狂女们的什么新鲜事吗？

信使二：[1030]彭透斯死了，父亲厄克西翁的儿子。

歌队长：布洛弥俄斯王呐，你叫人明白你是位伟大的神！

信使二：怎么说的话？说的是什么话？女人啊，

你是在对主公幸灾乐祸吗？

歌队长：我是异方人，用异邦的腔调欢呼"哦嗬"，

[1035]我再不用因为害怕链锁而哆嗦了。

信使二：你以为忒拜就此没了男子汉？

……？

歌队长：是狄俄倪索斯，是狄俄倪索斯，

忒拜没权管我。

信使二：什么事都可以原谅你，但是女人啊，

[1040]你幸灾乐祸，终究不高贵。

歌队长：快告诉我，讲讲这个行不义的

不义之徒死亡的命运。

信使二：我们离开忒拜土地的住所，

跨过阿索珀斯河流后，

[1045] 进入基泰隆山的山坡，

彭透斯和我——因为我跟随着主公——

还有那个异方人，他引着我们去窥探。

起初，我们在一个绿草如茵的溪谷坐了下来，

蹑手蹑脚、屏住呼吸，这样一来，

[1050] 我们看得见别人，别人却看不见我们。

那儿有个峭壁环抱的峡谷，溪水蜿蜒、

松树成荫，狂女们就坐在那里，

手里忙活着些欢快的活儿。

她们中的一些人把常春藤蔓

[1055] 重新编在破损的酒神杖上；

另一些人宛若从精巧的轭下脱身的马驹，

轮唱着巴克科斯的曲调。

可那不幸的彭透斯没看见那群狂女，

他这样说道："啊，异方人哟，从我们站的地方，

[1060] 我的双眼瞧不见那些冒牌的狂女；

但我爬到高处——爬上高耸的枞树，

兴许就瞧得见狂女们的可耻行为啦。"

于是我从这个异方人那儿亲眼看到了这样的奇迹：

他一把抓住一根高耸入云的枞树丫顶端

[1065] 往下拉，拉，直拉到黑色的地面；

树丫弯得像张弓，或者像个圆轮在转动，

当半径线绘出圆周的时候。

这个异方人就这样用双手把山上的树丫

弯到地上，做着不是凡人做的事。

[1070] 他让彭透斯坐在枞树丫上，

让嫩树枝滑过他的双手直立，

手都没打战，免得他摔落下来。

树丫直入云霄，

主公骑坐在树枝上，

[1075] 与其说他俯瞰狂女们，不如说被她们瞧见。

他坐在上头刚能被人瞧见，

那个异方人就再也不见了，

这时上空传来一个声音——估摸着是

狄俄倪索斯——高喊道："啊，年轻的女人们，

[1080] 我把这个让你们、我和我的秘仪成为笑料

的人带来了，快向他报复吧！"

就在他说这番话时，天

地之间闪现一道神圣的火光。

天空随之寂然、林间溪谷树叶

[1085] 住声，你也听不到野兽咆哮。

那些女人没听清这呼声，

便起身四下张望。

那声音再度激励她们。卡德摩斯家的

女儿们听出这分明是巴克科斯的命令，

[1090] 便猛冲，迈着飞快的步子奔跑，

迅捷绝不逊色于飞鸽——

彭透斯的母亲阿高厄、她的同胞姐妹

及全体狂女；她们穿过激流的峡谷，

越过悬崖，受了神的灵感而发狂。

[1095] 她们一瞧见国王坐在枞树上，

就攀上耸立在对面的岩石，

先是朝他猛掷石块，

还用枞树枝抛他。

还有的甚至把酒神杖抛向空中，攻击

［1100］彭透斯，多不幸的靶子哟，还好没射中。

　　　　因为那可怜人坐的高度超过了她们的

　　　　热情，虽然他看不见出路。

　　　　最后，她们闪电般劈下橡树的一些嫩枝，

　　　　用这些非铁制的"撬棍"去撬那树根，

［1105］不过，待到她们徒劳无功，

　　　　阿高厄说道："来吧，狂女们啊，

　　　　团团围住，抓住嫩枝，好捉拿这个

　　　　爬上树的野兽，免得他泄漏了这位神的

　　　　秘密歌舞。"接着，她们用无数只手

［1110］抓住那枞树，将它从地里拔出；

　　　　彭透斯坐在那高处，便从那上头跌下，

　　　　摔落地面，不住地哀号，

　　　　因为他明白大难临头。

　　　　他母亲当祭司，首先动手献祭，

［1115］扑向他；他从头发上扯下

　　　　发带，好让不幸的阿高厄认出自己，

　　　　不把他杀死；他摸着她的下巴

　　　　说道："瞧瞧吧，母亲哟，我是你的儿子

　　　　彭透斯，你在厄克西翁家里生下的孩儿啊！

［1120］可怜可怜我吧，母亲啊，别因为我的

　　　　过错就要把你的孩子杀死！"

　　　　可她口吐泡沫，眼珠乱转，

　　　　神志不是应有的清醒，

　　　　她处于巴克科斯的掌控下；不听儿子的劝。

［1125］她一把抓住他左边的手臂，

　　　　踏在这不幸的人的肋骨上，

　　　　扯下他的胳膊，不是靠自己的力气，

而是双手如有神助。

伊诺撕裂另一边，

[1130] 把他的肉撕下来，奥托诺厄和整群狂女

也扑上来；所有人一齐狂呼，

他用尽气力呻吟着，

她们却在欢呼。一个拿着前臂，

另一个则拿着一只脚，靴子都还在上面；

[1135] 肋肉也给扒了个精光，每个女人都用血淋淋的

双手，拿彭透斯的肉当球耍。

他的尸身散落各处，有一块落在粗

岩下，还有一块落在林中枝叶深处，

不易找寻；至于那可怜的头，

[1140] 刚好他母亲用双手捡起，

把它戳在酒神杖顶，当作一颗山中雄狮的头

举着穿过基泰隆山，

把姐妹们留在狂女们的歌舞中。

她走进城墙，为这不幸的猎物

[1145] 狂喜，呼唤巴克科斯为

她的猎伴、狩猎的助手、

胜利的赐予者——哪知为她赢得的只有泪水。

我要走了，免得目睹这不幸的场景，

趁着阿高厄还没来到宫前。

[1150] 节制并敬重诸神的各样东西，

最为高贵；我认为，这也是最智慧的

财富，对于那些具备这些的人来说。

十二 第五合唱歌（行1153—1164）

歌队：让我们为巴克科斯歌舞！

让我们为蛇的后人，

[1155] 彭透斯的灾难欢呼；

他一身女人装扮，

拿着大茴香棒——必然走向冥府，

拿着漂亮的酒神杖，

由一头公牛领着他走向灾难。

[1160] 卡德墨俄的女信徒啊，

你们取得了好听的辉煌胜利，

结果却是哀号，是泪水。

一场多漂亮的竞技啊，

把滴血的手浸入儿子的血中！

十三 退场（行1165—1392）

歌队长：[1165] 可我瞧见她行色匆匆入宫，

彭透斯的母亲阿高厄，双目眼珠

乱转；快快迎接欧伊俄斯神的狂欢队吧！

阿高厄举着彭透斯的头从舞台一方上。

阿：（哀歌首节）

亚细亚的女信徒们哟——歌队长：为什么惊动我，啊？

阿：我从山里带了

[1170] 一个新采的卷须回屋来，

这趟行猎很走运。

歌队：我看见了，欢迎你加入狂欢队。

　阿：　我没用网就把这野狮的

　　　　小崽子逮住了；

[1175] 你来瞅瞅。

　歌队：从哪个荒野抓来的？

　阿：基泰隆山——　　　　　歌队：基泰隆山吗？

　阿：——把它杀了。

歌队：谁动的手？　　　　　阿：第一个动手的特权归我。

[1180] 在狂欢歌舞队中，我被称作"有福的阿高厄"。

　歌队：还有谁？　　　　　阿：卡德摩斯的——

歌队：卡德摩斯的什么？　　阿：[他的]后代，

　　　　在我之后，在我之后

　　　　抓住这头野兽，我们这回行猎可真走运。

　歌队：……

　阿：（次节）

　　　　来吧，你也来分杯羹。歌队：分享什么啊？可怜的人哟？

　阿：　[1185] 这头公牛还小——

　　　　在它那垂落的柔发的头皮下，它的下巴

　　　　正冒出细软的绒毛。

　歌队：从毛发看来，显然像是野兽。

　阿：　巴克科斯神，聪明的猎手，

[1190] 聪明地动员狂女们

　　　　追捕这头野兽。

歌队：我们的王真不愧为猎手。

　阿：你是在赞美吗？　　　歌队：我是在赞美。

　阿：卡德墨俄人很快就会——

歌队：[1195] 还有你的儿子彭透斯也会——　阿：也会赞美

　　　　他母亲，

因为她逮着了这头有狮性的猎物。

歌队：非同寻常的［猎物］。　　　阿：非同寻常地［逮着］。

歌队：你得意吧？　　　　　　　阿：我兴高采烈，

我取得了了不起的

显赫胜利，多亏这趟行猎。（哀歌完）

歌队：[1200]那就，不幸的女人哟，向邦民们

展示一下你带回的胜利猎物吧。

　阿：啊，居住在忒拜土地那有着美丽望塔的都城中的

人们哟，都来瞧瞧这猎物吧，

卡德摩斯的女儿们猎得了这野兽，

[1205] 没有用忒萨利亚人缠有皮带的标枪，

也没用罗网，仅凭我们白嫩手臂

的指尖。往后，那些白白从造枪矛的人那儿

买来家伙的人还好夸口吗？

我们不就赤手空拳捉住了这头

[1210] 野兽，还把它的四肢给撕碎了。

我父亲他老人家在哪儿？让他过来。

我儿彭透斯又在哪里？叫他扛张

结实的梯子来架在屋上，

好把这颗狮子的头，我猎回的这东西

[1215] 钉在三线槽石板上。

　　　卡德摩斯从舞台一方上，
　　　众仆抬着彭透斯的尸身随上。

　卡：跟我来，抬着彭透斯的不幸

苦难，仆人们啊，跟上，到宫前来。

我费尽千辛万苦才找到他的尸身，

把它带回——我在基泰隆山的山坳里找到了它，

［1220］支离破碎，都是在不同地方找到，
　　　　被人丢在林子里，教人好找。
　　　　因为我听说女儿们的胆大妄为，
　　　　就在我刚进城的时候——
　　　　我和年迈的忒瑞西阿斯从女信徒那儿回来；

［1225］我又回到山里，运回
　　　　我这被狂女们杀害的孩儿。
　　　　我还看见那曾为阿里斯泰俄斯生育阿克泰翁
　　　　的奥托诺厄，还有跟她一起的伊诺，
　　　　可怜的人儿依然在橡树林里发着狂；

［1230］但有人告诉我，阿高厄正迈着狂女的步子
　　　　回到这里，消息不假；
　　　　因为我瞧见她了，样子并不幸运。

　阿：父亲啊，你可以做最大的夸口，
　　　　说你生育了所有凡人中迄今最优秀的

［1235］女儿；我是说我们全体，特别是我。
　　　　我曾把梭子扔在织机旁，
　　　　投入更伟大的事业——用双手猎取野兽。
　　　　我怀抱着，你瞅瞅，我得到的这东西——
　　　　勇士的奖品，好把它挂在你的

［1240］宫前；来，父亲呀，你用双手接过去！
　　　　你可以夸耀我的猎物，
　　　　邀请朋友们来赴宴；因为你有神佑，
　　　　有神佑，我们取得了这番作为。

　卡：啊，这目不忍睹的无边悲哀哟，

［1245］你们已用那些不幸的手完成了谋杀。
　　　　你们供奉给诸精灵的是多漂亮的祭品哦，
　　　　还邀请忒拜人和我赴宴！

哎呀! 先是你们的不幸, 再是我的。

这位神, 怎样毁了我们啊! 虽正当, 却过了火,

[1250] 布洛俄弥斯王可是自家人呐。

阿: 人上了年纪, 有多闷愁,

愁眉不展喔! 还望我儿

像他母亲那样狩猎走运,

同忒拜青年们一道

[1255] 追捕猎物时; 但他偏就是那种与神对抗

的人。父亲啊, 你要告诫告诫

他。谁去把他叫到我的眼前,

让他看看我有多幸运。

卡: 哎呀, 哎呀! 你要是明白了你的所作所为,

[1260] 你就会痛苦难当; 但你若能

终身都保持这种状态, 那你虽不算

有幸, 却也不算不幸。

阿: 事情有什么不高贵? 还是有什么可悲?

卡: 先让你的眼望望天吧。

阿: [1265] 那就看吧, 你为什么要我看天呢?

卡: 在你看来, 你觉得它还一样呢, 还是起了变化?

阿: 比先前更清明、更透亮了。

卡: 你的灵魂还是那样错乱吗?

阿: 我不明白你这话。但我变得

[1270] 清醒点了, 心境变得跟先前不一样了。

卡: 那么你能倾听, 能清楚答话吗?

阿: 我们先前说的话, 我都忘得一干二净了, 父亲噢。

卡: 你在婚歌声里进的是什么样的人家?

阿: 你把我交给厄克西翁, 人们说他是龙牙变的。

卡: [1275] 那你在这家族为你丈夫生育的儿子是谁呢?

阿：是彭透斯，我和他父亲结合所生。

卡：那你抱在怀里的是谁的脸？

阿：狮子的——至少那些女猎手这么说。

卡：现在好好瞧瞧吧；瞥一眼不费劲。

阿：[1280]哎呀！我看见什么了呀？我捧在双手的是什么啊？

卡：仔细瞧瞧它，弄明白些。

阿：我瞧见的是最深重的苦痛，不幸的女人哟！

卡：在你看来，它不像一头狮子吗？

阿：不，我拿着的是彭透斯的头，不幸的女人哟！

卡：[1285]在你认出前，我就哀悼过他了。

阿：谁杀了他？怎么会在我手里？

卡：不幸的真相噢，你来得真不是时候哟！

阿：说吧！为这注定要来的事，我的心跳得多厉害啊！

卡：你和你的姐妹杀了他。

阿：[1290]那他死在了哪里？在家里，还是什么别的地方？

卡：在从前猎犬撕裂阿克泰翁的地方。

阿：可他为什么要进基泰隆山呢，这个不幸的人？

卡：他去讥笑神和你的狂欢仪式。

阿：可我们是怎么去那儿的呢？

卡：[1295]你们发了狂，整个城邦都在像酒神信徒那样癫狂。

阿：狄俄倪索斯毁了我们，现在我明白啦！

卡：那是他受到了肆心的冒犯；因为你们不奉他为神明。

阿：我最亲爱的孩儿的尸身在哪儿，父亲呐？

卡：我费尽千辛万苦才找到它，抬回来了。

阿：[1300]它的四肢是不是全都体面地连在身上？

　　　　……

阿：彭透斯的命运跟我的糊涂有什么相干呢？

卡：他和你们一样，不敬这位神明。

因此，这位神把一切都归入一种灾祸，

你们和他，好摧毁这个家族，

[1305] 还有我——我不曾生有子嗣，

现又瞧着你这腹中生下的孩儿，啊，不幸的女人哟，

最屈辱、最邪恶地叫人杀害。

有了他，这个家族重见光明——孩儿啊，是你凝聚了

我的家族，你是我女儿的儿子，

[1310] 为城邦所敬畏；无人胆敢

对我这老朽放肆，当他们看见

你；因为他会受到应有的惩罚。

现如今我要离开家园遭到放逐，颜面扫地啊！

我本是伟大的卡德摩斯，曾播下忒拜

[1315] 的种子，获得最好的收成。

啊！最亲爱的人噢，你虽不在了，但你

仍是我最亲爱的孙儿，孩儿啊！——

你再不会用手摸着我的下巴，

抱着我，唤我"母亲的父亲"，孩儿噢，

[1320] 说道："谁对你行不义，谁侮慢你，老人家啊？

谁扰乱你的心神，叫你不快？

快告诉我，我要惩罚这个对你行不义的人，老爹爹啊。"

可现如今，我多不幸，你好悲惨，

你母亲真可怜，你的亲人也凄凄惨惨。

[1325] 若是有人藐视诸神，

好好看看这个人的死，他就会信奉诸神了。

歌队长：你的命运好叫我悲伤，卡德摩斯噢，你

女儿的儿子虽受到该有的惩罚，但于你是可悲的。

阿：啊，父亲噢，看看我遭遇了多大的变故哦……

……

歌队长：……

　　　　狄俄倪索斯出现在屋顶。

　　狄：……

[1330]（向卡德摩斯）你将变成一条蛇，你妻子也

　　　　会变成野物，化作蛇形——

　　　　哈耳摩尼亚，阿瑞斯的女儿，身为凡人的你迎娶了她。

　　　　如宙斯的神谕所示，你将和你的妻子

　　　　一起驾着牛车，统领外邦人。

[1335]你将用你那无以计数的军队，摧毁众多

　　　　城邦；但在他们洗劫洛克希阿斯的

　　　　神托所后，他们将有一段痛苦的

　　　　归程；好在阿瑞斯会救你和哈耳摩尼亚，

　　　　让你们生活在那受福佑之地。

[1340]我说这些——我不是凡人父亲的后裔，

　　　　我狄俄倪索斯，是宙斯之子。你们若能认识到

　　　　节制，在你们不情愿之时，你们就能得到

　　　　宙斯之子做盟友，你们现在有福了！

　　卡：狄俄倪索斯，求求你！我们对你不义！

　　狄：[1345]你们认识我们太迟了。在该认清的时候偏没认清。

　　卡：我们现在晓得了；可你的报复也太过了吧！

　　狄：因为我是神，受到了你们的冒犯。

　　卡：诸神不该像凡人那样动怒。

　　狄：很久以前，我父宙斯就允诺了这些事。

　　阿：[1350]哎呀呀！已成定局，老人家噢，悲惨的放逐。

　　狄：命里已注定，何故再拖延？

　　　　狄俄倪索斯从屋顶下。

卡： 孩儿啊！我们陷入了怎样可怕的不幸噢，

我们大家，不幸的你和你的姐妹们，

还有我这不幸的人儿哟；我老了，还要去到

[1355] 那外邦人中侨居；还有一个神谕：

我会率一支混杂的蛮军攻打希腊。

我将化作一条蛇，带着我那野蛇形的妻子，

阿瑞斯的女儿哈耳摩尼亚，

统帅一支手执长矛的军队，攻击希腊人的

[1360] 神坛和坟墓；我既不能终结

我这不幸的邪恶，也没法渡过

那流入冥府的阿刻戎河，得享安宁。

阿： 啊，父亲噢，我将失去你，在外流亡。

卡： 你为什么双手搂着我喔，可怜的孩子啊，

[1365] 像天鹅护着他那老不中用的白羽父鸟。

阿： 我既然已被逐出祖邦，要辗转何方呐？

卡： 我不晓得，孩子呀。父亲帮不上什么忙。

阿： （哀歌首节）

别了，我的家！别了，祖辈的

城邦！我在不幸中离开你，

[1370] 离开我的新房亡命天涯。

卡： 快去吧，孩子啊，到阿里斯泰俄斯家

……

阿： 我为你悲伤，父亲啊。 卡：我也为你悲伤，孩子啊，

还为你的姐妹们痛哭。

阿： （次节）

因为多可怕地，

[1375] 狄俄倪索斯王给你的家族

带来了侮辱。

卡：　还因为他遭到你们的可怕对待，

　　　　他的名字在忒拜没有受到尊崇。

阿：　祝你幸福，我的父亲！　　卡：　祝你幸福，我可怜的

[1380]女儿哦，虽然你很难享有幸福。（哀歌完）

阿：　（唱）上路吧，押差们呐，把我送到

　　　　我的姐妹们那里，一道悲惨地流亡。

　　　　我想到达那

　　　　染血的基泰隆山看不见我，

[1385]我的双眼也看不见基泰隆山的地方，

　　　　那里没有什么酒神杖来唤起我的往事，

　　　　还是让它们成为其他女信徒的念想吧！

　　　　阿高厄从舞台一方下，

　　　　众忒拜人抬着尸体进宫，卡德摩斯随入。

歌队：精灵的形式千变万化，

　　　　诸神的作为大多出人意表，

[1390]意料中的事实现不了，

　　　　料想外的事诸神偏有招。

　　　　此事结局便属这类。

　　　　歌队从舞台一方退场。

《*酒神的伴侣*》笺注

内容提要

《酒神的伴侣》内容提要

狄俄倪索斯的忒拜亲人否认他是神；狄俄倪索斯便对之展开应有的报复。他让忒拜女子发狂，卡德摩斯的女儿们还率领狂欢歌舞队进入基泰隆山。现在，年迈的卡德摩斯……接过王位的阿高厄之子彭透斯却对发生之事暴跳如雷，逮捕了一些狂女，[5]还派其余人去捉拿酒神。卫兵抓住了束手就擒的酒神，把他带到彭透斯跟前。彭透斯命士兵将酒神捆绑收监。彭透斯不仅扬言狄俄倪索斯不是神，还敢为对抗人类的任何事。酒神让大地震动摧毁王宫，并把彭透斯领进基泰隆山。[10]他成功说服彭透斯扮成女人去查探山上的狂女；以彭透斯之母阿高厄为首的狂女把彭透斯撕裂。得知此事的卡德摩斯搜集了彭透斯的残肢断臂，怀抱儿子头的母亲阿高厄最后意识到这点。狄俄倪索斯随后现身，〈……〉既对全体宣告，[15]也向每个人预言即将发生之事，他也因此不再受人微词。

拜占庭的阿里斯托芬的内容提要

狄俄倪索斯已是神，彭透斯却不愿接受其秘仪；狄俄倪索斯便让母亲的姐妹们发狂，迫使她们撕裂了［20］彭透斯。该神话出现在埃斯库罗斯的《彭透斯》中。

［Se 本］"《酒神的伴侣》内容提要" 可能源自一个介绍欧里庇得斯剧情的古代集子。参 G. Zuntz，《欧里庇得斯的政治剧》(The Political Plays of Euripides)，Manchester：Manchester University Press，1955，页 129—152。此 "内容提要" 留存在 P 本中，前七行也存于 2 世纪的一个莎草纸本 (P.Oxy.4017) 中。对我们而言，该 "内容提要" 的主要意义在 (不全的) 最后一句。这句话为最后一场戏的佚失部分提供了线索，参 1329—1330n.（［译按］表示参此笺注本对《酒神的伴侣》行 1329—1330 的评注，下同）。

不难发现，20 世纪的批评遗憾地倾向于把家族称为 "王宫" (βασίλεια)。实际上，剧中出现的始终都是 "家族" (虽是王 "族"，参行 60)。迪格尔 (James Diggle) 补充的 "τελετὰς" 应指加入秘仪 (1329—1330n.)。

［D 本］这两段话是引言性题词，原位于该剧的两个古本前。"《酒神的伴侣》内容提要" 是原初意义上的题材 (ὑπόθεσις)，亦即一段主题概要，可能是亚历山大大帝或罗马时期的神话作家 (μυθογράφος) 要处理的工作。对于这段提要，我们感兴趣的是它的最后一句 (可惜不全)，因为这句话总结了此剧的结尾一场；显而易见，神话作家有结尾一场的完整版。第二段提要节选自《酒神的伴侣》前言，由亚历山大大帝时期学者拜占庭的阿里斯托芬 (公元前 257—前 180 年) 为他的戏剧集撰写。关于这些前言的内容，参《美狄亚》(Medea)，edited with an Introduction and

Commentary by Denys Page，Oxford：Clarendon Press，1938，liii 以下。拜占庭的阿里斯托芬惯于用一句话交代剧情，随后还提请我们注意，埃斯库罗斯在他的《彭透斯》[Pentheus]中也处理过这一主题，节选的内容就此中断。

　[B本]文法学家亚历山大里亚图书馆馆员阿里斯托芬，约于公元前200年为此剧增添了一系列信息，譬如"内容提要"、演出时间的介绍、同期上演的其他剧目、同台竞技的剧作家名字等。这些介绍源自 διδασκαλίαι，即对剧作家和剧本创作时间等情况的介绍，它们是从剧场附近的碑文尤其是从那些篆刻在三足鼎底座上的碑文汇编而来的，三足鼎由胜出歌队的赞助人放置，以作还愿献祭之用。这段"内容提要"可能没有完整保留下来，因为总体看来，补充性介绍的信息并不充分。

《酒神的伴侣》场次

《酒神的伴侣》人物、布景、时代

人　物

（以进场先后为序）

狄俄倪索斯（Διόνυσος）	酒神，宙斯与卡德摩斯的女儿塞墨勒之子
歌队（χορός）	酒神狂女，一群来自吕底亚的小亚细亚妇女
忒瑞西阿斯（Τειρεσίας）	忒拜盲先知，司掌阿波罗神庙
卡德摩斯（Κάδμος）	忒拜老王、阿高厄之父
彭透斯（Πενθεύς）	忒拜国王、阿高厄之子
卫队长（θεράπων）	彭透斯的卫队长
信使一（ἄγγελος）	彭透斯的牧人
信使二（ἕτερος ἄγγελος）	彭透斯的侍从
阿高厄（Ἀγαύη）	卡德摩斯的女儿、彭透斯的母亲

　　[Se本] 人物表显然可追溯到最早的全集（公元前 3 世纪）。参《欧里庇得斯：乞援女》（*Euripides: Supplices*），trans. & with an Introduction and Commentary by Christopher Collard, Groningen: Bouma's Boekhuis, 1975, 2.103—104。

布　景

忒拜现任国王彭透斯的王宫前院，一旁是塞墨勒的坟墓。

时　代

英雄时代

一　开场（行 1—63）

[*Se* 本] 在欧里庇得斯的剧作中，戏剧场景通常由开场白设定，有时由某位神致开场白（譬如《阿尔刻提斯》《伊翁》）。与此剧的狄俄倪索斯一样，在《希珀吕托斯》中，神（阿弗洛狄特）表明了报复人类不敬的意图。在一些剧（如《伊菲革涅亚在陶洛人里》《厄勒克特拉》）里，开场白则由一名行动的主要参与者（凡人）宣说。唯有此处，主要参与者是一位经过乔装的神。为此，他强调化作凡人（行 4、53）：较之大多数其他神，凡人身份更符合酒神，因为他被认为混迹于敬拜者之间（115n.）。化作凡人的狄俄倪索斯很像推源论神话中的新教推动者（如把解放神狄俄倪索斯秘仪［Dionysos Eleuthereus］崇拜引入雅典的裴迦索斯［Pegasos]），以及雅典古典时期臭名昭著的秘教传播者，参柏拉图，《王制》（*Republic*）364b—365a；H. S. Versnel，《希腊罗马宗教中的矛盾》（*Inconsistencies in Greek and Roman Religion*），Vol. 1，Leiden：Brill，1990，页 102—119。

开场白的细节几乎皆紧扣剧情。先是自我介绍和场景介绍（行 1—5），自然（由狄俄倪索斯的母亲塞墨勒［Semele］）引向对塞墨勒坟墓的描述（行 6—12），（如果坟墓是可见的）需要解释坟墓是布景的组成部分，并且（即便放在台下需要观众想象）象征着遭塞墨勒姐妹否认的神圣出身（行 26—31）。接着，狄俄倪索斯在整个亚细亚建立其崇拜的叙述（行 13—22），既表明他打哪儿来（参欧里庇得斯，《特洛亚妇女》，行 1—3），也似乎将他在望的胜利置于某个不可抵抗的普世化（持续的，行 48—49）进程中。在把母亲发狂的姐妹们送入山中后（行 23—42），狄俄倪索斯现在要挫败彭透斯（Pentheus）的抵制（行 43—54）。最后，狄俄倪索斯召唤他那些由吕底亚女信徒组成的歌队。这一切突显了狄俄倪索斯的双重身份：他既是外邦人，又是希腊人；他既是异方人，又是忒拜本土人；他既是凡人（乔装成凡人，并有一位凡人母亲），又是神。狄俄倪索斯面带女相（参 T. H. Carpenter,《论无胡须的狄俄倪索斯》[“On the Beardless Dionysus”]，收于 T. H. Carpenter & C. A. Faraone eds.,《狄俄倪索斯的面具》[*Masks of Dionysus*]，Ithaca, N.Y.: Cornell University Press, 1993），甚至可能身着充满女人气的金黄色（$\varkappa\varrho o\varkappa\omega\tau\acute{o}\varsigma$）长袍（353n.）。诗人将之描述为有着“葡萄酒色的”脸颊（行 438）、长发飘飘、肌肤洁白（行 455—457）。尽管酒神乔装成凡人，却可能戴着一副微笑的面具（439n.），这对悲剧而言非同寻常，却是狄俄倪索斯的特征。对欧里庇得斯开场白（含此处）的研究，参 H. Erbse,《欧里庇得斯悲剧开场研究》（*Studien zum Prolog der euripideischen Tragödie*），Berlin: de Gruyter, 1984。

该剧场景设定在忒拜王宫，由舞台建筑物代表，里面是演员的化妆棚（$\sigma\varkappa\eta\nu\acute{\eta}$）。外设一处塞墨勒的坟墓（或为观众可见或不可见，见上文），对这座坟墓冗长描述表明了它的象征意义（576—641n.）。台下有两个重要区域：城区（彭透斯的人抓捕狄俄倪索斯之地，行 352、434—435，还可能是忒瑞西阿斯抵达之地，行 170）和基泰隆山（Kithairon）。但这并不意味着两侧的入口（eisodoi）分别通向城区和山区，因为狄俄倪索斯（行

62—63、352、434—435）和彭透斯（行 855）均在去往山区的途中穿过城区。两侧入口所带有的明确传统意义，显然是后来的发展。参 N. C. Hourmouziades,《欧里庇得斯剧作的演出与想象》（*Production and Imagination in Euripides*），Athens：Greek Society for Humanistic Studies，1965，页 128—134；O. Taplin,《埃斯库罗斯的编剧才能》（*The Stagecraft of Aeschylus*），Oxford：Clarendon Press，1977，页 449—451。在《酒神的伴侣》中，我们不晓得诗人是否（倘若是，如何）运用了两侧的入口，甚至不清楚狄俄倪索斯从何处出现（或许从房子本身？参行 32）致开场词。

开场白中的重复（行 4、53—54，行 20、23，行 22、42，行 24—25、34），让评论者们怀疑是窜改。迪勒（Dihle）进而认为，行 14—19 含欧里庇得斯时代不可能出现的地理学术语和古怪用语，并删除了行 21—22（基于行 13—19）和行 23—25（认为是行 32 以下的重复）。迪勒关于细节的观点，遭迪格尔反驳（参 James Diggle,《欧里庇得斯研究》[*Euripidea*]，Oxford：Clarendon Press，1994，页 444—451）。迪格尔的主要理由是，狄俄倪索斯在东方的征服之旅的神话不会早于亚历山大大帝（Alexander the Great）。当然，狄俄倪索斯从印度胜利归来，是以亚历山大甚至其一生为原型。参 E. E. Rice,《托勒密二世的大军》（*The Grand Procession of Ptolemy Philadelphus*），Oxford：Oxford University Press，1983，页 83—86。这种模仿并非凭空而来，至欧里庇得斯的时代，狄俄倪索斯已是一名旅者（譬如《独目巨人》，行 4），不仅与战争有关（行 302—305），还跟色雷斯（Thrace）、弗里吉亚（Phrygia）、吕底亚（Lydia）、阿拉伯（希罗多德 [Herodotus],《原史》[*The Histories*]，3.8）、腓尼基（《荷马颂歌》[*Homeric Hymn*]，1.9）、埃及（希罗多德,《原史》，2.49）和埃塞俄比亚（希罗多德,《原史》，2.146）有关。这一切可能与希腊人意识到狂欢崇拜广泛出现一道，可能早已引发了这一观念：狄俄倪索斯一路在各地建立其崇拜。我们还要注意，行 14—19 既未提及印度，也未提及征服。尊茨提出对行 13—16 更审慎的删改，参 G. Zuntz，《欧里庇得斯〈酒神的伴侣〉的开场》（"Zum Prolog von Euripides Bakchen"），*Hermes*，Vol. 113，1985，页 119—121。

　　［*D* 本］和欧里庇得斯的大多数剧本一样，《酒神的伴侣》以一段独白（索福克勒斯则偏爱对话）开场。与欧里庇得斯一以贯之的做法一样，独白在此的一个目的是通过交代时间、地点，简要交代即将发生之事，以及主要人物关系，把戏剧行动设定在传说的背景之下。这种手法并非欧里庇得斯独有，《特拉基斯少女》（*Trachiniae*）和《菲洛克忒忒斯》（*Philoctetes*）的开场白具有相似的功能。但到了欧里庇得斯，开场白已僵化，类似于一种舞台惯例（参阿里斯托芬，《蛙》［*Frog*］，行 946）。在开场白中，戏剧关联有意从属于这一需要：在行动开始前，快速、准确地表明戏剧结果。

　　这段开场白的形式和内容（ἥκω Διὸς παῖς...）均与阿弗洛狄特（Aphrodite）在《希珀吕托斯》行 1 的开场白相似（πολλὴ...θεὰ κέκλημαι）：言说者在剧本开始都强调自己的神性，指出他们的神性遭到藐视，并表明了复仇计划。但不同于阿弗洛狄特和欧里庇得斯的观众熟悉的其他致开场词的神明，狄俄倪索斯表明其险恶想法后，并未退出行动，而是悄悄（化作凡人）混迹于行动者，参演人间戏剧。这点必须让每个观众都"明白"：因此，剧中数度说明了这点（行 4、53、54）。

　　［*B* 本］开场独白阐明了剧情的主题。狄俄倪索斯以信徒（领队）身份出现。但在歌队出现前的开场白和剧末（行 1330 以下），狄俄倪索斯现以真身。狄俄倪索斯之所以把侍从带到王宫前，无疑因为他来到忒拜主要与王族有关，还因他要在这里显示其威力，能吸引全体城邦注意。

　　［*K* 本］大多数希腊悲剧以对话或一段直接针对观众的致辞

开场，目的是扼要说明剧情的背景（包括舞台布景和故事背景）。欧里庇得斯偏爱直接致辞，本剧就属此类。但这种效果不自然。神可能比凡人的角色要自然；但这种手法可使观众免于对剧情开展的困惑和不必要延误。无论如何，希腊悲剧的目标并非高度的（或至少始终如一的）现实主义。

此剧中的狄俄倪索斯的一个重要特征，使之与其他开场白中的神区别开来：在惩罚彭透斯和忒拜的过程中，他将充当直接的凡人代表，而不只是在天上左右事态发展。相反，狄俄倪索斯乔装成一位外邦男性领队，率领一群酒神女信徒。她们跟随他离开小亚细亚（据信，酒神崇拜发源于此），现在成了忒拜的不速之客（5n.、23n.）。吕底亚狂女组成剧中的歌队，此剧也以之命名；她们在剧中具有举足轻重的作用，主要通过她们对事态做出规范性回应，必要时吁请开展针对彭透斯的行动，并以内部身份描述酒神崇拜（她们最重要的作用）。在这点和剧中很多形式上，欧里庇得斯回到了早期风格。欧里庇得斯写作《酒神的伴侣》时，亦即临近他去世的公元前407年（实际上，直到公元前405年，该剧才在雅典上演），歌队大多沦为累赘，主要为剧情提供离题的简短颂歌。

开场白的音步是悲剧对话的常规音步，三音步短长格（iambic trimeter，以三个短长格为单位）。短长格大体由一个短音节后跟一个长音节组成，希腊诗是量化的——也就是说，诗的韵律基于长短音节（据持续的时间）的关系，而非基于英诗中独立的重音。

狄俄倪索斯从舞台一方上。

狄：我来到，身为宙斯之子，忒拜人的这片土地，

[*Se*本]较之《特洛亚妇女》（波塞冬）或《赫卡柏》（珀吕多洛

斯的鬼魂）的开篇语词，*ἥκω*［我来到］愈发意味深长。因为（我们很快就会发现）尽管狄俄倪索斯已在忒拜起作用，他上台在王族前致开场白表明了此剧的主题——狄俄倪索斯来到他在某种意义上已经属于的城邦（行2—9），他是摧毁王族的到来者。在这部酒神剧中，这是戏剧惯例与主题相符的一个方面。另一方面是狄俄倪索斯的乔装（行4、53—54）。关于忒拜，参James Diggle，《欧里庇得斯研究》，前揭，页442—444。

［*D*本］超自然的来访者最喜用的语词，参欧里庇得斯，《赫卡柏》，行1的鬼魂；《特洛亚妇女》，行1的波塞冬；《伊翁》，行5的赫尔墨斯；埃斯库罗斯，《被缚的普罗米修斯》（*Prometheus Bound*），行284的海洋女儿。

Διὸς παῖς...Διόνυσος［宙斯之子……狄俄倪索斯］，梅希迪耶（Méridier）认为："对神的身份的傲慢断言，听上去像是挑衅和威胁"。参行27的 *Διόνυσον...Διός*［狄俄倪索斯……宙斯］；行466的 *Διόνυσος...ὁ τοῦ Διός*［狄俄倪索斯……宙斯之子］；行550以下的 *ὦ Διὸς παῖ Διόνυσε*［宙斯之子狄俄倪索斯］；行859以下的 *τὸν Διὸς Διόνυσον*［狄俄倪索斯神］。欧里庇得斯似乎在词源学上将这两个称呼关联在一起，可能用 *Διόνυσος* 指称"宙斯之子"，这也是很多现代人的做法。（若干文法学家在引用这句诗时用的是 *Θηβαίαν*，这是欧里庇得斯在其他地方采用的形式，如行660、961、1043、1202；《腓尼基少女》的行287等。不过，欧里庇得斯可能更偏向于此处所用的属格，强调狄俄倪索斯对忒拜民众的使命。）

［*Sa*本］*ἥκω* 也是《特洛亚妇女》和《赫卡柏》的开篇首词。

Διὸς παῖς［宙斯之子］：这个短语在开场白中处于强调位置，为开场白和整剧定下基调。狄俄倪索斯的身份遭到出生地的否认，但忒拜必须承认他是宙斯之子。正如亚里士多德所言，诗中的开场白与修辞术中的发话目的一致，旨在"为下文做铺垫"

（οἷον ὁδοποίησις τῷ ἐπιόντι）。无论在诗歌还是修辞术中，开场白的特殊目的，都应让观众打一开始就掌握论证的简明线索（ὁ δοὺς ὥσπερ εἰς τὴν χεῖρα τὴν ἀρχὴν ποιεῖ ἑχόμενον ἀκολουθεῖν τῷ λόγῳ，参亚里士多德，《修辞学》[Rhetoric]，3.14.6）。对欧里庇得斯来说尤应如此。要达到这种目的，通常要借助一段连贯的开场白，剧情大致借此展开。在眼下的例子中，我们会看到，这段开场白只字未提最后的灾祸。

[L本]ἥκω一词用于诸神降临人间。我们不妨将之视为古希腊的一种传统：在《王制》开篇，苏格拉底拒绝了参加佩莱坞港火炬游行的邀请。苏格拉底的拒绝与柏拉图《高尔吉亚》中苏格拉底的话和谐一致。[译按]王制开篇首词为κατέβην[我下到]，与此处的ἥκω[我来到]形成某种呼应。同样巧合的是，这场火炬游行也是为了纪念外邦神本狄斯（Bendice）。

[R本]在阿里斯托芬的《地母节妇女》(Thesmophoriazusae)中，歌队就用这句话吁请众女神："可敬的女神们哟，请你们欢欢喜喜、满面慈祥地来到你们的圣地上"（行1148—1149）。在《酒神的伴侣》中，狄俄倪索斯本身就是一位传教的神。这个老套的开场受到多人模仿和戏仿。Διὸς παῖς...Διόνυσος[宙斯之子……狄俄倪索斯]，诗行的断句及对这一断言的否认，使对狄俄倪索斯神性和血统的断言意味深长，这一断言还会在剧中不断出现。Διὸς Διόνυσος[宙斯狄俄倪索斯]的惊人之处在于，父亲的名字出现在儿子的名字里，这似乎是酒神颂的传统：见阿里斯托芬，《地母节妇女》，行990—991；《蛙》，行215—217。

    我，狄俄倪索斯，乃卡德摩斯的女儿所生，

[Se本]τίκτει[生]这个希腊动词用的是一般现在时，鉴于目前事实的重要性（狄俄倪索斯是塞墨勒的儿子），这并不奇怪，

正如俄狄浦斯用一般现在时询问："吾父是谁?"(索福克勒斯,《俄狄浦斯王》[*Oedipus Rex*],行 437)。参行 11、42、44 中所用的一般现在时。

[*Sa* 本] *ὅν τίκτει ποϑ' ἡ Κάδμου κόρη* [卡德摩斯(Kadmos)的女儿所生],这里所用的描述性现在时(或常说的"历史"现在时)比通常使用的不定过去时(比如, *ὅν ποϑ' ἔτεκεν Κάδμου κόρη*)能更生动地描述过去所发生之事。由于此处的一般现在时用于描述过去时,所以恰切地与表示过去时的小品词 *ποϑ'* 连用,参欧里庇得斯,《乞援女》,行 640: *Καπανέως γὰρ ἦ λάτρις, ὅν Ζεὺς κεραυνῷ πυρπόλῳ καταιϑαλοῖ* [我是卡帕纽斯的家臣,他遭宙斯用灼烧的霹雳烧毁]。欧里庇得斯,《疯狂的赫拉克勒斯》,行 252 也一样: *ὦ γῆς λοχεύμαϑ' οὓς Ἄρης σπείρει ποτέ* [地生子孙啊,从前为战神阿瑞斯(Ares)所播]。希腊悲剧中指称"母亲"的用法,参索福克勒斯,《俄狄浦斯王》,行 1247;《厄勒克特拉》(*Electra*),行 342。

[*B* 本] *τίκτει* :历史现在时,荷马史诗中未见这种用法,常见于悲剧。

[*L* 本] *Διόνυσος* [狄俄倪索斯]:该词位于行首,表强调,不论欧里庇得斯是否有意利用了该词的词源。首先, *Διο-* 让人想起宙斯的称号,只有出生与宙斯有关的人物才有资格自称狄俄倪索斯。该称呼同时要求必须是亲子关系(行 27、220)。 *ἡ Κάδμου κόρη* [卡德摩斯的女儿]:在此,欧里庇得斯只是遵循了塞墨勒为忒拜公主的古典传统。但我们很快会发现,欧里庇得斯某种程度上没有忽视这个人物的原始特征:地生神和大母神(la Grande Mère)的化身。

[*R* 本] *τίκτει* ,常表明出身的动词,譬如 *τίκτει, γεννᾶν* 。狄俄倪索斯在忒拜出生的神话(重要的戏剧要素),在剧中多次重现(如行 88 以下、523 以下),忒瑞西阿斯还将为之提供某种理性解释(行 286 以下)。

塞墨勒借着霹雳火诞下了我。

[*Se* 本]奥维德（Ovid）讲述了身怀狄俄倪索斯的塞墨勒在乔装的赫拉说服下，请求宙斯以他到赫拉那儿的方式（[译按]即以霹雳和闪电的方式）到她这里（《变形记》[*Metamorphoses*]，3.259—315）。宙斯由此受骗（因曾发誓满足塞墨勒的要求），以霹雳和闪电现身，结果塞墨勒遭灭顶之灾，宙斯将胎儿狄俄倪索斯取出塞墨勒的子宫，缝入大腿。参行 242—245、521—529、88—100n.、64—166n.、286—297n.、576—641n.。

[*K* 本]欧里庇得斯将塞墨勒描述成一名凡间公主。不过，文献和崇拜中有迹象表明，人们把她视为佩耳塞福涅（Persephone）式的人物，重获新生，并与狄俄倪索斯一道受人敬拜（譬如行998 以下；品达 [Pindar]，《奥林波斯竞技凯歌》[*Olympian Odes*]，2.25 以下；忒奥克利特（Theocritus），《牧歌诗集》[*Idylls*]，26.5 以下）。古代的博学作家们把塞墨勒视为一位地母神，这可能是对的；据信，塞墨勒具有亚细亚血统，还可能与狄俄倪索斯在吕底亚或弗里吉亚的生殖崇拜紧密相关，这种崇拜促进了希腊酒神宗教的形成。有人指出，塞墨勒遭雷击，最初象征着天空 / 雷 / 雨神给大地受孕，但这种说法现仍存疑。

[*D* 本]ἀστραπηφόρῳ 可能含被动之意，"由霹雳生"，也可能是主动的"霹雳孕育的"。

[*Sa* 本]λοχευθεῖσ' ἀστραπηφόρῳ πυρί[借着霹雳火催生]，参行88。πυρί相当于 ὑπὸ πυρός，类似于行 119 的 οἰστρηθεὶς Διονύσῳ；《伊翁》行 455 的 Προμηθεῖ λοχευθεῖσαν[由普洛墨透斯接生]。ἀστραπήφορον πῦρ 即 πῦρ ὑπ' ἀστράπης φερόμενον，闪电擦出的火光。涉及塞墨勒故事的神话传说，参《希腊诗选》(*Anthologia Palatina*)，3.1。在一系列描写神庙雕刻家的讽刺短诗中，这首诗位列第一，阿塔卢斯二世（Attalus II）和欧墨涅斯（Eumenes）为纪念他

们的母亲，在西兹库斯（Cyzicus）建造了神庙。狄俄倪索斯的
第一次出生被描绘在一幅壁画中。画的右边是塞墨勒僵硬的身
体，因婴儿的早产虚脱地躺在地上，我们看到婴儿的小身子趴
在母亲的尸体上；左边是一个驱邪的容器，一块布和一根月桂
枝，上方是高坐云端的宙斯，他的鹰隼立于一旁，宙斯头上有
一圈熠熠光轮，一手执熊熊燃烧的霹雳，另一手伸向这名新生
儿。也有的绘画表现为三个分区：右边，塞墨勒躺在一张长塌
上，背景是手持霹雳的宙斯；左边是宙斯与催生女神埃来提娅
（Eileithyia），这个场景意在表现狄俄倪索斯的第二次降生；在
中间，两边分别有一幅赫尔墨斯半身像隔开上述两个分区，表
现的是赫尔墨斯将这个婴儿放入斗篷带走，背景中还躺着一个
精疲力竭的人，可能代表塞墨勒或地母神。不过，在所有表现
这一主题的绘画中，最值得注意的是菲洛斯特拉图斯的刻画。

[*B* 本] *λοχευϑεῖσα*：行 88 以下有更明确的解释。

ἀστραπηφόρῳ：韦克莱因对照了残篇 314 中的 *ἀστραπηφορεῖ* [执
霹雳]，把形容词当成行为，描述行动者的形容词就成了结果，
参行 139 的 *αἷμα τραγοκτόνον*。但用这个动词并不能确定该形容词
的准确含义。被动含义（由霹雳催生）提供了更明确的意义。参
埃斯库罗斯，《阿伽门农》（*Agamemnon*），行 1150：*ϑεοφόρους* [由
神生]。关于这个主题，参索福克勒斯，《俄狄浦斯王》，行 200：
πυρφόρων ἀστραπᾶν [霹雳火]。

　　　我由神样化作凡形，

[*K* 本] 为避免混淆，狄俄倪索斯在这里和行 53 以下均强调，
他完全乔装成凡人的模样，并伪装成亚细亚狂女的凡人领队。在
剧末，狄俄倪索斯将去除乔装，再次露面；但即便在戏剧行动
中，他的角色也常含混不清。这不仅是辛辣的讽刺，也强化了此

剧蕴含的双重性，不过这也有助于制造某种神秘莫测的不确定性：自然之物终于何处，超自然之物又始于何处。

［*Sa* 本］μορφήν ἀμείψας...βροτησίαν：意思同行 53 的 εἶδος θνητὸν ἀλλάξας，意为“幻化”，ἀμείψας 和 ἀλλάττειν 的含混用法，可能相当于拉丁语 muto 一词含义中的模棱两可。

［*B* 本］ἀμείψας［化作］：表达此意时常用中动态，但也有用主动态的情况。参欧里庇得斯，《俄瑞斯特斯》，行 527。ἐκ θεοῦ：省略语类似于比较句中的情形。

［*L* 本］参 P. Chantraine,《希腊语词源学辞典》(*Dictionnaire Étymologique De La Langue Grecque*)，Paris：Klincksieck，1968，词条 Διόνυσος 下。

［*R* 本］狄俄倪索斯是一位具有多重形象的神和巫师，他具有多重面相，时而变作动物（参行 100、920—921、1017；《荷马颂歌》，1.44），时而又化作凡人。人们很自然认为古希腊诸神具有人的形象；但他们的身材、光彩照人的容貌以及深不可测的目光，常向凡人显明其超自然属性。在这里，“化做凡形”，就是说“完全不会暴露神性的凡人的样子”。化做凡人的狄俄倪索斯将在开场白结尾处（行 53—54）重申其变形，目的是让观众清楚整个情形：狄俄倪索斯和“异方人”乃同一人。

［5］经过狄耳刻泉和伊斯墨诺斯河。

［*K* 本］狄耳刻泉（Δίρκης）和伊斯墨诺斯河（Ἰσμηνός）是忒拜的两条河。忒拜城建于富饶的波俄提亚（Boetia）平原上的一座低山丘陵上，距基泰隆山约 10 英里。基泰隆山在剧中时有提及，耸立于忒拜南部。忒拜城曾在青铜时代晚期显赫一时，忒拜神话的始末，甚至几乎所有其他希腊神话均在这个时代确立。但据记载，忒拜因内部纠纷毁灭就发生于特洛亚战争前，也早在迈锡尼

（Mycenae）覆亡之前，这在历史上似乎无误。

[*D* 本] *πάρειμι* [经过]：暗示先前的活动，因此即便在散文中，该词也常与 *εἰς* 连用，欧里庇得斯偶尔也将之与活动目的地的简单宾语连用（《独目巨人》，行 95、106；《厄勒克特拉》，行 1278 ）。狄耳刻和伊斯墨涅是忒拜这座位于两河之间的城邦（ *διπόταμος πόλις* ）的两条河；参欧里庇得斯，《疯狂的赫拉克勒斯》，行 572 以下；《腓尼基少女》，行 825 以下。

[*Sa* 本] *πάρειμι* [经过]：源于 *εἰμί, sum*。含移动之意，在这里是通过介词而非单纯的动词传达出来。关于 *πάρεῖναι* 接直宾，参欧里庇得斯，《独目巨人》，行 95：*πόθεν πάρεισι Σικελὸν Αἰτναῖον πάγον* [为何来到西西里的埃特那山峰]，行 106：*πόθεν Σικελίαν τήνδε ναυστολῶν πάρει* [你从何地来到这西西里的呢？]。以及欧里庇得斯《厄勒克特拉》行 1278 中的 *Ναυπλίαν παρὼν* (= *μολών*)。

Δίρκης νάματ' Ἰσμηνοῦ ϑ' ὕδωρ：由于这两条河，人们称忒拜为 "两河之间的城邦" (*διπόταμος πόλις*，欧里庇得斯，《乞援女》，行 621)。欧里庇得斯，《腓尼基少女》，行 825：*Δίρκα χλοεροτρόφον ᾇ πεδίον πρόπαρ Ἰσμηνοῦ καταδεύει: Ἰώ ϑ', ἁ κερόεσσα προμάτωρ* [在那狄耳刻流来的两道河的中间，这水润湿着伊斯墨诺斯河前碧绿的原野]；《疯狂的赫拉克勒斯》，行 572：*νεκρῶν ἅπαντ' Ἰσμηνὸν ἐμπλήσω φόνου, Δίρκης τε νᾶμα λευκὸν αἱμαχϑήσεται* [将使伊斯墨诺斯河填满屠戮的尸体，狄耳刻的清流染成了血色]。在这两条河流中，伊斯墨涅位于东部，狄耳刻的河水流入旧时忒拜城北（参 Leake，《北部希腊》[*Northern Greece*]，2.237 ）。关于狄耳刻，参行 519—536，以及品达，《伊斯特米地峡竞技凯歌》(*Isthmian Odes*)，5、6。

[*L* 本] 悲剧喜用这些地形学上的指称，参欧里庇得斯，《腓尼基少女》，行 101—102。狄耳刻泉位于忒拜西部，伊斯墨诺斯河则在左边。这两条河流（特别是狄耳刻）受忒拜人崇奉。参 F.

Vian,《忒拜、卡德摩斯及地生人的起源》(*Les origines de Thèbes*, *Cadmos et les Spartes*), Paris: Klincksieck, 1963, 页 104—106。

　　　　我看见遭雷击的母亲的坟墓，

─────────────────

　　[*Sa* 本]*μητϱὸς μνῆμα*[遭雷击的母亲的坟墓]：这个传说中的地点，仍有旅游者谈及。迟至 2 世纪，泡萨尼阿斯(Pausanias)还到过此地(《希腊札记》[*Description of Greece*], 9.12.3)。据信，古代集市(agora)的一部分就位于卡德摩斯住处的原址。这里呈现的是哈耳摩尼亚(Harmonia)和塞墨勒卧房的废墟，以及塞墨勒的兄弟珀吕多洛斯(Polydorus)用黄铜装饰的一块木头。珀吕多洛斯有"卡德墨俄的狄俄倪索斯"(Dionysus Cadmeius)之称。据传，在塞墨勒遭霹雳击毙之时，他也从天上摔落下来。普洛厄提得斯(Proetides)城门附近即剧场，解放者狄俄倪索斯(Dionysus Lysius)的神庙与之毗邻，庙内供奉着狄俄倪索斯和塞墨勒的雕像(参泡萨尼阿斯,《希腊札记》, 9.16.6; Leake,《北部希腊》, II. 235、236)。关于 *μητϱὸς...κεϱαυνίας*, 参索福克勒斯,《安提戈涅》(*Antigone*), 行 1139, *ματϱὶ σὺν κεϱαυνίᾳ*(古注本作 *κεϱαυνοβλήτῳ*), 行 598 以下, *κεϱαυνόβολος*。

　　[*L* 本]确有一块塞墨勒的纪念碑矗立在忒拜。参泡萨尼阿斯,《希腊札记》, 9。

　　[*R* 本]*όϱῶ*[我看见]：从这位神所处的方位能俯瞰整个王宫建筑群，这些建筑中央是一座内院。因此，酒神看到了坟墓的装饰，清楚谁在坟墓四周筑起围墙，以挡住观众的视线。卡德摩斯及其家族居所一旁即是塞墨勒往日闺房的断壁残垣，卡德摩斯虔敬地维持其遭雷击之后的状态。2 世纪，还有人参观过这些遗迹："据忒拜人说，现在是集市的那个地方(亦即卫城那里)，先前是卡德摩斯的住所。忒拜人展示哈耳摩尼亚和塞墨勒

房间的遗迹，即便时至今日，仍禁止公众踏足塞墨勒的闺房。"
参泡萨尼阿斯，《希腊札记》，9.12.3。不过，据泡萨尼阿斯，塞
墨勒的坟墓并非位于王宫内（如欧里庇得斯剧中所示），而是位
于下城区的普洛伊托斯（Proitos）城门旁。

　　　就在这王宫旁，她的房间的断壁残垣

────────────────────────

　　[*B* 本] *τόδε* [这里]：与 *ὅδε* 通用。*δόμων*：和《美狄亚》行 1177
一样指"房间"。这座房子仅部分遭毁。

　　　正冒着烟，还闪着宙斯的火焰，

────────────────────────

　　[*Se* 本] 塞墨勒的墓区提示我们，已有一处王宫遭（宙斯
的）雷击。在剧情发展中，（新的）王宫被宙斯之子用地震和霹
雳摧毁时，将再次提到塞墨勒坟墓四周仍燃着的火焰（行 596—
599）——作为"宙斯霹雳的……"复燃"火焰"。*φλόγα* [火焰] 其
实是 *τυφόμενα* [冒烟] 的直接宾语。
　　ἀδροῦ [有力的]：普鲁塔克（Plutarch）对这行诗的引用属于
（不合格律的）误抄（将 *ΑΔΡΟΥ* 误作 *ΑΔΙΟΥ*）。在这里，"力量"
无论如何都不恰当，不仅因为它破坏了行 596—599 中火复燃的
氛围，还因 *τυφόμενα* 倾向于表示"闷烧"（而非"燃烧"）。
　　[*Sa* 本] *τυφόμενα Δίου πυρὸς ἔτι ζῶσαν φλόγα*：把 *φλόγα* 视为
中动态（或被动态）分词 *τυφόμενα* 同源意义上的直接宾语，似乎
并无实际困难，*τυφόμενα* 大致相当于 *ἀμυδρῶς φλέγοντα* [若隐若现
地燃着]。这样一来，"冒烟的"和"闪着火焰"之间的过渡也很
自然。普鲁塔克以如下方式引用了这句话：*παρεφύλαξε τυφομένην*
ἀδροῦ πυρὸς ἔτι ζῶσαν φλόγα τὴν ἐρωτικὴν μνήμην καὶ χάριν（《梭伦传》
[*Solon*]，1.2）。由此得出的结论是，普鲁塔克可能理解为 *τυφό-*

μεν' ἁδροῦ τε πυρὸς ἔτι ζῶσαν φλόγα，两个抄件中都有 *δίου τε*，这个事实支撑了普鲁塔克的插入语 *τε*。但由于 *ἁδρός* 从未在希腊悲剧中使用过，因此如此设想或许更好：普鲁塔克（无论是否有意）通过改写这段来切合自己眼下的目的，于是接受了 *Δίου πυρός*，删除 *τε*。插入语 *τε* 可能是由于它很像 *τι* 或下一个语词的首字母 *π*。首行诗句着重提到宙斯，此行诗中的宙斯与下行诗中的赫拉（*Δίου*）又形成对照，这就证实了 *Δίου πυρός*［宙斯的火焰］。在《阿尔刻提斯》行 5 中，宙斯霹雳的锻工被称为 *τέκτονας Δίου πυρός*［神火匠］（参欧里庇得斯，《阿尔刻提斯》，行 128 的 *διόβολον πλῆκτρον πυρὸς κεραυνίου*［宙斯掷下霹雳火］）；此处正在塞墨勒坟四周闪耀着的熏烧火焰，在后文燃起火光，那时的火焰被描述成 *φλόγα Δίου βροντᾶς*［宙斯的霹雳火］（行 599）。在欧里庇得斯的《乞援女》行 860 中（卡帕涅乌斯［Capaneus］临终前），由波利比乌斯（Polybius）修订的 *ὁρᾶς τὰ βέλος διέπτατο*，在抄件中被误作 *ὁρᾶς τὸν ἁβρόν*。

　　　　那是赫拉对我母亲永不泯灭的肆心。

────────────────────

　　［*Se* 本］这里的几个宾语是前句诗描述的冒烟的同位语（参欧里庇得斯，《厄勒克特拉》，行 1262；《俄瑞斯特斯》，行 1105）。参 James Diggle，《欧里庇得斯研究》，前揭，页 192—193。*ἀθάνα-τον*［永不泯灭的］靠近"火焰"，该形容词隐含（使狄俄倪索斯和塞墨勒）不朽的力量（狄奥多洛斯［Diodorus Siculus］，《历史丛书》[*Bibliotheca Historica*]，5.52.2），参 524n.、576—641n.。

　　［*K* 本］希腊戏剧的舞台布景很少，有必要稍作描述。舞台上可见一个含塞墨勒坟墓及其闺房废墟的区域——遭宙斯雷击后仍神奇地冒着烟，虽然烟在剧中多半可能要凭想象。卡德摩斯将此地筑墙围起，既是出于对家人的忠顺，又因遭雷击之物被视为

神圣不可侵犯。狄俄倪索斯已让此处长出一株葡萄树，葡萄树因其绿意和繁殖力以及葡萄和葡萄酒成为他的一种神圣植物。我们从行 591 和行 1214 得知，舞台背景是王宫（彭透斯的家）正面。

[D 本] ἀϑάνατον...ὕβϱιν [永不泯灭的肆心]，亦即暴行的永不泯灭的象征。参欧里庇得斯，《厄勒克特拉》，行 1261。在那里，μῆνιν [愤怒] 也在句中充当同位语，意为"愤怒之举"。ἀϑάνατον的含义由上文的 ἔτι ζῶσαν [仍燃着] 和行 523 的 πυϱὸς ἐξ ἀϑανάτου [从永不泯灭的火中夺出] 确定。塞墨勒的地生性遭人遗忘后，她遭雷击就由这个故事诠释：赫拉诱使塞墨勒请求宙斯以真身见她。参阿波罗多洛斯（Apollodorus），《希腊神话》（The Library），3.4.3。

[Sa 本] ἀϑάνατον...ὕβϱιν：永不泯灭指赫拉对塞墨勒的暴行，是一个难以磨灭的印记。上一行中的 ἔτι ζῶσαν [仍燃着] 印证了这点。在行 524 中，我们有 πυϱὸς ἐξ ἀϑανάτου [永生不灭的火]，在不排除上述含义的情况下，把该短语的意思等同于（佩里所说的）ὕβϱιν ἀϑανάτου ϑεᾶς εἰς ϑνητὴν μητέϱα，也值得采用。因为此处的直接宾语是前面整句的同位语，参行 30 的 σοφίσμαϑ'，行 250 的 πολὺν γέλων，行 1100 的 στόχον δύστηνον，以及行 1232 的 ὄψιν οὐχεὐδαίμονα。这种情况在欧里庇得斯的剧作中尤为常见。

[10] 我赞美卡德摩斯，他使此地——他女儿的坟陵

[K 本] 卡德摩斯是传说中的忒拜创立者，塞墨勒、阿高厄（Agave）、伊诺（Ino）、奥托诺厄（Autonoe）及青年阿克泰翁（Actaeon，塞墨勒和阿克泰翁都已夭亡）的父亲，以及彭透斯（阿高厄之子）的外祖父，由于他的亲子已不在人世，卡德摩斯晚年把王权传给了彭透斯。

[Sa 本] ἄβατον [神圣不可侵犯的]：与 βέβηλον [世俗的] 相对。

参泡萨尼阿斯，《希腊札记》，1.6，遭雷击之地被视为神圣之地。人们有时称这种地方为 ἐνηλύσια［遭雷击之地］，参埃斯库罗斯残篇15，卡帕涅乌斯就在此地遭雷击身亡；拉丁语中的 bidental［遭雷击的圣地］。

［*B*本］罗马人也把遭雷击之地——在掩埋遭击毁之物后——围起并奉为圣地。

［*R*本］ἄβατον［神圣不可侵犯的］：一切遭雷击之地，以及所有出现过超自然现象的地方，皆可称为圣地。根据普鲁塔克，雷击致死的尸体应葬在雷击发生之地，在小山坡下，而非山坳里（《席间闲谈》［*Quaestiones Convivales*］665c）。可能正是因为这种信仰——也为了方便布景——欧里庇得斯把塞墨勒的葬身之地放在了其闺房的遗迹旁（但非就此选址）。这个神圣之地可能出现在古希腊近邻同盟的一条法令里（公元前3世纪），篆刻在忒拜人的德尔菲国库上。开场至今，卡德摩斯显得是一位虔敬者，尊崇宗教习俗。卡德摩斯对狄俄倪索斯和塞墨勒的家族情感激发了他的虔敬，但不是其虔敬的首要原因。

　　　神圣不可侵犯；而我，用了无数葡萄藤

［*Se*本］ἄβατον［神圣不可侵犯］：通常认为，遭雷击之地神圣不可侵犯：A. B. Cook，《宙斯》（*Zeus*），Vol. II, Cambridge: Cambridge University Press，1925，页21—22。

［*D*本］θυγατρὸς σηκόν：家族感是卡德摩斯的特征（参行181、334n.）。葡萄藤标明此地为狄俄倪索斯的圣地；在关于这个故事的另一版本中，用的不是葡萄藤，而是奇迹般疯长的常春藤（古注本《腓尼基少女》，行651：τῶν Καδμίων βασιλείων κεραυνωθέντων κισσὸς περὶ τοὺς κίονας φυεὶς ἐκάλυψεν αὐτόν［即狄俄倪索斯］，引自地理学者纳西阿斯［Mnaseas]）

［*Sa* 本］σηκόν：圣地或 τέμενος［专用地］。赫西基乌斯（Hesychius）用 τάφος ναός 解释该词，要么就指这节，或者更可能指《腓尼基少女》行 1752 的 Βρόμιος ἵνα τε σηκὸς ἄβατος ὄρεσι μαινάδων［去喧闹神那里吧，那里是他的圣地］，古注家将之解释为 ὁ τάφος τῆς Σεμέλης...σηκὸς δὲ ὁ ναός...［塞墨勒的坟地……庙宇的圣地……］。

下行中的 ἐγώ［我］与上行的 Κάδμον［卡德摩斯］形成鲜明对照。"赞美卡德摩斯，他使此地——他女儿的坟陵神圣不可侵犯；然而，是我用葡萄藤的新枝将此地四周围起"。

　　　新枝将此地四周围起。

［*Se* 本］忒拜的酒神崇拜与塞墨勒崇拜有关（行 998），参欧里庇得斯，《腓尼基少女》，行 1755；忒奥克利特，《牧歌诗集》，26.6。2 世纪，泡萨尼阿斯将塞墨勒被毁的"新房"呈现为卡德摩斯位于忒拜卫城的老房子的一部分（《希腊札记》，9.12.3）。在《酒神的伴侣》中，围起来的区域含"殿堂的断壁残垣"，并且两个文本均称此地 ἄβατον（神圣不可侵犯——的确，较之其他剧本中的那些地方，此剧中的坟墓无人接近）。不过，在《酒神的伴侣》中，塞墨勒虽葬在她遭雷击的地方（显然是一般惯例），泡萨尼阿斯却把她的墓地安置在下城区（《希腊札记》，9.16.7）。在《乞援女》中，遭雷击的卡帕涅乌斯拥有一座独特的坟墓。据说，欧里庇得斯本人的坟墓就遭过雷击！

［*D* 本］行 6—12：古人认为，任何遭霹雳击中的地方（或人）都很神秘，是超自然之物触碰了自然界中的某个点。恰如霹雳击中卡帕涅乌斯时，他成了一具神圣的尸体（ἱερός νεκρός），必须葬在一个隔离之所（参欧里庇得斯，《乞援女》，行 934 以下）。因此，被霹雳标志为己有的那个地点就成了希腊语所谓的 ἐνηλύσιον［遭雷击的］、意大利语所谓的 bidental［遭雷击的圣地］，此地

也就成了禁地，神圣不可侵犯（*ἄβατον*，行 10；在阿纳克西普斯（Anaxippus）残篇 3 中，那位绰号为霹雳［*Κεραυνός*］的食客突临宴会，以致无人敢赴宴［*ἄβατους*］）。这些地方献给从雷电降落的宙斯（*Ζεὺς καταιβάτης*，参《希腊语语源大词典》（［*Etymologicum Magnum*］，词条 *ἐνηλύσια* 下），献祭也在这些地方举行（A. B. Cook，《宙斯》，Vol. II，前揭，页 13 以下充分表明并讨论了相关证据）。在欧里庇得斯的时代及后来很长一段时间，忒拜确有这么一个神圣之地。最近发现的一段公元前 3 世纪的德尔菲碑文就提到了此地（*Delph.*，iii. 1，页 195）。和此剧一样，这个地方被称为塞墨勒的"围地"（确切地说，是英雄坟墓的圣地；此地仍作为神圣之地保留下来，在 2 世纪泡萨尼阿斯和阿里斯提得斯［Aelius Aristides］造访忒拜时，此地作为圣所对游客开放）。这些人都称之为塞墨勒的闺房（*θάλαμος*）；据泡萨尼阿斯叙述，此地显然是"卡德摩斯老房子"的一部分，卫城还保留着这幢老房子的残垣断壁（欧里庇得斯的 *δόμων ἐρείπια*）。泡萨尼阿斯认为，塞墨勒的坟墓（*Σεμέλης μνῆμα*）在另外一个地方，位于靠近普洛厄提得城门（Proetid Gate）的下城区（Lower Town）（《希腊札记》，9.16.7）。欧里庇得斯却将坟墓所在地放在彭透斯的新王宫附近，显然在围地内——火是在断壁残垣中（*ἐρείπια*，行 7 以下），并"在塞墨勒坟陵四围"燃烧（行 596 以下）。这兴许是剧情需要，抑或下城区的那座坟墓可能是后来的导游捏造出来的。无论如何，欧里庇得斯显然了解一些关于忒拜崇拜与崇拜场所的知识。

在史诗传统后期（荷马，《伊利亚特》，14.323 以下；赫西俄德，《神谱》，行 940 以下），塞墨勒的形象是宙斯的忒拜新娘和狄俄倪索斯的母亲。赫西俄德表示，塞墨勒生了狄俄倪索斯。这颠覆了历史发展的进程。有可能，塞墨勒原是阿纳托利亚（Anatolian）的地母神。不过，据一段弗里吉亚碑文，塞墨勒与宙斯同时出现，这显然是谬误，参 Calder，《古代小亚细亚遗址》

（*Monumenta Asiae Minoris Antiqua*），卷七，xxix。当狄俄倪索斯的传说移至忒拜传统时，塞墨勒成了一位凡间公主；关于她原本高贵身份的线索，留存在英雄传奇和崇拜中。学者们推测，塞墨勒即地母（Mother Earth，狄奥多洛斯，《历史丛书》，3.62）。塞墨勒以地母的身份成为霹雳神的新娘：在欧洲南部，霹雳既仁慈又可怕——雷电具有摧毁力，但雨水催发地里的种子，因此塞墨勒死后，狄俄倪索斯降生。但塞墨勒并未完全死去，如品达所言（《奥林波斯竞技凯歌》，2.25），虽死犹生（ζώει ἀποϑανοῖσα）：在传说中，狄俄倪索斯将塞墨勒从冥府中带回（阿波罗多洛斯，《希腊神话》，3.5.3 等）；在仪式中，塞墨勒在德尔菲和其他地方拥有一段定期的 ἄνοδος［上行］或 ἀναγωγή［带领往上行］（参 H. Jeanmaire，《狄俄倪索斯》[*Dionysos*]，Paris：Payot，1951，页 343 以下）。在《酒神的伴侣》中，塞墨勒虽是凡人，却在儿子的崇拜中占有一席之地。

［*B*本］ἐγώ［我］与卡德摩斯形成对照。βοτρυώδει 不是像，而是满是葡萄藤。带 -ώδει 后缀的形容词更常用于指称丰富而非相像。

［*L*本］用葡萄藤来装点献给酒神（即便狄俄倪索斯并非以酒神之名进入希腊，参 H. Jeanmaire，《狄俄倪索斯》，前揭，页 23）母亲的纪念碑，这并不奇怪。传统上，葡萄藤与酒神崇拜的圣地有关。但有趣的是，狄俄倪索斯亲口宣称他装点坟墓的荣耀。

> 我离开了盛产黄金的吕底亚土地

―――――――――――――――――

［*D*本］λιπών［离开］：通常用来引出旅程的出发地（参行 661），狄俄倪索斯的出发地是弗里吉亚和吕底亚（行 55、86、234、462 以下）。因此，我们只需分析 γύας［土地］和 λιπών［来到］的句法，将其他宾语留给 ἐπελϑών［来到］。这样一来，行 14 的 ϑ' 将 πλάκας［高原］和 τείχη［城堡］等连接起来。《受难的基督》

行 1588（而非行 1583）改编这行诗时略去了 ϑ′，正如佩里所言，这种省略使"非希腊人的希腊文读者能更清楚理解这句诗的含义"；不过，斯特拉博（Strabo）引述这段的两处引文都出现了 ϑ′。

πολυχρύσους［盛产黄金的］：指吕底亚举世闻名的财富，尤指帕克托鲁斯（Pactolus）河沙中发现的沙金（参 154n.），参欧里庇得斯，《伊菲革涅亚在奥利斯》，行 786：αἱ πολύχρυσοι Λυδαί［黄金遍地的吕底亚］。厄尔穆斯里用 τούς 取代 τὰς 得到公认。但奇怪的是，同样的错误出现在《海伦》行 89。更奇怪的是，斯特拉博两次援引这句诗时均用了 τὰς。欧里庇得斯喜用特殊形态：在这里，欧里庇得斯是否如赫西基乌斯和《希腊语语源大词典》所证实的那样，用的是 γύη 的并列形式？

［Sa 本］Λυδῶν τοὺς πολυχρύσους γύας...［盛产黄金的吕底亚土地］：《伊菲格涅亚在奥利斯》（一部与《酒神的伴侣》同期完成的剧作）行 787 有 "Λυδαὶ καὶ Φρυγῶν ἄλοχοι［黄金装饰的吕底亚和弗里吉亚］"。参行 154 的 "Τμώλου χρυσορόου χλιδᾷ［溪流淌着金沙的特摩罗斯山］"，以及希罗多德，《原史》，5.101 的引文。

［B 本］λιπὼν［离开］：指出发之地。狄俄倪索斯从养育自己的吕底亚和弗里吉亚出发，来到波斯（Persia）和巴克特里亚（Bactria）等地。πολυχρύσους［盛产黄金的］参行 154，以及埃斯库罗斯，《波斯人》，行 45，πολύχρυσοι Σάρδεις［富丽的萨耳得斯］。

　　　　和弗里吉亚，途经骄阳炙烤的波斯高原、

［Se 本］欧里庇得斯未解释宙斯把狄俄倪索斯带离忒拜后（行 94—95），狄俄倪索斯何以会出现在吕底亚和弗里吉亚（参希罗多德，《原史》，2.146）——其旅程的出发点。由此出发，狄俄倪索斯途经（ἐπελθὼν）波斯等地。

［D 本］πλάκας［高原］：这里指的是高地平原，即高原（参

718 以下，以及欧里庇得斯，《伊翁》，行 1267：Παρνασοῦ πλάκες
［帕尔纳索斯高原］）；波斯是一个高地国家，公元前 5 世纪的希
腊人肯定清楚这点。

　　［Sa 本］πλάκας［高原］是 ἐπελθών［来到］而非 λιπών［离开］
的直接宾语，离开先前的常住地吕底亚和弗里吉亚，并成功征服
波斯、巴克特里亚、墨迪亚（Medes）、阿拉伯以及“亚细亚”后，
狄俄倪索斯来到忒拜——整个希腊版图的第一片土地。

　　［15］巴克特里亚城关、严酷的

　　［Se 本］巴克特里亚包括现阿富汗、乌兹别克斯坦和塔吉克
斯坦的部分地区。我们没必要认同迪格尔的观点：欧里庇得斯
的时代没有设防御工事的城镇。参 James Diggle,《欧里庇得斯研
究》，前揭，页 446—447。
　　δύσχιμον［严酷的］：让我们联想到大风（欧里庇得斯，《乞援
女》，行 962）、山脉（埃斯库罗斯残篇 342），以及色雷斯的小道
（埃斯库罗斯，《波斯人》[Persians]，行 567）。因此，这里可能
指墨迪亚的山区特性，也可能指它的严寒（斯特拉博,《地理志》,
11.13.7）。
　　［D 本］τείχη：有城墙围住的城区。δύσχιμον：要么指气候的
“严寒”，斯特拉博谓之寒冷（《地理志》，11.13.7），要么更宽泛
地指“严酷的”“险恶的”。
　　［Sa 本］δύσχιμον［严酷的］：希罗多德描述了墨迪亚的严酷气
候，他还在同一章提到阿拉伯的酒神崇拜（《原史》，3.8）。这里
指的是狭义上的亚细亚，特指小亚细亚的西海岸：文脉清楚明示
了这点，提及希腊的沿海殖民地。在谈到这些殖民地的概况时，
西塞罗（Cicero）恰切地将之描述为：“野蛮长袍上的一根穗子”
（《论共和国》[De Republica]，2.4.9；参伊索克拉底[Isocrates]，

《全希腊盛会献词》[*Panegyricus*]，节162）。让卡德摩斯时代的言说者提及数代后才建立的殖民地，这明显是年代错误。

[*B* 本]δύσχιμον[严酷的]：指严酷的气候。斯特拉博指出，墨迪亚大部高寒。为此，厄克巴塔纳（Ekbatana）成为波斯王的夏季行宫。

墨迪亚、富庶的阿拉伯，

[*Se* 本]εὐδαίμονα[富庶的]：关于阿拉伯（Ἀραβίαν）的香料和香水，希罗多德表示这个国度散发着神圣的甜蜜芳香（《原史》，3.107—113）。没有理由和迪格尔一样认为，此处的 εὐδαίμονα 一定源于后来对阿拉伯丰饶区与荒漠区的划分（参 James Diggle，《欧里庇得斯研究》，前揭，页449—450）。

[*D* 本]Ἀραβίαν εὐδαίμονα[富庶的阿拉伯]：可能因阿拉伯盛产香料（参希罗多德，《原史》，3.107）。和其他修饰语一样，该形容词也是修饰性的，不作区别：并没有像后世有福的阿拉伯（Arabia Felix）所隐含的那样，与阿拉伯沙漠形成对照。希罗多德把阿拉伯的欧洛塔尔特（Orotalt）神视为希腊的狄俄倪索斯（《原史》，3.8）。

[*B* 本]εὐδαίμονα[富庶的]：并不是把阿拉伯限定于有福的阿拉伯的区域；而是表明，人们将阿拉伯想象成厄尔多拉多（Eldorado，[译按]厄尔多拉多即理想中的黄金国、富庶之乡）般的国度。

[*L* 本]我们没想到的是，欧里庇得斯特别提到，现在被称作幸福（heureuse）的阿拉伯的那些地方，与阿拉伯岩石地带形成对照。在这里，欧里庇得斯总体呈现了一个植物繁茂的阿拉伯。

以及亚细亚的所有滨海城邦，

［D本］Ἀσίαν［亚细亚］：如文脉所示，指严格意义上的小亚细亚西部。欧里庇得斯笔下的小亚细亚已遭卡德摩斯治下的希腊人殖民；悲剧通常不在意这类时代错误。

城中矗立着美丽的望塔，

［D本］καλλιπυργώτους［美丽的望塔］：是καλλιπύργους的新造词（行1202以下）。该词形式上是动词被动态的形容词，虽然并不存在动词καλλιπυργόω；比较χρυσοκόλλητος与χρυσόκολλος，εὐκύκλωτος与εὔκυλος，以及维拉莫维茨注解《疯狂的赫拉克勒斯》行290时援引的其他例子。

希腊人与外邦人杂居其间。

［Se本］πλήρεις［杂居］意为希腊人与外邦人住在相同的地方，而非如卡里亚（Caria）地区的欧亚混血儿，或者色诺芬《希腊志》（Hellenica，2.1.15）中的μιξοβάρβαροι［希腊人与外邦人所生的混血儿］。在这种背景之下，酒神崇拜与外邦崇拜的融合才有可能发生，譬如库柏勒（Cybele）崇拜（79n.）与萨巴兹乌斯（Sabazios）崇拜。

［K本］行13—19：雅典观众似乎对外邦的详情特别感兴趣。殖民扩张——先是公元前1000年左右扩张到爱琴海东岸，接着是公元前750年左右扩张到黑海和地中海东部地区（Levant），并向西扩张到西西里和意大利南部——给邦民带来了长久的近乎家族式利益。公元前5世纪出现了两个新的好奇动机：一是击退公元前491—前479年间的波斯入侵，引发了对战败的"外邦人"的某种新关注；二是智术师运动表现出对比较民族学和有关外邦

及其习俗细节的强烈关注，部分目的是为了表明"礼法"是一个相对的概念。希罗多德的《原史》便是表明对这种民族学和地理学关注的另一个例子。

此外，在此还要补充说明地理上的独特之处。人们认为，酒神崇拜从外邦引入忒拜，要么经由色雷斯，要么如欧里庇得斯所认为的那样，直接来自吕底亚和弗里吉亚（分别大致位于小亚细亚的中东部和中部）。行 13 中的 τοὺς πολυχρύσους γύας［盛产黄金之地］，指的就是吕底亚的帕克托鲁斯河中的金沙；波斯骄阳炙烤的高原、巴克特里亚的堡垒、墨迪亚的严冬，以及阿拉伯香气萦绕的富庶海滨，透露了欧里庇得斯的一些真学实才。欧里庇得斯提到这些地方，部分因为它们充满外邦情调，部分旨在强调酒神仪式在亚细亚传播得有多远。

行 17—19：坐落在爱琴海海滨的那些城邦是希腊的殖民地，其中（或者周围）也从属于希腊的外邦人。在希腊语中，βαρβάροις 指操外邦语言的人，这种语言听起来不雅、磕巴，可能因此产生了这个重复的语词 βαρβάροις。此处的时代是诗歌意义上的，因为这些殖民地不可能早于公元前 1000 年左右，而此剧的背景是特洛亚战争之前，大约在此前 300 年。即便在希罗多德和修昔底德（Thucydides）的作品问世后，多数希腊人仍不清楚他们的过去，也无明确的时间指南，只能依据奥林波斯竞技的获胜者和斯巴达国王的名单推测。

［Sa 本］μιγάσιν 三短节音部恰好出现在单个词中，这种情况在希腊悲剧中极为罕见，但参 βότρυος（行 261），ἱερὸς（行 494），χιόνος（行 662）。此处的 πλήρεις 接的是工具与格，而非常见的属格。参欧里庇得斯，《疯狂的赫拉克勒斯》，行 372 的 πεύκαισιν ὅθεν χέρας πληροῦντες；《俄瑞斯特斯》，行 1363 的 δακρύοισι γὰρ Ἑλλάδ' ἅπασαν ἔπλησε（对比行 368 的 δακρύων δ' ἔπλησεν ἐμέ）。埃斯库罗斯，《七雄攻忒拜》（Septem contra Thebas），行 464 的 πύλαις πεπτωκέναι。

[20]我曾在这些地方组建歌舞队，订立我的

[*Se* 本]行 23 重复了这个观点。因此，有些编者将（在《受难的基督》的改编中发现的）*χϑόνα*[土地]改为抄件中的 *πόλιν*[城邦]。这种改变会让这句诗（以及抄件中的 *πρῶτον*）意为：狄俄倪索斯来到希腊，只是到行 23 才特别表明了来到忒拜。也有些人会把这行挪到行 22 之后，为的是呈现一种更自然的思路。亦参 C. Willink，《〈酒神的伴侣〉中一些文本和解释的问题》（"Some Problems of Text and Interpretation in the Bacchae"），*CQ*，Vol. 16，1966，页 221—222。

[*K* 本]*χορεύσας*[歌舞队]：歌舞是酒神崇拜的一部分，进山、撕裂动物并生啖其肉也是崇拜的组成部分。这一切表现出某种特殊力量，解除诸种限制，使敬拜者们相互联合，并使之与大自然的力量和自由联合在一起。

[*Sa* 本]*τἀκεῖ*：也可作"也在亚细亚"（赫尔曼译为 illic quoque[在那里也]）。但必须承认，将 *τἀκεῖ* 理解成 atque illic[任何地方]会更自然。这要么意味着（1）接受这一词序变换 *τἀκεῖ χορεύσας— βροτοῖς, ἐς τήνδε πρῶτον ἦλθον Ἑλλήνων πόλιν*（皮尔森主张，厄尔穆斯里采纳）；要么意味着（2）假定行 22 后遗漏了一行，如 *πολλοὺς ἔπεισα τῶν ἐμῶν νόμων κλύειν*（如佩里的提议）；或者（3）把行 54 "*μορφήν τ' ἐμὴν μετέβαλον εἰς ἀνδρὸς φύσιν*" 移到这里（艾伦[S. Allen]的观点，得到提累尔的支持）。反对（1）是由于这行诗与推测的下一行诗 *πρώτας δὲ Θήβας τῆσδε γῆς Ἑλληνίδος* 有明显重复，我认为这种重复并非无法消除。接受这个冗长的目的从句，并把它重新理解为新的出发点，似乎并没什么不自然。佩里精辟地指出，（3）很容易遭到强烈反对："第一，事实就会因此重申三遍，参行 4、53；第二，如果这行诗符合这个位置，那么它就应误置于行 53 之后，这种情况几乎不可能；第三，处于惯常位置的这

行诗并非同义反复，因为 $\varepsilon\tilde{i}\delta o\varsigma\ \vartheta\nu\eta\tau\grave{o}\nu$ 不一定是凡人的样子"。

　　［R本］毫无疑问，"希腊地区"与所有外邦地区形成对峙，改信酒神教仪的信徒已经盘踞在外邦诸地。这就是我为何更倾向于认为此处的 $\pi\acute{o}\lambda\iota\nu$ 不是指"城邦"，而是指"地区"的原因所在：不是忒拜，也不是波俄提亚，而是希腊。同样参行 58 的"弗里吉亚地区"；欧里庇得斯，《伊翁》，行 294；阿里斯托芬，《和平》（Peace），行 251；参索福克勒斯,《米希亚人》(Mysiens) 残篇 377N^2，411P。

　　　　秘仪，我要向凡人显示我是精灵。

　　　　———————————————————

　　［Se本］$\dot{\varepsilon}\mu\varphi\alpha\nu\dot{\eta}\varsigma$［显示］：狄俄倪索斯虽经过乔装，但他想被人看见，参行 42、50、61、470、502、924。

　　［K本］$\dot{\varepsilon}\mu\varphi\alpha\nu\dot{\eta}\varsigma\ \delta\alpha\acute{\iota}\mu\omega\nu\ \beta\varrho o\tau o\tilde{\iota}\varsigma$［向凡人显示我是精灵］：狄俄倪索斯是晚近才加入希腊诸神行列的一位神。荷马史诗只是轻描淡写地提及他；但他名字出现在一块来自克里特的线形文字（Linear B）石碑上，酒神崇拜也可能早在青铜器时代末就已进入希腊。对其崇拜的重新关注，显然伴随那场有关雅典萧条的非理性浪潮而来，公元前 405 年，伯罗奔半岛战争将雅典拖入灾难性的灭亡。

　　［R本］$\dot{\varepsilon}\mu\varphi\alpha\nu\dot{\eta}\varsigma$［显示］：在狂欢教仪（$\tau\varepsilon\lambda\varepsilon\tau\acute{\alpha}\varsigma$）和陷入迷狂的舞蹈中，酒神向他的信徒显现。那些外邦人已通过这些仪式成为信众（参行 482）；狄俄倪索斯在忒拜行了一系列奇迹，从忒拜开始，整个希腊也将沦陷：就在忒拜这座城里（忒拜女子集体发狂、遭囚禁的狂女获释、大地震动、塞墨勒坟上焖烧的火突然旺起来，整个城邦得到解放），以及山上（酒神狂女们的"壮举"，淌着泉水、葡萄酒、牛奶与蜜的泉眼）。只有彭透斯坚持不看 $\ddot{a}$ $\chi\varrho\acute{\eta}\ \dot{o}\varrho\tilde{a}\nu$［不该看的东西］——这些东西摆在所有人面前。

我第一次来到希腊人的这座城邦，

[*D*本]行20—22：依我之见，这段文本应译为："我第一次来到希腊人的这个城邦，当（且仅当）我在此组建狂欢歌舞队（χορεύσας 是使役动词，如欧里庇得斯，《疯狂的赫拉克勒斯》，行871）、订立我的教仪，我要向人类显示我是神。"维罗尔就采用了这种译法，只是多少有些别扭地保留了抄本中的 κἀκεῖ[恰好在亚细亚]（参 Verrall，《欧里庇得斯的〈酒神的伴侣〉及其他论文》[*The Bacchants of Euripides and Other Essays*]，Cambridge: Cambridge University Press，页32，注释1）。狄俄倪索斯解释他为何这么晚才到故土试拜：他的传教针对全人类，他起初在外邦人中传教，接着转向亚细亚海岸的杂居群体（行18），最终来到希腊。行20一般译为"我第一次来到希腊的这座城邦"，这就造成了（1）紧接而来的几个分词成为无力的吊尾句，（2）使行23成为行20的重复。我们不妨也认同科贝特（Cobet）主张的 πρώτην，虽然大家就此词是形容词还是副词意见不一。但即便按照上述观点，这个句子也很不平衡。我们有充分理由怀疑是不是维拉莫维茨的 τἀκεῖ 才是解决这一困难的正确方式。若保留 κἀκεῖ，我们可能不得不认同佩里的观点，认为行22漏掉了一行，其中含酒神明示希腊此行的意图。但我现在倾向于赞同皮尔森的解决方案：将行20放在行22之后。佩里反对称，这样就把两个同义反复句放在了一起。但我们若把行20末的 πόλιν（*L*本、*P*本）换成 χϑόνα（《受难的基督》），就很容易变得与行19末相似。这样一来，思路也变得自然了："我在来到这片希腊土地前，先使东方的土地皈依（τήνδε... Ἑλλήνωνχϑόνα）。而在希腊的土地上，我最先让试拜皈依"。如果这是正确的，讹误便原先就存在；因为看上去，《受难的基督》的作者所发现的这些诗行的位置，与之在 *L* 本和 *P* 本中的位置如出一辙。

在希腊这片土地上，我第一个让忒拜

[K本]忒拜是阿凯亚（Achaean）或迈锡尼（Mycenaean）时代（亦即青铜器晚期）希腊最强大的城邦之一，直到它灭亡。忒拜的实体遗址现已几乎无存，丑陋的现代化城镇就建在忒拜古址上。忒拜与狄俄倪索斯有着某种特别的联系，狄俄倪索斯在此出生的故事表明了这点。兴许，这个亚细亚崇拜扎根忒拜的时间，的确早于希腊的其他地方。

[D本]皮尔森认为 τῆσδε[这里]可能应为 τάσδε[忒拜这里]。默雷建议改为 πρώτην δὲ Θήβην τήνδε（忒拜是忒拜城的同名山泽女仙），可能是为了给 ἀνωλόλυξα 提供一个指称人的宾语，但参欧里庇得斯，《厄勒克特拉》，行 691 的 ὀλολύξεται πᾶν δῶμα；《疯狂的赫拉克勒斯》，行 1085 的 ἀν' αὖ βακχεύσει Καδμείων πόλιν。由于 χροὸς 和 χεῖρα 在 ἀνωλόλυξα 之后，所以校对者自然给出了 τῶν γυναικῶν。

[B本]πρώτας[首先]：并非同义反复。前一行将希腊与亚细亚之外的其他城邦区别开；这行则把忒拜与希腊的其他城邦相区别。

[R本]πρώτας[首先]：欧里庇得斯在民众面前证实了，忒拜在酒神崇拜尤其是女性狂欢行动上公认的突出地位，参索福克勒斯，《安提戈涅》，行 1122。马格涅西亚（Magnesia）城邦欲在自己的城邦里组建狂欢歌舞队时，就提到三个忒拜狂女的名字（O. Kern,《米安德河畔的马格涅西亚碑文》[*Die Inschr: von Magnesia am Meander*]，第 215 号碑文）。

狂欢作乐，让她们腰缠幼鹿皮，

[Se本]ἀνωλόλυξα：通常指仪式中的女性叫喊，参行 689 的

狄俄倪索斯的仪式；《希腊诗选》中想象的女性酒神颂（13.28）；琉善（Lucian），《狄俄倪索斯》（*Dionysus*），节 4；李维（Livy），《罗马史》（*The History of Rome*），39.10。

　　νεβρίδ'［幼鹿皮］：鹿皮是"神圣的衣服"（行 138），在瓶画中通常是狂女的服装。鹿皮是那些加入狄俄倪索斯-萨巴兹乌斯秘教的狂女的服装；德摩斯梯尼［Demosthenes］，《论王政》［*On the Crown*］，节 259。在她们的舞蹈中，歌队自喻小鹿（行 866）；在公元前 7 世纪一幅柯林斯瓶画上，还有一个女人被称为"鹿皮"（νεβρίς）。因此，幼鹿皮的"强大力量"（欧里庇得斯，《海伦》，行 1358—1359）可能使人把狂女比作幼鹿（参 107n.、109n.）。后来有评论表示，狂女们在秘仪中会把幼鹿撕裂。斯图尔特（Maxwell-Stuart）试图表明，幼鹿皮旨在提供神奇的保护，以免受蛇的侵害（行 696—698、767—768）。行 24—25 暗示披上鹿皮、拿上酒神杖能改变人的精神状态，正如即将发生在彭透斯身上的情形（行 834—835 等）。这可能反映了秘教的入会仪式。

　　［D 本］ἀνωλόλυξα［狂欢作乐］：使忒拜人发出"喔咯噜"欢呼声（关于 ἀνα- 的使役意义，参欧里庇得斯《疯狂的赫拉克勒斯》［行 1085］和《俄瑞斯特斯》［行 338］中的 ἀναβακχεύειν）。ὀλολυγή 是女人们表达胜利或谢意的仪式性呼声。参《希腊语语源大词典》，ὀλολυγή 词条下；波卢克斯［Pollux］，《词类汇编》［*Onomasticon*］，1.28。ὀλολυγή 一词最早在关于雅典娜的崇拜中被提及（荷马，《伊利亚特》，6.301）。关于该词在狂欢崇拜中的运用，参梅南德［Menander］残篇 326。关于该词在库柏勒崇拜中的使用，参琉善，《痛风》（*Tragodopodagra*），行 30 以下；《希腊诗选》，6.173。关于狄俄倪索斯，参琉善，《狄俄倪索斯》，节 4。关于意大利酒神女信徒们的"喔咯噜"，参李维，《罗马史》，39.10。

　　［Sa 本］ἀνωλόλυξα：ὀλολυγή（不同于"喔咯噜"）是欢快的喊

叫，通常指女人呼请诸神。阿高厄把她的女信徒同伴们从睡梦中唤醒，就用了 ὠλόλυξεν[大叫]一词（行 689）。眼下这节可能是该词唯一用以表示原因之处。

νεβρίδ᾽ ἐξάψας χροὸς 即 αὐτῶν，忒拜女人，隐含在 Θήβας 中。幼鹿皮是狄俄倪索斯及其女信徒的特质之一，豹皮则更常穿在萨图尔和酒神的其他男信徒及酒神自己身上。皮子的使用自然与常出没于山间及捕猎有关，这些都是酒神信徒们喜爱的消遣。参行 111 的 στικτῶν νεβρίδων[梅花鹿皮]，行 137 的 νεβρίδος ἱερὸν ἐνδυτόν[神圣的鹿皮外套]，行 249 的 ποικίλαισι νεβρίσι[梅花鹿皮]，行 835 的 νεβροῦ στικτὸν δέρας[小梅花鹿皮]，行 176 的 νεβρῶν δορὰς[幼鹿皮]，行 696 的 νεβρίδας τ᾽ ἀνεστείλανθ᾽ ὅσαισιν ἁμμάτων σύνδεσμ᾽ ἐλέλυτο, καὶ καταστίκτους δορὰς ὄφεσι κατεζώσαντο[捆紧鹿皮——用的就是那些解开的绑带，还把舔着她们面颊的蛇紧束在梅花鹿皮上]；欧里庇得斯，《海伦》，行 1358 的 μέγα τοι δύναται νεβρῶν παμποίκιλοι στολίδες[披在身上的有斑点的小鹿皮有强大的力量]；《腓尼基少女》，行 1753 的 Καδμείαν ᾧ νεβρίδα στολιδωσαμένα ποτ᾽ ἐγὼ Σεμέλας θίασον ἱερὸν ὄρεσιν ἀνεχόρευσα[我曾披着卡德墨俄的鹿皮，参加塞墨勒的歌舞队]。在《俄耳甫斯教祷歌》（The Orphic Hymns）中，酒神本人就被称为 νεβριδόστολος[身披鹿皮的]（52.10）。参琉善，《狄俄倪索斯》，节 1；诺努斯，《狄俄倪索斯》（Dionysiaca），11.233（肖纳提供了许多其他例子，Schoene，《论欧里庇得斯〈酒神的伴侣〉中的戏服特色》[De personarum in Euripidis Bacchabus habitu scenico]，in libraria A. Lehnholdi，1831，页 79—88）。

[K 本]ἀνωλόλυξα 是一种独特的女性胜利欢声。幼鹿皮是狄俄倪索斯的仪式服装，强调敬拜者与自然界的联系。

[25]把酒神杖——缠着常春藤的标枪交到她们手中。

[*D* 本] *κίσσινον βέλος*，默雷译为"我那缠着常春藤的标枪"。这不只是暗喻，酒神杖的确被用作投掷物（行 762、1099）。参欧里庇得斯，《伊翁》，行 217，在那里，狄俄倪索斯杀死一个巨人，*ἀπολέμοισι κισσίνοισι βάκτροις*[用和平的常春藤杖]。酒神杖的制法，是将一束常春藤叶插入大茴香棒的空顶。手抄本中是 *μέλος*，但 *β* 和 *μ* 在许多小写体中极为相近。

[*Sa* 本] *θύρσον*[酒神杖]：酒神杖是一根轻便的棍子，顶端盖着一串常春藤或葡萄藤叶，或者放上一颗枞树球果，或者既有球果也有叶子。棍子上部有时会嵌入一根锐利的尖铁，在这种情况下，枞树的球果就起了罩子的作用，用来罩住箭头，避免女信徒们被它戳伤（在梵蒂冈的一座浮雕上，可以清楚看到尖铁部分）。在古代艺术作品中，这些装饰酒神杖顶端的所有方式均有表现，棍子上端还常绑着缎带或飘带（fasciae），除作装饰之用，可能还为了防止棍子因顶端塞入尖铁或枞树球果而爆裂。

这部剧的发展过程中不时提及酒神杖，比如 *ἀνὰ θύρσον τε τινάσσων*[手挥酒神杖]（行 80）；*θύρσῳ κροτῶν γῆν*[用酒神杖敲击地面]（行 188）。参欧里庇得斯，《疯狂的赫拉克勒斯》，行 892 的 *κατάρχεται χόρευμα τυμπάνων ἄτερ, οὐ βρομίῳ κεχαρισμένα θύρσῳ*[没有配着金鼓，也没有欢快挥舞着的喧闹神的神杖]；《独目巨人》，行 62（萨图尔合唱）的 *οὐ τάδε Βρόμιος, οὐ τάδε χοροιβακχεῖαί τε θυρσοφόροι, οὐ τυμπάνων ἀλαλαγμοί*[这里没有喧闹神，也没有酒神的舞蹈和对抗酒神杖的人了]。参《希腊诗选》，6.165；诺努斯，《狄俄倪索斯》，9.122；斯塔提乌斯（Statius），《阿喀琉斯纪》（*Achilleid*），2.175；奥维德，《变形记》，6.594；以及尤其是维吉尔，《埃涅阿斯纪》[*Aeneid*]，7.390，7.396。

κίσσινον βέλος：行 363 有 *κισσίνου βάκτρου*[常春藤杖]，行 710 有 *κισσίνων θύρσων*[常春藤神杖]。欧里庇得斯，《伊翁》，行 217

有 *Βρόμιος ἄλλον ἀπολέμοισι κισσίνοισι βάκτροις ἐναίρει Γᾶς τέκνων ὁ Βακχεύς*[那喧闹神，酒宴的神也使用和平的常春藤杖，杀死了地母的另一个儿子]。两个手抄件中均为 *μέλος*，这种拼法仅保留在提累尔的版本中；其他校勘者一律接受了 *βέλος*，这一拼法源自斯蒂芬斯（Henry Stephens）。

[*K*本]*θύρσον*[酒神杖]没有与之对应的英文，是一种顶端缠有常春藤的木棍（可能是大茴香棒或手杖，剧中后来就常以此称呼它）。酒神杖是酒神信徒的独特身份标志，在歌舞游行中，信徒们上下挥舞酒神杖，或用它敲击地面。

[*B*本]*βέλος*[标枪]：把交到忒拜女人手中的酒神杖称为标枪并无不妥，因为酒神杖很快就被用作标枪。参行 762、1099。

[*R*本]此处出现的 *θύρσον*[酒神杖]一词，在古希腊文献中首次出现（荷马，《伊利亚特》，6.134 出现的 *θύσθλα*，有时也被视为与该词对应的语词，更确切地说，根据词源，该词意为"祭品"或"祭仪"）。

> 因为我母亲的姐妹们——她们最不该中伤我，

[*K*本]*ἀδελφαὶ μητρός*[我母亲的姐妹们]指伊诺和奥托诺厄（参 10n.）。在行 35 会看到，酒神不仅使忒拜的公主们，还让忒拜的所有女子发狂。忒拜公主们发狂，貌似起因于她们散播了中伤塞墨勒怀孕的谣言，其他人则作为惩罚彭透斯的一部分（行 45—48）。这些忒拜女子不是通常意义上的酒神信徒；她们"发了狂"（行 32 以下、36），远超出狄俄倪索斯所引发狂热的正常程度，后者所引发的狂热不会导致撕裂公牛，劫掠村庄（行 735 以下、751 以下）。相反，歌队才是真正的酒神信徒，她们追求的崇拜虽包括啖食生肉，却鲜见忒拜女子的种种残忍、邪恶及反社会的过激行为。

［D本］*ἥκιστ'ἐχρῆν*（L、P本）可能要保留，因为显而易见，欧里庇得斯既用 *ἐχρῆν*，也用 *χρῆν*。

　　　说我狄俄倪索斯不是宙斯所生，

────────────

［R本］选中忒拜作为首站，首先因为家族原因：酒神要惩罚塞墨勒的姐妹们，她们不愿承认其神性。词序表明了这种不信神的荒谬：*Διόνυσον...Διός*［狄俄倪索斯……宙斯］凸显了这行诗的开头和结尾。此外，她们没有尽到家族团结一致的义务，与之相反，卡德摩斯对家族劳心劳力。

　　　还说塞墨勒跟某个凡人有了私情，

────────────

［D本］*νυμφευθεῖσαν*［成为女人］：是"被引诱"的委婉语，参欧里庇得斯，《伊翁》，行 1371。

［L本］参 R. Nihard，《欧里庇得斯〈酒神的伴侣〉的问题》（*Le Problème des Bacchantes d'Euripide*），Paris：Champion，1912，页 91 以下。

［R本］卡德摩斯的女儿们谴责狄俄倪索斯和他的母亲。*νυμφευθεῖσαν* 的字面意思是"娶为妻"；此处在塞墨勒众姐妹口里是具反讽意味的委婉语。欧里庇得斯本人常以批判的态度质疑这类传说（参《伊翁》，行 340—341，克瑞乌斯："他父亲不知道，她怀的是神子。"伊翁："不可能！有人勾引了她；她不知羞耻……"）。

　　　却把这失身的罪过推给宙斯——

────────────

［D本］桑蒂斯认为是"把她失身的不幸推到宙斯身上"。关

于（独特的）语序，参欧里庇得斯，《厄勒克特拉》，行 368 的 *αἱ φύεις βροτῶν*；《伊菲革涅亚在奥利斯》，行 72 的 *ὁ μῦθος Ἀργείων*。

　　[*Sa* 本] *ἀναφέρειν* 的意思是把自己的责任推到别人身上，参欧里庇得斯，《俄瑞斯特斯》，行 76 的 "我把罪过都推给斐布斯了"；行 432 的 "要把帕拉墨得斯被杀的罪过归到你头上"。欧里庇得斯，《伊菲革涅亚在陶洛人里》，行 390 的 "把他们的罪恶推脱给这位女神"。欧里庇得斯，《伊翁》，行 543 的 "那么我该算是地母所生吗？" 行 827 的 "他就把责任推给那位神"。

　　[30] 出自卡德摩斯的计谋；她们夸口说

　　[*Se* 本] 卡德摩斯（亦参行 10、181—183、330—342）与其他神话中的国王形成对照：他们敌视女儿（譬如墨拉尼佩 [Melanippe]、奥格 [Auge]）为神所生的子嗣（[译按] 墨拉尼佩是风神艾俄勒斯 [Aeolus] 之女，为海神波塞冬生有二子；为惩罚她与海神的奸情，墨拉尼佩的父亲用拇指抠出了她的双眼，并将她的孩子扔到荒郊野外）。

　　[*D* 本] *Κάδμου σοφίσμαθ'* [出自卡德摩斯的计谋]：句子 *Σεμέλην...ἀναφέρειν* 的同位宾语：塞墨勒的姐妹们刻薄地认为，塞墨勒与宙斯的婚配出自卡德摩斯的编造，目的是掩盖她的堕落。有时也认为，这个短语其实是 *ἔφασκον* 的同位语，仿佛塞墨勒受凡人诱惑，是出自卡德摩斯的主意。从行 10 以及行 333—336 来看，这种译法显然有误。*ἐξεχαυχῶνθ'* [她们夸口]（*ἅπ. λεγ.*）：这个词传达出塞墨勒姐妹们的幸灾乐祸。*καυχάομαι* [夸口] 及其同源词在喜剧中出现，悲剧诗人则避免使用这类词。

　　[*Sa* 本] *Κάδμου σοφίσμαθ'*，塞墨勒的姐妹们认为，狄俄倪索斯是宙斯之子的故事，纯属卡德摩斯为掩盖女儿的堕落编造。

　　[*B* 本] *σοφίσμαθ'*：*ἐς...λέχους* 的同位语。复数形式有时可用于

指称单个（被视为复杂的）事物。

> 宙斯为此杀死了她，因为塞墨勒在姻缘上撒了谎。
> 因此，我使她们发狂，自行离家

［Se 本］把代词 νιν 和 αὐτὰς 与同一指示对象放在一起，几乎前所未见（参荷马，《奥德赛》，4.244 的 αὐτον μιν）。αὐτὰς 换成了 αὐτος（参欧里庇得斯，《赫拉克勒斯的儿女》，行 390；埃斯库罗斯，《七雄攻忒拜》，行 41），变成"我亲自把她们逼得离家出走"（参比如莱伯拉里斯［Antoninus Liberalis］,《变形记》［Metamorphoses］, 10；埃里亚努斯［Aelianus］,《杂闻轶事》［Varia Historia］, 3.42；奥维德,《变形记》, 4.389—415）。参 115n.、497—498n.、614n.。例如在希罗多德《原史》(4.79) 中，酒神式的疯狂之语暗示这位神在场，他"掌控着"（λαμβάνει）敬拜者。

［D 本］νιν αὐτὰς［就是这些姐妹们］：她们声称塞墨勒遭到惩罚，最终惹祸上身。

［Sa 本］νιν αὐτὰς［就是这些姐妹们］，与忒拜的所有其他女子（πᾶν τὸ θῆλυ σπέρμα Καδμείων）形成对比。

> 出走，她们现居山间，心智狂乱。

［Se 本］οἰκοῦσι［居住］：和行 38 的"裸露的"一样，揭示出这一反常现象：女人们实际上并非居住在自己家（οἴκοι）。

［D 本］ὄρος［山上］：指忒拜 8 英里开外的基泰隆山（行 62）。山上仍覆盖着茂密的冷杉（ἐλάται，行 38），这就是此山现代名埃拉提（Ἐλατί）的来由。此山山顶为岩石。

［L 本］μανίαις［狂乱］：这是疯狂一词在剧中首次出现。该词出现在行首，意味深长。疯狂的概念将在整个戏剧行动中扮演重

要角色（发狂的是酒神狂女，还是彭透斯？抑或存在两类疯狂，一类是神圣的疯狂，由神引发，另一类则由神的诅咒引发？）。欧里庇得斯酷爱探究疾病（他似乎谙熟希珀克拉底［Hippocrate］的著作），尤其是疯狂，他经常精准地描述出诸种病症。我们专注于理解全剧的真实意义时，不应忽略开场中提到的这个发狂的例子。

> 我强迫她们穿上我秘仪的服饰，

［*D*本］*σκευήν...ὀργίων ἐμῶν*［我秘仪的服饰］：*ὀργία*与*ἔργον*同词根，意为宗教意义上的得体"行事"（参*ἔρδειν*［献祭］），宗教仪式行为，参《荷马颂歌》，2.473。习惯上主要将该词的用法限指秘教崇拜的私人仪式，尤指酒神秘仪（*ὄργια τὰ μυστήρια, κυρίως δὲ τὰ Διονυσιακά*）。"狂欢"的现代意义源于希腊和罗马对狄俄倪索斯宗教性质的认识：不能将此移入《酒神的伴侣》。

［*R*本］*ἠνάγκασ'*［强迫］：和米尼阿斯的三个女儿（Minyades）一样，卡德摩斯的女儿们不是酒神信徒，而是被迫成为狂女，受一股超自然力量强迫去庆祝她们并未皈依的崇拜。这就是狄俄倪索斯为何毫不留情惩罚不幸的阿高厄的原因。（［译按］根据古希腊传说，酒神到波俄提亚地区传教时，米尼阿斯的三个女儿未像城邦中的其他女子一样上山狂欢，而是留在家中纺线。为了惩罚她们，狄俄倪索斯把这三姐妹变成蝙蝠，她们纺纱的纺车也变成了葡萄藤。奥维德在《变形记》卷四中对此有具体描述。）

> ［35］卡德墨俄家族的全体女后裔，所有
> 女子，我都使她们疯狂，离家出走；

［*Se*本］*ὅσαι γυναῖκες ἦσαν*［所有女子］，可能意为除幼儿（参行

701—702）和男性。标点符号不可能出现在 *σπέρμα* 后，因为这就得出"……卡德摩斯家族的妇女们"，而此处是"女子"和"少女"（行694）。参 James Diggle，《欧里庇得斯研究》，前揭，页 453—456。赖克斯巴龙认为此处应为 *ἦσαν* 而非 *εἰσιν*，参 A. Rijksbaron，《欧里庇得斯〈酒神的伴侣〉行 35—36》（"Euripides 'Bacchae' 35–6"），*Mnemosyne*，Vol. 48，No. 2，1995，页 198—200。

［*K* 本］*ὅσαι γυναῖκες ἦσαν*［所有女子］：典型的欧里庇得斯式重复，至少强调昏头昏脑的是女子而非男子。

［*D* 本］根据这种标点法，*ὅσαι γυναῖκες ἦσαν* 完全是 *πᾶν τὸ θῆλυ σπέρμα* 的同义反复，就像《俄瑞斯特斯》行 1205 中的 *γυναιξὶ θηλείαις*。不能把 *τὸ θῆλυ σπέρμα* 的意思限定于指除开未婚者，因为 *παρθένοι*［少女］包含在内（行 694）；也不能排除小孩，因为 *γυνή* 所指并非与少女相对的成年女子。如果在 *σπέρμα* 之后加逗号，就能避免同义反复：*Καδμείων ὅσαι γυναῖκες ἦσαν*，就把意思限定在除奴隶之外。不过，同义反复可能是有意为之，旨在强调排除男子，这点在剧中极为重要，参彭透斯的不公猜疑（行 223、354），以及她们的反击（行 686）。但是，欧里庇得斯的用法表明他不喜欢在最后的短长格上出现强的停顿（参维拉莫维茨对《疯狂的赫拉克勒斯》行 280 的评注）。

［*Sa* 本］行 35—36：最好不要把 *ὅσαι γυναῖκες ἦσαν* 理解为成年女子（佩里的观点），而是把它视为对 *πᾶν τὸ θῆλυ σπέρμα* 这些语词的强调性重复（提累尔的观点）。

［*R* 本］忒拜公主们犯下的过错，让全城邦承担：酒神施加的惩罚，牵扯到忒拜全体女子。

［*G* 本］需要区分：（1）来自亚细亚的狂女，她们是狄俄倪索斯的忠实伴侣，也是歌队成员；（2）以卡德摩斯的三个女儿，塞墨勒的姐妹伊诺、奥托诺厄和阿高厄为首的忒拜女子，狄俄倪索斯惩罚她们不信神，一开始就引发了她们酒神式的狂热，随后还

将撕裂阿高厄的儿子彭透斯。

　　　　她们和卡德摩斯的女儿们混在一起，

　　[Se本]ἀναμεμειγμέναι[混]：在酒神崇拜（广义上的）民主特性的几大表征中，这是最重要的体现，在敬拜中，整个城邦必须参与（行 39、48、114、319—321），不加区别（191—192n.、206—209n.、421—423、694）。富有意味的是，在讲述譬如由克莱斯忒涅斯（Kleisthenes）于雅典建立的那种民主制的极端类型时，亚里士多德也用了这个生僻动词（《政治学》1319b25）。参神谕中提到的 ἄμμιγα（206—209n.）。

　　[D本]在酒神崇拜中，贵族与平民不加区别地混杂在一起。维拉莫维茨将 ἀναμεμειγμέναι 理解为"处于混乱之中"，参索福克勒斯，《厄勒克特拉》，行 715 的 ὁμοῦ δὲ πάντες ἀναμεμιγμένοι[起初混杂地挤作一团]，描述的是骑手们在战车竞技赛开始时"挤作一团"。但行 693 的 θαῦμ' ἰδεῖν εὐκοσμίας[她们秩序井然，真是奇观]，与此相反。索福克勒斯的那句话明显表明，ὁμοῦ 和 ἀναμεμειγμέναι 是一个词组（参行 18 的 μιγάσινόμοῦ），而非如维拉莫维茨所认为的支配 παισίν。

　　[B本]Κάδμου παισίν[卡德摩斯的女儿们]：与 σπέρμα Καδμείων[卡德摩斯的子嗣]形成对比；忒拜公主与忒拜的其他女子形成对照。

　　　　坐在绿枞树下的裸岩上。

　　[Se本]ἀνορόφοις[露天的]：要点不是（多兹认为的）"与悬岩或洞穴形成对照"，而是为了突出这一反常：女人们居住在自家屋外（33n.）。

[*K* 本]*ὑπ' ἐλάταις ἀνορόφοις*[在裸岩上]：字面意思是"坐在（而非如几乎所有校订者所认为的'处于……之中'）露天的岩石上"。"*ἀνορόφοις*"极可能是转移修饰语，用于修饰全体信徒：她们围坐在野外，坐在岩石上，而非像忒拜女子平常那样待在家中。

[*D* 本]*ἀνορόφοις πέτραις*[裸岩]：与悬岩或洞穴形成对照（菲洛克忒忒斯的洞穴被称为岩洞[*πέτρα*]，参索福克勒斯，《菲洛克忒忒斯》，行 16、272；荷马，《伊利亚特》，4.107 ）。

[*Sa* 本]*ἐλάται* 并非随意提及，而是部分反映出该剧逼真的地方色彩；即便时至今日，枞树仍是基泰隆山的特色树种。这条山脉的现代名称是埃拉提（ *Ἐλατί* ）。为了与之保持严格一致，歌队要求忒拜人拿上橡树枝或枞树枝，扮演真正的酒神女信徒（行 110）；同样因为这点，彭透斯前去探查山上的狂女们时，诗人贴切地将他安排在一棵枞树（ *ἐλάτη* ）上（行 1064—1074），参行 684、816。多德韦尔（Dodwell）说道："基泰隆现已笼罩于一片愁云惨雾和可怕的荒凉之中……这里光秃秃，要不就只有黝黑的矮小灌木覆盖；临近峰顶处，倒是耸立着枞树林，此山的现代名埃拉提（Elatea）便由此而来。"（转引自 John Cramer,《古代希腊》[*Ancient Greece*]，2.219）为此，利克（Leake）也在提及"基泰隆山的荒岩和黑压压的枞树林"时表示，"矗立在高原上的那两座山峰的名字就是埃拉提（Elatiá）"（《北部希腊》，2.372 ）。

因为这座城邦必须彻底认识到——虽然它不愿意
[40]——不加入我狂欢仪式的后果；

[*Se* 本]*ἀτέλεστον*：关于城邦的秘教入会仪式，参 Richard Seaford,《互惠与仪式》（*Reciprocity and Ritual* ），Oxford：Clarendon Press，1994，页 82、227。

[*D* 本]*ἀτέλεστον οὖσαν*：最好将之视为 *ἐκμαθεῖν* 所引导的宾

语从句的同位语，"这座城邦到头来（*ἐκ-*）必定要吃苦头，因为它尚未得到我的崇拜的祝福"。厄尔穆斯里和布鲁恩不认为忒拜已知道这点，因此把这个分词视为表原因的词，并把*τὰ ἐμῶν βακχευμάτων*视为*ἐκμαθεῖν*的宾语，但这样更不自然。这位神暗示的是，忒拜必须充分认识到，不管愿意与否（suo cum malo），无视深刻而神圣的事物究竟意味着什么。

[B本]此话意为："他们必须懊悔地认识到，巴克科斯仪式包含着不为他们所知的真理。"

　　　我还要替母亲塞墨勒辩护，通过向凡人

[B本]*ἀπολογήσασθαί*[辩护]：亦即神。狄俄倪索斯欲通过彰显自己的神性，使塞墨勒免受中伤。

　　　显示，她为宙斯所生的是一位神。

[R本]上述四行诗充当了狄俄倪索斯关于塞墨勒众姐妹长篇叙述的两个结论。(1)忒拜城邦要认识到不接受酒神秘仪的代价。譬如对彭透斯而言即*ἀμαθής*[无知]（行480；亦参行1296，阿高厄所说的*ἄρτι μανθάνω*[我现在明白了]）。城邦将如何吸取教训？首先是一再出现的奇迹和女子们的出走；接着是教训不虔敬者的几个不幸代表。(2)酒神要为母亲正名，为此，他要显示自己为神，是诸神之首的儿子。

　　　卡德摩斯把他的王权和绝对权力

[D本]*Κάδμος μὲν*[卡德摩斯]为*Πενθεὺς δέ*[彭透斯]做了铺垫，但下文（行45）用*ὃς*取代了这一表述。*οὖν*：承接性语词，把

我们带回前文的行 39—42，这两行暗示了未来。

［*Sa* 本］*γέρας τε καὶ τυραννίδα*［王权和绝对权力］：修昔底德,《伯罗奔半岛战争志》(*The Peloponnesian War*), 1.13：*πρότερον δὲ ἦσαν ἐπὶ ῥητοῖς γέρασι πατρικαὶ βασιλεῖαι*。

［*L* 本］狄俄倪索斯表明了他显示神性的意图，整剧除此之外，他再也没有宣明自己的意图。诗人在此表明意旨，与戏剧行动毫不相关，只是为了预先让观众知晓这一信息。

交给他女儿所生的彭透斯。

［*Se* 本］一般而言，希腊新娘过门到夫家。不过，如果一个人（像卡德摩斯）没有子嗣（行 1305，虽然根据《腓尼基少女》行 7，他确有一子），他就要把女儿嫁给亲戚或孤苦的外人——这个外人没有亲人，实际上入赘女方，以使家族得以延续。前一种解决办法有内倾的危险，在神话传说中，同族结亲通常表明王族的危险主权，尤其是这里的忒拜。这种与城邦对立，不讲差异的参与酒神崇拜（37n.）的权力，此处有所暗示：卡德摩斯移交"绝对权力"，是通过他的女儿，却只字未提女婿厄克西翁（Echion）。其实，厄克西翁就切合这个意图——他虽没有自己的家庭，却可谓自家人，因为他由卡德摩斯在忒拜土地上播下的龙牙长出。稍后提到他时，就揭示了彭透斯的奇特身世（行 264—265、540—542、995—996、1015—1016、1155、1274—1276）。

［45］此人与本神作对，奠酒没我的份，

［*Se* 本］*θεομαχεῖ*［对抗诸神］：参行 325、635—636、1255，537—544n.。

［*D* 本］*θεομαχεῖ τὰ κατ' ἐμὲ*［与本神作对］：*θεομαχεῖ*，这个相

当罕见的动词后文还出现了两次（行 325、1255），用来指彭透斯对狄俄倪索斯的无望抵抗。在《伊菲革涅亚在奥利斯》行 1408 中，该词也暗含对强大力量的无望抵抗："你既然放弃与神明作对——神占着你的上风哦，也想好了何谓好的必然性。"参梅南德残篇 187。但色诺芬在《齐家》（*Oeconomicus*）中用该词指徒劳地对抗自然（16.3）。《使徒行传》的作者在写下"若是出于神，你们就不能败坏他们，恐怕你们倒是攻击神了"（5.39）时，脑海中可能浮现出《酒神的伴侣》，他很可能读过这部剧作。卡莫贝克追溯了 θεομάχος 一词的历史和思想，参 J. C. Kamerbeek，《与神对抗思想与希腊悲剧的关系》（"On the Conception of θεομάχος in Relation with Greek Tragedy"），*Mnemosyne*，Vol. 1，No. 1，1948，页 271 以下。

[*Sa* 本] θεομαχεῖ [对抗诸神]：参行 325、1255。除此之外，欧里庇得斯还在《酒神的伴侣》的同期作品《伊菲革涅亚在奥利斯》中也用过一次该词（行 1409）。唐纳森评论该词时参照了《酒神的伴侣》，他认为这是"在严正警示顽固不化地对抗诸神的危险，这似乎使该剧指涉那些受过教育的聪明犹太人，他们起初担心自己对抗基督教的智慧"（John William Donaldson，《希腊人的戏剧》[*Theatre of the Greeks*]，London：Longman，1860，页 151）。

祈祷时也从不提我。

[*Se* 本] 这些可能是指共同体（而非王宫）仪式（行 39—40），以及荷马作品（譬如荷马，《奥德赛》，3.444—446）和雅典古典时期（"国王统治者"表演，尤其是狄俄倪索斯的城邦仪式）由王族举行的共同体仪式表演。

[*Sa* 本]"祈祷时从不提我"，即在祈祷开始、期间或结束时都不提我的名字。埃斯库罗斯，《乞援女》，行 266 有 μνήμην ποτ'

ἀντίμισϑον ηὕρετ᾽ ἐν λιταῖς[人们纪念他，祈祷时称颂他的攻击]。
οὐδαμοῦ 是 P 本的拼法，似乎较另一手抄本的拼法更善。《受难的基督》的作者证实了 P 本中的拼法（行 1571）。

因此，我要证明自己是神，

[Se 本]αὑτῷ[自己]：主要或完全是行 616—637 中的描述。
[L 本]诗人再次在开场白中表明了稍后将揭晓之事。

向他和所有忒拜人。这里的事处理

[Se 本]πᾶσίν τε Θηβαίοισιν[所有忒拜人]：可能是剧中的奇迹事件，尤可能指狄俄倪索斯剧末的讲话（参 "内容提要" 行 17 中的 "他向全体宣告"）。
[B 本]阿波罗多洛斯认为，狄俄倪索斯在向忒拜人证明自己后去往阿尔戈斯（Argos），阿尔戈斯人同样拒绝敬拜他，狄俄倪索斯便使那里的全体女子发狂（《希腊神话》，3.5.2）。

妥当后，我就会去别处

[D 本]τἀνϑένδε：实指 τὰ ἐνϑάδε，因为移动的意思已隐含在 ἐς ἄλλην χϑόνα 中。这个惯用语也常见于散文，譬如柏拉图，《申辩》（Apology）40c 的 "那里的人不仅在别的方面比这里的人幸福"（μεταβολή τις τυγχάνει οὖσα καὶ μετοίκησις τῇ ψυχῇ τοῦ τόπου τοῦ ἐνϑένδε εἰς ἄλλον τόπον）。根据阿波罗多洛斯，狄俄倪索斯从忒拜继续前往阿尔戈斯，在那里，他同样遭到抵制，并同样降祸于当地女子，让她们发狂（《希腊神话》，3.5.2）。
[Sa 本]τἀνϑένδε ϑέμενος εὖ：参欧里庇得斯，《希珀吕托斯》，

行 709 的 *ἐγὼ γὰρ τἀμὰ θήσομαι καλῶς*[我要好好安排我的事];
《伊菲革涅亚在奥利斯》,行 672 的 *θέμενος εὖ τἀκεῖ, πάτερ*[父亲,
你在那儿成功后]。由于 *εὖ* 在这行诗中所处的位置是与前面的
θέμενος,而非与后文的 *μεταστήσω* 相关,这就削弱了第五个半
音步末一般停顿的效果,并把它分割为两个对等的部分,这种
韵体形式一般需避免。*εὖ* 所处位置与之相同的其他例子还有,
索福克勒斯,《埃阿斯》(*Ajax*),行 1252 的 *ἀλλ' οἱ φρονοῦντες εὖ/
κρατοῦσι πανταχοῦ*;埃斯库罗斯,《和善女神》(*Eumenides*),行
87 的 *σθένος δὲ ποιεῖν εὖ/ φερέγγυον τὸ σόν*。

　　[50]证明真身;但若忒拜人的城邦
　　　企图愤怒地用武力把我的信徒们赶出山,

　　[*B* 本]*σὺν ὅπλοις*:不是单纯的(工具)与格,虽然关联的意
思并未完全丧失。参埃斯库罗斯,《波斯人》,行 755 的 *ἐκτήσω
ξὺν αἰχμῇ*。*βάκχας*[酒神信徒]:若 *Θηβαίων*(行 50)的拼读正确,
此处所指即忒拜的酒神女信徒,下行中的 *μαινάσι* 也一样,虽然
μαινάσι 可能还包括亚细亚的女信徒。不过,如果对行 50—52 的
注解正确,那么,*βάκχας* 和 *μαινάσι* 均指亚细亚女信徒。

　　　我会率领狂女们一起战斗。

　　[*Se* 本]此处提到的可能发生之事似乎并未实际发生。但狄
俄倪索斯为何要提到这点呢?在欧里庇得斯的其他开场白中,诸
神做出过具误导性但又并非完全虚假的预言(《希珀吕托斯》,行
42;《伊翁》,行 71—73),比如此剧,可能意在保留出其不意
的效果。另外,狄俄倪索斯在这里通过让我们相信彭透斯的溃
败来强调自己的力量,虽然彭透斯(行 780—785)下令采取军事

行动。此外，汉密尔顿主张，行 50—52 的确指杀死彭透斯，虽不是一场激战，却包含了（和行 751—764 那场较早的冲突一样）军事用语（行 819、1133），参 Richard Hamilton, "Bacchae 47—52: Dionysus' Plan"（《〈酒神的伴侣〉行 47—52：酒神的计划》），TAPA, Vol. 104, 1976, 页 139—149。马奇表明，行 50—52 代表这个故事的传统结果，之所以在这里提及，为的是加强欧里庇得斯偏离它的意外感。马奇提到了当时一些表现携兵器的彭透斯遭狂女们攻击的瓶画（可能从色诺克勒斯 [Xenokles] 创作于公元前 415 年的《酒神的伴侣》[Bakchai] 中获得灵感）、埃斯库罗斯《和善女神》行 25—26 的 "那位神引领着他的狂女军，想要彭透斯落得野兔的命运"，以及《酒神的伴侣》中关于一触即发的武装冲突的暗示（行 758—759、780—785、796—797、798—799、809、838）。参 J. March, "Euripides' Bakchai: A Reconsideration in the Light of the Vase Paintings"（《欧里庇得斯的〈酒神的伴侣〉：瓶画角度再思考》），BICS, Vol. 36, 1989, 页 33—65。但这并不能证明行 50—52 说的是一场激战。在瓶画中，携兵器的彭透斯孤身一人；埃斯库罗斯作品中的野兔形象也暗示了这点；吕库古（Lycurgus）似乎更成功地打击了狂女们（荷马，《伊利亚特》，6.132—135）。即便在《酒神的伴侣》中，狂女们在攻击孤立无援的彭透斯时也像勇士和猎手。

[D 本] ξυνάψω：μάχην（"参战"，参希罗多德，《原史》，4.80；阿里斯托芬，《阿卡奈人》[Acharnians]，行 686），"我要加入他们"。μαινάσι 与 στρατηλατῶν 合用（参欧里庇得斯，《厄勒克特拉》，行 321、917）：与 ἡγεῖσϑαι 和其他表示率领的动词一样，στρατηλατεῖν 要么接属格（强调职务），要么接与格（强调领导的实际行动）。彭透斯其实不想凭武力带回那些女子，虽然他正要这么做（行 784、809、845）；这样一来，酒神的威胁从未实现。布鲁恩（Bruhn）以此为据称，欧里庇得斯逝世时没有改动此剧。

他认为，欧里庇得斯在写开场白时就打算在剧中描写一场战争，但他后来改了主意。这种版本出现在公元前 4 世纪（可能更早）的瓶画中。但布鲁恩的推论毫无根据。在开场中略施"误导性提示"（suggestio falsi）的巧计，为观众保留惊喜，这是欧里庇得斯的惯用技法。正因如此，《伊翁》行 71 以下所暗示的一些事情经过，迥异于它们在剧中的实际发生，却可能吻合索福克勒斯《客瑞乌萨》（Creusa）中的版本。类似的手法似乎在《希珀吕托斯》（我认为行 42 有充分体现）和《美狄亚》（我认为也是行 42，行 42 实际上是真的，虽然这段话似乎经演员们窜改）的开场白中也出现过。因此，在《乞援女》（行 25 以下）开场白里，欧里庇得斯小心翼翼地敞开了这个问题，即希腊人（Argives）会如埃斯库罗斯《厄琉西斯人》（Eleusinians）中的情形一样，凭劝谕成功呢，还是靠武力取胜。这一点很有意思，因为这表明，出其不意的因素，在希腊舞台技巧中要比现代批评家们通常允许的更为重要。

［B 本］ἦν δὲ...στρατηλατῶν：根据欧里庇得斯笔下开场白的性质，自然被当成预告性的话，在接下来的剧情发展中并无实际回应。我们若假定，Θηβαίων（行 50）替换了类似 τὶς βροτῶν 这样的短语，困难将迎刃而解。这样一来，对忒拜人的提及就以 Θηβαίοισιν（行 48）结束，这段说词的潜台词指向了对其他地方的征服。行 53 仅可能指征服其他地方；因为，倘若把这句话理解为与忒拜军队对抗，就意味着为了应对（从未出现的）意外事件，要让狄俄倪索斯在整部剧中都乔装成凡人模样。

ξυνάψω［战斗］参《赫拉克勒斯的儿女》，行 808 的 μάχην συνάψας；埃斯库罗斯，《波斯人》，行 336 的 μάχην συνάψαι，以及下文行 837 的 συμβαλὼν μάχην。

［L 本］μαινάσι［狂女们］，这里是该词首次在剧中出现。μαινάσι 一词不是指称卡德摩斯的女儿们和忒拜女子，而是指真正的酒神狂女（les Bacchantes），对酒神忠贞不贰，随他从东方而来。

［*R* 本］行 50—52：武力解决方式也将是彭透斯的首选（行 228、809、845），他将调动兵力（行 780—785），也正在狄俄倪索斯的建议下，选择事先前去侦察，暂时放弃使用武力。

> 为此，我化作凡人的样子，
> 将我的相貌变成凡人的形态。

［*Se* 本］重复行 4 的意思，行 54 也重复了行 53 的意思。狄俄倪索斯在说明朝拜情形的开头和结尾，都强调了他乔装这一至关重要的事实。相反，有些评论家删除了这些诗行（譬如 C. Willink，《〈酒神的伴侣〉中一些文本和解释的问题》，前揭，页 30—31）。

［*K* 本］行 50—54：此事在剧中从未发生，虽然有人想象（行 780 以下）。提到这些可能是为了提供一种反常的剧情发展的可能，以激发观众的兴趣；不过，公元前 4 世纪的陶罐上刻画了这个版本，甚至可能在欧里庇得斯时代，关于这个版本的另一种说法就已为人知。

［*D* 本］赫尔曼发现，这里的同义反复"拿腔拿调"（putida）。对此，桑蒂斯进行了三大辩护：μετέβαλον εἰς 消除了 ἀλλάξας（可指"变成"或"由……变来"，就像拉丁语中的 muto）的含混性；ἀνδρός 使含混的 θνητόν 更具体；出现在独白结尾的这种"意思的排比"，具有与莎士比亚笔下演说结尾处"音响的排比"相同的修辞效力，莎士比亚笔下的演说词通常以一组押韵的对句结尾。然而，这种反复还有充分的实际原因：必须向观众清楚交代，他们奉之为神的言说者，将在舞台上被视为凡人。按照伯恩哈迪（Bernhardy）的看法，这一动机无疑会促使演员窜改台词；对行 47 的 ὧν οὕνεκ' 颇为冗长的重复——ὧν οὕνεκ' 在那里显然更恰切，使狄俄倪索斯看上去有不实的迹象（虽谈不上欺骗）。赫尔曼试

图通过将 ἔχω 修订为 ἐχω，并省略 τ'，以为此处的重复辩解，博思（Bothe）则将 θνητὸν 修订为 θεῖον，但这些不彻底的折中办法并不具说服力。θνητὸν 得到了《受难的基督》行 1512 的证实：ὧν οὕνεκ' εἶδος προσλαβὼν θνητὸν φέρεις。

ἀλλάξας ἔχω：所谓的"索福克勒斯体"（schema Sophoclesum），也常见于欧里庇得斯的剧作，最初从 λαβὼνἔχω［我握有］这样的短语发展而来，但在希罗多德笔下和悲剧里通常相当于英语中的完成时。

［Sa 本］乍一看，这两行诗（行 53—54）意思几乎一样，我们大体可用欧里庇得斯自己在《蛙》中谈论埃斯库罗斯的话（行1154）评论欧里庇得斯：δὶς ταὐτὸν ἡμῖν εἶπεν ὁ σοφὸς Αἰσχύλος［这个聪明的埃斯库罗斯一件事说了两遍］。为了消除这种重复，赫尔曼提议将之修订为：ὧν οὕνεκ'εἶδος θνητὸν ἀλλάξας ἐχω（替换 ἔχω）μορφήν τ' ἐμὴν μετέβαλον εἰς ἀνδρὸς φύσιν；也有人提议把第二行诗放到行 22 后（艾伦提议，得到提累尔认同）。不过，已有人注意到，εἶδος θνητὸν 模棱两可，ἀλλάξας 也含义不明，因此，之所以加上第二行，很可能是为了澄清前一行的意思。故事的这个部分允许这种冗余的表述。因为此处涉及的这两行诗，用一个对句总结了到此为止的这段话的大意。这种含义平行结构的效果，很像莎士比亚笔下演说结尾处的音韵平行结构，他的演说结尾通常是一个押韵的对句。

［55］你们这些离开特摩罗斯山——吕底亚屏障的女人噢，

［Se 本］ὦ λιποῦσαι：呼格分词具有某种神圣的意味。参科拉德对《赫卡柏》行 1000 的注解。

［K 本］Τμῶλον［特摩罗斯山］：特摩罗斯山脉绵延至吕底亚首府萨迪斯（Sardis）南部，参行 462 以下。

[*D* 本] *Τμῶλον*：特摩罗斯山，一座大山脉，构成吕底亚的主山脉，高耸于萨迪斯（行 463）及赫尔姆斯（Hermus）和凯斯特（Cayster）流域。这是座神山（行 65；参埃斯库罗斯，《波斯人》，行 49），也就是说，吕底亚的酒神女信徒们在山顶举行她们的山间游行（*ὀρειβασία*），诺努斯笔下的酒神女信徒们也一样（《狄俄倪索斯》，40.273）。正是在这个意义上，《俄耳甫斯教祷歌》（49.6）称特摩罗斯山为"吕底亚人的美丽舞池"。此山山麓因葡萄园闻名（参维吉尔，《农事诗》[*Georgics*]，2.98；奥维德，《变形记》，6.15）。

[*B* 本] 由亚细亚酒神女信徒组成的歌队在这里出现，狄俄倪索斯一见她们就对其发话，但歌队尚未认出狄俄倪索斯，仍把他当成酒神的先知。*ἀλλ'*：常用在讲话突然打断，以及引入某个新的命令或劝告时。*ἔρυμα*[屏障]：人称特摩罗斯山脉的那座山构成吕底亚主山谷——赫尔姆斯山谷的南部屏障。

[*L* 本] 由酒神狂女组成的歌队并非晚到。观众很可能在歌队步入一个通向合唱歌队席的走道时就看到了她们。无论如何，酒神现在正对歌队言说。

我的狂欢歌舞队，我从蛮邦人中带出的女人们，

[*K* 本] *θίασος*[狂欢歌舞队]：该词可能源于亚细亚。这个在剧中常出现的语词几乎成了在酒神崇拜中联合在一起的"一群酒神信徒"（主要但不一定是女人）的专有名词。从欧里庇得斯之后的碑文来看，酒神崇拜变得组织严密，每个城邦依惯例设三个狂欢歌舞队，每队设一名男性领队或主导者（exarchos）。主导者的概念，在下文那首颂歌中至关重要；化作凡人的狄俄倪索斯是吕底亚狂欢歌舞队的领队，随着迷狂升级，酒神被想象成在激励他的敬拜者们。狄俄倪索斯此处对歌队讲话，旨在为她们正式入场

做铺垫；比如，歌队听不到行 59，因为这句会暴露她们的领队即酒神的秘密。

［D 本］ϑίασος ἐμός, γυναῖκες：ϑίασος 一词的词源很含混，可能早于希腊语。该词可用于任何以私人目的存在的宗教团体。这些团体截然不同于公民崇拜（比如，佩莱坞港就有阿弗洛狄特的崇拜者［ϑιασῶται］）；不过，ϑίασος 尤其体现了狄俄倪索斯宗教独特的单位组织。

［B 本］ϑίασος［狂欢歌舞队］：一群信徒聚在一起参加宗教仪式，尤其是狄俄倪索斯的仪式。

［L 本］ϑίασος 一词可能是借用色雷斯-弗里吉亚的外来词，至少该词不是源自克里特。该词起初与酒神崇拜有着某种宗教性关联，后来也延伸至用来指称庆祝其他神（尤其是东方神）崇拜的活动。

［R 本］ϑίασος 的词源不确定（前希腊时期？），在希腊化时期指各种将其成员聚集于某个共同崇拜的宗教团体。不过，直到公元前 5 世纪，该词似乎仍特指所有醉心于酒神崇拜的狂女团体，参 P. Chantraine,《希腊语词源学辞典》，前揭，相关词条。

> 我的侍者和旅伴，

［D 本］παρέδρους καὶ ξυνεμπόρους：桑蒂斯译作"休息与行进时的同伴"。

［K 本］παρέδρους καὶ ξυνεμπόρους［侍者和旅伴］：英译据桑蒂斯的译法，该译法传达出这个希腊短语近乎咬文嚼字，却又一清二楚的明晰特征，这个短语用了两个冗长的复合动词性形容词，字面意思是"坐在身旁的和一道旅行的"。分析"忠实伴侣"概念的两个成分，旨在强调这个团队的忠诚及其外来性；这也表明，公元前 5 世纪既关注清楚阐释，又关注对修辞性对仗的分析。

［B本］παρέδρους ξυνεμπόρους：παρέδρους［侍者］十分贴合常与狄俄倪索斯为伴的歌队；ξυνεμπόρους［旅伴］作为狄俄倪索斯旅途中的随从。

举起弗里吉亚城邦当地的

［D本］πόλει［城邦］：此处所指并非字面意义，而是社会意义，因此等于"城邦"；欧里庇得斯用πόλει指称欧伯厄半岛（Euboea）(《伊翁》，行294)，甚至还用它指称伯罗奔半岛（残篇730）。

手鼓吧，这是母亲瑞亚和我的发明，

［Se本］行58—59：在荷马和赫西俄德的作品中，瑞亚（Ῥέας）是宙斯和诸神之母，并被视为亚细亚人的母亲（库柏勒）见128n。斯特拉博《地理志》的一个重写本给出的解释是θε[ᾶς或θε[ῶν，而非Ῥέας。θεῶν可能是对的（参《海伦》，行1302），因为Ῥέας是对"诸神之母"的冒昧解释。参James Diggle,《欧里庇得斯研究》，前揭，页456—459。关于这种鼓及其发明，参120—134n.。

［K本］这种鼓像手鼓，在不同的狂欢崇拜中使用。鼓声和着刺耳的簧管音，表达敬拜者的兴奋，并反映出她们狂欢舞蹈的节奏（参行127以下）。瑞亚是克洛诺斯的妻子，宙斯的母亲；根据一种说法，宙斯生于克里特岛，年轻的精灵科里班特击鼓，以使宙斯的父亲听不到他的婴儿啼哭声（克洛诺斯有啖食亲子的癖好）。后来，宙斯把这种鼓确立在纪念母神瑞亚的仪式中。接下来的颂歌（行120—134）更详尽描述了这点，颂歌也试图通过混淆几种相似的崇拜表明，这种鼓如何与狄俄倪索斯发生关联。

[*D* 本] τύμπανα [手鼓]: "手鼓"或"定音鼓"。这种鼓是在一个木箍外侧裹上皮子制作而成(行124, βυρσότονον κύκλωμα); 有时会在圈上绑一对小钹, 就像现代"手鼓"上的"小铃铛"。这种鼓伴着狂欢崇拜的典型乐器笛子(关于这种情况的原因, 参 A. E. Crawley, 《服装、饮品与鼓》[*Dress, Drink and Drums*], 页248以下); 因此, 手鼓是"狄俄倪索斯和瑞亚(即库柏勒)的发明"。同样地, 在残篇586中, 欧里庇得斯谈到狄俄倪索斯 ὃς ἀν' Ἴδαν| τέρπεται σὺν ματρὶ φίλα| τυμπάνων ἐπ' ἰαχαῖς。关于这种手鼓在"地母神"崇拜中的使用, 参品达残篇61的 σεμνᾶ μὲν κατάρχει| ματέρι πὰρ μεγάλα ῥόμβοι τυπάνων; 关于手鼓在相关的色雷斯科提科崇拜中的使用, 参埃斯库罗斯残篇57, 在那里, 鼓乐被比作地震的轰隆声; 在雅典的萨巴兹乌斯崇拜中的使用, 参阿里斯托芬, 《吕西斯忒拉忒》(*Lysistrata*), 行1—3、388。雅典的官方酒神崇拜不是狂欢崇拜, 手鼓似乎并未出现在雅典的官方崇拜中。在表现狂女的阿提卡瓶画中, 手鼓之所以变得常见, 乃因公元前5世纪末各种东方崇拜在雅典盛行, 还常伴狂野的舞蹈(参 Frickenhaus, 《勒纳节瓶》(*Lenäenvasen*), Winckelmannsprogramm der Archäologischen Gesellschaft zu Berlin, Band 72, 1912, 页16; L. B. Lawler, 《狂女》["The Maenads"], *Memoirs of the American Academy in Rome*, Vol. 6, 1927, 页107以下)。

[*R* 本] αἴρεσθε, 让人想起持手鼓的欢快的人, 手鼓由木箍上裹皮子制成(行124)。希腊人视之为从东方传入的外来乐器, 尤与库柏勒崇拜及狄俄倪索斯崇拜有关。

[60]绕着彭透斯的家屋

[*R* 本]很可能, 歌队回应酒神的呼唤, 此时正和着手鼓在合唱歌队席中翩翩起舞。

敲吧，好让卡德摩斯的城邦看见。

　　[*Se*本]行60—61：整个城邦都目睹了狄俄倪索斯对王室的攻击，这对此剧的政治意义至关重要。同样，在雅典举邦欢庆的安忒斯特里亚节（Anthesteria）上，狄俄倪索斯由吹管乐的萨图尔们当作异方人护送到古老的王室住处，与"国王"的妻子交合（参 H. W. Parke，《雅典人的节日》[*Festivals of the Athenians*]，London：Thames & Hudson，1977，页107—120）。在《独目巨人》开场结束后，萨图尔歌队入场时，希勒诺斯（Silenos）忆起萨图尔们奏乐护送狄俄倪索斯抵达国王欧涅乌斯（Oineus）的家，在那与王后阿尔泰阿（Althaia）结合。关于这些诗行可能蕴含的其他意思，参 576—641n.。

　　行55—61：由于在敬拜中，人们认为酒神实际引领着狂女组成的狂欢歌舞队（115n.），因此在剧场中，妥善的做法是，这位神既要看上去是神，也要看上去是凡人，他还要（这在现存悲剧中绝无仅有）把歌队迎入剧场。在这点上（1n.），酒神节再次与戏剧节合二为一（狄俄倪索斯甚至叫她们开始敲击手鼓）。

　　[*D*本]酒神对歌队的发言。歌队似乎并未听见狄俄倪索斯的话，这些话也可能并非对她们说，因为 ἐμά 离得太近，会暴露他的身份；不过，作为对狄俄倪索斯意志的反应，她们可能此刻开始列队，由一边的侧道（πάροδοι）步入合唱歌队席。让说独白者向观众引入歌队的手法，为欧里庇得斯特有（《独目巨人》，行36 以下；《希珀吕托斯》，行54 以下；《乞援女》，行8 以下；《伊菲革涅亚在陶洛人里》，行63 以下；《俄瑞斯特斯》，行132）。欧里庇得斯常借此或别的机会引入歌队：譬如，在他的《菲洛克忒忒斯》中，欧里庇得斯让兰诺斯人（Lemnians）组成的歌队在开场时致歉，因为他们没有早些把菲洛克忒忒斯请上来，而在埃斯库罗斯的相关主题的剧中，就未作任何解释。

[*L* 本]彭透斯的名字别有用心地出现在这里。卡德摩斯的这个外孙是忒拜的真正统治者，他拒绝酒神崇拜。歌队将挺身训斥彭透斯的发言。

> 我要进入基泰隆山谷，
> 和那里的信徒们一道歌舞。

[*Se* 本]*συμμετασχήσω*[一道歌舞]：关于人们认为狄俄倪索斯就在他的女信徒中，参 115n.。

[*Sa* 本]开场白的余下部分针对歌队，歌队由一群亚细亚女子组成，她们一路追随狄俄倪索斯左右，但仅把他视为酒神的信徒，而非酒神本人。酒神直到行 1340 才显露真身，*ταῦτ' οὐχὶ θνητοῦ πατρὸς ἐκγεγὼς λέγω Διόνυσος ἀλλὰ Ζηνός*[我说这些——我不是凡人父亲的后裔，我狄俄倪索斯，是宙斯之子]。

[*B* 本]*συμμετασχήσω χορῶν*[一道歌舞]：由于彭透斯的仆从逮捕了狄俄倪索斯，这个目的未能实现。

[*R* 本]开场就此结束，诗人清楚交代了此剧的背景，并让观众感觉到，彭透斯将与酒神不可抗拒的力量对抗：酒神在亚细亚所向披靡就让我们见识了他的意志不可阻挡，也必然让忒拜人改宗。

> 狄俄倪索斯从舞台一方下。

二 进场歌（行 64—169）

[*Se* 本]在狄俄倪索斯的召唤下，亚细亚狂女歌队（可能有 15 人，参 A. W. Pickard-Cambridge,《雅典的戏剧节》[*The Dramatic Festivals of Athens*], Oxford：Clarendon Press，1968，页 234—236）伴着簧管音（行 128、160）由侧边入场，进入王宫前以圆形舞场（乐队席）为标志的公共空间。歌队拿着手鼓（行 58—59、156），稍后将歌颂手鼓的发明（行 120—134）；可能还至少穿戴了颂歌中提到的某些宗教仪式装束，酒神杖（行 80、113、147）、常春藤冠（行 81、106）、蛇（？行 101—102）、棍子（行 109—110）、幼鹿皮（行 111、137—138）、羊毛（行 112—113）。颂歌可分为序曲（行 64—72），两组正旋舞歌和反旋舞歌（行 73—134），末节（行 135—169）。

每段正旋舞歌都从对酒神崇拜的一般性拥护（个体入会最重要，其次是全体的参与）转向对旅程行进的具体颂扬（在第一正旋舞歌中，行进到希腊；在第二正旋舞歌中，来到山上），以酒神的名字作结（行 87 的 *Βρόμιον*；行 119 的 *Διονύσῳ*，参行 134）。每段反旋舞歌都歌颂一个以酒神崇拜装束（蛇、手鼓）起源结束的故事。第二组唱段通过句子"忒拜，养育塞墨勒的忒拜噢"（行

105），与第一唱段发生关联。这个句子将狄俄倪索斯的出生与颂扬忒拜联系在一起，并标志着狄俄倪索斯由弗里吉亚来到（一定意义上也是回到）忒拜。末节重复了颂歌先前呈现的若干主题（譬如行 111 与行 137—138，行 141 与行 115，行 152—153 与行 83，行 156—161 与行 124—129，行 164—116）但重点不同，集中于酒神崇拜的狂热性质。

　　从多方面来说，这首颂歌表现的是典型的宗教颂歌。序曲包含了宗教仪式的典型程式（68—70n.），结束时歌队还宣称将以既定方式颂扬狄俄倪索斯。重复呼唤（行 68、83、107、116、152—153、164），可能反映了真实的宗教惯例（参 116n.）。这首颂歌还包含了宗教颂歌的典型主题，特别是酒神的诞生（参譬如斐勒达摩斯［Philodamus］，《酒神颂》［*Paean to Dionysus*］，行 6—10），以及与酒神相关的发明。颂歌的主导韵律是伊奥尼亚律（Ionics，大体由两个短音后接两个长音），这种韵律并不常见（《酒神的伴侣》除外），且与源自亚细亚的宗教颂歌及酒神崇拜的颂歌联系在一起（尤见阿里斯托芬，《蛙》，行 323—253；斐勒达摩斯，《酒神颂》），参科拉德对《乞援女》行 42—86 的注解（行 88—167 也包含其他韵律，尤其是长短短长格［choriambic］和长短短格［dactylic］）。

　　宗教颂歌分属不同种类，根据风格（参 Richard Seaford,《普拉蒂纳斯的"拜日舞"》［"The 'Hyporchema' of Pratinas"］，*Maia*，Vol. 29，1977—1978，尤见页 89；《互惠与仪式》，前揭，页 268，注释 149）和内容，可断定此处呈现的颂歌类型为酒神颂：狄俄倪索斯的两次出生是酒神颂的典型主题（参柏拉图，《法义》［*Laws*］700b 等），此处委婉描述的酒神狂欢方式（葡萄酒、乐器）的发明也很典型（参行 124、129；Richard Seaford,《普拉蒂纳斯的"拜日舞"》，前揭）。这首颂歌显然是弗里吉亚风格（行 58、126—127、159），酒神颂即依弗里吉亚乐风谱写而成。品达酒神颂的一段残篇（70b）就带有这首颂歌的激烈情绪，并表现了与之相同的几个主题：行 6 有 *Βϱομίου* [*τελετ*]*άν*（喧闹神的仪式）；行 9 有库柏勒、手鼓；行 15 有霹雳。吟唱酒神颂的歌队头戴常春藤冠（如本剧的歌队，行 81、106、205、341）。阿里斯托芬《蛙》中的入教者列队行进时所吟唱的颂歌（参 68—70n.、73n.、107n.；关于秘教游行，参 Richard Seaford,《互惠与仪式》，前揭，页 264，注释 146），也很重要。酒神颂最初是游行颂歌，剧中入教者组成的歌队自称"护卫"（*κατάγουσαι*），让人想起这像是护送狄俄倪索斯时所唱的歌曲，因此恰切地伴随着她们的游行入场（68—70n.）。这甚至可能在悲剧的发展中再创了一个舞台。根据忒弥斯缇俄斯（Themistios,《演说集》[*Orations*] 26.316d），亚里士多德认为，一开始，歌队就在入场时歌颂诸神。（曾是女性的？）酒神颂伴着游行来到祭坛，并继续围着祭坛（在户外？）诵唱，悲剧正是由后一种"静态颂歌"演化而来。在这种游行中，酒神颂的秘密仪式向整个城邦敞开（行 60—61，"城邦"必须"认清"酒神颂），参 576—641n.；Richard Seaford,《互惠与仪式》，前揭，章 7、8，进一步展开了这种观点。

这首颂歌游走于不同极端：个体入教与集体参与，亚细亚与忒拜，乐团与山坡（亚细亚人与忒拜人）均汇集在歌队隆隆的鼓声中（行 59—61、124、156）。1. 鼓声有助于宣告酒神狂欢队的在场（行 64—72）；2. 鼓声制造与秘教入会仪式（至少对入教者而言）有关的类似霹雳声响（参行 72 以下），就像狄俄倪索斯出生时的霹雳传说（行 90—93），参 576—641n.（参行 59—61，156n.）；3. 鼓声也体现了强加于忒拜的全体参与（行 105—119；参阿里斯托芬,《吕西斯忒拉忒》，行 3）；4. 鼓声在她们的发明中糅合了亚细亚与希腊元素（行 120—134）；5. 鼓声是在前往山坡的语境中发出的（行 155—63）；6. 在整首颂歌吟唱过程中，鼓声使剧场充斥着一种非凡的景象和声响。

歌队腰缠鹿皮从舞台一方上，

有的手执神杖，有的拿着手鼓。

歌队：（序曲）

我离开亚细亚的土地，

［L本］出现在序曲开头，提请人们注意，酒神来自东方。尽管酒神为忒拜人所生，酒神崇拜却发源于遥远的东方。

［R本］吕底亚酒神狂女的外邦属性由她们的戏服强调，很可能类似于瓶画上所绘的阿玛宗女人所穿的服装：穿着花里胡哨的紧身长裤，闪亮颜色的短袖上衣。酒神杖和手鼓与他们的奇装异服相得益彰。从进场歌第一句开始，欧里庇得斯就强调狂女们是"外邦人"这一事实，这并非为了迎合人们对外邦事物兴趣的口味，而是因为这个特征是此剧的精神动力之一：这个事实会让彭透斯瞧不起这个由外邦人引入的崇拜——彭透斯这个传统希腊城邦的男子汉，深信希腊人卓尔不群的优越性。

［Sa本］Ἀσίας［亚细亚］：尽管此处的"亚细亚"有着比荷马史诗更宽泛的含义，但有意思的是，下一行提到了特摩罗斯山的南部和西部，就是古老的"亚细亚草地，环绕着凯斯特溪流"（荷马，《伊利亚特》，2.461）。

［65］翻过神圣的特摩罗斯山，奔向

布洛弥俄斯，这甜蜜的劳顿，

［Se本］Βρομίῳ：狄俄倪索斯的称号，意为"咆哮"。这位神自身就咆哮（行151；《荷马颂歌》，7.45；像狮子，行56；品达残篇75，行10），他的宗教音乐咆哮（行156；阿里斯托芬，《云》［Clouds］，行313），他途经的乡村也咆哮（阿里斯托芬，《地母节妇女》，行997—998；《荷马颂歌》，26.10）。这个称号源自他出

生时的霹雳（狄奥多洛斯，《历史丛书》，4.5.1），参 156n.。

πόνον ἡδὺν[甜蜜的劳顿]：如行 1053；索福克勒斯，《伊捷克斯》(*Ichneutae*)，行 223—228；欧里庇得斯,《伊翁》,行 131（描写阿波罗）。参西福德对《独目巨人》行 76—77 的注解；H. S. Versnel,《希腊罗马宗教中的矛盾》，前揭，页 88—91、196—197。

[*K* 本]狄俄倪索斯之所以又名布洛弥俄斯，可能跟人们倾向于把他的力量视为公牛或狮子的化身有关，或者将之视为与他出生时塞墨勒遭雷击的霹雳声有关。

　　说累也轻松，向

──────────────────────

[*Se* 本]这种矛盾修辞法在悲剧中司空见惯。参科拉德对《乞援女》行 32 的注解。

　　巴克科斯神欢呼！

──────────────────────

[*R* 本]*Báκχιον*[巴克科斯神]：该称呼的这种形式似乎没有 *Báκχος* 常见（L. Farnell,《希腊城邦的崇拜》[*Cults of the Greek States*]，Vol. V，Oxford：Clarendon Press，1906，页 300，注释 73）。但诗人在剧中频繁使用：因此，该词指秘仪中受酒神狂女或典型的入教者敬拜的神（行 145）。

　　谁挡在路上，谁挡在路上？那是谁？

──────────────────────

[*Sa* 本]行 68—71：歌队在庄严颂扬酒神秘仪前警告所有不虔敬的人离开（无论在大街上还是在走廊里），并要求大家保持肃静。

从屋子里出来，个个都要说

[70]虔敬的话，

[*Se* 本]行 68—70：迪格尔对比了《法厄同》(*Phaethon*)行
110—111 中的宣称"肃静，快快走出家门"，参 James Diggle，
《欧里庇得斯研究》，前揭，页 3—4。按照狄俄倪索斯在行 60—
61 中的指示，狂欢歌舞队要求城邦（"谁在路上？"）和王族（行
588、589、603、1170 都提到王族）观看她们入场。关于游行中
关于肃静（避免仪式规定之外的言辞）的一般要求，参阿里斯托
芬，《蛙》，行 354（厄琉西斯秘仪带有强烈的狄俄倪索斯意味，
参行 316—317、357、368）；埃斯库罗斯，《和善女神》，行 1035。

[*R* 本]酒神狂女们正在对民众作仪式性声明，要求信众在宗
教活动举行的过程中保持安静（譬如见阿里斯托芬，《阿卡奈人》，
行 237；《骑士》，行 1316；《和平》，行 434；欧里庇得斯，《法厄
同》残篇 773N²，行 67—75）。这种宗教活动以及她们准备好诵
唱的颂歌，以及前奏的庄严，都强调了其礼拜仪式的属性。

[*D* 本]街上的人要为游行队伍让路；所有人，包括那些在
室内的人，都要"肃静"。这是仪式性活动的惯常开场。宗教游
行活动：欧里庇得斯残篇 773，行 66 以下；埃斯库罗斯，《和善
女神》，行 1035。奠酒(χοαί)：欧里庇得斯，《伊菲革涅亚在陶洛
人里》，行 123。献祭：阿里斯托芬，《阿卡奈人》，行 239 以下。
阿里斯托芬戏拟了这一开场（《蛙》，行 354 以下）。

因为我要遵照惯有的习俗，

[*Se* 本]行 71—72：永远遵守既定的习俗是可能的。但狄俄倪
索斯刚刚确立他的教仪（行 13—22），νομισθέντα 是不定过去时，而
非一般现在时。

[*R*本]欧里庇得斯强调这种观点：以一首颂歌颂扬狄俄倪索斯的酒神狂女将遵守"惯有的习俗"，并将遵守 πατρίους παραδοχάς [父辈的习俗]（行 201），以及跟时间一样悠久的父辈习俗，这部悲剧表明了这种习俗的力量并宣称要尊重之。不妨认为，此处出现了时代错位，因为剧中呈现的酒神崇拜是一种新式崇拜。事实上，习俗推崇的不过是一种敬畏超自然物的虔敬态度：崇奉神圣之物（行 894）。

> 歌颂狄俄倪索斯。
> （第一曲首节）
> 啊！
> 有幸知晓诸神教仪的人
> 是有福的！

[*Se*本]有福的，指永久的幸福，在别处出现在秘教入会仪式中（比如厄琉西斯秘仪，参《荷马颂歌》，2.480；品达残篇 137；索福克勒斯残篇 837），也可能在仪式上就有提及（参金箔 A1.8；阿普列尤斯[Apuleius]，《金驴记》[*Metamorphoses*]，11.22.5），参 902—911n.。

εἰδὼς[知晓]：对在秘教入会中所学知识的强调，参行 472—474；品达残篇 137；C. Riedweg，《柏拉图、菲隆与克勒芒的神秘学术语》(*Mysterienterminologie bei Platon, Philon und Klemens von Alexandrien*)，Berlin: De Gruyter，1987，页 5—10。参 Richard Seaford，《酒神节戏剧与酒神秘仪》("Dionysiac Drama and the Dionysiac Mysteries")，*CQ*，Vol. 31，1981，页 253；欧里庇得斯，《瑞索斯》，行 973："对于那些知道的人而言"（亦即入教的人），狄俄倪索斯是"可怕的神"。参 James Diggle，《欧里庇得斯研究》，前揭，页 325—326。

τελετὰς[教仪]：就有福（makarismos）而言，教仪显然指入秘教，它在比如希罗多德《原史》（4.79，酒神崇拜）中也是此意；阿里斯托芬，《蛙》，行 1032；德摩斯梯尼，《第一篇反阿里斯托革顿演说》（*Against Aristogiton 1*），节 11；柏拉图，《王制》365a；伊索克拉底，《全希腊盛会献词》，节 28。该词还可泛指（尤可指）广义的游行仪式，以及通常有关秘仪的节庆。

［*R*本］先出现的这几个语词表明了入教者的至福（beatitude）。

［*D*本］行 72—75：这些表达至福的套语是希腊诗歌传统。但在秘仪用语中，这些话富含深意，参厄琉西斯秘仪的《得墨特耳颂》（*Hymn to Demeter*），行 480；品达残篇 121；索福克勒斯残篇 837。眼下这段话和上述作品一样，将幸福的承诺奠定在某种宗教性体验上，但有别于上述作品，此处的承诺是此世的，而非来世的——狄俄倪索斯赐予的是此时此地的幸福。

这种人过着虔敬的生活，

［*Se*本］βιοτὰν ἁγιστεύει［过着虔敬的生活］：亦即在日常生活中（参行 911，以及在秘教的 makarismos 中）。《克里特人》（*Cretans*）残篇 472 描述了变成酒神信徒（Zeus Idaios）后的"纯净生活"（得到净化，被称为酒神的女信徒［Βάκχος］）：身着白衣，不能见凡人出生、避见坟墓，还需斋戒。帕克注意到，这种严格的纯净，不同于一般狂女的情况，似乎也与下一首颂歌呈现的舞蹈、音乐、葡萄酒和"宁静的生活"（行 389—90）相冲突（R. C. T. Parker，《污浊》［*Miasma*］，Oxford：Clarendon Press，1983，页 289）。不过，在雅典安忒斯特里亚节日的葡萄酒节上（德摩斯梯尼，《反尼伊拉演说》［*Against Neaera*］，节 78），举行秘仪的酒神崇拜妇女群体要宣誓（以 ἁγιστεύω［我要洗净］开头），并全面洁净（包括禁欲）。这也可能证明了我们的矛盾，表现了酒神节常

见的双重性：在一个集体喧闹的酒宴上，庄重的秘仪处于中心位
置：合唱颂歌预示了剧末建立的酒神崇拜的两个方面。关于安宁
(*ήσυχία*) 与入秘教的可能联系，亦参 621—622n.。

　　[75] 全心加入酒神狂欢队，
　　　　他带着圣洁的祭品

　　　　———————————————————

　　[*Se* 本] *ὁσίοις καθαρμοῖσιν* [圣洁的祭品]：我们不清楚这确
指什么，也不知道它跟前文有何关联。圣洁的祭品可能是秘教
入会仪式的重要部分，譬如厄琉西斯秘仪 (R. C. T. Parker，《污
浊》，前揭，页 283—286)，也可能被认为是整个仪式的结果
（柏拉图，《王制》560d9—e2；《斐德若》[*Phaedrus*] 250c4；以
及 C. Riedweg，《柏拉图、菲隆与克勒芒的神秘学术语》，前揭，
页 55—56，金箔 A1 [以及 A2、A3])）。因此，祭品可能与同
种仪式的入教仪式有关 (柏拉图，《王制》364e6—365a2；《法义》
815c5；《斐德若》244e2)。这个意义上的净化可能倾向于主导宗
教仪式：虽是入教仪式，但并不吸收任何人进入某一团体 (比如
柏拉图，《王制》364b5—365a2)，包括由一群已入教的教友举行
的仪式。看来，行 72—73 指的是加入狂欢歌舞队，行 74 以下
则指称那些已入教者。加入厄琉西斯秘仪的那些人，将他们的
"净化仪式" 延续至来世 (参柏拉图伪篇《阿克西库斯》[*Axiochus*]
371d)。帕克探讨了酒神祭品 (《污浊》，前揭，页 286—290)。
　　[*R* 本] *θιασεύεται* [狂欢歌舞队]，该词似乎是欧里庇得斯的
杜撰，在他笔下还将重现三次：两次是主动形式 (行 379；《伊
翁》，行 552)，还有一次是中动形式 "成为狂欢歌舞队的一员"。

　　　　进山敬奉巴克科斯，

　　　　———————————————————

[*L* 本]酒神崇拜的一大特点就是在高山上举行(行135、165)。

[*K* 本]行72—77: 敬拜者的幸福源自他对宗教崇拜的参与, 他的虔敬生活方式(包括行77的仪式性纯洁), 以及信徒意识和性情与山上其他敬拜者的交融。对于一位公元前5世纪的诗人而言, 这种宣称非同寻常, 反映出对灵魂(psyche, 我将之理解为"意识和性情")的看法, 这种看法类似于柏拉图早期对话中苏格拉底的看法。苏格拉底是欧里庇得斯的同时代人, 他认为, "灵魂"需要看顾和照料, 需要通过可贵的行为使之保持纯粹。对我们而言, 这种观点可能显得老生常谈, 但在当时颇为新颖。当时的人们主要把灵魂视为生活原则和"扶友损敌"的古老伦理, 这也是根据一般的奥林波斯宗教确立的人神关系的基础。撇开这点不说, 承认大众狂欢活动的力量及其与纯净观念的联系也受到极大关注。

并按习俗遵守

[*L* 本]ὁσίοις[虔敬的], 众所周知, 该词有时指与纯然人间的法相对的神法, 有时又指与神法相对的人间之法。我们在柏拉图(《法义》301)、修昔底德(《伯罗奔半岛战争志》, 2.62)那里所见也一样。这个修饰语主要用于已在人类和诸神中确立某种地位之人, 此处指与诸神相对的凡人的净化。

伟大母亲库柏勒的教仪,

[*Se* 本]对亚细亚神母库柏勒的崇拜, 于公元前5世纪的某个时间进入雅典民间, 进入希腊其他地方则至少早在公元前6世纪。布尔克特精彩地简述了库柏勒崇拜(参 Walter Burkert,《希腊宗教》[*Greek Religion*], Oxford: Blackwell, 1985, 页177—

179）。库柏勒与狄俄倪索斯的关系（斯特拉博对此有探讨，《地理志》，10.3.13）也出现于欧里庇得斯，《疯狂的赫拉克勒斯》，行1355—1356，以及残篇586。这两位神有诸多相同之处：均起源于弗里吉亚，皆为山间狂欢仪式，都有簧管和手鼓，以及入教仪式（120—134n.）。据说，库柏勒在忒拜神庙的题词由品达题写（泡萨尼阿斯，《希腊札记》，9.25.3；H. S. Versnel，《希腊罗马宗教中的矛盾》，前揭，页106），品达经常提及库柏勒，譬如在酒神颂残篇70b中，就提到库柏勒与狄俄倪索斯的关系。在雅典的第奥格尼斯（Diogenes）的悲剧《塞墨勒》（Semele，《希腊悲剧残篇》[TrGF，I 46F1]）中，库柏勒信徒显然以歌队身份出现在忒拜。很难说清，这种融合在何种程度上属于纯文学。

[L本]需要注意的是，欧里庇得斯在此剧中对塞墨勒的原始形象采取了诸说混合：地生女神，以及将之视为卡德摩斯之女的传统（行27）。

[K本]欧里庇得斯不严谨地把酒神信徒描写成也敬拜亚细亚"大母神"或地母神库柏勒。欧里庇得斯倾向于混合或整合这两个狂欢教仪，不区分亚细亚的库柏勒和科律班特与克里特的瑞亚及其库瑞特斯，或者说吕底亚的巴克科斯神/狄俄倪索斯与原始的弗里吉亚神库柏勒。需注意的是，整首进场歌把酒神信徒处理为男性。一般而言，这些神圣歌舞队似乎由女性组成，通常设一位男性队长。

[B本]库柏勒和狄俄倪索斯皆为代表四季轮回的自然世界生命力的神，二者关系紧密，他们的狂欢节也常混为一谈。两位神的仪式象征同样的现象，这两种崇拜的特征都是狂欢队伴着鼓声狂叫着在乡间喝酒狂闹。库柏勒和狄俄倪索斯崇拜均发源于吕底亚和弗里吉亚。

[D本]令人惊讶的是，狄俄倪索斯教仪和亚细亚的库柏勒关联如此紧密（若不是相等同的话），库柏勒崇拜最早于公元前5

世纪传入希腊。

[80]手挥酒神杖，
　　头缠常春藤，

[*Se*本]*κισσῷ*[常春藤]：在瓶画中，狄俄倪索斯和狂女们经常头戴常春藤冠。在索福克勒斯《特拉基斯少女》中，女子歌队认为，常春藤正促使她们跳酒神的狂舞（行218—221）。关于狄俄倪索斯，参1170n.；普拉蒂纳斯（Pratinas）残篇708.15；泡萨尼阿斯，《希腊札记》，1.31.6；A. Henrichs，《变化的酒神身份》（“Changing Dionysiac Identities”），收于 B. F. Meyer & E. P. Sanders eds.，《犹太教徒与基督徒的自我界定》（*Jewish and Christian Self-Definition*），London：S. C. M. Press，1982，页157。

[*L*本]这两行诗的意思符合我们熟知的酒神教仪。

[*R*本]酒神杖和缠绕常春藤是信徒敬拜酒神的两个标志。狄俄倪索斯和酒神狂女通常被描述为头缠常春藤这种绿叶常青的绿植，象征着植物战胜冬天的死亡。狂女们也头缠菝葜（行108）———一种叶子常绿的植物。

膜拜狄俄倪索斯。
前进吧，酒神的伴侣们！前进吧，酒神的伴侣们！
把布洛弥俄斯，这位神和神子

[*R*本]介绍完酒神崇拜的惯例和仪式后，狂女们现在要介绍酒神本人，然后歌颂酒神的幼年时代。

[*D*本]*θεὸν θεοῦ*[神和神的]：关于这种表强调的语词搭配，参索福克勒斯，《俄狄浦斯王》，行660。

[*Sa*本]*Βρόμιον*[布洛弥俄斯]：一个描述狄俄倪索斯作为喧

闹神的名号。《荷马颂歌》提到婴儿时期的酒神"漫游在绿树成荫的山谷，头戴由常春藤和月桂枝编就的花环，山泽女仙环伺左右"（25.8—10）。

[85]狄俄倪索斯迎下弗里吉亚山，

[*Se*本]*κατάγουσαι*[迎下]：从多方面看，该动词用在此处恰如其分。*κατάγουσαι*有时用来指将某物带回家（如欧里庇得斯，《腓尼基少女》，行429）。在弥勒托斯（Miletos）、厄弗索斯（Ephesos）、普里涅（Priene）等地的 *Καταγώγια*[迎回节]中，狄俄倪索斯被迎回城邦（A. W. Pickard-Cambridge，《雅典的戏剧节》，前揭，页8、12；R. Merkelbach，《酒神的牧羊人》[*Die Hirten des Dionysos*]，Stuttgart：Teubner，1988，页75）。在厄弗索斯，节庆由狄俄倪索斯的男女祭司执行，参 F. Sokolowski，《希腊诸邦的献祭习俗》（*Lois sacrées des cités grecques*），Paris：E. de Boccard，1969，No. 48.21。这种常见仪式里隐含着类似《酒神的伴侣》中的那种含混或悖谬：这位神的到来，在某种意义上亦是回家。*κατάγειν*也契合"从山上"带下（譬如柏拉图，《克力同》118d）。

[*Sa*本]*κατάγουσαι*[带下]，参阿里斯托芬，《蛙》，行1152—1165；欧里庇得斯，《美狄亚》，行1015—1016。

把这位喧闹神送入希腊
的宽阔街道！

[*Se*本]*εὐρυχόρους*[宽阔的]：似乎常用于暗示 *χῶρος*[地方]，而非 *χορός*[歌舞]；但在这个文脉中，显然指的是狄俄倪索斯的歌舞队。德摩斯梯尼《反梅迪亚斯》的节52引用了一段德尔菲

神谕，指示雅典人为狄俄倪索斯的歌舞队建造宽阔的大街。参
37n.；斐勒达摩斯，《酒神颂》，行 145—146；索福克勒斯，《安提
戈涅》，行 113。在《疯狂的赫拉克勒斯》行 783 中忒拜的街道被
指示去跳舞。

[R本] εὐρυχόρους 并非 "为歌队建造的宽街"，也非 "让歌队感
到惬意之地"（格雷瓜尔的观点），而只是指 "宽大的、辽阔的"。

[D本] εὐρυχόρους ἀγυιάς [宽阔的街道]：这是个习惯表达，参
品达，《皮托竞技凯歌》（Pythian Odes），8.55；德摩斯梯尼，《反
梅迪亚斯》[Against Meidias]，节 52 中的神谕。传统上，希腊就
是 "广袤的"（εὐρύχορος），参荷马，《伊利亚特》，9.478。

　　（第一曲次节）
　　　　当初他

────────────────

[Se本] 行 88—100：关于狄俄倪索斯两次出生的故事，参
3n.；此处把狄俄倪索斯缝入宙斯的大腿极不恰当地解释为瞒过
赫拉。故事的真实起源和意义都含混不清。相关线索有：（1）
在俄耳甫斯神话中，狄俄倪索斯死于提坦（Titans）之手，他
的第二次出生似乎传达出入教式的重生（二次出生经常如此，
参 576—641n.；M. L. West,《俄耳甫斯教诗歌》[The Orphic
Poems]，Oxford：Oxford University Press，1983， 页 161—
166）；（2）类似地，雅典娜从宙斯头中出生（关于 "纯然父系遗
传的希腊梦"，参 J. P. Vernant,《希腊人的神话与思想》[Myth
and Thought among the Greeks]，London：Routledge & Kegan
Paul，1983，页 134）；（3）多兹提到，其他文化中也有关于从
男性大腿中出生的想象。

　　　母亲在怀他时，

[90] 宙斯的闪电如飞而至，

　　　阵痛中，她被迫

　　　提前分娩，自己却在雷电的

　　　打击下丧了命。

[R 本] λιποῦσ' αἰῶνα [丧生]：αἰών 的首要含义是"生命力"，"生命活力之源"。同样，在荷马笔下，该词常用来谈论充满活力的年轻人。但很快该词含义更为丰富（《荷马史诗》中已经如此），带上了期限的意味："生命力维持的时间"，或者"生命的时间"，"生命的份额"（参 A. J. Fstugèire,《αἰών 一词的哲学含义》["Le sens philosophique du mot αἰών"], Parola del Passalo, Vol. 4, 1949, 页 172—189；P. Chantraine,《希腊语词源学辞典》，前揭，αἰών 词条下)。不过，该词的原义直到古典时期仍在使用，譬如参欧里庇得斯残篇 801N² 。在《酒神的伴侣》的这行诗里，该词的原义也说得通：塞墨勒在她充满朝气的生命力中丧生。这里的主要含义不是持续的时间，而是生命的气息。

　　　克洛诺斯之子宙斯

[95] 将他放入一个孕育的腔体，

[Se 本] λοχίοις...θαλάμοις [放入……腔体]：指宙斯将狄俄倪索斯放入腔体，正是在这个腔体中，他化作一道霹雳（3n.）让塞墨勒生产（参 89 行的 λοχίαις），亦即他马上把狄俄倪索斯缝入自己的大腿。多兹提到修订的 λοχίαις...θαλάμοις（"在隐秘的生育腔体内"，亦即在宙斯的大腿中），主要依据狄俄倪索斯先在狄耳刻泉水中浸洗（行 521—522），尔后（在瓶画中）才由雅典娜或赫尔墨斯带往宙斯处，但这就要忽略"马上"。若要与行 521—522 保持一致，就应保留抄件原文，原文并没有提到马上藏（注意行 96

的 δέ)。

Κρονίδας[克洛诺斯之子]：在荷马史诗中司空见惯，悲剧中却很罕见。哈勒兰（Michael Halleran）表示，欧里庇得斯在此使用该词，意在与克洛诺斯极不友善地吞食亲子形成对照。

[R本]我认为，在讲述这个狄俄倪索斯出生的传统神话故事时，欧里庇得斯意在批评，英格拉姆（Winnington-Ingram）也持这种观点。吕底亚狂女们呈现的这一片段既可怕又神奇：她们的神在某种倒转的高潮部分中降生于神圣雷击的火焰。狄俄倪索斯本人也提请我们注意第一次出生时出现的起火的壮观场面（行6—9）。此处是叙述语气，就像讲述黄金种族的人的传说时所用的语气。譬如，*Κρονίδας*[克洛诺斯之子]这个在荷马和赫西俄德笔下常见的修饰语，在悲剧中极为鲜见：埃斯库罗斯从未使用过该词（只有伊娥[Io]在《被缚的普罗米修斯》第三抒情歌中提过*Κρόνιε παῖ*，行577），索福克勒斯用过一次（《特拉基斯少女》合唱歌，行128），欧里庇得斯用过两次（此处，以及《赫卡柏》中的一首合唱歌，行474；歌队提到与巨人族斗争中的宙斯形象，这一形象绣在献给雅典娜的长袍上）。由此传说来看，该词很古老，属于"纺织之歌"（chansons de toile）时代。在悲剧中，该词总是由女人之口道出。这里在细节上（几无教化意味，但传统上）透露出某种荷马的味道，重拾神话，而非中规中矩的宗教细节。这些吕底亚女子唱诵的这个传说，是部分 *φαῦλοι*[民众]的看法，欧里庇得斯现在想让多数人都谦卑地接受（行431—432），柏拉图在《法义》（887d）中批评了藐视诸神的无神论者。

藏入大腿深处，
再用金针缝合，

[R本]*συνερείδει*[缝合]：历史现在时。*χρυσέαισιν*[金色的]：

诸神使用的一切，皆由黄金和经久不变的贵金属制成。

　　　　这才瞒过了赫拉。

　　［R本］*κρυπτὸν ἀφ' "Ηρας*［瞒过赫拉］，参荷马，《奥德赛》，23.110。在对行动进行具体描写时，荷马也提到了缝合的细节，欧里庇得斯凸显了故事逼真而神奇的方面。按照他的原则，接受这个神奇的出生方式并不比接受雅典娜从宙斯颅骨中出生难。但这位智慧女神的出生本身就带着智慧的象征。狄俄倪索斯的出生没有先验地带有理性解释，赫拉充满愤怒的恐惧提供了某种理性的解释。忒瑞西阿斯稍后还将提供一种更具诡辩的解释。

　　　　待到命运女神使他发育足月，宙斯

　　［D本］关于*Μοῖραι*［命运女神］作为生育女神，参《伊菲革涅亚在陶洛人里》，行206以下；品达，《奥林波斯竞技凯歌》（*Olympian Odes*），6.41以下；《涅嵋竞技凯歌》（*Nemean Odes*），7.1。

　　［100］生下一个长着牛角的神，

　　［Se本］关于狄俄倪索斯是公牛或者说他的公牛特征，参行920—922，1017，1159（参行618）；埃斯库罗斯残篇23（？）；索福克勒斯残篇959；普鲁塔克，《伦语》（*Moralia*）299b；R. Merkelbach，《酒神的牧羊人》，前揭，页13。

　　［B本］*ταυρόκερων*［长着牛角的］：欧里庇得斯常将狄俄倪索斯呈现为一头公牛，以此象征他的力量和生殖力；也常只提到公牛角。参行920、1017、1159。

[*Sa*本]文学作品（艺术作品有时也）常把狄俄倪索斯描写成头长牛角或以公牛形象出现。尤参行920—922、1017、1159，以及表现这些片段的版画。

> 还在他头上缠了很多蛇，
> 为此，狂女们也将
> 这猎食野物的蛇，
> 缠在发上。

[*Se*本]参行698、767—768，以及画家布莱戈斯（Brygos）所画的头上缠蛇的狂女（参J. D. Beazley，《雅典红彩瓶画》[*Attic Red-Figure Vase-Painting*]，Oxford：Clarendon Press，1963，371、1649；P. E. Arias & M. Hirmer，《希腊瓶画史》[*A History of Greek Vase-Painting*]，London：Thames and Hudson，1962，图34）。德摩斯梯尼（《论王政》，节260）、普鲁塔克（《亚历山大传》[*Alexander*]，2.9）都提到在酒神崇拜中有摆弄蛇的现象（亚历山大的母亲奥林匹阿斯[Olympias]就摆弄蛇）。多兹（E. R. Dodds，《希腊人与非理性》[*The Greeks and the Irrational*]，Berkeley，Los Angeles：University of California Press，1951，页275—276）和布雷默（J. M. Bremmer，《重思希腊狂女行为》["Greek Maenadism Reconsidered"]，*ZPE*，Vol. 55，1984，页268—269）对此也有探讨。雅典娜将一条含致命蛇毒的金带子缠在婴儿厄瑞克托尼俄斯（Erichthonios）身上，并派活蛇去保护他。为此，雅典人将他们的孩子置于黄金铸造的蛇中（欧里庇得斯，《伊翁》，行21—26）。因此，婴儿狄俄倪索斯在此可能也受这些蛇保护，受保护的也可能是狂女：在公元前5世纪的瓶画中，她们用蛇对抗萨图尔（J. D. Beazley，《雅典红彩瓶画》，前揭，564.15、764.7），狄俄倪索斯也用蛇对抗提坦族（J. D. Beazley，《雅典红彩瓶画》，前揭，513—514，651.19）。

没有采用抄本的 $\vartheta\eta\varrho\sigma\tau\varrho\delta\varphi\sigma\iota$ 是正确的，因为需修饰语的是蛇（猎物，$\ddot{\alpha}\gamma\varrho\alpha\nu$）。但修订的 $\vartheta\eta\varrho\sigma\tau\varrho\delta\varphi\sigma\nu$ "喂养野兽的"（不可能只指"在野外生养的"），不适用于蛇。更贴切的可能是重音符号加在 $\vartheta\eta\varrho\delta\tau\varrho\sigma\varphi\sigma\nu$，"以野物为生的"，《腓尼基少女》行 820 就（更恰切地）用来指忒拜的龙。鉴于上文描述的蛇的保护功能，该词可能拼写成 $\vartheta\eta\varrho\sigma\varphi\delta\nu\sigma\nu$，"猎杀野兽的"。两种拼读都对"猎物"提出了精彩的反击。

[K本]希腊人热衷于"解释"（通常未必让人置信）晦涩或奇怪的信仰或习俗的（仪式性、词源性或偶然性）起源；此处就是这种典型的"原因论"解释。倘若狂女们真的把蛇放进发中，这旨在表明她们属于大自然并与大自然的狂野合二为一；不过，欧里庇得斯本人就对原因论兴趣盎然，肯定不会满足于这里的解释。希腊人有时认为蛇丑陋而危险（因此蛇从戈耳工［Gorgon］和复仇女神发中钻出），有时又认为蛇有益，为人与大地或某地的关联建立了联系（譬如具有保护性的家蛇观念），或者由蛇的蜕皮象征大地及其果实的产出及再生。蛇还能象征更含混的死者及下界诸神的地生力量。

[G本]狂女们身为狄俄倪索斯的信徒，毫无危险地摆弄蛇。

　　　　（第二曲首节）
[105]忒拜，养育塞墨勒的忒拜哦，
　　　快把常春藤缠到头上！

―――――――――――――――――――――

[Sa本]歌队在此吁请忒拜穿上酒神的装束，类似地，塞涅卡（Seneca）在《俄狄浦斯》（Oedipus）行 407—412 中也将忒拜拟人化。

　　　快长出，快长出果实累累的

―――――――――――――――――――――

[*Se* 本]καλλικάρπῳ[果实累累的]：βρύ- 不仅可指植物性酒神花冠的葱郁（阿里斯托芬,《蛙》, 行 329—330 ）, 也可指头戴它的人（《希腊诗选》, 13.29.5—6）、葡萄酒、酒神颂歌（斐勒达摩斯,《酒神颂》, 行 19）, 以及狄俄倪索斯本人（《俄耳甫斯教祷歌》, 53.10, "硕果累累"）。同样, βάκχοι（参行 109, καταβακχιοῦσθε）既可指木棍, 也可指手执木棍之人（109n.）。

[*R* 本]βρύετε βρύετε[快长出、快长出]：这种重复行为是欧里庇得斯晚年尤其是《酒神的伴侣》（行 68、83、107、116、152、165、370、412、577、582、584、595、986、1183、1198）的典型风格。阿里斯托芬戏仿了这种重复（《蛙》, 行 1336 以下）。不过, 在这个片段里, 这种重复营造出某种充满热情和宗教狂喜的美妙冲动, 也符合激励催促的语气。

　　嫩绿藤蔓。

[*Se* 本]μίλακι[藤蔓]：类似穗菝葜（smilax aspera）, 桑蒂斯将之等同于μῖλαξ[旋花]（泰奥弗拉斯托斯[Theophrastus],《植物志》[*Historia Plantarum*], 3.18.11；普林尼（Pliny the Elder）,《博物志》[*Naturalis Historia*], 16.153）。这种植物四季常青, 长有红色浆果（καλλικάρπῳ）和白色花朵（行 703）, 类似常春藤。

[*B* 本]μίλακι：一种鼓子花属植物, 据普林尼（《博物志》, 16.63）描述, 这种植物类似常春藤, 长有红色浆果。普林尼还提到, 这种植物在巴克科斯的节日上常代替常春藤。

　　狂欢吧, 快拿上橡树
[110]或枞树的嫩枝,

[*Se* 本]κλάδοισι[嫩枝]：虽可指花冠的嫩枝（柏拉图,《阿尔

喀比亚德》，行759），此处却可能指酒神狂女所持的木棍。古注家在评注阿里斯托芬《骑士》行408时就将 *βάκχοι* 界定为入教者所持的木棍（*κλάδοι*），还引用了色诺芬的"枞树枝绕屋"。这就强调了此处的 *καταβακχιοῦσθε*（手持木棍是狂女［*βάκχος*］的标志），也突出了这一说法："手执大茴香棒的人很多，但狂女很少"（柏拉图，《斐多》69c）。参斯特拉博，《地理志》，10.3.10（后来成了为狄俄倪索斯"运树枝的"）；107n.。

　　　披上梅花鹿皮，
_____

　　［*D* 本］鹿皮是诗歌和瓶画中表现的狂女的传统外套，无疑用来在寒冬中御寒。但鹿皮还是神圣的外套（*ἱερὸν ἐνδυτόν*，行137），最初穿鹿皮是因之赋予穿着者酒神所具有的梅花鹿能力（参行866），正如赫拉克勒斯的狮子皮赋予他狮子的力量。参《海伦》，行1358的"那些都有强大的力量，梅花鹿皮，缠在神杖上的常春藤叶"。

　　　系上白毛的羊毛
_____

　　［*Se* 本］有人认为，这指瓶画所示狂女们的做法（J. D. Beazley，《雅典红彩瓶画》，前揭，499.10，参1151.2；A. W. Pickard-Cambridge，《雅典的戏剧节》，前揭，图22a），她们把羊毛缠在捆幼鹿皮的带子上，而非将之缠在请愿的棍子上（譬如埃斯库罗斯，《和善女神》，行43—45）。关于入教者腰带的仪式重要性，参935—938n.。"白毛的羊毛"指的是羊毛绳。关于"白毛"和"羊毛"的重复，参如行169"快脚的蹄子"。迪尔斯（H. Diels，《西比尔的叶子》［*Sibyllinische Blätter*］，Reimer，1890，页69注释2，页122）说明了羊毛的仪式性作用：它代替作为献祭牺牲

的羔羊。可以想见，与此处相关的是狂女们拒绝羊毛纺织（行118—119）。

［*L* 本］στέφετε［系上］：该动词意为"缠绕、镶边"。这一义项不常见，但与στέϱϱα的意思相符。雅各布斯塔尔（Jacobsthal）提醒我们注意埃斯库罗斯，《和善女神》，行43—45。

［*G* 本］橡树和枞树均为狄俄倪索斯的神树。

穗带！用强悍的大茴香棒使你们

［*Se* 本］νάϱϑηκας［大茴香棒］：指酒神杖，顶端饰有常春藤叶的大茴香棒，当时的瓶画中经常可见狂女手执茴香棒，参1157n.。ὁσιοῦσϑ'［使……圣洁］：中动态语态，亦即表自觉自愿，与强悍相对。无论在剧中（733n.，762—764n.，行1099），还是瓶画和诺努斯笔下（《狄俄倪索斯》，16.166、17.232），狂女都将酒神杖用作武器。酒神杖在仪式中可能具有暴力功能（1157n.），因此必须保留在仪式中（圣洁可能表现了仪式对暴力的控制）。费希尔（《肆心：古希腊荣誉与羞耻的价值研究》，前揭，页121）将人称 Hybristika 的希腊仪式比作（和酒神杖一样）赋予妇人奇特的力量和自由。这里的"强悍"可能还暗示了（茴香棒）植物的繁茂，参 A. Michelini，《肆心与植物》（"Ὕβϱισ and Plants"），*HSCP*，Vol. 82，1978，页35—44。

ἀμφί［马上］：要么是副词（参譬如欧里庇得斯，《希珀吕托斯》，770行），要么是复合动词（如行80）的可分部分（与ὁσι-οῦσϑ'分离）。狂女们在行1054—1055用常春藤叶缠绕木棒。对比其他解释，参 A. Rijksbaron，《欧里庇得斯〈酒神的伴侣〉的语法评论》（*Grammatical Observations on Euripides' Bacchae*），Amsterdam：Gieben，1991，页18—19。

圣洁！这整个地方将即刻起舞，

[Se 本] 抄件中的 ὅτ' ἄγη 不合语法，也不合韵律。默雷采用了特里科利尼乌斯推测的 ὅστις ἄγει，诠释了"谁率领崇拜的群体，谁即布洛弥俄斯神"。但并无真正证据支撑多兹的理论：某个男性庆祝者就是这位神。参 A. Henrichs，《狂女中的男性闯入者：所谓的男祭祀》("Male Intruders among the Maenads: The So-Called Male Celebrant")，收于 H. D. Evjen ed.，《卡尔·K. 赫利纪念文集》(Mnemai: Classical Studies in Memory of Karl K Hulley)，California: Scholars Press，1984，页 69—91。εὖτ' ἄν 更合理(ὅτε 可能是插入语)。关于狄俄倪索斯率领众狂女，参行 63、141、145(巴克科斯即狄俄倪索斯，参索福克勒斯，《安提戈涅》，行 1121)、413、570，306—308n.，以及众多公元前 3 世纪的瓶画。人们认为，无论在狂欢歌舞队的秘仪还是公共仪式性游行(如人们在安菲特节中护送他去与雅典执政官"王"的妻子结婚)中，狄俄倪索斯有别于多数神，都出现在他的崇拜者中(参 A. Henrichs，《"他身上有神"：狄俄倪索斯现代认知中的人性与神性》["'He Has a God in Him': Human and Divine in the Modern Perception of Dionysus"]，收于 T. H. Carpenter & C. A. Faraone eds.，《狄俄倪索斯的面具》，前揭，页 19—22)。参行 469—470、500—502，32n.。敬拜者对这位神的身份认同感，或许明显可由 βάκχος 证实：它既可指酒神，也可指酒神狂女。

[L 本] γᾶ πᾶσα，不是"所有地方"，而是"(忒拜)的所有地方"。这种说法可能常出现在酒神崇拜中。

[R 本] 正如她们将在剧中多次重提的，陷入某种预见性幻觉中的吕底亚众狂女(忒瑞西阿斯在行 299 宣称，酒神迷狂具有语言能力)，道出了即将在基泰隆山上所发生之事，彭透斯的牧人将惊诧不已地目击这一切。γᾶ πᾶσα：佩里认为不是"整个希腊"，

而是"整个忒拜城邦"。狄俄倪索斯不仅在山中追赶众狂女，整个大自然本身以及动物（参行 726、1085）都将加入舞蹈的行列。

［B 本］γᾶ：地方，不是土地。

［115］布洛弥俄斯率领狂欢歌舞队
　　　　进山去，进山去，那儿候着
　　　　一群女人，她们抛下

［Se 本］εἰς ὄρος［进山去］：弥勒托斯出土的一块希腊铭文，号召城邦的狂女挥别一位"曾把你们带进山"的妇女，参 A. Henrichs，《从奥林匹阿斯到梅萨里那的希腊狂女行为》（"Greek Maenadism from Olympias to Messalina"），*HSCP*，Vol. 90，1978，页 148—149；R. Merkelbach，《酒神的牧羊人》，前揭，页 98，注释 8。重复语暗示此为仪式性呼喊（参行 164、986）。关于基泰隆山在剧中发挥的多种功能，参 R. Buxton，《想象中的希腊群山》（"Imaginary Greek Mountains"），*JHS*，Vol. 102，1992，页 12—13。

μένει［候着］：暗示住所的永久性，如行 33 的"居住"，由此与行 114—115 隐含的进山这一仪式性行动形成对比。

［R 本］εἰς ὄρος［进山去］：这种重复表明了歌队的热情及其对重回酒神狂欢节自然环境的怀念，那里远离城镇，也没有敌意。

［L 本］θηλυγενὴς ὄχλος［一群女人］：与 γᾶ πᾶσα 形成对照。这种说法似乎含一定贬义。歌队要加入的不是一群狂女的渎神行为，而是虔敬地加入其真诚的敬拜。同样的话也可用于诸神对其追随者：在受酒神感召下的这群狂女的影响下进基泰隆山时，阿高厄和她的姐妹们抛却了人妻之责。

　　　机杼和织梭，
　　　被狄俄倪索斯逼得发狂。

［Se 本］ἱστῶν παρὰ κερκίδων［机杼和织梭］：荷马将奔至城墙
的安德洛马刻（Andromache）比作狂女（《伊利亚特》，6.389，参
22.460），赫克托（Hector）叫她回屋纺线（《伊利亚特》，6.490—
492，参 22.440—441、448）。亦参行 514、1236；埃里亚努斯，《杂
闻轶事》，3.42；莱伯拉里斯，《变形记》，10；奥维德，《变形记》，
4.33—36、4.390—398；亦参埃斯库罗斯，《起毛女工》（Xantriai）。

（第二曲次节）
［120］库瑞特斯的洞府噢，

［Se 本］次节和首节一样，从狄俄倪索斯父母（此处是其父
宙斯）的出生地转向崇拜乐器的发源（此处是他的皮手鼓，类似
手鼓，但两面蒙有皮子，参西福德对《独目巨人》行 65 的注解）。
这段叙述成功贯穿不同精灵与发明物的关系。

θαλάμευμα［洞府］：据说，库瑞特斯在克里特岩洞中围着新生
的宙斯跳舞，一齐敲击盾牌，使宙斯的父亲克洛诺斯听不到他的
哭声，譬如卡利马科斯（Callimachus），《宙斯颂》（Hymn to Zeus），
行 51—53。有人在克里特的伊达山上发现了东方的铜制手鼓，表
明那里曾敬拜库瑞特斯：Walter Burkert，《希腊宗教》，前揭，页
44、297。有关克里特岩洞作为敬拜之地的研究，参 P. Faure，《克
里特山洞的功能》（Fonctions des cavernes crétoises），Paris：E. de
Boccard，1964。

Κουρήτων［库瑞特斯］：赫西俄德最先提及（名字源于“年轻
人”），与山泽女仙和萨图尔有关（残篇 10a.19）。参 H. Jeanmaire，
《Couroi 与库瑞特斯》（Couroi et Courètes），Lille：Bibliotheque
Universitaire，1939。

［L 本］Κουρήτων：这是表明狄俄倪索斯双重面相系列称谓的

首个称谓，他既是一位忒拜女人的儿子，同时也是地母之子及克里特的宙斯的化身。为此，婴儿受到库瑞特斯及科律班特庇护。

　　[R本]山洞是克里特崇拜的发源地，多亏福雷(P. Faure)的发现，这些山洞在克里特岛上的宗教重要性至今仍广为人知。关于 Κουρήτων，我们知道这个传说：由于害怕被父亲克洛诺斯吞食，母亲瑞亚将新生的宙斯藏于克里特一座山洞。身为瑞亚祭司的库瑞特斯围着这个婴儿跳舞，一边敲击盾牌以掩盖其啼哭声。但在这里，诗人笔下出现的是科律班特(行125)——他们是弗里吉亚的女神库伯勒的祭司，宙斯出生的神话里原本没有他们。欧里庇得斯设想，婴儿的啼哭声会被手鼓声掩盖，这在这里显然是无中生有，事实也并非如他在行 59 所言，手鼓不是瑞亚和狄俄倪索斯的发明，是科律班特把手鼓带入瑞亚-库伯勒崇拜，手鼓又成了给萨图尔们的赠礼，他们把手鼓传入狄俄倪索斯崇拜。这种诸说混合的倾向是公元前 5 世纪末的特征，参 Éd. Will，《古希腊宗教中的东方要　素》[Éléments orientaux dans la religion grecque ancienne]，Colloque de Strasbourg，1958，页 104 以下。

　　[K本]行 120 以下：关于宙斯在克里特(因其神圣洞府闻名)出生的故事，以及欧里庇得斯混合诸说的倾向，参 58n. 以下、79n.。在这里，克里特的库瑞特斯被称为科律班特(不清楚他们为何头戴三鬃盔)，他们其实是一些与库柏勒有关的亚细亚精灵，鼓声和簧管声这些狂热的音乐最初都属于库柏勒。行 126 提到的"狂欢"严格来说不符合克里特的瑞亚崇拜，除非这纯属泛称。

　　[Sa本]根据斯特拉博，库瑞特斯通过手鼓和其他乐器的响声，以及武舞和欢腾的舞蹈掩盖婴儿的啼哭声，不被人发现，成功使婴儿时期的宙斯免遭父亲克洛诺斯吞食(《地理志》，10.11.468)。传统上一般认为，库瑞特斯的家乡是克里特，而科律班特的家乡是弗里吉亚，但在眼下这个片段中，欧里庇得斯显

然也把科律班特归在了克里特，要么将之等同于库瑞特斯，要么
赋予他们克里特起源。

> 克里特岛的极神圣住所，
> 宙斯的诞生地，

[*L* 本] ἔναυλοι [住所]：这个语词最初仅出现在史诗中，除
此之外就仅在欧里庇得斯的两段合唱歌中找到（这里，以及《疯
狂的赫拉克勒斯》，行 371)。在荷马笔下，该词意为河或激流
的河床，该词后来常用于指神的住所，参赫西俄德 (Hesiod)，
《劳作与时日》(*Works and Days*)，行 129；《荷马颂歌》，5.74、
5.126。

> 在那儿，在他们的岩洞里，头戴三鬃盔的

[*R* 本] τριχόρυϑες [三鬃盔]，参埃斯库罗斯，《七雄攻忒拜》，
行 384—385；欧里庇得斯，《俄瑞斯特斯》，行 1480。

[*D* 本] τριχόρυϑες 所指不确。

> 科律班特曾为我

[*Se* 本] Κορύβαντες [科律班特]：一群弗里吉亚男性，与库柏
勒有关，诗人将之视同库瑞特斯，参斯特拉博，《地理志》，10.3.7；
卢克莱修 (Lucretius)，《物性论》(*De Rerum Natura*)，2.629。使用
皮手鼓 (阿里斯托芬，《马蜂》[*Wasps*]，行 119) 和笛子 (aulos，柏
拉图，《克力同》54d) 的科律班特仪式，在当时的雅典家喻户晓。

> [125] 发明了这皮手鼓。

[*L* 本]*μοι* 意味深长地紧挨着 *Κορύβαντες ηὗρον* 出现。根据传统，科律班特发明了手鼓，以掩盖婴儿宙斯的啼哭声。倘若这项发明是为了狄俄倪索斯，那么显然狄俄倪索斯自视为克里特的宙斯。

> 他们在狂欢中将鼓声
> 与弗里吉亚的悦耳簧管声

[*R* 本]簧管在所有狂欢教仪中均扮演重要角色。

> 和谐地混杂在一起，又把这手鼓交到
> 瑞亚母亲手中，以使鼓声与信徒们的狂呼相应和。

[*Se* 本]*Ῥέας*[瑞亚]：库柏勒(79n.)在此被等同于希腊地母神瑞亚(58—59n.)。库柏勒("众神之母""大母神")与皮手鼓(以及狄俄倪索斯)有关，参品达残篇 70b9；欧里庇得斯残篇 586；亦参譬如希罗多德，《原史》，4.76，以及 J. D. Beazley，《雅典红彩瓶画》，1052.25。

[130]疯狂的萨图尔们

[*L* 本]*μαινόμενοι*[疯狂的]：萨图尔由发怒的神的神力引发而成群结队出现。因此，失去理智的萨图尔们在此出现，也就不奇怪了。

[*K* 本]萨图尔长着马(后来是公羊)的尾巴、蹄子和耳朵，据传，狄俄倪索斯被嫉妒的赫拉逼疯后，萨图尔就与之发生关联，常伴其左右；他们可能用鼓声治好了狄俄倪索斯，据信，鼓声有这种功能。这里的影射是暗中的，但观众应该很熟悉狄俄倪

索斯神话；萨图尔们还跟悲剧节密切相关。

[*B*本]*Σάτυροι*［萨图尔］：萨图尔是狄俄倪索斯的特别随从。

> 又从神母手中得到这手鼓，

[*Se*本]萨图尔得到由神新发明的乐器，在萨图尔剧中有所表现，如索福克勒斯《伊捷克斯》中最终落入阿波罗之手的七弦琴，未知作者悲剧（Trag.Adesp.）381 中的笛子，或许还有索福克勒斯《伊那科斯》（*Inachos*）中牧神所用的排笛。行 130—131 就可能反映了一部有关皮手鼓发明的失传萨图尔剧，如此一来，疯狂可能就是剧中萨图尔对发明物的典型反映（参譬如索福克勒斯，《伊捷克斯》，行 131—220）。

[*G*本]欧里庇得斯把瑞亚和库柏勒，以及瑞亚的随从库瑞特斯与库柏勒的随从科律班特混为一谈。

> 把它带入
> 狄俄倪索斯喜欢的

[*K*本]由于历史上，狄俄倪索斯的狂欢节在隆冬且每隔两年举行一次，因此，狄俄倪索斯崇拜不可能是一种典型的生殖力崇拜或生死轮回神崇拜——这类崇拜于每年早春举行一次。证据主要源自多兹援引的碑文（《希腊人与非理性》，前揭，页 278，注释 2）。

> 三年一度的节庆歌舞。

[*Se*本]*τριετηρίδων*［三年一次］：每隔两年，按古希腊人将所提数字包含在内的算法，字面意思是"三年一次"。这种酒神

节分布广泛（虽然在雅典酒神节每年都举行）：参希罗多德，《原史》，4.108；狄奥多洛斯，《历史丛书》，4.3；E. R. Dodds，《希腊人与非理性》，前揭，页278，注释2。

［B本］τριετηρίδων［三年一次］：在忒拜、阿尔戈斯、克里特等地，狄俄倪索斯节三年举行一次，亦即在每个第三年年初举行。人们从这一信仰中找到了三年一次的解释：在冥府度过间隔期的狄俄倪索斯每两年重生一次。这种说法本身就需解释。这些三年一次的节日全部或主要由女人庆祝，突出特点是狂欢仪式。此剧就以这种节日为背景，因此符合这里的说法。

（末节）

［135］多教人欢喜，他在山里，每每脱离飞奔的狂欢队，

［Se本］末节在韵律（主要是长短短短格［paeons］和长短短格）和语词（譬如行135、160、164，行140、159、163，行142、157）上相近的两部分中间，插入了一个中间部（行144—156，伊奥尼亚和爱奥尼亚［aeolic］韵律）。

［R本］酒神本人是狂欢歌舞队的首领（行306—307，556—558），此处呈现的酒神正在激励信徒。他脱离队伍，目的是发出撕裂动物（sparagmos）的信号，带头攻击牺牲。身为狂欢歌舞队的阿高厄也将带领众狂女撕裂动物（行731以下），并挑头攻击彭透斯（行1134、1179）。

［D本］ἡδύς［欢喜］：可能指"欢迎"，表达了敬拜者们见到酒神现身时的喜悦之情。索福克勒斯数次将该词用在新到来的人身上（《俄狄浦斯王》，行82），参欧里庇得斯，《厄勒克特拉》，行929；《菲洛克忒忒斯》，行530。从文本来看，该词所指对象只能是狄俄倪索斯。赫尔曼反驳称，这样的话酒神就跟他自己形成对比（行141δ' ἔξαρχος Βρόμιος中的δέ）。

　　跌倒在地。

　　[Se本]行135—139：由于较之神跌倒在地，凡人跌倒在地可能更为恰当，也由于行141中的δέ似乎是为了引入酒神（参141n.），因此 ἡδύς[欢喜的]向来被认为用于指崇拜者。但在未带必要的与格的情况下，该词就既不能指"高兴的"（对神，如索福克勒斯残篇959），也不能指"快乐的"。在《酒神的伴侣》中，ἡδύς和它的同源词常用于指敬拜者们的愉悦（行66、165、188、815、867、874）。因此，在这里狄俄倪索斯同样很高兴，因为他给敬拜者带来快乐。正如行87—88中他在一段诗节末尾的称号由下一段首词界定。倘若狄俄倪索斯也"跌倒在地"，那么情况可能是他在捕猎中扑向山羊（行138—139；人们称狄俄倪索斯为"啖食生肉的"，在瓶画中他会撕裂动物），也可能由于疲劳（参 A. Henrichs，《狂女中的男性闯入者：所谓的男祭祀》，前揭，页78，注释33）。依我所见，这更可能是跌倒在地的敬拜者（对熟悉事物的一闪而过）的一种幻象，不一定是（多兹所说的）一时恍惚，但紧接着狄俄倪索斯就令人欣喜地显现，如行605所示。在《俄耳甫斯教祷歌》（50.10）中，狄俄倪索斯满心欢喜地出现在他的敬拜者面前。毫无疑问，正如这节诗所示，这些动词指向酒神，但奇怪的韵律表明这段文本受损。

　　[L本]πέσῃ πεδόσε[摔倒在地]：与酒神崇拜仪式若合符节——在合唱歌第三节，酒神狂女们扑倒在地。

　　[R本]πέσῃ πεδόσε[摔倒在地]：酒神扑向追捕的猎物时扑倒在地，旨在遵循吃生肉祭（omophagie）撕裂并生吞猎物。雅典人国库（在德尔菲）一面漂亮的墙上描绘了与之类似的行动，画的是赫拉克勒斯一跃而起，扑向刻律涅亚山上的那头牝鹿。在最后的撕裂仪式中（行1114），阿高厄也将扑向彭透斯。

他穿着神圣的鹿皮外套，
汲取被猎杀的山羊血，

[*Se* 本]αἷμα[血]：似乎表明某项行动，正如欧里庇得斯，《俄瑞斯特斯》，行 833；《疯狂的赫拉克勒斯》，行 1201 等。参埃斯库罗斯，《和善女神》，行 283。关于酒神仪式上的山羊献祭，参 Walter Burkert，《希腊悲剧与献祭仪式》("Greek Tragedy and Sacrificial Ritual")，*GRBS*，Vol. 7，No. 2，1966，页 98—102。

[*D* 本]关于前半句，参欧里庇得斯，《俄瑞斯特斯》，行 833；埃斯库罗斯残篇 327。关于后半句，参欧里庇得斯，《疯狂的赫拉克勒斯》，行 384；残篇 537。

啖食生肉，满心欢愉，

[*Se* 本]啖食生肉的行为在《克里特人》残篇 427.12 中也曾提及，在那里，这是秘教入会仪式的组成部分。在这个仪式中，入教者成为酒神信徒(行 15)。参 Richard Seaford，《酒神节戏剧与酒神秘仪》，前揭，页 266。

[*G* 本]吃生肉的仪式——如果我们能这么说的话——标志着山上的狂欢和神圣舞蹈完成。其含义极富争议；但无疑接近某种仪式性杀人，一种宗教团体的血腥形式。参 E. R. Dodds，《〈酒神的伴侣〉中的狂女行为》("Maenadism in the *Bacchae*")，*The Harvard Theological Review*，Vol. 33，No. 3，1940。

[140]奔入弗里吉亚山和吕底亚山。
    领队人就是布洛弥俄斯，

[*Se* 本]δὲ 不一定意味着狄俄倪索斯不是前一句的主语。注

意下面几行诗中 δέ 的用法。ἔξαϱχος[领队人]：ἔξαϱχ- 也出现在其他地方，指那些引领哀悼（荷马,《伊利亚特》, 24.721）、酒神颂（亚里士多德,《诗术》, 章 4）和萨巴兹乌斯仪式（德摩斯梯尼,《论王政》, 节 260）的凡人。虽无证据表明男司仪就是狄俄倪索斯（A. Henrichs,《狂女中的男性闯入者：所谓的男祭祀》, 前揭），这句诗不仅是隐喻性的，还表明对酒神的一种看法来自仪式。

　　哦嚄!
　　地面流着乳汁，流着琼浆，淌着蜂蜜。

　　[Se 本]行 142—143，参行 704—711。乳汁、琼浆和蜂蜜会在奠酒中使用，有时一起出现（欧里庇得斯,《俄瑞斯特斯》, 行 115;《伊菲革涅亚在奥利斯》, 行 163—165）。正如迷狂的狂女们可能想象酒神正带领着她们（行 141），同样, "她们从河里取蜜和乳汁，是在迷狂中，而非神志清醒时"（柏拉图,《伊翁》534a; 及类似的埃斯基涅斯[Aeschines Socraticus]残篇 11）。菲洛（Philo Judaeus）表示，酒神和科律班特的敬拜者变得激动，直到她们见到欲求的东西。狄俄倪索斯奇迹般产出葡萄酒（狄奥多洛斯,《历史丛书》, 3.66; 泡萨尼阿斯,《希腊札记》, 6.26.2 等）和乳汁（莱伯拉里斯,《变形记》, 10），且最早发现了蜜（奥维德,《岁时记》[Fasti], 3.736—744）。亦参索福克勒斯,《阿塔玛斯》(Athamas), 残篇 5; 贺拉斯（Horace),《颂歌》(Odes), 2.19.10—12; R. Merkelbach,《酒神的牧羊人》, 前揭, 页 57、109—111。这可能呼应了荷马的 "大地淌满鲜血"（《伊利亚特》, 4.451、8.65）。

　　[L 本]狄俄倪索斯不仅带来葡萄酒，还带来牛奶与蜂蜜。狄俄倪索斯给人类带来干湿两大要素，而得墨特耳（Demeter）仅提供干的养分（行 274 以下）。歌队颂扬的这种奇迹，稍后的确将

在基泰隆山上成真（行704以下）。

[Sa本]行697—704、750以下更细致描写了这些神奇流出的葡萄酒、牛奶和蜂蜜。毫无疑问，这种描写与柏拉图《伊翁》534a描述诗歌灵感精彩段落时所想如出一辙。奥维德提到黄金时代流出的股股牛奶与甘露（《变形记》，1.111）。

　　　　宛若叙利亚的乳香烟
　　[145]雾，巴克科斯神擎着松木火炬，

[B本]Συρίας[叙利亚]：古典时期的乳香主要来自叙利亚港进口的阿拉伯乳香。

　　　　烈焰从大茴香棒拖曳而出，
　　　　他疾驰着，

[Se本]多兹译为"让烈焰从他的棍子里倾泻而下"，参诺努斯，《狄俄倪索斯》，7.340中酒神那"带火的大茴香棒"，以及擎着茴香棒火把的普罗米修斯。但在瓶画中，火把和酒神杖一向有所区别，因此这里的ἀΐσσει[拖曳而出]可能（和一般用法一样）是不及物动词（不修饰"火焰"）。

　　　　在欢舞中高喊，
　　　　激励掉队的队员，
　　[150]柔美的发丝在空中飘扬。

[Se本]狄俄倪索斯和他的敬拜者向后甩头和甩发，经常出现在瓶画和文献中，参行185、240、455、494、695、864—865、930；欧里庇得斯，《独目巨人》，行75；《腓尼基少女》，行

787；《疯狂的赫拉克勒斯》，行 1364；阿里斯托芬，《吕西斯忒拉忒》，行 1312 等。一些现代例子参 E. R. Dodds，《希腊人与非理性》，前揭，页 273—274。

[L 本]浓密的发丝是狄俄倪索斯的一大传统特征。

[R 本]这个动词描述了酒神狂欢舞蹈中的一个仪式性动作：剧烈地前后晃动头部，舞蹈者把头发甩上天（行 865，930；亦参品达，《酒神颂》[Dithyramb]，2.13—14）。因此，酒神信徒要蓄长发（行 494），舞蹈之时，她们就披散头发，任其自由飘散（行 455，695；《希腊诗选》，9.340：当众神之母瑞亚发明笛子时，"听到她的声音，洞穴里的祭司就陷入疯狂，解开他那秀美的头发"）。人们把这个动作视为敬奉巴克科斯神和库伯勒女神的典型动作，参欧里庇得斯，《独目巨人》，行 74—75；《腓尼基少女》，行 786—787，1485—1492；《海伦》，行 1364—1365；《伊菲革涅亚在陶洛人里》，行 1143—1151；亦参阿里斯托芬，《吕西斯忒拉忒》，行 1312—1313；琉善，《酒神》（Bacchus），行 2；《亚历山大》（Alexander），行 13；塔西佗（Tacitus），《编年史》（Annales），11.31；以及《希腊诗选》，6.51。

> 在酒神信徒的狂呼声中，他如是高喊道：
> "啊，前进吧，酒神的伴侣们，
> 啊，前进吧，酒神的伴侣们！
> 溪流淌着金沙的特摩罗斯山，作为它的骄傲，

[Se 本]帕克托洛斯河把金沙从特摩罗斯山上带下（参希罗多德，《原史》，5.101；462n.）。除此处的 χλιδ- 有"骄傲"之（用抽象的表具体）义外，其他地方都没有这种用法。此外，χλιδ- 在欧里庇得斯《安德洛马刻》（Andromache）行 2、147 和《伊菲革涅亚在奥利斯》行 74 中指金器。另一方面，很难看出与格形式的

χλιδᾷ(必须带 μέλπετε 的工具与格)的所指(肯定不会是《希腊诗选》5.271 中提到的酒神仪式中的金响板)。

[R本]χλιδᾷ:该词的主要意思是娇贵、柔软、奢华;由此衍生出"华丽的服饰、奢侈品"这一义项,最后指"傲慢、傲娇"。

[D本]关于特摩罗斯山的金矿,参斯特拉博,《地理志》,13.1.23。

[155]用歌舞颂扬狄俄倪索斯吧,
　　　伴着隆隆的手鼓声,

[Se本]βαρυβρόμων[隆隆的]:相同的语词在《腓尼基少女》行 182 中指雷电,也指"布洛弥俄斯",参 576—641n.。

　　　欧伊俄斯神的女信徒们,
　　　快用弗里吉亚的欢呼呐喊声,

[R本]ἐν βοαῖς[呐喊声],参埃斯库罗斯,《七雄攻忒拜》,行 280;索福克勒斯,《菲洛克忒忒斯》,行 1393;《安提戈涅》,行 961、764、1003、1201。

　　　赞美你们的欧伊俄斯神。
[160]合着圣笛奏出的悠扬曲调,

[R本]第二唱段呈现了笛音合着手鼓的主题,这里重现了该主题。

　　　一道狂奔进山去,进山去!"
[165]狂女们随即满心欢愉,

就像跟着母亲吃草的小马驹，

[*Se* 本] *πῶλος ὅπως ἅμα ματέρι φορβάδι* [就像跟着母亲的小马驹]：山上的年轻狂女（不论婚否）可能真的跟着她们的母亲（行694）见 1056n.，在索福克勒斯《特拉基斯少女》行 529—30（以及颂歌结尾）中，新娘就像被人带离母亲的小牛（关于狂女的迅疾，小马驹更贴切）。

弹起快脚的蹄子。

三　第一场（行 170—369）

[*Se* 本] 戏剧行动预示了剧末在忒拜确立的酒神崇拜（1329—1330n.）。酒神崇拜具多面性。特别是，酒神节可能囊括（1）最核心的秘仪——通常是一群女人和（2）男女老少的集体参与（参 Richard Seaford，《互惠与仪式》，前揭，页 262—275）。在《酒神的伴侣》中，女子在山上的秘仪（行 1109）、彭透斯加入秘教，兴许还有狂欢歌舞队的某些情感，均预示了（1）。忒瑞西阿斯和卡德摩斯的言行（以及颂歌中的某些部分，如行 430—431）预示并可能实际上体现了（2）。每个人都要参加，不分老幼（192n.，行 206—209）。忒瑞西阿斯和卡德摩斯代表了男子的参与（女子无论老幼都已参与其中，参行 35—38、694），尤其是老年男子（参柏拉图，《法义》665—666），他们扮成狂女，穿着幼鹿皮、头戴花冠，手持酒神杖（行 176—177）。

两位老人经过精心挑选。忒瑞西阿斯的宗教权威（在索福克勒斯的《安提戈涅》和《俄狄浦斯王》中遭到在劫难逃、狂怒的僭主蔑视）与德尔菲主神阿波罗有关（行 306—308，328—329n.）。这点很重要，因为德尔菲神谕常常规定宗教习俗的基础：例如，正是一则在全希腊都具权威的德尔菲神谕，要求雅典人敬拜狄俄倪索斯，"在街上……一切皆混在一起"（德摩斯梯尼，《反梅迪亚斯》，节52）。关于卡德摩斯，欧里庇得斯笔下的神话承认了他与忒拜酒神崇拜的关系。人们相信，卡德摩斯使塞墨勒的婚房成为圣地（行10，6—12n.、30n.，泡萨尼阿斯，《希腊札记》，9.12.3）。随击毙塞墨勒的霹雳从天降下的一块木头被称为"狄俄倪索斯·卡德摩斯"（Dionysus Kademos，参泡萨尼阿斯，《希腊札记》，9.12.4）。而卡德摩斯作为一名王室成员必然因家族毁灭遭受痛苦。这就是卡德摩斯的含混性，尤其在这一场：他在忒瑞西阿斯的指引下（毫无特权地）参加狂欢（行206—209，192n.），而他在意的是王族的荣耀（行334—336）。这种含混性体现了从君王政体到城邦政体的历史性过渡。在这个过程中，"国王执政官"可以保留其旧的祭司职能（正如在雅典的酒神节上一样），但无专权（参 Richard Seaford，《互惠与仪式》，前揭，页305）。

上演这场戏最简单的方式就是搞笑。但彭透斯的"多滑稽！"（行250）表达了未入教者的敌意（参行1080—1081，斯居泰人［Skythians］对酒神秘仪的嘲笑；希罗多德，《原史》，4.79.4）。这场戏的整体基调是喜剧式的，而非如它所预示的节庆式的。老人的参与是这种节日全民参与显著而振奋人心的表现，参阿里斯托芬关于伊阿克斯（Iakchos）队伍中借舞蹈忘年的老人（《蛙》，行345—348），以及柏拉图关于老人在酒神节上重回年轻的舞蹈的重要性（《法义》665—666）。赛登施蒂克（B. Seidensticker，《紧张的和谐》［*Palintonos Harmonia*］，Göttingen：Vandenhoeck & Ruprecht，1982，页116—123）误导性地把这种酒神式悖谬的丰富含意（考虑到此处由卡德摩斯和忒瑞西阿斯的孤立，以及彭透斯的敌意所体现出来的悲怆，参364—365n.）简化成纯粹的搞笑。他甚至比较了《麦克白》中波特（Porter）的那一场；但在这点上，希腊悲剧与莎士比亚判然有别。

忒拜盲先知忒瑞西阿斯头戴常春藤，腰缠鹿皮、手持
拐杖从舞台一方上。

忒： ［170］谁在入口？去把卡德摩斯叫出屋。

他是阿革诺耳的儿子，早年离开

西顿城，建造了这座忒拜城。

［*Se* 本］Σιδωνίαν πόλιν［西顿城］：关于希腊人对腓尼基人的归
属感，参 M. Bernal,《黑色雅典娜》(*Black Athena*)，Vol. 2，New
Brunswick：Rutgers University Press，1991，页 496—509。卡德摩斯
离开西顿（他父亲阿革诺尔是此地的国王）寻找妹妹欧罗巴（譬如
奥维德，《变形记》，3.3 以下）。

［*R* 本］在欧里庇得斯《弗里刻索斯》(*Phrixos*，残篇 819N^2)
开场中，欧里庇得斯用类似的话介绍了卡德摩斯。为了观众，忒
瑞西阿斯回忆了这位伟大的国王崇高头衔：忒拜和几大宗教习俗
的创建者。因此，卡德摩斯（以及忒瑞西阿斯）宗教信仰的改变，
具有代表意义。ἄστυ［这里］，指忒拜城寨卡德墨俄（Cadmea），
泡萨尼阿斯的时代仍可见其遗迹（《希腊札记》，9.11.1 以下）。
παῖδ'［这个］：指示忒瑞西阿斯的一个手势，指向布景。两个两
翼凸台（parascenia）可能代表城楼的所在。

［*D* 本］根据希腊舞台的一般惯例（参 Wilamowitz-Moellendorff,
《欧里庇得斯残篇》[*Analecta Euripidea*]，Borntraeger，1875，页 199
以下），正式介绍卡德摩斯可能为了照顾没怎么受过教育的观众。
在早期作品《弗里刻索斯》中，欧里庇得斯用几乎一模一样的话描
述了卡德摩斯。

［*Sa* 本］πόλιν...ἄστυ：πόλιν 一词主要指男性的联盟，公民团
体；ἄστυ 则主要指居住地，建筑群。

哪位去通报一声，就说忒瑞西阿斯

[R本] *Τειρεσίας ὅτι* [忒瑞西阿斯]：提到忒瑞西阿斯的名字是为了介绍他。这位先知放肆地邀老王出宫，这听上去似乎有点奇怪。但希腊悲剧的背景通常在户外（野外），很难回避这种失实。不过，由于带着他那个时代对逻辑和明晰性的关切，欧里庇得斯尽力减轻了这种失实：忒瑞西阿斯明确指出，他跟卡德摩斯有约，他不过是要带他去参加酒神教仪。事实上，卡德摩斯在等候忒瑞西阿斯，卡德摩斯一听到这位先知的声音，马上就出来了（行178）。

> 寻他。他本人晓得我的来意，

[L本] *οἶδε δ' αὐτός* [晓得我的来意]：由此可见，对卡德摩斯而言，酒神到来并不奇怪；同样，在《俄狄浦斯王》中，传话的是国王本人；在《安提戈涅》中则相反，忒瑞西阿斯轻易发现了克瑞翁（Creon）。

[175] 老朽和这位更年长的老人有约在先：

[Se本] *ξυνεθέμην* [有约在先]，由于有约在先，忒瑞西阿斯和卡德摩斯才能在这场末尾上山。忒瑞西阿斯主动邀约，富含政治意味。

[R本] *ξυνεθέμην* [有约在先]，这个动词用的是第一人称，因此，忒瑞西阿斯主动发出邀请，上山狂欢。彭透斯没有冤枉他，参行255、345。*πρέσβυς ὢν γεραιτέρῳ* [更年长的老人]，忒瑞西阿斯是乌戴俄斯（Oudaeos）之孙（阿波罗多洛斯，《希腊神话》，3.6—7），从卡德摩斯种下的龙牙中生出的五武士之一。因此，理论上讲，他没有卡德摩斯也没有斯巴达的厄克西翁之子彭透斯

年纪大。忒瑞西阿斯寿命很长，认识俄狄浦斯的孙辈继承人，俄狄浦斯本人是卡德摩斯的曾孙。雅典娜让忒瑞西阿斯失明，让他"度日如年"，以示惩罚。欧里庇得斯在此不大关心确切的时间，他强调的是这两个人都是老年人（亦参行 186、193），以此突出他意识到他们的计划不合惯例，但他并未取笑他们（行 199—204）。这两位老人并非不清楚，他们步行上山跳舞庆祝酒神崇拜很辛苦，但他们都信仰酒神。

　　[B 本] πρέσβυς [老人]：忒瑞西阿斯享极高寿。根据一则传说，他活了 7 个世代（[译按]一个世代约 30 年，即忒瑞西阿斯享年约 210 岁）。因此，尽管在《腓尼基少女》中，忒瑞西阿斯被呈现为俄狄浦斯儿子辈的同时代人，此处也可以说他是卡德摩斯时代的老人。不过值得怀疑的是，欧里庇得斯是否想到了这种传说。忒瑞西阿斯在忒拜神话中的显赫地位，使人很容易将之与所有忒拜传说关联在一起，这符合诗人的意图。

　　　　我们要扎紧常春藤杖，披上幼鹿皮，
　　　　还要在头上缠上常春藤的嫩枝条。
　　　　卡德摩斯从宫中上。
　　卡：最亲爱的朋友哦，因为我在屋里就听闻，

　　[Se 本] ὦ φίλταϑ' [最亲爱的朋友哦]：在悲剧中可用以表示说话者的轻松，而非私人关系。ὡς [因为]的逻辑要么是(1)突然出现的卡德摩斯还未看见忒瑞西阿斯（参盲眼人珀吕摩斯托耳 [Polymestor] 在《赫卡柏》行 1114—1115 所说的类似的话，以及参索福克勒斯，《俄狄浦斯王》，行 891），因此也就解释了他为何会说"最亲爱的"；要么是(2)在 ὡς 前，有"我马上就来了"（亦即不用仆人传话）。因为 ὡς 在 ὦ φίλταϑ' 之后，通常为感叹词（也就加强了语气，如索福克勒斯《厄勒克特拉》行 23），赖

克斯巴龙把此处的 ὡς 与 σοφήν 连用，解作"多智慧啊……"（A.
Rijksbaron,《欧里庇得斯〈酒神的伴侣〉的语法评论》，前揭，第
30 页），但这样一来就很难调和后面的"智慧"，也很难协调"认
出"（参欧里庇得斯,《希珀吕托斯》，行 1403；《俄瑞斯特斯》，行
752）和"听见"（欧里庇得斯,《赫卡柏》，行 1114—1115）。

[L 本]卡德摩斯这位步履蹒跚的老者出宫加入忒瑞西阿斯的
行列。

[R 本]在《赫卡柏》（行 1114），失明的珀吕摩斯托耳从他的
声音认出了阿伽门农。同一短语也出现在索福克勒斯,《俄狄浦
斯在科洛诺斯》（Oedipus at Colonus），行 891（眼瞎的俄狄浦斯对
忒修斯所言）。

> 听出你这个睿智者发出的智慧之声，

[L 本]σοφήν σοφοῦ[睿智者……智慧]，卡德摩斯认为这位先
知的话可靠，因为他敬奉酒神；同样的还有索福克勒斯笔下的俄
狄浦斯，至少在他与忒瑞西阿斯针锋相对前。但索福克勒斯从未
用 σοφός[智慧]这个定语指称忒瑞西阿斯，欧里庇得斯却在这里
及行 86 借卡德摩斯之口说出。尽管在《酒神的伴侣》中，忒瑞西
阿斯到来的传统形象得以保留，欧里庇得斯却令人们对这个人物
的观念焕然一新。忒瑞西阿斯不单单是受神启的先知，而且拥有
人类的智慧，某种程度上打上了公元前 5 世纪智术师的烙印（行
168—169）。

[R 本]σοφήν σοφοῦ παρ' ἀνδρός[睿智者发出智慧之声]：诗人
强调了忒瑞西阿斯的智慧（行 186，329），他欢迎新神。σοφός,
σοφία 和 τὸ σοφόν 这些语词作为主旋律一再出现在全剧里，智慧是
此剧的一个重要主题（行 395）："聪明不是智慧，也不是思索不
朽的东西。"我们将发现，卡德摩斯的观点与忒瑞西阿斯判然有

别：这位伟大的国王身上没有肆心的影子。

[K本]此处首次提到了 sophos 一词（意为精明的、老练的、智术师式的才智或聪明），在剧中具有重要意义，旨在让所谓的智识主义（intellectualism）与遵从诸神和大自然这种更简单的智慧针锋相对。忒瑞西阿斯是占卜者、先知和征兆的解释者，应该好过最贬义意义上的聪明，但结果证明他并非如此；他的朋友卡德摩斯显然对他佩服得五体投地。关于 sophos，参行 30、186、200、203、266、395、480、641、655、824、839、877、1151、1190，877n.。

[D本]σοφὴν σοφοῦ，不论是真智慧还是假智慧，智慧是此剧尤其是这场戏（行 186、200、203、266 以下、311 以下、332）反复出现的主题。

[180]我来了，已经准备停当，穿戴好神的这整套装束。

————————————

[L本]ἥκω δ' ἕτοιμος，证实了行 174—175 的话：卡德摩斯静候这位先知的到来，他早就知道忒瑞西阿斯会来叫他，他已穿戴好狂女的行头，正等着回应先知的呼唤。

　　　既然他是我女儿所生，
　　　[狄俄倪索斯已向凡人显示他是神]

————————————

[Se本]几乎可以肯定，有人窜改了这行诗：首先，改动是为了证实行 181 的所指（这种改动已发生过，如欧里庇得斯，《腓尼基少女》，行 428；参 229—230n.）；其次，改动者可能受行 860 影响；再次，《受难的基督》省略了这句（这个改动很有价值）；最后，并无迹象表明，这是敬拜狄俄倪索斯的第二个理由，行 181 的观点苍白无力。

　　［*L*本］卡德摩斯信奉新教，很大程度上归因于家族团结的感情：他顾念塞墨勒的名声及其家族的荣耀，但与此同时，卡德摩斯认识到，狄俄倪索斯已经显示了其神性。

　　［*R*本］没有理由因行182很像行860就认定它在此处没有意义而拒绝它。卡德摩斯按时间顺序列数他虔敬的动机。第一个是情感动机，狄俄倪索斯是他的外孙，出生在他的宫中；很自然，他带着某种特别的慈爱崇奉狄俄倪索斯。第二个是神学动机，这个外孙是宙斯所生，他将以实际证据自证；狄俄倪索斯已证明自己是普世神的性质，直接体现在他在外邦人中建立教仪（行22），并间接在忒拜行奇迹。因此，卡德摩斯改宗，既有感情原因，也有智性原因，并非单纯为了维护女儿的名誉。卡德摩斯其实相信狄俄倪索斯的神性。他只在对彭透斯言说时表达了相反的看法（行330以下）。

　　　　　我们就当倾力加强他的力量。

　　［*R*本］αὔξεσθαι［赞美］："为人颂扬""受到赞美"；参行209、887；索福克勒斯，《俄狄浦斯王》，行1092，俄狄浦斯"会像夸赞他的乳母一样颂扬（基泰隆山）"；柏拉图，《吕西斯》（*Lysis*）206a，"与此同时，当我们夸赞或狂热地捧着长得漂亮的人时"。

　　　　　我们该去何处跳舞？到何处落脚，
　　［185］俯仰我们的白头？忒瑞西阿斯噢，

　　［*L*本］在要参加与其年龄不符的仪式时，卡德摩斯显得有点害羞和不安。此处可能有点喜剧意味——欧里庇得斯让两位老者想变成年轻人。不过，狄俄倪索斯在秘仪中让老人变年轻，这点得到众多文献证实，特别是阿里斯托芬《蛙》："老人的双膝上

也生出了翅膀，在这神圣的节日里，他们忘记了折磨自己多年的悲伤"（行345—347）；以及柏拉图《法义》："这是狄俄尼索斯赐予人类的一剂药，可以医治老年人的严峻。它的效果在于，可以使我们恢复青春"（666c）。鲁也引用了阿里斯托芬，《马蜂》，行1494—1495，以及阿里斯提得斯，《狄俄倪索斯》（*Dionysos*），7。

> 你来引导我吧——老人引导老人，因为你有智慧。

［*R*本］ἐξηγοῦ σύ μοι［你来引导我吧］：这个动词在这里带有专门含义和宗教含义，"像解经者那样教导或解释教仪，将之视为一门专门的学科"。参欧里庇得斯，《伊菲革涅亚在奥利斯》，行529；《腓尼基少女》，行1011；《美狄亚》，行745，"向我解释诸神"（我凭诸神发誓）。酒神崇拜是一种新式崇拜，卡德摩斯还不了解酒神崇拜的教仪，因此向这方面的行家忒瑞西阿斯讨教。

> 我会不知疲倦，日日夜夜用
> 常春藤杖敲击地面。我们欢快地
> 遣年忘岁！忒：你我感受一样哩！
> ［190］因为我也想变成小伙子，想要跳舞。

［*Se*本］行187—190：回春也是以下作品表现的酒神节中的一大特点，参阿里斯托芬，《蛙》，行344—348；柏拉图，《法义》666b；阿里斯提得斯，《狄俄倪索斯》，7。

［*R*本］知道他的朋友也感同身受，忒瑞西阿斯喜出望外。

> 卡：那我们要不这就驱车进山？

［*K*本］行191—199：剧中首次出现悲剧中的常见形式单行

轮流对白（stichomythia），通常用来表达兴奋之情。此处即这种情况，行189两位发言人分享了同一句台词就证实了这点，这种情况颇不寻常。

　　忒：不，这样对神不够敬重。
_____

　　[*Se*本]这行诗具有极为重要的政治意义。在狄俄倪索斯面前，所有敬拜者一律平等（行206—209），王族也无半点特权。对狄俄倪索斯的"敬重"就类似于这种平等主义。因此，全能的个体都可等同于狄俄倪索斯，参319—321n.。

　　[*R*本]要敬拜狄俄倪索斯，卡德摩斯必须忘记其尊贵地位，在酒神面前保持谦恭，像普通邦民一样徒步进基泰隆山。在欧里庇得斯的时代，这段路程相当于雅典到厄琉西斯的距离（18公里），要行政官员和普通邦民徒步完成。骑兵例外，唯有女子才能乘车。

　　卡：要我像领小孩一样领着你吗，老人带着老人？
_____

　　[*Se*本]卡德摩斯认为，如果他们步行，他就要领着盲眼的忒瑞西阿斯（正如索福克勒斯的《俄狄浦斯王》行444中有人领着他），就像接送孩童上下学的保傅（παιδαγωγός），参行197—198、324、364；欧里庇得斯，《疯狂的赫拉克勒斯》，行729；索福克勒斯残篇487、695。

　　[*R*本]卡德摩斯虽自觉变年轻了，却仍质疑自己是否有足够的力量走到基泰隆山，外带一个身体有残疾的人：像他这样的老人应充当另一位老者的"引领者"吗？引领者-老者的对照已经出现在《疯狂的赫拉克勒斯》（行729，年老的伊俄劳斯［Iolaos］在一名仆从的搀扶下着急忙慌地赶赴战场），根据格利乌斯（Aulus

Gellius）的观点，这一对照还出现在索福克勒斯的《菲洛克忒忒斯》（残篇 633N²，695P）中；根据戈森斯（R. Goossens，《欧里庇得斯：索福克勒斯的模仿者》["Euripide imitateur de Sophocle"]，*Chronique d'Égypte*，Vol. 35，1943，页 121—131），《酒神的伴侣》第一场戏可能模仿了《菲洛克忒忒斯》：此剧中也有两位老者，分别是佩琉斯（Peleus）和斐尼克斯（Phoenix），他们忧心于一位狂傲的青年涅俄普托勒摩斯（Neoptolemus）的不虔敬。在我们眼下这个片段里，其实有两组对照：一组是纯粹语词上的对照，就像《疯狂的赫拉克勒斯》中的情形（γέρων[老人]将像 παῖς[孩童]般行事）；另外一组是更深层次的道德上的对照，国王将充当先知的向导。最后出现的两个语词 σ' ἐγώ[你我]表明，卡德摩斯意识到等级的颠倒。这位国王的节制和智慧与彭透斯的个性形成对照。

忒：这位神会轻而易举引领我们到那儿。

[*Se* 本]ἀμοχθί[毫不费劲]：在阿里斯托芬《蛙》（行 401—403）中，加入厄琉西斯秘仪的人在游行中吁请伊阿克斯向他们展示他是如何"毫不费力地"走完一长段路，并叫伊阿克斯把他们送上路。

[*R* 本]这场戏的这部分均在与舞台对老者的惯例性呈现作对比，参忒瑞西阿斯在《腓尼基少女》中的出场（行 834—844 的"我双膝疲惫；我加快脚步，走向不幸"），《厄勒克特拉》（行 487—492）和《伊翁》（行 738—740）中的两位老随从，以及《疯狂的赫拉克勒斯》中由老人组成的歌队。

[*B* 本]ἀμοχθί[毫不费劲]：由于狂欢崇拜的影响，狂女们的辛劳也变得轻松。参行 66，亦参阿里斯托芬，《蛙》，行 400。

卡：［195］全城只有我们为巴克科斯歌舞致敬吗？

———————————

［*L* 本］*μόνοι δὲ πόλεως*［邦民中只有我们］：所有邦民中只有我们；城邦里的女子都上了基泰隆山——*μόνοι* 将再次出现在忒瑞西阿斯的回答中（行 112 开头）。

［*R* 本］这位老王忧心，忒拜邦民们（尤其是彭透斯）不信神将给城邦招来神的惩罚。忒瑞西阿斯表达了同样的忧虑（行362），他为城邦祈祷。同样，对他在基泰隆山上目睹的各种奇迹深信不疑的随从，也请求彭透斯将酒神（行 769—770）迎入城邦。这种不虔敬会给整个城邦招来惩罚的看法，在希腊人的观念里根深蒂固。柏拉图在《法义》（910b）中说："这样还可防止不虔敬者在如下事情上行骗：通过在私宅里设立神龛和祭坛，认为他们可以秘密地借助献祭和祈祷使诸神变得慈悲。由此，不义无限增长，并落到自己身上，落到那些容许他们对诸神进行指控的人身上（这些人比他们好）。公正地说，在某种程度上，整个城邦卷入了他们的不虔敬。然而，立法者不会遭神责备。"

忒：只有我们，因为只有我们脑子好使，其他人都蠢。

———————————

［*Se* 本］这是城邦男性成员的想法，因为女子已在山上。在行 962—963（奇怪的是形式相近，但意思不同）中，*ἀνήρ*［男性］一词使之更明确。

［*R* 本］这并非傲慢的断言，而是深感遗憾的确认。由于充分意识到这种 *ἀσέβεια*［渎神］将给城邦带来的危险，卡德摩斯对这一事实感到不安。为此，他不耐烦地答"我们快点吧"（旨在通过我们自己的虔敬来消除酒神可能的愤怒；参行 360—363）；这也解释了这位老王在行 199 前后不一的宣称。

卡：我们耽搁太久了，还是牵着我的手吧。

［B本］卡德摩斯迫不及待要走。

忒：来，联起手来，结成一双。

［R本］这两位老人决定上路，不再耽搁。ξυνωρίζου［挽起］，两个老人手牵手，一个领着另一个的情形在行 324 重现（参欧里庇得斯，《美狄亚》，行 1145：美狄亚的两个幼子手牵着手前进）。《腓尼基少女》（行 846—848）中也出现了这种情况：正如忒瑞西阿斯踏上这趟游行之旅有困难，克瑞翁也命令他的儿子墨诺扣斯（Menoeceus）：“牵着他的手，吾儿；因为和马车相比，老人的步子总是需要外邦人的帮助。”

卡：我不过凡人，不敢藐视诸神。

［R本］οὐ καταφρονῶ［不敢藐视］：此话暗中影射了彭透斯截然相反的看法；欧里庇得斯突显了这场富有教益的戏与下一场戏的对比。

忒：［200］关于诸神，我们决不能耍鬼聪明。

［L本］对智术师的批评。欧里庇得斯故意在这里使用了一个指涉智术师的动词观点。达尔梅达（Georges Dalmeyda）注意到，这段话中“涉及两种不虔敬：彭透斯的不虔敬是蔑视诸神；说理之人的不虔敬是他们凭自己的聪明才智讨论诸神”。我们不会认为彭透斯真的蔑视诸神，他只是不接受新教仪的传统主义者。因此，先知的话切中欧里庇得斯同时代热衷探讨的话题。

[R 本]行 199 谈及普遍意义上的不虔敬，忘记自身处境的不虔敬的凡人藐视诸神。忒瑞西阿斯在此谈到一种更明确的不虔敬，对不虔敬的这种看法在公元前 5 世纪下半叶广为流传：智术师智识上的不虔敬（l'impiété intellectuelle），哲学对古已有之的宗教传统的批评，导致不可知论和无神论。

[K 本]行 200 以下：忒瑞西阿斯宣称的保守主义跟他随后证明智术师式的聪明和理性主义的谬误互生龃龉。他有点言不由衷，又有点不知所谓：我们父辈的习俗与狄俄倪索斯崇拜这类奇怪的新式崇拜没什么瓜葛，虽然歌队也喜欢强调酒神跟传统的关联。

> 我们已经拥有父辈的习俗，跟时间一样

[Se 本]ἅς θ' ὁμήλικας χρόνῳ[和时间一样古老]，参安提戈涅（Antigone）诉诸永恒的不成文法的著名说法（索福克勒斯，《安提戈涅》，行 456—457）。

[L 本]πατρίους[祖传的]：欧里庇得斯指的是仍强有力且受尊崇的祖辈传统（虽遭智术师破坏）。祖先不是创造者，只是把历经最悠久时间的寓意传给后人（索福克勒斯，《安提戈涅》，行 456—457）。

[B 本]πατρίους[祖传的]：忒瑞西阿斯指的是传统（特别是宗教）信仰。

[D 本]行 201—203 中的话令人震惊。因为在剧中，狄俄倪索斯是新神（行 219、272、467），有资格诉诸传统的人是彭透斯，而非狄俄倪索斯。可能的解释是，欧里庇得斯有意让忒瑞西阿斯像公元前 5 世纪的人那样言说，突兀的时代错置是在提醒观众，接下来的辩论呈现的是把公元前 5 世纪的争议移至神话时代。参 R. Nihard,《欧里庇得斯〈酒神的伴侣〉的问题》，前揭，页 46 以下。

[*Sa*本]行201—203：普鲁塔克《伦语》756b也提及这个片段。

> 古老，任何道理都不能把它们推翻，

[*Se*本]αἰτὰ καταβαλεῖ[把它们推翻]：一个源于摔跤的隐喻，参阿里斯托芬，《云》，行1229；欧里庇得斯，《疯狂的赫拉克勒斯》，行757—759；《伊菲革涅亚在奥利斯》，行1013；希罗多德，《原史》，8.77；以及普罗塔戈拉（Protagoras）名为《论辩论》（Καταβάλλοντες，亦称λόγοι）的著作。

[*L*本]然而，我们似乎有理由认为，此处影射了普罗塔戈拉的《论辩论》。对智术师的敌对立场确定无疑。这一立场在下文也显而易见，在那里，忒瑞西阿斯嘲笑创新者的聪明头脑。先知此处所言让人想起阿里斯托芬在《云》里对智术师的批评，但从欧里庇得斯的总体观点来看，他显得最接近喜剧诗人。

[*R*本]这个隐喻流传广泛，动词καταβαλεῖ并非必然指普罗塔戈拉的《论辩论》，不过，这整段话都针对智术师臭名昭著的不虔敬。

> 即便是绝顶聪明之人搞出的鬼聪明。

[*Se*本]关于行199—203，流传下来的文本存在几个问题：（1）行199与行200之间明显缺少连词；（2）行200的与格δαίμοσιν含混不清；（3）行200与行201也缺少衔接词；（4）多兹认为在行202中，冗余的代词αἰτὰ"意外地紧接着它所承接的名词之后出现"；（5）虽然存在行200，但在行272—305，忒瑞西阿斯的确是在诡辩；（6）忒瑞西阿斯为古老的传统所做的辩护似乎并不恰当，因为狄俄倪索斯是（正如忒瑞西阿斯本人在行272所言）新神。如果我们再补充两点——行199似乎动机不明且行204紧随行198

很合适，就能（像迪格尔那样）冒险断定存在窜改（或许源自彭透斯对行 274—298 的回答，这就可以解释了［5］和［6］，虽然行343—357 之间没有明显脱漏并且也与彭透斯不搭）。

　　［R 本］忒瑞西阿斯断定，凡人的任何说理都不可能推翻古老的信仰，即便说理者具备智识的技艺。φρενῶν［鬼聪明］在悲剧里尤指智识能力。这四行诗（行 200—203）貌似构成了某种悖伦或时代错置。在剧中，狄俄倪索斯是一位新神，而真正维护父辈古老习俗之人是彭透斯，他拒绝接纳狄俄倪索斯。事实上，父辈习俗教导的是一种审慎的态度，以及对诸神的敬畏（行 894）。不过，狄俄倪索斯提供了证明其神力的证据（行 182）。因此，按照习俗规定，我们应该给予他传统诸神的荣耀，而不应批评这种新式崇拜的惯例和传说，像智术师一样嘲笑并否定其神性。柏拉图的一段话（《斐德若》229c—230a）阐明了忒瑞西阿斯的话。苏格拉底和斐德若经过伊利索斯（Illisos）。根据传说，玻瑞阿斯（Boreas）就在伊利索斯一带抢走了俄瑞图娅（Orithyia）。斐德若问道：“苏格拉底呀，你觉得这个传说属实吗？”苏格拉底答道：“我要是不相信，像有学识的人那样，恐怕也不算什么出格。要是聪明的话不妨这样子来讲：当时，俄瑞图娅正同法马珂娅（Pharmacea）玩，一阵玻瑞阿斯风把俄瑞图娅从附近山崖吹下去摔死啦；于是，传说就讲，她被玻瑞阿斯抢走了。”不过，对苏格拉底而言，这种解释不过是有学识的人的一种粗鄙形式；欧里庇得斯也明言，聪明不是智慧（行 395）。欧里庇得斯和苏格拉底一样谴责了这些有学识的人虚妄地攻击传统信仰，但这些人撼动不了历经时间之物。

　　［B 本］τὸ σοφὸν［聪明］：这个语词也出现在行 395 和行 1005，那里显然指当时哲学所谓的智慧，其奥妙就是抛弃并摧毁根本信仰。苏格拉底（柏拉图，《申辩》20d）讽刺了这类在某种超人的智慧上耍弄聪明的哲人。

　　有人会说我老不知羞吗，
［205］因为我打算头戴常春藤去跳舞？

　　［Se 本］迪格尔把行 204—205 归在卡德摩斯名下，在他询问忒瑞西阿斯的一系列问题中，这两行诗也就成了最后一问。αἰσχύνομαι［羞耻］：柏拉图（《法义》665de）描述了老年人参加酒神颂时感到的羞耻之心；亦参琉善，《论舞》（De Saltatione），节 79。

　　［R 本］在这两行诗中（204—205），欧里庇得斯预先回应了那些将这一场景视为搞笑插曲的现代评论者。两位老人的热情并不可笑；他们履行了所有人（无论老少）都应履行的义务参行 206—207 和 694；亦参埃斯库罗斯 Theoroi 残篇 17、276。αἰσχύνομαι［羞耻］：在《法义》（665e）中，柏拉图就料到，老年人可能会不愿参加酒歌唱歌队："大概，每个人变老的时候都会很不情愿唱歌；他从歌唱里得不到太多的欢乐，如果他被迫去唱，就会羞愧难当。年事越高越明智，就会越羞愧。"为了鼓励他们，立法者规定让他们饮酒。

　　　　不会的，因为这位神并没有做出区分，
　　　　声明只有年轻人或老年人才能跳舞。
　　　　相反，他想得到所有人的共同崇敬，
　　　　不想让谁不颂扬自己。

　　［Se 本］行 206—209：参行 114、694、1295，37n.、421—423n.、430n.。全民参与的重要性，是酒神崇拜在政治上的一个重要特征，参埃斯库罗斯残篇 78c37—38；柏拉图，《法义》637b；狄奥多洛斯，《历史丛书》，3.64.7；奥维德，《变形记》，3.529—530 等；Richard Seaford，《互惠与仪式》，前揭，页 264；尤其是柏拉图，《法义》665c（"每个成人和小孩、自由人和奴隶、男人和女人，举邦

都必须歌颂，举邦……"）。关于酒神崇拜中的奴隶，参普鲁塔克，《伦语》1098b。行 209 的隐含之意是，酒神之所以受到赞颂，就因为酒神崇拜不加区分及其普世性。参德摩斯梯尼，《反梅迪亚斯》，节 52 所引的那段神谕：狄俄倪索斯受到 "混在一起" 的邦民崇拜（*ἄμμιγα πάντας*；参 37n.）。因此，这里的 "全体"（*ἁπάντων*）隐含着 "一起" 和 "所有人"。

分词 *διαριθμῶν* 得到柏拉图《高尔吉亚》501a 的支持：（追求快乐）"*ἀλόγως...οὐδὲν διαριθμησαμένη*"["无须理由……不分区别"]。

卡：[210] 既然你看不见这阳光，忒瑞西阿斯哦，

――――――――――――

[*K* 本]忒瑞西阿斯传统上是瞎子。"看得见阳光" 是标准的悲剧用语。

　　我就变作先知，引导引导你吧。

――――――――――――

[*Se* 本]因为他能看见彭透斯走过来，揭示未知的人是卡德摩斯而非（通常的）盲眼人忒瑞西阿斯。*προφήτης...λόγων* 指的是 "语词解说者"（参譬如阿里斯托芬，《鸟》[*Birds*]，行 972。先知解释受 *μάντις* 启发的词，参柏拉图，《第迈欧》[*Timaeus*]72a）。但在这里没有意义。此处指的是由于忒瑞西阿斯看不见光，卡德摩斯将用语词向他解说。

　　彭透斯来了，他着急忙慌地朝王宫赶来，
　　厄克西翁的儿子，我已把这块土地的权力交给了他。

――――――――――――

[*L* 本]*Ἐχίονος*[厄克西翁]：是龙牙生出的五武士之一，娶阿高厄为妻。厄克西翁的名字与 *ἔχις* 有关，其字面意思为 "蛇

（或龙）子"。

　　他有多惊慌失措啊！他究竟有什么奇闻要说？
───────────────────

　　［Se 本］ἐπτόηται［惊慌失措］：欧里庇得斯把彭透斯的亮相呈现为一次入教仪式的经历，剧中多次反映了这种经历。关于πτόησις，秘教入会者的激动不已，参普鲁塔克，《伦语》943c；昆提利安（Aristides Quintilianus），《乐记》（De Musica），3.25（在酒神入会仪式中）；阿里斯托芬，《云》，行 391；柏拉图，《斐德若》108b1；行 1268。

　　［R 本］ἐπτόηται［惊慌失措］：古老的诗歌用语，过去萨福（Sappho）常用（残篇 31，6），该词总是传达出强烈的感情。欧里庇得斯将之用在如下情形中：阿高厄精神错乱（行 1268）、克吕泰涅斯特拉（Clytemnestra）震惊于阿伽门农要献祭伊菲革涅亚（Iphigenia）的消息（《伊菲革涅亚在奥利斯》，行 1028—1030）、希腊人突然闯入特洛亚让孩子们惶恐不安（《特洛亚妇女》，行 555 以下）、围捕俄瑞斯特斯（Orestes）的复仇女神（《厄勒克特拉》，行 1254—1256），以及见到帕里斯（Paris）发狂的海伦（《伊菲革涅亚在奥利斯》，行 583—586）。埃斯库罗斯在《被缚的普罗米修斯》（行 856）中用该词谈及厄帕福斯 50 个女儿（Égyptiades）的求婚者，因欲望"而发狂"。因此该词所含的意味很强。我们发现，这个语词还出现在柏拉图笔下（《斐多》68c，《王制》439d）。在这行诗中，该词呈现了彭透斯上场的有趣情形，他打一开始就暴露了其易冲动的性格。此外，这位年轻国王的情感很可能心不在焉——按照惯例（参欧里庇得斯，《俄瑞斯特斯》，行 356 以下）——他没有马上看到卡德摩斯和忒瑞西阿斯。

　　［L 本］观众应该能看到在合唱歌队席旁赶路的彭透斯的匆忙和激动。这种激动状态常发生在悲剧中的僭主角色身上。雅典

民主制不喜欢僭主，并将那些陷入肆心的人视为僭主。很可能就因为这点，僭主角色总是由第三主角担任。随着彭透斯的到来，新的一幕即将上演。彭透斯没有马上看到卡德摩斯和忒瑞西阿斯（他直到行 248 才注意到二者在场），开始了大段独白。卡德摩斯注意到，彭透斯处于狂怒的状态,（格雷瓜尔认为）"自始至终像疯子一样疯狂比划着"。人们开始庆祝狄俄倪索斯的教仪时，彭透斯不在，这就解释了他为何没有一开始就反对。对于彭透斯的缺席，学界众说纷纭。一般认为，他外出狩猎去了，彭透斯（显得与希珀吕托斯有几分相像，我们通常夸大了二者的相似度）是一名猎手。这个角色的众多表述似乎借用了狩猎用语（行 206）。我们在《希珀吕托斯》行 281 看到一行类似的诗句："设法去猎捕她的病痛和心疾"。这种重复在古希腊悲剧中司空见惯。《酒神的伴侣》与《希珀吕托斯》有很多相似之处，这两部剧为诗人的同期作品。

　　[D 本] ὡς ἐπτόηται[多惊慌失措啊]：彭透斯自始至终都显得缺乏自制，与狄俄倪索斯超自然的平静形成对比。如默雷所言，彭透斯在这场戏中的行为是典型的悲剧僭主的行为。那些试图为之辩白的人（如诺伍德）不妨仔细对比《安提戈涅》中克瑞翁的行为——两人都表现出同样的狐疑、敏感的自大，同样盲目信靠武力解决宗教问题。

　　　　忒瑞西阿斯和卡德摩斯立于一旁；
　　　　　彭透斯从舞台一方上，卫队随上。
　　彭：[215]我碰巧出门在外，不在这片土地上，

―――――――――――――――――

　　[Se 本]在此之前，我们只见狄俄倪索斯和他的崇拜者，现在看到了狄俄倪索斯的对手及其说明性独白（类似第二开场白，参欧里庇得斯,《海伦》，行 386—434；《俄瑞斯特斯》，行 356—

379），独白持续到他在行 248 看见忒瑞西阿斯和卡德摩斯。行
215 可能指彭透斯离开期间（*κλύω* 是历史现在时）听说了这桩新
鲜事，参 A. Rijksbaron，《欧里庇得斯〈酒神的伴侣〉的语法评论》，
前揭，页 39—40。给人的感觉是，彭透斯自己，而非告知他的
人在谴责酒神崇拜。

[*R* 本]*ἔκδημος*[出门在外]：这种手法对推迟彭透斯的出场
有必要，彭透斯的戏剧价值因此得到增强，也为了让观众明白，
这种新式崇拜何以能在忒拜发展——利用了国王的不在场。与之
很相近的一行诗参欧里庇得斯，《希珀吕托斯》，行 281。

[*D* 本]希腊舞台惯例允许彭透斯无视两位老人的存在，自
顾自说了超过 30 行台词，之后他惊奇地发现了两人。彭透斯的
独白是为了解释，这有点像第二开场白（Schadewaldt，《独白与
自白》[*Monolog u. Selbstgespräch*]，页 241），这段发言针对第一
段开场白——听完酒神的行动计划后，我们现在聆听彭透斯的
计划。类似的解释性独白参欧里庇得斯，《海伦》，行 386 以下；
《俄瑞斯特斯》，行 356 以下。在《俄瑞斯特斯》中，墨涅拉俄斯
（Menelaos）和这里的彭透斯一样，没有看到台上的人。

就听说奇怪的祸事降临到这座城邦：

[*L* 本]*νεοχμὰ...κακά*：在行 219，*νεωστί*[新的]让我们清楚看
到彭透斯的品格，他自然而然认为新的就是不好的。

[*R* 本]这桩新奇事很严峻。国王是城邦的护卫者，因此他有
责任抵抗危害城邦的无政府主义。*νεοχμὰ*[新奇的]，从未出现在
阿提卡散文里，但有时出现在伊奥尼亚散文中。希罗多德笔下指
"革新"（《原史》，9.99、4.201、5.19）。这个动词还出现在修昔底
德笔下（《伯罗奔半岛战争志》，1.12，意为"带来重大改变"）和
希珀克拉底作品中（《妇科病》[*De morbis muliebribus*]，2.133）。

欧里庇得斯作品中还有五例:《希珀吕托斯》,行866;《伊菲革涅亚在陶洛人里》,行1162;《乞援女》,行1057;《特洛亚妇女》,行231、260。

> 我们的女人们抛弃家庭,

[*L*本]*γυναῖκας*[女人]:出现在行首,表明传统主义者彭透斯对女人的蔑视(行236、454—455、459)。对彭透斯而言,女子不应介入公共生活;她们为了外出庆祝新教仪舍家而去,违反了女子应有的审慎。

[*R*本]*ἡμῖν*[我们的]:在这里,彭透斯的家族尊严和王族尊严(他的臣民弃忒拜而去)均受直接打击。

> 去参加捏造的酒神狂欢,在草木繁茂的

[*Se*本]*πλασταῖσι*[捏造的]:彭透斯的言下之意不是酒神狂欢可能确有其事,而是("酒神的")狂欢是捏造的。

> 山间狂奔,用舞蹈
> [220]膜拜新神狄俄倪索斯,也不管他是谁;

[*Se*本]*ὅστις ἔστι*[不管他是谁]:这种关于神不可知的表述是祷文的特点。在这里,这种用法既暗示了不可知,也出于蔑视,完全颠覆了一般的敬意,这是一种令人惊奇的结合,也可能无意中让人想起狄俄倪索斯的幻化力(行53—54、478)。

[*R*本]*ὅστις ἔστι*[不管他是谁]:彭透斯反讽地使用了祈祷的仪式惯用语。诸神名号众多,象征着他们的各种力量。为了祈祷灵验,要先吁请讨神欢心或与当下情形相符的名号。但名号从不

确定。为了确保不犯错，我们应以荷马笔下英雄的方式祈求神，"念出神的所有名号"。参柏拉图，《克拉底鲁》(*Cratylus*) 400e。埃斯库罗斯恢复了这个惯用语(《阿伽门农》，行 160)，但赋予它更重的宗教意味，"宙斯，不管他的名号是这个还是别的……"。借此，诗人想说的是掌握凡人命运的强大力量(行 55，60)，不应限定在希腊神话确定的人格化神的狭隘范围内。亦参《阿伽门农》，行 55 以下："天上端坐着神——无论是阿波罗还是潘神，或者宙斯——比复仇女神厄里倪厄斯 (Erinyes) 早还是晚"。在欧里庇得斯笔下(古代评论将他呈现为普罗塔戈拉的朋友)，这个祈祷仪式惯用语有时带有不可知论的意味，参譬如《智者墨拉尼佩》(*Mélanippe la Sage*，残篇 480N²)；欧里庇得斯，《疯狂的赫拉克勒斯》，行 1263。在《酒神的伴侣》的语境中，祈祷的套话 Διόνυσον ὅστις ἔστι 传达出某种尖刻的反讽。我们猜想，认定酒神狄俄倪索斯不过江湖骗子捏造的彭透斯，以嘲笑的口吻说出此话。令这位年轻的国王感到羞耻的是，忒拜人把这位"新生代神"当成正统神一样崇奉。

狂欢队中摆着盛满酒浆的

[*Se* 本]行 221—225：参行 773。彭透斯谴责狄俄倪索斯欲与忒拜女子发生性关系(行 454、459、487)。尽管信使直接否定了山上的狂女酗酒纵欲(行 686—688)，彭透斯在这里(以及行 237、260—262、454、459、487、957)的疑虑却不无道理：忒瑞西阿斯的回答(行 314—318)似乎暗示，意志更弱的狂女可能堕落；狄俄倪索斯在山上提供葡萄酒(行 707；参 142—143n.)；饮葡萄酒是酒神节的特点，也的确"摆着调酒缸"(参 206—209n. 所引的神谕；泡萨尼阿斯，《希腊札记》，7.27.3)，瓶画上有名叫"酒碗"的狂女 (J. D. Beazley，《雅典红彩瓶画》，前揭，1214)。希腊女子被限制饮

酒，参 A. Henrichs，《变化的酒神身份》，前揭，页 140。在神话传说和仪式中，狄俄倪索斯与多位女性有性关系（虽然在视觉艺术中，对女子的威胁来自酒神的男信徒萨图尔），埃斯库罗斯还称之为"驭狂女者"（残篇 382；参 468 以下），参 Richard Seaford，《巴库利德斯的第十一首颂诗》（"The Eleventh Ode of Bacchylides"），*JHS*，Vol. 108，1988，页 126；487n.；J. D. Beazley，《雅典黑彩瓶画》[*Attic Black-Figure Vase-Painting*]，Oxford：Clarendon Press，1956，152.25（狂女给狄俄倪索斯一件色情礼物）。在埃斯库罗斯的一段残篇（行 447）里，狂女们被称为荡妇。参 M. Jameson，《狄俄倪索斯的无性别》["The Asexuality of Dionysus"]，收于 T. H. Carpenter & C. A. Faraone eds.，《狄俄倪索斯的面具》，前揭。

[*K* 本] 彭透斯不断批评这种新式崇拜酗酒和不道德的特点，这是彭透斯性格的一个重要方面。这两项指控都不实，狄俄倪索斯将对此做出说明，从基泰隆山上回来的信使和歌队也将证实这点。实际上，彭透斯个人似乎特别关注性（行 222 以下自鸣得意的口吻表明了这点），很难说是基于欧里庇得斯选择性地呈现了狄俄倪索斯崇拜这一事实。不容否认，此时的狂欢崇拜总体上都有酗酒的名声；例如，在欧里庇得斯的《伊翁》中，伊翁的父亲似乎很自然地承认，他在一次德尔菲举行的酒神狂欢节上有了伊翁。但彭透斯迄今的态度，已不只是为了呈现流行意见。

> 调酒缸，她们一个个溜到僻静处，

[*R* 本] πτώσσειν [躲]：该词欧里庇得斯只用过两次。另一次是在《赫卡柏》（行 1065）中，珀吕摩斯托耳对溜走的特洛亚妇女说道："她们躲在哪个角落，好避开我？"）

> 去满足男人的欲望；

她们冒称献祭的狂女，

[*L* 本] ϑυοσκόους [祭司]：费斯蒂吉埃（A. J. Festugière）认为，欧里庇得斯似乎有意选择该生僻的专有词，以增强彭透斯此话的反讽。达尔梅达虽承认，该词似乎不是指献祭本身，而是指宗教行为，但他也在思考，该词是否并非暗指献祭的牺牲或狂女们为纪念酒神展开的撕裂行为。

[225] 其实把阿弗洛狄特看得重于巴克科斯神。

[*R* 本] 行 221—225：彭透斯从宗教性批评转到道德批评。在很多庆祝活动如忒奥克赛尼阿节（Theoxenia）中，人们"抬出"双耳爵；但人们把双耳爵与歌队的联系视为酒神节的典型特征，舞蹈和葡萄酒在酒神节上发挥重要作用。柏拉图（《法义》637b）严肃地提到，在意大利的几个南部城邦里，狄俄倪索斯崇拜沦为普遍的醉酒狂欢。但柏拉图稍后（775b）又承认，"在其他场合，喝到烂醉如泥可能都不适宜，除了在赐予酒的神的节日上"。葡萄酒是进入狂喜或酒神迷狂的一种方式。但彭透斯没能理解这些惯例的宗教意义；在他看来，这些不过是寻欢作乐。彭透斯对女人们醉酒的谴责，在悲剧中司空见惯，参行 773；阿里斯托芬，《地母节妇女》，行 347、393、631、733；《公民大会妇女》（*Ecclesiazusae*），行 44、132 以下、227；《吕西斯忒拉忒》，行 114、194 以下；阿里斯托芬残篇 596；以及色诺芬在《齐家》中的建议（9.11）。在《会饮》（*Symposium*）中，柏拉图认为，爱若斯（Eros）是珀若斯（Poros）和裴妮亚（Penia）的产物——珀若斯在一次会饮上喝醉了酒（203b、c）。一种常见观点也认为，彭透斯从谴责酗酒转向谴责淫荡。

这些（尤其是欧珀里斯[Eupolis]、克拉提诺斯[Cratinos]、阿里斯托芬和梅南德等人）对秘教崇拜信徒淫荡的控诉广为流传，有时不无道理。这些并非出自一位年轻压抑的道学先生不怀好意的想象，而是一位国王对公共秩序的忧虑。

> 我已逮住不少，让她们手加镣铐，

[*Se* 本] 关于彭透斯猎捕狂女，参 1020—1023n.。在收藏于海德堡一个与《酒神的伴侣》大致同时代的罗盘上（*LIMCs*. Pentheus n. 1），彭透斯带着捕猎用的矛和罗网出发。

> 囚在由我的仆人看守的公共监牢；
> 那些漏网之鱼，我要把她们逐出山，

[*R* 本] Ϧηράσομαι [追逐]：这种猎捕的意象首次出现，诗人将在此剧中不断展开该意象。彭透斯本想做猎手，却沦为猎物。

> 包括伊诺、阿高厄——他和厄克西翁生下了我，
> [230] 以及阿克泰翁的母亲，我说的是奥托诺厄。

[*Se* 本] 几乎可以肯定，受行 682、1129—1130、1227—1228 的影响，行 229—230 两行被窜改了。全体忒拜女子离家出走（行 35—36），彭透斯方才还提到已关押了一些狂女，并要把其余狂女赶下山，彭透斯似乎并不旨在镇压这三人。此外，行 230 显得唐突，Ἀκταίονός [阿克泰翁] 也很奇怪（韵律上的需要，但在别处，欧里庇得斯用了 Ἀκταίων- [行 337、1227、1291]；多兹对比了《疯狂的赫拉克勒斯》行 17 的 Ἠλεκτρύωνα 与《阿尔刻提斯》行 839，但在《阿尔刻提斯》中的 Ἠλεκτρύονος 并无必要）。这两行诗也并非如多兹和鲁所宣称的，旨在理清卡德摩斯家族的内部

关系。

[L本]有人认为，这两行诗（行229—230）为后人所加。但很自然，彭透斯点出了惹怒他的三个女人的名字。彭透斯提醒我们，奥托诺厄是阿克泰翁的母亲，这点颇有意思，因为卡德摩斯稍后会让彭透斯思考阿克泰翁沦为猎犬不幸猎物的命运（行337—340）。

> 我还要把她们捆在铁网中，
> 即刻制止这邪恶的狂欢。

[R本]τάχα[即刻]：该词出现在这行诗末尾，就像落在桌子上的一记重拳，表明做出不可挽回的决定，也结束了这段关于忒拜女子的长篇叙述。彭透斯现在要专心对付这些混乱的源头——异方人。

> 大伙儿还说，有个异方人进来了，

[L本]彭透斯现在谈及那个引入这种新式教仪的人，他将此人视为江湖骗子。所有的话都充满轻蔑，ξένος[异方人]透着沙文主义的轻蔑之情，因为这个闯入者会搞乱忒拜的习俗。敌视一切新事物的彭透斯，也敌视一切外来之物。γόης ἐπῳδὸς[念咒的巫师]也因这两个词的结合而充满轻蔑，参欧里庇得斯《希珀吕托斯》行1038的"这可不是一个念咒的和变戏法的么"。达尔梅达提示我们，"巫师一职即咒术师或通过念或唱咒语疗治疾病，如我们所想，他们声名狼藉"。彭透斯提到吕底亚人之时也充满蔑视，不仅因为这是个遥远的地方，也因吕底亚人生性放荡。我们在吕库古国王对狄俄倪索斯的批评中也看到了这点，见埃斯库罗斯《吕库古》（Lycurgus）中的一段残篇。考古学证实了狄俄倪

索斯及其狂女们放浪形骸、充满女人气，尤参德洛斯（Delos）大理石屋上十分精美的镶嵌画。狄俄倪索斯秀美的长发招来彭透斯的嘲笑，这一点也不奇怪。在欧里庇得斯的时代，生活富足的雅典少女们费尽心思保养她们的长发，男子则遵从上一辈人的传统，为了不招非议而不拾掇头发，这点得到阿里斯托芬证实。

[R本] ξένος［异方人］：彭透斯说出的这个语词带贬义，鲜见于希腊这个好客民族的用语。这大概是因为他"来自吕底亚土地"，希腊人从那里获取奴隶，如欧里庇得斯《阿尔刻提斯》行675中，菲勒斯［Pheres］对儿子阿得墨托斯［Admetus］）说："你把我当成从吕底亚或弗里吉亚买来的奴隶了吗？"。此外，吕底亚人奢侈淫乐的名声在外。此人的来头只不过证实了彭透斯的鄙夷。

> 一个来自吕底亚土地的念咒巫师，

[Se本] 在希罗多德（《原史》，4.105）和柏拉图（《王制》380d）笔下，γόης［巫师］一词与变形的法力有关，在狄奥多洛斯《历史丛书》（5.64.4）中则与秘教崇拜的引入有关。巫师身份就是被逮捕的依据（参柏拉图，《美诺》80b）；俄狄浦斯就称忒瑞西阿斯为 μάγος［巫师］（参索福克勒斯，《俄狄浦斯王》，行387）。

[R本] γόης ἐπῳδός［念咒巫师］：γόης 的原义是巫师，擅长变形，因此善于变幻，参希罗多德，《原史》，4.105。谈及与斯居泰人毗邻的努尔人（Neures），他们能在某些日子里变为狼，尔后又变回原形。同样，柏拉图提到诸神的变形（《王制》380d）。

> [235] 他那头栗色卷发喷喷香，

[Se本] 香味是神的特征（参欧里庇得斯，《希珀吕托斯》，行1391；《荷马颂歌》，2.277），但和色诺芬一样（残篇3），彭透

斯鄙视吕底亚人把头发弄得香喷喷的行为。5世纪一段莎草纸（*P.Oxy.*3718）记录的似乎是 εὔοδμος κόμην，这就为连接词 εὔοδμος 提供了支撑。

面颊绯红，双眸含着阿弗洛狄特的妩媚样。

［*Se*本］οἰνῶπας［绯红的］：行438用形容词 οἰνῶπας 修饰狄俄倪索斯的双颊。

［*R*本］οἰνῶπας［绯红的］：参行438；索福克勒斯，《俄狄浦斯王》，行211；《希腊诗选》，6.44.5。

他日夜跟年轻女人们一起厮混，

［*Se*本］彭透斯选用的 συγγίγνεται［厮混］一词含沙射影，因为该词也可指性交（譬如柏拉图，《王制》329c）。

［*R*本］συγγίγνεται［厮混］：这个动词含义暧昧不清（"经常会面""勾引"）在这里带有不怀好意的影射，行354将明确这点。

以神圣欢乐的教仪为名。

［*Se*本］关于狄俄倪索斯的性别，参221—225n.；关于他的女相，参353n.和行453—459。

只要我将他抓捕收监，
［240］就要制止他用常春藤杖发出声响，仰头
　　　　甩发，让他身首异处。

［*L*本］酒神昂头甩发的动作在酒神仪式中司空见惯。

［*Se* 本］砍头可能被认为一种野蛮的惩罚，参希罗多德，《原史》，9.78—79；荷马，《伊利亚特》（古注本 B），13.203 的"野蛮的，非希腊的"。彭透斯无意施行这种愤怒的威胁（行 264、356、509—510），但他自己将被斩首（行 1139—1141），参 356n.。

［*R* 本］σώματος χωρίς［身首异处］：冗语，加强言语粗暴的印象。由于命运的可怕反讽，彭透斯将遭受他在此处加诸异方人的惩罚。

> 就是这家伙声称，狄俄倪索斯是神，
> 曾被缝入宙斯的大腿；
> 其实，他和他母亲一起被霹雳火化为灰烬，

［*Se* 本］对于塞墨勒和狄俄倪索斯遭雷击，彭透斯与众姨母观点一致（行 26—31）。ἐκεῖνος［这家伙］的重复表达了他的轻蔑之情。

［245］因为她谎称了与宙斯的婚姻。

> 这异方人，不管他是谁，如此肆心妄为，

［*L* 本］关于 ὅστις ἔστιν ὁ ξένος［这异方人］的意思，参行 27、181—182、220、242。

> 难道不该处以可怕的绞刑吗？

［*Se* 本］ἀγχόνης［绞刑］在悲剧中一般指自杀（例外的是《疯狂的赫拉克勒斯》行 154 绞死一头熊）。若此处也是自杀的简称，那么彭透斯（可能）指他被逼入绝境，自寻短见（如欧里庇得斯，《疯狂的赫拉克勒斯》，行 243—246。亦参索福克勒斯，《俄狄浦斯

王》，行1372；阿里斯托芬，《阿卡奈人》，行125）。但这种可能的前提是，行246之后漏了一行，这行可能含类似"如果我让狄俄倪索斯进入城邦"之意。因此，更大的可能是绞杀狄俄倪索斯。

看呐，这又是一大奇观！我瞧见先知
忒瑞西阿斯竟披着梅花鹿皮，

[*L* 本]直到现在，彭透斯才发现卡德摩斯和忒瑞西阿斯。

[250]我母亲的父亲——出尽洋相啊，狂舞着那茴香棒！

[*R* 本]ἀτὰρ 表明突然改变谈论的主题（参行453），彭透斯突然发现一身狂女装扮的忒瑞西阿斯和卡德摩斯。对这位国王而言，这太过分了：公主们和所有忒拜女子逃进基泰隆山是第一重惊奇；然而，代表智慧和经验的忒瑞西阿斯和卡德摩斯也受到传染。彭透斯惊愕地发现了这个任何人都无法幸免的灾难的严重性。对彭透斯而言，这个真相就是第二重惊奇，但他不明此真相的原因。

彭透斯没有说"卡德摩斯"，而是"我母亲的父亲"。他似乎直接提到这桩家族丑事，被卡德摩斯的行为弄得张皇失措。在他看来，卡德摩斯的装扮与其忒拜创建者的年纪和身份格格不入。πολὺν γέλων[多可笑]，尤指卡德摩斯，忒瑞西阿斯也心领神会（行332）。较之对先知的嘲讽，彭透斯对卡德摩斯的嘲讽更甚，卡德摩斯伤害了彭透斯的自尊以及他对这位老王的深厚感情。

老人家哟，我羞于
见你们这把年纪，却没有心智。
你还不快甩下那常春藤冠，

扔掉手里的常春藤杖，我母亲的父亲？

[R本]ἐμῆς μητρὸς πάτερ[我母亲的父亲]：这是彭透斯第三次使用该短语。这种强调表露了他在面对一种令他张皇失措的现象时的惊恐——他应该在对此进行思考：连城邦中充满智慧的良师都投身于酒神崇拜。彭透斯责骂这位老人，想把他从睡梦中唤醒，使之意识到自己这个年纪应有的身份和职责。总之，彭透斯用卡德摩斯将运用于阿高厄身上（更粗暴）的方式，以使之恢复神志（1271 以下）。

[255]忒瑞西阿斯啊，这事就是你怂恿他干的。你还企图
　　　向人类引入一位新神，

[L本]彭透斯现在打算直接批评忒瑞西阿斯。僭主总与先知为敌。彭透斯在此对先知贪得无厌的谴责，也出现在索福克勒斯笔下的俄狄浦斯（也是针对忒瑞西阿斯）和克瑞翁（《安提戈涅》，行 1055）。格雷瓜尔还比照了《奥德赛》中欧律玛科斯（Eurymachos）对哈利忒耳塞斯（Halitherses）的谴责（2.178—207），鲁则对比了希罗多德对占卜者赫戈斯特拉托斯（Hegestratos）唯利是图的评价。

好让你观察飞鸟，从燔祭中拿取报偿。

[L本]鲁的注释指出，彭透斯在此区分了占卜的两种方式（鸟占和燔祭），索福克勒斯在《安提戈涅》中对这两类占卜均有描述（行 999—1014）。

[Sa本]行 255—257：我们在索福克勒斯《俄狄浦斯王》（行 387）中看到，俄狄浦斯同样把忒瑞西阿斯骂得狗血淋头。在《安

提戈涅》行 1055 中，克瑞翁谴责忒瑞西阿斯见利忘义。占卜者似乎在希腊悲剧诗人同代人中小有名气，此处的这些片段反映了当时的大致态度。欧里庇得斯尤其热衷于攻击所有预言家，譬如欧里庇得斯，《希珀吕托斯》，行 1059；《伊翁》，行 374—378；《海伦》，行 744—757；《厄勒克特拉》，行 400；《腓尼基少女》，行 772；残篇 793；以及（同期创作的）《伊菲革涅亚在奥利斯》，行 520。在此处，欧里庇得斯未对彭透斯谴责忒瑞西阿斯唯利是图做出回应，这让我们犹豫是否该认为，这位先知拥护诗人在常被引用的那行诗（行 200）中的看法。

[B 本]μισθοὺς φέρειν[拿取报偿]：对忒瑞西阿斯的类似指控也出现在索福克勒斯，《安提戈涅》，行 1055；《俄狄浦斯王》，行 388 以下。由于当时出现行乞的占卜者和变戏法的人，欧里庇得斯作品中常见这种对冒牌先知的批评（《伊菲革涅亚在奥利斯》，行 520；《海伦》，行 744）。

> 若不是你那花白的年老保护你，

[Se 本]彭透斯惊诧于卡德摩斯皈依狄俄倪索斯，他强调了他与卡德摩斯的家族关系。和其他悲剧中愤怒的僭主一样（索福克勒斯《俄狄浦斯王》行 387—388 中的俄狄浦斯，《安提戈涅》行 1047、1055 中的克瑞翁；参荷马，《奥德赛》，2.186；希罗多德，《原史》，9.38），彭透斯自然而然地指向忒瑞西阿斯。他指控忒瑞西阿斯唯利是图。这些僭主结局悲惨。在索福克勒斯《安提戈涅》中，忒瑞西阿斯描述了其技艺：他因眼瞎只能听鸟叫，由一名童子向他描述燔祭祭坛冒烟的情形（行 999—1013）。

[L 本]引入新神可能构成渎神罪而判死刑。参对苏格拉底的控词：苏格拉底违反法律是因他不敬城邦诸神，引入了新神（色诺芬，《回忆苏格拉底》，I.1.1）。

[R本]*γῆρας πολιὸν*[花白的年老]：和俄狄浦斯（索福克勒斯，《俄狄浦斯王》，行402—403）一样，彭透斯注意到忒瑞西阿斯的苍老。他有别于名副其实的"僭主"。

[G本]谴责占卜者贪财无疑不虔敬，歌队就将指出这点。但这在悲剧诗中司空见惯。我们再看一下求婚者欧律玛科斯对占卜者哈利忒耳塞斯的谩骂（荷马，《奥德赛》，2.178—207，尤其是2.186）。

> 我准让你戴上镣铐，和那些狂女们待在一起
> [260]因为你引入这邪恶的仪式；
> 只要女人们的聚会中有晶莹的葡萄酒，
> 我就敢说，那些仪式毫无健康可言。

[Se本]信使将否定山上的狂女酗酒纵欲（行686—688），但参221—225n.。

[R本]行260—262：关于女人酗酒及其导致的淫乱，参221—225n.。*βότρυος γάνος*[晶莹的葡萄酒]：下文也出现了该短语（行382—383）。

[L本]古罗马惩罚妇人啜饮葡萄酒，罗慕路斯（Romulus）立法处以死刑（又废弃）。这段长篇大论让我们看到，彭透斯是一个残暴的猎手，坚信男人之于女人的优越性，蔑视一切创新。彭透斯对新神的敌视，似乎与智术师唯理主义的不虔敬判然有别。他的言行有别于说理之人，而显得像半个疯子（行369）。学界常拿他跟希珀吕托斯作比。两人有几分相似：都是猎手，也都瞧不起阿弗洛狄特。但这些相似也抹杀不了两人的差别，希珀吕托斯的处境比彭透斯更为"堪怜"：两人皆因神怒丧生。但彭透斯所受的惩罚与希珀吕托斯之死性质截然不同。

[Sa本]*οὐχ ὑγιὲς*[不健康]：在散文和喜剧中司空见惯，但

有点不符合悲剧的庄重。不过，这个短语曾出现在欧里庇得斯的《海伦》(行746)、《腓尼基少女》(行201)、《安德洛玛刻》(行448、952)，以及残篇946、660、821中的三个片段中。在所有这些片段中，*οὐχ ὑγιές* 均影射了当时的流行说法和意见；因此，为了指向当时流行的这些说法和观点，欧里庇得斯不惜使用了这个日常用语(参阿里斯托芬，《蛙》，行959)。而埃斯库罗斯从未使用过该短语，索福克勒斯仅用过一次(《菲洛克忒忒斯》，行1006)。该词即便在此处也不失庄重。

> 歌队长：真是大不敬啊！异方人，你不敬诸神，
>   也不敬播下地生族的卡德摩斯吗？
> [265]你身为厄克西翁之子，难道要辱没家门？

[*Se* 本]*αἰδώς*[羞耻]：尊敬或羞耻，可对诸神，也可对家人，如《希珀吕托斯》行1258—1259。和彭透斯一样，歌队强调卡德摩斯与彭透斯的亲缘关系，但角度相反。

[*R* 本]对吕底亚女子组成的歌队而言，彭透斯是"外邦人"。

[*Sa* 本]*καταισχύνεις γένος*[辱没家门]：荷马，《奥德赛》，24.508；柏拉图，《拉克斯》(*Laches*)187a。

> 忒：聪明人逮着了好的话头，

[*Se* 本]行266—327：彭透斯愤怒的长篇攻击性说辞抨击了(1)忒拜女子的行为(行217—232、260—262)，(2)异方人及其关于狄俄倪索斯的宣称(行233—247)，以及(3)忒瑞西阿斯和卡德摩斯的行为(行248—260)。忒瑞西阿斯更具条理的说辞里包括：一首诗(行266—271)、一首对狄俄倪索斯的长篇赞颂和呼吁(行309—313)以回应(2)、一段对(1)的回应(行314—

318），以及一段收尾（行 319—327）以回应（3）。因此，这一场戏像是一场对驳（agon），虽然彭透斯的长篇说辞大部分是独白（他直到行 248 才看到忒瑞西阿斯和卡德摩斯）。忒瑞西阿斯运用了某些明显不切题的修辞技巧（行 273；参譬如修昔底德，《伯罗奔半岛战争志》，2.35；柏拉图，《会饮》180d），攻击对方使用修辞的引言（参譬如欧里庇得斯，《赫卡柏》，行 1187—1195；《腓尼基少女》，行 469—472；德摩斯梯尼，《反安德罗提翁》[*Against Androtion*]，节 4）。忒瑞西阿斯的言说内容也具诡辩性，是对神（274—285n.）和神话传说（286—297n.）的伪哲学描述；对酒神式疯狂的精心分类（行 298—309；参柏拉图，《斐德若》）将伦理与自然（physis）扯上关系（314—318n.）。这种诡辩与忒瑞西阿斯详述的神秘知识并不冲突，参 274—285n.、286—297n.、283n.、284n.。大体可参 B. Gallistl，《欧里庇得斯〈酒神的伴侣〉中的忒瑞西阿斯》（Teiresias in den Bakchen des Euripides），Diss. Zurich，1979。韦斯内尔（H. S. Versnel）称，这段说辞是"劝谕性道德布道的始祖，将在希腊宣传词中享有盛誉"。ἀφορμάς[话头]：指讼师陈词的简短事实根据，参欧里庇得斯，《疯狂的赫拉克勒斯》，行 1238—1239；阿那克西美尼（Anaximenes？），《亚历山大修辞学》（*Rhetoric to Alexander*），2.3。

[*L* 本]忒瑞西阿斯此处所提之问，就是欧里庇得斯同时代热议的话题：修辞学的价值在于自身，还是必须用于为真理服务，并为圣贤所用？忒瑞西阿斯给出的回答契合苏格拉底在《高尔吉亚》中所示的教诲。

[*R* 本]ἀφορμάς[话头]：专业术语，欧里庇得斯使用过几次（《疯狂的赫拉克勒斯》，行 236—237；《赫卡柏》，行 1239；《腓尼基少女》，行 198—200）。该词也出现在《亚历山大修辞学》中，通常把此书归在朗普萨克的阿那克西美尼名下（约公元前 380—前 320 年）。这个语词出现在欧里庇得斯和阿那克西美尼作品中，

但未出现在柏拉图和亚里士多德的著作里，这促使人们发现，该词共同出自公元前5世纪一位智术师-修辞学家。

[K本]雅典人特别热衷于如下对比：巧舌如簧的言说者与诚实的言说者，狂暴之人与有理智的人，论证的好引言与坏引言。既出于当时对演说性质以及智术师教授演说术的能力的思考，也由于伯罗奔半岛战争进行过程中，政治劝谕与政治现实之间出现反差的惨痛例子。

> 要说得漂亮并不是件难事儿；
> 但你虽舌头跑得快，像是有思想，
> 你的话里却没有心智。
> [270]胆大妄为而又能言善辩的
> 那种人是坏公民，因为他没有心智。

[Se本]κακὸς πολίτης[坏公民]：似乎不是言及君上的合适主题，由此也表明，欧里庇得斯是在对他的公民同胞言说。但事实上也与当时的处境有关，因为彭透斯对城邦有害，参行1310。

[L本]πολίτης：该词意为"公民"，而非"邦民"。但古希腊人认为，我们必须先具备好邦民的品质，才能成为好公民，参索福克勒斯，《安提戈涅》，行668—669。对νοῦς[心智]的关心表明欧里庇得斯笔下忒瑞西阿斯的特征，区别于索福克勒斯。在索福克勒斯笔下，忒瑞西阿斯主要解说预兆（虽然他也用了一次νοῦς），《安提戈涅》行1090旨在谴责克瑞翁不明智。

[R本]πολίτης[公民]：用于指忒拜国王，显然是时代错置；但在这里，欧里庇得斯是在跟他的同时代人进行论战。

> 你笑话这位新神，

［*L*本］*ὁ νέος*［这位新神］：呼应彭透斯的 *νέος*［奇怪的］（行 256）。这位被彭透斯斥为新神的神，其实是古希腊要神（行 46）。彭透斯嘲笑这神不对。阿波罗的一位仆人证实了这位神的重要性（328—329n.）。

　　　我说不出他在全希腊会有

［*R*本］演说家有分寸地触及重大主题时的谦逊在颂词中很常见，参欧里庇得斯残篇 898N^2；伊索克拉底，《全希腊盛会献词》，节 13；吕西阿斯（Lysias），《演说集》（*Speeches*），2.1；柏拉图，《蒂迈欧》19d；《斐德若》274c；修昔底德，《伯罗奔半岛战争志》，2.34 等。

　　　多伟大。因为，年轻人噢，两位神

［*K*本］行 274—280：这段论证的有力之处在于，干湿粮食既对立又互为补充；得墨特耳负责干粮，她是不容置疑的女神；因此狄俄倪索斯也肯定是神。将诸神与大自然的产品联系在一起，似乎由智术师普罗狄科强调，干湿（以及冷热）对立在古希腊思想中司空见惯。

　　　［275］在人间最重要：女神得墨特耳，

［*L*本］此处确立的两种地产与由之带来的两位神（得墨特耳带来固体粮食，狄俄倪索斯带来液体粮食）的关联古来有之，参品达，《伊斯特米地峡竞技凯歌》，8。亦参塞克斯都·恩披里柯（Sextus Empiricus）引普罗狄科（Prodikos）的话。普罗狄科反叛他那个时代的宗教信仰（我们将之归入 *ἄθεοι*［无神论者］之列），否

认面包和葡萄酒的神圣起源。因此，虔敬的忒瑞西阿斯不可能在重述普罗狄科的思想，但确定无疑，欧里庇得斯谙熟普罗狄科的作品，普罗狄科似乎比他年长。毋庸置疑，智术师普罗狄科的作品证实了狄俄倪索斯与得墨特耳建立关联的传统形象。关于狄俄倪索斯崇拜在忒拜的重要性，参 F. Vian，《忒拜、卡德摩斯及地生人的起源》，前揭，页 135—139。

就是地母，随你怎么称呼她；

───────────────

[L 本] ὄνομα δ' ὁπότερον βούλη κάλει[随你怎么称呼她]：此处是否含指向唯理主义思想的意味（我们在唯理主义中看到的是得墨特耳女神还是土地本身）？这点不能确定，给一位神取好几个称号，可能是传统。埃斯库罗斯在《被缚的普罗米修斯》（行209—210）中称："我母亲忒弥斯——又叫该亚，一身兼有许多名称。"参 220n.。

[R 本] 狄俄倪索斯和得墨特耳之间比较的展开，依据的是宗教上的相似性。两段话（行 275—277、278—285）各自含对应的三个命题：（1）两位最重要（πρῶτα）的神的命名，得墨特耳女神（Δημήτηρ θεά）和"塞墨勒之子"（ὁ Σεμέλης γόνος）；（2）这两位神之所以最重要，是因为他们一个供给凡人固态食物，另一个供给液态饮品；（3）再者，得墨特耳本身就是大地，狄俄倪索斯本身就是葡萄酒。这种相似凸显了得墨特耳与狄俄倪索斯力量相当。卡德摩斯在忒拜建立的地母得墨特耳崇拜（参 F. Vian，《忒拜、卡德摩斯及地生人的起源》，前揭），是这座坐落在波俄提亚肥沃平原上的农业城邦的一桩要事。波俄提亚历法的第十一个月就叫得墨特耳月（Damatrion）。在《七雄攻忒拜》（行 69）中，厄特俄克勒斯（Eteocles）吁请地母神为城邦的守护神（poliade）："宙斯啊，地母神啊，以及守护这座城邦的诸神啊"。

[*D* 本]这种等同也出现在《腓尼基少女》行 685 以下。在宗教习俗中，得墨特耳和地母一向判然有别，虽然多有类似。

> 她用固体粮食养育凡人；
> 随之而来的是塞默勒的儿子，
> 他发明了葡萄的液体饮品，引入
> [280]凡间，消除辛劳的凡人的

[*L* 本]对葡萄酒的颂扬也出现在此剧其他地方，这似乎是酒神节的惯例。

> 困苦，每当他们灌足了葡萄酒；
> 他还赐予睡梦，使他们忘却白天的不幸，

[*D* 本]葡萄酒是古代常见的催眠剂；参行 385；欧里庇得斯，《独目巨人》，行 574；阿里斯托芬，《马蜂》，行 9；贺拉斯，《颂歌》，3.21.4。

> 此外别无解除痛苦的解药。

[*Se* 本](1)佩林纳金箔上的记录，入秘教者要喝葡萄酒（显然跟他的永世幸福有关）；（2）秘仪旨在解脱痛苦（Richard Seaford，《索福克勒斯与秘仪》["Sophokles and the Mysteries"]，*Hermes*，1994，Vol. 122，页 281，注释 45）；（3）将狄俄倪索斯等同于葡萄酒的神秘关联（284n.）；以及（4）忒瑞西阿斯的言说，实质上即某种秘教教诲（266—327n.）。考虑以上四点，我们不妨断定，这行诗也可能暗指（葡萄酒在）秘教（中的作用）。

　　　　他身为神祇，又被用来向诸神奠酒，

　　[*Se* 本]因为在奠酒中，狄俄倪索斯被当成葡萄酒洒向诸神，他带给人类的好处不胜枚举。在《独目巨人》行 521—527 中，他被等同于葡萄酒，和此处一样的那段诗反映（或折射）了秘教教诲（Richard Seaford，《酒神节戏剧与酒神秘仪》，前揭，页 273）。关于狄俄倪索斯的神话（显然他被肢解），在秘仪中似乎被解释为酿造葡萄酒，参狄奥多洛斯，《历史丛书》，3.62.7；Walter Burkert，《献祭人》(*Homo Necans*)，trans. by Peter Bing，Berkeley：University of California，1983，页 224—225。在忒斯匹斯（Thespis ？）残篇（F4 *TrGF*）中，葡萄酒是狄俄倪索斯的血。亦参《提摩太后书》，4.6 的"我已被倒出"(for I am already being poured out)。参 D. Obbink，《被倒出的狄俄倪索斯》["Dionysus Poured Out"]，收于 T. H. Carpenter & C. A. Faraone eds.，《狄俄倪索斯的面具》，前揭。

　　[*R* 本]我们发现，已经被比作葡萄酒的狄俄倪索斯（就像得墨特耳被比作面包，赫淮斯托斯[Hephaestus]被比作火，阿刻劳斯(Archelaos)被比作水，居浦路斯[Cyprus]被比作爱欲）虽为神，却被用来给诸神奠酒。这是公元前 5 世纪常见的人格化，参欧里庇得斯，《伊菲革涅亚在陶洛人里》，行 953 的"一巴克科斯神的量"，亦即葡萄酒；《独目巨人》，行 525—527，独目巨人取笑酒神"情愿待在羊皮袋子里"。

　　[285]正因为他，人类才拥有各种好的东西。

　　[*Se* 本]行 274—285 似乎受到两种哲学思辨的影响。首先，干与湿的基本对比（行 275—279）在早期宇宙论和医学理论中就存在，参 G. E. R. Lloyd，《希腊哲学中的冷与热、干与湿》("The Hot and the Cold, the Dry and the Wet in Greek Philosophy")]，*JHS*,

Vol. 84，1964，页 92—100。第二种思辨方式典型地反映在智术师普罗狄科（欧里庇得斯的同时代人）的这一说法中：“古人关注一切于我们生活有益之物，关注诸神是因为他们的益处……因此，面包被认为是得墨特耳，葡萄酒被认为是狄俄倪索斯……”参 A. Henrichs，《两条学述笔记：德谟克利特与普罗狄科论宗教》（“Two Doxographical Notes：Democritus and Prodicus on Religion”），*HSCP*，Vol. 79，1975，页 107—110。可能有些奇怪，类似的观点——似乎想暗示宗教的人类起源，把神灵去人格化——竟在此由忒瑞西阿斯道出；作为先知，他理应捍卫传统宗教。忒瑞西阿斯把得墨特耳和狄俄倪索斯说成事物（大地、葡萄酒），但他们又仿佛是人格化的行为者。这些对立没有看上去那么明显。对于神性传统的不确定性（在祈祷的一般程式中有反映［220n.]，参行 276），促进了新旧观点的融合。支撑这种混合崇拜仪式的另一传统特征表现在实践中：秘仪在揭示更深蕴意前，会用谜样的语言迷惑入教者（480n.）。因为在这种仪式和受其影响的作品中，新旧观点或者对神的主客观看法的分歧，或许可由如下观点来解释：（古老的）神话传说用谜样的方式呈现深刻的真理。比如，关注隐微秘教真理的德尔维尼（Derveni）注家就认为，俄耳甫斯用谜语阐明伟大的事物（col.7）。这位注家接着解读的那首神谱诗，揭示了诸神的隐秘身份，他有时还诉诸词源学揭示隐含的深意：譬如“人们称其为得墨特耳，就像地母神（*Γῆ Μήτηρ*），一个名字含两种来源；因为都是一样的（尤参行 276）”（col.22），以及“于大多数人而言，这点含混不清，但对那些能正确理解的人来说，显而易见，奥克阿诺斯就是空气，空气即宙斯”（col.23）。阿拉托斯（Aratus）曾说，“古人一道供奉狄俄倪索斯和得墨特耳，用谜表明潮湿的繁殖力”，大体可参 Richard Seaford，《不朽、救赎与元素》（“Immortality, Salvation, and the Elements”），*HCSP*，Vol. 90，1986。因此，得墨特耳和狄俄倪索斯的关系出现在别处（尤其在秘仪的背景中，参 R. Merkelbach,《酒神的牧羊人》，前揭，页 31—32）并非偶然；得墨特耳的礼物谷物和狄俄倪索斯的礼物葡萄酒都在秘仪中受到赞美，亦非偶然，参 Richard Seaford,《不朽、救赎与元素》，前揭。在武拜，得墨特耳和狄俄倪索斯在崇拜中关联在一起（品达,《伊斯特米地峡竞技凯歌》,7.3—5）。从狄奥多洛斯《历史丛书》(3.62.7) 可知，在俄耳甫斯秘教中，人们把撕裂狄俄倪索斯的神话解释为将他等同于葡萄酒，参 284n.。在一段莎草纸文的四句残诗中发现，狄俄倪索斯发明葡萄酒，与入教者和忘忧一道出现，参行 278—283。彭透斯的教诲（仿佛他是入教者），是他入教的多重体验之一。

［*Se* 本］*διà* 接宾格是赞美神的一种程式。

［*L* 本］对行 284 宗教特征的评论可能也适用于此处，在那里，狄俄倪索斯显得是人类的救世主。

［*B* 本］*διà τοῦτον*［因为他］：亦即通过取悦诸神的献祭，由此给人类带来福祉。

你嘲笑他曾被缝入宙斯的
———————————————————

［*Se* 本］行 286—297：狄俄倪索斯从宙斯大腿中（第二次）出生的神话源自把 *ὅμηρος*（代替）说成 *μηρός*（大腿），这种观点很像无稽之谈。尤其因为，这些被认为是真实发生的事件似乎并不比从大腿出生更可信。但这些诗行不能删除。对神话传说的这种看法在欧里庇得斯的时代十分流行（参希罗多德,《原史》, 1.122；柏拉图,《斐德若》229c）。行 201—203 中也没有任何不一致，歌队讲述这个神话的行 94—99、521—527 也一样。在对神统系谱性神话的神秘解读中，那位德尔维尼注家借助词源学把神等同于某种宇宙元素（274—285n.）。这种做法可能破坏"代替"故事中的文字游戏。其中的文字游戏暗中把狄俄倪索斯等同于"以太"

（行 293）。行 631 的连词引入了这种等同，可能（如果正确的话）
带有某种神秘意义（630—631n.）。通过向彭透斯些微透露神秘理
解的深层（宇宙论）意义，忒瑞西阿斯回应了彭透斯对这个故事
的嘲弄（行 243）。

［L 本］相反，忒瑞西阿斯对狄俄倪索斯被藏入宙斯大腿这一
神话的解释，显然受到智术师思想影响。我们觉得（如我们常见
的情形），不应将之视为后人所加。关于神话的讨论本身并不是
什么新鲜事，我们已见过，诗人们拒绝他们不接受的传统，但一
般而言，他们的拒绝都有其宗教依据。然而，在忒瑞西阿斯所说
的这段话里，我们看到了唯理主义思想的影响。

> 大腿？我要教你明白，这个故事有多美。
> 宙斯一把从霹雳火中夺出胎儿后，

［Sa 本］行 288 以下：先知给出的解释似乎是，塞墨勒葬身
雷电之下时，宙斯救出婴儿并将之带进奥林波斯神山，嫉妒的赫
拉想把婴儿逐出天庭，但宙斯通过转移真正的狄俄倪索斯挫败了
赫拉的阴谋，他用一个幻影做成婴儿的形象骗过赫拉，并将之交
给赫拉以示将来对她忠诚。

> 就将他带进奥林波斯山，作为一位神祇，

［Se 本］尽管在欧里庇得斯笔下，βρέφος 常由 νεογνόν 等（νέον，
如《伊菲革涅亚在陶洛人里》行 232）修饰，但抄件中的 θεόν
（νέον，A 本）很可能是正确的："把他带上奥林波斯山，作为一
位神。"不过，狄俄倪索斯可能已是神，关于 θεόν 惹眼的同位语
出现在句末（具一点预辩性），参如行 87 的"把这位喧闹神送入
希腊的宽阔街道"。

[R本] ϑεόν[神]：位于行末，为了强调"使之成为一位神"。由于将凡人塞墨勒的儿子带入奥林波斯神山，将之神化，宙斯伤害了合法妻子的自尊；宙斯将激起赫拉的愤怒。

[290]赫拉原想把他扔出天庭；

[R本] ἐκβαλεῖν[扔出]：这位女神常干这种事，她的儿子赫淮斯托斯也遭遇了同样的命运（荷马，《伊利亚特》，18.395—397）。欧里庇得斯很可能就由此获得灵感。

好在宙斯不愧为神，将计就计。
他从环绕大地的埃忒耳上扯下

[R本]造一个幻影好让人将之误认作某个凡人或神，是诸神的惯用伎俩：赫拉把海伦的幻影送给帕里斯（欧里庇得斯，《海伦》，行31—45、593—584）；哈得斯（Hades）用欧律蒂斯（Eurydice）的影子迷惑俄耳甫斯（柏拉图，《会饮》179d）；彭透斯本人也将受狄俄倪索斯的幻影迷惑（行631）。

一块，并将此作为"代替"交了出去。

[Se本]埃忒耳（Aether）是构成天空的物质。它被用来构造海伦的形象（《海伦》，行584）。

[K本]忒瑞西阿斯明显不堪一击的解释，基于希腊语词homerōs[代替]和mēros[大腿]的近似。参367n.。

这才使狄俄倪索斯免除了赫拉的敌意；后来，

［R本］νιν：指真实的狄俄倪索斯，而非他的幻影。

［295］人们便说他被缝进宙斯的"大腿"——

［R本］ῥαφῆναί［被缝进］：参埃斯库罗斯，《和善女神》，行665。

他们混淆了两个名词，才编出这个故事，

［Se本］这是有意的改写（而非多兹和鲁等人所认为的"无意"）。ὅτι 既连接起新故事（代替）和老故事（大腿），也（通过"一位神交给一位女神"）暗示了老故事难以接受的点是什么。

［L本］拉辛（Racine）在这行诗空白处写道，"这完全是牵强附会"，也很难辩驳。欧里庇得斯戏仿这些文字游戏以自娱。

因为他曾被当作"代替"交给赫拉，由一位神交给一位女神。

［R本］θεᾷ θεός［由一位神交给一位女神］，参行284。

这位神还是先知：因为迷狂

［L本］μάντις［先知］：忒瑞西阿斯用该词指称狄俄倪索斯，意味深长。按照惯例，忒瑞西阿斯是阿波罗的解说者，我们也清楚这两位神的对抗。在这里，这位占卜者确认了这两位神都拥有占卜术。狄俄倪索斯的先知形象已得到证实。希罗多德描述了这位色雷斯神发布神谕的神殿，并将之与皮提亚（Pythia）的神殿进行对比（《原史》，8.191）；欧里庇得斯称狄俄倪索斯为 ὁ Φοινίξ μάντις[色雷斯人的先知]（《海伦》，行1067）。亦参泡萨尼阿斯，《希腊札记》，9.39、10.33；行306、328。

[*Sa*本]μάντις[先知]：色雷斯（此剧就在色雷斯的毗邻之地创作）尤其把狄俄倪索斯视为具有预言能力的神。参希罗多德，《原史》，7.3；泡萨尼阿斯，《希腊札记》，9.30.9；欧里庇得斯，《赫卡柏》，行1267（以及在行123中，卡桑德拉（Cassandra）虽受阿波罗启发，却被称为巴克科斯的女先知）；马克罗比乌斯（Macrobius），《农神节》（*Saturnalia*），1.18。不过，该称呼也符合本剧的戏剧行动，因为在安菲克莱亚（Amphicleia）和弗基斯（Phocis）交界处，狄俄倪索斯尤其被当成先知崇拜，泡萨尼阿斯，《希腊札记》，10.33.10。

> 和疯狂都有巨大的预言能力，

[*Se*本]普鲁塔克《伦语》432e所示的 τὸ γὰρ...ἔχει 指向葡萄酒的力量；《希腊诗选》7.105.3指醉酒；亚里士多德提到的一些来自色雷斯的酒神先知啜饮葡萄酒以发布预言（马克罗比乌斯，《农神节》，1.18.1）。但欧里庇得斯在此想到的可能是一般的酒神式迷狂，这种迷狂并不总是由葡萄酒激发。语序中隐含了疯狂与预言的某种词源关系，柏拉图明确提到这种关联（《斐德若》244c）。

[*R*本]如果我们撇开这一传统不谈，即狄俄倪索斯将在阿波罗到来前在德尔菲发布神谕（有品达《皮托竞技凯歌》古注为证），那么我们仅知这位神在希腊拥有一个神示所，那就是位于弗基斯的安菲克莱阿神示所（泡萨尼阿斯，《希腊札记》，10.33.11）。狄俄倪索斯-先知主要指色雷斯的狄俄倪索斯（欧里庇得斯，《赫卡柏》，行1267），色雷斯的瑞索斯（Rhesus of Thrace）死后成了先知（欧里庇得斯，《瑞索斯》，行972）。酒

神在此地拥有两座发布预言的神庙。第一个坐落于潘盖翁山
（Pangaion Hills），属撒妥拉伊族（希罗多德，《原史》，7.111），
由一位女祭司打理，受数名从贝塞（Besses）族人中选出的先
知辅助。第二个位于罗多普山（Rhodope）另一侧，在赫摩斯
（Haemus）山谷。据佩德里泽，它是色雷斯人的城邦神托所
（sanctuaire national），"可以想见，色雷斯的巴克科斯神的主要
神示所不是位于潘盖翁的这座，而是位于贝塞的那座，克拉
苏斯（Crassus）将之交给奥德吕塞斯人（Odryses），弗洛格塞
（Vologases）又从他们手中夺回"（P. Perdrizet，《关于潘盖翁山
的崇拜与神话》（Cultes et Mythes du Pangée），Paris：Berger-
Levrault，1910，页 42）。潘盖翁神庙就像另一座神庙的附属，这
就解释了撒妥拉伊人在此呼吁贝塞族人行使先知的职能。毫无
疑问，亚历山大大帝和奥古斯都（Auguste）的父亲屋大维（Cn.
Octavius）都到这座神托所求过神示。在这里，欧里庇得斯至少
让人想起巴克科斯神的这个专属神托所，迷狂在凭直觉进行的占
卜中扮演的显著角色，就像皮提亚进行的占卜。或者狄俄倪索
斯本身就是极为强大的迷狂（mania）之神。我们自然想起柏拉图
关于 μανία［迷狂］和 μαντική［先知］关联的著名详述（《斐德若》
244c）。在《酒神的伴侣》中，狄俄倪索斯起初显得是一位预言
神，他向卡德摩斯揭示自己的未来；在狄俄倪索斯的启发下，歌
队本身在舞台上预告了（982 以下）剧情的发展；剧情将在基泰
隆山上展开，以及我们从信使忆述中了解到的情况（1043 以下）。

　　［300］每当这位神祇完全进入人体后，

　　［L 本］酒神进入信徒体内，很像葡萄酒的圣体啜饮，醉酒的
迷狂可以是预言性的。参普鲁塔克，《论神谕的衰微》（De Defectu
Oraculorum），节 40。

［*R* 本］ἐς τὸ σῶμ’［进入身体］：在极度兴奋的状态下，酒神被认为进入信徒或先知体内，在神托所每月一次的问神时，德尔菲的阿波罗神庙即如此（普鲁塔克，《皮提亚的神谕》[*De Pythiae Oraculis*]，节 8）。因此，这句话不只暗示醉酒，而且暗示醉酒有助于激发预言能力（普鲁塔克明确做了区分，《皮提亚的神谕》，节 23—24）。根据亚里士多德，狄俄倪索斯的一些先知，色雷斯的里居利亚人（Ligyriens）真的在发布神谕前陷入极度兴奋："他们啜饮大量葡萄酒，就像我们饮克拉罗斯河（Claros）水一样，他们就以这种方式发布神谕。"

他就能让进入迷狂状态的人道出未来。

［*Se* 本］狄俄倪索斯的预言行为主要在色雷斯著称，参希罗多德，《原史》，7.111；欧里庇得斯，《赫卡柏》，行 1267；《瑞索斯》，行 927（参 James Diggle，《欧里庇得斯研究》，前揭，页 325—326）；泡萨尼阿斯，《希腊札记》，9.30.9（参 10.33.11）。狄俄倪索斯将在剧末预言（行 1330—1339）。

他还分有阿瑞斯的一点职权；

［*L* 本］Ἄρεώς［阿瑞斯］：狄俄倪索斯也是战神，这将解释狂女们稍后取得的胜利，她们被彭透斯的卫兵追捕。不过，狄俄倪索斯的战斗力无须通过运用武器来表现。参欧里庇得斯，《伊翁》，行 206—218。

［*R* 本］在希腊宗教里，狄俄倪索斯与战争和战神阿瑞斯没有半点瓜葛。即便在与巨人族的战斗中，酒神也手无寸铁；他穿戴"不适合打战"的衣服上阵（欧里庇得斯，《伊翁》，行 216—218），表面看来人畜无害，就像用繁茂的常春藤将对手窒息至死

的酒神杖，以及令人毛骨悚然、手脚瘫软的蛇。得益于某种无形的神秘力量，酒神能在远处击垮对手。因此，欧里庇得斯能让酒神引发对抗其信徒的军队的恐惧：他为信使的报告铺垫了场景（行 761 以下），信使眼睁睁看着狂女们用她们的酒神杖把一干男子打得仓皇落逃。此外，先知事先揭示了彭透斯将发动的军事行动徒劳无功（行 778 以下）。卡西乌斯（Dion Cassius）在《罗马史》（*Historiae Romanae*，51.25、54.34）中讲述的一个史实，出奇地证实了忒瑞西阿斯的断言。

[*D* 本] 行 302—304 符合忒瑞西阿斯的性格。诚如英格拉姆所言，他以为"可以把狄俄倪索斯的职能跟阿波罗及阿瑞斯的职能发生关联，好为让这位新神安然入主希腊万神殿架好另一座桥梁"。阿波罗是忒瑞西阿斯的主神；忒瑞西阿斯有些刻意地提及阿瑞斯，可能跟这位神在忒拜相关传说中的独特地位有关（埃斯库罗斯，《七雄攻忒拜》，行 104 和 135 以下；欧里庇得斯，《腓尼基少女》，行 1006 以下）。

> 因为武装上阵的军队严阵以待，
>
> 还没触及长矛，就因恐惧落荒而逃，
>
> [305] 这也是源自狄俄倪索斯的疯狂。

[*Se* 本] 预示了狄俄倪索斯在行 761—764 显示的力量。涉及酒神的一起类似事件发生在公元 45—46 年的色雷斯（卡西乌斯，《罗马史》，54.34.5），参柏拉图《法义》639b 的"沉醉于恐惧"。但这种结果一般归因于潘神。狄俄倪索斯与战争关联不大（L. Farnell，《希腊城邦的崇拜》，前揭，页 292），除了他参与过诸神对抗巨人族的战争，后来成为亚历山大大帝的原型（1—63n.）。

> 你还会亲眼看到，他甚至在德尔菲山坡上，

[L本]德尔菲对狄俄倪索斯的欢迎，表明他为阿波罗的城邦接受。事实上，德尔菲接纳狄俄倪索斯在古典时期，就在两大相互对抗的崇拜达成妥协之后：阿波罗在一年大部分时间都无可争辩地占据神殿的主导地位，冬季则让位于狄俄倪索斯的崇拜。

[R本]行298—309主要涉及三点，甚至在由狄俄倪索斯引发的迷狂中，狄俄倪索斯也是一位有益的神，因为他的疯狂产生预言能力，有时也能产生无法抑制的恐惧，击溃敌军。这位非理性的神将成为德尔菲的一位伟大神祇。

举着松木火炬跃过那有两座山峰的高地，

[Se本]διχόρυφον πλάχα[有两座山峰的高地]：在索福克勒斯《安提戈涅》行1126中，狄俄倪索斯和他的德尔菲女信徒就在"有两座山峰的岩石上"。因此，这里的"有两座山峰的"指明显更矮的那两座名为帕得利亚德斯（Paedriades）的山峰，山上有较平坦的平地，而不是（鲁所说的）指帕纳索斯山（Parnasse）自身的两座山峰。有人认为（P. Lekatsas，《狄俄倪索斯：酒神宗教的起源与进化》[Dionysus: Origins and Evolution of the Dionysian Religion], Athens, 1971），高地上有个地方叫同帕纳里亚（Toumpanaria）；当地民众认为，海中仙女（Nereids）在此跳舞、击鼓，这里的枞树梢垂落在地（参行1064—1065）。

[R本]酒神本身就是狂欢歌舞队的一员，诗人将之呈现为陷入迷狂状态：和狂欢歌舞队成员一样，酒神在狂欢仪式的过程中跳跃。

挥舞着酒神杖，扬名全希腊，

[*Se*本]行 306—308：狄俄倪索斯加入狂女在帕纳索斯山上的狂欢崇拜（115n.），是公元前 5 世纪的一个传统主题。参欧里庇得斯残篇 752；欧里庇得斯，《伊翁》，行 714—718（参行 1125—1127）；索福克勒斯，《安提戈涅》，行 1126—1130；阿里斯托芬，《云》，行 603—606。因此，泡萨尼阿斯提到的阿提卡与德尔菲狂女在那里一起庆祝，可追溯到公元前 5 世纪。更多关于德尔菲的酒神崇拜，参 L. Farnell，《希腊城邦的崇拜》，前揭，页 297—298。

[*R*本]*μέγαν τ' ἀν' Ἑλλάδα*[扬名全希腊]：毫无疑问，德尔菲不会不清楚狄俄倪索斯与日俱增的声望。这座神托所常认可酒神崇拜在希腊城邦中的建立，参 H. W. Parke & D. E. W. Wormell，《德尔菲神谕》（*The Delphic Oracle*），Vol. 1，Oxford：Blackwell，1956，页 330—339。

　　　彭透斯哦，你还是听我的话吧；
[310]不要夸口说，权力意味着把强力加诸人类，

———————————————————

[*Se*本]*κράτος* 常指政治权力，如行 213。

　　　你要是这么想，你的意见就染了疾，

———————————————————

[*L*本]诗人就 *δοκῆς* 的双重含义玩起了文字游戏：如果你有意见，而且是疯子的意见，那么你就不能自认为拥有见识。参索福克勒斯，《安提戈涅》，行 323 的"一个人怀疑却又怀疑错了，太可怕了"。

　　　你这样想不审慎；你还是把这位神迎进这片土地，

———————————————————

[*Se* 本] 行 310—313 中的六个现在时命令式（参行 309 行的不定过去时 πιθοῦ）暗示，彭透斯必须停止（不断的）吹嘘和自以为是等行为，他应该接受酒神崇拜。

快快奠酒，把常春藤冠套上头狂欢吧！
狄俄倪索斯并不强迫女人们节制，

[*L* 本] 忒瑞西阿斯在回应彭透斯的指控，他硬说狄俄倪索斯败坏了女人。该为其德性负责的不是酒神。这位先知并不是说女人必然具备贞洁的天性（格雷瓜尔译文就表明这点），而是每个人随自己的天性，狄俄倪索斯不起任何作用。达尔梅达对这段话的理解很到位："贞洁是天生的，而非狄俄倪索斯强加，他让所有女子随性发展，不贞洁的女子也不会被迫变得贞洁，贞洁的女子也不会因参加酒神狂女的狂欢而失去这一德性。"同样地，多兹认为："狄俄倪索斯并非不道德（immoral），他不涉道德（non-moral）——道德与狄俄倪索斯这类宗教无关……决定操行的是灵魂，而非礼法……"

[*Sa* 本] 行 314—316 中，忒瑞西阿斯试图通过表明，酒神不该为女性崇拜者的行为负责，反驳彭透斯提到的诽谤谣言（行221—225）。这取决于她们的天性：若她们天性不节制，酒神也不会强迫她们遵守规范；但若她们天生节制，也不会因参加酒神狂欢遭到败坏。忒瑞西阿斯这番辩护的前半部分十分空洞；但对于其后半部分辩护，我们不妨对比弥尔顿《科马斯》(*Comus*) 行418—475 中关于"神圣的贞洁"（Saintly Chastity）的高贵演说。

[315] 在居浦路斯岛女神方面，但一切
事物的节制永远存于天性，

[*G*本]欧里庇得斯此处关于女人德性的乐观主义和判断，解决了他的厌女症。欧里庇得斯同期创作的另一部悲剧《伊菲革涅亚在奥利斯》更清楚地表明了这种观点（行 543—589）。海伦不幸的例子更证实了歌队对阿弗洛狄特崇拜、贞洁、节制以及政体德性的反思。

> 我们必须注意到这点；因为，即便在酒神狂欢中，
> 真正有节制的女人绝不会被败坏。

[*Se*本]行 314—318：有关《酒神的伴侣》时代关于"自然"观念在伦理讨论中的重要性，参 W. K. C. Guthrie,《希腊哲学史》（*History of Greek Philosophy*), Vol. III, Cambridge：Cambridge University Press, 1969, 页 55—134。

> 瞧，你有多高兴啊，当民众拥立在城关，
> [320]举邦回荡着彭透斯的名字；
> 那个人，我料想他也乐于受人尊崇。

[*Se*本]行 319—321 具政治意义，暗示彭透斯与狄俄倪索斯的利益冲突。彭透斯像神一样受举邦拥护，但在古典时期的城邦中，亦即一个平等（无论民主制还是贵族制）的自治共同体中，唯有神才能受此拥戴。参 192n.，行 968。由于狄俄倪索斯是整个共同体的神，且不喜欢在共同体中做出区分（206—209n.），他从外面（亦即带着局外人的不偏不倚，参 Richard Seaford,《互惠与仪式》，前揭，页 252）进来就很合适。酒神节庆祝的就是狄俄倪索斯进入这个城邦。因此，此处提到了城门口的大批民众。城邦之死为民众得到神样的待遇（再次）创造了条件：譬如（正是在他进入诸邦时），安东尼（Mark Antony）才被以弗所（Ephrsos）

"举邦"（普鲁塔克，《安东尼传》[*Antony*]，24），及"雅典人和他们的妻儿"赞为狄俄倪索斯（老塞涅卡[Seneca the Elder]，《劝说集》[*Suasoriae*]，1.6）。

[*L*本]参欧里庇得斯，《阿尔刻提斯》，行53，塔纳托斯[Thanatos]的"我也乐于享受我的权利"；《希珀吕托斯》，行7—8，阿弗洛狄特的："因为神族里也如此，他们喜欢为人们所尊崇"。

[*D*本]和国王一样，诸神也要求受到尊重，参《希珀吕托斯》中的阿弗洛狄特（行7以下），以及《阿尔刻提斯》中的死神（行53）。

> 所以，我和卡德摩斯，那个你讥笑的人，

[*L*本]ὃν σὺ διαγελᾷς[那个你讥笑的人]：此话已出现在行272。忒瑞西阿斯因彭透斯对狄俄倪索斯和卡德摩斯的嘲弄态度而心生不快。参行250，彭透斯提及老王与这位占卜者的行为时所说的话。

> 要戴上常春藤冠去跳舞，
> 两人都白发苍苍，但我俩非去跳舞不可；
> [325]我决不听你的话与神作对。
> 你狂入膏肓，无药可治，

[*L*本]μαίνῃ[疯狂]：参行299的μανιῶδες[迷狂]，引发预言的疯狂。这种疯狂是一种由诸神引发的迷乱，但需与神圣的疯狂区分开来。神圣的疯狂只是使人脱离当下的现实，以获得更高的视界，也应与忒瑞西阿斯在彭透斯身上发现的那种有害的疯狂区分开来。这两种疯狂的对立（可与赫西俄德笔下的两种Ἔριδες[不和女神]作比），是此剧的一大特征。欧里庇得斯在玩文字游

戏，"药"可起好作用也可起坏作用。

[K本]行326以下：彭透斯就像一条用毒牙吮吸有毒药物的蛇（参荷马，《伊利亚特》，22.94），他的疯病已入膏肓，要想治愈他，需用传统的藜芦这类毒药。

　　正是这些药让你染病。

_____

[Se本]酒神式的疯狂是好事（譬如行305），彭透斯抵制狄俄倪索斯的痛苦的疯狂则另当别论。

[R本]行322—327的结论分两个部分：我们和你。（1）行322—325说的是"我们"：我们走我们的路。ἐγὼ μὲν οὖν καὶ Κάδμος，我和卡德摩斯既是前提，又是反驳："我身为先知，自然知道自己说的是什么，而卡德摩斯是一个德高望重的族长，我们要装扮成狂女，不管我们的年纪。"这第二个观点，言下之意，解释了 ὃν σὺ διαγελᾷς[那个你讥笑的人]。在彭透斯看来，卡德摩斯的年纪和他宣称要加入狂欢队的反差，使之成为一个可笑的人（行250）。（2）行326—327说的是"你"：你丧失了理智。忒瑞西阿斯的结论重新回到了开初的观点（行269—271）：你疯了。在那里，此话不是谴责，也不是侮辱，而是诊断。这位先知认为，这种疯狂因服用具有魔力的春药中毒或中咒所致。参欧里庇得斯，《希珀吕托斯》，行318；阿里斯托芬，《地母节妇女》，行533；埃斯库罗斯，《阿伽门农》，行1407以下："女主啊，你喝下的是大地精华滋养出的哪种毒草哦，还是海浪中流出的哪种饮剂。"歌队在阿伽门农遇刺后质问克吕泰涅斯特拉。

[G本]文字游戏，φαρμάκον 既是解药又是毒药。

　　歌队长：老人家喔，你说这话没给光明之神斐布斯丢脸，
_____

[K本]歌队这种无伤大雅，通常甚至不得要领的评价，符合悲剧传统，在悲剧传统中，歌队常代表温和的意见，并用很程式化的语言表达出来。歌队无疑少见聪明。

[B本]Φοῖβον[斐布斯]：先知忒瑞西阿斯与预言神阿波罗关系特殊，在索福克勒斯的《俄狄浦斯王》行410，他对俄狄浦斯说："我是罗克西阿斯的仆人，不是你的。"（[译注]罗克西阿斯[Loxias]是阿波罗的别名）

> 你尊敬布洛弥俄斯，这位伟大的神，可见你很明智。

[Se本]关于先知忒瑞西阿斯与德尔菲神阿波罗的关系，参索福克勒斯，《俄狄浦斯王》，行284—285；泡萨尼阿斯，《希腊札记》，7.3.1、9.33.2。忒瑞西阿斯为狄俄倪索斯的调和，让人想起狄俄倪索斯和阿波罗在德尔菲的关系（306—308n.）。

[L本]这两行诗让歌队附和忒瑞西阿斯的看法，由此达成了阿波罗崇拜与狄俄倪索斯崇拜的妥协，也表明两位神都有预言能力。

> 卡：[330]孩儿哟，忒瑞西阿斯对你的劝导很漂亮啊。
> 　　　和我们待在一起，不要逾越礼法。

[Se本]礼法即公认的规则，因此可指"习俗"或"法律"。因此，歌队也将彭透斯与无法无天（行387、995）联系起来，并为礼法辩护（891—896n.）。许多评论家认为彭透斯代表城邦既定秩序，这种看法有误。

[R本]忒瑞西阿斯用一则道德箴言开始了他的言说；卡德摩斯开口的第一个词则显示了他的柔情。听完了神学家的发言后，我们现在听到了外祖父的发言。ὦ παῖ[孩儿啊]这个叹词表

现了推动整个长篇叙述的情感。忒瑞西阿斯的话和歌队的声明，
让卡德摩斯充分意识到他唯一的外孙固执对抗伟大的神所面临的
危险。

> 因为你现在很轻率，你的明智算不上明智。
> 即便他不是神，如你所言，
> 你也称他为神吧；漂亮地扯个谎，
> [335] 说他就是神，这样一来，塞墨勒就像生下了一位神，
> 能为我们光耀门楣。

[*Se* 本] 行 333—336 和别处（行 10、181—183、1304—1309，
30n.）一样，卡德摩斯表现出强烈的家庭凝聚感。他在这里的观
点似乎就是彭透斯的姨母们指责他的精巧诡计（行 30）。但卡德
摩斯本人不一定认为这是个谎言：他可能只是将其视为劝说彭透
斯的一种方式。

> 你瞧瞧阿克泰翁的悲惨命运，

[*L* 本] 在此，卡德摩斯类比了彭透斯将来的命运与表兄阿克
泰翁的命运。阿克泰翁被自己豢养的猎犬撕裂，彭透斯则将被养
育自己的母亲撕裂。两人都死在基泰隆山上，就像行猎中被撕碎
的猎物（埃斯库罗斯《和善女神》行 26 就已将彭透斯之死比作
一只野兔之死）。阿克泰翁之死很自然地在剧情发展中一再出现。

[*K* 本] 阿克泰翁是卡德摩斯已过世的外孙，剧中还会两度
提及他（行 1227 和行 1291），显然因为他（和彭透斯一样）在基
泰隆山上被自己的猎犬撕裂或被撕成碎片，行 338 将这些猎犬描
述为"肉食的"和"啖食生肉的"，让人想起行 139 "啖食生肉的
快乐"。关于阿克泰翁触怒神的其他版本，在古典时期为人熟知。

但凡人因夸口自己超过神而受惩罚是一个旧主题，阿克泰翁受惩罚的性质就属此类。

［*D*本］这位为家族而活的老人忆起他的另一个外孙——彭透斯的表兄阿克泰翁的命运，他因与彭透斯一样蔑视神灵，而在基泰隆山上被自己的猎犬撕裂。两人的相似比卡德摩斯认识到的还要紧密：彭透斯也会在同一地点被撕裂。这似乎是阿克泰翁如此频繁出现在《酒神的伴侣》中的原因（行 230、1227、1291）。

关于阿克泰翁的冒犯行为有多种版本。我们掌握的最古老权威（斯特斯科勒［Stesichorus］残篇 68，阿库斯劳斯［Acusilaos］残篇 33）称，阿克泰翁跟宙斯争夺塞墨勒，这个版本很可能来自赫西俄德的《厄奥俄》（*Eoe*）。当塞墨勒成了阿克泰翁的姨母，这个版本便不大合适，并且阿克泰翁把他的注意力转移到阿耳忒弥斯（Artemis）身上（狄奥多洛斯，《历史丛书》，4.81.4）；抑或被变成一个因此受到惩罚的夸口者，就像荷马《奥德赛》（8.224 以下）中的欧律图斯（Eurytus），或者索福克勒斯《厄勒克特拉》（行 564 以下）中的阿伽门农。欧里庇得斯是这个版本的最早权威来源。

ὁϱᾷς［瞧］引了这个人具有警示性的例子，参欧里庇得斯，《俄瑞斯特斯》，行 588；索福克勒斯，《安提戈涅》，行 712；安提法奈斯（Antiphanes）残篇 231.3；柏拉图，《高尔吉亚》470d。

在草木肥美的草原上，他叫自己豢养的

［*B*本］ὀϱγάσιν［草木肥美的］：尤用来指长满树木的山区地带。参欧里庇得斯，《厄勒克特拉》，行 1163 以下；《瑞索斯》，行 282。

食生肉的狗崽子们撕裂，因为他夸口说，

［*R* 本］*κομπάσαντ'*［夸口］：在所有古代文本中，只有这行诗为我们留下了这个传说版本。根据此处言简意赅的提及，观众应该熟知这个传说。埃斯库罗斯可能在他的悲剧《托克索提得斯》（*Toxotides*）中展开了这个传说（L. Séchan，《希腊悲剧研究文集》［*Études sur la tragédie grecque*］，Paris：H. Champion，1926）。我们不清楚科勒奥丰（Cleophon）和伊奥丰（Iophon）在他们名为《阿克泰翁》（*Actéon*）的剧中如何显现了这位主人公的死因。根据斯特斯科勒（残篇 236；泡萨尼阿斯，《希腊札记》，9.2.3）和古希腊初期史家阿库斯劳斯（公元前 5 世纪；转引自阿波罗多洛斯，《希腊神话》，3.4.4），阿耳忒弥斯遵宙斯之命毁灭了阿克泰翁，因为他追求塞墨勒，引发了奥林波斯主神的醋意。卡利马科斯后来使那个在希腊化时期获得巨大成功的版本广为流传，根据他的版本，这位年轻的猎手冒失地惊扰了正在洗澡的阿尔忒弥斯。不论其主题如何，阿克泰翁之死成为公元前 5 世纪艺术（尤其瓶画上）经常表现的一个片段。

　　［340］在狩猎上，他比阿耳忒弥斯更是把好手。
　　　　你可别摊上这种事；来，让我把常春藤冠

　　［*Se* 本］行 337—341：实际上，卡德摩斯的家族将被彭透斯摧毁，彭透斯与卡德摩斯的另一位外孙阿克泰翁（行 230？，行 1127、1291、1372？提到）落得同样的下场——他自己的猎狗（或像猎狗一样行动的亲人，1020—1023n.）将在野外把他撕裂。参荷马，《伊利亚特》，22.59—71。此外，*ὠμόσιτοι*［啖食生肉的］可能令人想起狂女们 *ὠμοφαγία*，*ἐν ὀργάσιν*［啖食生肉，在草木茂盛的土地上］，也会让人想起 *ὄργια*［秘仪］和行 445 的 *ὀργάδας*［在草木茂盛的土地］，彭透斯就在那里遇害。有关阿克泰翁罪行的另一版本即他在野外看见阿尔忒弥斯正在洗澡，参彭透斯偷窥野

外狂女的致命欲望（行 811—816、829、981）。

[*R* 本]为了支撑自己的建议，卡德摩斯在彭透斯眼前举了一个发生在自己家族里的例子：奥托诺厄的儿子阿克泰翁，彭透斯的亲表兄，因蔑视阿尔忒弥斯女神在基泰隆山上被自己的猎犬撕裂。阿克泰翁的命运预示了彭透斯本人的命运，他也会在相同的地方遭撕裂而死。这种很快就会成真的预感表明了一再提及阿克泰翁命运的原因（行 230、1227、1291）；这也证实了这位老人的真诚：倘若卡德摩斯并非真心实意相信狄俄倪索斯的神性，那么他不就会怀疑阿尔忒弥斯对阿克泰翁施行的那种致命的惩罚不会落在彭透斯头上了吗？古罗马时期石棺上有时同时呈现阿克泰翁被自己豢养的狗崽子吞食与彭透斯被狂女撕裂，以表现受惩罚的不虔敬（R. Turcan，《罗马石棺与酒神表征》[*Les sarcophages romains à représentations Dionysiaques*]，Paris：E. De Boccard，1967，页 432，注释 3）。

[*G* 本]剧中一再提及阿克泰翁的惨死（行 230、1227、1291），说明他的死具预言性。彭透斯就因冒犯酒神将在基泰隆山上被那群狂女撕裂。

　　　　戴在你头上，随我们一起去敬拜这位神吧。
　彭：　别伸过手来！你发你的酒神癫去，
　　　　莫把你的愚蠢揩到我身上！

[*Se* 本]彭透斯愤怒升级（参行 359），可能因为卡德摩斯（如果他真的）上前为他戴上头冠。但我们没必要（像多兹那样）认为，"彭透斯已隐约明白了这种新教仪对他的魅惑和致命危险"。相反，彭透斯甚至（很正确地）认为（参行 912—974），穿上仪式服装会影响心智（253n.）。

［345］你那个教授愚蠢的老师，

　　　我定要惩罚他。（向卫队）来人啊，速去

［R本］彭透斯很爱戴卡德摩斯（参行 1311 以下）。他还把怒气撒在忒瑞西阿斯身上，"这个教授愚蠢的老师"：彭透斯一直对他冷嘲热讽。实际就是先知主动引诱了这位老王（参行 175）。

　　　往他那鸟占的位前，

　　　用棍棒把它撬翻，

［Se本］ϑάκους［鸟占位］：相同的语词出现在《腓尼基少女》行 840；索福克勒斯《安提戈涅》行 999（指忒瑞西阿斯的占卜所。）泡萨尼阿斯（《希腊札记》，9.16.1）提到忒瑞西阿斯在忒拜的鸟占所（οἰωνοσκοπεῖον）。οἰωνοσκοπεῖ［鸟占］：对盲人来说似乎不可能，但在索福克勒斯的《安提戈涅》中，忒瑞西阿斯从鸟儿不同寻常的叫闹声中找到意义，还有一位童子向他描述祭坛上发生的情形（行 1001—1022）。

［R本］ϑάκους［鸟占位］：这个鸟占位就在卡德墨俄城（泡萨尼阿斯，《希腊札记》，9.16.1），距宙斯（Zeus Ammon）神庙不远，此地本就紧挨着塞墨勒的圣地，因此也就在卡德摩斯的王宫旁。

［D本］忒瑞西阿斯的鸟占位和塞墨勒的闺房一样，都曾是忒拜向游客开放的"景点"（泡萨尼阿斯，《希腊札记》，9.16.1）。或许，因此这里和索福克勒斯《安提戈涅》行 999 才提到这个鸟占位——除非是忒拜导游受这些段落启发"发现"了它。这位盲先知能从鸟叫声中解读出预兆（《安提戈涅》，行 1001 下），由一位助手向他描述鸟的动作。

［Sa本］μοχλοῖς τριαίνου［用棍棒撬翻］：参欧里庇得斯，《疯狂的赫拉克勒斯》，行 946，以及阿里斯托芬，《和平》，行 570。

一股脑儿搅他个地覆天翻，

［*Se* 本］这其实是狄俄倪索斯将对彭透斯的王宫所做之事（行602）。

［350］把他的羊毛带也抛在风暴中！

［*Se* 本］στέμματ'［羊毛带］：具多种仪式用途。羊毛带是德尔菲神谕的明显特征（欧里庇得斯，《伊翁》，行224、1310；阿里斯托芬，《财神》［*Plutus*］，行39），根据菲洛斯特拉图斯的说法（《画像》［*Imagines*］，2.33.1），羊毛带绑在多多那（Dodona）的橡树上，"因为它能做出神谕"。

［*R* 本］στέμματ'［羊毛带］：这些羊毛带是 οἰωνοσκοπεῖ［鸟占］的标志，盛怒之下的彭透斯因此构成蓄意渎神罪。

因为这么做，我最能伤他。
其余人等全城搜查，追查

［*Sa* 本］πόλιν［城邦］：可能指"城邦"。异方人最可能出现在基泰隆山上（行217以下，行237）。

那个带女相的异方人，是他给女人们

［*Se* 本］θηλύμορφον［带女相的］，参行235—236、453—459。在埃斯库罗斯的《埃多尼人》（*Edonians*）中，狄俄倪索斯的女相遭吕库古奚落（残篇61；参阿里斯托芬，《地母节妇女》，行134—140；埃斯库罗斯，*Theoroi* 残篇78a68等）。狄俄倪索斯可能在这里穿着女式长袍（阿里斯托芬，《蛙》，行46；克拉提努斯

［Kratinos］残篇 40），从公元前 5 世纪末开始，视觉艺术倾向于把狄俄倪索斯表现为带女人气的青年。该特征至少部分起因于酒神男性崇拜者的仪式性易装，参 912—976n.。公元前 186 年，罗马执政官也嘲笑酒神崇拜的新信徒（李维，《罗马史》，39.15.9）。迟至 6 世纪，狄俄倪索斯仍被称为 ἀρσενόθηλυς［双性的］。

　　［L 本］彭透斯的厌女症解释了他为何蔑视充满女人气的神。

　　［K 本］彭透斯再次充满（甚至沉迷于）性想象。

　　　　带入了疯病，玷污了她们的床榻。

　　［Se 本］νόσον［疯病］：在推源论崇拜神话中，因拒绝神而招致对整个共同体的惩罚，通常是一场瘟疫，也可能是对正常行为的极端颠覆。对彭透斯而言兼而有之。李维将公元前 186 年酒神崇拜在意大利的蔓延比作一场瘟疫（《罗马史》，39.9；参行 778—789）。当然，受神的控制和染病可以从相互的角度来看。在阿尔戈斯，普莱托斯的女儿们因拒绝狄俄倪索斯，不得不医治由此惹来的疯病（阿波罗多洛斯，《希腊神话》，2.2.2），在另一个版本中她们身体染疾（赫西俄德残篇 133）。

　　［L 本］参行 223—225。

　　［355］此人一旦抓获，将他捆绑
　　　　　　押到这里，让他受石击刑

　　［Se 本］通常认为，石击涉及整个共同体的参与（如欧里庇得斯，《俄瑞斯特斯》，行 442；埃斯库罗斯，《七雄攻忒拜》，行 199；索福克勒斯，《安提戈涅》，行 36），这个共同体因此可以团结一致，就像替罪羊仪式中的那种情形（参 Richard Seaford，《互惠与仪式》，前揭，页 185、313—316）。反讽之处在于，已是孤

家寡人的彭透斯本人就有点像替罪羊并遭石击，就像他威胁要让狄俄倪索斯那样也落得斩首下场（行241、1139—1141）。

［R本］λευσίμου δίκης［石击惩罚］，参欧里庇得斯，《疯狂的赫拉克勒斯》，行60。石击是一种由共同体作为执行人的惩罚，所有人都是行刑者。因此，这项惩罚尤其适用于犯下渎神罪的人，因此也适用于所有损害共同体的不法行为，此处即这种情况，至少彭透斯是。

　　　　而死，叫他看看在忒拜狂欢落得的下场。

_____

［Se本］凡是当通常带来欢乐的事物带来相反的后果时，欧里庇得斯就用 πικρὰν［下场］表示痛苦（《美狄亚》，行399，πικροὺς...θήσω γάμους；《赫卡柏》，行722，πικροτάτου χρυσοῦ 等）。这里的要害不是如评论家们所言，狄俄倪索斯的酒神狂欢将结局悲惨，而是受石击将成为一种痛苦的（πικρός）酒神狂欢（因此是单数形式的 βάκχευσιν），或是人们所说的涅俄普托勒摩斯将表演一次跳舞，以使自己免受枪林矛雨攻击（欧里庇得斯，《安德洛马刻》，行1135），在《伊翁》中，中毒的鸽子"发了一通酒神狂"（行1204）。

［L本］表明其意图后，彭透斯片刻也不愿与卡德摩斯和忒瑞西阿斯为伍。我们觉得，他现在要起身离开，但在先知对他说行358—359台词时，彭透斯在台上还可见。之后，他就离开了。忒瑞西阿斯在行361提到他时用了第三人称。

　　　　众兵一部分从舞台一方下，一部分从观众另一方下
　　　　彭透斯进宫。
　　忒：不幸的人呀，你不晓得你在说些什么哦！

_____

[R本]ὧ σχέτλι'[不幸的人呀]：用石击之刑威胁酒神的仆从，这是最渎神的做法，这令忒瑞西阿斯又惊又怜。οὐκ οἶσθα ποῦ...λόγων[你不晓得你在说些什么哦]见索福克勒斯，《俄狄浦斯王》，行413、366—367；《埃阿斯》，行386；《厄勒克特拉》，行935—936；欧里庇得斯，《伊菲革涅亚在奥利斯》，行1583。

> 你之前丧失了理智，现如今疯掉了。

[R本]μέμηνας...ἐξέστης：短暂的神经错乱（由不定过去时表明）与永久的疯狂状态（由完成时表明）的对比。在这里，忒瑞西阿斯概括了彭透斯在剧中即将经历的疯狂的两个阶段。

[360]卡德摩斯，我们上路吧。我们为他

[R本]στείχωμεν[上路]：想让彭透斯改宗的意图落空后，忒瑞西阿斯要上路了。忒瑞西阿斯并非要完全推卸责任，任由彭透斯铸成大错，而是明白他再也不能指望通过直接让彭透斯改宗来治愈这位国王的疯病。唯一的办法是在酒神面前为整个城邦求情，忒瑞西阿斯一点也不恨彭透斯，也没有气急败坏地辱骂他。

> ——虽然他狂暴，也为城邦恳请这位神
> 别做出什么出人意料
> 的事来。挂起你的常春藤杖随我走吧，
> 试着挽直我的身子，我也试着挽直你的；
> [365]两个老家伙跌上一跤可就难堪了；还是随它去吧，
> 因为我们得侍奉宙斯之子巴克科斯。

[Se本]在狄俄倪索斯的其他剧中，老年人行动不便（欧里

庇得斯,《安德洛马刻》, 行 747—748;《疯狂的赫拉克勒斯》, 行
119—124;《伊翁》, 行 738—740)。但在这里, 鉴于与行 187—
190 的欢快活力的对比, 这种普遍情况也可能表示沮丧。

　　[R 本] 卡德摩斯和忒瑞西阿斯为何要表明他们需要相互搀
扶? 为何偶然害怕跌倒? 卡德摩斯和忒瑞西阿斯虽年事已高,
却非随时要跌倒的颤巍巍的老人, 这两位老人打算徒步从忒拜
上基泰隆山, 卡德摩斯还将打两个来回! 施泰德勒认为, 两位
老人跳了一段狂欢舞蹈, 这可能导致他们失去了平衡(W. Steidle,
《古代戏剧研究》[*Studien zum antiken Drama*], München: W. Fink,
页 33, 注释 5)。

　　[D 本] 这种事是舞台对老人的常见刻画(参欧里庇得斯,《伊
翁》, 行 738 以下, Wilamowitz-Moellendorff,《欧里庇得斯残篇》,
前揭, 页 237)。但在这里具有某种独特的心理意义: 老年人很
沮丧, 而在沮丧中, 他们打消了狂欢仪式让人变年轻的幻想(行
187 以下)。

　　　　不过, 卡德摩斯哦, 但愿彭透斯不要给你家
　　────────────────

　　[Se 本] 关于侍奉诸神, 参西福德对《独目巨人》行 76—77
的注解。

　　　　带来"闷愁事"; 我说这话可不是凭预言,
　　────────────────

　　[Se 本] 这行诗并非表双关, 而是表忧虑, 根据是: 这些语
词的关系及其所指不是普通名词, 彭透斯的名字可能指称王室的
悲痛。参行 508 相同的关联; 卡厄热蒙(Chaeremon)残篇(*TrGF*
2.71F4); 忒奥克利特,《牧歌诗集》, 26.26; 科拉德对《乞援女》
行 496—497 的注解, 以及 Richard Seaford,《巴库利德斯的第

十一首颂诗》，前揭，页 131。

[*L* 本] Πενθεός [彭透斯] 和 πένθος [闷愁事] 的文字游戏很经典，尤参卡厄热蒙残篇 4，以及忒奥克利特，《牧歌诗集》，26.26。

[*R* 本] Πενθεός...πένθος [彭透斯……闷愁事]：这些文字游戏显得是很冷的双关。昆体良（Quintilian）也这么认为（《演说术教育》[*Institutio Oratoria*]，5.10.30）。但希腊人热衷于此，他们对个人及其名字之间的联系很敏感。因此，这些文字游戏常出现在墓碑上：譬如《希腊诗选》（7.610）中一个名叫彭透斯的已婚青年和他的妻子彭透斯逝乐（Penthésilée）。根据昆体良，高尔吉亚使这些近音词连用流行起来（《演说术教育》，9.3.74）。但我们在荷马笔下（譬如 Odysseus 和 ὀδύσσομαι）和悲剧中就已发现这些用法。埃斯库罗斯并非不屑于玩这些文字游戏，它们就出现在其悲剧中最具戏剧性的片段里见《阿伽门农》，行 687，1080。索福克勒斯（《埃阿斯》，行 430—431）、欧里庇得斯（《墨勒阿格》[*Meleager*]，517N^2）、阿里斯托芬（残篇 357）和柏拉图（《会饮》198c）喜欢运用这种近音词连用的同词源词（亚里士多德，《修辞学》，2.23.18 以下）。参 O. Lendle，《赫西俄德笔下的潘多拉传说》（*Die Pandorasage bei Hesiod*），Würzburg，1957，页 117—121；R. Pfeiffer，《古典学术史》（*History of Classical Scholarship*），Oxford：Clarendon Press，1968，页 4—5 及注释。卡厄热蒙还会提到这个文字游戏（残篇 4N^2），转引自亚里士多德，《修辞学》，2.23.25。我们在忒奥克利特笔下也发现了该文字游戏（《牧歌诗集》，26.26）。

[*K* 本] 古希腊语 pethos 指"哀悼"，此剧特别突出了这个关于彭透斯名字的明显双关语；参行 508、1113。

[*B* 本] 诗人们常从一个人的名字预见其命运。参行 508；索福克勒斯，《埃阿斯》，行 430。

[*Sa* 本] 欧里庇得斯就人名所玩的文字游戏，类似的例子还

有阿弗洛狄特、阿特柔斯（Atreus）、卡帕柔斯（Capaneus）、多伦（Dolon）、海伦、伊翁、墨勒阿格（Meleager）、忒奥克吕墨涅（Theoclymene）、忒奥诺耳（Theonoe）和托阿斯（Thoas）；这种情况也不独出现在欧里庇得斯作品里，也出现在埃斯库罗斯作品中，他用同样的方式处理了阿波罗、伊娥、普罗米修斯、珀吕尼克斯（Polynices）和海伦的名字；索福克勒斯的剧作也一样，见埃阿斯（Ajax）和希德罗（Sidero）的例子。我们不能把这些视为单纯的文字游戏，因为希腊人"从人名的含义中见出冠以此名的人的性格和命运；因此一旦取了这种名字，就真的会带上悲剧色彩"（科佩［Cope］对《修辞学》，2.23.29 的注解，在那里，亚里士多德援引了卡厄热蒙。

　　　　而是凭事实，因为有个蠢人在说着蠢话。

――――――――――――――――――

　　［L本］第一场戏以断言彭透斯的疯狂结束。这种疯狂的性质无疑不是由神引发的疯狂：μῶρος［愚蠢］不会指该词的更好的那层含义；彭透斯是个疯子。

　　　　忒瑞西阿斯和卡德摩斯从观众一方下。

四 第一合唱歌（行 370—433）

[*Se* 本]行 370—433 含伊奥尼亚韵的正反旋舞歌（参 64—169n.），其后的正反旋舞歌主要以格吕科尼亚为韵（以长短短长为主，该韵由一个长音，加两个短音和一个长音构成）。和《酒神的伴侣》中的其他合唱颂歌一样（参 64—169n.，519—575n.），这首颂歌仿若现实中的仪式颂歌。颂歌开场即祷词（或者赞美诗，希腊的赞美诗即一段吟唱的祷词，参 J. M. Bremer,《希腊颂歌》["Greek Hymns"]，收于 H. S. Versnel ed.,《信仰、希望与崇拜》[*Faith*, *Hope*, *and Worship*]，Leiden：Brill，1981，页 193—215），通常含一个称号，一个说明神的居所或所在地的关系从句和一个祈求：如荷马《伊利亚特》1.37 的"银弓之神，克律塞和神圣的基拉的保卫者，请听我祈祷……"。这首颂歌至静的氛围及其对酒宴美好兴致的突出，与进场歌的狂喜形成对照。由于《酒神的伴侣》总体上述及酒神崇拜的起源，此剧预示了酒神崇拜的多个（甚至相互矛盾的）方面。（酒神颂）进场歌预示了狂欢歌舞队的狂欢秘仪和她们把这位外邦神迎入城邦，这首颂歌则预示酒神节中民众平静有序的参与（尤其是行 412—413、430—431），兴许还预示了已入会的（男性？行 384—385）狂欢歌舞队（370n.、

389—391n.）放松的宴饮的平静有序。由上一场戏可见，这也呼应了忒瑞西阿斯发言中提到的那种混合，他把酒神仪式的广泛传播（比较行 381—385 与行 261、279—283，行 425 与行 282）与秘教因素（274—285n.、283n.、284n.、286—297n.）结合在一起，以及忒瑞西阿斯与肆心对抗（375n.）、信口开河（行 386、268）、无法无天（行 387、331），还有彭透斯的聪明（行 395，与真正的智慧相对，参行 179、268—269、311、332、480，行 877—881、897—901），每一首反旋舞歌都对比了他的反常愿望与普通凡人的酒神式幸福。从伊奥尼亚韵到更为轻松的格吕科尼亚韵的转换是为了配合悲剧性抒情诗中的那种欲望变得遥远（402—416n.）。但格吕科尼亚韵用在此处尤为贴切，因为行进中的（行 57）狂欢歌舞队预示着酒神崇拜的传播（409—411n.）。

　　歌队：（第一曲首节）

　　　　［370］虔敬女神啊，诸神的女王，

────────────────────

　　［*Se* 本］关于 hosia 和 hosios 的含义（行 70、77、114、374），参 R. C. T. Parker，《污浊》，前揭，页 323、330、338。该词主要指仪式中的纯净或审慎，但有时（如此处，参行 374—375 用于指肆心）也含道德维度（如秘教入会仪式）。入秘教者被净化，参欧里庇得斯残篇 472.15；阿里斯托芬，《蛙》，行 327、336；普鲁塔克残篇 178；《俄耳甫斯教祷歌》，84.3；琉善，《炫耀生僻词汇的人》（*Lexiphanes*），节 10。因此，这里贴切地也用同一个语词（πότν-［女王、女主人］）指称虔敬女神（用的是它的旧体，参《荷马颂歌》，2.118，用 πότνα θεᾶων 指得墨特耳）和狂女（行 664，ποτνιάδας）。关于酒神的人格化，参 415n.。

　　［*Sa* 本］Ὁσία［虔敬女神］显然是欧里庇得斯本人杜撰的化身；从未在其他地方出现过，尽管就其总体特征而言，可能认为

与忒弥斯（Θέμις）女神密切相关。

> 虔敬女神噢，你鼓着金翼
> 掠过大地，

[L本] κατὰ γᾶν[掠过大地]，格雷瓜尔认为，意思不是"降落到大地"，而是"掠过大地"，φέρεις现在时传达出动作的持续性。我觉得意思是"降落大地"。虔敬女神的形象：从天降临人间，以勘察彭透斯的不虔敬，与正义女神一样从天上飞下，防止凡人不虔敬一样，参赫西俄德，《劳作与时日》，行193以下。

> 可听见彭透斯的这些话？
> 你可听见他对
> [375]布洛弥俄斯不虔敬的肆心？

[Se本] ὕβριν[肆心]的核心意思是"对他人荣誉的严厉攻击，可能导致羞耻，招来怒气和报复"：N. R. E. Fisher，《肆心：古希腊荣誉与羞耻的价值研究》，前揭，页1。彭透斯对狄俄倪索斯的肆心是一个一以贯之的主题：行516、555、1297、1347（以及相反，行247、779）：N. R. E. Fisher，《肆心：古希腊荣誉与羞耻的价值研究》，前揭，页443—452。

[R本] ἀίεις[听见]：悲剧中通常用来指某人或歌队吁请无所不见、看顾一切的神力。参荷马，《伊利亚特》，3.277；埃斯库罗斯，《被缚的普罗米修斯》，行587；《乞援女》，行77，162等；索福克勒斯，《厄勒克特拉》，行790以下等。

> 对塞墨勒的儿子，对这位在戴着
> 美丽花冠的节会中居众有福者

［*Se* 本］细数酒神的职能是这首颂歌的特点，参譬如 K. Keyssner，《古希腊颂歌中神的概念与生活观念》(*Gottesvorstellung und Lebensauffassung im griechischen Hymnos*)，Stuggart：Kohlhammer，1932，页 57—58。

> 首位的精灵? 他带来了这些东西：
> ［380］用舞蹈举行狂欢庆祝酒神节，
> 　　合着簧管音欢笑
> 　　消忧解愁，

［*Sa* 本］ἀποπαῦσαί τε μερίμνας［忘忧］：参亚里士多德，《政治学》，8.2。我们将看到，眼下这行诗以及亚里士多德那段话的文脉均指向"音乐""葡萄酒""睡眠"。

> 每当葡萄酒的晶莹闪现

［*R* 本］βότρυος...γάνος［葡萄酒的晶莹］：这种表述司空见惯，参埃斯库罗斯，《波斯人》，行 615；阿里斯托芬，《蛙》，行 1320。

> 在诸神的宴会上，以及在那

［*Se* 本］ἐν δαιτὶ θεῶν［在诸神的宴会上］：诸神被想象成参与凡间宴会：Walter Burkert，《希腊宗教》，前揭，页 107。这位神通常是狄俄倪索斯，参 M. P. Nilsson，《古希腊节日的宗教重要性》(*Griechische Feste von religiöser Bedeutung*)，Leipzig：B. G. Teubner，1906，页 279—280。

［*L* 本］ἐν δαιτὶ θεῶν［在诸神的宴会上］：欧里庇得斯从《奥德

赛》借用了该表述，字面意思是"在诸神的宴会上"。一般认为，此话意为纪念诸神的宴会，一顿圣餐，一次伴有献祭的进餐。但在《奥德赛》中，一同进餐的无疑是诸神（4.336、8.36）。我们认为此处也是这种情形：ϑεῶν[诸神]和 ἀνδράσι[凡人]呼应了狄俄倪索斯给诸神和凡人带来欢乐。

[B本]δαιτι ϑεῶν[诸神的宴会]：在《伊菲革涅亚在奥利斯》中指诸神的宴会。但在《奥德赛》中（8.76），该短语指奥德修斯和阿波罗发生争吵的那场宴席。参荷马，《奥德赛》，3.336、3.420；赫西俄德，《劳作与时日》，行742、736。在所有这些地方，均与此处一样指纪念诸神的宴席。

> 头戴常春藤的宴饮里，
> [385]调酒缸用睡眠拥抱

[K本]希腊人喝掺水的酒（通常两分水一分酒），调好的酒盛在一个大缸里，饮酒者从中舀取。

> 男人们之时。

[Se本]ἀνδράσι[男人们]：这种说法可能部分旨在回击彭透斯行260—262对女子饮酒的嘲弄（注意措辞的相似）。

> （第一曲次节）
> 口无遮拦，

[R本]ἀχαλίνων στομάτων[口无遮拦]："嘴巴没加马嚼子"，该隐喻很常见，参《被缚的墨拉尼佩》（Mélanippe Enchaînée）残篇492N²；阿里斯托芬，《蛙》，行838；柏拉图，《法义》701c；

以及出现在《普罗塔戈拉》338a 中的意象。参 J. Taillardat,《阿里斯托芬的意象》(*Les Images d'Aristophane*), Paris: Les Belles Lettres, 1965, §497, 514。

> 无法无天的蠢行,

[*Se* 本]参行 995, 331n.、891—896n.。

> 下场真不幸;
> 安宁的

[*Se* 本]行 389—391, *ἡσυχίας*[安宁的]与无法无天的蠢行和疯狂(行 387、399)形成对比。马厩那场戏(行 622、636)也将出现这种对照。在那里,该词可能反映入会仪式中压轴(621—622n.)的平静喜悦。*ἡσυχίας* 还在柏拉图伪篇《阿克西库斯》中被描写成在(暴风雨中)死后重生的岿然不动(370d4)。我认为这源自避风港的神秘意象(902—905n.; 参《阿克西库斯》371de)。

[*L* 本]*ἡσυχίας* 指凡人的明智,这种人避开一切鲁莽的行动,特别是头脑发热的行动。欧里庇得斯将在第二曲吁请 *Χάριτες*[美惠女神]和 *Πόθος*[欲望之神], 阿里斯托芬在《鸟》行 320 以下将之与 *Ἡσυχία*[安宁女神]关联在一起。

> [390]生活和审慎
> 却可保安然, 维系家族; 因为,

[*B* 本]*ἀσάλευτόν*[不动的]: 借自暴风雨中船只的摇摆。在《美狄亚》(行 770)中, 生活也被喻为一次航行。

[*R* 本]*ἀσάλευτόν*[不动的]: 意象的平庸表明思想的平庸。家

族和城邦常被喻为海上的航船，譬如埃斯库罗斯，《阿伽门农》，行 1007 以下；索福克勒斯，《俄狄浦斯王》，行 23；《厄勒克特拉》，行 1074；《安提戈涅》，行 163；欧里庇得斯，《瑞索斯》，行 247。

　　[*Se* 本] 彭透斯的蠢行将毁灭他的家族，致使家人离乱，这座屋子也将实体坍塌。

> 乌拉诺斯的儿子们虽远住云天，
> 　却依然照看着凡人。

　　[*L* 本] 诸神看顾凡人行为的看法得到广泛认同。这种说法在《劳作与时日》中就一再出现。参《酒神的伴侣》同期作品，欧里庇得斯的《阿刻劳斯》(*Archelaos*)。亦参埃斯库罗斯，《阿伽门农》，行 369—371；柏拉图，《法义》888c。神意清明的这种现实有时遭到挑战，参欧里庇得斯，《特洛亚妇女》，行 1076—1080；《疯狂的赫拉克勒斯》，行 488 以下。

　　[*R* 本] 行 392—394：歌队相信，存在某种摧毁罪恶之人的神义，这种信念认为诸神看顾着人类的生活。然而，日常经验并不总符合这种对世界的乐观看法：恶人战胜、欺凌好人的事时有发生。我们还能说诸神看顾凡人吗？这个严肃的问题吸引着从赫西俄德到普鲁塔克的希腊人，尤参普鲁塔克，《论神义的迟到》(*On the Delay of the Divine Justice*)。这两个作家提供了正面解决方案；但公元前 5 世纪和公元前 4 世纪不断降临在希腊诸邦上的灾难，引发了对神义的质疑。欧里庇得斯的作品就有所反映，例如在《赫卡柏》中 (行 488 以下)："宙斯啊，我要怎么说呢？是你照看着凡人呢，还是你们徒然怀着这错误的意见，好像一位有神明一族，其实只是机运在看顾一切世事吗？"在《特洛亚妇女》剧末 (行 1076—1080)，歌队凝视着特洛亚城烟熏火燎的断壁残垣，向宙斯发难："我能信天吗？主神啊，你端坐在宝座上，关

心这些不幸吗？还有这造成火灾的微光，熊熊烈火毁灭了我的城邦。"在《贝勒洛普丰》(*Bellerophon*)(残篇 286N²)中，这种质疑显得更极端："难道天上真有诸神吗？根本就没有！……"由于没有上下文，我们无法断定，这些话在当时表达的就是欧里庇得斯本人的质疑，但毫无疑问，在公元前 5 世纪和公元前 4 世纪，很多希腊人都持这种怀疑。因此，在埃斯库罗斯的《阿伽门农》中，歌队宣称(行 369—371)："曾有人说，诸神不屑于看顾那些践踏了神圣美好之物的人；说这话就是对神不敬。"在《法义》(888c、889d 以下)里，柏拉图驳斥了这类观点。持这种观点的人在希腊化时期也有增无减，人们认为，主宰凡人的神是命运女神 / 机运神堤刻(Tyche)；人们也更愿意信仰那些灵验的神，触手可及且灵验的可知诸神，而非那些远住奥林波斯神山，对凡间不管不顾的诸神。这种看法清楚呈现在赫尔默克勒斯(Hermocles)献给德米特里一世(Demetrius Poliorcetes)的凯歌中："其他神祇遥不可及；要么充耳不闻，要么他们根本不存在，抑或完全不关心我们的需求。而你(得墨特里奥斯)，我们在这里看见了你，不是在木头上，也不是在石头上，而是真真切切存在着。"我们还可援引特拉蒙(Telamon)在《恩纽斯》(*Ennuis*)这出悲剧中的话："我一向就说，我也还将这么认为，天上存在诸神，但我深信，他们对凡人一族漠不关心，因为，倘若他们有神祇，像人们说的那样，他就会更好地对待好人，更坏地对待恶人。现实中却正好反了过来。"吕底亚狂女歌队承认，诸神离得远，但一口断定，诸神并非无动于衷。《阿刻劳斯》中也表达了对神力灵验的相同看法："你觉得，正义女神(Dike)远在天边；她就近在眼前，你瞧不见她，但她看得到你"(残篇 255N²)。

[395]聪明不是智慧，

[*Se*本]可能影射彭透斯的聪明（行 268、332）。关于狄俄倪索斯的"智慧"，参狄菲卢斯（Diphilos）残篇 86。

[*L*本]τὸ σοφὸν δ' οὐ σοφία[聪明不是智慧]，欧里庇得斯喜用这种对比，参《伊菲革涅亚在奥利斯》，行 1139 的"现在你这种聪明就不算聪明"；《俄瑞斯特斯》，行 819 的"好的又是不好的行为"。显而易见，此处的 τὸ σοφὸν[聪明]指智术师所谓的智慧。

　　　　思索不属凡人之事也不是。

[*Se*本]追求凡人力所不能及的地位。

[*L*本]τό τε μὴ ϑνητὰ φρονεῖν[也不是思索不朽的东西]明确了前一句的意思。凡人的大错在于欲与诸神平起平坐，妄图僭越属诸神的领地。人生短暂，有死的凡人应追求与其转瞬即逝的生命契合的幸福。这种观点广为人知。欧里庇得斯令这一观点耳目一新之处在于，他将之延伸至认识（connaissance）的领域。

　　　　人生短暂；既然如此，
　　　　谁要追求伟大的东西，
　　　　就会连手中之物也丢掉。

[*Se*本]行 397—399 表达了一种普遍看法：欲求不可能之物，使很多人失去已有之物（τοῦ παρόντος）。参赫西俄德残篇 61；梭伦（Solon）残篇 4.7—10；德谟克里特残篇 112、119；品达，《皮托竞技凯歌》，3.19—23、3.58—60。这可能暗示，φέρειν 更易"得到"（如索福克勒斯，《俄狄浦斯王》，行 124；琉善，《犬儒》[Cynic]，节 17）。另一方面，词序"τίς ἄν"似乎表明，这里需要一个疑问词（τίς）而非陈述词（τις）。

[*L*本]我们在赫西俄德笔下已见过这一对比（残篇 219）。

这种观点在品达笔下司空见惯。

[400] 这些是疯子和

[L本] 忒瑞西阿斯已将彭透斯视为疯子。酒神狂女们在此呼应这位老先知的说法。

　　　蠢人的生活方式，在我看来。

[Sa本] παϱ' ἔμοιγε [在我看来] 参希罗多德，《原史》，1.86；德摩斯梯尼，《第二篇奥林图斯演说》(Olynthiac 2)，节 3；欧里庇得斯，《厄勒克特拉》，行 737。

　　　（第二曲首节）
　　　我愿到居浦路斯岛

[Se本] 行 402—416：歌队逃跑的欲望亦参欧里庇得斯，《希珀吕托斯》，行 732—751。但这可能尤其是酒神狂欢歌舞队的特质，因为在《独目巨人》中，萨图尔狂欢歌舞队的情形跟此处差不多，他们后悔远离有阿弗洛狄特在场、可进行酒神狂欢的地方（行 64—72）。

[R本] 从埃瓦戈拉斯（Evagoras）开始，雅典人的注意力就被吸引到居浦路斯岛。公元前 411 年，埃瓦戈拉斯登上萨拉米斯（Salamis）王位，成了他们的盟军（[译按] 埃瓦戈拉斯是居浦路斯岛的萨拉米斯国王 [公元前 411—前 374 年]，伊索克拉底在著作中引之为统治者的典范）。此外，喜剧诗人法诺克勒斯（Phanocles，普鲁塔克，《席间闲谈》671c）为我们留下了关于这一传统的记忆：狄俄倪索斯将回到居浦路斯，为了跟阿多尼

斯（Adonis）竞争阿弗洛狄特的芳心。这位女神（《俄耳甫斯教祷歌》，55.7；亦参 42.7；57.3—4）常与狄俄倪索斯联系在一起：这两位神属同辈，皆为生殖力之神和本能之神；阿弗洛狄特这位优雅的女神在诗中是狄俄倪索斯的庇护者。在柏拉图的《会饮》（177e）中，阿里斯托芬说："他总泡在狄俄倪索斯和阿弗洛狄特那里。"这一关联在崇拜仪式中有具体体现：这两位神在阿尔戈斯和阿凯亚的布拉（Bura）共享一座神庙（泡萨尼阿斯，《希腊札记》，2.23.8、7.25.9）。公元前 5 世纪和公元前 4 世纪，这两位神常一道出现在瓶画里。在雅典人的伊奥巴克伊（Iobacchoi）宗教团体里，一部宗教剧把狄俄倪索斯和阿弗洛狄特合二为一，由一名信徒扮演。在杜拉-欧罗珀斯（Doura-Europos）的酒神颂中，这位女神还跟布洛弥俄斯一起作为吁请对象出现。

　　[K 本]欧里庇得斯把想逃走的歌队呈现为希腊人，而非外邦人；她们之所以想念居浦路斯，是因希腊人认为，此地是爱神与和解之神阿弗洛狄特的出生地，阿弗洛狄特有时跟狄俄倪索斯崇拜关联在一起——可能因为二者的生殖力。但在这里，以及跟庇厄里亚（缪斯女神的居所）和欲望之神非同寻常的关联中，性欲之爱用于象征自由与和平。

　　[D 本]行 402—416："祈求逃离的祷文"在欧里庇得斯的抒情诗中司空见惯（譬如《希珀吕托斯》，行 732—751，《海伦》，行 1478—1486），部分可能因为这些都是战时创作的抒情诗。有时候，这种祈祷跟剧本毫不相干，读上去就像诗人的喃喃自语（Wilamowitz-Moellendorff，《欧里庇得斯残篇》，前揭，页 217 以下）；有人认为，眼下这段祈祷是欧里庇得斯本人想"在（居浦路斯或马其顿的阿刻劳斯）宫廷的荫凉处"找到"酒神式的安宁"。事实可能如此，但我们不必硬这么认为：歌队想要逃离迫害者，去往一个能举行狂欢仪式的平静之地，这种想法很自然。

阿弗洛狄特的岛屿去，

那儿有令凡人

[405]心醉神迷的爱欲神；

还有那帕浦弗斯，那里不下雨，

[L本]此处提及 Πάφον[帕浦弗斯]，引起了争议。有上百条河流滋养其河岸的河流似乎是尼罗河(Nil)，但尼罗河并不流经居浦路斯，也不浇灌帕浦弗斯。

却有一条有着成百河口的外邦河流，

使土地变得肥沃。

[Se本]行406—408：此河准是指尼罗河。因为(1)它是外邦河；(2)有成百河口；(3)有融雪汇入，但无雨(参欧里庇得斯，《海伦》，行1—3；残篇228；希罗多德，《原史》，2.22.3、35.2)。但这条河何以"滋养"居浦路斯的帕浦弗斯？只有认为它从埃及海底流过。据说，德洛斯的伊诺普斯河(Inopus)受尼罗河水补给(卡利马科斯，《狄安娜颂》[Hymn to Diana]，行171)；欧里庇得斯，《希珀吕托斯》，行121—122提到一条受海水补给的泉流。曼尼利乌斯(Marcus Manilius)，《占星学》(Astronomicon)，4.635提到"居浦路斯受到埃及河流的拍打"，叙拉古的阿瑞图萨河(Arethusa)受阿尔普菲斯河补给(例如品达，《涅墨竞技凯歌》，1.1)。据当地人称，居浦路斯东北部的河流来自阿纳托利亚(Anatolia)，参 G. Hill，《居浦路斯史》(A History of Cyprus)，Vol. 1，New York：Macmillan Company，1940，页6。

或者去那最美的

[410]庇厄里亚，缪斯们的住所，

[*Se* 本] 行 409—411：关于狄俄倪索斯与庇厄里亚（坐落于奥林波斯山东北部）的关系，参斐勒达摩斯，《酒神颂》，行 53—56。关于狄俄倪索斯与缪斯女神，参索福克勒斯，《安提戈涅》，行 965；普鲁塔克，《伦语》717a。《酒神的伴侣》可能为了参加阿刻劳斯在迪翁（Dion）附近举办的戏剧比赛而作（狄奥多洛斯，《历史丛书》，17.16.3），阿刻劳斯是欧里庇得斯在马其顿的恩主。

[*R* 本] *Πιερία*[庇厄里亚]位于奥林波斯神山东北坡，独立一隅、林木繁茂、万壑林立，急流千竞，参 L. Heuzey，《奥林波斯神山与阿卡奈》(*Le Mont Olympe et l'Acarnanie*)，Paris：F. Didot，1860，页 93 以下，页 202 以下。缪斯女神本身就居于庇厄里亚，她们出生于奥林波斯神山（赫西俄德，《劳作与时日》，行 1；《神谱》，行 53）。

[*K* 本] 庇厄里亚是缪斯女神的出生地。此地没有居浦路斯远，临近欧里庇得斯在马其顿的隐居之所。

> 奥林波斯的神圣山坡，
> 把我领到那里去，布洛弥俄斯嗬，布洛弥俄斯嗬，
> 引领迷狂的神哦！

[*R* 本] *ἐκεῖσ'*[那里]，亦即三处庇护所：居浦路斯岛、埃及和奥林波斯神山。

> 那儿有美惠女神，
> [415] 那儿还有欲望之神；在那里，酒神的伴侣们

[*Se* 本] 拟人化的欲望在瓶画中出现于酒神在场的情景中（J. D. Beazley，《雅典红彩瓶画》，前揭，1188.1、1382.92），和平之

神也一样（行 419—420；J. D. Beazley,《雅典红彩瓶画》，前揭，1152.8、1316.3）。欧里庇得斯所作的一首和平女神颂得以留存下来（《克瑞斯丰特斯》[*Cresphontes*]残篇 453）。

[*R*本]这些常与阿弗洛狄特一起出现的神——美惠女神和欲望之神珀托斯（Pothos）很自然地出现在常与阿弗洛狄特一起的狄俄倪索斯身旁。美惠女神在奥科默勒（Orchomère）受人崇拜，形象是三块从天而降的石头（泡萨尼阿斯,《希腊札记》，9.39.1），起源上和缪斯女神一样，是生殖力的庇护神。她们是开花植物女神，也主宰丰收后举行的宴饮。赫西俄德（《神谱》，行 907—909）和品达（《奥林波斯竞技凯歌》，14.19—21）称之为阿格拉厄（Aglaea，光辉女神）、欧弗洛希涅（Euphrosyne，欢乐女神）和塔莉（Thalie，怒放女神）。将之视为狄俄倪索斯的同伴很正常（H. Jeanmaire,《狄俄倪索斯》，前揭，页 30 以下）。在奥林波斯神山上，狄俄倪索斯和美惠女神共享一个祭坛。

[*Sa*本]*Πόϑος*[欲望之神]：一位抽象的神（参行 370 的"虔敬女神"），埃斯库罗斯《乞援女》行 1040 将之拟人化为居浦路斯的儿子，阿里斯托芬,《鸟》，行 1320 提到他时还提到美惠女神（和这里一样）。格雷（Thomas Gray）说："年轻的欲望之神风华正茂，是爱神的紫光。"

> 可以合法举行秘仪。
> （第二曲次节）
> 身为宙斯之子的这位神
> 喜欢节日的宴饮，
> 钟爱赐福者和平之神，

[*L*本]和平观念总与繁荣富足联系在一起。

［420］那位哺育男儿的女神。

［L 本］κουροτρόφον［哺育男儿的］：赫西俄德将该修饰语用于形容和平女神（《劳作与时日》，行 228）。

［R 本］行 417—420 中，这些吕底亚狂女再次表明了她们的要题：狄俄倪索斯是宙斯之子。这是证实凡人尊崇酒神的第一个论据。第二个论证歌队登场后已多次展开：狄俄倪索斯是充盈之神、快乐之神、宴饮之神与和平之神。狄俄倪索斯与和平女神，丰饶与快乐，在雅典民众观念里密切相关。对阿里斯托芬笔下的农夫（无论狄克珀里斯［Dicepolis］还是特律盖奥斯［Trygaeus］，都因战争被迫离开土地）而言，乡间酒神节象征着他们热盼的和平。这种 φιλαμπελωτάτη［喜欢葡萄树的］和平（阿里斯托芬，《和平》，行 308）带来丰收，为由狄俄倪索斯主导的宴会提供所需（阿里斯托芬，《阿卡奈人》，行 195 以下，行 971 以下；《和平》，行 560 以下等）。赐福者（ὀλβοδότειραν）和平女神自然地出现在狄俄倪索斯左右（维埃纳双耳爵，J. D. Beazley，《雅典红彩瓶画》，前揭，1152.8、1316.3）。大约在公元前 403 年，但更可能是在公元前 374 年，雅典给矗立在集会广场上的和平女神塑像（老科菲索多特［Cephisodotus the Elder］的作品）镀上青铜：和平女神右手怀抱一副幼儿模样的财神普鲁托斯（Ploutos）。因此，这尊和平女神塑像既代表哺育男儿（courotrophe），又代表充盈的分配者。"哺育青年"、分配财富的和平女神主题在文献中一再出现，不只在赫西俄德笔下，也出现在巴库利德斯（Bacchylides）和欧里庇得斯笔下（《乞援女》，行 490；《俄瑞斯特斯》，行 1682；《克瑞斯丰特斯》残篇 453N[2]），同时也很自然地出现在阿里斯托芬的《阿卡奈人》《和平》《吕西斯忒拉忒》中。

［Sa 本］Εἰρήναν κουροτρόφον［哺育男儿的和平女神］："哺育男儿的和平女神"这种称呼来自赫西俄德，《劳作与时日》，行 226。

很多片段都能证明欧里庇得斯对和平的热爱，譬如参精妙的残篇
《克瑞斯丰特斯》，462。参阿里斯托芬，《和平》，行 308。

> 她平等赐予富人
> 和穷人饮酒的快乐，

[*Se*本] 行 421—423：狄俄倪索斯民主特性的一个方面
（206—209n.）就是为所有人提供葡萄酒，可能因葡萄酒在秘仪中
的特殊作用（283n.），但在酒神节中更为明显。如在安忒斯特里
亚节上的新酒开坛时，人们甚至不能拒绝把酒给奴隶喝（赫西俄
德，《劳作与时日》[古注本]，行 368）。普鲁塔克（《伦语》389a）
表示，狄俄倪索斯另有称号 *Ἰσοδαίτης*["在酒宴中平分者"]。

[*R*本] 狄俄倪索斯平等分配给穷人和富人醉酒的恩惠，这
在文献中司空见惯：譬如品达在一首《酒神颂》（残篇 124a—b；
参 B. A. van Groningen，《宴饮上的品达》[*Pindare au Banquet*]，
Leiden：Sijthoff，1960）中说起葡萄酒作用下的情形："凡人忘却
了心中的块垒；在成堆黄金闪闪的波光里，拉平了一切，我们驶
向虚妄角（le cap de l'Illusion）。穷人过着富足的生活；富人，他
们……（缺漏）……颂扬这些精神，被葡萄酒的这些特点击得粉
碎。"根据普鲁塔克（《论德尔菲神庙的 E》[*De E apud Delphos*]，
节 9），人们吁请狄俄倪索斯时叫他 *ἰσοδαίτης*，"持平等立场者"。

> 借以浇愁；
> 她憎恨那些无心

[*R*本] *μισεῖ δ'*[憎恶]：狄俄倪索斯分配给信徒幸福，但无情
打击敌视（或只是无视）其教仪的人。狄俄倪索斯"对凡人而言
最可怕，又最和善"（行 891）。这个警示为下文埋下伏笔。

［425］在白天和无数可爱的夜晚，

［*Se* 本］*νύκτας τε φίλας*［可爱的夜晚］，参行 237、486、862、1008。

度过愉快生活的人。
明智者会让心灵和思想远离
优异之人；
［430］凡是多数人——
民众尊为习俗
并奉行的东西，我都欢迎。

［*Se* 本］在欧里庇得斯剧本和其他地方，*φαῦλος*［民众］通常是贬义词（譬如参亚里士多德，《政治学》1319a24—5，在讨论民主制时提到 *πλήϑη...φαλότερα*［多数人……民众］）。因此，这种看法含某种悖谬的因素，对于基督教出现前的世界而言极不寻常，表明了酒神崇拜的民主性。

［*L* 本］*φαυλότεροι*［民众］：此处谈及民众的观点，与所谓的圣贤观点针锋相对。和 *φαῦλος* 一样，该词含贬义。

［*R* 本］行 430—433：*ἐνόμισε*［尊为习俗］指信仰，此即 *σοφία*［智慧］；*χρῆταί*［奉行］指崇拜仪式，此即 *ὁσία*［虔敬］。要整体解读这段合唱歌，必须强调这几行诗的重要性。显而易见，欧里庇得斯是在让吕底亚狂女以他本人的名义在发言。同样，在《美狄亚》中，诗人的观点借歌队女人们之口道出（行 1081 以下）。

五　第二场（行 434—518）

[*Se* 本]这一场（以及接下来的两场）主要呈现了凡人权威与宗教信仰的冲突。冲突以两人有力的简单对白的形式呈现。双方都看到不同的现实，双方既强势又弱势。这简短的一场与下一场形成鲜明对照。不同于上一场冗长的对驳，狄俄倪索斯与彭透斯紧凑而不断改变的对话，完美表现在单行轮流对白中。一方面，在行 434—452 中，彭透斯愈发孤立无援。合唱歌的最后几句话偏向普通人，现在，普通人（仆从）将（与政治权威形成对照）偏向新的崇拜仪式（行 449—500）。此即这一场与《新约》的几处对应之一，亚历山大里亚的克雷蒙（Clement of Alexandria）将行470、472、474、476 让基督道出（《杂论》[*Stromata*]，4.25.162）。另一方面，在行 453—518 中，由统治者彭透斯发问，但他也不时流露出对秘仪本身的兴趣，得到的回答可能反映了用来迷惑新入教者的谜样语言（480n.）。这可能象征着彭透斯（不由自主地）迈向入教仪式的第一步。

[*K* 本]行 434 以下：仆人已遵彭透斯之命（可能在基泰隆山附近）逮捕了异方人，向他报告了山上所发生和未发生之事。这是古希腊戏剧必不可少的一个惯例，台下发生的遥远的暴力（或

复杂的）行动由信使讲述。信使的发言是希腊悲剧的重要组成部分，其常有些矫揉造作的表述通常由剧作家精心构思。

> 队长携众卫兵从舞台一方上，
> 另一些卫兵从观众一方上，
> 押着伪装成吕底亚异方人的狄俄倪索斯上，
> 彭透斯从王宫上。
> 卫队长：彭透斯，你派我们去捕捉的这个猎物，

[L本] ἄγραν ἠγρευκότες[捕捉的猎物]，狩猎用语（参行436的θῆρ[畜生]）。彭透斯的这位来访者用了取悦他的语言。

[R本] ἄγραν[猎物]：狩猎的意象将贯穿整部悲剧，结果也将揭示，猎手其实是猎物。这个意象并不新奇，譬如埃斯库罗斯，《和善女神》，行147—148。不过，由于狩猎的意象完全符合情形，就赋予它在此剧中某种新奇的力量。

[K本]延续了行434的"猎物"隐喻，但对彭透斯行618以下和行920以下看到异方人时的公牛幻象意义重大。

> [435]我们把它带回来了，我们这趟没白跑。
> 我们发现，这畜生很温驯，没有

[Se本] θῆρ[畜生]：反讽之处在于，就在彭透斯（和此处的狄俄倪索斯一样）被猎捕前不久（1020—1023n.），狄俄倪索斯将变成野兽出现在彭透斯跟前（行922，θῆρ）。

> 拔腿开溜，而是自愿伸出双手；
> 他没有吓得苍白，酒红色的面颊没有改色，

[*L*本]关于 οἰνωπὸν[酒红色、绯红色]的确切含义，参行
236。

他笑着要我们把他绑上带走，

[*Se*本]据我所知，一般而言，γελῶν 无疑指"大笑"，从不
指"微笑"，但在这里有时译为"微笑"，可能是下意识想起《荷
马颂歌》中，狄俄倪索斯"微笑着"（μειδιάων）端坐着被海盗抓住
（7.14）。瓶画中所绘的他那张戴着面具的脸，有时也带着微笑（譬
如 J. D. Beazley，《雅典黑彩瓶画》，前揭，275.8），他在剧中也可能
戴着一张微笑的面具。在一幅古画里，酒神与拟人化的笑神有关
（菲洛斯特拉图斯，《画像》，1.25），在 3 世纪杜拉-欧罗珀斯的一
个粗工雕件上，狄俄倪索斯"在此大笑"。参行 380、1021n.；索福
克勒斯残篇 171；诺努斯，《狄俄倪索斯》，10.354。

[*K*本]异方人优雅的不祥微笑无疑由演员的面具固定。

[*D*本]γελῶν[微笑]：扮演异方人的演员无疑自始至终戴着
一张微笑的面具（参行 380；《荷马颂歌》，7.14）。这种微笑令人
捉摸不透——此处是一种殉道者的微笑，后来又成了毁灭者的微
笑（行 1021）。这种微笑还出现在阿克齐乌斯（Accius）的《酒神
的伴侣》中（残篇 11［18］）。

[440]他站着不动，让我毫不费劲就弄妥了。

[*Se*本]参奈维乌斯（Naevius），《吕库古》（*Lycurgus*）残篇
44、45 的"不是由神的手牵着，像小牛一样走向死亡"；以及《马
太福音》，26.50，《约翰福音》，18.4—8 中耶稣的被捕。阿克齐乌
斯对这些诗行的模仿留存下来（残篇 215—216）。

为此，我羞愧难当，便说道："异方人呐，抓你

[B本]信使在讲述自己不情愿地捆绑了异方人时，也警示彭透斯不要无视事实真相；另一方面，信使（虽很不乐意）马上遵守命令，使他免受僭越主人的指控。

非我本意，我只是奉彭透斯之命行事。"
至于你那些在押的女信徒们，你当初把她们抓走，

[R本]ᾰς δ'αὖ[至于那些]：信使开始了他叙述的第二点，囚禁在忒拜的那些狂女逃走了。然而，她们之前早已身披链锁，被牢牢收押在监！

戴上镣铐，囚在公共监牢里，
[445]她们已经跑了，那些解脱的女人，奔向草木茂盛的地方
撒开了欢，高声呼喊着布洛弥俄斯神；
镣铐自动从她们脚上松开，

[R本]διελύϑη[松开]：狄俄倪索斯本身即"解放"神。解放神（Λύσιος）狄俄倪索斯受科林斯和希库奥涅（Sicyone）崇拜（泡萨尼阿斯，《希腊札记》，2.2.6、7.56；参 M. P. Nilsson，《古希腊节日的宗教重要性》，前揭，页300—301）。泡萨尼阿斯也提到在忒拜（《希腊札记》，9.16.6）的一个剧场旁，酒神的一座神庙就冠以此名，因为酒神神奇解放了那些在哈里阿特（Haliarte）附近被色雷斯人抓住的忒拜人。关于自动松开的链锁的奇迹就更常见了。已沦为提热尼阿斯人（Tyrrhenians）的阶下囚，身披链锁的狄俄倪索斯，手脚上的锁链自动松开（《荷马颂歌》，1.13 以下）。撒丁岛（Sardes）的克拉苏斯（Crassus）垮台后——他是阿波罗信

徒，逃到阿波罗神殿中寻求庇护：居鲁士（Cyrus）三番给他加上
链锁，阿波罗三次松开了绳索（克特西亚斯［Ctesias］，《波斯史》
［Persica］，残篇 9；参 G. Radet，《墨纳得斯时代的吕底亚》［La
Lydie au temps des Mermnades］，Pairs：Thorin，1893，页 251 以
下）。参色诺芬，《上行记》（Anabase），4.3.8。阿波罗多洛斯还讲
述了安提娥佩的神话（《希腊神话》，3.3.5）。

> 门闩也不用人手就拔开，

［Se 本］参行 226—227。狄俄倪索斯解放了被囚禁的狂女
（497—498n.）。遭吕库古囚禁的狂女（和萨图尔）神秘获释（阿波
罗多洛斯，《希腊神话》，3.5.1；参奈维乌斯，《吕库古》残篇，行
46—47），埃斯库罗斯的《吕库古》可能比这里表现得更明显，那
里主要旨在对彭透斯进行一系列（未引起重视的）警告。在欧里
庇得斯的《安提娥佩》（Antiope）中，狄俄倪索斯可能神秘解救了
安提娥佩（阿波罗多洛斯，《希腊神话》，3.5.5）。

［R 本］门闩在神力作用下神奇自动开启，尤参卡利马科斯，
《阿波罗颂》，行 3 以下；罗德岛的阿波罗尼俄斯（Apollonius of
Rhodes），《阿尔戈英雄纪》（Argonautica），4.41。诺努斯，《狄俄
倪索斯》，44.18 以下：彭透斯关闭了忒拜的七座城门，这七座城
门“逐一自动打开”。参《使徒行传》，16、26 等。

> 自打此人进入忒拜，就充满了
> ［450］各式各样的惊奇，余下的可就是你的事了。

［D 本］卫兵半遮半掩地承认了对异方人的信任，但又因害
怕惹怒主人中断了话题。

彭：解开他的双手。他在我的猎网里，

　　跑得再快也逃不出我的掌心。

［Se 本］关于猎捕的意象，参 436n.。

［R 本］彭透斯充满自信，因为这是一张猎网：我们将看到他如何向异方人发难（行 455）。彭透斯这位充满女人气的对手若想逃走，易如反掌。

［D 本］其他想法相似但动机不同的命令，参欧里庇得斯，《伊菲革涅亚在陶洛人里》，行 468；《赫卡柏》，行 400。

　　异方人哟，你这模样儿倒不难看——

［D 本］行 453—459 中，彭透斯从卫兵转向打量异方人。这几行台词较为详细地描述了台上的人物，这是公元前 5 世纪悲剧的一大特征；此时面具和服装更个人化，也更逼真，也可能部分作为舞台指导设计。英格拉姆敏锐地看到，"异方人充满诱惑的相貌，正是狄俄倪索斯要（且能）以此向彭透斯揭示其受压抑的欲望"的方式。不过，狄俄倪索斯的女人面相并非欧里庇得斯杜撰。阿里斯托芬（《地母节妇女》，行 134 以下）引用了埃斯库罗斯的《厄多尼亚人》（*Edonians*，残篇 61）。

　　很讨女人们喜欢，就是为这，你才来到忒拜；

［R 本］我们要明白古典时期的希腊人对这种限制的看法。人们认为，女人对男人或男人对女人的爱，只属于繁衍后代或肉欲的范围。这是一种一般的激情，与人们对阿弗洛狄特的流行看法有关（柏拉图，《会饮》181b）。女人被认为只有充满魅惑的吸引力，充满女人气，具有激发淫乱行为的美貌。真正具有男性美的

评判者，除了具备美貌本身，还必须能单独做出判断，依照伦理和审美标准，表明智识比感官更让人欣赏。苏格拉底就不由自主被卡尔米德、吕西斯和阿尔喀比亚德的美貌吸引。

［455］你长发飘飘，可见你不玩摔跤，

［*Se* 本］彭透斯意在讽刺，可能长发会让对手抓住。参《厄勒克特拉》，行 528；琉善，《妓女对话》(*Dialogi Meretricii*)，5.3。

［*L* 本］重新回到彭透斯在行 235 以下谈到的话题：狄俄倪索斯毫无男子气，他的美貌只能吸引女人，他不屑于玩摔跤，避开阳光酷晒，在树荫下享受欢愉。

［*Sa* 本］雅典人不兴蓄长发，斯巴达人兴，只是在伯罗奔半岛战争结束后，雅典人才造作地模仿斯巴达人的风尚。在眼下这个片段里，飘飘长发表明蓄者不是摔跤手，在《厄勒克特拉》行527 中，俄瑞斯特斯疯长的头发被喻为他妹妹的头发。

　　　　让它披散在颊旁，充满欲望；

［*Se* 本］据我们所知，大约到公元前 6 世纪下半叶前，希腊男子蓄长发，此后的一些神（尤其是狄俄倪索斯）也留长发。在欧里庇得斯时代的雅典，长发是贵族青年的标志，并由此引发不满（吕西阿斯，《演说集》，16.18；阿里斯托芬，《骑士》，行580）。彭透斯本人可能也蓄着长发，但用发带束起（831n.）。

［*L* 本］πόθου［欲望］，可能会激发欲望。

［*R* 本］ταναός［长的］：彭透斯之所以谴责狄俄倪索斯，并非因他蓄长发，而是他披头散发，任之散落在两颊旁。在公元前 5 世纪的雅典，公民们通常蓄短发。只有拉科尼桑特（laconisants）的年轻贵族尤其骑兵，才热衷于模仿斯巴达人，斯巴达人追慕古

人，蓄起长发。这种附庸风雅的行为触怒了他们的同胞（参阿里斯托芬，《骑士》，行 580；吕西阿斯，《演说集》，16.18），不过，他们并不认为蓄长发充满女人气。我们虽然没有掌握绘有这些杰出雅典青年的画像——他们是欧里庇得斯或阿里斯托芬的同时代人，但公元前 5 世纪初的艺术作品向我们展示了他们的发型。

　　　　你刻意保持皮肤白皙，

　　　　　避开太阳的光线，躲在凉荫下，

　　[*Se* 本]皮肤白皙，不晒太阳与亚细亚人（色诺芬，《希腊志》，3.4.19；克利阿科斯[Clearchus]残篇 43a 等）、女人（如瓶画有时所示，阿里斯托芬，《公民大会妇女》，行 64、387；柏拉图，《斐德若》239c 等）和好色之徒（参伪亚里士多德，《人相学》[*Physiognomica*]804a34）有关。

　　[*D* 本]皮肤白皙是充满女性化的标志（柏拉图，《王制》556d，参《斐德若》239c；阿里斯托芬，《马蜂》，行 1413）；晒黑是充满男子气的标志（柏拉图，《王制》474e）。皮肤白皙尤其被认为是吕底亚人的特点（克利阿科斯残篇 43a）。

　　　　用美貌俘获阿弗洛狄特。

　　[*Se* 本]狄俄倪索斯面带女相（353n.）。在特洛伊的帕里斯/亚历山德洛斯中，也能找到把亚细亚来源、女人气及对女人的吸引力结合起来的描写。"俘获"在希腊文学中是一个常见的性意象。参行 688，西福德对《独目巨人》行 71 的注解（萨图尔追猎阿弗洛狄特）。

　　[460]来吧，先告诉我，你是哪一族的人？

狄：我决不吹牛，这很容易回答。

[*R* 本] *οὐ κόμπος οὐδείς*[决不吹牛]：被问及自己的身世时，一个高贵的人通常会回答说他以出生在某个显赫家族或辉煌的城邦为"傲"或"自豪"。埃斯库罗斯《乞援女》(行 274—275) 中的歌队就这样回答阿尔戈斯国王："我们以身为阿尔戈斯族而自豪。"不相识的伊菲革涅亚问及俄瑞斯特斯为何来到陶洛 (Tauride) 时，他对伊菲革涅亚说，"我为出生在著名的阿尔戈斯而骄傲"(欧里庇得斯,《伊菲革涅亚在陶洛人里》, 行 508)。前去攻打可怕的狄俄墨得斯 (Diomedes) 前，赫拉克勒斯问歌队长："他号称是哪位父亲 (的良种牝马) 生下的崽子？"(欧里庇得斯,《阿尔刻提斯》，行 497—498) 何况，狄俄倪索斯是宙斯之子，他有理由为自己光荣的血统感到自豪。但狄俄倪索斯没有自夸。

你该听说过那鲜花遍地的特摩罗斯山吧。

[*Se* 本] 在行 65，特摩罗斯山被称为神山，另参埃斯库罗斯，《波斯人》，行 49。

[*L* 本] 回答是捏造的，而不可能是真的，因为狄俄倪索斯的身份直到剧末才揭晓。即使在那里，狄俄倪索斯也硬说自己是酒神的传话人。观众知道这点，但彭透斯不晓。

[*Sa* 本] 参维吉尔，《农事诗》，1.56。特摩罗斯山脉呈东西走向，主要位于萨耳得斯南部；这条山脉仅一支面向西部的地方，而从山脉北部延伸出去是赫尔姆斯 (Hermus) 高原；因此，诗人在此提到此山"环抱"萨耳得斯，有欠精准。

彭：我晓得，它环抱着萨耳得斯城。
狄：我就打那儿来，吕底亚是我故乡。

彭：[465]你为何把这些秘仪带进希腊？

[*Se* 本] 此处 πόϑεν 的意思不是 "怎么会"（如行 648）。而是彭透斯和菲洛帕特（Ptolemy Philopator）国王一样，要举行酒神入教仪式的人讲明 "他们从何人那里接受了这些神秘之物……"。

[*L* 本] 敌视一切外来之物的彭透斯，仇视东方崇拜的引入，在他看来，这种崇拜只适合外邦人。

[*D* 本] 如回答所示，πόϑεν 不是指 "哪里"，而是指 "为何"，参行 648，埃斯库罗斯，《奠酒人》（*Choephoroe*），行 515。

狄：宙斯之子狄俄倪索斯让我进来的。

彭：那儿还有个宙斯，生育新的诸神吗？

[*L* 本] 彭透斯的回答充满蔑视，他不相信外邦有宙斯，也不认为这就是在希腊自古以来受希腊人崇拜的宙斯。彭透斯的厌新喜旧，表现在他说 νέους...ϑεούς[新的……诸神]时显出的轻蔑之情。按照这种看法，这种新式崇拜与这一宗教更为普适的特点形成对照，而毫无疑问，这是欧里庇得斯的个人想法。

[*R* 本] νέους[新的]：彭透斯早已听家族中的人说，狄俄倪索斯已和塞墨勒一起在霹雳打击下丧生；狄俄倪索斯谎称宙斯是父亲，不过是渎神的谎言，宙斯已对此进行了惩罚（行 243—245）。因此，若 "那儿" 即吕底亚存在一位名为狄俄倪索斯的宙斯之子，不过是谎话。

[*D* 本] 关于彭透斯反讽地暗示，这位新神的父亲不是宙斯，而是某位更有活力的同名东方神，参欧里庇得斯，《海伦》，行 489 以下。

狄：不，就是在这儿和塞墨勒结为夫妇的那位。

彭：他强迫你，是在夜里还是当面？

[*Se* 本]并不清楚，彭透斯在此是否（如多兹和鲁所言）意在反讽。相反，在这段对话中，他表现出对秘教有一定认知的兴趣，其中可能真的包含神圣的冲动（行 34），参李维，《罗马史》，39.18.8（酒神秘仪的 necessarius）；阿普列尤斯，《金驴记》，11.29（伊西斯[Isis]在梦中主持入教仪式）。在夜里，亦即在梦里（伊西斯因此多次出现在她即将入教者的梦里，阿普列尤斯，《金驴记》，11.4—11.6 等，参泡萨尼阿斯，《希腊札记》，10.32.13）。关于当面更重要，参 *P.Oxy.*1381.107—117，维吉尔，《埃涅阿斯纪》，3.173—174。

[*D* 本]ἠνάγκασεν[强迫]：神的意志是强迫的（参行 34，欧里庇得斯，《腓尼基少女》，行 1000；《伊菲革涅亚在奥利斯》，行 760）但在彭透斯口中，该词具反讽意味：他认为，异方人来到忒拜，不是遵从某种宗教"使命"，而是为了满足他的欲望。

狄：[470]面对面，他把秘仪传授与我。

[*Se* 本]一份抄有一段来自伊奥尼亚（Ionia）马格涅西亚希腊碑文的罗马抄件，记载了一则德尔菲神谕：忒拜狂女将带给马格内西亚人"秘仪和好的礼法"。在那里和此处，ὄργια[秘仪]可能皆指神秘之物，如它在一段来自弥勒托斯的希腊铭文中的用法，参忒奥克利特，《牧歌诗集》，26.13；很明显，这一点在埃斯库罗斯残篇 57 也说得通。但更可能指仪式，如该词在《酒神的伴侣》中的一般用法（行 34、78、262、476[可能]、482、998、1080—471 不明确）。

彭：你的这些秘仪是什么形式？

[*Se* 本]在希腊文中，句首通常是强调部分，因此疑问词经常后置见一个类似的句子，参欧里庇得斯，《独目巨人》，行 521。

[*L* 本]这是 *idéav*[样式]一词首度出现在悲剧里。彭透斯可能想在此戏拟智术师的表述。阿里斯托芬在《云》行 289 也一样。

[*R* 本]*tív' idéav*[什么形式]：公元前 5 世纪，*idéav* 主要出现在散文和喜剧里。在阿里斯托芬笔下，该词的具体含义大致是"外形"（譬如《鸟》，行 1000 以下），表抽象时大致意为智术师们引申出的"性质、类型、种类"（譬如《鸟》，行 993 的"你脑子里在想什么？"；《云》，行 547 的"喜剧的新形式"；《蛙》，行 383 的"一种新的颂歌形式"）。因此，这个语词的（具体-抽象）意思含混不清。

狄：不可话与未入酒神秘仪者知。

[*L* 本]此处禁止泄露秘仪中所发生之事，显得意味深长：彭透斯是 *aβaκχεύτοισιν*[未入酒神秘仪者]，但他将目击仪式的举行并受严厉惩罚。

[*R* 本]*ἄρρητ' εἰδέναι*[不可说与……听]：还有行 474；欧里庇得斯，《特洛亚妇女》，行 885；索福克勒斯，《俄狄浦斯王》，行 792。*aβaκχεύτοισιν*[未入酒神秘仪的]：希腊古典时期含此意的独例，后来也出现在琉善和朱利安（Julien）等人笔下。该词的比喻义，参欧里庇得斯，《俄瑞斯特斯》，行 317—319。

彭：这些秘仪给献祭的人带来什么好处？

[*K* 本]献祭不是狄俄倪索斯崇拜的重要因素，彭透斯表现得无知，误以为是。

狄：说与你听有违神律，虽然值得一知。

［R本］ἄξι' εἰδέναι［值得知道］：充满悲剧性的弦外之音——对彭透斯而言，值得了解，因为他将在仪式中丧命。

彭：［475］你的回答好有玄机，好让我想听下去。

［R本］ἐκιβδήλευσας［以假乱真、充满玄机］：本意是"伪造钱币"。转义为有欺骗行为的坏人，尤其在阿里斯托芬的喜剧中（参 J. Taillardat,《阿里斯托芬的意象》，前揭，§682）；我们常说的"伪君子"。这个意象未出现在索福克勒斯和埃斯库罗斯作品里；不忌讳把日常用语引入悲剧（参阿里斯托芬,《蛙》，行930以下）的欧里庇得斯倒是使用过几次：《美狄亚》，行516；《厄勒克特拉》，行550；《希珀吕托斯》，行616。

［K本］彭透斯首度承认的这种勉强的好奇将发展成执迷。

狄：神的秘仪憎恶惯于不虔敬的人。

［L本］彭透斯不仅是未入酒神秘仪者，他还不虔敬，这加重了他参加秘仪的渎神性质。

彭：既然你说你清楚见过这位神，那他是个什么样？
狄：他想是什么样就是什么样；决定此事的不是我。

［Se本］暗指狄俄倪索斯的幻化能力，参行4、53—54、921—922，以及1017—1019n.；欧里庇得斯,《独目巨人》，行526（也是最简单的问答对话形式，Richard Seaford,《酒神节戏剧与酒神秘仪》，前揭，页272—273）。他是 αἰολόμορφος（"变形的"，

《俄耳甫斯教祷歌》, 50.5），μυϱιόμοϱφος（"有多种形态"，《希腊诗选》, 9.524.13）。

［L本］异方人最后一次（显然是反讽）拒绝回答彭透斯的问题。

［R本］ὁποῖος ἤϑελ'［想是什么样］: 放肆的言行，无所忌惮；这是喜剧用语。诗人暗中让人注意到狄俄倪索斯性格的特点，他拥有多重面相，可以选择以何种样子现身。

　　彭：又是狡猾躲闪，说的都是废话。

_____

［L本］παϱωχέτευσας［躲闪］: 就字面意思来看，该词指改变一条分流水渠的水道。

　　狄：［480］看来，对无知之徒讲智慧，实在不明智。

_____

［Se本］ἀμαϑεῖ［无知的］: 有时也暗含迟钝，此处暗示"未入教者"，参昆提利安，《乐记》, 3.25（在酒神秘教入会仪式中）等。谜样的语言是为了迷惑新入教者，可能暗示了最终将揭示的一些真理，参柏拉图，《斐德若》69c；德尔维尼莎草纸 col. 7（参 col.20）；法莱雷奥斯的德米特里（Demetrius of Phaleron），《演说术》(Libro de Elocutione)，章 101；普鲁塔克，《伦语》389a；C. Riedweg，《柏拉图、菲隆与克勒芒的神秘学术语》，前揭，页 90，Richard Seaford，《酒神节戏剧与酒神秘仪》，前揭，页 254—255。

［K本］再次强调 sophon［聪明／智慧］；参 179n.、395n.。

［B本］参欧里庇得斯，《美狄亚》，行 298 以下。

　　彭：你是第一个到达这里，引入这位神的吗？
　　狄：每个外邦人都在这些秘仪中起舞。
　　彭：因为他们远不及希腊人明智。

狄：那么，他们反而要好得多；习俗不同而已。

[*Se* 本]在这里，很多观众可能持彭透斯的看法，参希罗多德(《原史》，1.60.3)："自古以来，希腊族人就因其更高的才智和更多的自由而有别于野蛮人，希腊人不说愚蠢的废话。"狄俄倪索斯的相对超然与希罗多德的认识(《原史》，3.38)相似：人们视自己的礼法为最好。

[*L* 本]*γε* 含希腊爱国主义所要求的限制(就这点而言，外邦人比希腊人明智，但这并不意味着他们很多地方的习俗就不好)。

[*R* 本]得知很多人——与希腊观念有关联的多数外邦——均已接受这种新式崇拜后，彭透斯未质疑对方的断言。但对他而言，这个证据毫无说服力，因为彭透斯认为，异方人所言涉及的是低等人，轻信，易受人利用。希罗多德就这么认为(《原史》，1.60)。

彭：[485]你举行这些祭祀活动，是在晚上还是白天？

[*R* 本]*μεθ' ἡμέραν*[在白天]，参希罗多德，《原史》，2.150.18；柏拉图，《斐德若》251e；品达，《涅墨竞技凯歌》，6.11。

狄：大多在晚上；黑暗带着庄重。

[*Se* 本]"在晚上"，参行 425、862。狄俄倪索斯号称 *Νυκτέλιος*[夜神](普鲁塔克，《伦语》389a 等)，在他的夜间节日(普鲁塔克，《伦语》364 以下、672a 等)会举行令人难忘的火炬接力赛(阿里斯托芬，《蛙》，行 342；泡萨尼阿斯，《希腊札记》，2.7.5、7.27.3 等)。庄重符合秘教，参欧里庇得斯，《希珀吕托斯》，行 25；埃斯库罗斯残篇 57.1(？)；索福克勒斯，《俄狄浦斯王》，行 1050。

[*R* 本]*νύκτωρ τὰ πολλά*[大多在晚上]：狄俄倪索斯是夜间(*νυ-*

κτέλιος）神（普鲁塔克，《论德尔菲神庙的 E》，节 9；泡萨尼阿斯，《希腊札记》，1.40.6；奥维德，《变形记》，4.15）。

彭：对女人们来说，黑暗就是不忠和堕落。

［Se 本］在此，彭透斯又回到他那毫无根据的想法（参 221—215n.），他认为，在酒神和其他神祇（残篇 265、梅南德，《仲裁人》[Epitrepontes]，行 451—453、471—480；普劳图斯（Plautus），《一坛黄金》[Aulularia]，行 36、799）的夜间节日中发生了不正当的性行为（欧里庇得斯，《伊翁》，行 550—555；普劳图斯，《提匣》[Cistellaria]，行 156—159；李维，《罗马史》，39.9.10）。参欧里庇得斯，《希珀吕托斯》，行 106；残篇 524；埃斯库罗斯，《七雄攻忒拜》，行 367。

［L 本］彭透斯确有强迫症（参行 217、238）。

狄：即使在光天化日之下，也能撞见丑事。

［L 本］狄俄倪索斯不过表明了一种常识：彭透斯的不虔敬就在光天化日之下显露无余。

［R 本］和忒瑞西阿斯的做法一样（行 314—318），异方人断言，德性无关境遇，而在于个人道德。

彭：你该为你这邪恶的诡辩受罚！
狄：[490]你无知，对神不敬，才该受罚。

［R 本］ἀμαθίας[无知的]：彭透斯会因自己的"无知"和"轻率"受到惩罚，因为酒神（卡德摩斯、忒瑞西阿斯和仆人也）已经用多种方式试图让他明白。根据赫拉克勒斯用来指称德尔菲神

的惯用语，希腊诸神"不启示，也不隐藏；他们暗示"。他们的
寓意让人们去破解。

彭：这个巴克科斯信徒好大胆！又善于辞令。

［*Se*本］*ὁ βάκχος*［这个巴克科斯信徒］：含某种无意识的反讽，
因为它也可指巴克科斯神（参行 623、1020，109n.）。行 494、
496、498、500、502、518 中也含类似的（虽然是有意的）反讽。

［*L*本］*ὁ βάκχος*［这个巴克科斯信徒］：指酒神信徒，而非
酒神。

［*R*本］*θρασὺς*［大胆］，参行 270。*οὐκ ἀγύμναστος*［善于］：此
处可能暗含反讽，参索福克勒斯，《菲洛克忒忒斯》，行 97。

狄：说吧，我要遭什么难，你要对我做出什么可怕的事来？
彭：首先，我要剪掉你那头秀美的头发。
狄：我的头发是神圣的；是我为这位神而蓄。

［*Se*本］行 493—494：彭透斯讨厌狄俄倪索斯的长发，因其
有情欲和柔美的特点（行 455—456），但他可能未意识到其宗教
功能。在成人（婚）礼上，人们有时会剪下头发供奉，参 Richard
Seaford，《互惠与仪式》，前揭，页 168—169。但在秘仪中未听说
过这种做法，狄俄倪索斯还宣称自己已入教。狄俄倪索斯可能
指他头上的头发，某种意义上是"为"酒神而蓄，可能如维吉尔，
《埃涅阿斯纪》，7.391（为狄俄倪索斯），以及狄菲卢斯残篇 67.6
的情形。长发是仪式的要求（参 F. Sokolowski，《希腊诸邦的献祭
习俗：增补》［*Lois sacrées des cités grecques: supplément*］，Paris：
E. de Boccard，1962，No. 45.43），狄俄倪索斯和他的敬拜者都
甩动长发（150n.）。献祭前把献祭者的毛发剪下，可能与此有关

（行796；参欧里庇得斯，《阿尔刻提斯》，行75—76）。西摩利乌斯（Himerius）提到一个死去的孩子，"哪片土地接纳了那些神圣的毛发，你首次出生后为狄俄倪索斯而蓄？"，暗示了秘教入会仪式中的第二次出生。

彭：［495］然后，把你手里的那根常春藤杖交出来。

狄：你自己从我这儿夺走吧；我执的是狄俄倪索斯的神杖。

［R本］ϑύρσον［常春藤杖］：和长发一样，常春藤杖是酒神狂欢舞蹈和迷狂的主要象征（参行25、80、113、147、176、188、240、254）。

彭：我们还要把你的身体关押在监牢里。

狄：这位神会亲自解救我，在我期盼的时候。

［Se本］行497—498中，狄俄倪索斯（1）从真实的因禁中解救了自己（此处以及《荷马颂歌》，7.13—14）或他人（参443—448n.；泡萨尼阿斯，《希腊札记》，9.16.6；他迫使女子离家出走）；（2）在政治上得到解救；（3）从焦虑症中得到解救（参品达残篇248；塞涅卡，《论心灵的安宁》［De Tranquillitate Animi］，17.8；普鲁塔克，《伦语》613c、680b、716b）；以及（4）作为秘教入会仪式的结果，他的教仪被称为λύσιοι［解救］（参品达残篇131a；柏拉图，《王制》364e—365a）。尤其注意佩林纳那（Pelinna）的神秘惯用语。这种神秘的解放可能是将灵魂从身体中解放出来——无疑在后来的文本中是此意（O. Kern，《俄耳甫斯教残篇》［Orphicorum Fragmenta］，Berolini Apud Weidmannos，1922，页229、230），可能在古典时期的文本中也是如此（金箔A1.5；Richard Seaford，《不朽、救赎与元素》，前揭）。我认为四

种解放形式相互关联。尤其鉴于在秘教仪式中，灵魂据说被囚禁在身体中（柏拉图，《斐多》62b、67a；《克拉底鲁》400c），（1）与（4）的关系可能比看上去要紧密，因此行498甚至可能含有某种神秘的联系。我们听说了狄俄倪索斯的解放仪式（无疑是秘仪，参73n.）就在祀拜本地的解放之神（Λύσιος）狄俄倪索斯的神庙中举行。人们认为，此地的仪式就由这些祀拜人创立：他们被一些色雷斯人（譬如吕库古？）俘获时，梦见了狄俄倪索斯（参469n.）；他们杀死喝醉的逮捕者，互相解救后建了这座神庙（泡萨尼阿斯，《希腊札记》，9.16.6）。此外，狄俄倪索斯也使母亲的姐妹们自己（αὐτός）离家（32n.），这可能也是某种入教仪式（行32—34）。根据阿里斯提得斯（《狄俄倪索斯》，7），狄俄倪索斯能从一切事物中解脱出来。

　　彭：是啊，当你站在狂女们当中呼唤他时。

　　[Se本]彭透斯暗指的意思是，酒神出现在崇拜他的狂欢歌舞队面前（的确将会发生），但他嘲讽地表示，酒神将在狱中哀求（参行259、689—690；若彭透斯接受了行443—448，那么他指的就是再次抓捕狂女）。

　　[L本]彭透斯的回答十分反讽，但我们不妨仔细想想他此言的意思。在厄尔穆斯里看来，彭透斯认为他所说的情形并非自明：酒神狂女们遭逮捕，因此狄俄倪索斯不可能出现在她们中间。鲁认为，彭透斯想说的是，当狄俄倪索斯发现自己处于众狂女中时，他已身陷囹圄，被看得死死的；因此，狄俄倪索斯不可能逃脱。我认同第二种解释。

　　[R本]行498—499：异方人一直玩弄语词的含混；但彭透斯认为这些话都是在吹牛，或者天真地认为自己主导着现在的局面，他的话充满反讽。

狄：［500］眼前，他就在近旁，看着我遭难。

彭：他在哪里，呃？我的双眼可看不见。

狄：在我身边，你不虔敬，才看不见他。

［Se本］相当于这一事实：你的所见取决于你的精神状态。参142—143n.，以及卡利马科斯，《阿波罗颂》，行9的"阿波罗不向所有人显现，他只向好人显现"；《马太福音》，8.18；《路加福音》，24.16。在行912—924，转变后的彭透斯能洞见酒神式的真实。

［Sa本］参卡利马科斯，《阿波罗颂》，行11。

彭：（向卫队）把他抓起来！他藐视我和忒拜。

　　一卫兵逮住狄俄倪索斯。

狄：告诉你，可别绑我，我明智，你却不明智哦！

［L本］制止只是为了证实彭透斯采取的方式非法。狄俄倪索斯没有反抗，束手就擒。

［R本］通观全剧，剧中主角相互指责对方不明智，每个人都宣称自己遵循了理智原则。对于皈依者而言，酒神迷狂即最高智慧，参忒瑞西阿斯对卡德摩斯（行196）和彭透斯（行268—269）所说的话，以及卡德摩斯对他的外孙所言（行332）。

彭：［505］我偏说"绑起来"，我比你权力大！

［L本］κυριώτερος［比……权力大］：这是这场争论的关键点。彭透斯认为，他的权力强过异方人的故弄玄虚；狄俄倪索斯早就知道，诸神强过凡人，并且存在一种任何俗世权威都无力对抗的精神力量。

［*K* 本］彭透斯狂妄地仰仗世俗权力，拒绝了解关于酒神宗教的基本情况，导致他完全不知道自己作为凡人的属性、其行动的意义，以及生命的真正目的何在。

> 狄：你既不知你的命数，也不晓你在做什么，更不清楚你是谁。
> 彭：我是彭透斯，阿高厄之子，父亲是厄克西翁。

［*R* 本］面对狄俄倪索斯满含威胁的话，彭透斯庄重地反驳：他是彭透斯，阿高厄和厄克西翁之子，亦即他是忒拜国王，因此是主人。但彭透斯此名不吉利（行 367）；阿高厄藐视神明，她的冷嘲热讽给忒拜带来惩罚（将行 26 以下）；厄克西翁是"地生族"，就像诸神的敌人提坦族（参行 538 以下；行 1155）。

> 狄：你叫这名字，就该你遭罪。

［*K* 本］关于彭透斯的名字，参 367n.。

> 彭：（向卫队）去吧，把他关入旁边的马厩！
> ［510］这样他就只能瞧见那阴沉沉的黑暗。

［*Se* 本］行 509—510：为何是马厩，又为何在黑暗中？这两个细节都可能具有某种仪式性含义：关于黑暗，参 628n.；关于马厩，参雅典的布科雷翁（Boukoleion）节上上演的酒神的神圣婚姻，一间气派的"牛棚"（亚里士多德，《雅典政制》[*Athenian Constitution*]，3.5），人们还把酒神信徒称为"牛郎"（boukoloi），参 714n.。

［*D* 本］在《俄瑞斯特斯》行 1440，马厩也用作临时监狱。

［*Sa* 本］参索福克勒斯，《俄狄浦斯王》，行 419；欧里庇得

斯,《腓尼基少女》,行 377;塞涅卡,《书简》(*Epistles*),57。弥
尔顿,《失乐园》,1.63,"没有光亮,唯有可见的黑暗"。

> (向狄俄倪索斯)在那儿跳舞吧;至于那些你带来
> 　　一起作恶的女人,我们要么卖掉,
> 要么我制止她们用手发出砰砰的
> 　　皮鼓声,然后收为家奴,在织机上干活。

　　[*Se* 本]《独目巨人》行 203—209 也同样如此,珀吕菲摩斯
(Polyphemus)禁止他奴役的狂欢歌舞队进行狂欢式击鼓。织机通
常与狂女行为对立,118n.。

　　[*K* 本]行 511—514:彭透斯对歌队的直接威胁,一定程度
上使她们愈发感到不安,并激起了她们的复仇欲望。

> 狄:[515]我这就去;命里不该有此一劫,我定不用
> 　　遭受。不过,对于你的这些肆心妄为,
> 　　狄俄倪索斯会向你讨还——你说他根本就不存在;

　　[*Se* 本]极为反讽地结束了一段充满反讽的对话(491n.)。只
有对那些知道异方人是狄俄倪索斯的人而言,这才是不折不扣的
事实。否则,此话表达了酒神与狂欢歌舞队的凝聚力。这种凝
聚力可能还体现在如下可能性中,即考虑到希腊语序的灵活性,
"我们"和"他"都可以是两个动词的宾语。

> 因为,你把那个人锁在链子里,就是对我们行不义。
> 众卫兵押着狄俄倪索斯进宫。

六　第二合唱歌（行 519—575）

[*Se* 本]行 519—575：歌队（狂欢歌舞队）歌颂（如行 88—104）她们的神的出生，这个故事使异方人能够宣示他们与忒拜城的关系（如埃斯库罗斯，《乞援女》，行 15—20 等）。歌队一开始就祈求狄耳刻泉，其中含祈祷或颂歌的典型要素（参 370—433n.）；称谓后接"你……"，先前举行的仪式被描述成如今呼吁另一项仪式的基础（参如荷马，《伊利亚特》，10.284—291，萨福残篇 1）——这里是吁请狄耳刻接受狂欢歌舞队。由此自然过渡（537—544n.）到龙形彭透斯的威胁，歌队据此对狄俄倪索斯的祈求（吁请神灵到来的颂歌，同样充满典型要素，行 553—554、556—575n.）。吁请一直延续到第三抒情歌，紧接其后是吁请的实现（行 576 以下）。根据亚里士多德，悲剧中的歌队应参与行动（《诗术》1456a26）。在《酒神的伴侣》（尤其在这首颂歌）中，或许也在最早的（酒神）悲剧中，歌队的戏剧行动超过欧里庇得斯的其他剧本。韵律是伊奥尼亚小调（常出现长短音的换位），只有末尾是温和的艾奥里亚韵（行 571—575），切合田园诗主题（这首田园诗自然地由祈求生发，参 556—575n.），与突然插入的显现形成对照。

歌队：（首节）

　　阿刻劳斯的女儿噢，

　　［*Se* 本］Ἀχελῴου［阿刻劳斯河］：阿刻劳斯河是希腊最大河流，发源于厄匹努斯（Epirus），流进柯林斯湾入海口。根据古注家对荷马《伊利亚特》21.195 的注解，此河是"余河之源"。参 625n.。与此有关的可能是希腊人倾向于想象地下水相互交通，406—408n.。

　　［*L* 本］Ἀχελῴου ϑύγατερ［阿刻劳斯的女儿噢］：好几条河流都叫阿刻劳斯，尤其是位于希腊北部我们现在称为白河（Aspro Potamo）的那条河。人称源头的阿刻劳斯河，似乎最初即大名鼎鼎的河神，后遭奥克阿诺斯（Oceanus）排挤（参 Wilamowitz-Moellendorff,《希腊的信仰》[*Der Glaube der Hellenen*]，Vol. 1，Berlin：Weidmannsche buchhandlung，1931，页 93，219）。阿刻劳斯河常写作 ὕδωρ（行 625）。

　　［*K* 本］位于希腊西部的阿刻劳斯河是希腊古典时期境内最大的河流，显然被视为其他河流的"母亲河"。在《伊利亚特》（21.195）中阿刻劳斯河被高调宣称与奥克阿诺斯环河有关。狄耳刻是忒拜的两大河流之一（行 5）；婴儿狄俄倪索斯在他的第二次出生中曾在此河中洗澡，这是新信息。

　　［520］美丽的少女，有福的狄耳刻哟，

　　［*Se* 本］εὐπάρϑενε［美丽的少女］：也可指"有着美丽的少女"，这符合狄耳刻泉旁有少女参加的狂欢歌舞队（行 530—532）。遇害的狄耳刻（作为狂女）变成"狄耳刻"泉（如欧里庇得斯《安提娥佩》的刻画），不是少女（而是吕科斯［Lycos］的妻子）。但在这里，欧里庇得斯可能对狄耳刻持不同看法。在行 529 结束的这

段叙述解释了她们为何吁请狄耳刻泉。

[Sa 本] 关于新生的狄俄倪索斯在狄耳刻泉水中洗澡，参欧里庇得斯，《希珀吕托斯》，行 555—562；《腓尼基少女》，行 645。

> 你曾在你的泉流中，
> 接纳宙斯的胎儿，

[B 本] ἔλαβες [接受]：普鲁塔克（《吕西阿斯传》[Lysias]，28）提到，山泽女仙在基苏萨（Kissusa）泉水中清洗了新生的狄俄倪索斯，此泉也在忒拜附近。

[D 本] 将狄耳刻与酒神第二次出生的故事联系在一起，是欧里庇得斯的独创。

> 生产者宙斯一把将他
> 夺出不灭的火焰，
> [525] 藏入大腿时喊道：

[Se 本] ἀθανάτου [永不熄灭的] 参 9n.。在凡人生下神的语境里（赫西俄德，《神谱》，行 942），该形容词无疑含霹雳有使人神化的力量，参 9n.、576—641n.。

> "去吧，狄提拉姆波斯，进入我
> 这男性的子宫；

[Se 本] 狄俄倪索斯的两次出生（88—100n.）是人称酒神颂（dithyramb）的仪式颂歌的一大主题，如酒神颂式的进场歌就提到了他的两次出生（64—169n.）。关于作为狄提拉姆波斯

（Dithyrambos）的狄俄倪索斯，参斐勒达摩斯，《酒神颂》，行1。

　　[K本]关于狄俄倪索斯如何被称为狄提拉姆波斯的叙述也前所未见。酒神颂是献给狄俄倪索斯的一种合唱歌类型；歌队认定，狄俄倪索斯先得到狄提拉姆波斯这个称号，但实际上，这个称号很可能源于合唱歌。

> 　　啊，巴克科斯，我要让忒拜人
> 　　用这个名字称呼你。"
> [530]而你，有福的狄耳刻哟，
> 　　我领着头戴常春藤冠的狂欢队进来时，
> 　　你却一把将我推开。

　　[Se本]《腓尼基少女》行645—656似乎暗示，忒拜的少女和妇女在狄耳刻泉旁跳舞，以庆祝酒神的出生。ἐν：关于在河"里"意指在河边，参荷马，《伊利亚特》，18.521；《奥德赛》，5.466。

　　[K本]狄耳刻指代忒拜，不许歌队举行崇拜仪式。

> 　　你为什么拒绝我？为什么躲着我？
> 　　可是，凭那像葡萄串一样的东西——
> [535]狄俄倪索斯的恩赐——发誓，
> 　　你还会为布洛弥俄斯牵肠挂肚。
> （次节）
> 　　怎样、怎样的愤怒啊！
> 　　彭透斯显露出，

　　[Se本]重复了行528中的动词ἀναφαίνει[显露]，似乎旨在使两处的显现一致。两处显现的语气截然相反，分别涉及对手狄俄倪索斯和彭透斯，还分别牵涉他们（在早期忒拜传说中）的出

生和身世。

他从前源于地生
［540］龙族，地生的厄克西翁
生下了他，生出这个
面目狰狞的怪兽，而非

［R本］ὃν Ἐχίων ἐφύτευσε χθόνιος［地生的厄克西翁］：厄克西翁是五武士之一，从守卫狄耳刻泉的龙的牙中长出，卡德摩斯杀死这头怪兽后，遵雅典娜（或阿瑞斯）之命将龙牙种下。与对抗诸神的地生巨人族一样（行544），彭透斯也是非人类的野兽出身，这就解释了他对一切神圣之物的敌视（参行996）。同样，在《云》（行853）中，斐狄普得斯（Phidippide）把苏格拉底的门徒说成是地生的（γηγενεῖς），因为他们受到无神论的指控。不过，在《腓尼基少女》（行821）中，欧里庇得斯把地生人称为"给忒拜带来高贵的指摘"：之所以是指摘，乃因地生人是龙的后代；之所以高贵，乃因他们代表了原始的军事种族，他们自诩忒拜贵族，特别是厄帕弥诺达斯（Epaminondas）的后代（F. Vian，《忒拜、卡德摩斯及地生人的起源》，前揭，页158以下，页226以下）。

［K本］彭透斯的父亲厄克西翁是从卡德摩斯播下的龙牙中长出的武士之一。因此，他是"地生的"；的确，他的名字就含"蛇"之意。

有死的人类，倒像那对抗

［K本］彭透斯像巨人族的成员，巨人族也是地生——全副武装，就像从地里长出的忒拜武士。巨人族象征着暴力与无政府状态，对抗以宙斯为首的新一代奥林波斯诸神，宙斯把赫拉克勒

斯拉进来才打败巨人族。

　　　　诸神的残忍的巨人族；

　　[*Se*本] 行 537—544：卡德摩斯杀死一条龙（阿瑞斯的后裔），把龙齿种在地里，从中冒出一群相互厮杀的武士。在幸存下来的五武士（人称 "地生人"[Spartoi]）中，就有彭透斯的父亲厄克西翁。在这里，他的地生性（行 541）与（地生的）对抗诸神的巨人族关联在一起（狄俄倪索斯参与了这场冲突）。参行 996（作为巨人族的彭透斯）和行 1314—1315；欧里庇得斯，《腓尼基少女》，行 939—942 等。关于彭透斯是 "神的对抗者"，参 45n.。借助守卫狄耳刻泉的龙（如欧里庇得斯，《腓尼基少女》，行 931—932），我们自然从第一曲的狄耳刻泉，过渡到第二曲彭透斯身为龙的后裔的影响。巨人族和 "地生人" 一样，从地里长出时全副武装（赫西俄德，《神谱》，行 185—186）。

　　[*L*本] ἀντίπαλον θεοῖς [对抗诸神]：我们已指出，彭透斯其实并不藐视诸神。他崇奉传统神，只是敌视新神。不过，如格雷瓜尔的注解所示，诸神之间也有连带关系，不敬狄俄倪索斯，也即不敬诸神。

　　[*G*本] 我们再次看到把诸神和狄俄倪索斯混为一谈的倾向。

　　[545] 他马上就要把我——布洛弥俄斯
　　　　　的侍女，困在这罗网里，

　　[*Se*本] 行 545—546 是歌队对行 511—514 的回应。虐待他人奴隶，在雅典法律中属违法行为，参 S. C. Todd，《雅典法的形成》（*The Shape of Athenian Law*），Oxford：Clarendon Press，1993，页 189—190。关于对狄俄倪索斯的奴役，参行 366。

他已经把我的狂欢队员
关进他的屋子里,
在那黑咕隆咚的隐秘监牢内。
[550]你瞧见了吗,宙斯之子,
狄俄倪索斯哟,你的代言人

[*Se* 本]προφήτας[代言人]:"站在面前"说,亦即为神代言,充当宣告者或传达者。

[*L* 本]σοὺς προφήτας[你的代言人]:狂女们尚不知晓她们狂欢歌舞队的头即酒神,而只把他当成酒神的先知。

正在与强制对抗;
快来吧,王啊,挥着那金黄的

[*Se* 本]ἄναξ[王啊]:ἄναξ 的呼格在欧里庇得斯笔下十分常见,但他在别处从未用过 ἄνα 这种形式(《瑞索斯》行 828 可能不是欧里庇得斯所作)。因此,诺伊堡(M. Neuburg,《对欧里庇得斯〈酒神的伴侣〉文本的两条评论》["Two Remarks on the Text of Euripides' Bacchae"],*AJP*,Vol. 107,1986,页 248—251)将之修订为 ἀνά(加上乌泽纳[Usener]充当呼格的 χρυσωπέ),对照行 80 的 ἀνὰ θύρσον τε τινάσσων(亦参行 623),以及(ἀνά 后置的)《赫卡柏》行 504,但《赫卡柏》行 504 可能经过窜改。参索福克勒斯,《俄狄浦斯在科罗诺斯》,行 1485 的 "宙斯王啊"(Ζεῦ ἄνα),以及一份希腊晚期或帝国早期的忒萨里碑文中的 Μαινάδων ἄνα(参 A. Henrichs,《"他身上有神":狄俄倪索斯现代认知中的人性与神性》,前揭,页 40,注 73)。ἄνα 可指 "举起!"(如欧里庇得斯,《阿尔刻提斯》,行 276),但这个义项用在此处显得奇怪。

常春藤杖，从奥林波斯山上下来，

［*Sa*本］酒神杖被意外地描述为闪着金光，由于歌队称呼狄俄倪索斯为王，酒神杖也就成了他的权杖。

［555］去制止这恶棍的肆心。
（末节）
你究竟是在哪里用酒神杖
领着你的狂欢歌舞队，狄俄倪索斯噢，

［*Se*本］ϑυϱσοφοϱεῖς［手执酒神杖］：意为拿着一根酒神杖，但在此处暗含带领之意（因此它的宾语是"狂欢歌舞队"ϑιάσους）。

是在养护野兽的尼萨山，

［*Se*本］Νύσας［尼萨山］与狄俄倪索斯有关，是一座想象中的山脉，位于多处。荷马首次提及此山（《伊利亚特》，6.133）。在那里，吕库古追赶狄俄倪索斯的保姆们。在《独目巨人》中萨图尔狂欢歌舞队后悔离开尼萨山和狄俄倪索斯（行68—81）。此处也一样（虽是一首歌颂狄俄倪索斯两次出生的颂歌），我们觉得，狂欢歌舞队希望她们在那里（或者说狄俄倪索斯的所在地）。

［*L*本］Νύσας［尼萨山］：尼萨山名的词形让我们想起狄俄倪索斯的名字，有好几座山和好些地方都叫尼萨，为马其顿民众创作的欧里庇得斯很可能想到的是潘盖翁山，此山在《伊利亚特》中名为尼萨，参 P. Perdrizet，《关于潘盖翁山的崇拜与神话》，前揭，页50—51。ϑηϱοτϱόφου［饲养野兽的］：猛兽常与狄俄倪索斯崇拜关联在一起，这个定语用来修饰尼萨山，一点也不奇怪。

［*R*本］根据神话传说，赫尔墨斯从宙斯处接收了狄俄倪

索斯，并遵宙斯之命将之委托给尼萨山中的山泽女仙。对于这座神话中的山，古人莫衷一是。拜占庭的斯蒂芬（Stephanus of Byzantium）列数了 10 座尼萨山，赫西基乌斯则列举了 15 座，分布在从印度到埃及的古代各地。很可能很多举行酒神崇拜的山都叫这个名字。因此，我们无法确定欧里庇得斯所指的尼萨山的确切地理位置。不过，我觉得佩德里泽的观点很有道理，他认为，诗人在此指的是潘盖翁山，酒神崇拜仪式在此山中举行（298n.）。在《伊利亚特》（6.133）中，色雷斯国王吕库古在"神圣的尼萨山"中追捕酒神狂女，此山无疑是他的国土（参《关于潘盖翁山的崇拜和神话》，前揭，页 50—51；亦参 H. Jeanmaire,《狄俄倪索斯》，前揭，页 348 以下）。

[D 本] 列数神可能出现的地名是希腊祈祷中的惯例，参譬如荷马,《伊利亚特》，16.514 以下；埃斯库罗斯,《和善女神》，行 292 以下；阿里斯托芬,《云》，行 269 以下；忒奥克利特,《牧歌诗集》，1.123 以下。

　　　还是在科吕基厄斯山顶呢？

————————————

[Se 本] Κωρυκίαις[科吕基厄斯山] 即在帕纳索斯山上，那里有著名的科吕基厄斯山洞，参 306—308n.；索福克勒斯,《安提戈涅》，行 1126—1130；埃斯库罗斯,《和善女神》，行 22—26。

[560] 兴许是在那树木

————————————

[Sa 本] 行 560—564：在另一部与《酒神的伴侣》同时在雅典上演的剧中，我们看到了关于俄耳甫斯神话的相似提及，参欧里庇得斯,《伊菲革涅亚在奥利斯》，行 1211。

　　繁茂的奥林波斯大山深处，
　　俄耳甫斯曾在那儿弹奏竖琴，

　　[L本]狄俄倪索斯与俄耳甫斯之间确立的这种关联不言自明。二者都吸引野兽，并将他们的法强加在各种自然力上。

　　[R本]对奥林波斯神山的提及，同样导向了对庇厄里亚及其河流的颂扬，第一首合唱歌已经进行了颂扬（行409以下）：诗人欲向东道主阿刻劳斯的辖地致敬。

　　[K本]俄耳甫斯来自色雷斯，因此跟狄俄倪索斯有某种独特的关联。这两个人物———一个是神，另一个是超凡之人——有时关联在一起。二者都具有掌控自然世界的非凡力量；但在埃斯库罗斯佚失的《巴萨里德斯》(Bassarids)一剧中，似乎俄耳甫斯本人对抗过狄俄倪索斯，并因此遭受狄俄倪索斯惯用的惩罚。此处把俄耳甫斯放在了奥林波斯山上，可能因之与缪斯女神的关系。

　　用他的音乐引来树木，
　　招来野兽。

　　[Se本]俄耳甫斯的音乐具有魔力，参行726—727n.。在神话传说中，俄耳甫斯和狄俄倪索斯与秘仪有关，参Walter Burkert，《希腊宗教》，前揭，页300。此处可能略微透露了疯狂的彭透斯（行542）将被俄耳甫斯的（实际是被狄俄倪索斯的）音乐驯服。

　　[565]噢，有福的皮厄里阿，

　　[B本]Πιερία[皮厄里阿]：根据斯特拉博，皮厄里阿延伸至阿克希俄斯(Axios)。流经皮厄里阿的吕底阿斯河也被称作吕底阿斯(Ludias)和洛伊狄阿斯(Loidias)。

　　欧伊俄斯神敬畏你，他会来

　　[Se本]欧伊俄斯神是狄俄倪索斯的一个称号，源自欢呼声 εὐοῖ。参行157。

　　和酒神信徒们一起跳舞
　　狂欢，淌过那水流

　　[Se本]在（从色雷斯）去皮厄里亚山的路上，狄俄倪索斯将跨越两条马其顿河：阿克斯俄斯河（现代的瓦达河）和吕底阿斯河（现代的玛乌洛涅罗河）

　　　湍急的阿刻西俄斯河，还要领

　　[K本]Ἀξιόν[阿刻西俄斯]：阿刻西俄斯河和吕底阿斯河是色雷斯的两条河流，狄俄倪索斯若想下山回到奥林波斯神山和忒拜，必须跨过这两条河。吕底亚受到额外颂扬，可能因为此河浇灌了阿刻劳斯的土地（此处"良驹遍地"），欧里庇得斯正是在这位马其顿国王的宫廷写作。在早期创作的一部剧（《赫卡柏》，行451以下）中，欧里庇得斯几乎用同样的描述描写了另一条河，眼下的这段话略显程式化，也就不足为奇了。

　　[570]着跳旋舞的狂女们
　　　跨过河父吕底阿斯河，他是

　　[Sa本]Λυδίαν[吕底阿斯河]，参希罗多德，《原史》，7.127。吕底阿斯河畔坐落着马其顿的古都埃加厄（Aegae，也可能是厄得萨[Edessa]），利克将之等同于沃德赫纳（Vodhena），"地势壮

阔、四周环境壮观、坐拥丰饶物产，不输希腊任何地方"(《北部
希腊》，3.272)；也提到此地的"岩石、瀑布和明媚山谷"，以及
它的"巍峨、令人心旷神怡的有利位置"。尽管埃加厄仍是王陵
所在地，腓力二世后将政府所在地迁至佩拉(Pella)，此处为腓
力二世成长之地，亦是亚历山大大帝的出生地。

> 给凡人带来财富的
>
> 赐福者，我听说，
>
> 它用清澈见底的河水，
>
> ［575］浇出一片出良驹的土地。

［*Se* 本］行 556—575：吁请神灵的祈祷往往含该神可能出现
的一些地名(如埃斯库罗斯，《和善女神》，行 292—296)。在这
里，这一特征也旨在明示将接受狄俄倪索斯崇拜的希腊地名，并
含一丝逃避意味(559n.、402—416n.)。

［*L* 本］εΰιππον［出良驹的］：该词应该是为了取悦阿刻劳
斯王，他致力于发展马其顿的骑兵队，参修昔底德，《原史》，
2.100.2。

［*R* 本］三条主要河流浇灌着马其顿：受荷马(《伊利亚
特》，2.849、21.158)颂扬的阿克希俄斯河(其实是瓦尔达河
［Vardar］)、吕底阿斯河(卡拉阿斯玛克河［Kara Asmak］或玛乌
罗涅若河［Mavronero］)，以及至今仍汇入吕底阿斯河(参希罗多
德，《原史》，7.127)的哈利阿克蒙河(Haliacmon)。

七　第三场（行 576—861）

[*Se* 本] 第三场可分为三部分，分别表现了狄俄倪索斯力量的不同方面：（1）狄俄倪索斯的显现（行 576—641），（2）狄俄倪索斯与彭透斯的对话，第一信使的发言（642—786n.），（3）狄俄倪索斯对彭透斯的劝谕（787—861n.）。

狄：（抒情歌，自内）
　　喂！

[*R* 本] *iώ*［喂］：七度出现在这个片段里，是一种大声的尖叫，一声带来有点野蛮回声的喊叫（参《赫卡柏》，行 1088—1091）。阿高厄的这声叫喊是为了唤醒众狂女（行 689）。这可能是一种酒神仪式中的传统仪式性喊叫。

[*Se* 本] 行 576—641：狄俄倪索斯的显现由酒神的声音表明，可能也由舞台效果表明，在显现发生时还由狂欢歌舞队描述，显现后则由狄俄倪索斯说明。两段叙述似乎并不那么一致，但它们在这些方面一致：（1）宅子（行 585—589、606、623）的震动（地震，行 585），随后是（2）塞墨勒坟上起火（行 596—597、623—

624），之后是（3）宅子的坍塌（要求，行 595；预示，行 602—603；报告，行 633）。显而易见，在（2）（参行 598—599）和（3）中，均出现了霹雳和闪电（行 594—595）。迄今仍无人正确理解这场戏。

很多章节表明，狄俄倪索斯的狂欢歌舞队用鼓声、公牛咆哮声和舞蹈等（在想象中）制造了霹雳和地震。（1）埃斯库罗斯残篇 23a 有"（狄俄倪索斯的）……τὸ τῆς ἀστραπῆς πευκᾶες σέλας"，这句话虽残缺不全，却可能暗示用火炬的光亮模仿。（2）埃斯库罗斯残篇 57 关于酒神崇拜有"……用牛吼声吓唬模仿者，这些吼声从某个看不见的地方传来较为轻缓的吼声，还有人拎着鼓（？参 918—919n.），就像来自地狱的霹雳"，参 156n. 和欧里庇得斯，《希珀吕托斯》，行 1201—1202。（3）品达残篇 70b 的一首酒神颂如是描写狄俄倪索斯的仪式："鼓声嘈杂"、火炬、"统领一切的霹雳吐着火"。（4）索福克勒斯《安提戈涅》（行 152—154）中，"撼地的"狄俄倪索斯与忒拜舞蹈紧密相关。（5）欧里庇得斯《疯狂的赫拉克勒斯》行 1362—1363 的"魔轮的圆周旋转的空中地震"就是酒神狂欢歌舞队的装备之一。（6）一幅来自杜拉-欧罗珀斯的 3 世纪的古墙雕件记录了一段向狄俄倪索斯吁请的祈祷（439n.），其中显然包含 [σ]ῶν ποπόλω[ν] Εἴνοσι，亦即人称震地神（Εἴνοσις）的狄俄倪索斯（参 585 行被拟人化的 Ἔννοσις[震地神]），被认为以地震的形式来震动他的崇拜者。

狄俄倪索斯在船上解救自己时就伴随着奇迹（《荷马颂歌》，7），正如他使女人们发狂离家（莱伯拉里斯，《变形记》，10；奥维德，《变形记》，4.391—415）。埃斯库罗斯《厄多尼亚人》（以及上文引述的残篇 57）有这么一句诗："这位神令这座房子着了魔，发着巴克科斯的疯狂。"（残篇 58）同样，在《酒神的伴侣》中，房子的震动暗示酒神式疯狂（587n.、591n.）。《疯狂的赫拉克勒斯》（受埃斯库罗斯《厄多尼亚人》影响，参 D. F. Sutton，《系列描绘吕库古疯狂的陶器》["A Series of Vases Illustrating the Madness of Lycurgus"], *RSC*, Vol. 23, 1975, 页356—360)中, 用酒神式语词(行899、966、1085、1122、1142)描述的加在赫拉克勒斯身上的疯狂, 也是对房子的袭击(行825、850、864、873、888、891、897、909、1006—1008), 屋顶和赫拉克勒斯一道毁灭(行905、1006—1007)。这一传统主题还有其他例子, 如欧里庇得斯,《厄瑞克透斯》(*Erechtheus*), 65.47—54; 普劳图斯,《安菲特律翁》(*Amphitryon*), 行1094—1096(其中"布洛弥俄神"描述了一道似乎原打算在赫拉克勒斯出生时摧毁屋子的霹雳)。有生命的和无生命的自然都加入酒神狂欢的看法, 源自崇拜者的迷狂认知(726—727n.)。因此, 酒神式迷狂中坍塌的传统主题无疑也源自狂欢歌舞队用吁喊声模仿这种坍塌。现在, 既然狂欢歌舞队发出了吁请并模仿霹雳, 我们不妨就此推论, 这种模仿可能包含了宅子的坍塌。

狂欢歌舞队为何要模仿霹雳? 在开场白中, 狄俄倪索斯讲述了他有意显示自己的身世(行41—42、47)。确实, 伴随他显现时出现的霹雳, 与他出生时摧毁王室的霹雳有密切关联(行596—599、623—624, 参行3—9)。这种充满暴力的出生, 在这种场景中十分明显(行6—9、41—42、47、88—104、243—235、286—297、519—529), 是酒神颂的典型主题(64—169n.; 行64—169的酒神颂包含了绕着王室击鼓, 行60—61、64—169n.)。

但是, 发出霹雳可能并不只是为了庆祝狄俄倪索斯的出生。出生的主题是将酒神颂与秘教入会仪式联系起来的几大主题之一(参Richard Seaford,《互惠与仪式》, 前揭, 页268)。埃斯库罗斯残篇57(以及一部在情节和细节上都与《酒神的伴侣》相似的剧作《厄多尼亚人》)与这一场具有以下共同点: 人与公牛的同化(行618—619)、不知何处传来的可怕声音(行578, 参奥维德,《变形记》, 4.391), 以及霹雳与地震相结合的暗示。这一场似乎也反映了秘教入会仪式, 尤其是入教者对未知之声的畏惧(如参阿里斯托芬,《马蜂》[古注本] 1363b 的 "在秘仪前……入教者吓唬那些打算入教的人"), 可能用了牛吼器(rhombos, 在酒神秘仪中使用, 参 M. L. West,《俄耳甫斯教诗歌》, 前揭, 页 155、157、171)。在《疯狂的赫拉克勒斯》行 1362—1363 中, 霹雳制造了想象的地震(ἔνοσις 应该就指这种地震), 不过那是在空中, 与埃斯库罗斯残篇 57 正相反, 后者中的鼓声引来源自地下的霹雳(和地震的咆哮声一样)。这种混合(隐含在品达残篇 70b 酒神颂的 ῥόμβοι τυμπάνων、《独目巨人》行 65 等处)就像珀吕菲摩斯神秘地将天与地混在一起。狄俄倪索斯出生时的霹雳是为了使狄俄倪索斯和塞墨勒不朽(9n.; 塞墨勒被雷击毙的围地被称为 "福岛")。另一个落入火中的婴儿是得摩丰(Demophon)。在厄琉西斯秘仪的起源传说(《得墨特耳颂》, 行 239—242)中, 得摩丰在得墨特耳手中, 她的显现 "闪电般" 照亮屋子(行 280); 在秘仪中, 婴儿的出生 "以生上大火" 宣告。这种火与霹雳关联在一起(因为这个婴儿有时被等同于伊阿克斯-狄俄倪索斯, 参 Walter Burkert,《献祭人》, 前揭, 页 289)。也有人把火与一颗星关联起来(参 Richard Seaford,《仪式与互惠》, 前揭, 页 278)。在另一则明显反映秘教入会仪式的神话传说中(M. L. West,《俄耳甫斯教诗歌》, 前揭, 页 140—175), 提坦族杀死了狄俄倪索斯(获得重生), 后遭雷劈死(参 Richard Seaford,《不朽、救赎与元素》, 前揭;《被缚的普罗米修斯》[Prometheus Vinctus], 行 1081—1084)。另有一些片段可能反映了入教仪式上的霹雳, 参欧里庇得斯残篇 472.11;《腓尼基少女》, 行 1039—1043; 希罗多德,《原史》, 4.79.2; 柏拉图,《王制》621b;《斐德若》254b。锣既在秘教入会仪式也在剧场中使用(在这里, 锣也被称为 βροντεῖον, 模仿雷声。参阿里斯托芬,《蛙》[古注本], 行 292; 波卢克斯,

《词类汇编》, 4.130)。这一切均表明, 此处的雷声(和这一场的诸多其他要素一样, 参604—641n.), 反映了雷声存在于秘教入会仪式中。另一处含霹雳的显现, 也在某种意义上可算作过渡仪式, 是在圣保罗皈依中的显现。它与《酒神的伴侣》的相同之处在于: 闪电和光亮($\varphi\tilde{\omega}\varsigma$, 630—631n.), 伏倒在地的人们, 不可见之神的声音, 神命令从地上爬起(《使徒行传》, 9.3—9、22.6—11)。亦参795n.;《使徒行传》, 16.26—30(630—631n.)。

房子的实体性毁灭也具政治意味, 预示王室成员的毁灭和流放(悲剧的一般特征), 尤参行391—392; 1308—1309n.; Richard Seaford,《互惠与仪式》, 前揭, 页345—346。关于共同体从实体上摧毁房子(尤其是那些具危险权力之人, 如公元前411/410年的雅典僭主的房子), 终结该家族的例子, 参 W. R. Connor,《希腊社会中对房屋的毁灭》("The Razing of the House in Greek Society"), *TAPA*, Vol. 115, 1985, 页79—102。

霹雳摧毁王宫, 也是忒拜酒神崇拜起源性神话的组成部分, $\Pi\varepsilon\rho\iota\varkappa\iota\acute{o}\nu\iota\sigma\varsigma$("绕着支柱")。

狄俄倪索斯现身前(可能在行603), 他都以神的身份言说。此后, 他又重新恢复凡人身份, 用第三人称指称狄俄倪索斯(行605、623等)。尽管歌队认出屋内的声音来自狄俄倪索斯, 但在剧中其他地方, 她们都未把他称为神(除了行502、518、614的暗示), 他的最终(佚失的)显现可能除外。行604—641反映了酒神在秘仪入会仪式中的显现。没有必要通过认为歌队暗中知道真相来消除这种不一致。相反, 起源性神话(《酒神的伴侣》就是如此)可能反映了相关仪式的细节, 无须叙述它的实际举行(亦即歌队和彭透斯其实都未入教)。

关于舞台呈现, 很多人试图解答这些无法解答的问题: 欧里庇得斯想让舞台上的王宫看上去全然坍塌, 部分受损, 还是毫发无损? 塞墨勒的坟看上去突然起火了吗?(对此的戏剧性探讨，参 S. Goldhill，《希腊悲剧品读》[*Reading Greek Tragedy*]，Cambridge：Cambridge University Press，1986，页277—284）。我认为，狂欢歌舞队呼唤雷声和地震摧毁王宫，时间上早于悲剧，因此不需要舞台建筑（虽然舞台效果可能设计了它们的出现，兴许意在表明前[院]墙后所发生之事）。毕竟，狄俄倪索斯的信徒能见他人所不能见之事，这是他们的一大特征（行918—924）。

行576—603 的韵律大体上是长短格和长短短格，含一些斐热克拉底韵（Pherecrateans，参行577、580—581。[译按]该韵律因由斐热克拉底发明而命名，常出现在古希腊悲剧合唱歌中）。歌队的组成不明，行590—591 显然是歌队的一部分对另一部分讲话（那里的单数形式可能表明是在对歌队长言说）。行604—641 为短长格四音步诗，根据亚里士多德（《诗术》1449a22—23），这种韵律在悲剧的最早时期使用过（而非短长格），“因为那时的诗歌类似萨图尔剧和歌舞剧”。因此，这种韵律在此处的用法可能既表达了行动的欢快，也表明了悲剧最初主题的传统（该韵律也出现在《疯狂的赫拉克勒斯》行858—873 的相同传统主题中）。

　　　　听，你们听我的声音，

[*R* 本]κλύετ'[听]：表强调的重复，就像欧里庇得斯，《美狄亚》，行1273；索福克勒斯，《俄狄浦斯在科洛诺斯》，行885；《菲洛克忒忒斯》，行1462。

　　　　信徒们噢，信徒们噢！
　歌队：这是谁？这呼声打哪儿来？
　　　　是欧伊俄斯在呼唤我吗？
　狄：[580]喂，喂！我再唤一声，
　　　　我是塞默勒的儿子，宙斯的儿子。

[*R*本]狄俄倪索斯的回答强调了他的双重身世：忒拜（塞墨勒之子）身世和神圣（宙斯之子）身世。他来忒拜就是为了证明这点；因此，狄俄倪索斯的这个回答恰如其分。

　　歌队：喂，喂，主子啊，主子啊
　　　　　快来我们的

[*R*本]μόλε[来]：呼应了行553的吁请。

　　　　　狂欢歌舞队，布洛弥俄斯呀布洛弥俄斯！
　　狄：[585]让大地的地面撼动起来吧，威严的地震女神！
　　歌队：啊！啊！
　　　　　彭透斯的宅子马上就要
　　　　　倒塌了！

[*Se*本]将来时中动态διατινάξεται[震碎]在含义上可能表被动（如果不是，主语就是585行中的"地震女神"），参譬如行1317；欧里庇得斯，《伊菲革涅亚在奥利斯》，行1436的ἀδικήσῃ。狄俄倪索斯的崇拜者甩头（150n.）、挥动酒神杖（行80，参行308、553—554），并伏倒在地（行605，135—139n.）。和剧中其他地方一样（576—641n.），房子的坍塌用酒神式迷狂的语词来描述（亦参591n.）。

　　歌队长：狄俄倪索斯就在这屋里；
　　[590]快向他致敬。歌队：我们向他致敬！
　　歌队长：你们瞧见石柱上的这些楣石
　　　　　　正在崩裂吗？是布洛弥俄斯在

［*Se*本］*διάδρομα*［崩裂］：此处也一样（587n.），房子的损毁可能也用酒神式迷狂的语词来描述，尤参行 727（所有的东西都在"奔跑"）、731、748、1090—1091。

［*B*本］*διάδρομα*［崩裂］：开始崩裂，类似情况参《疯狂的赫拉克勒斯》行 905，歌队眼睁睁看着王宫倒塌；《特洛亚妇女》行 1295 以下，赫卡柏眼见着特洛亚城邦陷入火海。毫无疑问，布景没有改变，好让观众根据歌队的言行想象地震和地震引发的后果，虽然他们能听到木头嘎吱作响。

　　　　屋里欢呼！

　　狄：快快燃起熊熊的霹雳火火炬，

［*Se*本］关于霹雳，参 576—641n.。可以想见，这些诗行来自歌队（呼吁狄俄倪索斯带来雷声和地震对抗彭透斯的正是狂女们，奥皮安［Oppian］，《狩猎》［*Cynegetica*］，4.301—303）。如果这些话出自狄俄倪索斯，他就是在呼唤地震女神（参行 585）。

　　［595］把彭透斯的宅子烧个精光，烧个精光！

　　歌队：啊！啊！

　　　　你没瞧见火光吗？没看到

［*Se*本］第二个表示"看"（*αἰγάζῃ*）的语词源于 *αἰγή*（亮光），中动态形式暗含目击者的盎然兴趣。

　　　　塞墨勒的神圣墓冢四围冒着

　　　　宙斯的霹雳火吗？那是她

[*Se*本]这就是塞墨勒葬身的那场霹雳火，狄俄倪索斯则从中诞生（行 6—12）。

> 当初遭雷击时留下的。
> 歌队长：[600] 快趴下，快把你们战栗的身子
> 　　　　伏倒在地，狂女们；因为

[*Se*本] Μαινάδες [狂女们]：这是本剧中唯一一处以 μαιν-（疯狂的）打头的词来称呼歌队，与忒拜"狂女"和彭透斯形成强烈对比。

[*R*本] δίκετε [趴下]，这两个奇迹证实了狄俄倪索斯是神。狂女们感觉他的存在不可见，令人生畏。希腊人既不会在凡人面前也不会在诸神面前俯伏（参欧里庇得斯，《俄瑞斯特斯》，行 1507；《腓尼基少女》，行 293—294 等）。

[*K*本] 歌队害怕地扑倒在地。整个惊人的场景超出了希腊悲剧的通常的尺度。

> 我们的王马上就到，这位宙斯之子
> 要把这宅子搅个地覆天翻。
> （抒情歌完）

[*Se*本] 这首抒情歌以神的称谓结束（参行 87、119、134），恰好与狄俄倪索斯从王宫现身同时发生。

> 歌队伏倒在地。
> 狄俄倪索斯仍化身异方人从宫中上。
> 狄：外邦的女人们哟，你们是不是着实吓坏了，

[*Se*本]行 604—641 反映了狄俄倪索斯在秘教入会仪式中的显现，受到歌队热烈欢迎，却遭彭透斯拒绝。彭透斯也因此只能遭遇秘教入会仪式的悲惨经历，参 576—641n.、606—609n.、607n.、608n.、616—637n.、621—622n.、625—626n.、628n.、630—631n.、641n.。

[*L*本]βάρβαροι[外邦的]，不含贬义。该词泛指所有非希腊民族的人，《波斯人》中的信使就是在这个意义上使用该词（行 220、337、422），以宣告其同胞败北。

[*R*本]βάρβαροι γυναῖκες[外邦的女人们哟]：老套的称谓（参欧里庇得斯，《伊翁》，行 510；《腓尼基少女》，行 278；《美狄亚》，行 214）。

[605]伏倒在地？看来，你们感觉到了巴克科斯
　　　　震塌彭透斯的房子；不过，你们还是起
　　　　身吧，鼓起勇气，不要再哆哆嗦嗦！

[*Se*本]θαρσεῖτε[鼓起勇气]：在 4 世纪马特尔努斯（Firmicus Maternus）描述的一次夜间秘仪中，随着光亮的进入（参 630n.），以及牧师表示"鼓起勇气来，教友们，神已得救，因为你们将从痛苦中得救"（《世俗宗教的迷误》[*De Errore Profanarum Religionum*]，章 22），入会者才结束哀悼他们的神之死。这与这段诗有些类似。普鲁塔克提到秘教入会者在神显现前的战栗（行 600），参 616—637n.。

歌队长：我们欧伊俄斯狂欢节最大的光哦！

[*Se*本]厄琉西斯秘仪上的神秘之光（630—631n.），似乎被等同于这位神子：据说，他的出生"伴着烈火"（576—

641n.)——他要么是普鲁托斯、要么是狄俄倪索斯或者伊阿克斯（被混为一谈）。参阿里斯托芬，《蛙》，行 342—343；索福克勒斯，《安提戈涅》，行 1146—52（带古注，参欧里庇得斯，《伊翁》，行 1074—81）；品达，《奥林波斯竞技凯歌》，2.53。同样的神秘联系也体现在厄勒克特拉叫俄瑞斯特斯"哦，最亲爱的光"，索福克勒斯，《厄勒克特拉》，行 1224：Richard Seaford，《索福克勒斯与秘仪》，前揭。

[*D* 本]关于用光喻指某人，参荷马，《伊利亚特》，18.102；欧里庇得斯，《赫卡柏》，行 841；《伊翁》，行 1439；《疯狂的赫拉克勒斯》，行 531。

　　　我孤独寂寞，看见你多欢喜呀！

[*Se* 本]参埃斯库罗斯，《奠酒人》，行 961—964 的"光亮就在前头……房子，站起来吧！你已躺倒在地太久"，出现在一首含影射秘教入会仪式的颂歌（就像《酒神的伴侣》这部分）中。这就暗示，秘教入会者可能在神秘光亮出现时，在黑暗中伏倒在地。参普鲁塔克残篇 178，在秘教入会仪式中，人"踩人"，亦参柏拉图，《斐德若》248a（"你踩我，我踩你"）、254b7（"他敬畏地躺倒在地"），还有一段形象描述秘教的段落（包括 254b 的光亮），以及圣保罗的皈依（576—641n.）。参奈维乌斯，《吕库古》残篇 40。有趣的是，狄俄倪索斯不在场时，狂欢歌舞队的成员显然（在主观上）均孤立。

　　　狄：[610]你们是不是陷入了绝望，在我被押进去

[*L* 本]狄俄倪索斯再次提出责备。彭透斯的名字出现在行 611，含反讽意味。

以为我要落入彭透斯那黑洞洞的地牢时？

歌队长：怎么能不呢？你若遭不测，谁来保护我呢？

　　　　但是，你碰上了这不虔敬之人，是怎么逃脱的呢？

［*Se* 本］*ἀνδρὸς ἀνοσίου τυχών*［碰上不虔敬之人］，参欧里庇得斯，《独目巨人》，行348—349。

狄：我自己救了自己，很容易，不费吹灰之力。

［*Se* 本］狄俄倪索斯用此话暗示他就是酒神，参行498。关于酒神的不费力，参行194。*αὐτός* 常用来指称作为解放者和秘教引导者的狄俄倪索斯。

［*L* 本］*αὐτός*［自己］：对于那些清楚酒神真实身份的人（观众，而非酒神狂女）而言，该人称代词掩饰的事实昭然若揭。

歌队长：［615］他不是用套索捆住了你的双手吗？

狄：我这是在羞辱他，他以为他在绑我，

［*Se* 本］关于行616—637中彭透斯的奇特经历，参普鲁塔克残篇178把临死的灵魂比作加入"伟大的秘仪"："起初惶惑不安，疲惫不堪地四处乱窜（*περιδρομαὶ κοπώδεις*，参行625、634，*κόπου δ' ὕπο*）"，黑暗中（行510、549、611、628n.）没有走完的几段（行626—627、635）令人胆战的路程（行625、628、631）；在克服一切可怕之事前，还有恐惧、发抖（*τρόμος*）、汗水（行620）和惊奇；接着你在那里见到一道神光（630—631n.）云云。这种相似性极为复杂，不可能是偶然。毫无疑问，无论在文学还是心理层面都不足以解释彭透斯的行为。《疯狂的赫拉克勒斯》中赫拉克勒斯的疯狂（这场戏本身充满秘教暗示），在悲剧中最接近彭透斯

的经历（虽然也有很大差别），参 Richard Seaford，《互惠与仪式》，前揭，页 387—381。

> 其实没碰到我，更没捆住我，只是空想罢了。
> 他在马厩旁——他把我领去关起来的地方，发现了一
> 　头公牛，

[L 本]彭透斯的迷乱表现在把狄俄倪索斯当成身边的公牛。毫无疑问，他应从这里见出某些仪式性活动的影响。公牛在狄俄倪索斯崇拜中扮演重要角色。让迈尔表示："狄俄倪索斯，即便他不是如我们所认为的公牛神，却自动现以公牛形象，因此，他仿若或轻易取代了那些我们所崇奉的古老的公牛神。"（H. Jeanmaire，《狄俄倪索斯》，前揭，页 45。）

> 就用绳套把它的腿和蹄子捆了个严实，

[Se 本]参行 920—922（稍微平静的彭透斯把狄俄倪索斯当成了公牛），100n.、630—631n.（彭透斯把光当成狄俄倪索斯）。关于马厩可能蕴含的仪式意义，参 509—510n.。

> [620]他怒气呼呼，全身大汗淋漓，

[D 本]θυμὸν ἐκπνέων[怒气呼呼]，比较欧里庇得斯，《瑞索斯》，行 786；《腓尼基少女》，行 454；埃斯库罗斯，《七雄攻忒拜》，行 52 生动得多。欧里庇得斯模仿了荷马（《伊利亚特》，3.8 前后）。

> 牙齿咬住双唇；我就坐在

[Se本]行 621—622：在《荷马颂歌》中，当海盗们没能绑住狄俄倪索斯时，他也是微笑地端坐着(7.12—15)。但他在这里平静地坐着，可能反映了入教者愉快地看着未入教者遭难(普鲁塔克残篇 178；柏拉图，《斐德若》250bc)。参 389n.、965n.，在庞贝的秘教入会仪式殿堂里，坐着的女人们显然平静地看着酒神入教仪式中的各种痛苦。关于秘仪中的平静，参里巴尼乌斯(Libanius)，《演说集》(Orations)，10.6。

[R本]欧里庇得斯细致入微地描述了彭透斯精神错乱的心理表现：呼吸的情况、汗流浃背、面部紧张。欧里庇得斯喜欢这些细节描写，参俄瑞斯特斯的疯狂(《俄瑞斯特斯》，行 211 以下)，这种癖好在他的同时代人希珀克拉底作品中很自然，他是临床研究的始祖。

 边上冷眼旁观。就在这时，

───────────────

[L本]*ἥσυχος θάσσων ἐλευσσον*[冷眼旁观]使狄俄倪索斯的镇定(他清楚自己一手主导了这场游戏)与彭透斯的激动(气喘吁吁、汗流浃背)的对比更加意味深长；静坐一旁的酒神看着整个场景时，彭透斯一心对抗公牛。

[K本]再次强调了狄俄倪索斯的冷静。

[D本]*ἥσυχος*[静静地]，参行 636、640，在地震的实际混乱与困惑的彭透斯的道德混乱中，异方人的平静暗示了他是超自然物；就像台风眼中那不祥的平静。

 巴克科斯来了，他撼动屋子，又在母亲的坟上

───────────────

[L本]*ἐλθὼν ὁ Βάκχος*[巴克科斯来了]，酒神不想让人知道他就是狄俄倪索斯。关于 *Βάκχος* 的双重含义(既指酒神狂女，又

指酒神），参行 76。

　　　　煽起火光；彭透斯看到了，以为宅子失火，

────────────────────

　　［L 本］δοχῶν［看见］：已出现在行 616，那里有意识强调了
该词。在酒神影响下失去理智的彭透斯，错把想象和意象当真。
他相信这场意外的火灾，参不透酒神的举动：酒神用塞墨勒坟上
永不熄灭的火苗点燃了火把。

　　［625］奔前跑后，吩咐家奴们打来阿刻劳斯河水，

────────────────────

　　［Se 本］关于 Ἀχελῷον［阿刻劳斯河］，参 519n.。埃福罗斯
（Ephorus）证实了这条河就叫 "阿刻劳斯"（F. Jacoby,《古希腊历
史学家残篇》[Die Fragmente der griechischen Historiker]，Berlin
and Leiden，1923—1958，70F20）。此处用这个庄重的语词，可
能意在反讽。
　　［R 本］Ἀχελῷον［阿刻劳斯河］参行 519，悲剧中常用该借代
修辞指称河流，参索福克勒斯残篇 5P；欧里庇得斯,《安德洛
玛刻》，行 166—167；《许普西皮勒》（Hypsipyle），残篇 753N^2。
阿里斯托芬在戏仿悲剧风格时，两度用到这个意象，参《吕西
斯忒拉忒》，行 381；残篇 351；J. Taillardat,《阿里斯托芬的意
象》，前揭，§25。这种浮夸的表述讽刺了彭透斯的态度，
他完全乱了方寸。

　　　　每个奴隶都很卖力，只是白费工夫。

────────────────────

　　［Se 本］行 625—626：鉴于在这段叙述中，彭透斯的经历
反映了那些秘教入会者似入地狱的经历（参 616—637n.；Walter

Burkert,《希腊秘教》[*Greek Mystery Cult*], Cambridge, Mass.:
Harvard University Press, 1987, 页 97—101), 这点就不会是
巧合：地狱中徒劳无益的提水惩罚, 针对的就是那些 "愚蠢的
未入教者"(柏拉图,《高尔吉亚》493ab), 或者那些（像彭透
斯那样）不把秘教 "当回事" 的人（泡萨尼阿斯,《希腊札记》,
10.31.9—11, 关于珀吕格诺图斯 [Polygnotus] 在德尔菲的画
像)。在一首 3 世纪的诗歌中, 狄俄倪索斯让反对其教仪的吕
库古从一个有柄的破水罐中汲水。

> 彭透斯撂下手头的苦差事, 好像我已溜之大吉,

[*L* 本] μόχϑον [苦差事]：这个常用来指称赫拉克勒斯十二项
艰巨任务的词, 在这里可能含反讽。ὡς ἐμοῦ πεφευγότος [好像我已
溜之大吉]：彭透斯对异方人恨之入骨, 对他而言, 异方人脱逃
竟比王宫遭毁更令他痛苦。

> 他抓起一把黑剑就冲进宫。

[*Se* 本]彭透斯的过激行为一个（行 625, ἧσσε κτλ）接着一个
（行 628, ἵεται; 行 631, ἧσσε）, 均以徒劳告终（行 627 διαμεϑείς;
行 635, διαμεϑείς ）。

[*L* 本] ξίφος κελαινὸν [黑剑] 见索福克勒斯,《埃阿斯》,行
831;《特拉基斯少女》, 行 856; 欧里庇得斯,《海伦》, 行 1656。
赫西俄德《劳作与时日》行 711 已提到 μέλας σίδηρος。古人畏于铁
器的暗沉, 与铜器的明亮形成对比。

[*R* 本]κελαινὸν [黑色的]：修饰性定语, 传统上用来指武器,
参索福克勒斯,《埃阿斯》, 行 231; 欧里庇得斯,《海伦》, 行
1656;《俄瑞斯特斯》, 行 1473。

［B本］κελαινὸν［黑色的］：指致命的。参索福克勒斯,《埃阿斯》, 行 231。

> 这时, 布洛弥俄斯——我以为是他, 我说的只是我的
> 意见——

［L本］对于所发生的一切, 狄俄倪索斯了然于胸, 但他想保持对其身份的错觉。关于 δόξαν［意见］的用法, 参《伊菲革涅亚在陶洛里》行 1166："是什么东西指示你, 还是你自己这么想。"亦参公元前 5 世纪哲人中关于 δόξα［意见］和 ἐπιστήμη［知识］的对立。

［630］在院子里造了一个幻象；那家伙冲向它,

［Se本］αὐλή［院子］, 也可（欧里庇得斯笔下经常）泛指住处。

> 奔过去刺那发光的以太, 好像是在杀我。

［Se本］行 630—631：φαεννὸν［发光的］, 我们必须保留抄件中的修订 φῶς（见下文）。黑暗中发出的神秘之光被等同于神（608n.）。因此, 在《酒神的伴侣》中, 歌队也高兴地称狄俄倪索斯为"最伟大的光"（行 608）, 彭透斯也将狄俄倪索斯与光等同起来——但他攻击这道光。参《使徒行传》里过渡仪式（皈依）中的光（φῶς, 9.3—9）；囚禁、地震、解救、狱卒绝望、狱卒把光带入狱中、狱卒的皈依（16.26—30）；暗狱中和解救时的神奇之光（12.6—7）。

> 另外, 巴克科斯还用这么些方法侮辱他：

他把屋子夷为平地——一片狼藉，

[*Se* 本] ἔρρηξεν χαμᾶζε συντεθράνωται δ' ἄπαν [夷为平地]：动词
συντεθράνωται 只在这里出现，被认为与 θραύω/θρανύσσω [摧毁] 有
关，而非与 θρᾶνος [房梁] 相关。

叫他瞧瞧把我套在锁链中的苦果；他筋疲力尽

[635] 扔下剑，瘫倒在地；身为凡人，他竟敢参战，

跟一位神作对。我平静地走出

屋子，来到你们这儿，全没把彭透斯放在心上。

我以为——屋里确实传出了皮靴声，

[*L* 本] 彭透斯的脚步声应该很大，观众们听得到。ἀρβύλη
[皮靴] 几乎不出现在悲剧中，但希珀克拉底用过一次。

他会马上来到屋前。经过了这么些事，他又会说些什

么呢？

[640] 不管怎样，我会淡然忍受他，即便他怒气冲天。

[*L* 本] ῥᾳδίως...οἴσω，参欧里庇得斯，《安德洛玛刻》，行 744。

[*K* 本] 640 以下：再次强调了狄俄倪索斯的冷静（参行 622、
636）。

因为，聪明人要养成有节制的温和性情。

[*Se* 本] 狄俄倪索斯的自制（σώφροσύνη）与他的平静（621—
622n.）和温和一样，表明他对彭透斯的完全掌控，但也可能具神
秘蕴意，参 Richard Seaford，《互惠与仪式》，页 401—402、405；

C. Riedweg,《柏拉图、菲隆与克勒芒的神秘学术语》，前揭，页 61 对柏拉图《斐德若》254b 的注解。

　　彭透斯从宫中上，卫队随上。
　彭：我遇上了可怕的事！那异方人从我这儿逃走了，

[*Se* 本]行 642—786：第三场进入第二部分，包括（1）狄俄 倪索斯与彭透斯的对话（行 642—659），（2）第一信使的报告及彭 透斯对此的反应（行 660—786）。（1）向我们展示了，神力虽已显 现（参行 639 的"经过了这么些事，他又会说些什么呢？"），彭 透斯依然愤怒地要迫害异方人。（2）旨在进一步突出彭透斯的刚 愎自用（同时将他对异方人的愤怒导向忒拜女子），而温顺的信 使与国王形成对比：目睹了神力的显现，他已从仇视（行 729） 转向接受（行 769—770）新神。

[*L* 本]πέπονθα δεινά [遇上了可怕的事]：彭透斯的第一个词 就哀悼发生在他身上的可怕事。πέπονθα 含悲惨意味（这位国王未 意识到，观众却意识到了），因为与 πένθος 相关的这个语词跟彭 透斯名字之间的关联。

　　就是刚才我强行用绳索捆住的那人。

[*R* 本]κατηναγκασμένος [强行]：彭透斯尤其困惑于这起让人 捉摸不透的事件，囚犯已被锁链牢牢捆住（至少彭透斯此前觉得 如此），参行 616。

　　哎呀，哎呀！

[*R* 本]ἔα [哎呀]：惊叫声；尤其是像此处的可怕的惊叫。参

欧里庇得斯,《希珀吕托斯》, 行 856;《厄勒克特拉》, 行 747。

> [645] 那家伙就在这！这是怎么回事？你怎么会出现
> 在我的宫前？你是怎么出来的？
> 狄：停下脚步！也把你的盛怒放在从容的脚步下。
> 彭：你是怎么挣脱绳索，跑出来的？

[R本] 彭透斯不是在发布命令：他是在询问，表现出讲求实际的人见到奇迹（或只是不能解释之事）时所感到的深深震惊。

> 狄：我不是说过——难道你没听见，有人会救我吗？

[R本] 狄俄倪索斯的回答暗指行 498。

> 彭：[650] 谁？你总是引进一些新奇话。
> 狄：就是为凡人长出累累果实的葡萄藤的那位。
> 彭：……
> 狄：你辱骂狄俄倪索斯的这话，正道出了他的美。

[L本] 莱斯克（得到格雷瓜尔认同）认为，这行诗应归在狄俄倪索斯名下（L抄件有迹象证实），行 651 和 652 之间出现了脱漏。也有人认为，行 652 属于彭透斯（P抄件有迹象证实），赫尔曼和多兹却认为脱漏发生在行 652 和 653 之间，威林克（C. Willinck）和鲁则不认为文本有脱漏，而认为是单行轮流对白遭到打断（剧中还有其他打断的例子）。我觉得，很难认定这行诗由彭透斯说出，剧中并无迹象表明，彭透斯瞧不起葡萄酒。此外，这行诗所带的类似感情，参欧里庇得斯,《伊菲革涅亚在奥利斯》, 行 304；两个戏段中 καλόν [美] 的含义也相同。

> 彭：（向卫队）我命你们关闭并封锁整座城。
>
> 狄：那又怎样呢？难道诸神越不过城墙吗？
>
> 彭：[655]聪明，你聪明！只是在你该聪明的地方却不聪明。

［*Se* 本］参欧里庇得斯，《安德洛马刻》，行 245 的"聪明，你聪明！可你终免不了一死"。

［*L* 本］σοφὸς σοφὸς［聪明，你聪明］：《受难的基督》的教诲，由珀森恢复并广为接受。参欧里庇得斯，《安德洛玛刻》，行 285。

> 狄：在最该聪明的地方，在这方面，我天生就聪明。
>
> 　　不过，先听听那人的话吧，问问

［*Se* 本］暗示超自然知识，狄俄倪索斯知道，刚到的这个人带来了山上的消息，并且彭透斯想必也注意到这点。

> 　　　这个刚才下山的人给你带来了什么消息；
> 　　　你放心，我们就待在这儿，不会跑掉。
>
> 信使一：[660]彭透斯，忒拜这片土地的统治者啊，
> 　　　我打从基泰隆山来到这里，圣洁的
> 　　　皑皑白雪从不消减。

［*Se* 本］指基泰隆山上持续不断的降雪，而非（如多兹所说的）地面常年不融的积雪：与 ἀνίημι（主动态）这种用法最接近的有风（譬如索福克勒斯，《菲洛克忒忒斯》，行 639），以及通常指抛掷物而非抛出物的 βολή。这种明显的夸张，可能并非旨在说明基泰隆山上常年下雪，如我们在隆冬所见的情形，狂女的山间舞蹈就在此时举行（如普鲁塔克《伦语》953d 记载，狂女们受困于帕纳索斯山中的暴风雪）。参奈维乌斯，《吕库古》残篇 59。

[*R*本]整个戏段是一个出色的诗歌或雄辩术"作品"。在我们的文脉中,信使描述了阳光下的白雪皑皑,让人目眩(参色诺芬,《上行记》,4.5.12—14)。

　　彭:你带来了什么要紧的消息?

————————————————

[*L*本]彭透斯欲马上听牧人的报告,牧人却迟疑不言。同样(更强烈)的情绪也出现在《安提戈涅》的卫兵场景中,欧里庇得斯很可能就由此获得灵感。鲁指出,ἥκεις[带来]一词含一丝反讽,他用该词取代了信使宣称的ἥκω[我来到]。

　　信使一:我看见那些高贵的狂女们,她们发了狂,

————————————————

[*Se*本]ποτνιάδας[发狂]含义不明,在《俄瑞斯特斯》行318指复仇三女神,可能与ποτνιά[疯狂]有关(参行370、520),也可能(尤其在波俄提亚背景中)与波俄提亚的珀特尼埃(Potniai)有关。在《腓尼基少女》行1124中,该词或许也同样含混不清。

　　[665]赤着白足奔出这片土地,

————————————————

[*Se*本]在希腊文学和黑陶瓶画中,女子的皮肤通常白皙。这里可能也指狂女赤足(如瓶画所示),参欧里庇得斯,《独目巨人》,行72;《伊翁》,行221。

　　　　我来是想向你和城邦禀告,国王啊,
　　　　她们做出的惊天怪事。

————————————————

[*R*本]σοὶ καὶ πόλει[你和城邦]:牧人此处的发言,不像英雄

时代国王的臣民，而像公元前 5 世纪的公民，对他而言，城邦是
最高权威，我们应从城邦大局考虑。

　　　不过，我想听听，我是直言不讳地告诉你

[L 本]牧人开始讲述他的发现，但因说到迎接那个将被彭透
斯逮捕之人所感到的不安而迟疑。牧人的恐惧与《安提戈涅》中
卫兵的恐惧如出一辙。对国王的畏惧在古希腊诗歌中司空见惯。

　　　那边的情况呢，还是收敛一下我的话？

[R 本]行 668—669：仆人的谨慎是悲剧的惯常特征，参埃
斯库罗斯，《波斯人》，行 253；索福克勒斯，《安提戈涅》，行 223
以下；《俄狄浦斯王》，行 1146；欧里庇得斯，《腓尼基少女》，行
1215 等。παρρησία[直言不讳]：典型地出现在欧里庇得斯时代的
雅典词(《希珀吕托斯》，行 422)，这位诗人酷爱使用该词，参
《伊翁》，行 672；《腓尼基少女》，行 391；《俄瑞斯特斯》，行
905；《厄勒克特拉》，行 1056 等。στειλώμεϑα[收敛]：数量的改
变，常出现在希腊诗歌里。

[670]因为，我害怕你那躁急性子，国王呐，
　　　你动辄大怒，还有那过度的威仪。

[Se 本]行 666—671 谈及城邦之时还提到彭透斯 "过度的威
仪"，含政治意味。
[R 本]坦言其担忧主题的牧人表明了彭透斯的性格，这是
悲剧中国王的传统特征，参荷马，《伊利亚特》，2.196；欧里庇得
斯，《美狄亚》，行 119。

彭：说吧！我定不会惩罚你。

　　因为不应对正派人动怒。

　　关于狂女们的事，你说得越可怕，

[675] 我越要狠狠惩罚这个让

　　秘术潜入女人们的家伙。

　　[*L* 本] γυναιξί [女人们]：彭透斯蔑视女人的又一表现。
προσϑήσομεν [惩罚]：达尔梅达注意到，该动词与出现在《伊菲革涅亚在奥利斯》行 540 中的意思一致。

　　信使一：牧放的牛群正爬向

　　[*Se* 本] 在行 677—774 中，信使的报告清楚详述了所发生的不可思议的疯狂之事（如很多希腊诗歌和视觉艺术所示，例如萨图尔们在奥林波斯山的宙斯神庙的人字墙上强暴拉匹丝 [Lapith] 女子）。除了审美力，这也有助于强化这段报告关于狄俄倪索斯神力的真实性，信使的旁观者身份（根据行 677—680，是牧牛人）也有同样的作用。从多视角呈现酒神崇拜——歌队的狂热、忒瑞西阿斯的聪明、卡德摩斯的家族感和彭透斯的敌对——后，我们现在回到了普通人最初的中立视角。欧里庇得斯笔下信使报告的惯用技法有：开门见山点明时间地点（如参《乞援女》，行 650—652 和科拉德的注解），信使通过"表明其明确看法确立信服力"（科拉德对《乞援女》行 652 的注解），"对整个场景的全景式视角与具体细节特写之间的转换"（行 726—727；《伊翁》，行 1207—1208；《海伦》，行 1569—1571），以及在单行诗中使用多个动词（行 763，参如《厄勒克特拉》，行 843、901）。

　　在证实狄俄倪索斯的力量时，报告还发挥了警示彭透斯的作用（注意行 657），其实也预示了第二信使的报告。在那段报告里，

埋伏在山腰的充满敌意的男子(行 722—723、1048—1050),将
再次激发平静的狂女实施撕裂行为(sparagmos,此处是撕裂牛群,
第二信使的报告是撕裂彭透斯)。整个叙述分两部分,均以狄俄倪
索斯是神的劝告作结(行 712—713、769—774)。在第一部分里,
狂女及其行动都很平和,第二部分则变得狂暴。转变的原因是她
们受到攻击(尽管信使惊诧于诸种平和的奇景,却仍被说服参与
攻击狂女,行 721—722)。因此,尽管这段叙述可能多处反映了
仪式活动(参行 680—682、684—685、695、696—697、699—702、
714、726—727、754—759、761),多兹把这段叙述分为有组织的
狂女活动与"狂暴的狂女活动",可能具误导性。关于对入侵(仪
式性)乌托邦式空间的狂暴反应,有一个显著的现代例子,参 J.
Z. Smith,《想象的宗教:从巴比伦到琼斯顿》(*Imagining Religion:
From Babylon to Jonestown*),Chicago:University of Chicago Press,
1982,页 112—114。

[*L* 本]牧人的长篇忆述由此开始,将横贯近百行。这位农夫
很自然地先从日常活动开始,以确定事情发生的时间。

[*Sa* 本]由此开始了对狂女们狂欢的精彩描述,这是希腊悲
剧中最精妙的一个片段。

　　　　山顶的高地,当时太阳
　　　　刚放出光芒温暖大地。

[*Se* 本]亦即在清早。参奈维乌斯,《吕库古》残篇 59。

[*R* 本]行 677—679 三行开场诗句设置了场景:拂晓中的基
泰隆山上。

[680]我瞧见三队歌舞的女人,

[*Se* 本]历史现在时 ὁρῶ[瞧见]位于强调位置，暗示了常见于信使报告中的突如其来的生动性。

> 其中一队由奥托诺厄率领，第二队
> 由你母亲阿高厄带领，第三支歌舞队则由伊诺带领。

[*Se* 本]一份希腊碑文的罗马抄件，记录了将三个狂女由忒拜带入马格涅西亚，她们在此地各组建了一支狂欢歌舞队，参 A. Henrichs，《从奥林匹阿斯到梅萨里那的希腊狂女行为》，前揭。这种三队的组织形式可能源自神话传说（或者在其中得到体现）：此处的卡德摩斯的三个女儿，抑或是米尼阿斯（Minyas）（奥科美诺斯[Orchomenos]）的三个女儿和普莱托斯（Proitos）（阿尔戈斯）的三个女儿。一块来自弥勒托斯的希腊铭文就是为了纪念狂欢歌舞队的狂女领队（A. Henrichs，《从奥林匹阿斯到梅萨里那的希腊狂女行为》，前揭，页 148）。

> 她们都睡着了，身体放松，
> 有的背倚着枞树枝，

[*G* 本]用枞树枝当枕头似乎不大舒服；但珀吕菲摩斯觉得很舒服（欧里庇得斯，《独目巨人》，行 386）。

[685]还有的头枕地面的橡树叶，

[*Se* 本]普鲁塔克（《伦语》249e）记载了精疲力竭的狂女醋睡于安菲萨（Amphissa）的集市。狂女们睡在树叶上的细节可能源于其某种具仪式意义的真实行为，参 Walter Burkert，《希腊宗教》，前揭，页 243（女人们坐在[据称是抑制性欲的]特斯摩弗

里亚［Tesmophoria］的植物上）；泡萨尼阿斯，《希腊札记》，5.7.7
（睡在奥林波斯竞技赛底座边的橄榄叶上）；菲洛斯特拉图斯
（Philostratus the Athenian），《哲人传》（The Lives of The Sophists），
节 549（在阿提卡的酒神节上斜倚在常春藤上）；普鲁塔克，《吕
库古传》（Lycurgus），章 16（一群斯巴达男孩子躺在不用铁器割
下的芦苇上）。参行 109—110、703 中枞树和橡树的仪式性用途。

［L 本］此地盛产枞树和橡树，这两种树都献给狄俄倪索斯。

随意，但有节制，并不像你所说的

［Se 本］参行 221—222、260。毋庸置疑，观众不会注意到，
牧人清楚彭透斯说过的话，更不消说他知道（沉睡的狂女们）组成
了歌队，每队均由卡德摩斯的一个女儿率领（行 680—682）。

［L 本］οὐκ ὡς σὺ φῄς［不像你说的那样］：牧人没有听到彭透
斯说过的话，但言语间似乎已经知道他说过什么。他一点点鼓起
勇气，这才敢在国王面前提起酒神。

从调酒缸里醉酒，耽于簧管声，

［L 本］忘忧树用来制作簧管，而笛子适合在狄俄倪索斯崇拜
仪式中演奏。参行 126。

个个儿溜去林子里追寻居浦路斯！

［Se 本］追猎是性的常见意象（459n.）。在希腊神话中，追猎
常与反常的性联系在一起（如阿多尼斯、奥利翁［Orion］、克里
斯托［Kallisto］等）。

你母亲突然大叫一声，从狂女们
[690] 中间站起来，让她们动身醒来
当她听到有角的公牛的吼叫声。
她们一跃而起，睁开惺忪

[Se本] 行 692—711 描述了一系列行动，大体是女人在家
中的行为（起床、穿衣、哺乳、提供饮食），但此处含相反意义，
与自然奇妙的双向关系（既给予也获取乳汁）。

的睡眼，她们秩序井然，真是奇观，

[Se本] εὐχοσμίας[秩序井然]：（1）可能意在强调狂女行为得
体（正如行 686 "随意" 后紧接着 "有节制"）；（2）与我们预想的
放浪不羁行为构成隐在张力，具有很强的审美意味（譬如瓶画中
的狂女）；（3）此处恰切出现在狂女们实行的一系列（某种意义上
正常的）行动的开头（692—711n.），她们具有某种相互协作的自
发性，暗示神的启示。参 B. Gold,《欧里庇得斯〈酒神的伴侣〉中
的 "秩 序 井 然"》（"Eukosmia in Euripides' Bacchae"），AJP, Vol.
98, 1977, 页 3—15。

[L本] 狂女们的 εὐχοσμίας[秩序井然] 再次否定了彭透斯的
断言。牧人越来越隐藏自己的看法。

[K本] 为了驳斥彭透斯充满爱欲的想象，再次强调了这些
女子的井然有序。不过，欧里庇得斯本可把这些冒牌的狂女呈现
为放浪形骸——毕竟，她们做出了其他反常的过激行为。但诗人
没有选择这样做，可能是为了避免陷入常见的偏见，因此削弱歌
队对酒神崇拜益处的强调。

老的少的，还有未出阁的姑娘。

［*Se* 本］尽管这些女子显然是已婚和未婚女子的混合（参行206—209），但她们“秩序井然”（行 693）。她们在其他仪式中通常各行其是。关于这种混合的意义，参 Richard Seaford，《巴库利德斯的第十一首颂诗》，前揭，页 126。“姑娘”可能不是意指第三类（τε 只在列举之物最后一项出现的用法很罕见），加入的重点是强调参与的全民性，参行 35—36、206—209；欧里庇得斯，《腓尼基少女》，行 655—657；狄奥多洛斯，《历史丛书》，4.3。

［*B* 本］παρϑένοι ἄζυγες［未出阁的姑娘］，参欧里庇得斯，《希珀吕托斯》，行 1425。

［695］她们先是把头发披落肩头，

［*Se* 本］在当时的瓶画中，女人一般将头发束起，狂女则通常散落披肩长发，参行 831、928—933，150n.、493—494n.；帕库维乌斯（Pacuvius）残篇 16—17（《安提娥佩》）；狄奥多洛斯，《历史丛书》，3.57.7；《希腊诗选》，9.340.3。

［*K* 本］很可能，这些女子束发睡觉，她们现在把头发披落下来，以强调她们的野蛮和放肆。

　　接着捆紧鹿皮——用的就是那些
　　解开的绑带，还把舔着她们面颊的蛇

［*Se* 本］狂女穿着一张将四肢绑在一起的皮子，譬如 J. D. Beazley，《雅典红彩瓶画》，前揭，371.15（以及 1649）、550.2。

［*B* 本］λιχμῶσιν γένυν［舔着面颊］参行 767 以下。

　　紧束在梅花鹿皮上。

[*R*本]信使的忆述现在开始谈到那些不可思议的事。

　　有的把幼鹿或野狼崽子抱在

[*D*本]行 699—702：狂女们和野兽崽子嬉戏的场景出现在瓶画上（譬如菲提亚斯双耳瓶［Phintias amphora］，J. D. Beazley，《雅典红彩瓶画》，前揭，22.2，图 381）；但狂女们几乎未像此处以及诺努斯《狄俄倪索斯》（14.361 以下、45.304 以下）那样给它们喂奶。这种特点不是欧里庇得斯的独创，因为这种行为似乎具有某种仪式性意义，幼鹿或狼崽子是这位年轻的神的化身通过给野兽崽子喂奶，人类的母亲就成了狄俄倪索斯的乳母（荷马，《伊利亚特》，6.132；索福克勒斯，《俄狄浦斯在科洛诺斯》，行 686）。

[700]怀里，喂给它们白色的乳汁

[*L*本]狂女们喂奶的温情与之祖胸露乳的野性形成对照。

　　——这些刚生完孩子的女人，抛下婴儿，
　　奶子还胀着；她们头上戴着

[*Se*本]行 699—702：哺乳的排他性（正常是每个母亲哺育自己的孩子，行 701—702）在这里惊人地反转。在秘仪中庞贝山庄（621—622n.），一名尖耳的年轻女子给孩子喂奶，在一块希腊宝石上，一个狂女哺育豹子（A. Furtwängler，《古代宝石》［*Die Antike Gemmen*］，Leipzig und Berlin，1900，页 65、46）。穿上幼鹿皮和豹皮，狂女就（在某种程度上）变得像小鹿和母豹。狄

俄倪索斯由一位名叫"鹿"的狂女哺育，狂女在《伊利亚特》（6.132）中就已是"狄倪索斯的乳母"。这种观念可能在秘仪中具有一定地位，参行 141、710，尤其是金箔中礼拜仪式中的"一个孩子 /（未经阉割的公羊）/ 作为公牛的你 / 我跌倒 / 跃入乳汁"。

　　用常春藤、橡树枝、旋花编就的花冠。

　　[B 本] 参行 106 以下。

　　有个女人抓起酒神杖插入石头，

　　[Se 本] 行 704—711：关于葡萄酒、乳汁和蜂蜜的奇迹般涌现，参 142—143n.。关于酒神杖（大茴香棒），参 113—114n.。看来，在奈维乌斯的《吕库古》（因此还有可能在他模仿的埃斯库罗斯原型）中，狂女受到（如这里的行 714 以下）袭击时，欢快地从河里汲水。

　　[705] 从那儿就冒出一股露水般的清泉；

　　[L 本] ἐκπηδᾷ [冒出]：这段戏文一定程度上让我们见识了奇迹。δροσώδης ὕδατος νοτίς [露水般的清泉]：提醒我们注意，狄俄倪索斯不仅是葡萄酒神，还是一切饮品之神。

　　另一个把大茴香棒插入地面，

　　[B 本] 行 706 以下：柏拉图（《伊翁》534b）表示，受神启发的狂女们从河里汲取蜜和牛奶。

神便给她送上一汪酒泉；

那些想喝白色饮品的人，用手指

尖刮刮地，就能得到

[710]股股乳汁；从那常春藤

[R本]ἑσμούς[股股]：比喻用法，用来指大量，参柏拉图，《王制》450b；埃斯库罗斯,《乞援女》，行684。

[G本]根据希罗多德，狄俄倪索斯在色雷斯的神谕属于萨图尔族(《原史》，7.111)。女先知发布神谕的神庙位于"群峰之巅"。

杖中滴出津甜的蜜汁。

你若是在那儿亲眼看到了这些，你就会

用祈祷迎接你现在非难的这位神。

[R本]这些奇迹是酒神全能无可辩驳的新证。由此得出结论："彭透斯要是亲眼看到这些，他也会皈依。"

我们这些放牛放羊的聚到一起，

[Se本]行714—718：狂女有关她们赶跑男人的叙述，与自发的女性(狂女)仪式结束的一般方式相反，亦即男人将狂女赶出山间(Richard Seaford,《巴库利德斯的第十一首颂诗》，前揭，页134)。聚到一起的牧人可能反映了这种酒神群体的起源，酒神崇拜的成员被称为"牛郎"(βουκόλοι)，参R. Merkelbach,《酒神的牧羊人》，前揭，页61；509—510n.，残篇203；阿里斯托芬，《马蜂》，行10。

[L本]信使直接对彭透斯言说，旨在证实这位国王若亲眼见到奇迹，定会回心转意。信使谈及其亲眼所见时显得有些大胆。

行 712 的 τόν 含比较意味，还模仿了荷马的措辞。在欧里庇得斯作品中的非抒情诗部分里，我们也找到了两例，《安德洛玛刻》行810 和《厄勒克特拉》行 279。牧人的前半部分忆述到此结束。这部分在戏剧行动中举足轻重。牧人亲眼看到了奇迹，他相信酒神存在，并试图让彭透斯回心转意。这段写得特别精心，整个叙述炉火纯青。欧里庇得斯致力于把信使呈现为一名普通民众，他在主人面前惶恐不安，却不畏于向他亲眼所见的真相致敬。整个片段充满诗意，重新提到基泰隆山和山上的皑皑白雪，泉水、牛奶和蜜喷涌，令人心旷神怡。这段话的风格和措辞以及带有荷马风格的语词，强化了超自然的意味。不过，牧人的忆述未完待续。这位农夫还将讲述酒神信徒的力量，以及彭透斯命令的失败。

ξυνήλθομεν[聚到一起]：指临时进行的商议。这些放牛放羊的人聚到一起，以确定亲眼看到奇迹后所采取的行动方案。在此，我们也可再次对比《安提戈涅》里的卫兵：当卫兵们发现，已有人为珀吕尼刻斯（Polynice）的尸体举行葬礼后，他们也召开了会议。

[715]就她们所做出的那些惊人奇事，
　　　你一言我一语争辩开来；

[L 本] ἔριν[争辩]：柏拉图将 ἐρίζω 用在智术师身上。欧里庇得斯模仿或戏仿了哲人的措辞，也不无可能，但他似乎特别想在这几行诗中呈现公民大会的特征。

　　　有个家伙常在城里游荡，嘴皮子了得，

[Se 本] τρίβων（"受过训练的"，有时是贬义）未出现在阿里斯托芬和索福克勒斯笔下，是俗语，参 P. T. Stevens，《欧里庇得斯

剧作中的俗语》(*Colloquial Expressions in Euripides*)，Wiesbaden：
Steiner，1976，页50。

[*L*本]和他的同伴们一样，最终拍板的那个人口才了得，不
是普通农夫。他习惯进城，能说会道，清楚如何在大会中表现。
关于τρίβων带属格的用法，参欧里庇得斯，《独目巨人》，行520。
我们见过该词带指涉宾格（欧里庇得斯，《美狄亚》，行686；《瑞
索斯》，行625）。

> 他对大伙儿说："你们这些住在神圣山坡
> 上的人呐，想不想把彭透斯的母亲阿高厄

[*Se*本]θηρασώμεθα[捕捉]：彭透斯表达了同样的威胁（行
228），但事实会是狂女捕捉其凡间敌人（虽然有行688），参
731n.、1021n.。

> [720]从这些狂欢歌舞队中捉出来，
> 为国王效劳呢？"我们认为他说得好，

[*L*本]χάριν τ᾽ ἄνακτι θώμεθα[为国王效劳]：这个嘴皮子了
得的人所想的是取悦国王，显而易见，这种奉承还得到其同伴的
赞同。

[*R*本]ἔδοξε[认为]：这个演说者发表完演说，其他人投票。
古代城邦文明不是基于权威，而是基于劝谕，能说会道的人占
优势。

> 就借着灌木丛的枝叶，

[*Se*本]行717—722中暗示的乡下与城镇中心可能的诡辩之

间的道德／政治对比最早出现在公元前 5 世纪晚期，在后来的文献中非常常见。参阿里斯托芬，《云》，行 1002—1008；《骑士》，行 1382—1383；《和平》，行 190—191，以及欧里庇得斯作品，尤其在《俄瑞斯特斯》行 902—922 中，城镇煽动者与老实的农民发言者的对比。

> 打好埋伏；她们在约定的
> 时刻，开始舞着酒神杖歌舞狂欢，

———————————

［Se 本］τὴν τεταγμένην ὥραν［约定的时刻］：我们再次目睹了明显的无序行为与总体秩序的对比，参 692—711n.、693n.。

［725］齐唤伊阿刻斯为"布洛弥俄斯，

———————————

［Se 本］Ἴακχον［伊阿刻斯］源于 ἰάχω（叫喊），可指颂歌（参希罗多德，《原史》，8.65.1，厄琉西斯秘仪游行中所唱的秘教颂歌），或某位被等同于狄俄倪索斯的厄琉西斯神祇（颂歌的化身）（索福克勒斯，《安提戈涅》，行 1152；残篇 959；阿里斯托芬，《蛙》，行 316 等）。

> 宙斯之子！"整条山脉和山中野兽都
> 狂欢起来，全都随着她们的奔跑活动起来。

———————————

［Se 本］行 726—727：和俄耳甫斯的音乐一样（行 560—564），酒神狂欢将狂热延伸至有生的和无生的自然界。这基于一个事实：狂欢活动可能改变认知，"一旦陷入迷狂，狂女便能从河中汲取蜂蜜和乳汁"（柏拉图，《伊翁》534；参 142—143n.），狂欢歌舞队也可能会认为，房子也陷入疯狂状态（576—641n.、

587n.)。参欧里庇得斯,《伊菲革涅亚在陶洛人里》, 行 1243—1244;《伊翁》, 行 1078—1086; 索福克勒斯,《安提戈涅》, 行 1146—1147。

　　[L 本] ἀκίνητον [不动], 参行 724。ἐκίνουν θύρσον [挥动酒神杖]: 狂欢歌舞队的行动引发了整个自然界的行动。

　　[D 本] 静止不动的自然参与酒神狂欢, 似乎也暗含在《伊菲革涅亚在陶洛人里》行 1242 以下, 亦参欧里庇得斯,《伊翁》, 行 1078 以下, 以及索福克勒斯,《安提戈涅》, 行 1146, 在那里, 繁星被呈现为狄俄倪索斯的舞者。关于野兽的行动, 参品达残篇 61, 行 18; 残篇 70b。

　　　　恰好阿高厄在我旁边蹦跳,

　　[L 本] κυρεῖ [恰好] 位于行首, 此时加强了这段忆述的表现力。

　　　　我便跳出来, 离开灌木丛
　　[730]——我的藏身之地, 想要捉住她。
　　　　她却嚷道:“我那敏捷的猎犬们啊,

　　[Se 本] 关于作为猎手的狂女, 参 1020—1023n.。
　　[L 本] δρομάδες ἐμαὶ κύνες [我那敏捷的猎犬们]: 猎捕牧人的狂女们被比作猎犬。δρομάς [敏捷的] 在欧里庇得斯笔下很常见, 而我们仅在索福克勒斯作品中看到一次, 埃斯库罗斯作品中则从未出现。

　　　　我们被这些男人追捕, 不过, 跟我来,

　　[L 本] ἀνδρῶν [男人们], 参行 823。倘若狂女们将这些男人

排除在狂欢仪式之外，那么，她们的猎捕似乎就旨在献祭。

> 快跟上，用你们手里的常春藤杖武装起来。"

[*Se* 本]关于作为武器的酒神杖，参行1099、1157，113—114n.、762—764n.。

[*L* 本]狂欢歌舞队不需要武器就能取得狂女的胜利。这令牧人极为震撼，他只能用神的介入来解释。

> 于是，我们撒腿就跑，这才免于

[*K* 本]信使和他的朋友们无疑认为，这些狂女的确很危险——这些女子随后把怒火撒到牛群上就表明了这点。

> [735]被狂女们撕成碎片；她们转身去攻击

[*Se* 本]关于狂女们撕裂行为的意义，参1024—1152n.。

[*R* 本]撕裂指的是将受害者生生撕裂，信徒们接着生啖其肉。从仪式角度讲，这种撕裂行为发生在吃生肉祭礼前。

> 吃草的小牛，手无寸铁。
> 那会儿你能看见有个女人把一头奶子发胀、
> 哞哞叫唤的母牛犊子扯成两半，

[*Se* 本]抄件中的 ἔχουσαν[扯]（后接 δίχα[两半]）传达出一种有点奇怪的"拉开"含义（亦即她拿着动物的两半）。但意为狂女将小母牛撕成两半的 εἷλχουσαν（参《安提娥佩》，*TrGF* F223.62，"被公牛的拖曳中分裂"），又很难与"在她双手中"并置：ἐν χερσῖν常出现在欧里庇得斯笔下，总与表示"有、握、拿（亦即在双手）或提"的动词一道出现。唯一的例外是《疯狂的赫拉克勒斯》行1158中的弱变化，"他们在手里把孩子们抛来抛去"，此处的要害是他们拿着孩子。

　　其他女人则把一些壮牛撕成碎片。

[L本]σπαράγμασιν[碎片]，行736已经出现了σπαραγμόν。这种重复表现了狂女们的行为对牧人的强烈印象。

[740]你可以看见肋骨啊，或是撕裂的蹄子
　　　　扔得这儿一块，那儿一块；悬挂在
　　　　松枝上，血肉模糊。
　　　　那些凶蛮的公牛刚还怒气

[L本]ὑβρισταὶ κἀς κέρας θυμούμενοι[那些凶蛮的公牛刚还怒气直冲牛角尖]：这句话提醒我们注意动物的野性，狂女们将狂怒撒在这些动物身上，由此使狂女们的胜利更加意味深长。不过，我们不应误解实际上源自这一忆述的祭仪。多兹指出，欧里庇得斯的这行诗很可能是维吉尔"用角发泄怒气"（irasci in cornua）的来源（《农事诗》，3.232；《埃涅阿斯纪》，12.104）。

[R本]ὑβριστής[凶蛮的]：通常用来描述野兽或有攻击性的动物（色诺芬，《居鲁士的教育》，7.5.62）。

　　直冲牛角尖，不一会儿就被无数双

[Se本]κἀς κέρας θυμούμενοι[怒气冲牛角尖]，参卡利马科斯残篇203.52；维吉尔，《埃涅阿斯纪》，12.104；《农事诗》，3.

232；奥维德，《变形记》，8.882。

[745]年轻女人的手撂倒在地；

———————————————

[L本]νεανίδων[年轻女子]：酒神狂女并非都是年轻女子（参行694），但诗人可能想强调公牛的凶猛与驯服公牛的女子（或者她们中的很多人）的活力之间的对比。

　　　它们血肉的外皮一下就被撕开，
　　　比你盖上尊眼的工夫都快。

———————————————

[Se本]快速剥除献祭动物的皮，《厄勒克特拉》行824—825也用了相同的表述"不及赛跑人在跑道上打个来回的工夫"。在《酒神的伴侣》中，这种夸张手法表明了此次屠杀的奇特性，颠覆了动物献祭的有序仪式（1024—1152n.）。

　　　然后她们像鸟一样腾空奔跑，掠过

———————————————

[Se本]行748—752：狂女从北部林地和草原俯冲到产燕麦的阿索珀斯和忒拜。关于山脚的许墟埃村（Hysiae）和厄吕忒莱（Erythrae）村，参泡萨尼阿斯，《希腊札记》，9.2.1；W. K. Pritchett，《普拉蒂亚新解》（"New Light on Plataia"），AJA，Vol. 61，1957。

[L本]ὥστ' ὄρνιθες[像鸟一样]：荷马式的诗歌比喻。我们已在一首合唱歌中看到ὥστ'的用法（行543—544），稍后还会在两段三步短长格中见到（行752和778），该词符合荷马的措辞。关于酒神狂女飞悬的相关传统，参伊安布利霍斯（Iamblichus），《论秘仪》（De Mysteriis），3.4；关于瓶画对这些场景的呈现，参 J. D. Beazley，《克莱奥弗拉德斯的水罐》（"A Hydria by the Kleophrades

Painter"），*Antike Kunst*，1. Jahrg.，1958，页7，注释11。

　　　　　阿索珀斯河边的广阔平原，

————————————————

　　[*Se*本]由于她们已显示出超自然力量，我们在此（以及行1090）觉得，狂女们已获得鸟儿的（至少部分）本领（亦即似乎不只是比喻）。亦参行957、1365；奈维乌斯，《吕库古》残篇32。关于明显在模仿鸟儿的狂女的瓶画，参J. D. Beazley，《克莱奥弗拉德斯的水罐》，前揭。关于被等同于鸽子的女祭司，参伊斯特林对索福克勒斯《特拉基斯少女》行172的注解。与此处不同的是，在《伊翁》行1204，受困的鸟儿发起酒神般的疯狂。

　　[*L*本]这里出现的这些地理名称并非毫无用处；它们为牧人的忆述增添色彩，也显示了酒神狂女威力的扩大。

　　[*K*本]阿索珀斯河从忒拜和基泰隆山中间穿流而过；参行1044。

　　[750]这些平原为忒拜人产出沉甸甸的谷穗；
　　　　　她们冲进坐落在基泰隆山下的许希埃
　　　　　和厄吕忒莱村，像敌人一样

————————————————

　　[*K*本]许希埃和厄吕忒莱是两座村落，希罗多德讲述希波战争时有所提及。

　　　　　把一切搅得天翻
　　　　　地覆。她们从人家里把孩子抢走；

————————————————

　　[*Se*本]行754—759：狂女的劫掠（虽明显由她们所受的攻击引起）是一个惊人的细节，在剧中未起任何明确作用（除了接

下来的那场战斗旨在［未引起注意］警示彭透斯）。我们也不清楚她们掳走的孩子（可能还有其他东西）结局如何。这可能（如剧中很多地方所示）是传统的细节，兴许源自对狂女实际行为的看法。因为这些正在野外举行青春期仪式的狂女可能实施的偷窃行为，是全盘颠覆社会规范的一部分，还将出现在希腊（柏拉图，《法义》［古注本］633b，色诺芬，《斯巴达政制》［*Respublica Lacedaemoniorum*］，2.6；普鲁塔克，《吕库古传》，章17）和众多其他文化中，年轻的入教者本人可能被人从家中带走（Richard Seaford，《酒神节戏剧与酒神秘仪》，前揭，页264，注释106、107）。这种行为可能比她们的入教仪式更古老（一个现代希腊例子是哑剧女演员偷窃婴儿，参 R. M. Dawkins，《色雷斯的现代狂欢节与酒神崇拜》（"The Modern Carnival in Thrace and the Cult of Dionysus"），*JHS*，Vol. 26，1906，页197）。此处没有（如某些评论者）暗示，孩子们会被撕裂（狂女们如是对待自己的孩子）。

　　［*L*本］瓶画表现了这类场景。格雷瓜尔提到一个绘有红色人物的罗盘座，约可追随到公元前5世纪末，这个罗盘座现藏大英博物馆，表现了狄俄倪索斯和七名狂女，其中两名狂女正在撕裂一头幼兽，另有一名狂女右手怀抱一个幼儿。该藏品名为"彭透斯之死"，实际上表现的却是诱拐幼儿。多兹提到一尊波伦亚（Bologne）双耳爵上的相似画面。这个片段并非完全或纯粹由欧里庇得斯杜撰，而是从狄俄倪索斯敬拜仪式中得到灵感。

　　　　［755］她们放在肩上的那些东西，没有拴住，

　　［*Se*本］可能指那些搭在肩上的东西和孩子（行753—754），抑或只是孩子。在瓶画中，狂女似乎掳获了孩子（J. D. Beazley，《雅典红彩瓶画》，前揭，1151，波伦亚双耳爵283，在她肩上，1328.92）。在诺努斯《狄俄倪索斯》（45.294—45.296）中，一名狂

女将孩子扛在肩上。

　　[R 本] ὁπόσα [东西]：既指搭在肩上的孩子，也指从他人家中掠来的所有东西（行 757）。行 755 是 L 抄件抄录的最后一行。

　　　　却也没落在黑色的地上

　　[Se 本] 再次暗示了明显野蛮的行为与完美的镇定的张力（693n.、723—724n.）。多兹援引了一个阿比西尼亚（Abyssinia）的类似例子，表现的是狂热的镇定。

　　[L 本] 从这里开始，我们只有 P 抄件。

　　　　她们手无寸铁；只是头发上
　　　　带着火，却又烧不着自己。村民们

　　[Se 本] 多兹和鲁举了古代（尤其是伊安布利霍斯，《论秘仪》，3.4）和古今一些对火的仪式性免疫的例子。参诺努斯，《狄俄倪索斯》，43.356—358。威尔逊表示（C. A. Wilson，《酒神仪式、狂女与狄俄倪索斯之火》["Wine Rituals, Maenads and Dionysian Fire"]，*Papers of the Leeds International Latin Seminar*，Vol. 10，1996），这段诗反映了酒神崇拜中（未经锻造的）"铜器"作为蒸馏头，在上面点燃葡萄酒浓缩物的做法。

　　　　遭狂女们洗劫，很是生气，便去抄起家伙；
　　[760] 国王哟，那情形看起来可真叫人害怕。

　　[L 本] δεινὸν [可怕的]，已在行 667 和行 716 出现过。欧里庇得斯无疑有意使用了该词。但该词所传达的看法性质却不尽相同。在忆述的前半部分，该词表现的是牧人见证完全无害的奇迹

时的惊讶；在这里，该词涉及的是让人心生恐惧的事实。

［*Sa* 本］参欧里庇得斯，《伊菲革涅亚在陶洛人里》，行 320。

> 因为，他们的尖头标枪不见血，

［*Se* 本］这种观念可能部分源自处于疯狂状态（譬如在仪式或战争）的人感觉不到疼痛，参 R. Melzack & P. Wall，《疼痛的挑战》(*The Challenge of Pain*)，Harmondsworth：Penguin Books，1982，章 2；C. Berthold，《希腊神话和迷信中的无痛现象》(*Die Unverwundbarkeit in Sage und Aberglauben der Griechen*)，Giessen：Töpelmann，1911。

［*G* 本］酒神狂女的奇迹。关于蜜与牛奶（行 708—711），参柏拉图，《伊翁》574a。

> 而那些女人手里掷出的酒神杖
> 却能伤害他们，让他们掉头逃窜：
> 女人追赶男人，不会没有某位神相助！

［*Se* 本］变得像武士（如行 733—734）是狂女的男性行为之一。参埃斯库罗斯，《阿伽门农》，行 1235—1237；《七雄攻忒拜》，行 498（一位武士被比作狂女）。关于作为武器的酒神杖，参行 733、1099，113—114n.，1157n.。波利埃努斯（Polyaenus）讲述了马其顿狂女通过伪装成男战士，挥舞她们枪矛般的酒神杖吓退敌军，因此在那里为狄俄倪索斯这位"假男人"建了一座神庙（《谋略》[*Stratagems*]，4.1）。

［*L* 本］γυναῖκες ἄνδρας[女人追赶男人]：这两个语词的对比有力表现了这一对偶，强化了狂女胜利的神奇（参行 745，νεανίδων[年轻女子]），也表明了牧人的思考，οὐκ ἄνευ θεῶν τινος[不会没

有某位神相助]。亦参行 761—762，λογχωτὸν[带尖的]和 θύρσους[酒神杖]的对比。

[*B* 本]οὐκ ἄνευ θεῶν τινος[不会没有某位神相助]，参埃斯库罗斯,《波斯人》，行 164。

[765] 然后，她们又回到动身之地，
　　　也就是某位神为她们送来泉水的那个地方。

[*B* 本]参行 705。

　　　她们把血洗去，她们面颊上的
　　　血点，蛇用芯子从皮肤上舔干净。

[*R* 本]狂女们回到山上。已经逃走的牧人不可能亲眼看到了这一场景，但悲剧诗人通常享有诗性自由，让信使讲述他们未曾亲历之事。狂女们回到了她们的出发地。在讲述完前面发生的狂暴场景之后，忆述就此结束，又恢复了开始时平静而令人不可思议的宁静气氛。

　　　这位神，国王啊，管他是谁，
[770]　把他接纳进我们城邦吧；因为他还在其他方面伟大。
　　　我听人说，他
　　　赐予人类解忧的葡萄树。
　　　没有酒，就没有居浦路斯，
　　　人类也就没有任何别的乐事了。

[*Se* 本]行 771—774 呼应了忒瑞西阿斯（行 278—283）和歌队（行 381—385）对葡萄酒的赞美，但也呼应了彭透斯关于葡萄

酒与性的关联（行 261—262，221—225n.）。后一种呼应是在不幸的语境里（尤参行 686—688），因此行 773—774 可能与欧里庇得斯笔下的其他谚语一样经人窜改。此处的要点可能是，葡萄酒这一礼物或许尤其对地位低的人（如牧人）有吸引力（421—423n.）。

歌队长：［775］我虽不敢在僭主跟前妄言，
　　　　　但我还是要说；

［*Se* 本］在行 1310，彭透斯为城邦所敬畏［*τάρβος*］（令人敬畏的，参此处的 *ταρβῶ*［害怕］）。

狄俄倪索斯决不逊于任何一位神。
彭：狂女们的恣肆妄行已在近旁像火一样

［*Se* 本］行 778—786：正如彭透斯不顾狄俄倪索斯的离奇出逃，仍下令囚禁狄俄倪索斯（行 653），在此，他依然下令以军事行动对抗狂女，虽然她们已取得令人难以置信的胜利。
［*B* 本］这个比喻指不可阻挡的火势蔓延。参欧里庇得斯，《俄瑞斯特斯》，行 696。

燃着，对希腊人而言，真是的奇耻大辱！

［*K* 本］既因酒神崇拜不受约束的性质，也因由此引发的内乱。

［780］事不宜迟！（向卫队长）速往厄勒克特莱

［*Se* 本］*Ἠλέκτρας*［厄勒克特莱城门］：厄勒克特莱城门位

于城邦南面，去往基泰隆山的途中（泡萨尼阿斯，《希腊札记》，9.8.7）。在忒拜城外通往基泰隆山的道路两旁，仍可见这座城门的基石。

［*L* 本］*στεῖχ'*［前往］：显然是在对随从发话。厄勒克特莱城门通往基泰隆山。泡萨尼阿斯，《希腊札记》，9.8.4 证实了我们的判断，这座城门右侧即是传说中安菲特律翁（Amphitryon）的葬身之地，他在杀害厄勒克特律翁（Electryon）后遭流放至忒拜。（［译按］厄勒克特律翁为迈锡尼国王，安菲特律翁的叔父；后者无意中将叔父杀死，随后遭放逐至舅父克瑞翁的城邦忒拜。）

> 城门；命所有持重盾的兵士

［*L* 本］行 781 以下：增兵显示了彭透斯坚定不移的决心，但他只能运用人类的方式，酒神轻而易举就能耍弄他。

> 和快马骑兵迎敌，以及所有

［*B* 本］*ἀπαντᾶν*［迎敌］：彭透斯在厄勒克特莱城门集结军力，在狄俄倪索斯的干预下，彭透斯放弃了前去攻打狂女们的意图。

> 挥着轻盾的兵士和用手拨弓弦
> 的射手，因为我们向狂女们
> ［785］进军；要在女人手中落得这步田地，

［*L* 本］*πρὸς γυναικῶν*［在女人手里］：我们已在彭透斯身上看到这种男性的傲慢。败在女人手里会让国王颜面扫地。悲剧里的僭主时常表露这种看法，《安提戈涅》中的克瑞翁就是这样，行 484 以下、526、678 以下、787 以下。

是可忍，孰不可忍！

———————————

[*Se* 本]关于悲惨的男人败在女人手中的愤怒，参埃斯库
罗斯，《奠酒人》，行 304；索福克勒斯，《安提戈涅》，行 525、
678—680（僭主克瑞翁）。

[*R* 本]对其男子汉尊严的冒犯，是促使彭透斯对抗狂女的
重要原因。

[*B* 本]参索福克勒斯，《安提戈涅》，行 679。

　　　信使一从舞台一方下。
　狄：你一点不听劝，虽然你听了我的话，

———————————

[*Se* 本]行 787—861：第三场进入第三部分，狄俄倪索斯劝
谕彭透斯。彭透斯从怀有敌意的愤怒转为孩童般顺从狄俄倪索斯
的建议——把彭透斯装扮成狂女。这个转折点由狄俄倪索斯的
惊叹"啊！"（行 810）开始，由双行轮流对白（distichomythia）向
简短的单行轮流对白的转变为标志，但并未完全消除彭透斯的敌
意（行 822、828、836、845，850—833n.）。多兹提到，"酒神进
入他的牺牲品是一种心理上的入侵"，以及狄俄倪索斯勾起彭透
斯内心对"酒神狂欢的欲望"。我们不完全排斥这些观点，但还
应补充一点：这段对话包含了仪式中表现的秘教入会者的矛盾
心理，参 790n.、806n.、810—806n.、812n.、813—815n.、854—
855n.。

　　　彭透斯；尽管我在你手里吃过苦头，
　　　我还是得劝你莫对神动武，

———————————

[*L* 本]ὅπλ' ἐπαίρεσθαι θεῷ[对神动武]：参行 795、808，这种

看法三次由 θεομαχεῖ[与神作对]传递出来。但彭透斯听不进这种劝告，因为他不相信狄俄倪索斯的神性。

[R本]θεῷ[神]：彭透斯提到了进军酒神狂女；狄俄倪索斯马上将之说成"对抗某位神"。此剧就建立在这个根本的误解上：对彭透斯而言，酒神不过是一名让祟拜女子不守本分的江湖骗子。

[790]要冷静。布洛弥俄斯绝不会容你

[Se本]关于冷静的秘教蕴意，参行 621—622n.。

       把狂女们赶出那回荡着欢呼声的山脉。

彭：别教训我！你这才逃出束缚，
     还不好好保住它？还是要我让你再回到惩罚？
狄：我倒要向他献祭，而不是动怒

[Se本]θυμούμενος[动怒]：在语音上呼应 θύοιμ'[献祭]，由此强化了语义上的对仗。

[795]踢尖刺，既为凡人，就别对抗神祇。

[Se本]πρὸς κέντρα λακτίζοιμι[用脚踢尖刺]：脚踢尖刺的隐喻出现在欧里庇得斯残篇 604；埃斯库罗斯，《阿伽门农》，行 1624；《被缚的普罗米修斯》，行 323；品达，《皮托竞技凯歌》，2.94；以及《使徒行传》，26.14。关于圣保罗（他的皈依类似酒神入教仪式）的对抗，参 576—641n.。

[R本]酒神的耐心一以贯之，就像演员面具上的微笑。

彭：我的确要献祭，我要在基泰隆的山坳里
　　对那些该死的女人大开杀戒。

[Se 本]由于献祭是有序屠杀动物，彭透斯的威胁是一种不正当的献祭，是对人类（包括他的亲人）的无序屠戮。但彭透斯本人将成为这种不正当献祭的受害者，参 1024—1152n.。ϑῆλυν[女人]：女性受害者通常在仪式规则中有特殊说明，参 F. Sokolowski，《小亚细亚宗教律法》(Lois sacrées de l'Asie Mineure)，Paris：E. De Boccard，1955，No. 68.19。ἄξιαι[该死的]不仅指狂女该死，我认为也是表献祭的语词，参 F. Sokolowski，《小亚细亚宗教律法》，159.9，"至少值 300 德拉克马"。在雅典的狄俄尼西亚城，一头用于献祭的公牛必须"配得上神"。在一首古代的颂歌中，人们还把狄俄倪索斯当成一头"珍贵的公牛"唤入一座神庙（普鲁塔克，《伦语》299b）。

[L 本]此话充满反讽，由于彭透斯欲与狂女们对抗，他又要冒自己最害怕的受辱之险。αἰσχρόν 和 ἀσπίδας 对照，凸显了彭透斯将遭受奇耻大辱。

[B 本]πολὺν ταράξας[大开杀戒]，参柏拉图，《王制》567a；索福克勒斯，《安提戈涅》，行 793。

狄：你们全都会落荒而逃；在狂女们的神杖前
　　丢下铜打的盾牌，该有多丢人啊！
彭：[800]和我们纠缠在一起的这个异方人实难对付，

[Se 本]συμπεπλέγμεϑα[纠缠]：来自摔跤的隐喻，整个隐喻持续到行 801。欧里庇得斯精选了 συμπεπλέγμεϑα 这个动词表现彭透斯的矛盾心理，因为它可能含色情意味，参柏拉图，《会饮》191a；佩勒乌斯[Peleus]与忒提斯[Thetis]极富暧昧的摔跤，参

索福克勒斯残篇 618）。

[*R* 本]*συμπεπλέγμεϑα*[纠缠]：演说家的攻击通常被喻为摔跤手的扭打，阿里斯托芬笔下有很多关于这一主题的夸张意象（J. Taillardat,《阿里斯托芬的意象》，前揭，页 335—337）；亦参梅南德，《仲裁人》，60；埃斯基涅斯，《论使者》(*On the Embassy*) 153。

[*L* 本]*ἀπόρῳ*[难对付]：该修饰语的使用，可能受到（或模仿）智术师措辞影响，他们用该词指 *ἀπορία*[困境]。

　　　　软硬不吃，就是不肯住嘴。
　　狄：老兄啊，这事儿还能妥善解决。

─────────────────────

[*Se* 本]行 802—809：狄俄倪索斯最后真心实意地提议和平解决冲突（即便会让我们觉得，接受这一提议将使狄俄倪索斯放弃复仇），这也突出了彭透斯的刚愎自用。

[*R* 本]*ὦ τᾶν*[老兄啊]，一般认为是喜剧用语：阿里斯托芬笔下有 21 个例证，索福克勒斯作品中有 3 例，欧里庇得斯有 8 例，未出现在埃斯库罗斯笔下。该词通常表达某种优越感（譬如老者对年轻人，参欧里庇得斯，《疯狂的赫拉克勒斯》，行 321），其他例子见阿里斯托芬，《云》，行 1432（斐狄匹得斯[Pheidippides]回应斯特普西阿得斯[Strepsiades]的蠢行);《骑士》，行 494（腊肠贩的仆人提出一个愚蠢的问题），行 1036（得墨斯的帕弗拉贡[Paphlagonien]错误地下了一个草率的判断）;《马蜂》，行 1161（波得吕克勒翁[Bdelycleon]受不了为拉科尼亚的便鞋制造商出谋划策的菲洛克勒翁[Philocleon]);索福克勒斯,《菲洛克忒忒斯》，行 1387（菲洛克忒忒斯[Philoctetes]惹恼了涅俄普托勒摩斯，因为他不相信自己);欧里庇得斯,《赫拉克勒斯的儿女》，行 688（仆人称呼胡说八道的老伊俄劳斯）。此处

就是这种口气：在冥顽不化的彭透斯面前，狄俄倪索斯即将失去耐心。但狄俄倪索斯不无某种高高在上的优越感，他向彭透斯提出最后的解决方案：不用武力将之带到基泰隆山上的狂女们中间。

[D本]ὦ τᾶν[老兄啊]是一种礼貌的尊称，而非蔑称。人们用此称谓称呼父母（阿里斯托芬，《云》，行1432；《马蜂》，行1161）或社会地位更高者（仆从称呼伊俄劳斯，欧里庇得斯，《赫拉克勒斯的儿女》，行688；柏拉图以此称呼狄奥尼修斯（《书简三》[Letter 3]319e），以及不相熟的平辈之间互称。这种称呼常用来提请警示或（此处的）提出建议（欧里庇得斯，《赫拉克勒斯的儿女》，行688；《独目巨人》，行536；索福克勒斯，《菲洛克忒忒斯》，行1387；阿里斯托芬，《骑士》，行1036）。该短语在阿里斯托芬作品中出现21次，在埃斯库罗斯笔下未见，在索福克勒斯笔下出现3次，欧里庇得斯作品中出现4次（其中1次出现在萨图尔剧中），貌似为雅典人的口语。

[Sa本]参索福克勒斯，《俄狄浦斯王》，行1145；《菲洛克忒忒斯》，行1387；欧里庇得斯，《独目巨人》，行536，也常见于阿里斯托芬和柏拉图的作品。

彭：要怎么做？要我做我女奴的奴隶吗？

[Se本]δουλείαις[奴隶]，参如修昔底德，《伯罗奔半岛战争志》，5.23。彭透斯称呼这些女子为奴隶，表明其僭主特性，参欧里庇得斯，《疯狂的赫拉克勒斯》，行251；以及僭主克瑞翁提到屈服于女人（索福克勒斯，《安提戈涅》，行746、756、678—680）。

[L本]δουλείαις[奴隶]，该词一般指奴隶，这一抽象词也可用来指称集合性。参修昔底德，《伯罗奔半岛战争志》，5.23.3的

"如若奴隶反叛"。亦参柏拉图,《法义》682e。

> 狄:我能不用武力就把那些女人领到这里。
> 彭:[805]哎呀!这是你设计害的诡计。

[L本]在此,彭透斯错误地怀疑狄俄倪索斯设好陷阱。酒神仍试图让他回心转意,以拯救他(行806,σῶσαί σ' εἰ θέλω[想要拯救你])。这个陷阱的设计是在后来。

> 狄:哪有什么诡计呢?我只是想用我的技艺救你。

[Se本]σῶσαί τέχναις ἐμαῖς[用我的技艺救]:亦即(彭透斯不知道)可以免于一死,但也可能是暗示(480n.)本身源自死亡的秘教救赎(关于σῴζειν[拯救]和秘教,参Richard Seaford,《互惠与仪式》,前揭,页276、284),对此,彭透斯已拒绝过一次(604—641n.)。

> 彭:你们共同谋划了这一出,好永远庆祝狂欢节。

[B本]ξυνέθεσθε[你们共同谋划]:亦即狄俄倪索斯和忒拜女子。

> 狄:对,是谋划好了;不过——是同神共谋。
> 彭:(向卫队)快给我取兵器来!(向狄俄倪索斯)你,闭嘴!

[L本]彭透斯的命运已注定。他拒绝了狄俄倪索斯的建议,坚定不移地要再次诉诸武力。刚才还试图拯救彭透斯的酒神,从此不再管他的糊涂,并引着他走向死亡。

狄：[810] 且慢！

[*Se* 本] 不合韵律，这样赋予它某种独特的强调，恰切标志着该剧的转折点（810—816n.）。â 在悲剧中有时表急切的抗议（譬如欧里庇得斯，《海伦》，行 445），此处肯定至少含部分抗议。â 可表惊奇（行 586、596）或痛苦（欧里庇得斯《瑞索斯》，行 799）——虽然二者似乎都不适用于酒神，这一事实表明了确定该词准确语气的困难（很大程度上取决于它的言说方式）。

[*B* 本] 这句话为灾难的开始做好铺垫。

你想看看她们在山上挤在一起吗？

[*L* 本] 狄俄倪索斯设下陷阱。自此，彭透斯唯狄俄倪索斯之命是从，他的举动将导致他死亡。

彭：太想了，出多少金子我都愿意。

[*Se* 本] 彭透斯提出给钱显得很奇怪，他急转的态度也一样。对秘教仪式的知识和观看秘教入会仪式的（自相矛盾的）渴望，虽属无知，已由愿意出钱传达出来，参德尔维尼莎草纸 col. 20；柏拉图，《王制》364b—e；813—815n.。

[*L* 本] 出大量金子的想法，契合悲剧通常赋予僭主的性格。彭透斯试图收买对话者，一起谋事，因为他（就像索福克勒斯笔下的俄狄浦斯和克瑞翁）相信：人，特别是神职人员和先知能被收买，他将之看成那类引入新式崇拜的人。

[*R* 本] 彭透斯完全未觉察到其回答的重要性。在这个关键时刻，彭透斯选择了自己的命运。由于仍深陷于信使的忆述引发的愤怒，彭透斯完全不假思索：惩罚狂女。而异方人恰好问他想

不想去看狂女。

狄：但你怎么为这掉入强烈的爱欲呢？

[Se本]行 813—815：此处突现的含混爱欲（ἔρως）可能显得有点奇怪，却是彭透斯的经历反映出的秘教入会仪式的一个方面（812n.）。我们不妨把对秘教入会仪式的强烈欲望理解为爱欲：埃斯库罗斯残篇 387；柏拉图，《斐德若》251—2；索福克勒斯，《埃阿斯》，行 685—686、693；Richard Seaford，《索福克勒斯与秘仪》，页 284—285。正如彭透斯的欲望充满矛盾（行 814—815），在大多数类似的过渡仪式中（不是埃斯库罗斯），强烈的欲望（普鲁塔克，《伦语》943c 也一样）在初始阶段均夹杂着对秘教的否定态度。在忒奥克利特《牧歌诗集》（26.7—10）中，彭透斯显然亲眼看着狂女从竹篮中取秘仪用品。

彭：瞧见她们醉酒，我会难受。
狄：[815]让你难受的事，你看了还能愉悦吗？

[Se本]"难受"可能暗示彭透斯之死（行 634）。

彭：当然，我悄悄坐在枞树下。

[Se本]行 810—816 标志着该剧的转折点。在此，彭透斯不再充满挑衅，并似乎落入了狄俄倪索斯的魔咒。狄俄倪索斯在行 811 的问题似乎（在多兹看来）"触及彭透斯内心的隐秘动机"。但我们不能只从心理学层面来看待这个转变。这个转变可能显得突兀，但彭透斯早已对酒神崇拜充满好奇（行 469—485），狄俄倪索斯在剧中使彭透斯疯狂是迟至行 850—851 的事。狄俄倪

索斯先前迷惑彭透斯的好奇心，反映了秘教入会仪式，参 480n.。
此处彭透斯回答中奇怪的不合逻辑的自相矛盾也一样，参 812n.、
813—815n.。

[L 本]彭透斯承认他想去看丑事，但他放下所有尊严匿身藏
了起来。这个片段即将证实的这种下降，构成了狄俄倪索斯胜利
的一大要素。

　　狄：但她们还是会把你搜出来，即便你偷偷去。

[L 本]ἐξιχνεύσουσίν σε[她们会搜出你]：这个狩猎用语符合
狄俄倪索斯所用的嘲弄语气——即将发生一场猎捕彭透斯的盛大
狩猎。

　　彭：此言不差，那我就大摇大摆去。

[L 本]狄俄倪索斯对彭透斯的反讽就像一阵鞭策。因自尊心
受损，彭透斯放弃了藏身的想法，决定在光天化日下行动。这种
糊涂和主意的快速转变，在因 ὕβρις[肆心]而轻率的僭主身上司
空见惯（参索福克勒斯，《安提戈涅》，行 769—771）。
[B 本]ἐμφανῶς[公开地]：彭透斯突然回到了之前率军队前
往的主意，尔后又突然放弃了这种想法。同样的摇摆不定出现在
行 845 以下。

　　狄：那么，我们来引领着你，你要上路吗？
　　彭：[820]快领我去吧，我讨厌你拖拖拉拉。

[B 本]参欧里庇得斯，《赫卡柏》，行 238。

狄：那么，把这件细麻布长袍穿上身吧！

[*Se* 本]剧情并不要求彭透斯装扮成女人，因为他正常着装前往的结果会是一样。女人的衣服旨在羞辱彭透斯（行 854—855），也富含戏剧意义和仪式意义。βυσσίνους[细麻布]：如彭透斯的回答所示，希腊男子通常不穿细麻布长袍。关于细麻布的更多蕴意，参 912—976n.。

[*L* 本]乔装在欧里庇得斯剧中司空见惯（尤参《忒勒福斯》[*Telephus*]的场景，被阿里斯托芬《阿卡奈人》戏仿）。德·罗米伊指出，乔装暴露了人类的无力，构成了欧里庇得斯表现悲怆的一种方式（J. de Romilly，《怜悯的发展：从埃斯库罗斯到欧里庇得斯》[*L'évolution du pathétique: d'Eschyle à Euripide*]，Pairs：Presses universitaires de France，1961，页 131 以下）。狄俄倪索斯没有让彭透斯穿上破衣烂衫，而是让他穿上妇人的衣裳：由于他是一个傲慢的男人，这样会令他更丢脸？在评论酒神戏弄彭透斯所用的方式时，德·罗米伊写道，"狄俄倪索斯决定扰乱他的灵魂，为的是以一种更滑稽的方式更轻易地领着他走向毁灭"。

[*R* 本]βυσσίνους πέπλους[细麻布长袍]：兽毛或亚麻制的长袍，在公元前 5 世纪是女装。男子穿上女装的仪式性易装，出现在很多宗教庆典上（赫拉克勒斯崇拜。青春期从一个阶段到另一个阶段的"成人礼"等；参 H. Jeanmaire，《*Couroi* 与库瑞特斯》，前揭，页 153 以下，页 321 以下）。但易装在酒神崇拜的节日里极为常见，参 H. Jeanmaire，《*Couroi* 与库瑞特斯》，前揭，各处；R. Turcan，《论奥维德〈岁时记〉2.313—330，一场酒神入教仪式的准备》（"À propos d'Ovide，*Fast.*，II.313–330，Conditions Préliminaires d'une Initiation Dionysiaque"），*Revue des Études Latines*，Vol. 37，1959，页 195—203；尤其是 H. Kenner，《古希腊罗马的颠倒世界现象》（*Das Phänomen der verkehrten Welt in der griechisch-*

römischen Antike ），Klagenfurt：Geschichtsverein für Kärnten，1970，页 102—130。

［*D* 本］行 821—838：狄俄倪索斯建议彭透斯穿上女人衣服，冒犯了他的男子汉尊严（参行 785 以下）。彭透斯在尊严与欲望之间摇摆不定，他接受了狄俄倪索斯的建议（行 824），尔后又反悔（行 828）。他犹豫不决，用提问来拖延时间，最后拒绝了狄俄倪索斯的建议（行 836）。而就在此前几分钟，彭透斯打定主意要大开杀戒（行 796、809）。现在，屠戮的欲望消失不见，这不过取代了他想窥探女人们行为的更深层的不自觉欲望，而当他能理性将窥探女人视为"军事侦察"时，这种欲望消失。此处表明了欧里庇得斯对人心无与伦比的洞察。

彭：这又是为什么呢？是要我不做男人，变成女人吗？
狄：免得她们杀了你，如果她们在那儿认出你是男人。

―――――――――――

［*L* 本］凡人出现在集体仪式上似乎构成了渎神，可处以极刑。彭透斯应意识到狄俄倪索斯对他的提醒并非无益。鲁表示，男扮女装在酒神节上很常见，但彭透斯不是信徒，不清楚这种习俗。

［*B* 本］男人不能参加女人们的秘密狂欢仪式，但参行 1224。

彭：这回又说对了！你可真聪明，一向如此！

―――――――――――

［*L* 本］εὖ γ᾽εἶπας αὐτό ［这回又说对了］，参行 818 的 καλῶς γὰρ ἐξεῖπας τάδε［此言不差］。彭透斯以柏拉图笔下苏格拉底对话者的方式表示同意。在此，欧里庇得斯可能戏仿了智术师的某些行为。用以形容狄俄倪索斯的修饰语 σοφός［聪明］，似乎也表达了同样的意图。

狄：[825]这是狄俄倪索斯教会我们的。

[Se 本]此话可能暗示，易装不是一种临时技艺，而是从属于酒神仪式，参 912—976n.。

[L 本]参行 808，狄俄倪索斯继续佯装成酒神的特使。

彭：那么，你给我的好建议，要如何实行呢？

[L 本]彭透斯做出让步。他不再讨价还价，而是询问狄俄倪索斯如何完成乔装。在行 828，他还感到一阵害臊。也有人认为，那里存在矛盾，并提议修改文本。其实没必要。彭透斯的羞耻转瞬即逝。在整个对话中，彭透斯都半推半就。

狄：我来装扮你，进屋去。

[R 本]ἐγὼ στελῶ σε[我来装扮你]：至关重要的戏剧细节，因为这个细节让观众具体看到这位年轻的国王如何一步步中了这位年轻的神的魔咒。

彭：装什么扮？难道是穿女人的吗？可我害臊！

[R 本]αἰδώς μ ἔχει[我害臊]：彭透斯一直在好奇与自尊的顾虑之间摇摆不定，他现在还未完全放下尊严。在行 824，彭透斯的好奇心占了上风；在这里，他的自尊心最后一次一下奋起。彭透斯没有拒绝跟随异方人，他只是想寻求一种更符合其身份的方式。

狄：你不想去看狂女们了吗？

[Se 本] ϑεατής[观看者]，可指剧场中的观众；但并不一定如很多评论家所言，这一点和本场中其他明显的戏剧要素（显著的有彭透斯的装扮，以及行 815 明显表现出的悲剧性愉悦）就意味着，悲剧是在进行自我反思。相反，悲剧由酒神仪式（在这一场中折射出来）发展而来，酒神仪式本身也颇具戏剧性。在《伊翁》行 301，ϑεατής 和这里一样，指仪式观看者，参 1047n.；Richard Seaford，《互惠与仪式》，前揭，页 273—274。分享酒神仪式的愉悦，可由看这个术语传达出来（譬如柏拉图，《法义》650）。此处对 ϑεατής 的解释，有前面的形容词 πρόϑυμος[想要]的支撑（行 912 也有该词），因为在普劳图斯《撒谎者》（Pseudolus）行 1269 中，拉丁语 prothyme[愿意、想要]（一个罕用词，无疑源自希腊语）就指涉酒神节。在酒神节中，饮酒使老人更想（πρόϑυμότερον）唱歌（柏拉图，《法义》666c）。

彭：[830]你说我身上要怎么装扮呢？

狄：首先，我要把你的头发从头上放长。

[Se 本]要么指假发（多兹的观点），要么指把束起的头发散下，如阿克罗城（Akropolis）博物馆中的"克里提俄斯（Kritios）男孩"或卢浮宫中的奥姆法洛斯·阿波罗（Amphalos Apollo）的例子所示。这两种观点都符合"在你头上"和彭透斯在行 455—456 的嘲笑。富有意味的是，行 1115—1116（在此，我们可能会期待）未提及假发。另一方面，假发可能具有戏剧效果（如许多现代剧作所示），也有可能，狂女歌队中的男性成员戴着假发。彭透斯曾轻蔑地用同一语词（ταναόν，长的）指狄俄倪索斯的头发，参行 455，695n.。

[L 本]欧里庇得斯详细描述了这场乔装，但乔装过程不在观众眼皮子底下进行。直到第三合唱歌之后的行 912，我们才看到

彭透斯易装成女人。那里有意搞笑：观众从大量铺陈的细节中取乐，彭透斯则出尽洋相。

彭：你给我的第二种装束又是什么样式？

［Se 本］彭透斯两个问题中疑问词的后置，使强调的重点前移（471n.），在行 830 表明接受易装的原则。

狄：一件拖到脚面的长袍；头上还会束上发带。

［Se 本］ποδήρεις［拖到脚面］：在《希腊札记》（5.19.6）中，狄俄倪索斯穿着一种名叫 ποδήρης 的袍子，就像狂女们在埃斯库罗斯残篇 59 中所示。除了与女人有关，依我之见，至少在悲剧中，男人穿上 ποδήρης［及脚面的长袍］可能暗示死人所穿的袍子，参 857n.、912—976n.。阿伽门农的尸体所裹的长袍被称为 νκροῦ πδένδυτον 和 ποδιστῆρας πέπλους，参埃斯库罗斯，《奠酒人》，行 998—1000，以及留存下来的一些表现用长袍裹住尸体脚部的描述；荷马，《伊利亚特》，18.352—353；索福克勒斯残篇 526；Richard Seaford，《阿伽门农的最后一次沐浴》（"The Last Bath of Agamemnon"），*CQ*，Vol. 34，1984，页 252—253。μίτρα［发带］与吕底亚有关（阿尔克曼［Alkman］残篇 1.67；萨福残篇 98），在希腊，女人、狂欢的男人或装扮成女人的男人和狄俄倪索斯会用发带（索福克勒斯，《俄狄浦斯王》，行 209 等），参 H. Brandenburg，《发带研究》（*Studien zur Mitra*），Münster：Aschendorff，1966。

彭：除了这些东西，你还要给我别的什么呢？
狄：［835］手执一根常春藤杖，身披一张小梅花鹿皮。

［*Se*本］关于酒神杖，参113—114n.；关于梅花鹿皮，参24n.。看来，接受这些东西会坚定或加强彭透斯已转变的精神状态（24—25n.）。

　　彭：我决不能一身女人装扮！

───────────────────

［*R*本］彭透斯的男子汉尊严第三次也是最后一次奋起。

　　狄：那你就准备流血吧，要是你和狂女们作战。

───────────────────

［*Se*本］未明确是彭透斯流血还是狂女流血（可能有意如此）。参埃斯库罗斯《彭透斯》仅存的一段残篇行183的"不要在地上滴落一滴血"。
　　［*R*本］αἶμα θήσεις［准备流血］，参欧里庇得斯，《疯狂的赫拉克勒斯》，行590的"他们引发了暴乱"；《俄瑞斯特斯》，行1510的"你没喊吗？"。

　　彭：对头，我得先去打探打探。

───────────────────

［*Se*本］这在心理上恰如其分，因为彭透斯正是以军事意图克服穿女人衣服的不情愿。
　　［*R*本］ὀρθῶς［对头］：有道理。这个副词适用于赞同一项正确的推理。此前的某些时候，彭透斯似乎决定要大开杀戒（行796，809）。

　　狄：总比以恶制恶聪明。

───────────────────

［*Se*本］对彭透斯而言，可能指借杀戮（参行228）驱逐狂欢

行为，但似乎也有用暴力引来暴力之意，因此可能标志着彭透斯从猎手转变为猎物（1020—1023n.）。

[D 本]这句话含混不清：彭透斯可能把这话听成"以另一种社会罪恶（杀人罪）为代价去捕捉一种社会罪恶（狂欢行为）"，参索福克勒斯残篇 77P，埃斯库罗斯残篇 349。

　　彭：[840]我要穿过城，怎样才能不被卡德墨俄人瞧见呢？

　　狄：我们走偏道；我来带路。

　　彭：怎么都比叫狂女们笑话强。

[Se 本]不是笑话彭透斯的外貌（城里的民众可能笑话他，行 854—855），而是凯旋的得意之笑（ἐγγελᾶν，如欧里庇得斯，《美狄亚》，行 1355），正因此，彭透斯将之视为最不能忍受之事，甚至比不得不扮成女人还要糟：P. T. Stevens,《彭透斯怕谁的笑声？（欧里庇得斯〈酒神的伴侣〉行 842）》（"Whose Laughter Does Pentheus Fear？［Eur. B. A. 842］"），*CQ*, Vol. 38, 1988, 页 246—247。

[R 本]ἐγγελᾶν[嘲笑]：彭透斯不怕狂女们笑话他的服装，而是怕她们无视其权威。彭透斯对那些貌似要攻击其权力的人特别敏感。在采纳异方人的意见前，彭透斯为自己做了最后一次辩白。彭透斯的犹犹豫豫可能显得很漫长。但欧里庇得斯感觉到这个情境的危险：让男人换上女装是喜剧最有效的一种方式（参阿里斯托芬，《地母节妇女》）。因此，为了不使这场戏成为闹剧，就要让观众清楚，彭透斯接受换装是逐步摧毁其个性的具体表现。换装行为富含悲剧性意味：这位年轻而富有男子气概的国王彭透斯，只不过是酒神玩弄的一个木偶。

　　进屋吧……我要思量一下如何是好。

狄：行。无论你怎么办，我都乐意遵命。

彭：[845]我要上路了；因为我要么武装前行，
 要么听从你的计划。

[Se本]彭透斯说完最后这句话便入宫，因此没有听见狄俄倪索斯提到他的死（行847）。

[L本]彭透斯不愿承认，他显得没有主见。他表示，他要二选其一：要么进军狂女，要么听从狄俄倪索斯的建议。

[K本]这是彭透斯最后一次表示拒绝，表明他仍有自己的头脑。实际上，狄俄倪索斯在行848表示，彭透斯已自投罗网。

[G本]此时此刻，彭透斯进了王宫；在跟彭透斯见面前，狄俄倪索斯对歌队言说。

彭透斯进宫，卫队随入。

狄：女人们呐，这个男人自投罗网。

[R本]βόλον[罗网]：先是指"下网"（埃斯库罗斯，《波斯人》，行424），后来指"渔网"。这个隐喻很常见（参欧里庇得斯，《瑞索斯》，行730）。καθίσταται[送往]：中动态，在拒绝了所有人向他提出的解决方案后，彭透斯自投罗网。

他要到狂女们中去，在那里受到死的惩罚。

狄俄倪索斯啊，现在就看你的行动了，因为你就在不远处。

[L本]狄俄倪索斯对酒神言说，仿佛他本人不是酒神。只有从开场白就明白的观众，才清楚 οὐ γὰρ εἶ πρόσω[你就在不远处]多切近现实。

[850]让我们报复他吧！首先，给他注入轻率的疯狂

[Se本]行 850—853：彭透斯的内心转变分几个阶段。对彭透斯而言，放弃他的好斗，装扮成狂女，肯定不再是原先的自己（810—816n.）。不过，彭透斯保留了几分自主性（行 843—846），现在却被迫遭"轻率的疯狂"一笔勾销。结果（在戏剧上很有力，或者依据秘仪是恰当的，912—976n.）就是，只有在易装的彭透斯身上，这种心理的转变看起来才完整。

[L本]λύσσαν[疯狂]：为了让彭透斯穿上女人的衣裳，狄俄倪索斯让他疯狂，欧里庇得斯喜用的 λύσσαν 一词（拟人化），在《疯狂的赫拉克勒斯》中扮演重要角色。

    乱了他的心智；因为他若神志清明，
    就决不会乐意扮上女人的装扮。
    一旦让他的心智陷入绝境，他就会了。

[Se本]ἐλαύνων[陷入绝境]：此处将疯狂喻为偏离正轨的竞技马车，如埃斯库罗斯《奠酒人》中疯狂与秘仪产生关联（行 1022—1024），参 Richard Seaford，《索福克勒斯与秘仪》，页 279—280。

    他之前凶巴巴地威胁我，
[855]等他扮成女人模样被领着穿过城，

[Se本]行 854—855 为反映秘教入会仪式的易装给出了比行 823（参 821—823n.）更令人信服的动机，但它含内在的秘教因素，再次反映了秘仪。狄俄倪索斯所言的嘲弄(1)此处提到后再无下文,(2)与行 841 矛盾,(3)类似于秘教入会者在伊阿

克斯(亦即狄俄倪索斯)游行(参 965n.)中去往厄琉西斯(阿里斯托芬,《马蜂》,行 1363)途中的嘲笑。关于游行仪式中的羞辱及地位反转的大体情况,参 V. Turner,《仪式性游行》(*The Ritual Process*),Chicago:Aldine Pub. Co., 1969,章 5。

　　　我要让他沦为忒拜的笑柄。

　　[*R* 本]νιν γέλωτα[让他沦为笑柄]:狄俄倪索斯忘了他在行 841 许下的诺言,他承诺走偏道,因为他从未讲过,彭透斯会遭同胞们嘲弄。

　　　现在,我要去给彭透斯穿衣服,

　　[*Se* 本]希腊的丧服并不限葬礼(如我们的"裹尸布")中穿着,日常生活中也可穿着(譬如未出阁的姑娘可能一身新娘装扮下葬)。死前穿上葬礼服(正如彭透斯在这里无意中穿上),也在其他悲剧中出现,如欧里庇得斯,《美狄亚》,行 980—981 的 τòν Ἀιδα κόσμον[死神的装饰品];《阿尔刻提斯》,行 159—61;《疯狂的赫拉克勒斯》,行 332—334、526、549、702;《赫卡柏》,行 432。我们不妨再加上索福克勒斯《安提戈涅》中的安提戈涅及《乞援女》中的欧阿德涅(Euadne)(可能)穿着的嫁衣,参 Richard Seaford,《阿伽门农的最后一次沐浴》,前揭,页 247—54,参 912—976n.。

　　　他会穿着它走向冥府——死在他母亲
　　　的双手里;这样一来,他就会晓得,宙斯之子
[860] 狄俄倪索斯,生来就是真正的神。
　　　对人类而言,他最可怕,却又最和善。

[*L*本]狄俄倪索斯对不虔敬之人的严酷无情，不能抹杀他的好意。对承认其神性的凡人，他充满慈爱。

这一片段就此结束，随后开始了彭透斯因其肆心招致的灾难。在布下带给彭透斯耻辱和毁灭的陷阱前，狄俄倪索斯先让他信服；直到彭透斯的疯狂显得无可救药，狄俄倪索斯才决定惩罚他。酒神一直主导对话，他还带着嘲弄的反讽戏弄彭透斯。在狄俄倪索斯面前，彭透斯显得惶恐不安。他起初冥顽不化，随后落入为他设下的陷阱；一开始，他迟疑不决，因为正是他提出要打击狂女；他时而顺从，时而推辞；最后彭透斯还是让了步，沦为失败者。这个场景有些搞笑。欧里庇得斯可能想在描述狂女们陷入的狂暴后，为观众营造轻松的氛围。

狄俄倪索斯进宫。

八 第三合唱歌(行 862—911)

[*Se* 本]行 862—911:在第一节合唱歌中(行 862—876),狂欢歌舞队将自己逃离迫害者喻为小鹿逃脱猎捕(忒拜狂女面临被猎捕的威胁,行 228、719、732)。秘教抒情歌呼应了这个逃离(行 868 和 903 中的 φυγεῖν)灾难(μόχθοι)的主题(902—912n.)。把自己等同于小鹿可能也具有秘教意义(24n.;参金箔中将秘教入会者等同于动物,699—702n.)。因此,完全有可能,夹在次节(行 877—881)和第三节(行 897—901)之间一再出现的叠唱,暗指秘教入会仪式的永世幸福,这种做法比将之理解成暂时压倒敌人的力量更可取(877—881n.)。尽管狂欢歌舞队的秘教欢乐永久,彭透斯压制她们的力量却是暂时的;因为正如次节(行 882—896)接下来的解释,诸神的确终会惩罚那些不敬神、凌驾于永恒(行 895—896)礼法(和秘教幸福一样)之上的人(如彭透斯。行 891 的 κρεῖσσόν 呼应了行 880 的 κρεῖσσω)。这一节暗示了彭透斯猎捕狂欢歌舞队的最终失败(行 228、719—721),次节显示(用不那么诗意的语言)猎捕彭透斯将成功(行 890,参 839n.、1020—1023n.)。因此,这种神秘的转折正与行 604—641 一样,既适用于狂欢歌舞队的解放,也适用于对彭透斯的羞辱,行

902—911 神秘的"有福"引入了乔装成入教者的彭透斯的亮相。这段颂歌的韵律主要是爱奥尼亚律。埃斯库罗斯也运用了一再重复的叠唱形式,索福克勒斯则从未使用这种形式,欧里庇得斯只在行 991—996、1012—1016 及《伊翁》中的阿波罗颂(行 129—127、141—143)中使用这种形式。这种形式与仪式性颂歌有关,参 M. L. West,《希腊语韵律》(*Greek Metre*),Oxford:Oxford University Press,1982,页 80。

歌队:(首节)

　　我是否还能在彻夜的歌舞里,

[*R*本]歌队虽寄予热望,却仍对自己最终的命运没有把握。*παννυχίοις χοροῖς*[彻夜歌舞]:夜间跳舞和夜间庆祝是酒神崇拜的两个主要特征。歌队希望从此能彻夜自由庆祝。

　　赤着白

[*L*本]*λευκὸν πόδα*[白足],参行 665。

　　足狂欢,把脖颈

[*L*本]*ἀναβακχεύουσα*[狂欢]:抬起(赤脚)狂欢舞动。参行 1153,*ἀναχορεύσωμεν Βάκχιον*[为巴克科斯歌舞]。关于这种仪式的性质,参达尔梅达和多兹援引的文献;亦参 E. R. Dodds,《希腊人与非理性》,前揭,页 273 以下。

　　[865]甩入带着露水的空气,

［*D*本］*αἰθέρα*［空气］：指山顶纯净的空气（参行 150、1073；欧里庇得斯，《阿尔刻提斯》，行 594；《美狄亚》，行 830；A. B. Cook，《宙斯》，Vol. I，前揭，页 101；Wilamowitz-Moellendorff，《希腊的信仰》，前揭，页 138）。向后仰头或疯狂摇头是瓶画（L. B. Lawler，《狂女》，前揭，页 101，提到 28 个例子）和文学（参行 150、185、241、930；阿里斯托芬，《吕西斯忒拉忒》，行 1312；品达残篇 61.10；奥维德，《变形记》，3.725；塔西佗，《编年史》，2.31 及前后）中的酒神信徒（不论男女）的一贯特征。这种典型的头部动作也与现代的迷狂状态有关（我在《希腊人与非理性》［前揭，页 273］中举了几例）。

> 就像一只小鹿，嬉戏在

［*Se*本］行 866—876：在行 866—867 及行 874—876（874 行的 *ἡδομένα*［快乐］重现了行 867 的 *ἡδοναῖς*［欢乐］）中，小鹿被想象成成功逃离了行 868—873 所描述的猎捕。小鹿的意象自然地贴合狂女，因为她们身穿着幼鹿皮（行 111，24n.）。

> 牧场那绿色的欢乐上，

［*D*本］"绿色的欢乐"，一个表示色彩的语词用于修饰一个抽象名词，这对于一位希腊诗人而言可谓大胆。

> 当它逃脱了可怕的
> 追捕，摆脱了看护者，

［*Se*本］关于站在设下的罗网旁看护的做法，参譬如色诺芬，《居鲁士的教育》，6.12。

[870] 绕开了巧设的猎网

　　　猎人虽还大声吆喝着，

[*B* 本] ϑωΰσσων [吆喝]，参欧里庇得斯，《希珀吕托斯》，行 219。

　　　敦促猎犬奋力追赶，

　　　它却铆足了劲，风驰电掣般跃到那傍水的

[*Se* 本] ἀελλαις [风驰电掣般]，罕见词 ἀελλαις 在索福克勒斯《俄狄浦斯王》行 466 中用于形容马。

[*D* 本] 行 873—876：《得墨特耳颂》中把匆忙跑差事的女孩子比作"春天里飞奔在草原上的小鹿或小牛"（行 174 以下）；阿纳克瑞翁（Anacreon）曾把少女的娇羞喻为迷失在森林中的幼鹿的畏怯（行 860）。不过，尽管欧里庇得斯是在描述一个传统意象，却在此赋予该意象新的色彩：其中含着某种在希腊诗歌中很罕见的东西，在这种浪漫的视角下，自然不是次人类的（sub specie humanitatis），而是超身于人类的，有其自属的隐秘生活。这种新的感受也出现在《酒神的伴侣》其他地方（尤其参行 726—727、1084—1085），有理由相信，这位垂垂老矣的诗人来到希腊北部与世隔绝，跟他逃离雅典了无生气的思想氛围有关。

　　　平原，在那杳无人迹、

[875] 林荫遮蔽的幼林间，

　　　欣喜不已？

[*Se* 本] 行 873—876：关于该比喻的这个部分，参荷马，《伊利亚特》，6.506—511（帕里斯被喻为一匹马）。

（叠唱曲）

什么是智慧？或者，在凡人看来，

[*K*本]这首叠唱曲的准确含义仍众说纷纭。叠唱曲最后一行无疑是一句谚语（柏拉图，《吕西斯》216c），言下之意似乎是，某个人发现了于己有利的"美"或吸引人的事物，于是去追求此物。开头关于 sophon[智慧]性质的设问，也是一个古老的话题。

[*D*本]行 877—881：歌队并没有等待问题的答案，而是通过追问第二个更简单的问题间接寻求答案。

诸神赐予的礼物

[*Se*本]莱尼克斯指出，阿提卡演说家们在期望两个问句都得到相同回答时，就用 τί...ἤ...τί 这种句式，譬如埃斯基涅斯，《反克特西芬演说》（*Against Ctesiphon*），节 155（V. Leinieks，《欧里庇得斯〈酒神的伴侣〉行 877—881、897—901》["Euripides, Bakchai 877–881=897–901"]，*JHS*，Vol. 104，1984，页 178—179）。

有什么比把更强力的手

[880]压在敌人头上更美的呢？

[*R*本]κατέχειν[压制]：动词前缀 κατέ- 暗示，用手压制对方，以使之俯首称臣。彭透斯就试图这么做。

某种美永远是友好的。

[*Se*本]行 897—901 重复了行 877—881 这几行诗，表明了歌队欲主导敌人的态度，因此，对这几行诗的解释对理解剧

本极为重要。行 881 改编自一句谚语(《忒奥格尼斯诉歌》[*The Elegiac Poems of Theognis*]，行 17；柏拉图，《吕西斯》216)，通过加上(强调性的)"永远"，以传达秘教真理。

[*L* 本]此处是一句谚语，参《忒奥格尼斯诉歌》，行 15，他指向缪斯女神和美惠女神的诵唱。多兹指出这句谚语常在反讽的意味中被援引(参欧里庇得斯，《腓尼基少女》，行 814 的"不光荣的总是不光荣，不合法的总是不合法")或被称颂。

[*R* 本]ὅ τι καλόν："美的"，道德上美的事物，道德上完美之物即善，如欧里庇得斯，《希珀吕托斯》，行 382；《俄瑞斯特斯》，行 417、492。

　　　　(次节)
　　　　神力来

————————————————

[*R* 本]次节也是以一个行动开始，这个行动也是希腊思想共同关注的一个问题(参 392—394n.)：神义有时来得迟，但早晚会到。那些只是一知半解的聪明人，那些不充分反思的人，譬如赫西俄德兄弟佩耳塞斯(Perses)那类人，那些"活在当下"的国王，才会受这个假象蒙骗，以为凯旋的常常是不义。彭透斯的行为就像赫西俄德寓言里的鹰，相信自己的武力，认为自己能不顾正义，随心所欲对待夜莺。但这种正义必将以毁灭为代价(ἐς τέλος)胜出。在荷马(《伊利亚特》，4.160 以下)、赫西俄德(《劳作与时日》，行 202 以下)、梭伦(残篇 1.7—8、1.25 以下)、忒奥格尼斯(《忒奥格尼斯诉歌》，行 197 以下)、埃斯库罗斯(《阿伽门农》，行 58 以下)等人之后，欧里庇得斯也常触及这个主题，参《伊翁》，行 1615；《安提娥佩》，残篇 223N²；《弗里刻索斯》(*Phrixos*)，残篇 832N²(以及残篇 303、979 等)。

[*D* 本]行 882—887 涉及神义来得迟但必将到来的传统看法，

参荷马,《伊利亚特》, 4.160 以下；梭伦, 13.25 以下；欧里庇得斯,《伊翁》, 行 1615, 残篇 223, 残篇 800；索福克勒斯,《俄狄浦斯王》, 行 1536 及前后。关于行 883, 参品达,《涅墨竞技凯歌》, 10.54。

> 得缓，但它定
> 会到，去惩戒那些

[*L* 本] 正义来的慢，但必定到来。这个主题经常出现，尤参《伊翁》, 行 1615 的 "神行事缓慢，但终不会放过"。那里所含的感情同出一辙。

[*R* 本] 正义必然会到来，参品达,《涅墨竞技凯歌》, 10.102。这种观点也符合福音书的主题,《哥林多前书》, 1.9、10.3；《帖撒罗尼迦前书》, 5.24；《提摩太后书》, 2.13 等。

[*K* 本] 神力来得慢但毫不费劲是一种传统的宗教信仰，参埃斯库罗斯,《乞援女》, 行 96—100；《波斯人》, 行 107 以下。

> [885] 尊崇无知、

[*Se* 本] ἀγνωμοσύναν τιμῶντας [尊崇无知]：仿佛无知是神。这类人（如彭透斯）会对行 879—880 的问题做出肯定回答。ἀγνωμοσύναν [无知] 可指统治者的暴虐行为，参希罗多德,《原史》, 2.172。

> 不赞美诸神，且持
> 疯狂意见的凡人。
> 诸神巧妙遁形，
> 时间的漫长脚步，

　　[*Se* 本]关于神义来得慢，但定会到来的老生常谈，参譬如欧里庇得斯，《伊翁》，行 1615；荷马，《伊利亚特》，4.160—163；索福克勒斯，《俄狄浦斯在科罗诺斯》，行 1536—1537。

　　[890]*猎取不虔敬之人。因为*

　　[*Se* 本]进一步阐述神义迟来的观念。在欧里庇得斯残篇 979 中，这种观念被表述成正义之神静静前行，"带着缓慢的脚步"捉住邪恶之人。缓慢再次包含在猎捕的隐藏中，将时间拟人化为诸神的代理人。欧里庇得斯《亚历山德洛斯》(*Alexandros*，残篇 42)中的"时间的脚步"，遭阿里斯托芬的嘲笑(《蛙》，行 100)。

　　[*R* 本]行 888—890：这种看法很古老，参梭伦残篇 3，行 15—16；欧里庇得斯，《特洛亚妇女》，行 887—888。

　　　　一个人的认识和行动
　　　　切不可逾越礼法。

　　[*D* 本]行 890—892：在欧里庇得斯的时代，τῶν νόμων[礼法]这些传统原则的有效性遭到那些代之以"自然"作为行动规范的人挑战，这一时期，"个人依据理性判断一切人事和诸神之事"(M. P. Nilsson，《反思公元前 4、5 世纪古希腊宗教的个人主义突破》["Reflexe von dem Durchbruch des Individualismus in der griechischen Religion um die Wende des 5. und 4. Jhts v. Chr."]，收于《弗朗斯·屈蒙杂篇》[*Mélanges Franz Cumont*]，Vol. 1，Brussels：Secretariat de l'Institut，1936，页 365)。那些认为欧里庇得斯完全是颠覆性思想家的人没有注意到，在诸多戏段里，歌队和对礼法抱同情的角色反思了礼法的终极有效性和智识傲

慢危险，譬如《赫卡柏》，行 799；《乞援女》，行 216 以下；《疯狂的赫拉克勒斯》，行 757 以下、行 778 以下；《伊菲革涅亚在奥利斯》，行 1089 以下。

> 因为，相信神圣的东西，亦即
> 与精灵有关的东西——有力量，

[*Se* 本] 诗人混合了忽视神的真实性质的传统表述（参行 769，220n.）与当时思索和怀疑的暗示（参譬如普罗塔戈拉残篇 4）。参《特洛亚妇女》行 884—887 中的这种结合。

[895] 相信在漫长的时间里，自然

[*K* 本] 行 895 以下：并非所有"被认为合法"之事均"自然地存在"——实际上，是智术师使法或礼法的区分为人熟知，使之在《酒神的伴侣》时代广泛为人接受。歌队在暗示礼法与自然不对立时并没有陷入悖谬；歌队是在处理法的一种独特形式。因为"在漫长时间"里合法之物也是自然法，而不只是人类礼法或人为制定的法。广为人所接受的是，有些不成文法（就像尊重死者）不是约定的，却是植根于万物的自然。这让我们想起行 201 的"我们父辈的传统……"，虽然这话由武瑞西阿斯之口说出有点奇怪。这里认为，自然法包括崇奉诸神。当然，在彭透斯的情况里，这点并非如表面看上去那么决然。彭透斯从未宣称无神论——他只是不认为，这位新神是神。

> 形成的永恒礼法并不费劲。

[*Se* 本] 行 891—896：通过暗中反对并取消（行 897—901）

比如无法无天的彭透斯所代表的敌人的暂时统治（行331、387、995），狄俄倪索斯的智慧再次（参331n.）维护了礼法（法律、习俗）。关于礼法与自然的对立，参 W. K. C. Guthrie,《希腊哲学史》（*History of Greek Philosophy*），前揭，页55—134。在柏拉图《高尔吉亚》（483）中，反民主的卡利克勒斯（Kallikles）嘲笑礼法，并宣称自然证明强者应统治弱者（参877—881n.）。对此的一个回应可能是，礼法其实基于自然（参欧里庇得斯，《腓尼基少女》，行538；《伊翁》，行643；柏拉图《法义》890d）。这就是此处歌队暗示的观点，歌队凸显礼法，是通过把礼法与神力联系起来，并强调其永久性——这些品质自然引向一再出现于叠唱部的来自诸神的永世幸福（877—881n.）。

［*B* 本］参行70以下、201。亦参索福克勒斯,《安提戈涅》，行456所谈论的神法；以及《俄狄浦斯王》，行867所谈论的虔敬的法。

　　（叠唱曲）
　　什么是智慧？或者，在凡人看来，
　　诸神赐予的礼物
　　有什么比把更强力的手
［900］压在敌人头上更美的呢？
　　某种美永远是友好的。
　　（末节）
　　躲过海上风暴，

［*Se* 本］行902—911包含（1）某种秘教祝福，指向永世的幸福（902—905n.）；（2）由于她们晦暗不明的未来，未得到秘教祝福中所颂扬的幸福，所以热望（行905—910；句号应加在行905的 ἐγένεϑ' 之后）；（3）对秘教祝福（行911）的概括和进一步阐述。

（2）和（3）一起构成简短的比衬（priamel），亦即一系列"'其他'例子、主题、时间、地点或例子，接着屈从于特定的兴趣点或要点"（W. H. Race，*The Classical Priamel from Homer to Boethius*，Leiden：E. J. Brill，1982，ix）。

> 抵达港湾的人有福；
> 战胜困厄的人
> [905]有福；以各种方式，一个人

[*Se* 本]行 902—905：关于秘仪中所说的祝福，参 72—74n.。关于这种语言的仪式性，参萨巴兹乌斯秘仪中所说的"我逃脱了厄运，变得更好"（G. Thomson，《从宗教到哲学》["From Religion to Philosophy"]，*JHS*，Vol. 73，1953，页 83）。在卢奇乌斯（Lucius）的秘教入会仪式过程中，祭司将一条亚麻布长袍加在他身上时，提到暴风雨后的港口这一意象（阿普列尤斯，《金驴记》，11.14—15）——正如此处加在彭透斯身上（行 821）。亦参斐勒达摩斯，《酒神颂》，35—36；Richard Seaford，《索福克勒斯与秘仪》，前揭，页 283 对索福克勒斯《埃阿斯》683 行的注解。秘教入会者获得最终的欢乐前需历经重重苦难。参 862—911n.。

[*D* 本]ἑτέρα δ' ἕτερος ἕτερον[以各种方式]，参柏拉图，《高尔吉亚》448c（在援引或戏仿高尔吉亚的一个门徒的语境里）。

> 在财富和权力上超越他人。
> 除此之外，万便有万种
> 希望——有些为凡人带来财富，
> 有些却如烟。
> [910]不过，我认为，只有每天都生活

[*Se* 本]希望可能"到来"(譬如欧里庇得斯,《疯狂的赫拉克勒斯》, 行 771), 但在别处从未"离开"。的确, ἀπέβησαν[离开]其实可能指譬如某个诺言的实现(修昔底德,《伯罗奔半岛战争志》, 4.39.3)。

[*D* 本]τὸ κατ᾽ ἦμαρ[每天], 参欧里庇得斯,《伊翁》, 行124。我们要提醒那些倾向于将之归因于年老或马其顿或诗人逃避战争的人注意, 约 20 年前, 欧里庇得斯的赫卡柏就以更谦卑的想法反思了财富和权力的虚妄(《赫卡柏》, 行 620 以下)。亦参索福克勒斯残篇 536, 巴库利德斯残篇 11, 以及欧里庇得斯在行 424—426 引用的那些话。

幸福, 才算幸福。

[*Se* 本]有别于财富与势力的竞争, 以及人们所拥有的不同希望, 秘教入会仪式赋予的幸福具永久性, 且是此世此地的("每天")。参行 396—399、422—429。

[*R* 本]τὸ δὲ κατ᾽ ἦμαρ[每天都生活幸福], 参欧里庇得斯,《伊翁》, 行 124;《赫卡柏》, 行 627—628。阿尔克曼(Alcman)已经表达了这种观点(残篇 1, 行 37)。这种看法重现于品达,《伊斯特米亚竞技凯歌》, 7.56 以下。

九 第四场（行 912—976）

[*Se* 本]在行 912—976 中，彭透斯一改以往对狄俄倪索斯的咄咄逼人，也一改他在短暂的第二场（行 434—518）的穿着，不再像此前那样嘲笑狄俄倪索斯的女人气（行 353）。酒神节中会进行易装（Richard Seaford,《互惠与仪式》，前揭，页 273；A. Henrichs,《变化的酒神身份》，前揭，页 158—159），尽管易装与秘教入会仪式并无明显关联（参 R. Turcan,《论奥维德〈岁时记〉2.313—330，一场酒神入教仪式的准备》，前揭，页 195—203），它广泛出现在过渡性仪式中表明，易装出现在酒神节中，的确是作为使入会者脱离先前身份的一种手段。毫无疑问，此处的易装似乎完成了彭透斯的身份颠转（850—853n.），作为彭透斯的一系列反映秘教入会仪式的经历（包括引他入场的祝福，行 902—905 的幻象）之一。秘仪的这种戏剧性可能是悲剧起源的要素之一。在其中，男人通常装扮成女人（参 829n.；Richard Seaford,《互惠与仪式》，前揭，页 270—274）。塞特林以这一场为出发点，探讨了悲剧的戏剧性与女性关联，参 F. I. Zeitlin,《扮演他者》（"Playing the Other"），收于 J. J. Winkler & F. I. Zeitlin eds.,《无关酒神？》(*Nothing to Do with Dionysos?*)，Princeton, New Jersey：

Princeton University Press，1990，页 63—96。值得补充的是，女人化—启蒙—死亡程式也出现在索福克勒斯笔下的埃阿斯（在一种秘教模式中，参 Richard Seaford，《索福克勒斯与秘仪》，前揭）及赫拉克勒斯身上（《特拉基斯少女》，行 1071、1174）。

彭透斯所穿的亚麻女长袍（行 821）也是他的葬衣，这就加强了这件长袍的惊人效果（833n.、857n.）。希罗多德告诉我们，埃及人埋葬死者，不是给他们穿上羊毛衣，而是亚麻衣，在这点上，"他们的做法与那些被称为俄耳甫斯教成员或巴克科斯教成员（实为埃及人和毕达哥拉斯学派人）的人一致"（《原史》，2.81）。一块发现于厄琉西斯的亚麻葬衣碎布收在当地博物馆里。和金箔 A4 一道在突利（Thurii）出土的那具尸体，身上盖着一块 "精美绝伦的白色裹尸布"（可能是亚麻布）。在卢奇乌斯入伊西斯秘教的入会仪式上，他身穿一件亚麻长袍，走向冥府的大门（阿普列尤斯，《金驴记》，11.23）。由于入会者要经过类似死亡的经历，他的长袍亦即葬袍。在奈维乌斯的《吕库古》（可能以埃斯库罗斯的《吕库古》为范本）的一段残篇中，狂女们穿着 "寿衣"（mortualibus）。因此，尽管易装的彭透斯受（仪式性的）嘲笑是恰当的（854—855n.），但认为欧里庇得斯持此看法（Bernd Seidensticker，《紧张的和谐》，前揭，页 123—125）却具误导性，参 170—369n.。

　　　　狄俄倪索斯仍幻化成异方人从宫中上。

　　狄：既然你想去看那不该看的东西，

　　［Se 本］狄俄倪索斯先于彭透斯入场（参行 920 "领着"），不仅为了戏剧效果，也因为他充当了彭透斯的秘教入会向导（mystagogue）。

　　［L 本］ἃ μὴ χρεὼν ὁρᾶν［不该看的东西］：这句话很可能不会让彭透斯听到，因为狄俄倪索斯取得了其同伴的信任（参行 924，

ἃ χϱή σ'όϱᾶν[你该看])。酒神在自言自语，也对观众言说，好让别人不会误解下面那场戏的性质。

[R本]σὲ[你]：宾格 σὲ，同样受一个省略的主语支配，精准地表达了对有罪之人或犯人粗鲁而傲慢的质询：譬如克吕泰涅斯特拉质问卡桑德拉（Cassandre）（埃斯库罗斯，《阿伽门农》，行1035），赫尔墨斯对普罗米修斯（埃斯库罗斯，《被缚的普罗米修斯》，行944），克瑞翁对安提戈涅（索福克勒斯，《安提戈涅》，行441），雅典娜对埃阿斯（索福克勒斯，《埃阿斯》，行71），埃吉斯托斯（Aegisthus）对厄勒克特拉（索福克勒斯，《厄勒克特拉》，行1445），以及克瑞翁对被逐出科林斯的美狄亚（欧里庇得斯，《美狄亚》，行271）。《疯狂的赫拉克勒斯》行1214的感情有些不同，但语气一样：忒修斯斥责疯病发作后下跪的赫拉克勒斯。

[D本]行912—914：σὲ τὸν[你]这个突然出现的宾格以某种粗鲁而严厉的方式引起他人注意（克瑞翁对安提戈涅说 σὲ δή σὲ τήν...）赫尔墨斯就如是对普罗米修斯说，参埃斯库罗斯，《被缚的普罗米修斯》，行944；雅典娜对埃阿斯，索福克勒斯，《埃阿斯》，行71；埃吉斯托斯对厄勒克特拉，索福克勒斯，《安提戈涅》，行1445。

> 渴望去做那不该追求的事，我说彭透斯啊，

[B本]σπεύδοντά ἀσπούδαστα[做不该追求的事]：表现了努力的徒劳，参欧里庇得斯，《伊菲革涅亚在陶洛人里》，行201。

> 你就出来到宫前吧，让我瞧你一身
> [915]装束如女人、狂女和酒神的伴侣，
> 去打探你的母亲和她那伙人。

[*B*本]λóχου[队、伙]，参埃斯库罗斯，《和善女神》，行 46；《七雄攻忒拜》，行 112。

[*D*本]*γυναικòς μαινάδος βáκχης*[女人、狂女和酒神的伴侣]：不单纯是冗句，而是渐增的蔑视达到高潮：彭透斯穿得像女人，像疯女人，像参加酒神狂欢的女人。

> 你这模样真像卡德摩斯的一个女儿。
> 彭透斯携一随从从宫中上。
> 彭：瞧，我好像看到了两个太阳，
> 　　两个有七座城门的忒拜城；

[*Se*本]关于行 918—919，几乎没有评论家探讨过彭透斯为何会在此处看到重影。古文献中看到重影的其他情况有酗酒、药物或者疯狂/歇斯底里。但这场戏中的彭透斯显然既没喝醉，也没疯狂/歇斯底里（可能不是中毒，虽然汤姆森认为是士的宁[strychnine]，参 G. Thomson，《〈酒神的伴侣〉的问题》["The Problem of the *Bacchae*"]，*EEThess*，Vol. 18，1979）。同时看见两个物体的另一种情况是照镜子。(1)俄耳甫斯教秘仪和酒神秘仪中用镜子来激发并迷惑入教者。(2)狄俄倪索斯受一面镜子的引诱走向死亡的神话传说，反映了这种仪式性用途。(3)公元前 6 世纪末在奥尔比亚(Olbia)发现的一面镜子上所刻的文字表明，镜子几乎肯定在酒神秘仪中用到。(4)在行 920—922，彭透斯既看到了狄俄倪索斯，也看到了同样是狄俄倪索斯的公牛，换言之，他看到了酒神的两个形象。古代的镜子影像模糊，但在秘教中，模糊的影像可能向入教者暗示了某种不为入教者所知之（关于神的）事，正如这里的公牛意象所示(920—922n.)。(5)阿里斯托芬的戏仿表明，在埃斯库罗斯的《吕库古》(《酒神的伴侣》表现出与这个剧本的诸多相似之处)中，狄俄倪索斯带着一

面镜子(《地母节妇女》,行 140;埃斯库罗斯残篇 61;参亚历山
大残篇 1)。(6)镜子符合对彭透斯女人面相的详细关注(参譬如
在《美狄亚》行 1161—1162 中,格劳刻[Glauke]化妆时[就像这
里的彭透斯]嘲笑自己在镜子中极为"呆板的"形象,参 857n.、
928—934n.、938n.)。(7)如果彭透斯(像合歌队中装扮成狂女的
男人们)有一面鼓且铁可以充当镜子的话,也是可能的,就像各
种瓶画中所示的情形,尤其注意苏黎世的阿普利亚(Apulian)的
钟形双耳喷口杯(Archaeol. Samml. Der Univers. Inv. 3585,影印本
见 L. Balensiefen,《古代艺术中作为肖像主题的镜子意象的重要
性》[*Die Bedeutung des Spiegelbildes als ikonographisches Motiv in
der antiken Kunst*],Tübingen:Wasmuth,1990,Taf. 48),画 中
一名手持鹿的残骸的狂女似乎正要用剑刺一名裸体青年。这个
青年手举并看着一面鼓,上面映照出狂女的形象,这显然(虽然
神秘地,就像这里的狄俄倪索斯看上去是公牛一样)是这名青年
本人的形象。(8)这可能是埃斯库罗斯残篇 57.10 中的神秘短语
τυπάνου δ' εἰκών("鼓的形象",通常认为这是可靠的补正)的隐含
之义,这句话出现在酒神秘教入会仪式的语境中。关于 εἰκών 指
镜中的形象,参欧里庇得斯,《美狄亚》,行 1162。

　　[L本]δύο[两个],参行 919 的 δισσάς[双重的]。彭透斯看
到了重影,很可能像醉汉一样脚步踉跄。彭透斯的易装已引人发
笑,他的姿势和举止也让他滑稽可笑。这场戏在古代似乎很出
名,尤其给维吉尔《埃涅阿斯纪》(4.469)提供了灵感。欧里庇得
斯向来酷爱描写发疯、发狂的各种症状,但在这里,达尔梅达认
为"错觉中似乎存在某种超自然的现实感,让彭透斯觉得身旁有
狂女在走动,以及前头有化作公牛领路的狄俄倪索斯"。

　　[920]你好像一头公牛在前头领着我,

[L本]ἡγεῖσθαι[带领]：人们认为（尤其在波俄提亚）公牛是一种识途的动物。正是在一头小母牛带领下，卡德摩斯才抵达他建立祀拜的地点。

[R本]ἡγεῖσθαι[带领]：提醒我们，彭透斯和狄俄倪索斯踏上了去往基泰隆山的路，按照协商好的方式，由狄俄倪索斯带领彭透斯。维安（F. Vian，《祀拜、卡德摩斯及地生人的起源》，前揭，页78—79）注意到，在希腊神话里，牛（公牛或母牛，且尤其在波俄提亚地区）被认为本身就是引路的动物。一头母牛带着卡德摩斯到达他建立祀拜的地方。此剧的这一片段非常著名，以下作家的提及可以为证：琉善（《错误的批评家》[Pseudologista]，节19）、维吉尔（《埃涅阿斯纪》，4.468）、塞克斯都·恩披里柯（《反学问家》[Adversus Mathematicos]，7.192），以及亚历山大里亚的克雷蒙（《劝勉》[Protrepticus]，118.5；《训蒙师》[Paedagogus]，2.2.24），他们笔下的彭透斯是因喝了太多酒而兴奋。

你的头上长了犄角。
还是你原本就是野兽？因为你现在真就变成公牛了！

[Se本]行920—922：彭透斯开始意识到这一事实（行1017、1159，100n.），即狄俄倪索斯也是公牛。他先前拒绝秘教入会仪式，包含了对与此相同的双重性的极为混乱的认识（行618将公牛当成狄俄倪索斯）。在这里，镜子使彭透斯开始意识到这种双重性，因为他看到了两个形象：站在他身旁的狄俄倪索斯，以及那面模糊显示的镜子中以公牛形象出现的狄俄倪索斯。亦即彭透斯“看到了他应看的”（行924）。ἡγεῖσθαι[带领]一词既暗示了秘教入会的向导（965n.），也暗示了一场由公牛引导的游行，如一个阿提卡瓶画所绘（A. W. Pickard-Cambridge，《雅典的戏剧节》，前揭，图11）。在画中，一头公牛走在狄俄倪索斯前面（并是他

的化身？参普鲁塔克，《伦语》299b）。

　　狄：这位神陪伴我们左右，他先前不友好，

　　[L本]ὁ θεὸς ὁμαρτεῖ[这位神陪伴我们左右]：对彭透斯而言，他深信见过狄俄倪索斯谈及的公牛神。实际上，公牛神即狄俄倪索斯本人。此处开始了一系列含双重理解的表述，这是这场戏的一大特征。

　　[G本]这行诗惊人的悲剧性反讽还将出现在后文，参行932、934、939、948等。

　　　　而今是我们的盟友；现在你看见你该看的了。

　　[Se本]ἔνσπονδος[结盟的]：字面意思指奠酒（σπονδή）。狄俄倪索斯通过让提坦族奠酒并发誓（狄奥多洛斯，《历史丛书》，3.71.6；因此，他补充道，σπονδαί开始指休战），化（战败的）敌为信徒，这似乎是秘教入会仪式中的誓言。关于誓言，参李维，《罗马史》，39.13.13、39.15.13；关于秘教入会者提坦族，参Richard Seaford，《不朽、救赎与元素》，前揭。χρή σ' ὁρᾶν[你该看的]：秘教入会仪式的幸福包含观看（譬如柏拉图，《斐德若》250b；阿里斯托芬，《蛙》，行745），因此在厄琉西斯，曾有盲人突然看见神迹（Walter Burkert，《希腊秘教》，前揭，页20）。这个短语完全改变了行924。

　　[L本]ὁρᾶς ἃ χρή σ' ὁρᾶν[你看见你该看的了]：这里仍含两重意思。彭透斯认为，狄俄倪索斯认同他的计划；而酒神背着这位国王说过，"不该看的东西"（行912）。

　　彭：[925]我看起来究竟怎样？站相像不像伊诺，

　　　　或是我母亲阿高厄？

　　狄：我见你，就像瞧见她们本人。

　　　　不过，你这缕卷发乱了位置，

　　［*Se* 本］行 928—934：参欧里庇得斯，《美狄亚》，行 1161—
1162，新娘格劳刻对镜戴头冠，梳妆。

　　［*L* 本］彭透斯的乔装并不完美。他的妆容不整，狄俄倪索斯
要帮他整理，这位国王在酒神狂女般的狂热中将表示，甩动头发
是酒神仪式的一部分。此外，头发散乱地披下，是发疯的传统征
兆，参欧里庇得斯，《俄瑞斯特斯》，行 223—224。

　　　　不像我之前把它束在发带里的样儿。

　　［*Se* 本］此处和行 934 打破了简短的双行轮流对白的规律，
可能是为了给舞台动作留出空间（如欧里庇得斯，《俄瑞斯特斯》，
行 257）。

　　彭：［930］我在里面摇头摆脑，

　　［*D* 本］参 865n.。从行 925 开始，彭透斯显然不断向后仰头，
夸张地模仿典型的狂女样子。

　　　　扮演酒神狂女，这才把它给弄乱了。

　　狄：既然我们要服侍你，

　　　　我来给你弄好；来，把头摆正咯！

　　彭：好吧，你来弄！我可托付与你了。

　　［*Se* 本］ἀνακείμεσϑα［托付］，也可指献给神。在此，彭透斯

似乎浑然不觉中同意被献祭（献祭牺牲心甘情愿，这点至关重要），参 1024—1152n.。

　　狄：［935］你的腰带也松了，长袍的褶子也没

　　［Se 本］考虑到狂女进行的激烈活动，对彭透斯的头发以及对他的腰带和长袍的关注很奇怪。这可能反映了秘仪中束带的重要性，根据 2 世纪的一块来自托雷诺瓦（Terre Nova）的碑文记载，有一类酒神入教者是"凭束带"的（只有这一类未区分性别，因此碑文编辑者认为可能是易装者），参行 698，112n.；波卢克斯，《词类汇编》，7.54（在仪式中，衣服上尤其是亚麻衣服上的褶子就是用带子弄出来的）；古注家对罗德岛的阿波罗尼俄斯《阿尔戈英雄纪》1.918 的评注（萨摩色雷斯［Samothracian］入教者用红带子束衣）。

　　　　溜顺地垂落在你的踝下。
　　彭：我觉得也是，至少右脚这边看着不齐。
　　　　不过，这边的长袍直溜地垂在脚后跟呢。

　　［Se 本］《美狄亚》行 1165—1166 中新娘格劳刻有同样的举动。
　　［R 本］帮彭透斯整理好头发后，狄俄倪索斯还帮他理好弄乱的衣服。

　　狄：你准会把我当成你最好的朋友，

　　［Se 本］$\pi\rho\tilde{\omega}\tau o\nu$ $\varphi i\lambda\omega\nu$［最好的朋友］很奇怪，可能是秘教入会向导的术语（965n.）。$\pi\rho\tilde{\omega}\tau o\nu$ $\varphi i\lambda\omega\nu$ 是托勒密宫廷的官员，可能与此有关。托勒密宫廷的仪式就以狄俄倪索斯仪式为范本，参

P. M. Fraser,《托勒密的亚历山大里亚》(*Ptolemaic Alexandria*),
Oxford: Clarendon Press, 1972, 1.102—103、2.342—343; G.
Thomson,《〈酒神的伴侣〉的问题》, 前揭, 页 437, 注释 26。

　　[940] 当你瞧见狂女们说话有节制的时候。
　　彭: 我是用右手执神杖, 还是

　　[*Se* 本] 瓶画中的狂女其实任用一手执酒神杖。

　　　　用这手, 才更像酒神的女信徒呢?
　　狄: 你得攥在右手里, 抬右脚的同时

　　[*K* 本] 没法确定希腊人是否认为同时抬起右手和右脚很滑稽。

　　　　举起它。我赞赏你改变了心意。
　　彭: [945] 我能把基泰隆山谷, 连同
　　　　狂女们一起扛上肩吗?

　　[*Se* 本] 行 945—946: 信奉狄俄倪索斯可能有回春作用
(187—190n.), 并产生幻象(142—143n.、726—727n.)。同时扛
起一座山(对顺从的易装者而言更是一种奇怪的渴望)可能符合
彭透斯的地生性(行 996, 537—544n.), 因为巨人族就这么干
(佩利翁对奥林波斯山上的奥萨[Ossa]的评论, 荷马,《奥德赛》,
11.315—316; 参欧里庇得斯,《腓尼基少女》, 行 1131—1132,
如此处的行 949; 亦参《疯狂的赫拉克勒斯》行 999 中疯狂的赫
拉克勒斯的 μοχλεύει)。
　　[*D* 本] 行 945—946: 就像第一场戏中的两位老人一样, 彭
透斯觉得自己充满魔力; 但在他身上表现出的是某种妄自尊大

的妄想，就像发疯的赫拉克勒斯（欧里庇得斯，《疯狂的赫拉克勒斯》，行 943 以下）以及精神失常的人真正经历的那些妄想。

　　狄：能，如果你想。先前你心智

────────────────────

　　[R本]δύναι' ἄν[能，如果]：因为狄俄倪索斯能激发一个人所拥有的超自然力（参狂女们的壮举：行 737 以下，1103 以下，1127 以下），亦参 Winnington-Ingram，《欧里庇得斯与狄俄倪索斯：〈酒神的伴侣〉义疏》（*Euripides and Dionysus: an Interpretation of the Bacchae*），前揭，页 119。

　　　　不健全，现如今你变成应有的样了。
　　彭：我们带着撬棍去吗，还是我用双手拔起
　　[950]山峰，把肩头或臂膀放在底下？
　　狄：你万不可把山泽女仙的神龛

────────────────────

　　[B本]泡萨尼阿斯（《希腊札记》，9.3.5）提到一个名叫斯弗拉基迪翁（Sphragidion）的山洞，距山顶可能有五个竞技场远，这个山洞即山泽女仙在基泰隆山上的洞府。
　　[D本]μή σύ γε[你万不可]：一种善意的提醒，语气通常亲昵或慈蔼；此处带嘲讽意味。参雅典娜对发疯的埃阿斯的嘲讽之语（索福克勒斯，《埃阿斯》，行 111）。泡萨尼阿斯提到基泰隆山上的一个神龛（《希腊札记》，9.3.9）。但潘神和山泽女仙的神龛在有草地和林地的乡间随处可见，参 M. P. Nilsson，《希腊民间宗教》（*Greek Popular Religion*），New York：Columbia University Press，1940，页 17 以下。

　　　　和潘神吹排箫的底座给毁咯。

［R本］在类似的情形下，雅典娜也嘲笑了不幸的埃阿斯（索福克勒斯，《埃阿斯》，行111）。潘神和山泽女仙住在乡间，特别是山上。他们在基泰隆山上受到敬拜（普鲁塔克，《阿里斯提得斯传》[Aristides]，11.3），山泽女仙在基泰隆山上有一个山洞（泡萨尼阿斯，《希腊札记》，9.3.5），在柯林斯的帕纳索斯山上等处也有洞府。

［B本］潘神常出现在那些受山泽女仙看护的山峰和峡谷。

［Sa本］指在岩石表面凿出的小神龛（显然在卫城西北边，欧里庇得斯，《伊翁》，行492—502），上面有潘神和山泽女仙的雕像（柏拉图，《斐德若》230b）。在普鲁塔克《阿里斯提得斯传》（11）中，德尔菲神谕预示了雅典人在普拉蒂亚中的胜利，前提是雅典人需向宙斯、基泰隆的赫拉，以及人称 σφϱαγιτίδες 的潘神和山泽女仙祈祷。参泡萨尼阿斯，《希腊札记》，9.3.9。亦参华兹华斯（Wordsworth），《雅典与阿提卡》[Athens and Attica]，章12。

　　彭：说得好，不能用暴力征服那些女人，

　　　　我要藏身在枞树丛里。

　　狄：[955]你该躲在你该藏的地方，

［Se本］用 κϱύφτειν[藏]指"埋葬"（死者），譬如欧里庇得斯，《海伦》，行1222；《伊菲革涅亚在奥利斯》，行1182（克吕泰涅斯特拉对阿伽门农所言："我们将以你该受的方式迎接你。"）

［L本］κϱύψη[藏]，也是一语双关。彭透斯理解成"藏起来"，但该词还含"埋在土里、入土"之意。

　　　　去偷偷查探狂女们。

　　彭：对啊，我想象她们在灌木丛里，像鸟儿

[*Se* 本]行 957—958：可能暗示彭透斯的好色，但不一定。如下行所示（虽然有行 686—688、940），他可能想通过抓住 in flagrante delicto［套在了最美妙的情网里］的狂女们（参行1062 "可耻的行为"），来证实自己先前的信念（221—225n.）。

[*K* 本]行 957 以下表明，彭透斯满脑子充满色情想象；但这只是他的弱点之一，到行 962，彭透斯又回到了浮夸和自大。

　　一样套在了最美妙的情网里！

[*Se* 本]φιλτάτοις ἐν ἕρκεσιν［最美妙的网］：在《希腊诗选》（5.95）中，充满爱欲的依恋被喻为捕鸟器。关于情网，参伊比库斯（Ibycus）残篇 287，阿里佛龙（Ariphron）残篇 813.5。

　　狄：正因为如此，你才要去查探查探；
　　[960]兴许你能逮着她们——只要你没被先逮住。

[*L* 本]ἢν σὺ μὴ ληφθῇς πάρος［只要你没被先逮住］：一语成谶，彭透斯没有听出弦外之音。

[*R* 本]ἢν σὺ μὴ ληφθῇς πάρος［只要你没被先逮住］：彭透斯将此话听成是在提醒他要小心，实际上，狄俄倪索斯在此预告了他的命运。

　　彭：快带着我穿过忒拜土地的中心吧！

[*Se* 本]行 961—970 充满含混与仪式的影射。彭透斯忘了当初的羞耻（行 840—841），他现在处于往返旅途的中心，这个旅途反映了外出游行的仪式性结果（πομπή，行 965），可能是献祭

（参 1024—1152n.）的"竞技"（ἀγών，行 964、975、1163）和狂欢盛宴（κῶμος，行 1167、1172，966—970n.），亦参 1047n.。一则来自弥勒托斯的希腊碑文提到了一场进山的酒神游行。更准确地说，游行中有送出替罪羊（963n.）和加入秘教的信徒（965n.）的招魂仪式。关于秘教可能包含 πομπή-ἀγών-κῶμος［宗教游行—竞技赛—狂欢］仪式，参 Richard Seaford，《酒神节戏剧与酒神秘仪》，前揭，页 267。

天下男人敢有此为者，舍我其谁？
_____

［Se 本］反讽的是，夸口其男子汉（ἀνήρ）勇敢（虽然 τολμᾶν［敢］也可指鲁莽）的彭透斯正穿着女人的长袍。

狄：只有你担得起这个城邦的重任，只有你；
_____

［Se 本］-κάμνεις 可指辛劳（彭透斯如是理解），也可指受苦。彭透斯在这里被比作替罪羊（pharmakos），替罪羊（在仪式或神话中）被驱逐和／或被杀造福全邦。在这里，替罪羊身份的含混性反映在受人嘲笑的国王身上（参 854—855n.、968n.）。和替罪羊一样，彭透斯受到所有人攻击（行 1096—1100）。参 Richard Seaford，《互惠与仪式》，前揭，页 312—318；J. Bremmer，《古希腊替罪羊仪式》（"Scapegoat Rituals in Ancient Greece"），HSCP，Vol. 87，1983，页 299—320；希罗多德，《原史》，7.153（充满女人气的领导者以列队前进的方式统一城邦——反映了仪式？）。

［L 本］μόνος［唯有］："唯有"一再出现，强调彭透斯对即将发生的事负责。

所以才有必然的竞技在候着你。

[*Se*本]用在仪式中的同一个动词（ἀναμένουσιν），具有与平常截然相反的效果，参欧里庇得斯，《疯狂的赫拉克勒斯》，行1281（Richard Seaford，《阿伽门农的最后一次沐浴》，前揭，页247—254）；欧里庇得斯，《独目巨人》，行514（索福克勒斯，《特拉基斯少女》，行528）。亦参佩林纳金箔；柏拉图，《王制》361d、365a、614a。

[*R*本]酒神没有撒谎，只是他的话有两层含义。彭透斯没能领会此话的深层意思；相反，得益于他们耳熟能详的一套信念，雅典民众马上心领神会。古人清楚，彭透斯的不虔敬不仅引发了酒神对其家族的怒火，也引发了他对整个忒拜城邦的怒火。赫西俄德（《劳作与时日》，行240）唱道："整座城邦往往会为某个失去理智，陷入疯狂的人付出代价。"柏拉图（《法义》910b）指出"容忍不虔敬者的城邦，到头来使整个城邦卷入了他们的不虔敬"，还补充道"公正地说"。对一座雅典城邦而言，这点人尽皆知。

[*K*本]"命定的竞技"和行975的"盛大的竞技"一样，彭透斯将在与狂女们的遭遇中丧生。但他显然把这句话当成了上文"担得起这个城邦的重任"的延续。

[965]随我来吧，我把你平安送到，

[*Se*本]每个欲入教者似乎都由一名"秘教入会向导"陪护去往厄琉西斯的神殿（秘教入会向导，参F. Sokolowski，《希腊诸邦的献祭习俗：增补》，前揭，No. 15；安多基德斯［Andocides］，《论秘仪》［*De Mysteriis*]，1.132；普鲁塔克，《阿尔西比亚德斯传》［*Alcibiades*]，章34；C. Riedweg，《柏拉图、菲隆与克勒芒的神秘学术语》，前揭，页26、59—60），此处由狄俄倪索斯代表（参行841，621—622n.、912—917n.）。坡尼翁（Hipponion）金箔

（与《酒神的伴侣》同时期）提到了酒神秘仪入会者所踏之路。因此，平安可能暗示秘教救赎。依我之见，索福克勒斯《埃阿斯》（行 692）、《厄勒克特拉》（行 1229）中的 σώζειν 也有暗示（Richard Seaford，《索福克勒斯与秘仪》，前揭，页 276、284）。

> 不过另有人会把你从那儿带回。彭：是那个生育我的人吧！

　　［*Se* 本］行 966—970：在这段对话的高潮部分，言说者你一言我一语的台词，表明彭透斯的激动之情。关于他（显然）亲近母亲近乎乱伦的愉悦，参 F. I. Zeitlin，《扮演他者》，前揭，页 134；Richard Seaford，《互惠与仪式》，前揭，页 354。在每行台词中，狄俄倪索斯对彭透斯实际回来的预言（母亲举着他的头），都被彭透斯理解成凯旋。

> 狄：……在所有人面前露脸。彭：正是为这我才去。
> 狄：你会被抬回这里……　　彭：你说起我的显赫！……

　　［*Se* 本］彭透斯用以指称凯旋的显赫，实则会是令所有人瞠目结舌的恐惧。参行 976 的"见分晓"，行 1198"了不起的"。

> 狄：……在你母亲怀里。　　彭：……你硬要纵坏我！

　　［*Se* 本］狄俄倪索斯指怀抱彭透斯头的阿高厄，彭透斯却以为坐在马车内（参 192n、319—321n.）。ἐν χερσὶ μητρός［在你母亲怀里］：彭透斯以为是拥抱，就像给受宠的孩子的拥抱（参欧里庇得斯，《伊翁》，行 1375—1376），更确切地说，是他在这一场早前表现出的孩童般的顺从。但清楚狄俄倪索斯真实意思（阿

高厄举着彭透斯的头）的人，肯定不会认为是孩子在母亲怀里（1227n.）。重生的悲惨暗示，也将在阿高厄重拼彭透斯的尸体时出现（1300—1301n.），这也可能反映了秘教入会仪式（如索福克勒斯《厄勒克特拉》行 1232 就如此，参 Richard Seaford，《索福克勒斯与秘仪》，前揭，页 276—277）。在一个"勒纳节瓶"（Lenäenvasen，J. D. Beazley，《雅典红彩瓶画》，前揭，1249.13）上，由狂女组成的阿提卡狂欢歌舞队，照料躺在簸箕（λίκνον）摇篮中戴成人面具的狄俄倪索斯，参普鲁塔克，《伦语》365a；1170n.、1277n.。

　　狄：[970]就这样纵坏你。　　彭：我也受之无愧嘛。

────────────────────

　　[Se 本] τρυφᾶν[纵坏]指被宠坏的彭透斯，但它源自 θρύπτω，基本意思是"捧成粉碎"，狄俄倪索斯的回答可能带有几分戏谑："……用我的方式"，参 L. R. Kepple，《被纵坏的受害者》（"The Broken Victim"），*HSCP*，Vol. 80，1976，页 107—109。

　　狄：不可思议，你真不可思议，你将遇上不可思议的遭遇，

────────────────────

　　[Se 本]行 971—976 这几句诗中的威胁并不意味着彭透斯听不见（行 971—972 无疑是对他说）；相反，这几行诗可能凸显了彭透斯的孩童般兴奋，正如他跟随狄俄倪索斯上山（行 841、920，912—917n.、965n.）。

　　你会发现你的名声直冲云天。

────────────────────

　　[Se 本]这句诗混杂了对彭透斯爬上枞树的谜样暗示（行1064、1073）与似乎通过秘教入会仪式所获得的荣耀，参阿里斯

托芬《云》行461中欲入教者斯特勒普西阿德斯（Strepsiades）就被许以直冲云天的荣耀，西坡尼翁金箔称欲入酒神教仪者在通往神圣的路上充满荣耀。

［R本］κλέος［名声］：许下（史诗般的语词）荣誉的承诺，以减弱民众看到彭透斯命运的悲惨。

［Sa本］οὐρανῷ στηρίζον［直冲云天］：也用来形容欧里庇得斯《希珀吕托斯》（行1207）和《伊利亚特》（4.443）中描述的大浪。

> 伸出你的双手吧，阿高厄啊，还有你们，她的姐妹，
> 卡德摩斯的女儿们哦！我要把这个年轻人领到

［Se本］对母亲孩童般的依恋的语境中（969n.），彭透斯被称为年轻人，这种做法恰如其分，参行1118、1121、1174、1185。在瓶画中，彭透斯通常没有胡子。

［975］那盛大的竞技赛，不过，胜出的会是我
和布洛弥俄斯。其余的自会见分晓。

［Se本］ὁ νικήσων［胜出的］使用了单数形式，虽然有"我自己和布洛弥俄斯"。这就暗示，区分异方人和狄俄倪索斯的掩饰已无必要。

［L本］ἐγὼ καὶ Βρόμιος［我和布洛弥俄斯］：狄俄倪索斯再次显得自己不是酒神。

［Sa本］τἄλλα δ' αὐτὸ σημανεῖ［其余的自会见分晓］：参柏拉图，《泰阿泰德》200e；《普罗塔戈拉》324；欧里庇得斯，《腓尼基少女》，行623。

> 狄俄倪索斯从舞台一方下。

十　第四合唱歌（行 977—1023）

[*Se* 本] 行 977—1023：据信，这首合唱歌的时长恰好等于彭透斯前往基泰隆山的旅途（约 10 公里）、他的死亡，以及信使回到忒拜的耗时。歌队（不恰切地）设想阿高厄对这位侵入者的反应。有别于其他展望台下行动的颂歌（欧里庇得斯，《美狄亚》，行 976—988；《希珀吕托斯》，行 767—775；参譬如埃斯库罗斯，《阿伽门农》，行 1100—1129），歌队歌颂想象中的（阿高厄的）言辞，这可能是戏剧从中产生的酒神歌队的古老惯例（关于行 985，参普拉蒂纳斯残篇 1，以及 Richard Seaford，《普拉蒂纳斯的"拜日舞"》，前揭，页 81—94）。尽管颂歌的语气没有之前那首合唱歌温和，尤其是在首节和次节之后一再重复的叠唱部（862—911n.），但这首颂歌和第一和第三合唱歌一样，都沉思最好的生活（次节），与彭透斯（在首节中）的情况形成对照。这首颂歌在吁请狄俄倪索斯以公牛（抑或蛇或狮子）形象现身中达到高潮。根据古代颂歌，厄里斯（Elis）女人吁请狄俄倪索斯以公牛现身（普鲁塔克，《伦语》299b），这可能是实际仪式的惯常做法。整首颂歌主要采用多克米亚韵（dochmiac）的多种变形，夹杂着短长格（行 989、992—994、1022）和短长格＋长短短格

（iambelegus，行1017），以及短长长格（bacchius）＋零散的长短长格（cretic，行1018）。多克米亚韵用来表达兴奋。

　　歌队：（首节）
　　　　疯狂女神的母犬啊，快快跑进山！

　　［*Se*本］在《疯狂的赫拉克勒斯》（行922—1015，一个充满酒神意象的场景）中，疯狂女神（Λύσσας）亲自出马，让赫拉克勒斯杀死自己的亲人。她可能对埃斯库罗斯《和善女神》中的吕库古做了同样的事（D. F. Sutton，《系列描绘吕库古疯狂的陶器》，前揭）；毋庸置疑，在埃斯库罗斯的《起毛女工》残篇169中，疯狂女神激发了忒拜狂女。关于疯狂女神与猎犬的关系，参欧里庇得斯，《疯狂的赫拉克勒斯》，行898；J. D. Beazley，《雅典红彩瓶画》，前揭，1045.7。参行731。
　　［*R*本］此处不仅有某种地形学上的暗示，还让人想起彭透斯进入神山的不虔敬。

　　　　卡德摩斯的女儿们正在那儿举行狂欢；
　　　　快叫她们发狂，
　　［980］攻击那个一身女人装扮，
　　　　来打探狂女的疯子。

　　［*L*本］诗人堆砌这些行为，旨在表现彭透斯的疯狂。彭透斯的乔装表明他神志错乱，就像他对抗狂女所表现出的狂热。

　　　　他母亲会最先发现他伏在光滑的
　　　　石头或树上
　　　　窥探，然后会朝狂女们喊道：
　　［985］"这人是谁，他进山，进山搜查

> 卡德摩斯家那些在山中奔跑的
> 女人，酒神的伴侣们呐；究竟是谁生下了他哟？

[*Se*本]行987—990：关于该传统主题，尤参荷马，《伊利亚特》，16.34—35，在那里，帕特罗克洛斯（Patroklos）表示，阿喀琉斯从海和岩石中诞生，所以才会如此冷酷无情。关于狮子，参欧里庇得斯，《美狄亚》，行1342；《厄勒克特拉》，行1163。但在这里，彭透斯其实将被母亲误视为狮子（行1141—1142）。

[*R*本]τίς...ἔτεκεν[谁生下了他]：这个问题在诗歌里司空见惯，非人的行为暗示非人的出身。参桑蒂斯、达尔梅达和多兹搜集的那些例子：荷马，《伊利亚特》，16.33—34；忒奥克利特，《牧歌诗集》，3.15；维吉尔，《埃涅阿斯纪》，4.365以下。

> 他分明绝非从女人的
> 血中出生，而是某头母狮

[*L*本]关于某个人不是由人类生育的看法，参荷马，《伊利亚特》，6.34—35；忒奥克利特，《牧歌诗集》，3.15—16。

> [990]或利比亚的戈耳工的种。"

[*Se*本]关于戈耳工，参 J. P. Vernant，《有死的与不朽的》（*Mortals and Immortals*），F. I. Zeitlin ed.，Princeton，New Jersey：Princeton University Press，1991，页95—150。关于利比亚的位置，参希罗多德，《原史》，2.91.6；品达，《皮托竞技凯歌》（古注本），10.72。

[*L*本]Λιβυσσᾶν[利比亚的]：关于利比亚的戈耳工的明确所指，参希罗多德，《原史》，2.91.8。

（叠唱曲）
让正义现身吧！手执

［*Se*本］行 991—996：关于带剑的正义女神，参埃斯库罗斯
的《奠酒人》，行 639—641。

利剑，刺穿他的喉管，
［995］除掉阿克西翁的这个地生子——

［*Se*本］参欧里庇得斯，《伊菲革涅亚在陶洛人里》，行 220；
埃斯库罗斯，《奠酒人》，行 55；索福克勒斯，《安提戈涅》，行
876；阿里斯托芬，《蛙》，行 838。

［*B*本］γηγενῆ［地生的］，参行 538 以下。该词暗指彭透斯缺
少对更高真理的认识。

他不信神、无法无天、不义。
（次节）
他心术不正、脾性狂暴、
丧心病狂、胆大包天，
准备对抗你巴克科斯和
［1000］你母亲的秘仪，

［*R*本］ματρός τε σᾶς［你母亲的秘仪］：关于塞墨勒崇拜，我
们掌握的文献十分有限。在《腓尼基少女》（行 1754—1756）中，
安提戈涅吁请“布洛弥俄斯神啊……我曾在狂欢歌舞队纪念塞墨
勒的山中跳舞”。忒奥克利特（《牧歌诗集》，16.5）提到，狂女们
在基泰隆山中为塞墨勒设下三座祭台，为狄俄倪索斯设下九座。
米克诺斯（Mykonos）的历法（F. Sokolowski，《希腊诸邦的献祭习
俗》，前揭，No. 96）描述了针对塞墨勒每年一次的献祭。塞墨勒

崇拜得到了碑刻的证实，参 B. Lifshitz,《奥尔比亚的希腊碑刻》
（"Inscriptions grecques d'Olbia"）, *Zeitschrift für Papyrologie und Epigraphik*, Bd. 4, 1969, 页 255。

> 好像要用暴力征服那不可征服的东西。

[*R* 本] κρατήσων βίᾳ [用暴力征服]: 想去征服不可征服的东西（亦即诸神），这正是地生的提坦族的疯狂。

> 思想要有节制，探究诸神之事，

[*Se* 本] 节制是酒神崇拜的特点（行 329、504、641、940、1150、1341），彭透斯获得节制时即他的死期。

[*K* 本] 行 1002 以下意为对诸神的错误看法将受到死亡的惩罚，而死亡不接受任何理由。

> 死亡自然而至，
> 本分做凡人，生活远愁苦。

[*Se* 本] 关于这种看法，参 396—397n.。

[*R* 本] βροτείως ἔχειν, "像朝生暮死的蜉蝣一样恭敬地对待永生的诸神"。这是卡德摩斯的虔敬观点（行 199）。不幸的是，彭透斯持相反观点（行 635—636）。参索福克勒斯在《安提戈涅》结尾处表达的教诲（行 1347 以下）："审慎的人最有福；千万不要犯下不敬神的罪名；傲慢之人的狂言妄语会招来严重的惩罚，这个教训使人老来时小心谨慎。"这段话精准阐释了欧里庇得斯此处源自德尔菲格言的观点: Μηδὲν ἄγαν [致中道]。

[1005] 我不妒聪明；

［ *L* 本 ］*τὸ σοφὸν*，这里仍指智术师所谓的智慧。

也不乐于猎取别的显赫
大事，它引领我过上美好的生活。

［ *Se* 本 ］*τὰ καλὰ βίον*［美好的生活 ］，参 877—881n.。

日日夜夜都
洁净、虔敬，摈除
［1010］不义的礼法，敬奉诸神。
（叠唱曲）
让正义现身吧！手执
利剑，刺穿他的喉管，
［1015］除掉阿克西翁的这个地生子——

［ *Se* 本 ］*γόνον*（厄尔穆斯里 ）出现在行 996，比 *τόκον*（彭透斯；
也是 "后代" ）更贴合 *γηγενῆ* 的发音和意思，参欧里庇得斯，《疯
狂的赫拉克勒斯》，行 929；索福克勒斯《埃阿斯》，行 1303 中相
同的混乱。

他不虔敬、无法无天、不义。
（末节）
快以公牛、多头蛇

［ *Se* 本 ］行 1017—1019：关于作为公牛的狄俄倪索斯，参
100n.，（作为狮子，参《荷马颂歌》，7.44；菲洛斯特拉图斯，《画
像》，1.18 ），关于他的幻化能力，参 478n.。"他变成公牛、狮子
和豹子" 出现在米尼阿斯的女儿们面前（莱伯拉里斯，《变形记》，

10；参诺努斯，《狄俄倪索斯》，40.43—53）。帕帕托姆普洛斯（M. Papathomopoulos）对莱伯拉里斯《变形记》（10）的评注比较了《俄耳甫斯教祷歌》（52.5）中三重的狄俄倪索斯和卢浮宫中的一幅古利奈双耳瓶画（Cyrenean pelike）上三种动物（豹子、公牛和带翅的猎狗）拉着的狄俄倪索斯的马车。多头蛇让人想起九头蛇怪许德拉（Hydra）、吐火的狮子形象则令人想起（吐火的半狮子）喀梅拉（Chimera）。双重不定式"去看……现身"，突出了对显现的强烈想往。

［*K*本］行 1017 以下：歌队吁请狄俄倪索斯以兽（因此也是最野蛮的）形现身；蛇被描述为一种令人生畏的动物（就像九头蛇怪许德拉）。

　　　　或吐火的雄狮的样子现身吧！
［1020］快来吧，巴克科斯哟，带着笑脸，

_____

［*Se*本］行 1020—1023 蕴含这一反讽，即欲猎捕狂女的彭透斯（行 228、231、352、434—436、451—452、719—721、731—732），现在反被她们猎捕（行 848、977、1108、1144、1146、1171、1183、1189—1190、1192、1199、1204、1215、1237、1241、1253）。参行 731—732，101—103n.，以及奈维乌斯，《吕库古》残篇 37—8 中（看似）作为猎手的狂女们。

［*K*本］狄俄倪索斯突然变成猎手（延续了行 848 等处的隐喻），而非动物。这种转变强调了他的双重性及其多种面相。

　　　　把那致命的绳套套在
　　　　那追捕你伴侣的人的脖子上，
　　　　在他扑向狂女队之时。

十一　第五场（行 1024—1152）

[*Se* 本]行 1024—1152 这一场包括第二信使与歌队长的简短引入性对话，信使接着讲述彭透斯的遇害。这段叙述与第一信使的言说构成一组：两段叙述都明晰详尽地（尤其在场景设置上）描述了一些不可思议的狂乱之事，这些事情发生在狂女狂暴地回应男人侵入她们在山腰的平静活动（677—774n.）。不过，前一段叙述所发生之事使叙述者开始接受狄俄倪索斯是神，在这里，"异方人"（行 1047、1059、1063、1068、1077）消失不见（行1077），并立刻代之以一位可见的代理人，叙述者和狂女均认出他就是狄俄倪索斯（行 1079、1089、1094、1124、1128、1145、1150—1151）。这段叙述（并向叙述前后延伸）有以下三个不同（虽相互关联）模式。

第一，巴瑟（A. G. Bather，《〈酒神的伴侣〉的问题》["The Problem of the *Bacchae*"]，*JHS*，Vol. 14，1894）发现了一种行动类型，这种类型还出现在弗雷泽（J. G. Frazer）和曼哈特（W. Mannhardt）描述的众多欧洲民间节日中：（1）将男人装扮成女人（行 821 等）；（2）领着此人穿过城区让所有人看见（行 854、961）；（3）将此人放在树上（行 1064—1075）；（4）用木棍和石头攻击他（行 1096—1100）；（5）将之撕成碎片（行 1125—1139，参 1170n.）；（6）以赛跑的速度将戳在常春藤杖上的头带回家（行 1141、1165）；（7）将头高悬于房子上（行 1212—1215）。尽管弗雷泽的书已过时，但众多相似点表明，这不可能是偶然。关于彭透斯被放上树的仪式性意义，参泡萨尼阿斯，《希腊札记》，2.2.7。进一步参 Richard Seaford，《酒神节戏剧与酒神秘仪》，前揭，页 263—265。

第二，赛登施蒂克（B. Seidensticker，《〈酒神的伴侣〉中的献祭仪式》["Sacrificial Ritual in the Bacchae"]，收于 G. W. Bowersock et al. eds., *Arktouros: Hellenic Studies Presented to Bernard M. W. Knox on the Occasion of His 65th Birthday*，Berlin & New York：W. de Gruyter，1979）发现了动物献祭的模式：（1）装扮被献祭动物（行 925—944，尤其是 934n.）；（2）领着被献祭动物游行（行 961、1043—1047）；（3）在游行的目的地做准备（行 1051—1057）；（4）祈祷、片刻的静默（行 1078—1087）；（5）集体攻击（行 1096—1100）并环绕（行 1106）被献祭动物；（6）祭司开启献祭（行 1114）；（7）真正杀戮的过程中女人喊叫（行 1133）；（8）撕裂（行 1125—1139）并啖食（行 1184、1242 暗示）"祭品"（行 1245）；（9）将被献祭动物的头悬于醒目之地（行 1238—1240）。尽管这一模式在各地并不完全贴合，但相似之处太过复杂，很难说是巧合。关于人们认为酒神崇拜中实行人祭，参 P. Bonnechere，《古希腊的人祭》(*Le Sacrifice Humain en Grèce Ancienne*)，Liége：Presses universitaires de Liége，1994，页 181—225。祭杀彭透斯属于此剧秘教入会仪式的模式，正如欲入酒神秘教者可能被视为献祭的牺牲，参 Richard Seaford，《互惠与仪式》，前揭，章 8。公元前 3 世纪一位入教者的墓志铭称他"在去往冥府的途中逃脱了巴克科斯教的女人"，参 S. G. Cole，《死后的声音：狄俄倪索斯与死者》["Voices from beyond the Grave:

Dionysus and the Dead"]，收于 T. H. Carpenter & C. A. Faraone eds.,《狄俄倪索斯的面具》，前揭，页294。

第三，彭透斯是"野兽"（行1108）和"狮子"（行1142），对他的杀戮是一场猎杀（1020—1023n.）。献祭控制在并限定于传统模式，是一种可能引发暴力的行为。从这个方面来讲，这截然对立于猎杀（虽然带有一些仪式性）的不可预见的暴力。动物追捕，并可能协助人类猎捕，但献祭的只有人类。但祭仪与猎捕在某些方面相似（布尔克特在《献祭人》中认为，二者具有连贯性），譬如在围攻被献祭者时，献祭者已成为纯粹象征性（有序的）的暴力。由于杀戮彭透斯是一场猎杀，这种献祭模式与颠覆正常受控的献祭秩序共存：女人（而非通常的男人）实施杀戮、撕裂不会是更混乱的暴力、鲜血（通常小心翼翼地用碗收集）横流（行1135—1136）等。进一步参 Richard Seaford,《互惠与仪式》，前揭，章8。

　　　　　信使二从舞台一方急上。
　　信使二：这个家族曾几何时在希腊人看来多幸运，

———————————————

　　［Se 本］这一场的开头几个语词表明，被毁的是王族，并预示了这个家族的放逐。
　　［L 本］为了向王宫致敬，这个回来报告不幸的信使用了崇高而庄重的口吻（参行660）。对辉煌往昔的追忆，与即将降临在卡德摩斯家族的灾难形成对照。

　　［1025］——西顿老人的家族，他在地里种下龙（蛇）牙

———————————————

　　［L 本］阿革诺耳之子卡德摩斯出生在西顿，参行171—172。

长出地生人。

[R本]δράκοντος...Ὄφεος，这两个同位语不是同义词：δράκοντος [龙]指个体，Ὄφεος[蛇]指种类。相似的表述见荷马，《伊利亚特》，2.480、17.389；赫西俄德,《神谱》，行 322、825 等。

我多为你痛心呀，我虽为奴，

[但作为忠实的奴仆，我仍会悲痛主子的不幸。]

[L本]这行诗也出现在欧里庇得斯,《美狄亚》，行 54（那里的句子结构更明晰）。

歌队长：怎么回事？你要报告关于狂女们的什么新鲜事吗？

信使二：[1030]彭透斯死了，父亲厄克西翁的儿子。

[R本]παῖς...πατρός[儿子……父亲]，冗语；参欧里庇得斯,《伊菲革涅亚在奥利斯》，行 697；索福克勒斯,《厄勒克特拉》，行 341—342 等。这种表述使这里的宣称更庄严。

歌队：布洛弥俄斯王呐，你叫人明白你是位伟大的神！

[Se本]行 1031—1038 用多克米亚韵，以表现歌队长的激动之情，与短长格轮流出现，正如埃斯库罗斯,《阿伽门农》，行 1407—1447。

信使二：怎么说的话？说的是什么话？女人啊，

你是在对主公幸灾乐祸吗？

歌队：我是异方人，用异邦的腔调欢呼"哦嗬"，

［1035］我再不用因为害怕链锁而哆嗦了。

信使二：你以为忒拜就此没了男子汉？……

　　　　……？

［G本］信使的反击不完整。

歌队长：是狄俄倪索斯，是狄俄倪索斯，

　　　　忒拜没权管我。

［L本］*κράτος...ἐμόν*［有权管我］，参索福克勒斯，《俄狄浦斯王》，行969；《俄狄浦斯在科诺洛斯》，行362。

信使二：什么事都可以原谅你，但是女人啊，

［Se本］譬如参荷马，《奥德赛》，22.412的"吹嘘被杀之人，乃是不虔敬"。信使稍微温和的语气，可能源于提及了他亲眼看到的狄俄倪索斯的神力。

［R本］在宣称自己属于狄俄倪索斯这位可怕的神时，这些吕底亚女人唤起了于信使有益的审慎。信使在基泰隆山上亲眼看到了酒神显示的力量；他马上压低了口气。信使与其说为了说服吕底亚狂女，不如说为了请求她们原谅自己的狂怒，这让我们想起希腊伦理的古老格言（庇塔库斯［Pittacus］残篇10）："切不可辱骂不幸者；诸神的妒忌候着有罪之人。"在《海伦》（行1197）里，得知墨涅拉俄斯（Menelaus）死讯的忒奥克吕墨诺斯（Theoclymenus）——但这于他有益——表示，"我听你这话可不高兴，可是这给我运气。"奥德修斯也为对手埃阿斯的毁灭激动不已："他虽是我的仇敌，可我还是怜悯他的不幸。因为他命中注定不由自主地走向毁灭。"（索福克勒斯，《埃阿斯》，行121—

122）美狄亚和赫卡柏都不遵从这种节制的伦理：确实，赫卡柏是"母狗"，美狄亚是"外邦人"。

[1040] 你幸灾乐祸，终究不高贵。
　歌队长：快告诉我，讲讲这个行不义的
　　　　　　不义之徒死亡的命运。

[L本] 歌队全然不为信使的谴责所动，言语间没有丝毫怜悯，只是催促信使讲述所发生的事。歌队的拷问强烈表现了她们对彭透斯的冷酷无情。

　信使二：我们离开忒拜土地的住所，

[Se本] Θεράπνας 一词很罕见，只有欧里庇得斯用过，含义不确。华莱士认为，该词在这里是专名，指斯特拉博（《地理志》，9.2.24）提到的一个忒拜附近的村庄，参 P. W. Wallace，《彼奥提亚的铁拉普涅》（"The Boeotian Therapnae"），*CP*，Vol. 64，1969，页 36—37。

[Sa本] 这里开始了第二信使的发言，这段是现有希腊诗歌中最出色的叙述之一。

　　　　　跨过阿索珀斯河流后，
　[1045] 进入基泰隆山的山坡，

[L本] λέπας 也出现在行 677，描述狂女们所聚集的干燥高原。此处的描述帮韦尔克（F. –G. Welcker）确定了此地位于基泰隆山右侧的普拉泰阿地区。

彭透斯和我——因为我跟随着主公——

[*L* 本] 信使欲推脱自己的责任：他只不过遵主公之命行事。

　　还有那个异方人，他引着我们去窥探。

　　[*Se* 本] 让人想起仪式。在 *ϑεωρία* [窥探] 的义项中，包括在节日（运动竞技、戏剧节等）中观看，以及派去譬如厄琉西斯庆典的大使。游行或神圣派遣与 *ϑεωρία* 的关系，也让人想起如埃斯库罗斯《七雄攻忒拜》（行 855—857），在那里，歌队的哀悼是观看（ *ϑεωρίς* ）喀戎的船和那艘载着雅典圣使前往德洛斯的船只的 *πόμπιμος* [护送者]（摇头就像划船）。这节诗也证明，悲剧诗人们倾向于暗中对比（如这里）正常观看的愉悦与悲剧性遭遇（譬如欧里庇得斯，《乞援女》，行 97；《希珀吕托斯》，行 807）。尽管观看秘仪的 *ϑεωρία* ，直到后来的文本中才出现（C. Riedweg，《柏拉图、菲隆与克勒芒的神秘学术语》，前揭，页 146、158；参试奥克利特，《牧歌诗集》，26.10，彭透斯观看狂女们的秘仪），这里可能暗示了秘仪，正如行 965 的 *πομπός* 一样，参 961—970n.、965n.。塞克斯都·恩披里柯称："……遵循哲学理性的观看，就是理性像一位护卫神一样，领向对万物的认知。"（《反学问家》，7.112，对巴门尼德 [Parmenides] 残篇 1.2—3 的评注）我们可能也会想到护送被献祭者的献祭游行（1024—1152n.）。参奈维乌斯，《吕库古》残篇 36。

　　ξένος [异方人]：信使此刻还未意识到，异方人即狄俄倪索斯。信使也没有明确把二者相等同，虽然据他后文的叙述可明显推断出来。

　　[*L* 本] *ξένος ϑ'* [异方人]：信使意识到，狄俄倪索斯主导了所发生的一切（参行 1078—1079），却并未怀疑异方人的真实身份。

ϑεωρίας，使狄俄倪索斯和彭透斯一行显得像一支宗教游行队伍。

> 起初，我们在一个绿草如茵的溪谷坐了下来，

［*K*本］这个绿草如茵的山谷非行 1051 那个悬崖环抱的幽谷或峡谷。

> 蹑手蹑脚、屏住呼吸，这样一来，
> ［1050］我们看得见别人，别人却看不见我们。
> 那儿有个峭壁环抱的峡谷，溪水蜿蜒、
> 松树成荫，狂女们就坐在那里，
> 手里忙活着些欢快的活儿。

［*Se*本］行 1051—1053：以"地形介绍"引入叙述的新转折点，在史诗中并不鲜见，譬如荷马，《奥德赛》，13.96。这里使用了过去时（ἦν...），而非现在时（通常如此，譬如欧里庇得斯，《希珀吕托斯》，行 1199），这可能表明，此峡谷（以及男人们从那里所见的绿草如茵的山谷）非欧里庇得斯所知的某个真实之地。斯特拉博认定，彭透斯死在一个人称斯科洛斯（Skolos）的崎岖起伏之地（《地理志》，9.23）。

多兹认为，水流湍急反映在连续出现的短音节上 *-ον ὕδασι διά-* 上。西格尔（C. Segal，《欧里庇得斯〈酒神的伴侣〉中的词源学和双重含义》["Etymologies and Double Meanings in Euripides' Bacchae"]，*Glotta*，Vol. 60，1982，页 89—92）表示，*διάβροχον*（彭透斯被抓的地方）让人想起 *βρόχοι*（"索套"，行 545、619、1021）。

［*R*本］这幅画面显示出某种与背景和谐一致的宁静。狂女们"手里忙活着欢快的活儿"，同样的手能不用武器或刀子撕裂放牧在基泰隆山上吃草的整个牛群（参行 736、738、745）。

她们中的一些人把常春藤蔓
[1055]重新编在破损的酒神杖上；
另一些人宛若从精巧的轭下脱身的马驹，

[*Se*本]由于给动物上轭是婚姻之于新娘的常见比喻，因此，离轭暗示婚姻生活的瓦解（狂女行为的特征，参 Richard Seaford，《巴库利德斯的第十一首颂诗》，前揭，页127）。参165n.。

[*D*本]行1056—1057中这种对比，参行166—169，以及欧里庇得斯，《俄瑞斯特斯》，行45。

轮唱着巴克科斯的曲调。
可那不幸的彭透斯没看见那群狂女，

[*L*本]ὁ τλήμων[不幸的]：这是信使在忆述中首次流露感情，他致力于客观报告所发生之事。

他这样说道："啊，异方人哟，从我们站的地方，
[1060]我的双眼瞧不见那些冒牌的狂女；

[*L*本]关于此处 νόθων[冒牌的]的含义，参柏拉图，《王制》636a。

但我爬到高处——爬上高耸的枞树，
兴许就瞧得见狂女们的可耻行为啦。"
于是我从这个异方人那儿亲眼看到了这样的奇迹：
他一把抓住一根高耸入云的枞树丫顶端

[*Se*本]行1064—1074：关于坐在树上的彭透斯，参1024—

1152n.。狄俄倪索斯似乎获得了超自然的高度（因此有行 1063 中的"奇迹"）。拉·佩纳对比了维提乌斯·瓦伦斯（Vettius Valens）在梅萨里那（Messalina）的酒神狂欢中爬上一棵高树，并亲眼看到了奥斯提亚（Astia）上空的一场风暴），参 La Penna，《梅萨里那酒神狂欢与欧里庇得斯笔下酒神的伴侣》（"I Baccanali di Messalina e le Baccanti di Euripide"），*Maria*，Vol. 27，1975， 页 121—123；塔西佗，《编年史》，11.31。

［*D* 本］οὐϱάνιον［高耸入云的］：让人想起荷马，《奥德赛》，5.239。

［1065］往下拉，拉，直拉到黑色的地面；

［*Se* 本］三次重复 κατῆγεν, ἦγεν 和 ἦγεν 的做法在悲剧中别具一格，反映了缓慢地将树枝拉下来。

树丫弯得像张弓，或者像个圆轮在转动，

［*Se* 本］ὥστε τόξον［像张弓］：即树被拉紧时，或者在箭离弦之际（参 1064—1067n. 中所引的荷马，《伊利亚特》，4.124）。

当半径线绘出圆周的时候。

［*Se* 本］行 1064—1067：将彭透斯放在树上，结合了对仪式的隐约反映（行 1024—1152n.）与荷马的强大影响力。荷马的影响力表现在（1）《伊利亚特》14.287—288（关于行 287，对比行 1061）对睡神在枞树上的描述，（2）《奥德赛》5.239 的"一棵枞树……齐天高"；（3）行 1065 有"黑色的地面"，"黑色的"土地从未出现在其他悲剧里，但"黑色的土地"常出现在荷马史诗

中；（4）行 1066 中的 *κυκλοῦτο*［弯曲］没有加上 *-έ*，这是悲剧的
叙述性戏段的特征；（6）《伊利亚特》4.124 有 *κυκλοτερὲς μέγα τόξον
ἔτεινε*（参行 1066）；（6）参 1068n.。

　　迪格尔准确指出，荷马史诗的这种影响，是我们经常探讨
的"*κυρτὸς τρόχος κτλ*"所指为何这一问题的基础。在荷马笔下，
τορνοῦσθαι 意为"围着……四周"（《伊利亚特》23.255 中是坟丘；《奥
德赛》5.249—250 中是船底）。*Τόρνος* 可指车床、罗盘和（如此处）
拴在木桩上的绳子，绳子另一端（可以活动）绑着一块白垩，拉着
绕圈便成一个圆。此处的 *τρόχος* 是一个轮子，其外缘已由 *τόρνος* 扫
迹（*γραφόμενος*）。人们把这种轮子称为 *κυρτὸς*［拱形的］，是"弯曲
的"而非"圆形的"，因为那块白垩照曲线运动。残篇 382.3 的"就
像被白垩描画的一轮圈"指的也是这一过程（抑或圆规）。

　　　　这个异方人就这样用双手把山上的树丫

　　［*Se* 本］*ὥς*［这样］：加昂音号的 *ὥς* 是指示性的（和 *οὕτως* 一
样）。该词很少出现在悲剧中，但经常出现在史诗里，在史诗中
（和这里一样），它经常标示比喻的结束（譬如荷马，《伊利亚特》，
2.149、784）。

　　［*L* 本］强调行 1063 所指。基泰隆山上发生的一切都是超自
然的，异方人的壮举表明他不可能是凡夫俗子。

　　　　弯到地上，做着不是凡人做的事。
　　［1070］他让彭透斯坐在枞树丫上，

　　［*K* 本］彭透斯爬上树可能是这个神话的传统因素——根据一
则古老传说，狄俄倪索斯的另一个下手对象厄里格涅（Erigone）
在一棵树上上吊自杀。

让嫩树枝滑过他的双手直立，

手都没打战，免得他摔落下来。

[*Se* 本] *ἀναχαιτίσειέ* [摔落]：字面意思是马把鬃毛甩到后面；同样，柏拉图《斐德若》253d 也用 *ἱλαίχην*（伸长脖子，行 1061）指马，马的意象还进一步体现在骑坐（行 1074）和爬上（行 1107）。

树丫直入云霄，

主公骑坐在树枝上，

[1075] 与其说他俯瞰狂女们，不如说被她们瞧见。

他坐在上头刚要能被人瞧见，

[*Se* 本] 参修昔底德，《伯罗奔半岛战争志》，6.34.9，"他们就要到了"（就要……尚未）。

那个异方人就再也不见了，

这时上空传来一个声音——估摸着是

[*Se* 本] 对彭透斯的突袭，受遁形的狄俄倪索斯的声音激发，就像行 576—595（参欧里庇得斯，《安德若马刻》，行 1147—1148；希罗多德，《原史》，8.37；普鲁塔克，《提摩勒翁传》[*Timoleon*]，章 27—28）。这类似于索福克勒斯《俄狄浦斯在科罗诺斯》行 1622—1629 神呼唤俄狄浦斯的声音。

[*D* 本] 行 1078—1090：这段令人印象深刻的台词值得跟年迈的索福克勒斯笔下对俄狄浦斯的超自然召唤进行对比，参《俄狄浦斯在科洛诺斯》，行 1621—1629。此剧几乎与《酒神的伴侣》同期创作。总体而言，二者的相似之处（略有不同）令人震惊：

没有悲鸣再响动，

一片寂静，随即某种呼声突然

召唤他［俄狄浦斯］，以至于所有人

因恐惧突然毛发惊悚竖立。

因为一位神多番地以不同的方式叫唤他：

"你噢你，俄狄浦斯，我们为何犹豫

不前？就因你耽搁太久了啦。"

而当他感知到他被某位神叫唤，

他招呼这土地的王忒修斯走近他。

如果我们接受《俄狄浦斯在科洛诺斯》的第二剧情简介所言，认为《俄狄浦斯在科洛诺斯》是在诗人死后上演（没有理由质疑这点），并忽视这种几乎不可能的情况（有人把《俄狄浦斯在科洛诺斯》的手抄稿带给了身在马其顿的欧里庇得斯），那么如果要说这两位中有一人附和了另一人的话，那就是索福克勒斯附和了欧里庇得斯。索福克勒斯逝于公元前 406 年 7 月和公元前 405 年 2 月之间，可能正于公元前 406 春或夏创作了《俄狄浦斯在科洛诺斯》最后一场戏，我们不妨认为，此时欧里庇得斯死后上演的剧本已在雅典传播，虽然这些剧本未在公元前 406 年 3 月份的酒神大节上演。

狄俄倪索斯——高喊道："啊，年轻的女人们，

──────────────────

［Se 本］νεάνιδες［年轻的女人们］与行 694 互生龃龉，但年轻切合下文所示的暴力行动和酒神崇拜的回春特征（187—190n.）。

［L 本］狄俄倪索斯的介入仍未让信使想到，异方人即酒神。

［1080］我把这个让你们、我和我的秘仪成为笑料的人带来了，快向他报复吧！"

──────────────────

[*R*本]异方人的突然消失，营造了某种空荡荡的感觉，也赋予超自然的声音强有力的回声，这是忆述奇迹的传统片段。波斯人进攻德尔菲人时，希罗多德称："从神庙里发出一声响，一个战争的呼声。"(《原史》，8.37)在《安德洛玛刻》(行1147—1148)中，从神庙的后殿(adyton)发出的一个声音，激励德尔菲人杀死涅俄普托勒摩斯。克里米索斯(Crimissus)战争进行中，提摩勒翁(Timoleon)的呼喊声被某个神圣的声音放大(普鲁塔克，《提摩勒翁传》，章27—28)。

　　　　就在他说这番话时，天

　　[*Se*本]行1082—1083：神显常伴神光(参行595、630—631n.)。狄俄倪索斯与闪电的关系(576—641n.)可能预示了这里的闪电(从地上直冲云天；参《路加福音》，17.24，神显就像光亮从天这边照亮那一边；欧里庇得斯，《腓尼基少女》，行1175)。但是，过去进行时 ἐστήριζε(《受难的基督》，行2259中的不定过去时 ἐστήριξε 更可取；参欧里庇得斯，《厄勒克特拉》，行788—789；《腓尼基少女》，行1177—1178)指的是持续不断的光，参欧里庇得斯，《许普西皮勒》残篇57.21(一首酒神颂)中的 φ]άος ἄσκοπο[ν ἀ]έρι。关于酒神崇拜中的神光，参伪亚里士多德，《论非凡听觉》(*De Mirabilibus Auscultationibus*)842a18；欧里庇得斯，《腓尼基少女》(古注本)，行227。关于宇宙中光与声的混杂，参《使徒行传》，9.3—8、22.6—7)。

　　　　地之间闪现一道神圣的火光。
　　　　天空随之寂然、林间溪谷树叶

　　[*Se*本]关于神显时的寂静，参譬如阿里斯托芬，《鸟》，行

777—778；《地母节妇女》，行 39—48。这里也可能是献祭模式的一部分（1024—1152n.），参譬如欧里庇得斯，《伊菲革涅亚在奥利斯》，行 1564—1579（献祭屠宰开始前的安静和祈祷）。与此相关的可能还有狂女们的沉默（至少在后来）是众所周知的。

[R本]σίγησε...σῖγα[天空随之寂然]：这种突然的寂静，紧随一桩大事；这是暴风雨来临前的宁静，但也是献祭之前的宗教性肃静。

[D本]寂静是大自然对神灵现身的传统反应，参阿里斯托芬，《鸟》，行 777 以下；《地母节妇女》，行 42 以下。弗伦克尔（E. Fraenkel）认为，这种描述最初用于阿波罗神乐的效果上（参品达，《皮托竞技凯歌》，1.5 以下），后来用于描述狄俄倪索斯的显现。

[1085]住声，你也听不到野兽咆哮。
　　　那些女人没听清这呼声，
　　　便起身四下张望。

[B本]ἔστησαν ὀρθαί[站起身]，参索福克勒斯，《厄勒克特拉》，行 27。

　　　那声音再度激励她们。卡德摩斯家的
　　　女儿们听出这分明是巴克科斯的命令，
[1090]便猛冲，迈着飞快的步子奔跑，

[D本]行 1090—1093 一再强调了狂女们超自然的迅捷（参行 165、665、748；欧里庇得斯，《海伦》，行 543）。

　　　迅捷绝不逊色于飞鸽——

　　　　彭透斯的母亲阿高厄、她的同胞姐妹

　　　　及全体狂女；她们穿过激流的峡谷，

　　　　越过悬崖，受了神的灵感而发狂。

[1095]她们一瞧见国王坐在枞树上，

　　　　就攀上耸立在对面的岩石，

　　[Se本]行1096—1100：对彭透斯的攻击，在献祭模式中（行1024—1152n.）对应于用大麦谷粒投掷被献祭者。这种在正常的献祭攻击中属象征性的集体暴力，在攻击彭透斯时成真，结果就是他就像受石击的替罪羊，参 Richard Seaford,《互惠与仪式》，前揭，页289—290、314—317。

　　ἀντίπυργον[像塔楼一样竖立的]："耸立在对面"（参埃斯库罗斯,《和善女神》，行688）这一军事隐喻，在ἠκοντίζετο中继续得到体现（投掷石块）。这棵树位于"峭壁环抱的峡谷"（行1051）。

　　[B本]ἀντίπυργον[像塔楼一样竖立的]见埃斯库罗斯,《和善女神》，行687。

　　　　先是朝他猛掷石块，

　　　　还用枞树枝抛他。

　　[R本]发现标志着第三片段的开始：献祭的惩罚。现在，双方碰巧在同一战场对抗。

　　　　还有的甚至把酒神杖抛向空中，攻击

　　[Se本]关于用作武器的酒神杖，参113—114n.，行733，762—764n.，1157n.。在瓶画中，狂女们用酒神杖攻击彭透斯（113—114n.）。

［1100］彭透斯，多不幸的靶子哟，还好没射中。
　　　　因为那可怜人坐的高度超过了她们的

［*L* 本］彭透斯所处的位置太高，她们的热情（亦即她们没法抓住他）够不着。多兹认为，此处可能让人想起埃斯库罗斯《阿伽门农》行 1376 的"怎能把死亡的罗网挂得高高的"。

　　　　热情，虽然他看不见出路。
　　　　最后，她们闪电般劈下橡树的一些嫩枝，
　　　　用这些非铁制的"撬棍"去撬那树根，

［*Se* 本］非铁制的"撬棍"即橡树枝，参行 736，1205—1208n.。关于这种（悲剧中常见的）表述方式，参譬如《腓尼基少女》，行 790 的 κῶμος ἀναυλότατος（亦即这支异常的狂欢游行队伍没有管乐器）。

　　　　［1105］不过，待到她们徒劳无功，

［*L* 本］οὐκ ἐξήνυτον［徒劳无功］：参行 1100 的 οὐκ ἤνυτον［没射中］。直到阿高厄带头行动，狂女们才取得胜利。因此，酒神欲让这位母亲手刃亲子。

　　　　阿高厄说道："来吧，狂女们啊，
　　　　团团围住，抓住嫩枝，好捉拿这个

［*Se* 本］περιστᾶσαι κύκλῳ［团团围住］：在献祭模式（1024—1152n.）中象征参与者围住祭品，虽然在这里（1096—1100n.），献祭中受控的暴力在此演变成猎杀中的不受控的暴力，参

Richard Seaford,《互惠与仪式》, 前揭, 页 290。

　　爬上树的野兽, 免得他泄漏了这位神的

　　[*L* 本] ἀμβάτην [爬上的]: 这个修饰语至关重要, 这位为了偷窥狂女爬上树的国王完成了献祭的一步。

　　[*K* 本] τὸν ἀμβάτην ϑῆρ' [爬上树的野兽]: 也是隐喻; 阿高厄知道彭透斯是人, 虽然是一个可怕的人。但在行 1141 以下, 阿高厄可能并且在行 1174 真的认为彭透斯是一头狮子。

　　秘密歌舞。"接着, 她们用无数只手

　　[*Se* 本] κρυφαίους [秘密的]: 在忒奥克利特的《牧歌诗集》(26.10—14)中, 彭透斯正在观看狂女们的秘仪时被抓。关于狂女行为的隐秘性, 参 Richard Seaford,《互惠与仪式》, 前揭, 章 7, 节 e。同样地, 巴托斯(Battos)也在偷窥女人的地母节秘仪时遭到攻击(埃里亚努斯残篇 44)。

　　[*B* 本] μυρίαν χέρα [无数只手], 参欧里庇得斯,《特洛亚妇女》, 行 1163;《腓尼基少女》, 行 441。

　　[1110] 抓住那枞树, 将它从地里拔出;
　　　　　彭透斯坐在那高处, 便从那上头跌下,

　　[*L* 本] ὑψοῦ...ὑψόϑεν [高处……上头]: 这种重复强调彭透斯头晕目眩地跌落。

　　摔落地面, 不住地哀号,

[*L* 本]πίπτει[摔落]位于行首，参埃斯库罗斯，《波斯人》，行 197。

> 因为他明白大难临头。
> 他母亲当祭司，首先动手献祭，

[*Se* 本]阿高厄在献祭中充当祭司角色（1024—1152n.）。献祭中的屠杀行为几乎均由男性施行（譬如琉善，《论献祭》（*De Sacrifice*），节 13 进行屠杀的男祭司），参 Marcel Detienne 和 J. P. Vernant,《希腊人的献祭餐》（*The Cuisine of Sacrifice among the Greeks*），Chicago：University of Chicago Press, 1989，页 129—147。女性进行屠杀属失序的献祭的多种反常之一，参 Richard Seaford,《互惠与仪式》，前揭，页 295。关于女性狂欢歌舞队中的女性领队，参普鲁塔克，《伦语》293 以下；A. Henrichs,《从奥林匹阿斯到梅萨里那的希腊狂女行为》，前揭，页 148—150。

[*K* 本]欧里庇得斯把该撕裂行动呈现为一场宗教仪式，宗教仪式由祭司执行或发动。

> [1115]扑向他；他从头发上扯下

[*Se* 本]反讽的是，προσπίτνει[扑向]可指爱人间的拥抱（《厄勒克特拉》，行 576）。

> 发带，好让不幸的阿高厄认出自己，

[*Se* 本]行 1115—1116：正如彭透斯的品质受穿上狂欢装束的影响（912—976n.），同样，伴随着丢弃一部分装束——（女性的，833n.）束发带，他在此明显恢复清明。

［L本］μίτραν［发带］：彭透斯为了不被认出，束上发带，参行 833。τλήμων Ἀγαύη［不幸的阿高］：关于信使表达感情时的小心翼翼，参行 1058 和 1102。

> 不把他杀死；他摸着她的下巴

［Se本］摸下巴是典型的乞援动作，参譬如荷马，《伊利亚特》，1.501。

［R本］行 1114—1147 是第三片段，宰杀牺牲；又可分为两场戏：彭透斯的祈求（行 1114—1121）和仪式性撕裂（行 1122—1147）。

> 说道："瞧瞧吧，母亲哟，我是你的儿子
> 彭透斯，你在厄克西翁家里生下的孩儿啊！

［Se本］卡德摩斯同样试图通过让阿高厄记起与厄克西翁的婚姻使之清醒，参 1273n.。

> ［1120］可怜可怜我吧，母亲啊，别因为我的
> 过错就要把你的孩子杀死！"

［Se本］ἁμαρτίαισι［过错］：彭透斯最终认识到自己的错误，这点意味深长，就像索福克勒斯《安提戈涅》行 1261 的克瑞翁。ἁμαρτία［过错］可能指现实中的错误和道德错误，是亚里士多德悲剧理论的核心（《诗术》1453a8），参 T. C. W. Stinton，《亚里士多德笔下和古希腊悲剧中的过错》（"Hamartia in Aristotle and Greek Tragedy"），CQ，Vol. 25，1975，页 221—254。

［R本］此处的仪式性撕裂，是前一次的重复（行 734—747），

但更令人毛骨悚然：此处的牺牲是人，被自己的母亲撕裂。更可悲的是，之前的戏并未把这个受罚之人表现得令人反感。诗人激起观众对这位年轻国王的怜悯。

可她口吐泡沫，眼珠乱转，

[Se 本] 口吐白沫和眼珠乱转还一起出现在欧里庇得斯,《美狄亚》,行 1173—1175（格劳刻）；《疯狂的赫拉克勒斯》,行 932—934（赫拉克勒斯）,以及希珀克拉底,《论神圣病》(De Morbo Sacro),7（论癫痫）。

[L 本] 此处,我们再次看到欧里庇得斯细致入微精准描述了疯病发作的各种症状。参希珀克拉底,《论神圣病》,7。

[R 本] 口吐白沫,眼珠乱转是愤怒、癫痫和疯狂的典型症状,参欧里庇得斯,《疯狂的赫拉克勒斯》,行 931—934；《伊菲革涅亚在陶洛人里》,行 308—311；《美狄亚》,行 1174—1175；埃斯库罗斯,《波斯人》,行 882 等。

神志不是应有的清醒，

她处于巴克科斯的掌控下；不听儿子的劝。

[1125] 她一把抓住他左边的手臂，

踏在这不幸的人的肋骨上，

扯下他的胳膊，不是靠自己的力气，

[Se 本] 动词 ἀπεσπάραξεν[扯下] 暗示酒神狂欢式撕裂,参行 735、739、1135、1220,1103—1104n.。

[L 本] οὐχ ὑπὸ σθένους[不是靠自己的力气],强调若不是酒神相助,狂女们不可能取得这种结果。参行 1100 的 οὐκ ἤνυτον[没射中],以及行 1105 的 οὐκ ἐξήνυτον[徒劳无功]。

[*K*本]狄俄倪索斯式的超能力在这里表现得惊世骇俗。

> 而是双手如有神助。
> 伊诺撕裂另一边，

[*L*本]ἐξειργάζετο[撕裂]：该动词前缀表明整个工作完成。
[*Sa*本]参奥维德，《变形记》，3.722。

[1130]把他的肉撕下来，奥托诺厄和整群狂女
> 也扑上来；所有人一齐狂呼，
> 他用尽气力呻吟着，

[*L*本]ὃ μὲν στενάζων[呻吟]与βοή[狂呼]形成对比。这种
句法结构的断裂，可能是在模仿埃斯库罗斯，《被缚的普罗米修
斯》，行 200—201。欧里庇得斯在《疯狂的赫拉克勒斯》行 39 以
下运用了相似的技巧。

> 她们却在欢呼。一个拿着前臂，
> 另一个则拿着一只脚，靴子都还在上面；
> [1135]肋肉也给扒了个精光，每个女人都用血淋淋的
> 双手，拿彭透斯的肉当球耍。

[*Se*本]διεσφαίριζε[当球耍]：让人想起瑙西卡（Nausikaa）和
她的年轻女伴们在河边玩球的情形，荷马，《奥德赛》，6.100—
117。

> 他的尸身散落各处，有一块落在粗

[*K*本]强调彭透斯尸身散落各处及阿高厄对头的处理，为下一场戏做好铺垫。

> 岩下，还有一块落在林中枝叶深处，
> 不易找寻；至于那可怜的头，

[*L*本]οὐ ῥᾴδιον ζήτημα[不易找寻]：卡德摩斯将会强调拼接彭透斯尸身的困难。

[1140]刚好他母亲用双手捡起，
　　　　把它戳在酒神杖顶，当作一颗山中雄狮的头

[*D*本]把头戳在酒神杖顶端举着的方式，平添了一丝恐怖（参荷马，《伊利亚特》，18.176；希罗多德，《原史》，9.78以下）。这可能出自欧里庇得斯的杜撰。在《酒神的伴侣》之前和之后的绘画传统里，都是手提着头发。后来（行1277），阿高厄似乎把这颗头抱在了怀里。

> 举着穿过基泰隆山，
> 把姐妹们留在狂女们的歌舞中。

[*Se*本]阿高厄脱离其他狂女，似乎与她在屠杀中的主导地位有关（行1114、1183、1239）。其戏剧功能是让她悲惨地陷入孤立的境地。

> 她走进城墙，为这不幸的猎物
[1145]狂喜，呼唤巴克科斯为
> 她的猎伴、狩猎的助手、

[*Se* 本] 关于作为猎手的狄俄倪索斯，参行 1189—1192，135—139n.。他在这里的三个称号表明了猎捕的三个连续阶段。连续出现三个令人注目的名称，是仪式性赞美的特征，参埃斯库罗斯，《阿伽门农》，行 896—901；柏拉图，《会饮》197de；《高尔吉亚》B60-K；G. Thomson，《从宗教到哲学》，前揭，页 77—83。

> 胜利的赐予者——哪知为她赢得的只有泪水。

[*Se* 本] καλλίνικον［胜利］一词不仅指狩猎的胜利（参 1161—1162n.，以及彭透斯与狄俄倪索斯在行 964、975—976 的 "竞技"），还表明了使用该词的阿高厄未意识到的真相。

ᾧ δάκρυα νικηφορεῖ［赢得的只有泪水］：在临近词中混杂基本对立，这是悲剧风格的显著典型特征，参譬如索福克勒斯，《安提戈涅》，行 74 的 "施行神圣的犯罪"。

[*R* 本] 阿高厄的三次祈祷让我们想起此剧的三个时刻：猎捕、抓捕和胜利。信使的话充满悲剧性反讽。

> 我要走了，免得目睹这不幸的场景，
> 趁着阿高厄还没来到宫前。

[*Se* 本] 悲剧中的信使的确常在报告完后离开（在这里，三个演员均需出现在下一场戏中），但通常不讲明离开的动机。此处言明动机表明，遭遇灾难的是王族，而非整个城邦。

[*D* 本] 信使报告完毕之后马上离开，这是常规（在眼下的情形中则是必须，因为所有三位演员都要出现在下一场戏中）。信使的离场需有明确动机，这并非惯例（如此处）；但参欧里庇得斯，《伊菲革涅亚在陶洛人里》，行 342；《伊菲革涅亚在奥利斯》，

行 440。

　　[1150] 节制并敬重诸神的各样东西,

　　[*Se* 本] 赞美节制并不完全是陈词滥调,因为在剧中其他地方, σωφρονεῖν [节制] 与酒神崇拜紧密关联在一起。这种将最好(χάλλιστον) 与最智慧(σοφώτατον) 等同的做法,还最终解答了行 877—881 提出的问题:"什么是智慧? 或者……有什么……更美的呢?"

　　[*L* 本] 信使在忆述结束时表明的道德思考,符合这个戏段的总体意思:真正的智慧既非不虔敬者的过度,亦非智术师的思辨,而是基于节制的虔敬。

　　　　最为高贵;我认为,这也是最智慧的
　　　　财富,对于那些具备这些的人来说。

十二　第五合唱歌（行 1153—1164）

[Se 本]第五合唱是行动臻至高潮时所唱的一首简短的非分节歌（astrophic song），表现狄俄倪索斯的胜利。韵律主要是多克米亚韵和短长格（行 1156 还有一个格莱坎诗体［glyconic］）。

> 歌队：让我们为巴克科斯歌舞！
> 　　　让我们为蛇的后人，
> [1155] 彭透斯的灾难欢呼；

[Se 本]蛇的后代，参 537—544n.。

> 　　　他一身女人装扮，
> 　　　拿着大茴香棒——必然走向冥府，

[Se 本]莎草纸证实了对 Ἀῑδα［冥府］（属格）的猜测。多兹注意到，πιστὸν Ἀῑδα［走向冥府］不可能指"必然走向死亡"，因此倾向于是 πίστιν Ἀῑδα 或 ὁπλισμὸν Ἀῑδα。莎草纸的拼写并不确定，但最可能是 πιστὸν。若将 νάρθηκά...Ἀῑδα 放在一起，整个文本也说

得通。大茴香棒是彭透斯走向冥府时的装束之一（857n.、912—976n.），作为其秘教入会仪式的一大关键要素（行253、850—853、24n.、343—344n.、912—976n.、1115—1156n.），大茴香棒使彭透斯（入教式的）死亡无从避免。但除此之外还含其他意思。冥府的属格形式不会只指"致命的"：在悲剧中，当它与名词（通常如此）合用时，这个名词总含有与死亡无关的意思（譬如《美狄亚》行980—981中的 Ἄιδα κόσμον［葬服］，以及这里的 στολὰν［装扮、装束］）。这表明，酒神杖与死亡无关。酒神杖的确被用作武器（113—114n.），似乎也在酒神秘教入会仪式中具有某种（对我们来说晦涩的）功能（它可能被类比于赫尔墨斯［荷马，《奥德赛》，24.1—5］或冥王［品达，《奥林波斯竞技凯歌》，9.33—35］引领亡者进入冥府的那根木杖）：（1）行113—114似乎暗示了酒神杖的仪式性暴力；（2）在埃里亚努斯，《杂闻轶事》，13.2中，一位酒神祭司呼吁"马卡雷斯"（Makareus，"马卡"可能指秘教入会仪式赋予的幸福）在酒神仪式中用酒神杖杀死自己的妻子；（3）一份新近在费莱（Pherai）发现的金箔（年份尚不确定）上刻有这些话 Σύβολα· Ἀν<δ>ριχεπαιδόϑυρσον-Ἀνδριχεπαιδόϑυρσον. Βρίμω-Βριμώ. Εἴσιϑι ἱερὸν λειμῶνα· ἄποινος γὰρ ὁ μύστης. †απεδον†（暗语：男人-和-小孩-酒神杖［？］-男人-和-小孩-酒神杖［？］；布里摩-布里摩；进入神圣的草原；因为入会者不受惩罚。土地［？］）。也就是说 -ϑυρσον 是暗语（σύβολον，参普鲁塔克，《伦语》611b；《俄耳甫斯》残篇31.23等）的一部分，可能利用了 -αιδόϑυσον 所含的"冥府"打哑谜（秘教一贯如此），使秘仪参加者（μύστης）能进入冥府中的草原（λειμών）（参阿里斯托芬，《蛙》，行156、326；普鲁塔克残篇178；柏拉图，《斐德若》248b7；《高尔吉亚》524a2；《王制》614e2；柏拉图伪篇《阿克西库斯》371c）。因此，πιστὸν 的要害是，酒神杖确保入会者进入冥府（此处和其他地方，反讽的是，尽管彭透斯之死具某种入教仪式性，在神话中却是惩罚）。

πιστός 带某人或物的属格形式可以指具体确认该人或物可信，参欧里庇得斯，《俄瑞斯特斯》，行 245；《腓尼基少女》，行 268；阿里斯托芬，《云》，行 533；普鲁塔克，《伦语》568a（将人留在来世的木杖）。

> 拿着漂亮的酒神杖，

[*L* 本] τὰν θηλυγενῆ στολὰν ἔλαβεν [拿着漂亮的酒神杖]：献祭行为，倘若这个仪式真的禁止男人参加。

> 由一头公牛领着他走向灾难。

[*L* 本] ταῦρον προηγητῆρα [由公牛领着]：参行 920。

[*R* 本] 此处由公牛引领的场景，让我们想起基泰隆山上的惨剧。

[*K* 本] 参行 920 以下，在那里，彭透斯把异方人看成一头公牛——很可能不是幻觉，而是真的看到了这位神以其最野蛮也最强大的形式呈现其动物属性。

[*B* 本] 参行 920、1017。

> [1160] 卡德墨俄的女信徒啊，
>
> 你们取得了好听的辉煌胜利，

[*Se* 本] 行 1161—1162：καλλίνικος ὕμνος [凯歌] 与奥林波斯竞技赛中所唱的 τήνελλα καλλίνικε（曾用于歌颂赫拉克勒斯）有关，参阿尔基洛科斯（Archilochus）残篇 324（以及其中汇集的诗行，尤其是品达《奥林波斯竞技凯歌》，9.1—3）。关于欢歌和悲歌的对比，参譬如欧里庇得斯，《阿尔刻提斯》，行 922；埃斯库罗斯，

《阿伽门农》，行709—711。

> 结果却是哀号，是泪水。
> 一场多漂亮的竞技啊，

[*Se* 本] 关于杀害彭透斯是一场竞技，参行 964、975—976，1147n.、1161—1162n.。καλὸς [漂亮的]：表明凯旋式的嘲弄。

> 把滴血的手浸入儿子的血中！

十三　退场（行 1165—1392）

［Se本］行 1165—1392 分五部分：（1）阿高厄的到来及她与歌队长的对话（行 1165—1215）；（2）卡德摩斯带着彭透斯的尸体到来，帮助阿高厄恢复清醒（行 1216—1300）；（3）卡德摩斯葬礼式地赞美彭透斯（行 1301—1329），以及阿高厄的哀悼（已佚）；（4）狄俄倪索斯的显现（开始部分佚失，行 1330—1367）；（5）结束部分的短短长格颂诗。《厄勒克特拉》（行 1172—1359）也有类似的结尾，其中，歌队与（悔改的）弑母者的一段抒情对话之后是喀斯特耳（Kaster）的显现和他的发言，预示了余下的王族成员将永远离开阿尔戈斯，各奔东西。后文的短短长格的对话再现了这场别离。我们没必要认同多兹的看法："整个场景的设计显然为了使人们不再同情酒神，酒神在复仇中骇人听闻地报复了人类……"观众可能感到更有必要敬奉神。

歌队长：［1165］可我瞧见她行色匆匆入宫，

［Se本］阿高厄匆忙从卡德摩斯、忒瑞西阿斯、彭透斯以及狄俄倪索斯出场的一侧入场。阿高厄身上沾满血污（行 1135），

可能还仍把彭透斯的头（或面具）挑在酒神杖顶端（行 1141—1142），虽然她后来将之捧在怀里（行 1238、1277；可能在行 1202—1215 作了调整）。

> 彭透斯的母亲阿高厄，双目眼珠
> 乱转；快快迎接欧伊俄斯神的狂欢队吧！
> 阿高厄举着彭透斯的头从观众一方上。
> 阿：（哀歌首节）
> 亚细亚的女信徒们哟——歌队长：为什么惊动我，啊？

[*B* 本] ὀροθύνεις[惊动]，一个来自史诗中的语词，但也出现在埃斯库罗斯《被缚的普罗米修斯》行 200。

> 阿：　我从山里带了

[*Se* 本] 行 1168—1199：阿高厄疯狂的幻觉表现在言语的重复、言说者的快速转变，无疑还表现在伴奏的音乐和舞蹈中。另一方面，这一切又体现在严格的韵律中（主要是多克米亚韵和短长格，只有行 1179—1180 和行 1195—1196 是短长格 + 长短短格），因此也包括音乐和舞蹈，以及重复（行 1177—1193、1183—1198），显然也包括言说者的区分。这种对立的混合是悲剧的总体特征，在此达到了极致。在这里，这种混合也加强了另一类似的混合：对彭透斯的头的恐惧与歌队欢迎阿高厄的酒神式庆祝，其中可能重现了秘教吸收狂欢者的那些方式（κῶμον δέχεσθαι，1167n.）。

[1170] 一个新采的卷须回屋来，

[*Se*本] 在公元前53年的帕提亚（Parthian）宫廷上，一位扮演阿高厄的演员提着克拉苏斯（Crassus）的头吟诵了这几行诗（普鲁塔克，《克拉苏斯传》，节33）。

ἕλικα 指植物的卷须，不是毛发；毛发是后起的意思，也不贴合"新采的"。疯狂中的阿高厄把她的"猎物"（行1171）当成了狮子、公牛（1185—1187n.）和此处的植物。这种植物很可能是常春藤（阿里斯托芬，《地母节妇女》，行1000；泰奥弗拉斯托斯，《植物志》，3.18.6、7.8.1；参欧里庇得斯，《腓尼基少女》，行651—652），这种选择并非随意而为，有可能在此反映了崇拜仪式中将常春藤等同于撕裂之人（参1024—1052n.）：在波俄提亚的阿格里欧尼亚（Agrionia），狂女们奔向常春藤，将之撕成碎片咀嚼（普鲁塔克，《伦语》291a）。忒拜的狄俄倪索斯似乎已被等同于一个缠满常春藤的柱子或常春藤本身（参576—641n.，欧里庇得斯，《腓尼基少女》，行651；《俄耳甫斯教祷歌》，47；残篇203；泡萨尼阿斯，《希腊札记》，2.2.7、9.12.4）。类似的情形也出现在雅典的勒纳节上（J. D. Beazley，《雅典红彩瓶画》，前揭，1214.13），躺在神圣摇篮里戴面具的狄俄倪索斯，面具四周爬满常春藤）。亦参狄俄倪索斯"头缠常春藤"（81n.），阿卡奈的"常春藤"（泡萨尼阿斯，《希腊札记》，1.31.6）。若阿高厄仍将彭透斯的头挑在酒神杖顶端（1165—1167n.），那么她似乎误将头上的卷发（行1185—1187）当成了常春藤（113n.）。深陷酒神疯狂的吕库古也和阿高厄一样铸下大错，他砍下亲子的头，认定他是一株葡萄树（阿波罗多洛斯，《希腊神话》，3.5.1）。新采的也可能含仪式性意义（参684—685n.；泡萨尼阿斯，《希腊札记》，5.7.7，叶子仍新翠）。

[*L*本] 阿高厄似乎误将彭透斯的头当成了卷须或葡萄藤。在这种情况下，阿高厄的幻觉不连贯，也就不奇怪了（行1108）。

这趟行猎很走运。

[*Se* 本] μακάριον [走运] 是出现在这一场里表"幸运、幸福"的一系列词 μακάριος, μάκαρ 和 εὐδαίμων 等（行 1180、1232、1242—1243、1258）的第一个，在这个语境里，这些语词必然让人想起（反讽地）秘教入会仪式带来的幸福（72—74n.、902—905n.），以及成年礼上的猎杀。猎手的幸福，参希珀纳克斯（Hipponax）残篇 43。

歌队：我看见了，欢迎你加入狂欢队。

[*L* 本] καί σε δέξομα ισύγκωμον [欢迎你加入狂欢队]，此话含不幸的反讽意味：狂女们之所以准备迎接阿高厄，恰恰因为她杀死了酒神教仪的迫害者。

[*K* 本] 歌队含蓄地接受阿高厄，具有反讽意味（行 1180 也一样）。

阿：　我没用网就把这野狮的

[*Se* 本] ἄνευ βρόχων [没用网]：亦即没用罗网，也未设陷阱。这似乎把猎场设在了与文明相对的自然界（参 1024—1052n.）。关于不用网猎捕的荣誉，参品达，《涅墨竞技凯歌》，3.51—2；柏拉图，《法义》824a。参 1205—1208n.。

小崽子逮住了；

[*G* 本] 阿高厄接下来前言不搭后语，表明她的疯狂程度。她先误将儿子的卷发当成装饰酒神杖的"新采的"卷须——可怖

的语词（行 1170）；尔后，她又炫耀自己逮着了一头小狮子（行
1174）；但当阿高厄起意邀歌队赴宴时（行 1184），她手里的牺牲
品不再是一头猛兽，而成了一头去势的小公牛（行 1185）。然而，
这头野兽最后又成了一头猛兽（行 1190），一头狮子（行 1196）。

[1175] 你来瞅瞅。

歌队长：从哪个荒野抓来的？

阿：　基泰隆山——　　　　　歌队：基泰隆山吗？

阿：　——把它杀了。

歌队：谁动的手？　　　　　　阿：第一个动手的特权归我。

[1180] 在狂欢歌舞队中，我被称作"有福的阿高厄"。

歌队：还有谁？　　　　　　　阿：卡德摩斯的——

歌队：卡德摩斯的什么？　　　阿：[他的] 后代，

在我之后，在我之后

抓住这头野兽，我们这回行猎可真走运。

歌队：……

阿：　（次节）

来吧，你也来分杯羹。歌队：分享什么啊？可怜的人哟？

[Se 本] 参行 1242，献祭和狩猎之后通常会设一场公宴，此
处似乎让人想起狄俄倪索斯式的"生食"（生啖公牛，参 1185—
1187n.）和狂女（显然生）啖食亲子的神话主题（普鲁塔克，《伦语》
299e；阿波罗多洛斯，《希腊神话》，3.5.2）。参忒奥克利特，《牧歌
诗集》，26.24。τλᾶμον [可怜的] 暗示过度，无论行为还是遭遇。

阿：　[1185] 这头公牛还小——

[Se 本] 行 1185—1187：阿高厄对彭透斯的狂乱认识在变

化。他看起来是狮子（行 1142、1196、1215、1278），常春藤（1170n.），而今是公牛（μόσχος 肯定指公牛，如行 678、736）。这场狩猎要求有野兽（狮子），献祭（1024—1152n.）则要求更贴近人类的动物（牺牲是驯化的动物如牛、猪等），因此，公牛似乎赋予彭透斯更贴近人类的一面——就像初现胡须的年轻人（如参色诺芬，《会饮》[Symposium]，4.23）。彭透斯的年轻让人想起献祭牺牲的合适年龄（成年但年轻）和母子关系（行 1174，969n.、974n.）。这种幻觉表明了仪式性的等同——在秘教入会仪式中把人类等同于献祭的牺牲，参 Richard Seaford，《互惠与仪式》，前揭，章 8，节 a，尤其是页 288—289。

　　在它那垂落的柔发的头皮下，它的下巴

　　[Se 本]此处的 κόρυς[头皮]既指野兽的毛发也指彭透斯的头发，可能也暗含该词的通常意义"头盔"（此处带顶饰的？）。

　　正冒出细软的绒毛。
　　歌队：从毛发看来，显然像是野兽。

　　[L 本]πρέπει γ'ὥστε[显然像是野兽]：阿高厄显然未听出此话的弦外之音：她的猎物就像一头野兽，但不是野兽。关于 ὥστε 的比较用法，参行 1066。
　　[B 本]πρέπει ὥστε[显然像野兽]见索福克勒斯，《厄勒克特拉》，行 664。

　　阿：　巴克科斯神，聪明的猎手，

　　[L 本]ὁ Βάκχιος κυναγέτας[巴克科斯神，猎手]：这些语词含

悲剧性反讽，因为阿高厄丝毫未怀疑剧中酒神的真实角色。

> ［1190］聪明地动员狂女们
> 　　　　追捕这头野兽。
> 　歌队：我们的王真不愧为猎手。

　　［Se 本］ἀγρεύς［猎手］前出现 ἄναξ［王］，读音上很像（兴许旨在让人想起）克里特神 Ζαγρεύς，从希腊化时期，甚至可能从欧里庇得斯的时代起，人们就将之等同于狄俄倪索斯（《克里特人》残篇 472.11—15），参 H. Jeanmaire，《狄俄倪索斯》，前揭，页 273。

　　［R 本］ἀγρεύς［猎手］也是阿波罗的名号，参埃斯库罗斯残篇 200N², 332M；《希腊诗选》所收讽刺短诗中涉及波塞冬钓鱼的场景（6.75）。关于该词的含义，参 P. Chantraine，《希腊词汇研究》（*Études sur le vocabulaire grec*），Paris：Klincksieck，1956，页 60。

　　［D 本］狄俄倪索斯猎捕小鹿或野山羊（行 137 以下），有时也猎捕人类。

> 　阿：　你是在赞美吗？　　　　　歌队：我是在赞美。
> 　阿：　卡德墨俄人很快就会——
> 歌队长：［1195］还有你的儿子彭透斯也会——　阿：也会赞
> 　　　　美他母亲，
> 　　　　因为她逮着了这头有狮性的猎物。
> 歌队长：非同寻常的［猎物］。　　　阿：非同寻常地［逮着］。

　　［Se 本］περισσῶς［非同寻常的］可能（此处恰如其分）含贬义，参行 429。

> 　歌队长：你得意吧？　　　　阿：我兴高采烈，

我取得了了不起的

显赫胜利，多亏这趟行猎。(哀歌完)

[*Se* 本] μεγάλα [了不起的]和 φανερά [显赫的]一起出现，作为一种酒神式的理想，显然也是行 1006 "猎取" 的目标。

歌队:[1200]那就，不幸的女人哟，向邦民们

展示一下你带回的胜利猎物吧。

[*Se* 本]阿高厄若曾在前一首颂歌中与歌队在合唱歌队席中跳舞，那么现在她可能来到了王宫前的空地(参行 1211—1215)。

[*L* 本]狂女们知道，阿高厄所谓的胜利将紧随痛苦的幻灭。ὦ τάλαινα [不幸的女人哟]和 νικηφόρον [战利品]形成对比。

阿:　啊，居住在忒拜土地那有着美丽望塔的都城中的

人们哟，都来瞧瞧这猎物吧，

[*L* 本]一直处于疯狂中的阿高厄继续庆祝她的胜利，郑重其事地对忒拜人言说，就像她先前向狂女们言说一样(参行 1169)。在行 1203，阿高厄向舞台侧座言说，ἔλθετ᾽ [瞧瞧]，邀请邦民们欣赏她的战利品。而那些代表民众的小角色，无疑将陪伴在卡德摩斯以及抬着彭透斯尸身的随从左右，很可能会站在合唱歌队席四围。观众可能从行 1203 开始发觉，他们在一个进场口的通道上缓缓前行。

卡德摩斯的女儿们猎得了这野兽，

[*L* 本] θηρὸς [野兽]补足了 ἄγραν [猎物]，我们在这场狩猎

中逮着一头野兽，亦即这趟狩猎中捕获的野兽。

[1205]没有用忒萨利亚人缠有皮带的标枪，

[*G*本]色诺芬（《希腊志》，6.1.9）谈及忒特萨利亚："几乎人人擅长投掷标枪。"

也没用罗网，仅凭我们白嫩手臂

[*Se*本]λευκοπήχεσι χειρῶν[白嫩手臂]，字面意思是"手末端的白臂"。关于复合形容词的后半部分重复名词含义的用法，参112n.。在悲剧里，女性的肌肤"雪白"，与ἀκμαῖσι[指尖]暗含的刀刃形成对照（譬如参欧里庇得斯，《乞援女》，行318的λόγχης ἀκμὴν[枪锋]；《俄瑞斯特斯》，行1482的φασγάνων δ' ἀκμὰς[我们便交锋起来了]；埃斯库罗斯，《波斯人》，行1060的"用手指撕破你的衣襟"）。

[*L*本]λευκοπήχεσι[白臂、赤手的]：有时理解为"赤手空拳"（参行863；欧里庇得斯，《腓尼基少女》，行1351）。该词无疑有这层含义。

　　的指尖。往后，那些白白从造枪矛的人那儿
　　买来家伙的人还好夸口吗？

[*Se*本]行1205—1208：没用铁器狩猎（参行736、1104、1237；巴库利德斯残篇13.46—57；泡萨尼阿斯，《希腊札记》，6.5.4—6；莱伯拉里斯，《变形记》，12）与不用网狩猎含义一样，参1173n.。色诺芬指出，几乎所有忒萨利亚人都会投标枪（《希腊志》，6.1.9）。

我们不就赤手空拳捉住了这头

[1210] 野兽，还把它的四肢给撕碎了。

[*Se*本] 行 1209—1210：根据英格拉姆，*θηρός*[野兽]为有意后置。这样一来，*τόνδε*[这]就能指称彭透斯，*τόνδε* 和 *θηρός* 也就代表阿高厄意识中矛盾的两部分。

我父亲他老人家在哪儿？让他过来。

[*R*本] *ὁ πρέσβυς*[老人家]：该词带有一点家长制的尊严。阿高厄想表明，她配作尊贵父亲的女儿。

我儿彭透斯又在哪里？叫他扛张

[*Se*本] 希腊人用来把献祭的牺牲的头悬于自己的屋子上（泰奥弗拉斯托斯，《品格论》[*On Characters*]，21.7），兴许还有猎物的头（参《希腊诗选》，6.114）。希腊的恶人和野蛮人可能将人头挂起（譬如欧里庇得斯，《伊菲革涅亚在陶洛人里》，行 74—75；品达，《伊斯特米地峡竞技凯歌》，4.59—60；希罗多德，《原史》，5.114）。

结实的梯子来架在屋上，

[*R*本] *κλιμάκων προσαμβάσεις*[用梯子爬上]：同样的表述出现在欧里庇得斯，《腓尼基少女》，行 489、1173；埃斯库罗斯，《七雄攻忒拜》，行 466。这种表述总是出现在诗行末尾。

好把这颗狮子的头，我猎回的这东西

［B本］参埃斯库罗斯，《阿伽门农》，行 578。

［1215］钉在三线槽石板上。

［Se本］三线槽石板指柱子上的整个水平夹层（包括墙面），参譬如欧里庇得斯，《伊菲革涅亚在陶洛人里》，行 113。

［L本］关于把战利品挂在神殿三线槽石板上的习俗，参荷马，《伊利亚特》，9.557 的古注。阿高厄这段长篇叙述最后一个词是 ἐγώ［我］，蕴意丰富，很好地表现了这位不幸公主的虚幻的骄傲。这行诗之后，卡德摩斯率领抬着彭透斯尸身的随从上场。

> 卡德摩斯从观众一方上，
> 众仆抬着彭透斯的尸身随上。
> 卡： 跟我来，抬着彭透斯的不幸

［Se本］卡德摩斯与抬着彭透斯尸体的侍从入场（可能是放在棺架上），他出门时的神奇精力荡然无存（行 187—189、194）。

［B本］ἄθλιον βάρος［不幸的苦难］，参索福克勒斯，《厄勒克特拉》，行 1140，厄勒克特拉用相同的话指俄瑞斯特斯的遗骨。

［L本］ἄθλιον βάρος［不幸的苦难］：达尔梅达指出，此处可能让人想起索福克勒斯，《厄勒克特拉》，行 1140。

> 苦难，仆人们啊，跟上，到宫前来。
> 我费尽千辛万苦才找到他的尸身，

［Se本］现在分词 μοχθῶν［找寻］暗示搜寻持续了很长时间（参 A. Rijksbaron，《欧里庇得斯〈酒神的伴侣〉的语法评论》，前

揭，页 150），可能也暗示卡德摩斯仍处于痛苦中。

> 把它带回——我在基泰隆山的山坳里找到了它，
> [1220] 支离破碎，都是在不同地方找到，
> 　　被人丢在林子里，教人好找。
> 　　因为我听说女儿们的胆大妄为，

[L 本] ἤκουσα γάρ του [我听说]，参行 1230 的 εἶπέ τίς μοι [有人告诉我]。卡德摩斯没有目睹所发生之事，但已有人告诉了他。

> 　　就在我刚进城的时候——
> 　　我和年迈的忒瑞西阿斯从女信徒那儿回来；

[K 本] 如此看来，卡德摩斯和忒瑞西阿斯的确抵达了基泰隆山，也跳了舞。因此，这些仪式并非完全"秘密的"（阿高厄在行 1109 如是称），狂女们拒绝被窥探，但不拒绝真诚的男性参与者。

> [1225] 我又回到山里，运回
> 　　我这被狂女们杀害的孩儿。

[L 本] 语词的安排可能借鉴了散文，但在诗歌文本中也不足为奇。参欧里庇得斯，《乞援女》，行 1036 的"死在卡德摩斯枪下的吾儿厄特俄克洛斯的尸身"。

> 　　我还看见那曾为阿里斯泰俄斯生育阿克泰翁

[Se 本] 阿克泰翁使我们再次想起（337—341n.），在卡德摩

斯的女儿中，不止阿高厄的儿子在狩猎时被撕成碎片。

[L本]提及阿克泰翁的血缘关系并非毫无目的：他是彭透斯的亲表兄，阿高厄儿子之死仿若奥托诺厄儿子的死。

[B本]1227以下，参行229以下。

　　　　的奥托诺厄，还有跟她一起的伊诺，

　　　　可怜的人儿依然在橡树林里发着狂；

[1230]但有人告诉我，阿高厄正迈着狂女的步子

　　　　回到这里，消息不假；

　　　　因为我瞧见她了，样子并不幸运。

―――――――――

[Se本]ὄψιν οὐκεὐδαίμονα[样子并不幸运]：反讽地让人想起酒神秘教入会者眼中秘教的"幸福前景"（参1171n.；柏拉图，《斐德若》250b6的μακαρίαν ὄψιν，250c7的εὐδαίμονα φάσματα μυούμενοί；C. Riedweg，《柏拉图、菲隆与克勒芒的神秘学术语》，前揭，页40—42）。

[B本]ὄψιν参欧里庇得斯，《俄瑞斯特斯》，行725。

　　阿：　父亲啊，你可以做最大的夸口，

　　　　　说你生育了所有凡人中迄今最优秀的

[1235]女儿；我是说我们全体，特别是我。

―――――――――

[R本]κομπάσαι...θυγατέρας σπεῖραι[夸口……生下女儿]：在公元前5世纪的希腊，人们不会以生女儿自豪，女子不会打仗；毫无疑问，那个时代的民众能感到这一断言的不寻常和荒谬。

[L本]ἐξόχως δ' ἐμέ[特别是我]：参行1179、1182、1215。

　　　　　我曾把梭子扔在织机旁，

［*Se* 本］阿高厄用双手从事比纺织这一典型的女子劳作更伟大之事，参行 514，118n.；品达，《皮托竞技凯歌》，9.18—22 的库热涅（Cyrene）。

［*L* 本］阿高厄自豪于丢下女人的传统活计，去参加酒神崇拜。正因此，彭透斯才在行 218 谴责她以及随她一起出走的忒拜女子。

［*R* 本］ἱστοῖς［织机和梭子］在行 118 和行 514 已有提及，象征女子在城邦中正常从事的活动。阿高厄加入了神话中的女猎手的行列：阿塔兰塔（Atalante）和"看不上梭子的来来回回"（品达，《皮托竞技凯歌》，9.31—32）的库热涅。

> 投入更伟大的事业——用双手猎取野兽。
> 我怀抱着，你瞅瞅，我得到的这东西——
> 勇士的奖品，好把它挂在你的

［*Se* 本］ἀριστεῖα［勇士的奖品］通常指对战争中英勇的奖赏（参譬如索福克勒斯，《埃阿斯》，行 464），此处则在狩猎中（参阿波罗多洛斯，《希腊神话》，1.8.2 的阿塔兰塔）。

> ［1240］宫前；来，父亲呀，你用双手接过去！
> 　　　你可以夸耀我的猎物，
> 　　　邀请朋友们来赴宴；因为你有神佑，
> 　　　有神佑，我们取得了这番作为。

［*R* 本］行 1233—1243：阿高厄第三次重复了她已对歌队（而后在忒拜城邦前）宣称之事。

　　卡：　啊，这目不忍睹的无边悲哀哟，

　　[L本]πένϑος[悲哀]：出自卡德摩斯之口的该词回应了阿高厄的μακάριος[有神佑的]。阿高厄在那里觉得无比幸福，其实只有悲哀。分词ἐξειργασμένων[取得]的重现，加重了这种对照：阿高厄视之为光荣壮举的，不过是疯子犯下的罪行。

　　[1245]你们已用那些不幸的手完成了谋杀。
　　　　你们供奉给诸精灵的是多漂亮的祭品哦，

　　[Se本]如在别处一样（譬如欧里庇得斯，《俄瑞斯特斯》，行1603），在献祭上，καταβαλοῦσα指"杀死"还是"偿还"似乎含混不清。奥宾克（D. Obbink,《被倒出的狄俄倪索斯》["Dionysus Poured Out"]，前揭，页73，注22）对比了来自一块来自弥勒托斯的碑文中的吞下ἐμβαλεῖν[生肉]，他认为语词上反映了此处的τὸ ϑῦμα καταβαλοῦσα[供奉的祭品]。

　　　　还邀请忒拜人和我赴宴！
　　　　哎呀！先是你们的不幸，再是我的。
　　　　这位神，怎样毁了我们啊！虽正当，却过了火，

　　[Se本]ἡμᾶς[我们]指王族，卡德摩斯代表了这个家族的凝聚力和实力（333—336n.、1302—1326n.）。从这个角度看，狄俄倪索斯对母亲家族的忠诚，本该节制他遭这个家族成员（彭透斯）拒绝的愤怒。但狄俄倪索斯代表了忒拜城的凝聚力和利益，与王族的凝聚力和利益针锋相对。关于行1249，参行1344—1346。

　　　　[L本]卡德摩斯认识到，犯下的罪行应受惩罚。他承认，整

个王族都受到神的惩罚。卡德摩斯正在评价那个他视为自家人的神的过分严酷。毋庸置疑，此处透露了欧里庇得斯的个人看法。

[1250]布洛俄弥斯王可是自家人呐。

阿：　人上了年纪，有多闷愁，

[*Se*本]行 1251—1252：德弗罗（G. Devereux，《欧里庇得斯〈酒神的伴侣〉中的心理治疗场景》["The Psychotherapy Scene in Euripides' Bacchae"]，*JHS*，Vol. 90，1970，页 35—48）认为："阿高厄以典型的精神错乱的方式拒绝承认自己的精神缺陷，还（'一意孤行地'）宣称，神经错乱的人是卡德摩斯。"参 1264—1297n.。

愁眉不展噢！还望我儿
像他母亲那样狩猎走运，

[*Se*本]母亲僭越了父亲作为年轻人楷模的角色。

在同忒拜青年们一道
[1255]追捕猎物时；但他偏就是那种与神对抗
的人。父亲啊，你要告诫告诫

[*R*本]νουϑετητέος[告诫]，不是"谴责他对抗神"，而是"因他对狩猎的兴趣不够"。狩猎被视为一项富有男子汉气概的活动，对教育出众之人必不可少（参柏拉图，《法义》824a）。

他。谁去把他叫到我的眼前，
让他看看我有多幸运。

［*Se* 本］作为这番话强调性的尾词，似乎旨在呼应卡德摩斯行 1232 那段发言的尾词（否认阿高厄有福），参 1171n.。

［*R* 本］*εὐδαίμονα*［有好运的人］：欧里庇得斯故意将该词置于阿高厄长篇叙述的末尾，以一种残酷的反讽作结。

> 卡： 哎呀，哎呀！你要是明白了你的所作所为，

［*L* 本］*φρονήσασαι*［明白］：卡德摩斯同时对阿高厄及其同伴言说。他忍痛决定不去除她们的疯狂，因为一旦清醒她们就会痛苦。参欧里庇得斯，《安德洛玛刻》，行 420；《安提娥佩》残篇 205N^2。

> ［1260］ 你就会痛苦难当；但你若能
> 　　　终身都保持这种状态，那你虽不算
> 　　　有幸，却也不算不幸。

［*Se* 本］阿高厄（如果维持现状）在客观意义上将不幸——因为手刃亲子之人不可能幸运，但她主观上貌似幸运——尚未意识到自己的客观处境。参譬如真相揭示前的俄狄浦斯（以及阿里斯托芬，《蛙》，行 1182—1186）。

［*L* 本］阿高厄还未恢复神志。疯狂发作这会儿趋缓。这个疯子听到了卡德摩斯的话，恢复了与现实的联系。

> 阿： 事情有什么不高贵？还是有什么可悲？

［*B* 本］这个问题表明阿高厄已开始恢复理智。

卡：　先让你的眼望望天吧。

[*Se* 本] 行 1264—1297：正如狄俄倪索斯似乎通过对话把彭
透斯带入某种失常状态（行 802—846），现在，卡德摩斯反过来欲
借对话使阿高厄恢复理智。德弗罗利用其精神病学的经验提出，
这些诗行呈现了以顿悟-回忆为中心的心理疗法一致的简化过程
（其实是第一份现存的心理疗法记录）。他认为，卡德摩斯对阿高
厄的治疗，完全契合她回来后表现出的分裂的（1209—1210n.）自
卫式的轻躁狂热，也切合她克服"抗拒"顿悟和回忆之需。特别
是，阿高厄本人（病人）竟能道出某些事实，卡德摩斯（疗治者）
反对阿高厄（病人的）试图代他说出这些事实（G. Devereux，《欧里
庇得斯〈酒神的伴侣〉中的心理治疗场景》，前揭）。正如安菲特律
翁在类似情形下对待儿子赫拉克勒斯，卡德摩斯必须小心翼翼地
推进（参欧里庇得斯，《疯狂的赫拉克勒斯》，行 1190—1121）。参
1251—1252n.、1272n.、1273n.、1287n.、1291n.、1295n.、1298n.。

[*L* 本] 为让阿高厄恢复神志，卡德摩斯采用了精神病医生的
做法。他先迫使女儿关注身外，随后让她回忆起难忘的事实，譬
如她和厄克西翁的婚姻。此处表明，欧里庇得斯对病症以及疯病
的治疗感兴趣。达尔梅达还表示，卡德摩斯所提之问让人想起苏
格拉底的方法。

[*K* 本] 行 1264 以下：欧里庇得斯创作《酒神的伴侣》约 10
年前，他还在《疯狂的赫拉克勒斯》一剧中描写了疯狂与恢复的
盛大场景。赫拉克勒斯恢复神志的实际过程（他在疯狂中杀死了
自己的妻儿）比阿高厄要快；但有一大段轮流对白（行 1113 以
下），在这段对白中他的父亲安菲特律翁引领他意识到自己的所
作所为。这大体和阿高厄的发现（anagnorisis）相似（用亚里士多
德著名的术语就是"发现"，无论是发现现实的处境，还是对真
实的人的认识，他认为这是悲剧的关键）；但细节上有所不同，

心理探析上也没那么精细。

[G本]卡德摩斯采用了精神病专家的方法，让阿高厄意识到自己无意间犯下的重罪。

> 阿： ［1265］那就看吧，你为什么要我看天呢？
> 卡： 在你看来，你觉得它还一样呢，还是起了变化？
> 阿： 比先前更清明、更透亮了。

────────────────

[G本]从疯病中恢复过来后的赫拉克勒斯（欧里庇得斯，《疯狂的赫拉克勒斯》，行1089以下）说了同样的话。

> 卡： 你的灵魂还是那样错乱吗？

────────────────

[Se本]关于秘教入会者的 πτοηϑὲν［错乱］，参214n.。

> 阿： 我不明白你这话。但我变得
> ［1270］清醒点了，心境变得跟先前不一样了。

────────────────

[Se本]单行轮流对白的中断，标志着阿高厄恢复清醒的关键时刻（欧里庇得斯，《伊菲革涅亚在陶洛人里》，行811）。

[K本]此处以及欧里庇得斯的其他剧中，一系列单行轮流对白的中断，标志着一个至关重要的时刻。

[B本]行1269以下：若此处单行轮流对白的打断不是后来补入的，那就是专门设计以更生动地标志阿高厄理智的逐步恢复。

> 卡： 那么你能倾听，能清楚答话吗？
> 阿： 我们先前说的话，我都忘得一干二净了，父亲噢。

────────────────

[*Se* 本] 失忆症恢复头脑清醒的现象，也出现在《疯狂的赫拉克勒斯》行 1094—1108 和《俄瑞斯特斯》行 215—216。阿高厄只是部分失忆（她的确记得他们之前的谈话）。根据德弗罗，阿高厄的请求"不只是托辞，允许她能更久地流连于真实的失忆症的想象。这也是临床上常见的迂回求助，更进一步证实她准备好进行顿悟疗法"（G. Devereux，《欧里庇得斯〈酒神的伴侣〉中的心理治疗场景》，前揭，页 42 ）。

　　卡：　你在婚歌声里进的是什么样的人家？

──────────────────────

[*Se* 本] 若干因素共同促成卡德摩斯对阿高厄婚姻的询问。(1)这是临床上的理想做法，卡德摩斯提问，由此使阿高厄成为回忆过去的人。(2)正如天空（行 1264）在空间上很遥远，阿高厄的婚姻在时间上也很遥远——在她被抑制的记忆前。(3)使阿高厄意识到物理现实后，卡德摩斯现在转向她的社会关系。(4)阿高厄此刻认出了父亲但还未认出儿子，这可能表明，她逐步走出反常（G. Devereux，《欧里庇得斯〈酒神的伴侣〉中的心理治疗场景》，前揭，页 42—43 ）。卡德摩斯现在先让她回忆婚姻，尔后又让她忆起儿子的出生。(5)狂女式的疯狂颠覆了新娘嫁入夫家的过程，参彭透斯行 1119 的哀求，以及 Richard Seaford，《巴库利德斯的第十一首颂诗》，前揭，页 118—136。(6)这个问题自然指向彭透斯，但采取了迂回方式。

　　[*D* 本]行 1273—1284：整个对话构思精妙。有趣的是，将《酒神的伴侣》视为"欧里庇得斯最杰出戏剧"的歌德选择行 1244—1298 译成德文作为典范。

　　阿：　你把我交给厄克西翁，人们说他是龙牙变的。

──────────────────────

[R本]在《疯狂的赫拉克勒斯》中，老安菲特律翁残忍地向儿子揭示真相；在此，卡德摩斯运用了微妙的助产术。

卡：　[1275]那你在这家族为你丈夫生育的儿子是谁呢？
阿：　是彭透斯，我和他父亲结合所生。
卡：　那你抱在怀里的是谁的脸？

[Se本]脸（而非"头"）暗示，阿高厄肯定注视着它（她在行1280首次看到它）。προσωπον[脸]也可（至少直到4世纪）指面具（可能她抱着彭透斯的面具，参H. P. Foley，《仪式反讽：欧里庇得斯笔下的诗歌与献祭》[*Ritual Irony: Poetry and Sacrifice in Euripides*]，Ithaca，N.Y.：Cornell University Press，1985，页251—252）。在当时的一场仪式中，狂女们看护摇篮中的狄俄倪索斯的面具（969n.、1170n.）。

ἐν ἀγκάλαις[怀里]暗指（尤其是在行1275—1276后）母亲怀中的孩子，参行699—700，969n.；欧里庇得斯，《独目巨人》，行142；《伊菲革涅亚在陶洛人里》，行834；《俄瑞斯特斯》，行464；《伊翁》，行280、1375等。

阿：　狮子的——至少那些女猎手这么说。
卡：　现在好好瞧瞧吧；瞥一眼不费劲。
阿：　[1280]哎呀！我看见什么了呀？我捧在双手的是什么啊？

[Se本]中动态 φερομαι[拿、捧]暗示，行为者受行动影响，这种影响现在转向对立。

[L本]ἔα τί λεύσσω[哎呀！我看见什么了呀？]：阿高厄突然认识到自己的不幸。

卡： 仔细瞧瞧它，弄明白些。

［*L*本］我们可能认为，卡德摩斯残忍地强迫自己的女儿全盘确认并说出其不幸的事实，但这或许是确保治愈疯子的唯一办法。

阿： 我瞧见的是最深重的苦痛，不幸的女人哟！

卡： 在你看来，它不像一头狮子吗？

阿： 不，我拿着的是彭透斯的头，不幸的女人哟！

卡： ［1285］在你认出前，我就哀悼过他了。

阿： 谁杀了他？怎么会在我手里？

［*L*本］阿高厄只知整个悲剧的一部分，卡德摩斯将为她揭示余下部分。

卡： 不幸的真相噢，你来得真不是时候哟！

［*Se*本］真相在巴门尼德残篇 1.29 中也被拟人化。*οὐ καιρῷ παρει*［不是时候］：卡德摩斯的意思是，真相来得太晚，已无法挽救彭透斯。德弗罗表示，卡德摩斯拒绝回答阿高厄的问题，这在心理疗法上是正确的（行 1286），因为他由此"迫使阿高厄提出下一个问题，锲而不舍地提问，由此阿高厄的质询实际上让她忆起并意识到自己的罪行"（G. Devereux，《欧里庇得斯〈酒神的伴侣〉中的心理治疗场景》，前揭，页 44）。

阿： 说吧！为这注定要来的事，我的心跳得多厉害啊！

卡： 你和你的姐妹杀了他。

阿： ［1290］那他死在了哪里？在家里，还是什么别的地方？

卡： 在从前猎犬撕裂阿克泰翁的地方。

[Se本]卡德摩斯提及事发地增强了他的可信。通过提到另一个在狩猎中被撕裂的外孙阿克泰翁，卡德摩斯再次（337—341n.、1227n.）暗示了彭透斯的相同命运（这次可能为了重新激发阿高厄的潜在记忆，参 G. Devereux，《欧里庇得斯〈酒神的伴侣〉中的心理治疗场景》，前揭，页44），也强化了家族的凄惨。

[L本]这几行诗自然导向阿高厄将在行1296得出的对所有事件的结论。参拉辛，《阿塔莉》（Athalie）："冷酷无情的神呐，这一切全由你一手导演。"

[R本]阿高厄的发问表明，她有点怀疑卡德摩斯告诉她的真相。

[K本]再次意味深长地影射彭透斯的家族关系。

阿： 可他为什么要进基泰隆山呢，这个不幸的人？
卡： 他去讥笑神和你的狂欢仪式。

[Se本]参狄俄倪索斯的另一个敌人吕库古用了同一语词（κερτομ-[讥笑]），参索福克勒斯，《安提戈涅》，行956、961。

阿： 可我们是怎么去那儿的呢？
卡： [1295]你们发了狂，整个城邦都在像酒神信徒那样癫狂。

[Se本]卡德摩斯的话严格来讲并不真确（行195—196，虽然显然是所有女性，行35—36）。这种前后不一还可解释为旨在契合该剧的推源论功能。

[R本]πᾶσά...πόλις[整个城邦]：此语只在指忒拜女性时有效。卡德摩斯曾忧心（行195），举邦唯有他和忒瑞西阿斯上山敬奉酒神。

［*Sa* 本］参行 36；欧里庇得斯，《乞援女》，行 1001；柏拉图，《王制》561a。

阿：　狄俄倪索斯毁了我们，现在我明白啦！

───────────────

［*Se* 本］ἄρτι μανϑάνω［我现在明白了］：这个短语出现在剧情的关键时刻，参欧里庇得斯，《阿尔刻提斯》，行 940；《希珀吕托斯》，行 1401—1403。

［*D* 本］行 1296—1298：阿高厄惊恐地发现了狄俄倪索斯的代理人，正如希珀吕托斯发现了阿弗洛狄特的代理人（欧里庇得斯，《希珀吕托斯》，行 1403）。然而，狄俄倪索斯有和阿弗洛狄特一样的理由："你否认了他的神性"。阿高厄未对此做出回应——她转而询问儿子尸身的下落。

卡：　那是他受到了肆心的冒犯；因为你们不奉他为神明。

───────────────

［*L* 本］ϑεὸν γὰρ οὐχ ἡγεῖσϑέ νιν［你们不奉他为神明］：解释了ὕβριν γ᾽ ὑβρισϑείς［受到肆心冒犯］。正是这种（开场白就明确的）不虔敬，惹怒了酒神。

阿：　我最亲爱的孩儿的尸身在哪儿，父亲呐？

───────────────

［*Se* 本］因彭透斯的尸体在舞台上（行 1216—1219）。此处的重点是，彭透斯的尸体已不再被视为尸体。

卡：　我费尽千辛万苦才找到它，抬回来了。

───────────────

［*L* 本］μόλις［费力地］：彭透斯的尸身散落四处；要费很大

的劲才可能把它们拼凑在一起。

　　阿：　[1300]它的四肢是不是全都体面地连在身上？

―――――――――――――――――――――

　　[Se 本]阿高厄怀疑彭透斯的尸体被肢解，因为她手捧着割下的头，也可能因为她首次注意到这些残骸。

　　　　　……
　　阿：　彭透斯的命运跟我的糊涂有什么相干呢？

―――――――――――――――――――――

　　[Se 本]行 1300—1301：行 1301 显然不是紧跟阿高厄行 1300 所提之问。佚失部分涉及什么呢？毋庸置疑，卡德摩斯用否定句回答了阿高厄的问题，阿高厄也可能随后拼接起彭透斯的尸体（包括她怀中的头）。据 3 世纪的阿普西尼斯（Apsines）记载，在欧里庇得斯笔下，阿高厄"在摆脱疯狂，发现亲子被肢解后充满自责，令人怜悯……（欧里庇得斯希望引起人们对彭透斯的同情），因为他的母亲用双手拿起彭透斯的每一块肢体，一一哀悼"。这段哀悼通常被确立在行 1329 之后的脱漏中。但问题在于：（1）行 1298—1300 的内容似乎把话题引到这些内容（维拉莫维茨因此将这部分调到行 1329 之后的脱漏处）；（2）毫无疑问的是，阿高厄认出彭透斯后，自然先哀悼他的残肢断臂；（3）卡德摩斯的葬礼式赞美未经重拼的尸块（行 1308—1326）可能很奇怪（阿高厄仍拿着头，行 1310—1311，"看到你的头"可能很荒唐）；（4）狄俄倪索斯在情感高潮结束后出现可能更恰当；（5）这种观点完全吻合行 1301、1329。

　　以下似乎能为阿高厄的哀悼提供了更多证据：（1）残篇 847，引自《酒神的伴侣》："因为我若双手沾着私人的污染"；（2）（足信）莎草纸残篇 *P.Antin*.24. 残篇 b—c（牛津古典本页 352—353）

虽然并未显示任何确定信息，也可能并非出自《酒神的伴侣》；
（3）《受难的基督》的某些诗行（印在希腊文本最后）中，哀悼
的圣母提出一系列关于如何处理尸体的问题（行 1121—1123、
1312—1313），也提到她的命运的转变（行 1011），亲吻由她抚育
成人的肉身（行 1256—1257），"逝者的微弱慰藉"（行 1449），端
正地安上头部，尽可能妥当地伸展开尸体，并掩盖头部和血淋
淋的肢体（行 1466—1472）。这与阿普西尼斯的描述都表明，阿
高厄重拼了尸体。狄俄倪索斯的母亲也在他重生前（彭透斯不会
重生，参 969n.）重组了他的尸体（《俄耳甫斯》残篇 36，瑞亚；
301，得墨特耳）。

προσῆκ'［相干］：狂女的疯狂似乎要传染给男性亲属，参巴
库利德斯残篇 11.85—91；Richard Seaford，《巴库利德斯的第十一
首颂诗》，前揭，页 131。卡德摩斯回答的前三个语词（行 1302），
也让人想起家庭关系。

［K 本］在哀悼（已佚）和拼组尸身诗行之后，阿高厄询问彭
透斯为何要受惩罚——他是否也得了她那样的疯病。

卡：　他和你们一样：不敬这位神明。

――――――――――――――

［Se 本］行 1302—1326：卡德摩斯的话体现了葬礼上对死者
的正式赞美，可能与前文阿高厄令人毛骨悚然的（佚失）哀悼在
基调上形成对照。关于从无节制的（女性）哀悼到有节制的（男
性）葬礼演说的历史发展，参 Richard Seaford，《互惠与仪式》，前
揭，页 141。因此，卡德摩斯的言说方式虽节制，却包含了哀悼
的多重特点，参 1306n.、1308n.、1308—1309n.。卡德摩斯言说
的功能与其说（如通常认为的）为了引发对彭透斯的同情，不如
说为了牢固地将他等同于最有权力的家族。富有意味的是，其中
并未提到彭透斯扮演过任何公民角色（以及尤参 1310）。

因此，这位神把一切都归入一种灾祸，

［*Se*本］一切，亦即卡德摩斯家族的所有成员，下文愈见明晰。

［*R*本］*ἐς μίαν βλάβην*［归入一种灾祸］：在某个时刻，对于被牵连进惩罚，卡德摩斯既没有感到吃惊，也没有觉得愤慨。

你们和他，好摧毁这个家族，
［1305］还有我——我不曾生有子嗣，

［*Se*本］字面意思是"没有生下男嗣"。在欧里庇得斯的其他剧中（《腓尼基少女》，行7—8），卡德摩斯有一子，名叫珀吕多洛斯，为拉布达刻斯（Labdakos）之父（参赫西俄德，《神谱》，行978；希罗多德，《原史》，5.59）。之所以在此遭忽视（悲剧的惯常做法）是因为王族终结很重要，譬如安提戈涅赴死时宣称她是王室一脉的最后成员（忽略了伊丝墨涅［Ismene］，索福克勒斯，《安提戈涅》，行941）；Richard Seaford，《互惠与仪式》，前揭，章9。

［*L*本］*τόνδε=ἐμέ*［我］：卡德摩斯并无理由自责，却自觉与家族的毁灭挂钩。*ἄτεκνος ἀρσένων παίδων*［我不曾生有子嗣］：据其他传统，卡德摩斯有一个子嗣，欧里庇得斯此处为了更打动人，显然有意忽视了这点。

［*B*本］参希罗多德，《原史》，1.109；索福克勒斯，《俄狄浦斯在科洛诺斯》，行677。在《腓尼基少女》（行7）中，欧里庇得斯遵循熟知的传说，将卡德摩斯视为珀吕多洛斯的父亲。

现又瞧着你这腹中生下的孩儿，啊，不幸的女人哟，

［Se 本］幼苗的意象是自荷马以降希腊悼词的常见主题，尤其注意荷马，《伊利亚特》，8.56 的 "ὃ δ' ἀνέδραμεν ἔρνεϊ ἶσος［忒提斯哀悼死去的儿子阿喀琉斯］"。参欧里庇得斯，《赫卡柏》，行 20（死去的珀吕多洛斯自我哀悼）；M. Alexiou，《希腊传统中的仪式性哀悼》（The Ritual Lament in Greek Tradition），Cambridge，Mass.：Harvard University Press，1974，页 198—201。

> 最屈辱、最邪恶地叫人杀害。
> 有了他，这个家族重见光明——孩儿啊，是你凝聚了

［Se 本］此处的 ἀναβλέπειν［重见］并不是指 "敬仰"。相反，随之而来的是黑暗，参欧里庇得斯，《疯狂的赫拉克勒斯》，行 562—564；《伊翁》，行 1466—1467，残篇 1013（参埃斯库罗斯，《奠酒人》，行 808—811）。由于卡德摩斯无嗣，彭透斯使这个家族（开始，过去时——他年尚幼）重见［光明］，正如《伊翁》行 1466—1467，无嗣的雅典王族找到男性继承者，"不再看见黑夜，而是重见（ἀναβλέπει）阳光"。由此，彭透斯被认为是这个家族的眼睛（参欧里庇得斯，《安德洛马刻》，行 406；埃斯库罗斯，《奠酒人》，行 934），抑或视为光明（参 A. Rijksbaron，《欧里庇得斯〈酒神的伴侣〉的语法评论》，前揭，页 152—154）。关于失去眼睛和光明是哀悼的常见主题，参 M. Alexiou，《希腊传统中的仪式性哀悼》，前揭，主题和插图索引。

［D 本］一个家族的继承人通常被视为这个家族的眼睛，参埃斯库罗斯，《波斯人》，行 169；《奠酒人》，行 943；欧里庇得斯，《安德洛玛刻》，行 406。因此，在《伊翁》中，当失散在外的继承人被找到时，厄壬克透斯（Erenchtheus）家族 "在黎明的光亮中重见光明"（行 1467）。

　　　　我的家族，你是我女儿的儿子，

　　［*Se* 本］行 1308—1309：μέλαϑϱον 指的是建筑（而非抽象的"家族"），因此"凝聚"可能（抽象意义也一样，参行 392）让人想起支撑房屋的柱子的意象（参欧里庇得斯，《伊菲革涅亚在陶洛人里》，行 57），是哀悼的常见主题，参 M. Alexiou，《希腊传统中的仪式性哀悼》，前揭，页 193—195（以及埃斯库罗斯，《阿伽门农》，行 897—898，我认为是反讽的葬礼悼词，参行 895；Richard Seaford，《阿伽门农的最后一次沐浴》，前揭，页 254）。这个短语因此暗示房子的实体坍塌——已在地震那场发生，在那里，房子坍塌也富含政治意味（行 576—641n.）；亦参欧里庇得斯，《疯狂的赫拉克勒斯》，行 1006—1008；《伊菲革涅亚在陶洛人里》，行 42—57。直接对死者言说（此处借突然转向第二人称单数进行强调）也是哀悼的特点。

　　［1310］为城邦所敬畏；无人胆敢

　　［*Se* 本］代表其家族利益的彭透斯为城邦所畏惧，这点富有政治意味。
　　［*L* 本］彭透斯不仅为城邦操劳，卡德摩斯还加入了个人的感情。彭透斯不仅是城邦的支柱——他维持城邦秩序，也是老王的庇护人。
　　［*K* 本］尊老和护老是希腊传统德性，但卡德摩斯把彭透斯描述成"为城邦所畏惧"，表明彭透斯"过于威严"（行 671）。因此，行 1320—1322 揭示了一种找出冒犯者的病态欲望。

　　　　对我这老朽放肆，当他们看见
　　　　你；因为他会受到应有的惩罚。

现如今我要离开家园遭到放逐，颜面扫地啊！

［*Se* 本］将来完成时的 ἐχβεβλήσομαι［遭到放逐］使遭放逐的情形跃然纸上。

ἄτιμος［屈辱的］可能是剥夺邦民权的术语。卡德摩斯预见自己将遭狄俄倪索斯放逐（放逐可能已在脱漏的行 1300 处提及）。这种罪行可能会影响到罪犯的子孙后代（譬如修昔底德，《伯罗奔半岛战争志》，1.126.11），但一般不会殃及（如这里）其父或母：但狄俄倪索斯的任务就是摧毁整个统治家族。

［*L* 本］稍后就会确定，卡德摩斯遭到放逐。但这位老王眼下就意识到他要离开忒拜。

　　　　我本是伟大的卡德摩斯，曾播下忒拜
［1315］的种子，获得最好的收成。

［*L* 本］唤起对古老辉煌的回忆，令当下的不幸更痛苦。

［*D* 本］卡德摩斯使最后留下的五武士成为他所缔造的城邦的公民（斐瑞居德斯［Pherecydes］残篇 22），忒拜贵族将自己的起源追溯至此（欧里庇得斯，《腓尼基少女》，行 942；埃斯库罗斯，《七雄攻忒拜》，行 474；泡萨尼阿斯，《希腊札记》，8.11.8）。关于卡德摩斯凡人幸福的不稳定感的典型，参品达，《皮托竞技凯歌》，3.86 以下。卡德摩斯预见到自己遭放逐，可能令现代读者感到奇怪。但希腊人认为，这种极恶的污染不可能弥补，除非将整个有罪的家族放逐。

　　　　啊！最亲爱的人噢，你虽不在了，但你
　　　　仍是我最亲爱的孙儿，孩儿啊！——
　　　　你再不会用手摸着我的下巴，

[*L*本]这里的语气让人想起伊菲革涅亚对阿伽门农的祈求，参欧里庇得斯，《伊菲革涅亚在奥利斯》，行 1228—1230。

> 抱着我，唤我"母亲的父亲"，孩子噢，

[*Se*本]μητϱὸς αὐδῶ πατέϱα[母亲的父亲]：彭透斯的确如是称呼卡德摩斯（行 254），虽然在怒中。

[1320]说道："谁对你行不义，谁侮慢你，老人家啊？

[*Se*本]在哀悼赫克托耳时，海伦赞美赫克托耳使她没有受到他族中亲人的斥责（荷马，《伊利亚特》，24.768—772）。

> 谁扰乱你的心神，叫你不快？
> 快告诉我，我要惩罚这个对你行不义的人，老爹爹啊。"

[*L*本]伊诺和奥托诺厄及阿高厄都负有中伤塞墨勒的责任。因此，惩罚落到她们身上也不足为奇。

> 可现如今，我多不幸，你好悲惨，
> 你母亲真可怜，你的亲人也凄凄惨惨。
> [1325]若是有人藐视诸神，
> 好好看看这个人的死，他就会信奉诸神了。

[*L*本]卡德摩斯的这两句话证实了此剧段的深意。

[*R*本]卡德摩斯的长篇叙述以对诸神表达敬意开始，也以此作结。

歌队长: 你的命运好叫我悲伤, 卡德摩斯噢, 你

女儿的儿子虽受到该有的惩罚, 但于你是可悲的。

[Se本]通过坚称彭透斯的命运罪有应得, 歌队似乎取消了卡德摩斯赞美彭透斯是唯一正义之士(行 1312, δίκην; 行 1320)。卡德摩斯悲痛只是个人的悲痛。他是藐视神灵的无辜受害者, 就像《希珀吕托斯》中的斐德拉(Phaidra)。

阿: 啊, 父亲噢, 看看我遭遇了多大的变故哦……

……

[Se本]行 1329—1330: 毫无疑问, 这两行之间有很多脱漏。在这里, 狄俄倪索斯在屋顶上(站在屋顶或由升降机悬空, 关于这个问题, 参 N. C. Hourmouziades, 《欧里庇得斯剧作的演出与想象》, 前揭, 页 146—169; D. J. Mastronarde, 《位于高处的演员》["Actors on High"], CA, Vol. 9, 1990, 页 247—296) 现身——欧里庇得斯笔下的神灵有时在剧末出现——用其新位置突出其神圣地位的揭示。我们不知道, 演员是否要更换服装和面具, 来表现狄俄倪索斯去除伪装。倘若他仍戴着微笑的面具, 那么, 现在的微笑是一种冷酷无情的胜利的微笑, 参 H. P. Foley, 《仪式反讽: 欧里庇得斯笔下的诗歌与献祭》, 前揭, 页 246—254。以下文献对我们重构佚失部分有所助益: 本剧"内容提要", 行 16—18; 《受难的基督》(莎草纸残篇, 牛津古典本页 352—353 的些微提示)。我们不清楚狄俄倪索斯显现前所发生之事(关于阿高厄的哀悼, 参 1300—1301n.)。在狄俄倪索斯的那段概要性开场白中, 狄俄倪索斯无疑表明他的崇拜仪式已在忒拜确立:(1)这是他来忒拜的目的(行 39—40、46—49 等);(2)欧里庇得斯的悲剧常以神灵确立崇拜结束;(3)莎草纸的"内容提要"暗

示，τελετὰς（仪式，73n.）补充在 πᾶσι παρήγγειλεν（页 147，17n.）之前；（4）行 1387 提到将来发生在忒拜的狂女行为。狄俄倪索斯也可能详述了彭透斯的该死，参《受难的基督》行 1663 的"因此，他死于自己最不该为之事"。根据《受难的基督》行 1360—1362、1665 以下、1715，人们通常认为，狄俄倪索斯还谴责忒拜人拒绝他，并描述了他们接下来被逐出城邦。但这几乎不可能：（1）《受难的基督》中的很大部分，无疑并非源自《酒神的伴侣》，即便有些诗行可能出自本剧，也通常被改写成切合基督教的主题——譬如引述来证明谴责并放逐忒拜人的那几行诗，不可能是我们所掌握的欧里庇得斯所写的形式；（2）《受难的基督》行 1665—1679 被整合改编成指涉整个犹太民族的罪行，以及他们接下来的离散——对公元前 5 世纪的雅典人来说，这是个陌生的主题；（3）若忒拜没了忒拜人，也就无从谈狄俄倪索斯在那里的崇拜了（见上文）！（4）明确拒绝狄俄倪索斯的不是城邦，而只是王族（行 26—31、45 等）。的确，城邦起初疏忽了酒神崇拜（行 39—40、195—196，以及行 721 一位镇民提议猎捕狂女取悦国王），但重要的是，三位恭顺的角色最终都接受了狄俄倪索斯的神力（行 449—450、769—770、1150—1152）。希罗多德的确提到（《原史》5.61.1），"卡德墨俄人"被阿尔戈斯人逐出忒拜，到伊利里亚（Illyria）的"恩克雷斯人"（Encheleis）寻求庇护，行 1333—1338 可能指卡德摩斯率领一支恩克雷斯人军队回到希腊。不过，这既不符合"向外邦人投降"（《受难的基督》，行 1669），也不符合"奴役"（《受难的基督》，行 1679）。从该剧结尾来看，卡德摩斯离开忒拜（行 1313、1354—1355 等）和返回希腊（行 1334），显然不会有忒拜人相随（亦参譬如阿波罗多洛斯，《希腊神话》，3.5.4）。莱尼克斯认为，《受难的基督》中的这种预言以及卡德摩斯将率一支外邦军队对抗希腊（行 1333—1338、1355—1360），是公元前 3 世纪窜改的结果，参 V. Lejnieks,《〈酒神的伴侣〉中的一些窜改》（"Interpolations in the *Bacchae*"），*AJP*，Vol.
88，1967。

　　狄俄倪索斯言说的后半部分提到每个人的命运（参"内容提
要"），兴许还包含了吻合"内容提要"行18的内容。阿高厄和她
的姐妹们将离开忒拜（参行1363等；《受难的基督》，行1756）。
留存下的这段话描述了卡德摩斯的放逐。

　　歌队长：……

　　　　　狄俄倪索斯出现在屋顶。

　　狄：……

　　［1330］（向卡德摩斯）你将变成一条蛇，你妻子也

────────────────────

　　［*Se* 本］行1330—1339中狄俄倪索斯对卡德摩斯的预言分
成三部分：变成蛇（行1330—1332），率领一支外邦军队（行
1333—1338），以及去到极乐岛（行1338—1339）。第一项预言与
后两项格格不入，有窜改的嫌疑（参1329—1330n.）。这段话与
我们迄今所见的卡德摩斯互相矛盾；但欧里庇得斯其他剧作的
结尾，也出现过这种与剧中所发生之事无明显联系的预言（譬如
《安德洛马刻》，行1257—1262）。

　　在残篇930中，有人（可能是卡德摩斯）变成一条蛇。参奥
维德，《变形记》，4.576—603。卡德摩斯并非被等同于蛇的唯一
主人公。

　　［*R* 本］行1330—1339：狄俄倪索斯的预言有三点：卡德摩
斯和哈耳摩尼亚变成蛇，遭流放到伊利里亚后率领一支外邦军队
回到希腊，最终在极乐岛神化。

　　　会变成野物，化作蛇形——

────────────────────

［*L* 本］$\delta\varrho\acute{\alpha}\varkappa\omega\nu$［蛇］和 $\ddot{o}\varphi\epsilon o\varsigma$［野物］，这两个语词似乎不大像同义词，参行 1026。

［*B* 本］$\dot\epsilon\varkappa\vartheta\eta\varrho\iota\omega\vartheta\epsilon\tilde\iota\sigma\alpha$［变成野兽］见参欧里庇得斯，《乞援女》，行 703；埃斯库罗斯，《奠酒人》，行 549。

> 哈耳摩尼亚，阿瑞斯的女儿，身为凡人的你迎娶了她。

___

［*Se* 本］哈耳摩尼亚与卡德摩斯的婚姻是早期诗歌和视觉艺术的一大主题，最初见于赫西俄德，《神谱》，行 937、975—978（他们的后代）。

> 如宙斯的神谕所示，你将和你的妻子

___

［*Se* 本］行 1333—1338：希罗多德提到一个神谕，一支军队来到希腊掠夺德尔菲神庙，后遭全歼（《原史》，9.42.3）。他认为是"伊利里亚人和恩克雷斯人的军队"（虽然马尔多尼俄斯［Mardonios］认为是波斯人）。希罗多德还表示，"卡德墨俄人"曾遭阿尔戈斯人驱逐，并向恩克雷斯人寻求庇护（《原史》，5.61）。人们一般认为他们属于"伊利里亚"（现在的阿尔巴尼亚和黑山［Montenegro］）。关于牛车（行 1334），参《希腊语语源大词典》将 $Bou\vartheta\acute{o}\eta$（Budva，黑山的布德瓦）这个名称解释为牛车：卡德摩斯乘着牛车快速离开忒拜，建立了 $Bou\vartheta\acute{o}\eta$。关于这些地方（以及与恩克雷斯的关联）对卡德摩斯和哈耳摩尼亚的崇拜，尤参阿波罗多洛斯，《希腊神话》，4.516.8。

> 一起驾着牛车，统领外邦人。

___

［*L* 本］卡德摩斯所驾的牛车显然与古代的一个传统有关。

βαϱβάϱων ἡγούμενος[统领外邦人]：行 1350 和行 1356 还会提到
βάϱβαϱοι，那里是有意强调。卡德摩斯所受的一项惩罚是，这位
创建一座希腊城邦的腓尼基人将重新回归其外邦人身份，劫掠希
腊诸城邦，进犯德尔菲神庙。

　　[R 本]行 1333—1334：卡德摩斯和哈耳摩尼亚待在极乐岛
的戏段因此变得出名，因为欧里庇得斯没有明确提到这点，而只
是简单暗示，卡德摩斯将悖谬地率一支外邦军队回来摧毁希腊。

　　[1335]你将用你那无以计数的军队，摧毁众多
　　　　城邦；但在他们洗劫洛克希阿斯的

　　[L 本]希罗多德提到这个预言(《原史》，9.42)，马尔多尼俄
斯在第二次米提亚战争中提及该预言，并明确指出，这个预言并
非关于波斯人，而是关于伊利里亚人和恩克雷斯人。

　　[B 本]希罗多德提到一则预言，预告了德尔菲神庙遭洗劫后
伊利里亚人和恩克雷斯人的毁灭。卡德摩斯与这次远征的关系似
乎是欧里庇得斯杜撰。

　　[R 本]Λοξίου χϱηστήϱιον[洛克希阿斯的神托所]：希罗多德
称，马尔多尼俄斯在普拉蒂亚战役前告诉与之作战的波斯人和希
腊人一则关于波斯人的神谕——他们将在劫掠德尔菲神庙后全
军覆灭(《原史》，9.42)。这位史家明确指出，马尔多尼俄斯搞错
了：他把这个实际上关于伊利里亚人和恩克雷斯军队的神谕，套
用到波斯人头上。

　　　　神托所后，他们将有一段痛苦的
　　　　归程；好在阿瑞斯会救你和哈耳摩尼亚，

　　[Se 本]νόστον ἄϑλιον[痛苦的归程]：神也在《乞援女》(行

1209）剧末做出这种预示；参欧里庇得斯,《疯狂的赫拉克勒斯》,
行 1042。

　　［L 本］希罗多德记述的这个神谕并未提及"痛苦的归程",
但提到了全军覆没。有可能传统上有好几个版本,因 νόστον［归
程］,我们倾向于认为是希腊人。此外,欧里庇得斯也不会让卡
德摩斯和哈耳摩尼亚消失,因为他想让两人最终变形,居住在
至福之地。关于此地接纳的数位英雄,参赫西俄德,《劳作与时
日》,行 165—171,以及品达,《奥林波斯竞技凯歌》,2.2.4。

　　［Sa 本］见《伊翁》,行 992。

　　　　　　　让你们生活在那受福佑之地。

────────────────────────

　　［Se 本］μακάρων αἶαν［受福佑之地］:亦即赫西俄德提到的"极
乐岛"(《劳作与时日》,167—172),位于地球尽头,靠近奥克阿
诺斯河(Okeanos),居住着宙斯安置在那里的众位英雄,过着一
种超脱凡尘的生活。品达在一段著名的描述中提到卡德摩斯出
现在那里(《奥林波斯竞技凯歌》,2.71—80)。卡德摩斯能出现在
那里,得益于他的岳父(墨涅拉俄斯也一样,参荷马,《奥德赛》,
4.569)。

　　［1340］我说这些——我不是凡人父亲的后裔,

────────────────────────

　　［L 本］我们已指出,狄俄倪索斯在此强调其神圣的出身。

　　　　　　我狄俄倪索斯,是宙斯之子。你们若能认识到
　　　　　　节制,在你们不情愿之时,你们就能得到
　　　　　　宙斯之子做盟友,你们现在有福了!

────────────────────────

［*Se* 本］εὐδαιμονεῖτ'［有福的］：指借助秘教入会仪式所得的永世幸福（εὐδαιμονία）（72—74n.、902—911n.、1171n.、1232n.）。

卡：　狄俄倪索斯，求求你！我们对你不义！
狄：　［1345］你们认识我们太迟了。在该认清的时候偏没认清。

［*Se* 本］认识得太晚（为时过晚［opsimathy］）是希腊悲剧的特点，参譬如欧里庇得斯，《厄勒克特拉》，行 1111、1198—1205。

卡：　我们现在晓得了；可你的报复也太过了吧！
狄：　因为我是神，受到了你们的冒犯。
卡：　诸神不该像凡人那样动怒。

［*Se* 本］在回应一个貌似合理的观点时（参行 1294，以及欧里庇得斯，《希珀吕托斯》，行 120 中的怜悯；《疯狂的赫拉克勒斯》，行 1345—1346），狄俄倪索斯提及宙斯，带有一丝非理性的不可改变性。不过，对神灵的（公认的）不当行为招致的惩罚，既不表明宗教悲观主义（如评论家们急于避免落入基督教化的套路时所言），也不是（如通常认为的）对宗教的攻击，而是社会的必要。

［*D* 本］卡德摩斯祈求狄俄倪索斯，就像《希珀吕托斯》中的老仆祈求阿弗洛狄特（行 120）。两人的祈求都徒劳无益。

狄：　很久以前，我父宙斯就允诺了这些事。
阿：　［1350］哎呀呀！已成定局，老人家噢，悲惨的放逐。

［*Se* 本］有时会出现复数主语动词（φυγαί［放逐］）与单数动词（δέδοκται［已成定局］）混用的情况。如多兹所言，此处的 φυγαί 可

能"是 δέδοκται 的无人称主语的解释性同位语：'这已成定局——放逐'"。

在早期史诗中，放逐是谋杀罪的常见结果（参 Richard Seaford，《互惠与仪式》，前揭，页 25），在古典时期的雅典，也是对（受污染的）过失杀人犯的惩罚（R. C. T. Parker，《污浊》，前揭，页 11—17；S. C. Todd，《雅典法的形成》，前揭，页 274），参譬如欧里庇得斯，《希珀吕托斯》，行 34—37；《疯狂的赫拉克勒斯》，行 1322—1323。

> 狄： 命里已经注定，何故再拖延？

[*L* 本]对不可逃脱的惩罚的不耐烦，在悲剧中司空见惯。在《安提戈涅》里，克瑞翁不满年轻女子安提戈涅乞援前的长篇大论；在《疯狂的和赫拉克勒斯》中，吕科斯指责安菲特律翁拖延时间。

[*R* 本]狄俄倪索斯的这句话显得很粗暴；不过，对希腊人的务实精神来说，这是一种慰藉形式。参塔尔提比俄斯（Talthybios）对安德洛玛刻的劝慰（《赫卡柏》，行 401 以下），以及伊菲革涅亚对克吕泰涅斯特拉的劝告（《伊菲革涅亚在奥利斯》，行 1376 以下）。

> 狄俄倪索斯从屋顶下。
> 卡： 孩儿啊！我们陷入了怎样可怕的不幸噢，

[*D* 本]并不清楚，是酒神此时消失不见，还是卡德摩斯和阿高厄相互慰藉时没有看到他。

> 我们大家，不幸的你和你的姐妹们，

还有我这不幸的人儿哟；我老了，还要去到

［*Se* 本］行 1354—1362 一再重复预言很蹩脚，从行 1338—1339 来看，行 1361—1362 也很奇怪。可能有人重写了结尾（其他悲剧如《腓尼基少女》《伊菲革涅亚在奥利斯》就出现过这种情况，参 1372—1376n.）。

［1355］那外邦人中侨居；还有一个神谕：

［*R* 本］τὸ ϑέσφατον［神谕］：让我们想起狄俄倪索斯的预言（行 1334）。除了整个家族将遭受的放逐惩罚，卡德摩斯还将遭受其他痛苦，他一手创建了忒拜，将带领一支外邦军队攻打希腊军队，屠杀野兽的卡德摩斯也将变成龙。

> 我会率一支混杂的蛮军攻打希腊。
> 我将化作一条蛇，带着我那野蛇形的妻子，
> 阿瑞斯的女儿哈耳摩尼亚，
> 统帅一支手执长矛的军队，攻击希腊人的
> ［1360］神坛和坟墓；我既不能终结
> 我这不幸的邪恶，也没法渡过
> 那流入冥府的阿刻戎河，得享安宁。

［*Se* 本］卡德摩斯说他就算在福地也不得安宁（行 1339），这种方式很奇怪（关于剧中的安宁［ἥσυχος］，参 621—622n.），因为突然渡过那流入冥府的阿刻戎河，暗示去冥府（虽然在柏拉图的《斐德若》112e 中，喀戎在最终下到冥府前——这里的“往下流”由此而来，先朝反方向去往福地奥克阿诺斯。参荷马，《伊利亚特》，15.37，冥河）。

[L本]此处似乎与狄俄倪索斯在行1339—1340做出的预言有所出入。卡德摩斯似乎忘了这个预言，认定死亡是所有人的共同命运。

阿：　啊，父亲噢，我将失去你，在外流亡。

卡：　你为什么双手搂着我喔，可怜的孩子啊，

[1365]像天鹅护着他那老不中用的白羽父鸟。

————————————

[Se本]尽管天鹅的确展翅（但不飞翔），天鹅环抱的隐含之义却很奇怪。这种比喻引发多重悲惨的联想。（1）天鹅哀悼自己的死亡，参埃斯库罗斯，《阿伽门农》，行1444—1445；柏拉图，《斐德若》84e。（2）禽鸟哀悼它们死去的后代（或相反），尤其注意荷马，《奥德赛》，16.216—218，奥德修斯和特勒马科斯（Telemachus）重逢时像失去幼雏的鸟儿一样哀嚎；欧里庇得斯，《厄勒克特拉》，行151—155，厄勒克特拉将她的哀悼比作天鹅呼唤自己死去的父亲。（3）将杀害孩子的刽子手变形为禽鸟（尤其是普罗科涅[Prokne]）。（4）白羽的天鹅让人想起卡德摩斯的白发（行258）；欧里庇得斯，《疯狂的赫拉克勒斯》，行111（也是哀悼）、692—693；阿里斯托芬，《马蜂》，行1064。但如多兹所言，天鹅并非"孝顺的鸟类"。χηφῆνα[老不中用的]：隐喻老朽（欧里庇得斯，《特洛亚妇女》，行192）。

阿：　我既然已被逐出祖邦，要辗转何方呐？

————————————

[D本]γὰϱ[因为]：阿高厄抱住卡德摩斯，因为她觉得自己在这个世界上突然孤立无援。

卡：　我不晓得，孩子呀。父亲帮不上什么忙。

[*Se*本]在后来的故事中，阿高厄嫁给了伊利里亚的吕克忒斯瑟斯（Lykotherses）王，她杀死吕克忒瑟斯，让卡德摩斯当王。

> 阿：（哀歌首节）
> 　　别了，我的家！别了，祖辈的
> 　　城邦！我在不幸中离开你，

[*R*本]ἐπὶ δυστυχίᾳ[在不幸中]：这个介词表伴随或状态，参索福克勒斯，《埃阿斯》，行 143 的"可耻地"；《厄勒克特拉》，行 108 的"呻吟着"；《安提戈涅》，行 759 的"谴责地"；《俄狄浦斯在科洛诺斯》，行 1554 的"在胜利中"；欧里庇得斯，《伊菲革涅亚在奥利斯》，行 1490 的"在快乐中"。

[1370]离开我的新房亡命天涯。

[*Se*本]可能让人联想到（或颠覆）新娘入洞房（参譬如《安德洛马刻》，行 103—109；Richard Seaford，《巴库利德斯的第十一首颂诗》，前揭，页 127）：由阿高厄的婚姻组建的家族无可避免地瓦解了。

> 卡：　快去吧，孩子啊，到阿里斯泰俄斯家
> 　　　……

[*Se*本]这句话意思不全，说明后面有脱漏（如果行 1369—1373 与行 1374—1380 是接得上的话，只有一行）。阿里斯泰俄斯是阿克泰翁的父亲（行 1227）。卡德摩斯告诉阿高厄，含义有多种解释。（1）跟阿里斯泰俄斯一道放逐；阿克泰翁死后，他便

离开了忒拜，参泡萨尼阿斯，《希腊札记》，10.17.3。（2）去阿里斯泰俄斯在忒拜的家与自己的姐妹们团聚（行1381—1382）。（3）加入在基泰隆山上那些摧毁阿里斯泰俄斯之子和你儿子的姐妹们（鲁的观点）。（4）她和阿里斯泰俄斯一样都丧子（参Willink，《〈酒神的伴侣〉中一些文本和解释的问题》，前揭，页49—50）。行1367似乎排除了（1）。鉴于卡德摩斯一再提到另一个外孙阿克泰翁的相同命运（行337—341、1227、1291），最后再提一次也并无不当。（5）与行1383—1387一致，"我要去……"指的是她从基泰隆上到流放。

[L本] τὸν Ἀρισταίου[阿里斯泰俄斯家]：阿克泰翁之死——阿克泰翁是阿里斯泰俄斯和奥托诺厄的儿子、彭透斯的亲表兄，在基泰隆山中被猎犬撕裂——在剧中一再出现。

[Sa本]由于希腊法律规定杀人犯要遭放逐，阿高厄自然要离开忒拜；她前往姐妹奥托诺厄的丈夫阿里斯泰俄斯家，与此不符，因为根据传说，阿里斯泰俄斯在特萨里和色雷斯附近四处漂泊。

> 阿：　我为你悲伤，父亲啊。卡：我也为你悲伤，孩子啊，
> 　　　还为你的姐妹们痛哭。

[Se本]不定过去时 ἐδάκρυσα[痛苦]的意思是，他已经开始哭（而不是他已经停止哭泣）。

> 阿：　（次节）
> 　　　因为多可怕地，
> [1375]狄俄倪索斯王给你的家族
> 　　　带来了侮辱。

[Se本]再次强调神摧毁了这个家族（而非城邦）。

卡： 还因为他遭到你们的可怕对待，

他的名字在忒拜没有受到尊崇。

阿： 祝你幸福，我的父亲！　　卡：祝你幸福，我可怜的
[1380]女儿哦，虽然你很难享有幸福。(哀歌完)

[R本]卡德摩斯想到了"享有幸福"这个动词的词源学含义。
以阿高厄的处境来看，这个告别似乎充满了某种死亡的反讽。这
种文字游戏很常见，参欧里庇得斯，《赫卡柏》，行426—427；
《阿尔刻提斯》，行509；《俄瑞斯特斯》，行1083；《腓尼基少女》，
行618；埃斯库罗斯，《阿伽门农》，行558—559等。

阿： (唱)上路吧，押差们呐，把我送到

[Se本]πομποί[护送到]：不是指亚细亚狂女歌队，反正人们
也认为她们正动身前去与即将离开忒拜(行49，参行57)的狄俄
倪索斯会合。可以想象，阿高厄在行1202—1204的宣称是某些
忒拜人入场的暗号(狄俄倪索斯可能对这些人说过话——"对全
体宣告"，参"内容提要"，行17)。从行566—573来看(虽然参
O. Taplin，《埃斯库罗斯的编剧才能》，前揭，页394—395、410—
411)，那些在埃斯库罗斯《和善女神》剧末护送和善女神退场的
人(行1005，参行1025)可能包括台上的邦民。亦参欧里庇得斯，
《希珀吕托斯》，行1098—1099；埃斯库罗斯，《七雄攻忒拜》，行
1069。

我的姐妹们那里，一道悲惨地流亡。

[Se本]在剧中扮演角色的所有王族成员都遭到流放，这点
富含政治意味。

我想到达那

染血的基泰隆山看不见我，

[K本]在前文的传统哀悼之后，这些绝望的话似乎更加令人震惊：阿高厄厌恶基泰隆山，基泰隆山也嫌恶她。

[Sa本]基泰隆山的拟人化让人想起索福克勒斯，《俄狄浦斯王》，行1391。

[1385]我的双眼也看不见基泰隆山的地方，

[L本]基泰隆山的名字一再出现，是悲剧的一大特征。阿高厄就是在此山中参加酒神仪式，并在疯狂中犯下罪行。阿高厄现在憎恶与这座神山有关的一切事物，也憎恶狂女们的庆祝活动。

那里没有什么酒神杖来唤起我的往事，

[Se本]《希腊诗选》提到了献给神灵的酒神杖（6.158、6.165、6.172、13.24）。这里的 μνῆμα[纪念]可能带有该词常含的死亡意味（亦参1157n.，酒神杖与死亡的可能关联）。

还是让它们成为其他女信徒的念想吧！

[Se本]Βάκχαις δ' ἄλλαισι[其他女信徒]：此剧将酒神崇拜的推源论神话（包括基泰隆山上的狂女仪式）戏剧化（1329—1330n.）。

[B本]μέλοιεν[成为念想]：即基泰隆山和酒神杖，酒神狂欢仪式举行的地方和装备。

阿高厄从观众一方下，

众忒拜人抬着尸体进宫，卡德摩斯随入。

歌队：精灵的形式千变万化，

诸神的作为大多出人意表，

[1390]意料中的事实现不了，

料想外的事诸神偏有招。

此事结局便属这类。

[*L*本]歌队说完这些台词后退场，欧里庇得斯的其他几部剧也以此结束（《美狄亚》《安德洛玛刻》《海伦》《阿尔刻提斯》）。

[*R*本]这四行两节拍格律的诗，后以一句近音的诗行作结，这种情况与《美狄亚》《安德洛玛刻》《海伦》《阿尔刻提斯》一样。这几行诗传达的寓意并不新鲜，但符合《酒神的伴侣》的行动（和其他以此结束的剧一样）。

[*D*本]现代制作人可能会在行1387落下帷幕，但古希腊戏剧家要把他的歌队带出合唱歌队席。索福克勒斯和欧里庇得斯常以一首简短的抑抑扬格诗（anapaestic clausula）结束他们的戏，由歌队走出合唱歌队席时诵唱（《俄狄浦斯王》《伊翁》《特洛亚妇女》是例外，但即便在这些剧中，剧本也以歌队的话结束）。一般而言，这种结尾部分要么开启出场，要么得出明显的道德教诲；在《伊菲革涅亚在陶洛人里》《腓尼基少女》《俄瑞斯特斯》这三部剧中，歌队都用祈祷和平的方式打破戏剧性幻想。《酒神的伴侣》中的这几行诗也出现在《阿尔刻提斯》《安德洛玛刻》《海伦》中,《美狄亚》中稍有不同。

歌队从舞台一方退场。

后　记

在古希腊三大悲剧诗人中，唯欧里庇得斯享"舞台哲人"之誉，盖因他牵绊于那场堪称古希腊"启蒙运动"的"智术师运动"。据传，他不仅是自然哲人阿那克萨戈拉（Anaxagoras）的学生，与智术师相交甚笃，还格外受苏格拉底关注（尼采就将两人相提并论），更与现代大哲康德、卢梭等人遥相呼应。欧里庇得斯是诗人，何以又跟哲学纠缠不清？欧里庇得斯是古代诗人，何以又与现代性牵扯不明？（法国古典学大家德·罗米伊［Jacqueline de Romilly］在《欧里庇得斯的现代性》［华夏出版社即出］一书中就发现，诸多现代思想在欧里庇得斯作品中已发先声。）带着这些疑问，我开始进入《酒神的伴侣》这部扑朔迷离的经典悲剧。

《酒神的伴侣》创作于欧里庇得斯晚年离开母邦雅典客居马其顿期间。彼时，伯罗奔半岛战争行将结束，雅典败局已定。此剧虽成于外邦，却仍依古希腊悲剧惯例写就。从诸多细节还可看出，此剧预设的观众仍是雅典民众。换言之，欧里庇得斯写作《酒神的伴侣》时依然旨在说与雅典人听，向雅典同胞传达自己的教诲。那么诗人究竟要借这部"最杰出的悲剧"（歌德语）传达何种教诲呢？初读此剧，答案同样成谜：此剧虽结构严整，一气呵成，却又处处欲说还休，时而保守，时而又极为新潮，充斥着各种悖谬。

《酒神的伴侣》堪称悲剧典范：语言优美、情节紧凑、扣人心弦，完美展现了欧里庇得斯过人的诗性力量。剧中的歌队还在抒情歌中进行了一系列哲学叩问：智慧是什么？何为强者，何为弱者？战争与友爱关系何如，礼法与自然呢？可以说，欧里庇得斯以精妙的笔法把各种对立物浑然天成地杂糅一体。然而，在貌似行云流水、不事雕琢的笔触背后，诗人欲言又止，充满弦外之音。在那些如歌如画的着笔之处，往往又透着不安。尽管现代学术对欧里庇得斯悲剧评说各异，历经两千余年，诗人的独特价值也几经沉浮，但无论采取何种进路，显然都逃不过这个基本事实：和他笔下头戴面具、玄妙莫测的酒神一样，同样变幻不定、令人难以把捉的欧里庇得斯也戴着面具在创作。

在这个意义上讲，研读欧里庇得斯剧作俨然是一场探秘之旅。

剧中的酒神就以多重面相示人：他既是忒拜人又是外邦人；既是男儿身又带女相；时而化作凡人，时而化作野兽……无一不是为了消除一切界线。可以说，剧中的酒神本身就是极端民主制的完美化身。这位旨在消除一切界线的文艺之神不仅崇奉极端自由、平等和快乐，还欲通过发动一场终极之战彻底终结城邦政制，以世界城邦的形式将酒神精神推而广之。对于欧里庇得斯敏锐地洞察到的世界城邦萌芽，现代哲人康德在某种程度上也有所呼应。事实上，面对雅典母邦陷入的这场危机，不仅诗人的同时代人（索福克勒斯、阿里斯托芬、修昔底德）纷纷对雅典民主制展开深刻反思，稍后的柏拉图和亚里士多德也着力于通盘思考人性与政制的根本问题：恰如人的灵魂由多部分混合而成，在现实政治中，最好的政制也非单一的政制形式，而很可能是混合政制。通过审视欧里庇得斯如何处理自己的时代问题，可以更好地看清现时代思想的困境。

　　古希腊悲剧的兴衰起落紧随雅典民主制的形成、发展和衰落，欧里庇得斯恰好处于雅典民主制盛极而衰的阶段，完整呈现了这一时期的政治图景。而诗人晚年的戏剧创作，可以说淋漓呈现了雅典民主制走向败坏的完整图景。堪称诗人晚年思想集大成之作的《酒神的伴侣》就为我们全方位揭示了走向极端后的雅典民主制对人世基本伦常秩序的毁灭性一击。

　　在西方古典学界，欧里庇得斯研究是名副其实的"显学"，地位仅次荷马。遗憾的是，欧里庇得斯研究在我国尚未真正起步。本书除研究部分外，还依希腊原文重译了《酒神的伴侣》，并选译了相关英、法文笺注。希望本书的出版能为我国的欧里庇得斯研究尽绵薄之力。关于《酒神的伴侣》，笔者另外选编了一部译文集《自由与僭越》（2017）。笔者主编的"欧里庇得斯集"（拟出 30 种）旨在引介西方有阐释深度的研究著述，以揭开诗人错综复杂的面相。

　　在此，我想特别感谢刘小枫教授和耿幼壮教授两位老师的悉心指导和栽培。正是刘老师多年的鼓励和教导，才让我逐渐体会到在中国做西方古典学研究的紧迫和特殊意义。而我更是在耿老师如父般的目光注视下慢慢成长。感谢华东师范大学外语学院为我提供宽松自由的学术环境，使我免除诸多杂事，得以专心从事研究。衷心感谢童世骏教授和刘擎教授对青年教师的关心和大力支持。我的成长离不开外语学院院长袁筱一教授、张春柏教授、侯敏跃教授、英语系主任陈弘教授、费春放教授、金衡山教授和全建强老师的大力支持，在此一并致谢。同时，我还要感谢聂珍钊教授、沈弘教授、区鉷教授、张永清教授长期以来给予的帮助和关心。

　　另外，我还要感谢牛津大学古典学系的佩林（Christopher Pelling）教授，2013—2014 年访学牛津期间与他的定期交谈给我诸多启发。感谢伦敦大学学院卡雷（Chris Carey）教授邀请我参加他的古希腊戏剧研讨班，历时半年的专业研讨让我受益匪浅。卡雷教授学识渊博、优雅热情，他潇洒而收放自如的授课风格，时刻散发着令人如沐春风的人格魅力，让我领略到古典学问对一个人的学养和教养潜移默化的形塑力。2018—2019 年在美国得克萨斯大学奥斯汀分校访学期间，潘戈尔（Thomas Pangle）教授也给予我事无巨细的帮助和指导，在此深表谢意。也谢谢美国贝勒大学伯恩斯（Timothy Burns）教授对我的论文提出了诸多有益的修改意见。

特别感谢我的先生林志猛，他对学术的热情和执着深深感染了我。我们多年来在学术道路上携手并进、砥砺前行。感谢父母多年的养育之恩，他们无私的支持和理解为我们的向学之路免除后顾之忧。

最后，我想特别感谢商务印书馆白中林兄的鼎力支持。他对青年学人不遗余力的支持和对学术出版的高度责任感和使命感令人感佩。同时还要感谢本书责编刘学浩老师认真细致的审校工作，他为本书的出版倾注了大量时间和精力。本书部分章节已发表在《外国文学评论》《国外文学》《思想战线》《浙江学刊》《海南大学学报》《江汉论坛》等期刊，特此说明。

2020 年 8 月

图书在版编目 (CIP) 数据

酒神与世界城邦 / 罗峰著译 . —北京 : 商务印书馆 , 2020.11（2021.11 重印）
ISBN 978-7-100-19056-5

Ⅰ . ①酒… Ⅱ . ①罗… Ⅲ . ①欧里庇得斯 (Euripides 约前 480– 约前 406) —戏剧文学评论 Ⅳ . ① I545.073

中国版本图书馆 CIP 数据核字（2020）第 173357 号

酒神与世界城邦
罗 峰 著译

商 务 印 书 馆 出 版
（北京王府井大街 36 号 邮政编码 100710）
商 务 印 书 馆 发 行
江苏凤凰数码印务有限公司印刷
ISBN 978-7-100-19056-5

2020 年 11 月第 1 版　　开本 880×1240 1/32
2021 年 11 月第 2 次印刷　　印张 23¼
定价：98.00 元